Homère

Iliade

Traduction nouvelle de Jean-Louis Backès
Professeur émérite à l'Université de Paris-Sorbonne

Édition présentée et annotée par Jean-Louis Backès

Postface de Pierre Vidal-Naquet

Gallimard

ACHILLE DEVANT SA MORT

« *Le monde naît, Homère chante. C'est l'oiseau de cette aurore* ».

*On peut aimer cette image. Personne ne se fait d'illusion : de quelque manière qu'on se représente la naissance du monde, on sait qu'Homère en est éloigné de plusieurs millénaires. Même si « le monde » est le monde de la poésie chantée, la formule de Victor Hugo reste inacceptable[1] : le texte de l'*Iliade* montre à l'évidence que ce poème-là n'est pas né de rien. On devine, en amont, une tradition déjà longue, qui a forgé, affiné, usé jusqu'à la corde des procédés, des formules, des techniques de vers, des figures de style, des tours de main utiles pour la narration. Homère est le disciple de plusieurs générations d'aèdes.*

*Il n'est pas interdit, cependant, de s'étonner : ces aèdes dont l'existence nous paraît incontestable, nous ne savons pas leurs noms. Ils sont une foule. Lorsqu'un auteur ancien leur consacre une phrase, il évoque, certes, quelques personnages. On se retrouve alors dans le mythe : c'est Orphée qui est cité ; c'est Thamyris, qui avait eu le tort de provoquer les Muses ; c'est Linos, qui avait joué le même jeu avec Apollon. Ou bien l'*Odyssée* est prise pour un document. Un auteur explique gravement que, avant Homère, la poésie épique a été cultivée par Phémios, chanteur attitré de la cour*

---

1. Victor Hugo, *William Shakespeare*, livre II, chap. II, § I.

d'Ithaque, et par Démodokos, au service du roi des Phéa-
ciens[1]*. Autant prétendre qu'il y a un grand siècle, avant de*
découvrir Debussy, la France musicale n'écoutait que les
œuvres de Vinteuil.

    Homère paraît, et tout change. Nous rencontrons des noms
propres : Arctinos de Milet, Stasinos de Chypre, Leschès de
Mitylène, Eumèlos de Corinthe. Pour chacun de ces poètes,
nous avons au moins un titre, quelques minimes fragments,
à travers lesquels nous comprenons que l'art séculaire des
aèdes n'a pas disparu : nous retrouvons les épithètes, le vers
« hexamètre », que les Grecs appelaient volontiers « épos »,
car c'était par excellence le vers de l'épopée, le vers que nous
disons « homérique », et qui existait bien avant lui.

    Que s'est-il passé ? Il n'y aurait pas grande invraisem-
*blance à imaginer que l'apparition de l'*Iliade *a été un évé-*
nement, que les gens ont été stupéfaits. Comme Gargantua,
comme Andromaque, *comme* Madame Bovary, *comme le*
Manifeste *du surréalisme, le poème s'impose d'emblée, et*
on ne l'oubliera plus. En quoi consisterait alors le coup
d'audace qui le consacre ?

    Il pourrait se faire, par exemple, que, pour la première
fois, un aède ait osé organiser un ensemble de quinze mille
vers autour d'un épisode de la grande légende traditionnelle,
un épisode qui n'est pourtant pas le plus frappant. Il y a cent
*ans, on aurait fermement rejeté cette hypothèse : l'*Iliade *pri-*
mitive devait être, disait-on, beaucoup plus mince ; on sug-
gérait que divers anonymes avaient ajouté des épisodes à
n'en plus finir. Le poème était une mosaïque, fabriquée
après coup, probablement lorsqu'il avait été mis par écrit,
*au vi*e *siècle avant notre ère. Pourtant, malgré les prodiges de*
subtilité que déploient les traqueurs d'interpolations, il faut
bien tenir compte aussi d'une impression qu'ont éprouvée de
nombreux lecteurs : ce texte que nous possédons est remar-
quablement bien construit ; la narration est parfaitement
menée. Des jeux d'échos la parcourent, qui annoncent imper-

---

1. Pseudo-Plutarque, *Sur la musique*, 1132b.

ceptiblement ce qui va suivre. Des rappels interviennent au bon moment. Tout se tient.

Le mouvement général apparaît clairement : un événement minime, la querelle de deux chefs, conduit les Achéens (nous disons : les Grecs) à deux doigts de la catastrophe. Un roi, chef de l'expédition, a perdu la tête et voulu, bien à tort, faire preuve d'autoritarisme ; un autre roi s'est vexé. Il se retire du combat, avec ses troupes. L'autre lance, malgré tout, une grande offensive, comme s'il voulait montrer qu'il peut se passer des Myrmidons. L'échec est grave. Pour la première fois, les Troyens s'approchent du camp des Achéens, y pénètrent, mettent le feu à un bateau. Si l'incendie se propageait, il est clair que les Achéens seraient perdus : ils ne pourraient plus recevoir d'approvisionnements ; il leur faudrait renoncer à l'espoir de rentrer chez eux. Alors, enfin, quand tout va de mal en pis, Achille a pitié de ses compatriotes. Il se réconcilie avec Agamemnon.

Certains commentateurs, enivrés d'un Aristote qu'ils n'ont pas compris, ont estimé qu'on devrait s'en tenir là. Le premier mot du poème était « colère ». À cette colère, Achille a renoncé dès le chant XIX. Donc l'action est éteinte. Mais soutenir, comme le fait l'auteur de la Poétique, que « la fin doit répondre au début » ne signifie pas qu'elle doit le reproduire comme s'il ne s'était rien passé. Achille oublie la querelle parce que entre-temps, sur une suggestion que Nestor a faite longtemps avant (XI, 798), il a consenti à revêtir de ses propres armes son compagnon Patrocle (XVI, 64) pour que celui-ci aille semer la panique chez les Troyens. Patrocle est tué. Achille veut le venger. C'est ainsi qu'il tue Hector. L'événement n'était pas prévu. Mais toute une chaîne de causes et d'effets y a conduit : on croirait presque à une nécessité logique.

Il faut le noter : cette grande courbe de raisons reproduit, en miniature, celle qui préside à l'histoire de toute la guerre. Il n'est pas indifférent que le bateau auquel Hector met le feu soit celui du défunt Protésilas, le premier des Achéens qui ait posé le pied sur le sol troyen, et, pour cette raison (l'oracle l'avait dit), le premier qui ait subi la mort. L'épisode

*de la colère d'Achille, épisode en apparence secondaire, met
en évidence un moment particulier : jamais les Achéens
n'ont été aussi près du désastre ; jamais les Troyens n'ont
rencontré meilleure occasion de jeter leurs agresseurs à la
mer. La chance est de leur côté ; ils se sont montrés capables
de s'éloigner de leurs murs, de passer une nuit entière à
bivouaquer près du camp achéen. En revenant à la lutte,
Achille renverse ce bonheur : la mort d'Hector sera, pour
Troie, le commencement de la déconfiture. La courbe s'inverse. Finalement, il apparaît que cet épisode parfois considéré comme secondaire, la colère d'Achille, pourrait être
exactement au centre d'un grand tableau de la guerre de
Troie. Ce serait la catastrophe, au sens étymologique du mot :
« catastrophe », en grec, signifie d'abord « retournement ».*

*Est-ce là ce qui a frappé les auditeurs ? L'*Iliade *est bien
le poème d'Achille, de la colère d'Achille, mais c'est aussi le
poème de la guerre de Troie. Par tout un jeu d'allusions,
faciles à déchiffrer pour ceux qui avaient longtemps entendu
chanter les aèdes, Homère fait revivre les dix années du
conflit.*

Les villes des hommes et leurs cœurs

*On se rappelle ce que disait Hérodote : « Hésiode et Homère
ont vécu, je pense, quatre cents ans tout au plus avant moi ;
or ce sont leurs poèmes qui ont donné aux Grecs la généalogie des dieux et leurs appellations, distingué les fonctions
et les honneurs qui appartiennent à chacun, et décrit leurs
figures[1]. » L'auteur de la* Théogonie *et celui de l'*Iliade *apparaissent à l'historien comme deux poètes qui ont fait une
synthèse raisonnée des multiples traditions, éventuellement
contradictoires, qui fourmillaient dans tout le monde grec.
Les Grecs n'ont certes pas attendu Homère pour connaître le*

---

1. Hérodote, *L'Enquête*, livre II, 53, trad. Andrée Barguet, Folio
classique, t. I, p. 188.

nom de Zeus et celui d'Athéna et pour rendre à ces divinités l'hommage qui leur est dû. Mais ne serait-il pas le premier à avoir donné de l'Olympe une image intelligible ?

On a noté depuis longtemps que les traditions dont il se fait l'écho proviennent de régions qui peuvent être très éloignées les unes des autres : les récits supposés épisodiques conduisent l'auditeur en Élide, en Arcadie, à Thèbes, en Thrace, en Asie mineure, à Rhodes. Homère aurait-il voyagé sans cesse, connu, comme Ulysse, les villes des hommes et leurs cœurs ? Chose étrange : la seule région qu'il traite très légèrement est l'Attique. Thésée est nommé à peine une fois. Or il est dit que l'Iliade a été mise par écrit, pour la première fois, à Athènes, précisément, du temps de Pisistrate. Comment se fait-il que les premiers copistes n'aient pas songé à incorporer quelques beaux récits, par exemple quelques exploits de Thésée, héros national ? À ce détail près, le poème a quelque chose de ces glaces sorcières que les peintres d'autrefois plaçaient dans leur tableau, pour que l'on voie s'y refléter tout un paysage.

L'aventure d'Achille permet de dire toute la Grèce, comme elle parvient à rappeler toute la guerre de Troie. Certain parallélisme est frappant : après l'enlèvement d'Hélène, dix années se sont écoulées sans que se livre aucun combat. Les négociations se sont poursuivies, toujours vaines. Dans l'Iliade, elles reprennent ; peut-être n'ont-elles jamais cessé. Deux combats singuliers, au chant III et au chant VII, sont organisés sur la base de traités particuliers, qui sont comme des préliminaires à un traité général et définitif : le vainqueur aura Hélène et l'on promet une indemnité pour les trésors volés par les Troyens. Mais rien n'aboutit ; il y a toujours quelqu'un pour relancer les hostilités. On remarque que, après le combat entre Hector et Ajax de Télamon, combat interrompu sans qu'il y ait un vainqueur, c'est Diomède qui pousse les Achéens à refuser toute négociation. Ce n'est peut-être pas sans raisons que le poète lui a donné un rôle éminent dans les premiers combats qu'il décrit, au chant V et au chant VI : Diomède fils de Tydée est téméraire, violent, sans

*retenue, capable de s'en prendre à des dieux ; il a osé blesser
Aphrodite, puis Arès. Qu'a-t-il à faire de négociations ?*

    *Ce complexe enchevêtrement d'événements qui s'appellent
les uns les autres est soutenu par un des procédés les plus
visibles de ce qui constitue l'art des aèdes : la répétition
de formules toutes faites. Quand on entend chanter, dès le
début du poème, qu'Achille court plus vite, plus énergi-
quement que quiconque, quand on se rappelle (on l'a toujours su) qu'il est l'homme « aux pieds rapides », on peut, on
doit songer que, beaucoup plus tard, lorsqu'il aura quitté sa
tente, il courra comme un forcené, d'abord pour échapper au
fleuve débordé, puis pour joindre Hector et le tuer.*

Formules, épithètes, motifs

    *En fait, il est trop facile de parler de « formules », de « style
formulaire », et de croire qu'avec ces expressions d'allure
technique on a tout dit. Il y a formule et formule. Et il en va
de ce procédé comme du leitmotiv wagnérien, qui n'est pas
seulement le « blason » pour personnages dont parlait Baudelaire. Le maître de Bayreuth a mille manières de faire
revenir certains thèmes, de faire évoluer leur signification,
de les introduire dans le tissu musical soit comme citations
isolées, soit comme matériau pour un contrepoint provisoirement monothématique.*

    *Homère a sans doute appris les épithètes qui conviennent
aux héros, et qui varient selon les exigences de la syntaxe et
de la métrique. Il a appris ces groupes de trois ou quatre
mots auxquels leur rythme impose une place dans le vers :
« ces mots qui ont des ailes » apparaît plus de soixante fois.
Il connaît des vers tout faits : « Oh ! la ! la ! de mes yeux je
vois grande merveille. » Bien entendu, il dispose d'un riche
stock de formules à trous, pour introduire les discours : « En
réponse lui dit »... Ajoutez : « Achille Pieds Rapides », ou bien
« le vieil homme Priam, à visage de dieu », ou bien « Zeus
Maître des Nuages ». Peut-être en a-t-il inventé lui-même.*

    C'est la question que l'on se pose quand le motif de quelques

mots ne revient que deux ou trois fois. *Toute répétition
suppose-t-elle formule apprise d'un maître ?* L'aède sait par
cœur son poème. Il est peut-être capable de l'écrire (on en
discute, on en discutera encore longtemps, faute de preuves).
Ce n'est pas une raison pour ne pas l'avoir en mémoire. En
composant un nouvel épisode, il peut avoir repris un mot, un
tour, un hémistiche, un vers qu'il a autrefois créé. Homère
n'avait pas fait sa rhétorique. Il ne recule pas devant les
répétitions de mots qui font frémir aujourd'hui tout bachelier
bien dressé :

> *Prenez* par la main, emmenez Briséis aux belles joues,
> S'il ne la donne pas, j'irai la *prendre* moi-même (I, 323-324)

ou encore, dans cette allusion à la langue des dieux :

> Vers le grand Olympe tu as *appelé* le Cent-Bras
> Que les dieux *appellent* Briarée et les hommes
> Aigaiôn (I, 402-404)

Il oublie de varier l'expression. Il joue de la répétition,
mais cette répétition a chez lui des rôles très divers. Il y a
celle du messager, qui rapporte exactement les paroles dont
on l'a chargé, quitte à modifier, eu égard aux circonstances,
le système des pronoms. Voyez comment parlent le Rêve
(II, 23 sq.) ou Iris (un peu partout). Il y a la scène obligée :
comment s'arme un guerrier, comment on prépare un repas,
comment on attelle des chevaux à un char ; là, Homère varie,
ajoute des vers, en supprime, et son auditeur ne sait plus où
est le modèle. Il y a évidemment, comme on l'a vu, les formules qui servent à introduire les discours.

Ces formules sont très importantes, car il faut que le discours occupe un nombre entier de vers. Ce long récit continu
se divise en innombrables séquences, dont les limites apparaissent clairement. Soit dit entre parenthèses, c'est là ce
qui distingue fondamentalement l'art d'Homère et celui de
Virgile : ils n'ont pas le même rythme. Le poète latin n'hésite
jamais à commencer au milieu d'un vers le discours du per-

sonnage ; il ajoutera parfois, plus tard, une incise, un « dit-il », qui signale la présence du narrateur. L'aède agit tout autrement. On dirait qu'il va se métamorphoser en son personnage. Le vers introductif est comme un rituel. La parole passe, comme le sceptre dans les assemblées. Un instant, pour un certain nombre — un nombre entier — de vers, Homère est devenu Achille, ou Hector, ou Andromaque. Pour changer de rôle, pour revenir à lui, il lui suffit de dire, en début de vers : « Ainsi dit »... « le vieil homme », ou bien « Sarpédon », ou bien...

Un phénomène analogue a lieu avec les célèbres comparaisons développées, qui portent encore aujourd'hui le nom de « comparaisons homériques » :

Comme deux lions sur les sommets de la montagne,
Nourris sous leur mère dans les fourrés d'un bois profond,
S'en vont enlevant les bœufs et les forts moutons,
Détruisant les étables des hommes, jusqu'au moment
Où ils tombent à leur tour sous le fer aigu, par la main des hommes,
Ainsi abattus par les mains d'Énée,
Ils tombèrent, pareils à de hauts sapins. (V, 554 sq.)

Pour changer de lieu, de décor, de personnages, l'aède attend le début d'un nouveau vers ; c'est de la même manière qu'il revient à son récit. Ce schéma souffre quelques exceptions, il est vrai, mais fort rares.

En fait, tout se passe comme s'il fallait voir, derrière ces réalisations, le vieux principe du catalogue, qui domine à la fin du chant II, et se retrouve chez d'autres poètes, et surtout chez Hésiode : pour chaque rubrique, un nombre entier de vers. Est-ce de là que vient l'impression que donne parfois Homère de composer par juxtaposition ? Cette impression, on le sait, est à la base de l'idée toute romantique selon laquelle l'Iliade mettrait bout à bout des chants brefs, nés spontanément sur un champ de bataille[1]. Il n'y aurait plus

---

1. Mérimée, lecteur curieux, instruit, mais non spécialiste, résume ainsi cette idée : « Wolf le premier attaqua l'unité de composition de

de noyau primitif. Mais quelqu'un a-t-il jamais pris cette idée au sérieux ?

Car, comme on l'a vu, dans cette discontinuité dont les éditeurs modernes rendent compte en introduisant des paragraphes dans le poème, se laissent voir, en partie grâce aux répétitions, d'incontestables continuités. Qu'il suffise d'en indiquer une, qui semble relever du calembour, mais d'un calembour qui se révèle terrifiant, angoissant, tragique. Dès le début, dès le vers 58 du premier chant, on sait qu'Achille est « podas ôkus » ; les collégiens traduisaient : « rapide quant aux pieds ». Peu après, l'adjectif « ôkus » revient, pris dans un composé : « ôkumoros », qu'on ne sait comment traduire exactement. Le sens est clair pourtant : le héros est voué à une vie brève ; son existence est menacée. Faut-il parler d'un « destin rapide », comme le suggère l'étymologie ?

Une vie brève en partage

Ce mot de « destin », aimé des traducteurs, dans l'épopée comme dans la tragédie, est un mot trompeur. La notion qu'il désigne s'est profondément transformée depuis le temps d'Homère. Quand nous parlons de « destin », nous avons tendance à imaginer un pouvoir suprême, supérieur à tous les dieux, et qui prend des décisions dont la divination s'ef-

l'*Iliade* et de l'*Odyssée*. Il prétendit qu'elles étaient l'œuvre de plusieurs rapsodes, dont les chants, d'abord composés isolément, avaient été dans la suite rassemblés et liés tant bien que mal les uns aux autres ; en un mot, il soutint que ces épopées ne sont que des compilations analogues à la collection des romances du *Cid*, aux sagas d'Islande, ou aux ballades de la frontière écossaise. Lachmann, continuant la thèse de Wolf, a proposé une nouvelle division de l'*Iliade* en seize chants, œuvres de différents auteurs, ou plutôt il ne reconnaît dans le poème que seize morceaux originaux composés à peu près à la même époque, sur autant de sujets distincts. Ces ballades ou ces récits poétiques auraient été cousus les uns aux autres par les académiciens de Pisistrate, ou tout autres premiers éditeurs, quels qu'ils puissent être. » Mérimée, *Mélanges historiques et littéraires*, Paris, Michel Lévy frères, 1855, p. 130. — Friedrich Wolf (1759-1824). — Karl Lachmann (1793-1851).

force de découvrir la teneur. Nous voyons ce pouvoir comme une allégorie qui pourrait figurer dans le prologue d'un opéra baroque (et qui figure effectivement dans le prologue de la Calisto de Francesco Cavalli, sous les traits inattendus d'une soprane).

En fait notre image du destin doit presque tout à la pensée des Stoïciens, qui ne sont pas pour rien des logiciens redoutables. Les «arrêts» du destin ont l'âpreté des nécessités logiques ; on les dirait parents du déterminisme indispensable au développement des sciences classiques. Et il n'est sans doute pas indifférent que soit venue au secours de la pensée stoïcienne vulgarisée cette pseudoscience d'origine chaldéenne qu'est l'astrologie, supposée alors faire partie des mathématiques. Mais les esprits les plus exigeants ont été sensibles à cette grandeur de la divinité aveugle. Quand Virgile parle des destins, des «fata» (qui chez nous sont devenus les fées), il en fait les auteurs, ou l'auteur, d'une vision historique totalisante, selon laquelle Rome doit finir par dominer l'univers. La parenté de notre mot «destin» avec le verbe «destiner» et son dérivé «destination» nous suggère insidieusement l'idée d'un projet, d'un plan. Les Stoïciens laissent parfois apparaître ce qui nous semble une équivoque entre «destin» et «providence».

Il n'y a rien de semblable dans l'Iliade. Et d'abord, il n'y a pas de mot. Le terme technique utilisé par les Stoïciens (et déjà présent dans Platon), «eïmarménè», ne se trouve pas tel quel dans l'épopée. Le terme le plus fréquent, «moïra», signifie aussi, et peut-être d'abord, partie, part dans un partage. L'individu reçoit une part de vie ; il peut avoir, comme Achille, une vie brève en partage. Le partage se fait souvent par tirage au sort. On a eu tendance, plus tard, à identifier le sort avec le destin personnifié. Mais lorsque Zeus place sur sa balance les sorts de deux guerriers affrontés, nous ne pouvons pas vraiment affirmer qu'il interroge sur ses intentions une puissance supérieure à lui. Peut-être use-t-il d'une procédure de décision analogue à celle qui a servi à désigner, au chant VII, le guerrier achéen qui affronterait Hector en combat singulier. La décision s'impose ; le sort a parlé. Plus précisément, comme dans les comparaisons allégoriques qui éclairent les devins, on aperçoit un jeu de coïncidences entre deux séries étrangères l'une à l'autre. À chaque candidat correspond un «sort», un objet symbolique, un jeton, qu'il a marqué de son signe. Il arrive à Zeus de regretter le résultat ; il va souhaiter tricher : il retarderait bien de quelque temps la mort de Sarpédon. Mais Héra veille.

En fait, quoi que disent les devins, dont on prétend qu'ils savent tout, « ce qui est, ce qui sera, ce qui fut », l'avenir reste imprécis. Diverses annonces, parfois venues de respectables divinités, peuvent ajouter des détails : Troie va tomber, lors de la dixième année du siège ; on a des raisons de le croire, parce qu'on a vu un serpent dévorer huit oisillons et leur mère ; donc le siège de la ville doit durer au moins neuf ans. On n'en sait pas davantage. L'avenir n'est en fait vraiment connu que lorsqu'il est devenu présent.

Ce que nous appelons « destin », dans l'*Iliade*, est vécu au moins de deux façons. Il y a d'abord la divination. On attend que quelqu'un dise l'avenir. Il peut s'agir d'un humain qui a des dons particuliers, ce qui signifie qu'une divinité l'assiste. Il arrive aussi que la divinité s'exprime elle-même, soit régulièrement, dans un temple, soit de manière exceptionnelle. Quelle que soit la voie choisie, il convient de se méfier. Le savoir est toujours imparfait. En voici un exemple :

Il était un certain Eukhènôr, fils du devin Polyidos,
Riche et brave ; il habitait Corinthe.
Bien qu'il sache son sort mortel, il monta sur son bateau ;
Souvent le bon vieillard Polyidos lui avait dit
Qu'il mourrait frappé d'un mal cruel dans son palais,
Ou abattu par les Troyens sur les bateaux des Achéens. (XIII, 663 *sq.*)

Voilà un professionnel dont on ne peut pas dire qu'il ne sait rien. De fait, pour son malheur, il ne s'est pas trompé : son fils va mourir avant lui. Mais ce qu'il savait comportait une assez nette incertitude. Dans d'autres cas, ce sont les détails qui manquent. On croit comprendre que certain événement se produira, mais on ne sait pas quand.

Il n'est pas mauvais de réfléchir à la ressemblance qui peut apparaître entre les prédictions des devins, les oracles des dieux et les malédictions proférées. Pour avoir encouru la colère de son père, Phoinix (IX, 454 sq.) sait que les Erinyes le poursuivront et que jamais il n'aura d'enfant. Le récit ajoute : « Les dieux ont accompli la malédiction. » La parole du père a, d'une certaine façon, force d'oracle. Elle façonne le destin du fils maudit.

Rien, dans le grec, ne correspond au « fatum » du latin. Aucun des mots que nous sommes tentés de traduire par « destin » ne comporte, comme le « fatum », une référence étymologique à la parole. Pourtant c'est bien sous la forme d'une parole que l'on rencontre cette pression de l'avenir, d'un avenir qui semble déjà fixé. Parole imprécise, incomplète. Parole dont on peut douter jusqu'au dernier moment, tant qu'elle n'est pas réalisée.

À côté de ce destin que l'on cherche à deviner, il en est un autre ; c'est le même, mais il est vécu autrement. Le mot « moïra » intervient souvent au moment où meurt un homme. On peut alors l'employer dans une phrase à l'imparfait : « C'était son destin. » La certitude est totale, parce que la vie a fui, parce que l'ombre s'est répandue sur les yeux de quelqu'un qui était, il y a une minute, vivant. Soudain l'impression s'impose que ce qui vient de se réaliser ne pouvait pas ne pas se produire, et même ne pouvait pas ne pas avoir été fixé, marqué à l'avance. Une confusion apparaît, facilement vécue par quiconque se trouve face au malheur : l'irréparable prend le visage de l'inéluctable. L'homme est mort, soudain, en pleine jeunesse. On dit : « C'était son jour. » On dit : « Cela ne pouvait pas ne pas arriver. » Dans l'Iliade, le sentiment du fatal est plus proche de ces expressions simples que des considérations philosophiques.

Un détour permet de s'en rendre compte. Il faut voir comment Racine a traduit Homère. On lit dans l'Iliade (IX, 410 sq.) :

Ma mère m'a dit, Thétis aux pieds d'argent,
Que deux génies m'emportent vers le terme de la mort.

Si je reste ici à combattre Troie la ville,
Plus de retour pour moi, mais ma gloire jamais ne périra.
Si je reviens à la maison, dans la terre de la patrie,
Plus de noble gloire pour moi, et ma vie sera
Longue, et la mort, qui est la fin, ne m'atteindra pas tout de suite.

> *On lit dans* Iphigénie *(acte I, sc. II):*

Les Parques à ma Mère, il est vrai, l'ont prédit,
Lorsqu'un Époux mortel fut reçu dans son lit.
Je puis choisir, dit-on, ou beaucoup d'ans, sans gloire,
Ou peu de jours suivis d'une longue mémoire.

Ces Parques ont un air bien latin. Quant à l'idée du choix, elle vient de Platon, du mythe d'Er, qui clôt la République. *L'Achille d'Homère a sous les yeux deux hypothèses ; mais il ne perd pas son temps à hésiter ; il vit déjà dans l'idée que l'une d'elles est vaine. Dans Racine, il est vrai, le héros est plus jeune ; l'armée est toujours à Aulis, on n'a pas encore débarqué devant Troie. Dix ans plus tard, dès le début de* l'Iliade, *Thétis écarte toute idée de choix : Achille aura une vie brève, « ôkumoros » ; sa mort est proche ; elle court vite ; elle va bientôt le rattraper.*

Le poème ne met pas en doute cette prophétie ; en quinze mille vers, inexorablement, il la précise, il la resserre. Achille parle à plusieurs reprises de partir, de rentrer chez lui ; il n'en fait rien, et l'on ne sait pas pourquoi. Puis, dans les derniers chants, les signes se multiplient : c'est Thétis qui l'annonce, puis c'est un cheval divin, puis c'est Hector, comme si l'agonie lui donnait un autre regard, qui, chacun à son tour, reparlent de cette « mort annoncée ».

La mort annoncée

Achille va bientôt mourir. C'est là-dessus que s'achève le poème de sa colère. Il n'importe peut-être pas de savoir si cette prophétie se réalisera ou non. Nous qui savons qu'elle l'a été, il nous est plus facile de confondre l'irréparable et l'inéluctable, à cause de ce savoir, et aussi parce que le héros lui-même nous a montré la voie. Il est persuadé.

Florence Goyet a raison de montrer que, dans certaines épopées, dont l'Iliade, plus d'un héros, Achille, Agamemnon, Roland, passe d'un état primitif, où le caprice domine, où l'homme veut sottement imposer sa volonté, à une plus grande maturité, où il peut réellement jouer son rôle de chef, capable d'entendre ce qui se dit autour de lui. Elle suggère que Zeus a subi la même évolution[1]. De fait, dans le chant XXIII, l'une des cibles de ceux qui se méfient des interpolations[2], Achille préside aux jeux funèbres avec une extraordinaire sérénité, avec un sens exact de ses responsabilités, avec une largesse qui convient aux princes, avec une attention délicate pour tous ceux qui ont été d'une manière ou d'une autre défavorisés.

Mais on peut aussi — ce n'est pas du tout incompatible — avoir l'impression que le héros est déjà, d'une certaine façon, de l'autre côté. Dira-t-on que la mort de Patrocle, l'ami cher, l'a brisé ? Sans doute. Elle est venue s'ajouter à toutes ces paroles. Et l'ami devenu fantôme reprend à son tour la prophétie :

> Toi aussi, Achille à visage de dieu, ton sort
> Est de mourir sous le mur des riches Troyens. (XXIII, 80)

C'est peut-être, de la part d'Homère, un coup de génie que de n'avoir pas raconté la mort d'Achille. Le poème a l'air de s'achever. Il s'achève, de fait, sur une triple lamentation funèbre. Mais c'est Hector qui est pleuré, par Hécube, sa mère, par Andromaque, sa femme, par Hélène, la femme de son frère.

Hector est mort. Hector, qui voyait clair. Il a tout fait pour

---

1. Florence Goyet, *Penser sans concepts. Fonction de l'épopée guerrière*, Paris, Honoré Champion, 2006.
2. Cette série d'épreuves sportives leur fait l'effet d'un hors-d'œuvre inutile.

que la guerre s'achève au plus vite. Autant que possible il a favorisé les négociations. Toujours elles échouaient. Alors, contre les vieux Troyens timorés, il a prôné la manœuvre décisive. Il a cru l'avoir réussie :

Zeus nous a donné, en ce jour qui vaut tous les autres,
De prendre les bateaux qui, venus ici contre le vouloir des dieux,
Nous ont imposé des souffrances, par la lâcheté de ces vieux
Qui, quand je voulais me battre sur les poupes de bateaux
M'ont arrêté et ont retenu le peuple. (XV, 719-723)

Tout a été vain. Hector est mort. Troie est perdue. Venues de divers lieux, des paroles l'annoncent : «Le jour viendra où tombera Ilion la sainte» (IV, 164). *Cet avenir que l'on devine réalise aussi ce qu'on a contemplé pendant vingt-quatre chants.*

Une fois encore, la ligne selon laquelle se déroule la narration d'un épisode, celui de la colère d'Achille, reflète en plus petit celle qui dessine toute la guerre. Comme Achille, Troie doit périr.

Il reste une différence. On peut chercher des raisons à la chute de la ville. Certains passages suggèrent un châtiment divin : les Troyens sont perfides, Laomédon le roi s'est autrefois moqué d'Apollon, de Poséidon, d'Héraklès ; il n'a pas tenu les promesses qu'il leur avait faites. Son petit-fils, Alexandre, également appelé Pâris, a violé les lois de l'hospitalité en enlevant Hélène. Zeus protecteur des serments ne peut pas ne pas intervenir.

Il n'est pas sûr du tout que là se trouve le sens dernier du poème. On ne peut pas oublier que Zeus est lui-même capable de perfidie. Le Zeus d'Homère n'est pas celui des Stoïciens, celui que magnifie l'Hymne de Cléanthe.

Il vaudrait mieux prendre garde aux déclarations, plus nombreuses, plus explicites, qui attribuent la destruction de Troie aux volontés conjointes d'Héra et d'Athéna. Zeus a dû plier devant l'obstination des déesses. Il n'est pas tout-puissant. Pourquoi Héra et Athéna en veulent-elles si obstinément à Troie ? Certaine histoire de jugement de Pâris flotte dans l'air. Le poème y fait, sur sa fin, une très rapide allusion (XXIV, 28 sq.). Il n'a pas manqué de savants, déjà dans l'Antiquité, pour douter que ces vers viennent d'Homère. Peu importe : ils offrent une manière d'explication, si fragile soit-elle.

Rien n'explique la mort d'Achille.

Et le poème est pris tout entier par ce large mouvement qui l'emporte vers l'abîme.

JEAN-LOUIS BACKÈS

NOTE SUR LA TRADUCTION

Autrefois, quiconque traduisait se donnait pour tâche de plier l'étranger aux lois qui avaient cours en France, lois du langage, lois de la poétique, ou même, simplement, lois de la politesse.

Au vers 452 du chant VII, on entend Poséidon dire : «moi et Apollon». L'un des meilleurs représentants du goût classique, et pour cette raison tête de Turc de Victor Hugo, Prosper Bitaubé (1732-1808) corrige sereinement le dieu, lui enseigne les bonnes manières, et traduit : «Apollon et moi». Leconte de Lisle suit cet exemple.

Comme ses prédécesseurs, et beaucoup de ceux qui l'ont suivi, Leconte de Lisle a été dressé par l'école à éviter les répétitions de mots. Homère n'a pas bénéficié de cette éducation-là. Il ne se croit pas obligé de varier l'expression. Le même mot revient dans deux vers qui se suivent. Est-ce bien grave ? Le traducteur se sent pourtant le devoir de le corriger. Leconte de Lisle y manque rarement. L'aède dit qu'Hector a menacé «De ne pas retourner des bateaux vers Ilion / Avant d'avoir mis le feu aux bateaux» (XIV, 46-47). Le poète français fait simplement disparaître la première occurrence du mot. Inversement, dans les scènes de bataille, quand les pronoms personnels se croisent de telle manière qu'on ne sait plus très bien qui est qui, il n'hésite pas à remplacer au moins l'un d'eux par le nom propre qui convient. Il s'en voudrait d'imiter la narration parfois un peu embarrassée du vieil Homère.

C'est pourtant lui qui a fait comprendre à un large public qu'il était regrettable d'appeler Poséidon Neptune, Zeus Jupiter, et Athéna Minerve. C'est lui qui, d'une manière générale, a proposé de transcrire les noms grecs sans passer par le latin, donc sans les exposer à tous les accidents qui les rendent finalement méconnaissables. Kaïneus n'est pas sans doute un personnage des plus importants ; ce n'est pas une raison pour en parler en disant : Cénée.

Leconte de Lisle traduisait en prose. Ceux de ses concurrents qui ont préféré le vers ont rarement imaginé de recourir à une autre forme que l'alexandrin, strict, ou un peu libéré. Or ce cadre est assez différent de celui qu'utilisait Homère, le fameux hexamètre dactylique. Le vers français se partage en deux moitiés égales, de six syllabes chacune. Pour le vers grec, non seulement il comporte un nombre variable de syllabes, entre douze et dix-sept, mais encore il évite absolument la symétrie ; la césure y sépare deux éléments de longueur différente, le premier commençant toujours par une syllabe longue, le second le plus souvent par une syllabe brève ; cette particularité n'a guère d'équivalent dans notre langue.

De plus, la technique des aèdes comporte deux traits propres à étonner les pédagogues classiques : on distingue dans le poème de petites unités formées d'un nombre entier de vers. C'est le cas, par exemple, des discours, des rubriques du catalogue des vaisseaux. Tout discours commence au début d'un vers et se termine à la fin d'un vers. À l'intérieur de cette unité, les rejets sont possibles et fréquents. Certains semblent justifiés ; d'autres donnent une certaine impression de gratuité. Homère n'avait, et pour cause, pas appris la rhétorique classique ; il ne savait pas que tout rejet doit avoir un pouvoir suggestif. Il n'en a pas moins proposé un formidable, dès le troisième vers de l'*Iliade*, auquel fera écho celui qui ouvre le deuxième vers de l'*Odyssée* :

> L'homme, dis-le-moi, Muse, le très divers, qui si longtemps
> A erré, quand il eut détruit la sainte ville de Troie.

Plus d'un traducteur respectueux n'a pas perçu, ou n'a pas voulu percevoir, ce mouvement.

Les poètes depuis plus de cent ans ont montré, par leur pratique, en dépit des sceptiques grincheux, que le vers libre, même si on prétend n'y voir qu'une fantaisie typographique, produit des effets : le rejet y a droit de cité. Le rythme du vers contredit le rythme de la phrase. Il arrive, de plus en plus souvent, que les récitants jouent de ce heurt.

*

La présente traduction est l'une de celles qui leur en donnent l'occasion. Elle ne suit pas toujours l'ordre des mots ; l'entreprise serait impossible. Mais toujours elle reflète ce trait essentiel pour la définition du rythme homérique : rigueur dans la constitution des unités, liberté du rejet à l'intérieur de ces unités.

Elle s'applique par ailleurs à oublier, autant que possible, le vocabulaire conventionnel qui, il y a deux cents ans, était censé donner à la traduction une allure conforme à la dignité de la Muse épique.

> Chère épouse, répondit Hector, je partage vivement tes alarmes ; mais je ne puis penser sans frémir aux reproches des Troyens et des généreuses Troyennes, si, comme un lâche, je me tenais à l'écart pour éviter le combat ; et mon courage me prescrit une autre loi.

Bitaubé, toujours. Comparons avec Paul Mazon :

> Tout cela, autant que toi, j'y songe. Mais aussi j'ai terriblement honte, en face des Troyens comme des Troyennes aux robes traînantes, à l'idée de demeurer, comme un lâche, loin de la bataille. Et mon cœur non plus ne m'y pousse pas. (VI, 441-444)

Non seulement le texte est suivi de très près, non seulement n'y est ajouté aucun ornement, mais encore et surtout on voit disparaître les périphrases nobles au profit d'expressions authentiques. Un locuteur francophone d'aujourd'hui dit rarement « mon cœur m'y pousse ». Pour un héros d'Homère, le tour est banal.

Sauf quand le sens l'exigeait absolument, Paul Mazon avait abandonné les nobles « génisses » classiques, au profit de simples « vaches ». Il avait même renoncé aux « tentes » pour les remplacer, non sans raison, par des « baraques ».

On peut aller plus loin que lui dans ce sens. Sa traduction reste un monument : œuvre scientifique de grande précision, œuvre littéraire qui joue d'une belle prose et regorge de trouvailles stylistiques ; texte à la syntaxe rigoureuse, mais qui bride celle du texte grec, et qui, rythmant de belles phrases, laisse de côté le rythme du vers.

*

Essayer de transposer quelque chose du rythme, non pas sa mécanique, mais son mouvement, n'implique pas qu'on renonce à l'exactitude, au contraire ; mais l'exactitude souhaitée se heurte à de grandes difficultés dont il est bon, peut-être, que le lecteur soit averti.

Un double exemple peut d'emblée éclairer bien des choses. En français moderne, il va de soi qu'une lance ne se lance pas et qu'une cuirasse est rarement en cuir. Mais on est bien obligé de traduire par « lance » ou par « pique » les mots grecs qui désignent ces armes énormes qu'on utilise tantôt comme un épieu, tantôt comme un javelot. « Javelot » ou « javeline » désigneraient des armes trop légères. Donc il faudra que la lance se lance.

En français moderne, tout le vocabulaire qui a trait au cheval suppose que l'homme monte à califourchon sur la bête, pratique que les héros d'Homère, sans toujours l'ignorer, négligent au profit des techniques d'attelage. On pourrait se contraindre à éviter le mot « cavalier ». Il reste que les mots grecs possèdent la connotation magnifique qui s'attache à ce mot, et plus encore à celui de « chevalier ». Faut-il renoncer à parler du chevalier Hector au motif qu'il ne monte pas à cheval ? Est-il pour autant moins chevaleresque ?

Le vocabulaire de la vie psychologique est plus troublant encore. Pour le héros d'Homère, tout se passe dans la poitrine : la tête contient une manière de bouillie blanche, qui s'écoule bêtement quand on a fendu un crâne. Les idées sont ailleurs, dans le cœur, ou plutôt dans le « *phrèn* » ; par ce mot, les médecins, longtemps après Homère, ont nettement désigné le diaphragme. Cette spécification semble ne pas exister dans l'*Iliade*, qui appelle « *phrèn* » toutes sortes de membranes. Reste le « *thymos* », qui a sans doute un certain rapport avec le souffle. Mais le mot, très fréquent, a beaucoup trop de sens pour qu'on puisse lui choisir un équivalent ; il est le courage, la colère, l'ardeur, la vie… Quant à l'âme, la « *psykhè* », c'est aussi un souffle. Elle descend aux enfers. Bien des traits la séparent de l'âme telle que le christianisme l'a définie. L'essentiel est dans le cœur ; Homère dispose de plusieurs mots pour désigner cet organe, qui n'est pas sans rapport, comme le dit l'étymologie du français, avec le courage.

Le courage joue un grand rôle, évidemment, dans une épopée guerrière, même si les plus grands héros, quand un dieu est contre eux, n'hésitent pas à prendre la fuite. L'essentiel est que la vertu guerrière organise la société. Le simple adjectif « *kakos* », que nous connaissons par la cacophonie, veut dire sans doute « mauvais », mais aussi « lâche ». Mazon, qui a insisté sur les ressemblances qui se font voir entre le monde homérique et celui des épopées médiévales, n'hésita pas, parfois, à traduire par « vilain ». La fracture sociale est profonde entre les simples soldats, qui font d'assez mauvais guerriers, et les meilleurs, ceux qu'on voudrait appeler les aristocrates et qu'il n'est pas impossible, parfois, de désigner par le terme « seigneurs ». Les « *kakoi* », les mauvais, sont admis à l'assemblée où l'on annonce les décisions. Mais celles-ci ont été prises, d'abord, dans le conseil, où ne siègent que les seigneurs, les « *agathoi* », les bons. Bien entendu, les « *agathoi* », les bons, ont un sens aigu de l'honneur ; ils veulent qu'on leur rende ce qui leur revient. L'*Iliade* est l'histoire d'un homme vexé : on a prétendu enlever à Achille la part à laquelle il avait eu droit dans le partage du butin.

Le vocabulaire du grec homérique est alors plein de pièges. Les mots s'appellent les uns les autres selon des affinités qui ne se retrouvent pas telles quelles entre les équivalents supposés qu'offre la langue française.

Il est souvent question de partage. Chacun a sa part. Mais, dès qu'il y a partage, l'honneur est en jeu. Le partage se fait selon la justice ; mais souvent la justice s'exprime par le sort, par le hasard. On tire au sort. Dans un tirage au sort, peut se jouer la vie des hommes. Il est un mot que la présente traduction évite délibérément : celui de « destin ». Les traducteurs en ont usé et abusé. Il est bon de prendre du champ.

*

Reste un problème moins grave : la transcription des noms propres. Elle présente des difficultés qui n'ont pas de solution. Le système qui avait cours en France à l'époque classique brille par son incohérence. Sans parler des formes dont on ne sait pas d'où elles viennent, Ajax (pour Aias), Ulysse (pour Odysseus), on remarque que, puisque Peleus donne Pélée, et Idomeneus, Idoménée, Akhilleus devrait donner Achillée. Et par quelle raison prononce-t-on Achille comme « hachis », alors que Calchas ne se chuinte pas (on prononce « Kalkas ») ?

Leconte de Lisle écrivait Akhilleus et prononçait en conséquence. Il reste que, à cause d'un tendon, dont Homère ne sait rien, le nom « Achille », prononcé à la française, fait partie de la langue. Il reste aussi que l'ajout d'un accent circonflexe sur Apollon (Apollôn), alors que ce nom-là, lui aussi, fait partie du français de base, a quelque chose de déconcertant.

La solution finalement retenue est une demi-mesure. On

a imité Leconte de Lisle pour tous les noms qui n'évoquent rien. On a gardé le nom francisé des grands personnages. Du coup, on se trouve consacrer l'opposition entre les seigneurs et la foule.

Heureusement, Homère avait prévu, dans le plus bas des bas-fonds, un personnage ridicule et odieux, méprisable au-delà de tout ce qui peut se dire, un personnage dont le nom, en partie grâce à Shakespeare, est assez largement connu. Si on dit Diomède, et non Diomèdès, il faut dire Thersite, et non Thersitès.

*

Enfin, les Anciens avaient coutume de désigner par des titres certains épisodes. Aristote parlait par exemple non du chant X mais de la «Dolonie», c'est-à-dire de la rencontre de Diomède et d'Ulysse avec le Troyen Dolon. La distribution en vingt-quatre chants est assez tardive; calculés pour avoir tous, en gros, la même longueur, les chants ne présentent pas tous la continuité narrative qui caractérise un épisode. Les titres que proposent pour chacun d'eux les modernes mettent en évidence un événement important, mais ne réussissent pas toujours à résumer l'ensemble du chant. Nous les proposons pour notre part, non pas dans le corps du texte, mais dans les résumés et la table des matières.

Iliade

CHANT I

La colère*, chante-la, déesse, celle du Pélide Achille,
La pernicieuse*, qui aux Achéens donna tant de souffrances
Et qui jeta dans l'Hadès tant de fortes âmes
De héros ; eux-mêmes, elle en fit la pâture des chiens
5 Et des oiseaux. La décision de Zeus* s'accomplissait,
Depuis que d'abord s'opposèrent en querelle
L'Atride prince des hommes et Achille le divin.

Qui des dieux les affronta dans le combat et la querelle ?
Le fils de Lètô et de Zeus. Irrité contre le roi, c'est lui
10 Qui lança sur l'armée un mal vilain ; les peuples mouraient,
Parce que Khrysès*, son prêtre, avait été offensé
Par l'Atride ; il était venu vers les bateaux légers des Achéens
Pour délivrer sa fille, apportant une énorme rançon ;
Il tenait en main les rubans d'Apollon Flèche-Lointaine*
15 Sur un bâton* doré ; il priait tous les Achéens
Et surtout les deux Atrides, qui mettent les troupes en ordre.
« Atrides et vous autres, Achéens aux cnémides*,
Que vous donnent les dieux dont le logis est sur l'Olympe
De démolir la ville de Priam et de bien rentrer chez vous.
20 Délivrez ma fille que j'aime, recevez cette rançon,
Ayez égard au fils de Zeus, Apollon Flèche-Lointaine. »

Alors tous les Achéens d'un cri approuvèrent
Qu'on respecte le prêtre et qu'on accepte la rançon
  superbe,
Mais l'Atride Agamemnon dans son cœur en eut déplaisir ;
25 Vilainement il le chassa, ajoutant ce mot dur :
  «Que je ne te revoie pas, vieil homme, près des bateaux
    creux,
  Maintenant, si tu traînes, plus tard, si tu reviens ;
  Ne compte pas sur ton bâton, ni sur les rubans du dieu.
  Elle, je ne vais pas la lâcher ; avant que Vieillesse la prenne
30 Dans notre maison, en Argos, loin de sa patrie,
  Elle ira travailler au métier et coucher dans mon lit.
  Allez, va, ne m'énerve pas, si tu veux revenir sauf. »

Il dit. Le vieil homme eut peur et se soumit à sa parole.
Il allait sans un mot sur le bord de la mer au ressac.
35 Et quand il fut très loin, il pria, le vieil homme,
Le prince Apollon, qu'enfanta Lètô (elle a de beaux che-
    veux) :
  «Écoute-moi, Arc d'Argent*, toi qui protèges Khrysè,
  Et la sainte Killa — et ton pouvoir est fort sur Ténédos —
  Smintheus* ; si jamais j'ai construit un temple qui te plaise,
40 Si jamais j'ai pour toi brûlé des cuisses grasses
  De taureaux et de chèvres, exauce mon vœu.
  Que tes flèches aux Danaens fassent payer mes larmes. »

Telle fut sa prière, et Phoibos Apollon l'entendit.
Il vint des cimes de l'Olympe, le cœur en colère,
45 Portant sur l'épaule l'arc et le carquois fermé ;
Les flèches sifflaient sur son épaule alors
Qu'il fonçait dans sa colère ; il allait pareil à la nuit ;
Il prit place à l'écart des bateaux, lança une flèche.
L'arc d'argent résonna d'une plainte terrible.
50 Il frappa d'abord les mulets et les chiens qui courent,
Puis c'est sur eux que, laissant aller la flèche cruelle,
  Il tira ; et sans cesse brûlaient pour les cadavres les
    bûchers.

Neuf jours sur l'armée tombèrent les coups du dieu.
Au dixième Achille appela le peuple à l'assemblée ;
55 Héra Blanche-Main lui en avait donné l'idée ;
Elle avait souci des Danaens, et les voyait mourir.
Donc lorsqu'ils furent réunis et rassemblés,
Se levant, Achille Pieds-Rapides* leur dit :
« Atride, maintenant je crois que, non sans errances*,
60 Nous allons revenir chez nous, si toutefois nous évitons la
         mort.
Car la guerre et la peste terrassent les Achéens.
Mais posons la question à quelque devin ou prêtre,
À quelque interprète de songe (le songe est de Zeus)
Qui dira pourquoi se fâche ainsi Phoibos Apollon,
65 S'il réclame des prières ou une hécatombe*,
S'il veut graisse d'agneau ou de chèvres parfaites
Pour venir vers nous et détourner le mal. »

Ayant dit, il s'assit ; au milieu d'eux se leva
Calchas Thestoride, le meilleur de ceux qui regardent les
         oiseaux ;
70 Il savait ce qui est, ce qui sera, ce qui fut*.
Il avait conduit vers Ilion les bateaux achéens
Par le savoir qu'il tenait de Phoibos Apollon.
Plein de bon vouloir, il les harangua et leur dit :
« Achille, tu m'enjoins, cher à Zeus, d'expliquer
75 La colère du prince Apollon Flèche-Lointaine.
Je vais tout dire ; mais fais-moi contrat et promesse
Avec tes mots, avec tes mains, sans hésiter, de me défendre,
Car un homme va se fâcher, je crois, qui plus que tous
Est fort parmi les Argiens ; les Achéens lui obéissent.
80 Plus puissant est le roi en colère que l'homme de rien.
Même s'il retient, pour un moment, sa bile,
Plus tard il garde rancune, pour se venger,
Au fond du cœur. Toi, dis si tu me protégeras. »

En réponse lui dit Achille Pieds-Rapides :
85 « Dis en confiance l'oracle que tu sais.

Par Apollon cher à Zeus, par qui toi, Calchas,
Tu révèles aux Danaens, non sans prier, les oracles,
Tant que je vis et vois de mes yeux la terre,
Personne près des bateaux creux ne portera sur toi la
    main,
90 Aucun Danaen, pas même si tu nommes Agamemnon,
Qui dit très haut qu'il est le meilleur des Achéens. »

Alors le devin sans reproche prit courage et parla.
« Il ne se plaint ni de prières, ni d'hécatombes oubliées,
Mais de son prêtre qu'a offensé Agamemnon,
95 Sans délivrer sa fille, sans accepter la rançon.
Et donc Flèche-Lointaine a lancé ce mal, en lancera d'autres ;
Il n'écartera pas des Danaens l'atroce fléau
Tant qu'au père n'est pas rendue la fille au clair regard
Sans échange ni rançon ; qu'une sainte hécatombe
100 Aille à Khrysè. Alors pourrait l'apaiser notre prière. »

Ayant dit, il s'assit ; au milieu d'eux eux se leva
Le héros Atride, Agamemnon au large pouvoir,
Vexé ; les membranes noires en lui s'emplirent lourdement
De fureur, ses yeux ressemblaient au feu de l'éclair.
105 Jetant sur Calchas un méchant regard, il dit d'abord :
« Devin d'horreurs, jamais tu ne m'as dit rien qui vaille.
Tu as plaisir toujours à promettre des horreurs,
Jamais tu n'as dit ni fait advenir une bonne parole.
Et maintenant aux Danaens tu annonces un oracle :
110 Si Flèche-Lointaine forge pour eux des souffrances,
C'est parce que je n'ai pas accepté la superbe rançon
Pour la fille de Khrysès, car je préfère la garder
Chez moi. Je la préfère à Clytemnestre,
Ma femme épouse ; elle n'a pas moins de valeur
115 Pour le corps et l'allure, pour l'esprit et l'habileté.
Pourtant je veux bien la rendre, si c'est souhaitable :
Je veux que le peuple vive et ne périsse pas.
Mais tenez prête pour moi une autre part, que je ne sois
Pas le seul Argien qui n'ait rien ; ce ne serait pas décent.
120 Tous, vous voyez, ma part s'en est allée ailleurs. »

Lui répondit alors Achille Pieds-Rapides, le divin :
« Atride glorieux, de tous le plus cupide,
Les Achéens au grand cœur te donneraient une autre part ?
Nous n'avons, que je sache, plus grand chose à répartir ;
125 Ce que nous avons pris dans les villes est déjà partagé ;
Tout remettre en commun, ce ne serait pas décent.
Cède la fille au dieu ; nous autres Achéens
Nous t'indemniserons trois fois ou quatre, si Zeus
Nous donne de mettre à sac Troie la bien remparée. »

130 En réponse lui dit le puissant Agamemnon :
« Si grande soit ta valeur, Achille à visage de dieu, évite
De ruser avec moi ; je ne te céderai ni ne te croirai.
Tu veux vraiment, toi qui as eu ta part, que je reste
Là, dépouillé ; tu exiges que je rende la fille.
135 Alors, que les Achéens au grand cœur me donnent
Une part à mon gré et de même valeur.
S'ils refusent, j'irai prendre moi-même
La tienne, ou celle d'Ajax, ou j'irai chercher celle
D'Ulysse. Celui que j'irai voir se fâchera.
140 Mais de cela nous parlerons une autre fois.
Allons ! Tirons un noir bateau sur la mer divine ;
Réunissons ce qu'il faut de rameurs, embarquons
Une hécatombe, faisons monter Khryséis aux belles joues
À bord. Que soit chef un homme de bon conseil,
145 Ajax, ou Idoménée, ou Ulysse le divin,
Ou toi, Pélide, le plus effrayant des hommes.
Pour que, sacrifiant, tu apaises Celui qui de loin protège. »

Le regard en dessous, Achille Pieds-Rapides lui dit* :
« Ô couvert d'impudence et de rapacité,
150 Est-il un Achéen qui de bon cœur te suivra
Pour prendre la route ou pour combattre des hommes ?
Ce n'est pas à cause des lanciers troyens que je suis venu
Ici pour me battre ; je n'ai pas contre eux de grief ;
Jamais ils n'ont volé mes vaches ou mes chevaux.
155 Dans la Phthie* plantureuse, qui nourrit les hommes,

Ils n'ont pas pillé mes moissons ; entre eux et nous
Il y a des montagnes sombres et la grande voix des mers.
C'est toi, l'impudent, que nous avons suivi, pour ton plaisir,
Pour venger l'honneur de Ménélas et le tien, œil de chien,
160 Contre les Troyens. Peu t'importe ! Tu n'y penses pas.
Et tu menaces de me reprendre toi-même ma part ;
Pour elle j'ai peiné ; les fils des Achéens me l'ont donnée.
Ma part n'égale pas la tienne, quand les Achéens
Détruisent une ville troyenne florissante.
165 Dans la guerre où l'on bondit, mes mains s'activent
Plus que les tiennes ; mais quand vient le partage,
Tu as la plus grande part, et moi, content de peu,
Je reviens à mes bateaux, fatigué de me battre.
Maintenant je vais partir pour la Phthie, je ferai mieux
170 D'aller chez moi sur mes bateaux de haut bord ; je me vois
    mal
Rester ici sans honneur pour t'assurer abondante richesse. »

Lui répondit alors le prince des hommes Agamemnon :
« Va-t'en, si ton cœur t'y pousse ; moi, je ne vais pas
Te supplier de rester pour moi ; il en est d'autres ici
175 Qui me feront honneur, et surtout Zeus le subtil.
De tous les rois filleuls de Zeus*, tu es le plus haïssable.
Toujours tu aimes les querelles et les guerres et la bataille ;
Si tu es très fort, c'est qu'un dieu te l'a donné.
Rentre chez toi avec tes bateaux et tes compagnons,
180 Règne sur les Myrmidons ; de toi je n'ai pas souci.
Je n'ai pas peur de ta colère. Mais voici ma menace :
Puisque Phoibos Apollon m'enlève Khryséis,
Sur mon bateau, par mes compagnons je la ferai
Reconduire. Moi, je prendrai Briséis aux belles joues,
185 Ta part ; moi-même, à ta tente, j'irai, et tu sauras
Que je suis plus fort que toi ; personne n'osera plus
Se dire égal à moi, se croire mon semblable. »

Il dit. Le Pélide en souffrit ; son cœur
Sous les poils de sa poitrine bougea, hésitant :
190 Allait-il tirer l'épée attachée à sa cuisse,

Écarter tout le monde, tuer l'Atride,
Ou bien retiendrait-il sa bile, maîtrisant sa fureur ?
Il roulait tout cela dans son âme et dans sa pensée ;
Il tirait du fourreau la grande épée, mais Athéna vint
195 Du haut du ciel. Héra Blanche-Main l'avait envoyée ;
Tous deux elle les aimait et pour eux s'inquiétait.
Debout derrière lui, elle prit le Pélide par ses cheveux
blonds,
N'apparaissant qu'à lui. Aucun autre ne la voyait.
Achille frémit, se retourna, reconnut tout de suite
200 Pallas Athéna ; ses yeux brillaient, terribles.
Lui parlant, il lui dit ces mots qui ont des ailes :
« Pourquoi, fille de Zeus à l'égide*, es-tu venue ?
Pour voir la violence d'Agamemnon Atride ?
Mais je vais te dire une chose, et qui va, je crois, se réa-
liser :
205 Pour son arrogance bientôt, il perdra le souffle. »

Alors lui dit la déesse, Athéna Œil de Chouette* :
« Je suis venue du ciel pour calmer, si tu m'en crois,
Ta fureur. C'est Héra Blanche-Main qui m'a envoyée ;
Tous deux elle vous aime et pour vous s'inquiète.
210 Allons ! arrête cette dispute, ne tire pas l'épée,
Par des insultes montre-lui ce qui va se passer.
Mais je vais te dire une chose, et qui se réalisera :
Il t'offrira un jour trois fois plus de cadeaux superbes
À cause de cette violence. Tiens bon, aie foi en nous. »

215 En réponse lui dit Achille Pieds-Rapides :
« Il le faut, déesse, je m'en tiens à votre parole,
Malgré cette colère en moi ; c'est mieux ainsi.
Qui se soumet aux dieux, les dieux l'écoutent. »

Sa main s'alourdit sur le pommeau d'argent,
220 Il remit au fourreau la grande épée, se laissa convaincre*
Par la parole d'Athéna. Elle, elle alla sur l'Olympe
Dans la maison de Zeus à l'égide, avec les autres dieux.

Tout de suite le Pélide, par des paroles insultantes
S'adressa à l'Atride, et ne contint pas sa bile.
225 « Sac à vin, œil de chien, cœur de biche,
T'armer pour t'en aller avec ton peuple en guerre,
Te mettre en embuscade avec les meilleurs des Achéens,
Tu ne l'a jamais supporté. Tu sais qu'on risque la mort.
Il t'est plus doux, au milieu de l'immense armée achéenne,
230 D'enlever son cadeau à quiconque te résiste ;
Roi qui manges ton peuple, tu règnes sur des bons à rien.
Cet outrage, sinon, Atride, serait le dernier.
Je te le dis et je vais faire un grand serment
Par ce bâton qui n'a plus ni feuilles ni bourgeons ;
235 Depuis qu'il a laissé, dans la forêt, une souche,
Jamais il ne refleurira, car le bronze lui a ôté
Écorce et feuilles ; et maintenant les fils des Achéens
Le tiennent en main quand ils jugent et prononcent
Les verdicts de Zeus. Voici quel sera mon grand serment.
240 Un jour, un grand regret d'Achille viendra aux Achéens,
À tous ; et tu ne pourras pas, si inquiet que tu sois,
Leur être utile ; beaucoup, par Hector tueur d'hommes,
Tomberont mourant ; et tu déchireras ton cœur,
Fâché de n'avoir pas honoré le meilleur des Achéens. »

245 Ainsi dit le Pélide et il jeta par terre le bâton
Tout orné de clous d'or ; et il se rassit.
L'Atride, face à lui, rageait ; alors se leva Nestor
L'homme aux paroles douces, à la voix claire, l'orateur des
		Pyliens ;
De sa langue le discours coulait plus doux que le miel.
250 Il avait vu deux générations d'hommes éphémères*
Disparaître, avec lui éduquées, à Pylos qu'aiment
Les dieux ; puis il avait régné sur la troisième.
Plein de bon vouloir, il les harangua et leur dit :
« Oh ! la ! la ! un grand deuil a frappé la terre d'Achaïe.
255 Priam aurait grand joie, et les fils de Priam
Et les autres Troyens seraient dans le bonheur,
S'ils apprenaient que vous vous affrontez,
Vous les meilleurs des Danaens au conseil et au combat.

Écoutez-moi. Vous êtes tous deux plus jeunes que moi.
260 Autrefois, déjà, je me suis trouvé avec des hommes
Plus valeureux que vous. Ils ne m'ont pas méprisé.
De pareils je n'en ai plus vu, je n'en verrai plus.
Peirithoos*, Dryas, bergers de peuples,
Kaineus, Exadios et Polyphème à visage de dieu,
265 Thésée fils d'Égée, qui était comme les immortels.
C'étaient les plus forts que la terre ait nourris,
Ils étaient les plus forts, en combattaient de plus forts,
Les monstres des montagnes, qu'ils tuèrent affreusement.
Et j'étais avec eux, venant de Pylos,
270 D'une terre lointaine : ils m'avaient appelé.
Et j'ai combattu de mon mieux. Contre ceux-là
Aucun de ceux qui sont aujourd'hui sur terre ne tiendrait.
Ils ont accueilli mes conseils, écouté ma parole.
Écoutez-la, vous aussi ; car mieux vaut écouter.
275 Toi qui es vaillant, ne lui enlève pas la fille ;
Laisse-la. Les fils des Achéens la lui ont donnée.
Et toi, Pélide, renonce à t'opposer au roi
Ouvertement. Jamais n'obtient part égale aux autres
Le roi qui porte le bâton. Zeus lui donne la gloire.
280 Tu es fort ; une déesse fut ta mère,
Mais il est plus fort, il règne sur un plus grand nombre.
Atride, toi, fais cesser ta fureur ; et moi,
Je prie Achille de contenir sa bile, car il est
Pour tous les Achéens un mur contre la guerre méchante. »

285 En réponse lui dit le puissant Agamemnon :
« Ce que tu dis, vieil homme, est bien raisonné*.
Mais cet homme-là veut dominer tous les autres
Il veut être le maître, régner sur tous,
Donner des ordres, dont quelqu'un, je crois, ne voudra pas.
290 Les dieux qui toujours vivent en ont fait un guerrier ;
Lui donnent-ils le droit de dire des insultes ? »

Lui coupant la parole, Achille divin rétorqua :
« Je serais appelé lâche et bon à rien
Si je cédais à tout ce que tu dis.

295 Donne tes ordres aux autres, mais à moi
    Non. Car je ne crois pas que je t'obéirais.
    Ce que je vais dire d'autre, mets-le-toi dans l'esprit :
    Je ne me battrai pas à main armée pour cette fille,
    Ni contre toi, ni contre un autre ; vous donnez, vous
        reprenez.
300 Mais de tout ce qui est près de mon bateau noir
    Tu n'emporteras rien si je m'y oppose.
    Et si tu veux essayer, que tous le sachent :
    Ton sang noir aussitôt coulera sur ma lance. »

    Ainsi, ayant rivalisé de mots blessants,
305 Ils se levèrent ; et l'assemblée se sépara près des bateaux.
    Le Pélide avec le Ménoitide* et ses compagnons
    Alla vers ses tentes et ses bateaux aux lignes justes.
    L'Atride fit tirer vers la mer un bateau léger,
    Choisit vingt rameurs, fit embarquer une hécatombe
310 Pour le dieu, conduisit Khryséis aux belles joues
    À bord ; le chef embarqua, Ulysse le subtil.

    Embarqués, ils allèrent sur les chemins de l'eau ;
    L'Atride enjoignit aux peuples de se purifier.
    On se purifia ; on jeta à la mer les souillures.
315 On fit à Apollon de parfaites hécatombes
    De taureaux et de chèvres au bord de la mer stérile ;
    La graisse atteignit le ciel dans des volutes de fumée.

    Voilà ce qu'on faisait dans l'armée ; Agamemnon
    N'oublia pas sa querelle ; il avait menacé Achille ;
320 Il dit à Talthybios, à Eurybate,
    Qui étaient ses hérauts et ses serviteurs empressés :
    « Allez à la tente d'Achille Pélide ;
    Prenez par la main, emmenez Briséis aux belles joues,
    S'il ne la donne pas, j'irai la prendre moi-même
325 Avec une grande escorte ; et il lui en cuira. »

    Il dit et les envoya, avec une dure parole.
    Eux, à regret, allèrent, sur le rivage de la mer stérile,

Jusqu'aux tentes et aux bateaux des Myrmidons.
Ils le trouvèrent près de sa tente et de son bateau noir,
330 Assis ; à les voir, Achille n'eut guère de joie.
Eux, timides, respectueux du roi,
Ils restaient là, sans lui parler, sans rien dire.
En lui-même il comprit, et il parla :
« Soyez en joie, hérauts, messagers des dieux et des hommes.
335 Approchez. Mon grief est contre Agamemnon, non contre
vous
Qu'il envoie chercher Briséis la fille.
Allons, Patrocle, sang des dieux*, va chercher la fille
Et la leur donne. Qu'ils l'emmènent ; et qu'ils témoignent
Devant les dieux heureux et les hommes qui meurent
340 Et devant ce roi brutal, si jamais une autre fois
On a besoin de moi pour protéger contre un triste fléau
Les autres ; tout à sa fureur, il fonce,
Sans se demander, au vu du passé ou du futur,
Comment, près des bateaux, les Achéens sortiront saufs du
combat. »

345 Il dit. Patrocle obéit à son compagnon ;
Hors de la tente il mena Briséis aux belles joues
Et la leur remit. Eux s'en retournèrent aux bateaux achéens.
La femme à regret marchait avec eux ; mais Achille
Pleurant, loin, à l'écart de ses compagnons, s'assit,
350 Au bord de la mer grise, regardant l'eau sans limite ;
Mains levées, longuement, il supplia sa mère :
« Mère, tu m'as enfanté, moi, pour une vie brève ;
Il aurait dû, l'Olympien, m'accorder l'honneur,
Zeus Haut-Tonnerre. Et voilà qu'il ne fait rien.
355 Car l'Atride, Agamemnon au large pouvoir,
M'a offensé ; il est venu prendre ma part et il la garde pour
lui. »

Il dit, versant des larmes, et sa mère souveraine* l'en-
tendit,
Assise dans le profond de la mer, près de son vieux père.
Vive, elle jaillit hors de la mer grise, comme un nuage,

360 S'assit face à lui qui pleurait des larmes,
Le prit par la main et lui dit, prononçant son nom :
« Enfant, pourquoi pleurer ? Quel chagrin atteint ton cœur ?
Parle, ne cache rien, pour que tous deux nous sachions. »

Soupirant profondément, Achille Pieds-Rapides lui dit :
365 « Tu le sais. Pourquoi te le dire ? Tout t'est connu.
Nous avons marché sur Thèbe, sainte ville d'Eétiôn.
Nous l'avons mise à sac et nous avons tout emporté.
Les fils des Achéens ont tout partagé entre eux.
Ils ont choisi pour l'Atride Khryséis aux belles joues.
370 Khrysès, qui est prêtre d'Apollon Flèche-Lointaine,
Est venu vers les bateaux des Achéens cuirassés de bronze,
Pour délivrer sa fille, apportant une énorme rançon ;
Il tenait en main les rubans d'Apollon Flèche-Lointaine
Sur un bâton doré ; il priait tous les Achéens
375 Et surtout les deux Atrides, qui mettent les troupes en
   ordre.
Alors tous les Achéens d'un cri approuvèrent
Qu'on respecte le prêtre et qu'on accepte la superbe rançon ;
Mais l'Atride Agamemnon dans son cœur en eut déplaisir ;
Vilainement il le chassa, ajoutant des mots durs.
380 Le vieil homme en colère s'en retourna. Il pria
Apollon, qui l'écouta, car il l'avait pour cher,
Et jeta sur les Argiens une flèche méchante ; les peuples
Mouraient l'un après l'autre ; les flèches du dieu tombaient
Sur l'immense armée achéenne ; alors un devin
385 Très savant parla d'un oracle du Lointain.
Et moi le premier je dis de respecter les dieux.
La bile alors saisit l'Atride ; il se leva soudain
Et lança une menace, qu'il a réalisée.
Elle, les Achéens aux yeux vifs sur un bateau léger
390 L'emmènent à Khrysè, apportant au prince des cadeaux.
Et voici que des hérauts viennent de sortir de ma tente
Emmenant la fille de Briseus que m'ont donnée les fils des
   Achéens.
Mais toi, si tu le peux, protège ton enfant.
Va vers l'Olympe, supplie Zeus, si jamais

395 Par ta parole tu t'es acquis le cœur de Zeus, ou par des
      actes.
    Souvent dans le palais de ton père je t'ai entendu
    Dire bien haut que loin du Kronide Nuage-Noir,
    Seule des immortels, tu avais repoussé l'horrible fléau
    Quand voulaient l'attacher les autres Olympiens*,
400 Héra, et Poséidon, et Pallas Athéna.
    Mais toi, déesse, tu es venue ; tu as détaché ses liens ;
    Vers le grand Olympe tu as appelé le Cent-Bras*
    Que les dieux appellent Briarée et les hommes
    Aigaiôn (il est encore plus fort que son père)
405 Qui s'assit fier de sa gloire près du Kronide.
    Les bienheureux prirent peur et plus jamais ne l'attachèrent.
    Rappelle-lui, place-toi devant lui, prends ses genoux,
    Pour voir s'il voudra protéger les Troyens,
    Que, chassés jusqu'aux bateaux, jusqu'à la mer, les Achéens
410 Taillés en pièces voient ce que vaut leur roi
    Et qu'il connaisse, l'Atride, Agamemnon au large pouvoir,
    Sa folle erreur : il n'a pas honoré le meilleur des Achéens. »

    Lui répondit alors Thétis versant des larmes :
    « Ô mon enfant, pourquoi t'avoir fait naître, t'avoir nourri ?
415 Si tu pouvais, près des bateaux, sans pleurs, sans souf-
      frances
    Rester… car ta part de vie est petite, presque rien.
    Tu auras vécu trop vite* et malheureux
    Plus que tous ; je t'ai enfanté, dans ce palais, avec un
      mauvais sort.
    Je vais porter cette parole à Zeus Foudre-Amère.
420 J'irai sur l'Olympe enneigé, voir s'il m'écoute.
    Pour toi, installé près des bateaux légers,
    En colère contre les Achéens, délaisse tout à fait la guerre.
    Zeus est parti vers l'Océan, chez les Éthiopiens sans re-
      proche,
    Hier, pour un banquet ; tous les dieux l'accompagnent.
425 Au douzième jour il reviendra sur l'Olympe,
    Alors j'irai vers la maison de Zeus, pavée de bronze ;
    Je saisirai ses genoux ; et j'espère le persuader. »

Ayant dit, elle s'éloigna et le laissa
Plein de colère à cause de la femme à la taille ronde
430 Que de force on lui avait prise, à son regret. Ulysse
Arriva à Khrysè avec la sainte hécatombe.
Lorsqu'ils furent entrés dans le port profond,
Ils carguèrent les voiles, les rangèrent dans le bateau noir ;
Le soutenant avec des câbles, ils déposèrent le mât,
435 Au plus vite, et gagnèrent à la rame le mouillage.
Ils jetèrent les poids*, fixèrent les amarres
Et descendirent sur le rivage de la mer.
Ils débarquèrent l'hécatombe pour Apollon Flèche-Loin-
     taine,
Et Khryséis sortit du bateau qui passe les mers ;
440 Ulysse le subtil la conduisit vers l'autel,
La remit aux mains de son père, et dit :
« Khrysès, Agamemnon prince des hommes m'a envoyé
Ramener ton enfant, et offrir à Phoibos une sainte héca-
     tombe
En faveur des Danaens ; que le prince s'apaise
445 Qui pour l'instant sur les Argiens jette douleurs et plaintes. »

Il dit, la mit entre ses mains ; lui, en joie, accueillit
Sa fille ; vite, pour le dieu, autour d'un bel autel,
Ils préparèrent ensuite la sainte hécatombe,
Se lavèrent les mains, prirent les grains d'orge.
450 Khrysès, mains levées, prononça un grand vœu :
« Écoute-moi, Arc d'Argent, toi qui protèges Khrysè,
Et la sainte Killa — et ton pouvoir est fort sur Ténédos —,
Déjà auparavant tu as écouté ma parole de prière,
Tu m'as honoré, tu as fais souffrir le peuple des Achéens.
455 Une fois encore, fais ce que je te demande ;
Écarte des Danaens l'horrible fléau. »

Telle fut sa prière. Et Phoibos Apollon l'entendit.
Ayant prié et jeté les grains d'orge,
Renversant les bêtes, ils égorgèrent, dépouillèrent,
460 Coupèrent les cuisses, les couvrirent de graisse,

En couche double, avec, par-dessus, la viande crue*.
Le vieil homme les brûla sur du bois fendu, versa
Du vin sombre ; les jeunes gens tenaient les broches.
Les cuisses une fois brûlées, et les tripes mangées,
465 Ils coupèrent le reste, en firent des brochettes,
Les grillèrent habilement, les retirèrent du feu.
Le travail achevé, le repas préparé,
Ils mangèrent, satisfaits, car les parts étaient égales.
Quand de boire et de manger fut apaisé le désir,
470 Les jeunes gens couronnèrent les cratères*,
Distribuèrent les coupes selon le rite ;
Eux, tout le jour, chantaient pour apaiser le dieu,
Eux, les fils des Achéens, modulant un bel hymne*,
Célébrant Celui qui de loin protège ; il eut joie à les entendre.

475 Quand le soleil disparut et qu'arriva l'obscurité,
Ils se couchèrent près des amarres du bateau.
Quand parut, fille du Matin, l'Aurore aux doigts de rose,
Ils s'en revinrent à l'immense armée achéenne.
Apollon qui de loin protège leur envoya un souffle favo-
    rable ;
480 Ils dressèrent le mât, hissèrent les voiles blanches.
Le vent frappa la voile en son milieu. La vague
Pourpre battait, bruyante, l'étrave du bateau bien lancé ;
Il allait sur la vague, frayant son chemin.
Quand ils arrivèrent à l'immense armée achéenne,
485 Ils tirèrent sur la rive le bateau noir,
Haut sur le sable, placèrent des étais
Et s'égaillèrent par les tentes et les bateaux.

Mais lui, en colère, assis près des bateaux légers,
Sang des dieux, le fils de Pélée, Achille Pieds-Rapides,
490 Il n'allait plus à l'assemblée où brillent les hommes,
Il n'allait plus à la guerre ; il se rongeait le cœur ;
Il restait là, regrettant la guerre et ses cris.

Or quand vint la douzième aurore,
Les dieux qui toujours vivent revinrent sur l'Olympe,

495　Tous ensemble. Zeus les guidait. Thétis n'oublia pas
　　　Ce qu'avait dit son fils ; elle jaillit du flot de la mer,
　　　À l'aube elle monta jusqu'au ciel et à l'Olympe.
　　　Elle trouva le Kronide qui voit loin assis à l'écart des
　　　　　autres
　　　Sur le sommet le plus haut de l'Olympe aux mille têtes.
500　Elle s'assit face à lui, saisit ses genoux
　　　De la main gauche, et de la droite toucha son menton ;
　　　En suppliante elle dit à Zeus prince Kronide :
　　　« Zeus père, si, parmi les immortels, je t'ai été utile
　　　En parole ou en acte, accorde-moi un vœu ;
505　Honore mon fils, dont la vie doit être
　　　Trop brève ; le prince des hommes Agamemnon
　　　L'a offensé ; il est venu prendre sa part et il la garde pour
　　　　lui.
　　　Mais toi, venge-le, Zeus Olympien, toi qui es subtil ;
　　　Mets la force du côté des Troyens, jusqu'à ce que
510　Les Achéens respectent mon fils et lui fassent honneur. »

　　　Elle dit. Zeus Maître des Nuages ne lui dit rien,
　　　Mais restait silencieux. Thétis toucha ses genoux,
　　　Les étreignit plus fort, et lui dit derechef :
　　　« Promets-moi, à coup sûr, fais le signe.
515　Ou bien refuse (tu ne crains rien), pour que je comprenne
　　　Que je suis parmi les divinités celle qu'on méprise le plus. »

　　　Grandement irrité, Zeus Maître des Nuages lui dit :
　　　« Mauvaise affaire ! Tu veux que je me dispute
　　　Avec Héra, qui va m'énerver en disant des injures ;
520　Toujours, parmi les dieux qui ne meurent pas,
　　　Elle me querelle, et dit que j'aide les Troyens dans leur
　　　　lutte.
　　　Mais toi, retire-toi, pour que ne te voie pas
　　　Héra. Je prendrai soin que la chose se fasse.
　　　Je vais faire le signe, pour que tu me croies.
525　Car c'est de ma part envers les dieux le plus grand
　　　Engagement ; je ne peux reprendre, fausser par ruse,
　　　Ou laisser inachevé ce que j'ai promis par le signe. »

Il dit, et, de ses sourcils bleus, il fit le signe, lui, le Kronide ;
Les cheveux merveilleux du prince frémirent
530 Sur sa tête immortelle ; et l'Olympe trembla.

Ayant négocié, ils se séparèrent ; elle sauta
Du haut de l'Olympe aux éclairs jusque dans la mer pro-
    fonde.
Zeus retourna chez lui ; tous les dieux se levèrent
De leur siège pour aller vers le père ; personne
535 N'osait attendre qu'il s'approche ; tous allaient à lui.
Donc il s'assit sur son trône. Héra, le voyant,
N'ignora pas que lui avait soufflé une idée
Thétis aux pieds d'argent, fille du Vieux de la Mer*.
À Zeus Kronide elle adressa des injures :
540 « Fourbe, une divinité t'a soufflé des idées.
Tu aimes bien, quand tu es loin de moi,
Prendre des décisions secrètes. Tu n'as jamais
La franchise d'oser me dire à quoi tu penses. »

Lui répondit alors le père des hommes et des dieux :
545 « Héra, n'espère pas jamais connaître toutes
Mes affaires. C'est trop difficile, même pour ma femme.
Ce qu'il est possible d'entendre, plus tard
Aucun dieu ne le saura avant toi, aucun humain.
Mais ce que je veux méditer loin des dieux
550 Ne cherche pas à le savoir. Pas de questions. »

Lui répondit alors Héra souveraine Œil de Vache :
« Kronide terrible, quel mot as-tu dit ?
Jamais tu n'as de moi ni demandes, ni questions,
Tranquillement tu réfléchis comme tu veux.
555 Mais j'ai peur dans mon cœur que ne te séduise
Thétis aux pieds d'argent, fille du Vieux de la Mer.
À l'aube elle est venue, a saisi tes genoux,
Tu lui as donné, je pense, sûre promesse d'honorer
Achille, et de tuer près des bateaux bon nombre d'Achéens. »

560 En réponse lui dit Zeus Maître des Nuages :
    « Toi, un mauvais génie te hante* ! tu réfléchis, tu me devines.
    Mais tu ne pourras rien obtenir, sinon que de mon cœur
    Tu seras toujours plus loin, et ce sera dur pour toi.
    Si les choses sont ainsi, c'est que je le veux.
565 Tais-toi, reste assise, accepte ce que je dis.
    Les dieux de l'Olympe ne te seront d'aucun secours
    Si je m'approche et lève sur toi ma main terrible. »

    Il dit ; elle eut peur, Héra souveraine Œil de Vache.
    Elle se tut, resta assise, faisant plier son vouloir.
570 Les dieux du Ciel s'affligeaient dans la maison de Zeus.
    Héphaistos (son art est connu) se mit à les haranguer,
    Pour faire plaisir à sa mère, Héra Blanche-Main.
    « Triste chose ce sera, impossible à supporter,
    Si à cause de mortels vous avez ainsi querelle
575 Et criez au milieu des dieux ; la belle fête
    Sera sans charme, si c'est le pire qui triomphe.
    Je suggère à ma mère, qui réfléchit pourtant,
    De faire plaisir à Zeus, de peur que
    Mon père ne la querelle, et ne trouble notre fête.
580 S'il veut, l'Olympien qui lance les éclairs,
    La jeter à bas de son siège, il est beaucoup plus fort.
    Mais toi, attache-le avec de douces paroles ;
    Aussitôt l'Olympien envers nous sera bien disposé. »

    Il dit, et, bondissant, il mit la coupe à deux anses
585 Entre les mains de sa mère, et lui dit :
    « Supporte, mère, accepte, malgré tes soucis,
    Que je ne te voie pas, de mes yeux, toi que j'aime,
    Battue, car je ne pourrais pas, si lourd soit mon chagrin,
    T'aider. À l'Olympien il est dur de résister.
590 Une autre fois déjà j'ai voulu te défendre,
    Il m'a pris par le pied, jeté du haut du seuil divin ;
    Ma chute a duré tout un jour ; au coucher du soleil
    Je suis tombé à Lemnos, j'avais perdu le souffle.
    Les hommes Sintiens* m'ont accueilli aussitôt. »

595 Il dit. La déesse Héra Blanche-Main sourit ;
En souriant elle reçut des mains de son fils la coupe ;
Et lui à tous les autres dieux, de gauche à droite,
Puisant dans un cratère, il versa le doux nectar.
Un rire qui ne s'éteint pas s'éleva chez les dieux heureux*
600 Quand ils virent Héphaistos se démener à travers la maison.

Ainsi tout le jour jusqu'au soleil couchant,
Ils mangèrent, satisfaits, car les parts étaient égales.
Apollon était là, tenant sa belle cithare ;
Les Muses chantaient, la voix claire, en répons.

605 Quand disparut la vive clarté du soleil,
Pour se coucher chacun rentra chez soi.
À chacun l'illustre Bétourné*, Héphaistos,
Par son art savant avait construit une maison.
Zeus Olympien, qui lance les éclairs, alla vers le lit
610 Où il dormait toujours quand le prenait le doux sommeil.
Il y monta, s'endormit, près de lui Héra au trône d'or.

CHANT II

Tous les dieux et les hommes qui mènent des chevaux*
Dormaient à longueur de nuit, mais Zeus, sans sommeil,
Roulait dans sa pensée comment faire à Achille
Honneur et tuer près des bateaux bon nombre d'Achéens.
5 Déjà lui venait à l'esprit une décision excellente :
Envoyer à l'Atride Agamemnon le Rêve pernicieux.
Lui parlant, il lui dit ces mots qui ont des ailes :
« Va, Rêve pernicieux*, vers les bateaux légers des Achéens.
Entre dans la tente d'Agamemnon Atride
10 Et dis-lui exactement ce que je te prescris.
Ordonne-lui de faire s'armer les Achéens chevelus
En masse ; il pourrait bientôt prendre la ville aux larges
    rues
Des Troyens ; car ceux dont le logis est sur l'Olympe,
Les immortels, n'en parlent plus ; tous, elle les a fléchis,
15 Héra, par sa prière, et l'inquiétude va s'attacher aux
    Troyens. »

Il dit. Le Rêve s'en fut, ayant entendu la parole ;
Vivement il atteignit les bateaux légers des Achéens ;
Il alla jusqu'à Agamemnon Atride ; il le trouva
Dormant dans sa tente, baignant dans un sommeil mer-
    veilleux*.
20 Se plaçant au-dessus de sa tête, semblable au fils de Nélée,
Nestor, qu'Agamemnon honorait plus que tout autre homme
    d'âge,

Ayant pris sa figure*, il dit, le Rêve divin :
« Tu dors, fils d'Atrée le brave, qui savait dresser les
    chevaux.
Il ne faut pas qu'il dorme toute la nuit, l'homme des déci-
    sions,
25 Vers qui les peuples se tournent et qui a tant de tâches.
Comprends-moi vite ; je suis messager de Zeus,
Qui, bien qu'il soit loin, a de toi souci et pitié.
Il t'ordonne de faire s'armer les Achéens chevelus
En masse ; tu pourrais bientôt prendre la ville aux larges
    rues
30 Des Troyens ; car ceux dont le logis est sur l'Olympe,
Les immortels, n'en parlent plus ; tous, elle les a fléchis,
Héra, par sa prière, et l'inquiétude va s'attacher aux Troyens
De par Zeus ; persuade-t'en bien ; ne laisse pas l'oubli
Te prendre, quand s'en ira le sommeil, qui est comme du
    miel. »

35 Il dit, et s'éloigna. Il le laissa
Roulant dans son esprit ce qui n'allait pas advenir,
Se disant que le jour même il prendrait la ville de Priam.
Naïf ! il ne savait pas ce que méditait Zeus,
Qui allait faire peser douleurs et plaintes
40 Sur Troyens et Danaens, dans de dures batailles.
Il s'éveilla de son sommeil, la voix divine résonnait encore ;
Il se redressa, s'assit, mit une tunique souple,
Belle et neuve, jeta dessus une grande cape ;
À ses pieds luisants* il mit de belles sandales,
45 Sur l'épaule il fixa l'épée à clous d'argent ;
Il prit le bâton ancestral, qui jamais ne pourrira ;
Avec lui il marcha entre les bateaux des Achéens cuirassés
    de bronze.

L'Aurore, déesse, s'approchait du grand Olympe,
Pour dire à Zeus la lumière et aux autres immortels.
50 Aux hérauts il ordonna (leur voix est sonore)
D'appeler à l'assemblée les Achéens chevelus.
Ils firent l'annonce, les autres vite s'éveillèrent.

D'abord il alla au conseil des anciens* magnanimes,
Près du bateau de Nestor, le roi né à Pylos.
55 Les ayant réunis il leur révéla sa forte décision :
« Écoutez, amis ; cette nuit, le Rêve, dieu, m'est venu voir
À travers la nuit merveilleuse ; c'est à Nestor le divin
Qu'il ressemblait le plus par l'aspect, la taille et l'allure.
Se plaçant au-dessus de ma tête, il m'a dit ces paroles :
60 "Tu dors, fils d'Atrée le brave, qui savait dresser les chevaux.
Il ne faut pas qu'il dorme toute la nuit l'homme des décisions,
Vers qui les peuples se tournent et qui a tant de tâches.
Comprends-moi vite ; je suis messager de Zeus,
Qui, bien qu'il soit loin, a de toi souci et pitié.
65 Il t'ordonne de faire s'armer les Achéens chevelus
En masse ; tu pourrais bientôt prendre la ville aux larges rues
Des Troyens ; car ceux dont le logis est sur l'Olympe,
Les immortels, n'en parlent plus ; tous, elle les a fléchis,
Héra, par sa prière, et l'inquiétude va s'attacher aux Troyens
70 De par Zeus ; persuade-t'en bien." Ayant dit,
Il prit son vol, et le doux sommeil m'abandonna.
Allons, faisons s'armer les fils des Achéens ;
Je vais d'abord les tenter par quelques mots (c'est permis),
Je leur dirai de fuir sur les bateaux où rament beaucoup d'hommes.
75 Vous, de tous les côtés, en leur parlant retenez-les. »

Ayant dit, il s'assit ; au milieu d'eux se leva
Nestor, prince de Pylos la sablonneuse.
Plein de bon vouloir, il les harangua et leur dit :
« Amis, chefs et capitaines des Argiens,
80 Si quelque autre Achéen nous avait raconté ce rêve,
Nous le dirions menteur, et le laisserions là.
Mais celui qui l'a vu dit très haut que des Achéens il est le meilleur.
Allons faire s'armer les fils des Achéens. »

Ayant dit, le premier il quitta le conseil.
85 Se levèrent les rois qui portent le bâton, obéissant
Au berger des peuples. Les peuples se précipitaient.
Comme les tribus d'abeilles bourdonnantes
(Il en sort toujours plus de la roche creuse ;
Elles volent en grappes au-dessus des fleurs du printemps ;
90 Les unes volent par ici, d'autres par là),
Ainsi les nombreuses tribus sortaient des bateaux et des
      tentes,
Au bord de la mer profonde elles se disposaient
En rangs pour l'assemblée ; avec eux la Rumeur brûlait,
Les poussant à marcher, messagère de Zeus. Ils s'assem-
      blaient.
95 L'assemblée frémissait, la terre geignait sous le poids des
      hommes*
Qui venaient s'asseoir ; il y avait grand bruit. Neuf hérauts
À grands cris les retenaient, cherchaient à les faire
Taire, pour qu'ils écoutent les rois filleuls de Zeus.
Le peuple à grand peine s'assit ; enfin tranquille sur les
      sièges,
100 Il cessa de vociférer. Le puissant Agamemnon
Se leva, tenant le bâton qu'Héphaistos avait peiné à faire.
Héphaistos l'avait donné au prince Zeus Kronide ;
Zeus l'avait donné au vif Argeiphontès* ;
Le prince Hermès l'avait donné à Pélops Fouette-Chevaux* ;
105 Et lui, Pélops, l'avait donné à Atrée, berger de peuples.
Atrée mourant l'avait laissé à Thyeste riche en agneaux ;
Et lui, Thyeste, l'avait laissé à Agamemnon pour qu'il le
      porte,
Pour qu'il règne sur beaucoup d'îles et sur Argos tout
      entière.
Sur lui s'appuyant, il dit aux Argiens ces paroles :
110 « Chers héros Danaens, serviteurs d'Arès,
Zeus Kronide m'a lié d'une lourde et folle erreur*,
Le cruel : d'abord il m'a promis d'un signe sûr
Qu'ayant détruit Ilion bien remparée chez moi je revien-
      drais ;
Mais c'était un conseil trompeur et lâche ; maintenant il veut

115 Que je rentre sans gloire à Argos, ayant perdu force gens.
    Tel sera le bon plaisir de Zeus le très puissant.
    Il a déjà brisé la tête à plus d'une ville,
    Il en brisera d'autres encore ; sa force est la plus grande.
    Honte quand l'apprendront ceux qui vont venir !
120 Le peuple achéen, si grand, si fort,
    Aura guerroyé de guerre et combattu pour rien
    Contre un nombre plus faible ; et l'on ne voit pas la fin.
    Si tous deux nous voulions, Achéens et Troyens,
    Ayant juré une trêve sûre, nous dénombrer,
125 Ranger tous les Troyens qui ont un foyer,
    Puis disposer les Achéens en formant des dizaines,
    Dont chacune se fera servir le vin par un Troyen,
    Plus d'une dizaine n'aurait personne pour la servir*.
    Voilà comment, je le dis, le nombre des Achéens est plus
        grand
130 Que celui des Troyens qui habitent la ville ; mais des alliés,
    Bons manieurs de lance, ils en ont, venus de diverses villes,
    Qui me détournent de mon but et m'empêchent
    De détruire à mon gré Ilion, ville florissante.
    Neuf années du grand Zeus ont passé,
135 Le bois des bateaux a pourri, les cordages se défont ;
    Nos femmes épouses et nos petits enfants
    Restent dans les palais à nous attendre ; et notre tâche
    N'est pas finie, celle pour laquelle nous sommes venus.
    Mais faisons comme je dis ; laissons-nous persuader.
140 Fuyons avec nos bateaux vers la terre de la patrie ;
    Jamais nous ne prendrons Troie aux larges rues. »

    Il dit, et fit bondir les cœurs dans les poitrines
    De tous ceux qui n'avaient pas entendu sa décision.
    L'assemblée remua comme les grandes vagues de la mer,
145 De la mer d'Icarie, que l'Euros et le Notos
    Soulèvent, bondissant des nuages de Zeus le père.
    Comme lorsque survient le Zéphyr* ; il remue un champ
        profond ;
    Emporté, violent, il couche les épis,
    Ainsi bougeait l'assemblée ; les uns en hurlant

150 Couraient aux bateaux ; sous leurs pieds la poussière
Montait en nuage ; les autres échangeaient des ordres :
Prendre les bateaux, les tirer vers la mer divine ;
On écartait les obstacles* ; un cri montait au ciel :
On allait rentrer. On retirait les étais.

155 Les Argiens alors seraient partis avant le temps
Si Héra n'avait pas dit à Athéna cette parole :
« Oh ! la ! la ! fille de Zeus à l'égide, Atrytonè*,
Donc vers leur foyer, vers la terre de leur patrie,
Les Argiens vont fuir sur le large dos de la mer ;
160 Ils laisseraient en trophée à Priam et aux Troyens
L'Argienne Hélène, pour laquelle tant d'Achéens
À Troie sont morts, loin de la terre de leur patrie.
Va dans la foule des Achéens cuirassés de bronze ;
Par de douces paroles empêche-les tous
165 De mettre à l'eau les bateaux à coque ronde. »

Elle dit ; la déesse Athéna Œil de Chouette se laissa
convaincre ;
Elle sauta du haut des cimes de l'Olympe,
Vivement elle atteignit les bateaux légers des Achéens.
Elle trouva Ulysse, pareil à Zeus pour la subtilité*,
170 Debout ; à son solide bateau noir*, il n'avait pas
Touché ; une douleur frappait son cœur et sa pensée.
S'arrêtant près de lui, elle dit, Athéna Œil de Chouette :
« Laertiade, sang des dieux, Ulysse plein d'astuce*,
Donc vers la maison, vers la terre de la patrie, vous allez
175 Fuir, sautant sur vos bateaux où rament beaucoup d'hommes.
Vous laisseriez en trophée à Priam et aux Troyens
L'Argienne Hélène, pour laquelle tant d'Achéens
À Troie sont morts, loin de la terre de leur patrie.
Va dans la foule des Achéens, ne tarde pas ;
180 Par tes douces paroles retiens chaque homme
De mettre à l'eau les bateaux à coque ronde. »

Elle dit, et lui, il reconnut la voix de la déesse ;
Il se mit à courir, jeta son manteau, dont prit soin

Le héraut Eurybate d'Ithaque, qui le servait.
185 Pour lui, marchant droit à Agamemnon Atride,
Il reçut de lui le bâton ancestral, qui jamais ne pourrira,
Et parcourut les bateaux des Achéens cuirassés de bronze.

Quand il rencontrait un roi ou un homme d'importance,
Se plaçant près de lui, par de douces paroles, il le retenait :
190 «Toi, un mauvais génie te hante ! Je ne vais pas te faire
    peur
Comme à un lâche ; assieds-toi donc, fais s'asseoir les autres.
Tu ne devines pas la pensée de l'Atride.
C'est une épreuve, et bientôt il frappera les fils des Achéens.
N'avons-nous pas au conseil entendu ce qu'il a dit ?
195 Il pourrait se fâcher, maltraiter les fils des Achéens ;
Car grande est la colère des rois filleuls de Zeus ;
Son honneur vient de Zeus ; Zeus le subtil l'aime bien. »

S'il voyait un homme du peuple et le surprenait à brailler,
Il lui donnait des coups de bâton* et criait :
200 «Toi, un mauvais génie te hante ! Tiens-toi tranquille, écoute
Ce que disent de plus forts que toi ; toi, tu es faible et lâche,
Tu ne comptes pour rien au combat et au conseil.
Nous autres Achéens, nous n'allons pas tous être rois ;
Pléthore de chefs ne vaut rien ; il faut un chef, un seul,
205 Un roi, un seul, à qui le fils de Kronos Pensées-Retorses a
    donné
Bâton et haute justice, et qu'il décide pour tous. »

Ainsi, en bon chef, il parcourait l'armée ; eux, à l'assemblée
Ils revenaient, quittant les bateaux et les tentes,
À grands cris, comme lorsque le flot de la mer au ressac
210 Sur un grand rivage résonne, et l'océan lui répond.

Tous s'assirent ; ils se tenaient tranquilles sur leurs sièges ;
Seul Thersite, effréné bavard, continuait à piailler.
Dans son cœur il gardait des paroles sans nombre et sans
    ordre
Pour, brutal et contre l'ordre, s'en prendre aux rois.

215 Mais il pensait par là amener les Argiens
À rire*; c'était le plus laid de ceux qui étaient venus sous
     Ilion.
Cagneux, boiteux d'un pied; les épaules
Tombantes, la poitrine creuse; au-dessus,
Un crâne en pointe, couvert de poils rares,
220 Odieux surtout à Achille et à Ulysse;
Sans cesse il leur cherchait noise; mais là, hurlant, il cou-
     vrait
D'injures coupantes Agamemnon le divin, contre qui
Les Achéens étaient fâchés; dans leur cœur, ils lui en vou-
     laient.
Avec de grands cris il s'attaquait à Agamemnon:
225 «Atride! Et tu te plains! Et il t'en manque encore!
Tes tentes sont pleines de bronze, il y a dans tes tentes
Beaucoup de femmes, et bien choisies, que nous, les
     Achéens,
Nous t'avons données, à toi d'abord, dès qu'une ville était
     prise.
Et tu veux encore de l'or, que pourra t'apporter d'Ilion
230 Un des Troyens, gens de cheval*, en rançon de son fils
Que j'aurai ramené prisonnier, moi ou un autre Achéen!
Ou une jeune femme, pour que tu lui fasses l'amour,
Et tu la garderas pour toi, dans ton coin! Il n'est pas
     normal
Que toi, le chef, tu portes malheur aux fils des Achéens.
235 Eh! vous autres, ignobles lâches, Achéennes, et non plus
     Achéens,
Prenons les bateaux, rentrons chez nous; celui-là, laissons-
     le
Ici à Troie, digérer sa part de butin, et qu'il voie
Si nous allons lui servir à quelque chose, ou pas du tout.
Et maintenant Achille, qui vaut beaucoup mieux que lui,
240 Il l'a offensé; il est venu prendre sa part et il la garde pour
     lui.
Mais Achille n'a pas de colère au cœur; il laisse faire.
Sinon, Atride, ce serait le dernier de tes méfaits.»

Ainsi dit-il, s'attaquant à Agamemnon, berger de peuples,
Lui, Thersite. Ulysse le divin fut soudain face à lui,
245 Le regardant par en dessous et parlant à mots durs :
« Thersite, tu dis n'importe quoi, avec ta belle voix d'orateur ;
Arrête ; ne cherche pas, tout seul, querelle aux rois.
Je le dis, moi : il n'existe pas d'homme qui soit pire
Que toi, parmi ceux que les Atrides ont amenés à Ilion.
250 Tu ferais bien de ne pas toujours parler des rois,
De ne pas leur dire des injures, de moins penser au retour.
Nous ne savons pas bien ce qu'il en sera,
Et si les fils des Achéens auront bon ou mauvais retour.
Et te voilà, contre l'Atride Agamemnon, berger de peuples,
255 Lançant des injures, parce qu'il a beaucoup reçu
Des héros Danaens ; et ton discours l'insulte.
Mais je vais te dire une chose, et qui se réalisera :
Si je te surprends à faire l'imbécile comme maintenant,
Qu'Ulysse n'ait plus la tête sur les épaules,
260 Qu'on ne m'appelle plus père de Télémaque,
Si je ne t'attrape, ne t'enlève tous tes habits,
Ton manteau, ta tunique, et ce qui couvre tes parties.
Je te chasserai, tout pleurant, vers les bateaux légers,
Hors de l'assemblée, meurtri de honteuses meurtrissures. »

265 Il dit ; de son bâton, sur le dos et les épaules,
Il le battit ; l'autre se plia en deux, laissa couler force
    larmes,
Une plaie sanguinolente apparut entre les omoplates
Sous le bâton orné d'or. Il s'assit, terrifié ;
Souffrant, l'air égaré, il essuya ses larmes ;
270 Autour de lui, affligés malgré tout, ils riaient doucement,
Et chacun disait, regardant son voisin :
« Oh ! la ! la ! Ulysse a fait mille belles choses,
Donnant de bons conseils, ou dirigeant la guerre ;
Aujourd'hui au milieu des Argiens il fait mieux encore
275 En punissant le perturbateur d'assemblées.
En voilà un que son grand cœur* ne poussera plus
À outrager les rois par des paroles injurieuses. »

Ainsi disait la foule ; Ulysse, destructeur de villes,
Était là, bâton en main ; près de lui, Athéna Œil de
   Chouette,
280 Sous la figure d'un héraut, faisait taire le peuple
Pour que tous les fils des Achéens, les premiers, les der-
   niers,
Entendent la parole et comprennent la décision.
Plein de bon vouloir, il les harangua et leur dit :
« Atride, prince, maintenant les Achéens veulent
285 Te rabaisser devant tous les hommes qui meurent ;
Ils ne tiendront pas la promesse qu'ils t'ont faite
Quand ils partirent d'Argos, pâture à chevaux,
De ne pas revenir sans avoir détruit Ilion la bien remparée.
Comme de petits enfants, comme des femmes sans hommes,
290 Ils geignent à qui mieux mieux et veulent rentrer à la maison.
Oui, c'est dur de s'en revenir sans avoir rien obtenu ;
Mais on grogne aussi quand on reste un mois loin de sa
   femme,
Sur un bateau plein de rameurs, que les souffles
De l'hiver assaillent, avec la mer soulevée ;
295 Et nous, c'est la neuvième année, déjà révolue,
Que nous passons ici ; il ne faut pas en vouloir aux Achéens
S'ils grognent près des bateaux de haut bord ; mais
Il y a honte à rester longtemps et à revenir sans rien.
Patientez, amis, restez encore un peu, que nous sachions
300 Si Calchas est un devin qui dit vrai, ou non.
Car nous le savons bien dans nos cœurs, tous vous êtes
Témoins, vous que n'ont pas emportés les Tueuses* :
C'était hier, ou avant-hier, en Aulide ; les bateaux achéens
S'étaient assemblés pour le malheur de Priam et des
   Troyens ;
305 Nous, autour de la fontaine, près des saints autels,
Nous avions offert aux immortels de parfaites hécatombes,
Sous un beau platane ; une eau pure coulait.
Un grand signe est alors apparu : un serpent aux vives cou-
   leurs,
Terrible, que l'Olympien lui-même avait conduit à la
   lumière,

310 Venant de sous l'autel, est monté sur le platane.
    Il y avait là les petits d'un moineau, tout nouveaux,
    Sur la plus haute branche, cachés par les feuilles.
    Huit ; la mère était la neuvième, la mère des petits.
    Lui, les malheureux, il les broya, il les mangea.
315 La mère volait tout autour, pleurant ses petits ;
    Il se retourna, la saisit par l'aile, toute criante.
    Quand il eut mangé les petits du moineau, et elle aussi,
    Le dieu qui nous l'avait fait voir nous le rendit invisible :
    En pierre il le transforma, le fils de Kronos Pensées-Retorses.
320 Et nous restions ébahis par ce qui s'était passé,
    Par ces terribles signes qui avaient troublé l'hécatombe.
    Calchas aussitôt après prononça l'oracle :
    "Pourquoi cette stupeur, Achéens chevelus,
    Ce monstre, c'est Zeus le subtil qui nous l'a fait voir,
325 Signe lointain, pour plus tard ; jamais ne s'en perdra la
        gloire.
    Celui-ci a mangé les petits du moineau et la mère
    (Huit ; la mère était la neuvième, la mère des petits),
    Et nous ferons la guerre un nombre égal d'années,
    À la dixième nous prendrons la ville aux larges rues."
330 Ainsi parla-t-il. Et tout cela s'accomplit.
    Allons, restez tous, Achéens à cnémides,
    Ici. Un jour nous prendrons la grande ville de Priam. »

    Il dit ; les Argiens crièrent fort, et les bateaux
    Firent un écho terrible aux hurlements des Achéens
335 Qui tous approuvaient la parole du divin Ulysse.
    Alors leur parla le chevalier de Gérénia Nestor :
    « Oh ! la ! la ! vous parlez tout juste comme des enfants
    Naïfs, qui ne savent rien des choses de la guerre.
    Où s'en vont les contrats et les serments ?
340 Au feu, les décisions et les pensées des hommes,
    Le vin pur répandu, les mains serrées, en qui nous avions
        foi !
    Nous nous battons avec des mots, et ne savons pas
    Trouver un moyen, et voilà longtemps que nous sommes
        là.

Atride, comme autrefois, sûr de ta décision,
345 Conduis les Argiens à la dure bataille ;
Ceux-là (ils sont un, ou deux), laisse-les crever ; à l'écart
Des Achéens, ils projettent (ils n'y arriveront pas)
De rentrer à Argos avant de savoir si la promesse
De Zeus à l'égide est un mensonge ou non.
350 Je dis que le Kronide très puissant* a fait un signe de
      faveur
Le jour où sur les bateaux qui fendent la mer sont montés
Les Argiens, portant aux Troyens le meurtre et la mort.
L'éclair était à droite, signe favorable.
Que personne donc ne songe à rentrer chez lui,
355 Avant d'avoir couché avec la femme d'un Troyen,
Pour venger l'enlèvement d'Hélène et ses sanglots*.
Si quelqu'un, absolument, veut revenir chez lui,
Qu'il touche seulement à son solide bateau noir,
Avant tout autre il rencontrera sa mort et le terme marqué.
360 Allons, prince, réfléchis bien, et écoute les autres.
Cette parole que je dis n'est pas à rejeter.
Range les hommes par tribus, puis par clans, Agamemnon,
Que le clan protège le clan, et chaque tribu sa tribu.
Si tu fais ainsi, si les Achéens t'obéissent,
365 Tu sauras, des chefs et des peuples, qui est lâche,
Qui est noble ; chacun se bat entouré des siens.
Tu sauras si tu échoues parce que les dieux le veulent
Ou parce que les hommes sont lâches et ne savent pas se
      battre. »

En réponse lui dit le puissant Agamemnon :
370 « Vieil homme, à l'assemblée tu surpasses tous les fils de
      Achéens.
Si, ô Zeus père ! Athéna ! Apollon !
J'avais parmi les Achéens dix conseillers pareils !
Bientôt elle succomberait, la ville du prince Priam,
Prise par nos mains et détruite.
375 Mais Zeus le Kronide à l'égide m'a donné du malheur,
Il m'accable de querelles et de disputes inutiles.
Moi et Achille, nous nous sommes battus pour une fille

Avec des mots violents ; et c'est moi qui ai commencé à me
fâcher.
Si nous pouvions nous accorder, alors le malheur
380 Tomberait sur les Troyens sans le moindre retard.
Mais allons dîner, avant de nous confronter à Arès*.
Que chacun aiguise sa lance, fourbisse son bouclier,
Donne à manger à ses chevaux rapides,
Examine son char, en vue de la guerre.
385 Tout au long du jour nous serons jugés par l'affreux Arès.
Il n'y aura pas de répit, pas le moindre
Avant que la nuit vienne séparer les guerriers furieux.
Le baudrier sera trempé de sueur, qui soutient sur l'épaule
Le bouclier protecteur ; la main se fatiguera sur la lance.
390 Le cheval sera trempé de sueur, tirant le char de beau bois.
Quant à celui que je verrai prêt à traîner loin du combat
Près des bateaux de haut bord, celui-là, par la suite,
Rien ne lui permettra d'échapper aux chiens et aux rapaces. »

Il dit ; les Argiens crièrent fort, comme le flot
395 Sur un haut rivage, si le soulève la venue du Notos*,
Sur un rocher en saillie : le flot ne le quitte pas
Tant que soufflent les vents, venus de divers côtés.
Ils se levèrent, se dispersèrent parmi les bateaux,
Firent des feux sous les tentes, et prirent leur repas.
400 Chacun sacrifiait à l'un des dieux qui toujours vivent*,
Pour échapper à la mort et aux peines d'Arès.
Agamemnon prince des hommes sacrifia un bœuf
Gras, âgé de cinq ans, au très puissant Kronide ;
Il appela les plus nobles seigneurs de tous les Achéens*,
405 Nestor tout premier et Idoménée le prince,
Puis les deux Ajax et le fils de Tydée,
En sixième Ulysse, pareil à Zeus pour la subtilité.
De lui-même vint Ménélas Voix-Sonore*.
Il savait en son cœur combien peinait son frère.
410 Se plaçant autour du bœuf, ils prirent l'orge.
Priant au milieu d'eux, il dit, le puissant Agamemnon :
« Zeus de grandeur et de gloire, Nuage-Noir, qui vis là-haut,
Que le soleil ne se couche pas, que ne vienne pas l'obscur,

Tant que je n'ai pas renversé le palais de Priam
415 Tout en flammes, brûlé au feu cruel ses portes,
Déchiré sur sa poitrine la tunique d'Hector
Avec le bronze, tant qu'autour de lui ses compagnons
Abattus ne mordent pas la terre avec leurs dents. »

Il dit, mais le Kronide ne l'exauça pas ;
420 Il accepta ses offrandes, mais lui infligea peines sans
     mesure.
Ayant dit la prière et répandu l'orge,
Ils renversèrent le bœuf, l'égorgèrent, l'écorchèrent,
Coupèrent les cuisses, les couvrirent de graisse d'abord
Sur l'une et l'autre face, puis de viande crue,
425 Et les brûlèrent sur du bois sans feuilles ;
Embrochant les tripes, ils les tinrent sur le feu d'Héphaistos.
Quand ils eurent brûlé les cuisses et mangé les tripes,
Ils coupèrent le reste en morceaux, les mirent sur des bro-
     chettes,
Les firent rôtir habilement, puis les retirèrent du feu.
430 Au bout de leurs peines, le repas tout prêt,
Ils mangèrent, satisfaits, car les parts étaient égales.
Quand fut comblé leur désir de boire et de manger,
Alors prit la parole le chevalier de Gérénia Nestor :
« Atride glorieux, Agamemnon prince des hommes,
435 Ne restons pas plus longtemps à parler, ne remettons pas
Plus longtemps l'ouvrage qu'un dieu nous confie.
Allons ! que les hérauts des Achéens cuirassés de bronze
Par leurs cris rassemblent le peuple près des bateaux,
Et nous, tous ensemble, à travers l'immense armée des
     Achéens
440 Marchons, et réveillons au plus vite Arès le cruel. »

Il dit ; le prince des hommes Agamemnon se laissa con-
     vaincre.
Il commanda aux hérauts dont la voix est sonore
D'appeler au combat les Achéens chevelus ;
Ils lancèrent l'appel, et les autres s'assemblèrent.
445 Autour des Atrides, les rois filleuls de Zeus

Passaient les troupes en revue ; Athéna Œil de Chouette,
Tenant l'égide de haut prix, qui ne vieillit ni ne meurt,
Que décorent cent franges d'or bien tressées,
Dont chacune vaut le prix de cent bœufs,
450 Apparut soudain avec eux, parcourut le peuple achéen,
Le poussant à marcher ; à chacun elle mit au cœur
La force de faire la guerre et de se battre.
La guerre alors leur sembla plus douce que le retour
Sur leurs bateaux creux vers la terre de la patrie.

455 Quand le feu qui détruit tout brûle une immense forêt,
Au sommet d'une montagne, et la lueur se voit au loin :
Ainsi marchaient-ils ; du bronze merveilleux
L'éclat flamboyant montait jusqu'au ciel à travers l'éther.

Quand nombre de tribus d'oiseaux ailés,
460 D'oies, de grues ou de cygnes au long cou,
Dans la prairie d'Asias, près des eaux du Caÿstre*,
Volent çà et là, toutes fières de leurs ailes,
Se posent avec des cris, et toute la prairie résonne :
Ainsi toutes les tribus, venues des bateaux et des tentes,
465 Marchaient vers la plaine du Scamandre ; la terre
Sous leurs pieds, sous les pieds des chevaux sonnait terri-
    blement.
Dans la prairie en fleurs près du Scamandre ils s'arrê-
    tèrent,
Mille et mille, comme feuilles et fleurs au printemps.

Comme d'innombrables tribus de mouches en rangs serrés,
470 Volent en tout sens dans une étable de bergers,
À l'époque du printemps, quand les jattes débordent de
    lait,
Ainsi face aux Troyens les Achéens chevelus
S'arrêtèrent dans la plaine, impatients de tuer.

Comme les chevriers, lorsque se sont mêlés en pâturant
475 Leurs grands troupeaux de chèvres, sans peine les séparent,
Ainsi les chefs les disposaient en rangs distincts,

Pour aller à la bataille ; parmi eux, le puissant Agamemnon :
Pareil à Zeus Foudre-Amère pour le visage et les yeux,
À Arès pour la ceinture, pour le torse à Poséidon.
480 Tel, dans un troupeau, plus fort que tous,
Le taureau, qu'on distingue parmi les vaches réunies,
Tel, en ce jour-là, Agamemnon, que Zeus faisait
Briller dans la foule et surpasser tous les héros.

Dites-moi maintenant, Muses qui avez vos logis sur l'Olympe
485 (Vous êtes déesses, vous voyez, vous savez tout,
Nous n'entendons, nous, qu'un bruit ; nous ne savons rien),
Qui étaient les seigneurs et les ducs des Danaens.
La foule, je ne pourrais en parler, la nommer,
Même si j'avais dix langues, dix bouches,
490 Une voix infatigable, un cœur de bronze ;
Mais les Muses de l'Olympe, qui de Zeus à l'égide sont
Filles, vont évoquer pour moi ceux qui vinrent à Ilion.
Je dirai les chefs des bateaux et tous les bateaux*.

Aux Béotiens commandaient Pènéléôs et Lèitos,
495 Arkésilaos, Prothoènôr et Klonios ;
À ceux qui habitaient Hyriè et Aulis la pierreuse,
Skhoinos, Skôlos, Etéônos-la-Montagne,
Thespéia, Graia et Mykalèsos, large plaine,
À ceux qui étaient autour de Harma et d'Eilésios et
    d'Erythra,
500 À ceux qui possédaient Eléôn, Hylè, Pétéôn,
Okaléè, Médéôn, ville forte bien bâtie,
Kôpa, Eutrèsis, Thisbè pleine de colombes,
À ceux de Korônéia, d'Haliartos l'herbeuse,
À ceux de Platées*, de Glissas,
505 D'Hypothèba, ville forte bien bâtie,
Et de la sainte Onkhestos, bois sacré de Poséidon,
À ceux d'Arnè riche de vignes, de Midéia,
De la sainte Nissa, et d'Anthèdôn l'extrême.
Ils avaient cinquante bateaux, dans chacun
510 Montaient cent vingt garçons de Béotie.

Ceux qui vivaient en Asplèdôn, à Orchomène des Myniens*,
C'est Askalaphos et Ialménos, fils d'Arès, qui les comman-
    daient.
Astyokhè les avait enfantés dans la maison d'Aktôr Azéide,
Vierge toute de pudeur. Elle était montée à l'étage ;
515 En cachette, Arès le fort vint se coucher près d'elle.
Ils alignaient trente bateaux profonds.

Skhédios et Epistrophos commandaient aux Phocéens*,
Fils du magnanime Iphitos Naubolide ;
À ceux qui habitaient Kyparissos et Pythôn la pierreuse
520 Et la sainte Krissa, et Daulis et Panopè ;
À ceux qui étaient autour d'Anémôréia et de Hyampolis ;
À ceux qui vivaient près du fleuve-dieu Kèphisos ;
À ceux qui tenaient Lilaia, à la source du Kèphisos ;
Quarante bateaux noirs obéissaient aux princes
525 Qui placèrent les rangs des Phocéens, après revue,
À la gauche des Béotiens et les firent s'armer.

Le rapide Ajax, fils d'Oileus, commandait aux Locriens ;
Petit, pas du tout pareil à l'Ajax fils de Télamôn,
Beaucoup plus petit ; menu, cuirassé de lin,
530 Mais plus fort au javelot que tous les Hellènes* et les
    Achéens.
C'étaient ceux qui habitaient Kynos, Opoeis et Kalliaros,
Bèssa et Skarphè, et Augéia la jolie,
Tarphè, et Thronios, près des eaux du Boagrios.
Lui obéissaient les quarante bateaux noirs
535 Des Locriens qui vivent face à la sainte Eubée.

Les Abantes qui, respirant la fureur, tenaient l'Eubée,
Khalkis, et Eirétria, et Histiaia pleine de vignes,
Et Kèrinthos sur la mer, et Dion la haute forteresse,
Et ceux qui avaient Karystos, ceux qui vivaient à Styra,
540 Tous ceux-là les commandait Eléphènôr, fils de Khalkôdôn,
Rejeton d'Arès*, magnanime chef des Abantes.
Les Abantes vifs le suivaient, rasés partout sauf sur la nuque,
Impatients de percer, avec leurs lances de frêne,

Les cuirasses sur la poitrine des ennemis.
545 Et quarante bateaux noirs lui obéissaient.

Ceux qui habitaient Athènes, ville forte bien bâtie,
Sujets d'Erechthée* le magnanime, qu'autrefois Athéna
Avait élevé, fille de Zeus (il était fils de la terre fertile),
Puis qu'elle avait fait entrer à Athènes, dans son riche
    temple.
550 C'est là que les fils des Athéniens lui sacrifient
Des taureaux et des agneaux quand revient l'année.
Le chef était Ménestheus, fils de Pétéôs.
Il n'y avait pas sur terre d'homme comme lui
Pour mettre en ordre les chevaux et les porteurs de bou-
    cliers ;
555 Seul Nestor le valait, parce que plus avancé en âge.
Cinquante bateaux noirs lui obéissaient.

Ajax de Salamine amenait douze bateaux,
Il les plaça où s'étaient rangés les Athéniens*.

Ceux qui habitaient Argos et Tirynthe la remparée,
560 Hermionè et Asinè, au bord du golfe profond,
Trézène*, Eiona, Epidaure au vignoble,
Et les jeunes Achéens d'Égine et de Masès,
À ceux-là commandaient Diomède Voix-Sonore
Et Sthénélos, fils de l'illustre Capanée* ;
565 En troisième venait Euryalos, pareil à un dieu,
Fils du prince Mèkisteus fils de Talaos.
À tous commandait Diomède Voix-Sonore ;
Quatre-vingts bateaux noirs lui obéissaient.

Ceux qui tenaient Mycènes, ville forte bien bâtie,
570 Et Corinthe la riche, et Kléôn la bien bâtie,
Ceux qui possédaient Ornéia et Araithyréè la jolie,
Et Sicyône, où Adrèstos* a d'abord régné,
Ceux qui tenaient Hypérèsia, la haute Gonoessa,
Pellèna, ou bien vivaient autour d'Aigion,
575 Dans tout l'Aiguialos et autour de la vaste Hélikè,

Leurs cent bateaux, c'est Agamemnon qui les commandait,
L'Atride ; il avait avec lui les plus nombreuses et les meil-
    leures
Des troupes ; vêtu de bronze éblouissant,
Glorieux, il se distinguait parmi les héros,
580 Parce qu'il était le meilleur et qu'il avait le plus de troupes.

Ceux qui habitaient Lacédémone aux ravins profonds,
Et Pharis et Sparte*, et Messa pleine de colombes,
Et Bryséia et Augéia la jolie,
Ceux qui tenaient Amyclées, Hélos, ville sur la mer,
585 Ceux qui tenaient Laas et vivaient près d'Oitylos,
À ceux-là commandait son frère, Ménélas Voix-Sonore ;
Soixante bateaux ; ils se rangeaient à part.
Lui marchait avec eux, assuré de sa valeur,
Poussant ses gens à se battre ; en son cœur il voulait surtout
590 Venger l'enlèvement d'Hélène et ses sanglots.

Ceux qui habitaient Pylos et Arènè la jolie,
Et Thryos où passe l'Alphée, et Aipy bien bâtie,
Kyparissè et Amphigénéia,
Ptéléon, Hélos et Dôrion, où les Muses
595 Ayant rencontré le Thrace Thamyris le privèrent du chant,
Il venait d'Oikhalie, de chez Eurytos l'Oikhalien ;
Il s'était vanté de vaincre, quand bien même chanteraient
En personne les Muses, filles de Zeus à l'égide.
Irritées, elles en firent un estropié ; le chant
600 Merveilleux, elles l'en privèrent et il ne sut plus jouer de la
    cithare.
À ceux-là commandait Nestor, le chevalier de Gérénia ;
Quatre-vingt-dix bateaux profonds se rangeaient près de lui.

Ceux qui habitaient l'Arcadie, sous le haut mont Cyllène,
Près du tombeau d'Aipytos, où sont les hommes belliqueux,
605 Ceux qui tenaient Phénéos et Orchomène aux beaux trou-
    peaux,
Ripè, et Stratiè, et Enispè la venteuse ;
Ceux qui habitaient Tégée et Mantinée* la jolie,

Ceux qui tenaient Stimphèlos et Parrasiè,
À ceux-là commandait le fils d'Ankaios, le puissant Aga-
    pènor.
610 Soixante bateaux ; dans chaque bateau montaient
Beaucoup d'Arcadiens, qui savaient faire la guerre ;
C'est le prince des hommes Agamemnon* qui leur avait
    donné
Ces bateaux solides pour passer la mer couleur de vin,
Lui, l'Atride ; car il n'ont pas souci des choses de la mer.

615 Ceux qui habitaient Bouprasios et la divine Elis,
La terre dont Hyrminè et Myrsinè, ville extrême,
Le rocher d'Olénie et Alèsion marquent les limites,
Ceux-là avaient quatre chefs ; dix bateaux légers obéissaient
À chacun d'eux. Les Épéens embarquaient nombreux.
620 Les uns, c'est Amphimakhos et Thalpios qui les comman-
    daient,
Fils, l'un de Ktéatos, l'autre d'Eurytos, tous descendants
    d'Aktôr.
Le dur Diôrès, fils d'Amarynkeus, commandait les autres ;
Polyxeinos à visage de dieu commandait les derniers.
Il était fils d'Agasthénès, fils d'Augias.

625 Ceux qui habitaient Doulikhion et les Ekhines, îles
Saintes qui sont loin dans la mer, face à l'Élide,
À ceux-là commandaient Mégès, pareil à Arès,
Fils du chevalier Phyleus, que Zeus aimait bien,
Et qui avait, fâché contre son père, émigré vers Doulikhion.
630 Quarante bateaux noirs lui obéissaient.

Ulysse menait les Céphalléniens magnanimes,
Ceux d'Ithaque et du mont Nèritos où frémissent les feuilles,
Ceux de Krokyléia et d'Aigilips la rocailleuse,
Ceux qui tenaient Zacynthe ou habitaient près de Samos,
635 Ceux qui étaient sur le continent face aux îles.
À ceux-là Ulysse commandait, pareil à Zeus pour la sub-
    tilité,
Douze bateaux lui obéissaient, la coque peinte en rouge.

Thoas, fils d'Andraimôn, commandait les Étoliens
Ceux qui habitaient Pleurôn et Olénos et Pylènè,
640 Et Chalcis sur la mer et Kalydôn* la pierreuse.
Ils n'étaient plus, les fils magnanimes d'Oineus ;
Lui-même n'était plus, le blond Méléagre était mort.
Celui à qui il était échu de commander aux Étoliens,
Quarante bateaux noirs lui obéissaient.

645 Idoménée Lance de Gloire commandait aux Crétois,
Ceux qui habitaient Knossos et Gortyna bien remparée,
Lyktos, Milètos, et Lykastos la blanche,
Phaistos, Rhytios, villes florissantes,
Et les autres, ceux qui vivaient dans la Crète aux cent villes.
650 Idoménée Lance de Gloire les commandait
Avec Mérionès pareil à Enyalios tueur d'hommes.
Quatre-vingts bateaux noirs leur obéissaient.

Le grand, le fort Tlépolèmos, fils d'Héraklès,
Amenait de Rhodes neuf bateaux pleins de nobles Rho-
diens,
655 Qui vivaient autour de Rhodes, séparés en trois groupes :
Lindos, Ièlyssos et la blanche Kameiros*.
Tlépolèmos Lance de Gloire les commandait :
Astyokhéia avait donné ce fils au grand Héraklès,
Qui l'avait enlevée dans Ephyrè, au bord du fleuve Selléis,
660 Ayant détruit force villes peuplées de filleuls de Zeus.
Tlépolèmos, ayant grandi dans un palais de belle structure,
Tua l'oncle maternel de son père,
Likymnios, déjà vieillissant, rejeton d'Arès ;
Tout de suite, il construisit des bateaux, réunit un grand
peuple,
665 Et s'en alla fuyant sur la mer ; car les autres le menaçaient,
Les fils et les petits-fils du puissant Héraklès.
Il alla, errant, jusqu'à Rhodes, après mille souffrances ;
Il établit trois tribus, et ils furent aimés
De Zeus, qui règne sur les hommes et les dieux.
670 Et le Kronide leur donna une richesse merveilleuse.

Nirée*, de Symè, amenait trois bateaux aux lignes justes,
Nirée, né d'Aglaiè et du roi Kharopos,
Nirée, de tous les Danaens venus à Troie
Le plus beau, après toutefois le Pélide nonpareil,
675 Mais il avait peu de puissance et sa troupe était petite.

Ceux qui habitaient Nisyros et Krapathos, et Kasos,
Et Kôs, ville d'Eurypylos, et les îles Kalydnes,
C'étaient Pheidippos et Antiphos qui les menaient,
Deux fils du roi Thessalos fils d'Héraklès.
680 Et ils alignaient trente bateaux creux.

Maintenant ceux qui habitaient l'Argos Pélasgique*
Et Alos et Alopè, et ceux qui vivaient à Trèkhis
Et ceux qui tenaient la Phthie, et l'Hellade* aux belles
        femmes ;
On les nommait Myrmidons, ou Hellènes, ou Achéens,
685 Et Achille était le chef de leurs cinquante bateaux.
Mais il n'avait plus souvenir de la guerre au nom sinistre,
Il n'y avait plus personne pour conduire leurs rangs.
Le divin Achille Pieds-Rapides restait dans son bateau,
En colère à cause de la fille Briséis aux beaux cheveux,
690 Qu'à Lyrnesse il avait conquise, à grande peine,
Ruinant Lyrnesse et les murailles de Thèbe,
Et il avait abattu Mènytos et Epistrophos, bons guerriers,
Fils du prince Evènos, fils de Sélèpios.
Triste, il ne bougeait plus, mais il allait bientôt se redresser.

695 Ceux qui habitaient Phylakè et Pyrasos pleine de fleurs,
Domaine de Déméter, et Itôn mère des troupeaux,
Et Antrôn sur la mer, et Ptéléos l'herbue,
Le valeureux Protésilas les commandait,
Quand il était vivant*. Mais désormais la terre noire le
        tenait.
700 À Phylakè était restée sa femme, les joues sanglantes,
Et une maison à moitié construite ; un Dardanien l'avait
        tué

Quand, le premier des Achéens, il était descendu de bateau.
Ils n'étaient pas sans chef, mais regrettaient l'ancien.
Celui qui les rangeait, c'était Podarkès, rejeton d'Arès,
705 Fils du Phylacide Iphiklos aux grands troupeaux,
C'était le propre frère de Protésilas le magnanime,
Frère puîné. L'aîné, sans doute le meilleur,
C'était Protésilas, le vaillant héros ; les hommes certes
Avaient un vrai chef, mais regrettaient l'autre, si noble.
710 Quarante bateaux noirs lui obéissaient.

Ceux qui habitaient Phéra, auprès du lac Boibèis,
Et Boibè, et Glaphyra, et Iôlkos, ville bien bâtie,
Le fils bien-aimé d'Admète commandait à leurs onze nefs,
Eumèlos, qu'avait donné à Admète la divine entre les femmes,
715 Alceste*, la plus belle des filles de Pélias.

Ceux qui habitaient Mèthonè et Thaumakiè,
Et Méliboia et Olizôn la rocailleuse,
Philoctète*, archer expert, les commandait ;
Sept bateaux. Dans chacun d'eux cinquante rameurs
720 Avaient pris place, archers experts et forts guerriers.
Mais il restait loin dans une île, souffrant de dures souf-
    frances,
Dans Lemnos, île sacrée, où l'avaient laissé les fils des
    Achéens,
Épuise par la vilaine morsure d'un serpent malfaisant.
Il restait là, plein de tristesse. Mais bientôt ils se souvien-
    draient,
725 Les Argiens, sur leurs bateaux, du prince Philoctète.
Ils n'étaient pas sans chef, mais regrettaient l'ancien.
Celui qui les rangeait, c'était Médôn, bâtard d'Oileus,
Que Rhènè avait conçu sous Oileus destructeur de villes.

Ceux qui habitaient Trikkè et Ithomè l'escarpée,
730 Ceux qui tenaient Oikhalie, ville d'Eurytos l'Oikhalien,
À ceux-là commandaient deux fils d'Asklépios,
Bons médecins, Podaleirios et Makhaôn.
Ils alignaient trente bateaux creux.

Ceux qui habitaient Orménios et la fontaine Hypéréia,
735 Ceux qui tenaient Astérion, et les blancs sommets du
  Titanos,
À ceux-là commandait Eurypyle, noble fils d'Evaimôn.
Quarante bateaux noirs lui obéissaient.

Ceux qui habitaient Argissa et Gyrtônè,
Orthè et Elônè, et la blanche Oloossôn*,
740 À ceux-là commandait le belliqueux Polypoitès,
Fils de Peirithoos qu'engendra Zeus l'immortel.
L'illustre Hippodamie le conçut sous Peirithoos
Le jour où il punit les Brutes* au long poil,
Les chassant du Pélion jusque chez les Aithikes.
745 Il n'était pas seul ; avec lui était Léonteus, rejeton d'Arès,
Et fils de Koronos l'exalté, fils de Kaineus.
Quarante bateaux noirs leur obéissaient.

Gouneus avait amené de Kyphos vingt-deux bateaux ;
Les Eniènes le suivaient et les belliqueux Péraibes
750 Qui ont construit leurs maisons près de Dodone aux durs
  hivers,
Qui travaillent la terre près du joli Titarèse*,
Dont les belles eaux se jettent dans le Pénéios,
Mais ne se mêlent pas au Pénéios couleur d'argent :
Elles coulent à sa surface comme de l'huile.
755 Car elles viennent du Styx, fleuve du terrible serment.

Prothoos, fils de Tenthrèdôn, commandait aux Magnètes
Qui auprès du Pénéios et du Pélion où frémissent les
  feuilles
Habitaient ; et Prothoos le vif les dirigeait,
Quarante bateaux noirs lui obéissaient.

760 Tels étaient les seigneurs et les ducs des Danaens.
Qui était le meilleur, dis-le-moi, Muse,
Des hommes et des chevaux qui avaient suivi les Atrides.

Les chevaux les meilleurs étaient ceux du fils de Phérès,
Qu'Eumèlos conduisait*, rapides comme les oiseaux ;
765 Même poil, même âge ; hauteur au garrot strictement égale.
Apollon Arc d'Argent en Piérie les avait élevées,
Ces deux juments qui portent la terreur d'Arès.
Le guerrier le meilleur était Ajax fils de Télamôn,
Au moins pendant la colère d'Achille, le Pélide sans reproche,
770 De beaucoup le plus fort, comme les chevaux qu'il conduisait.
Mais près de ses bateaux de haut bord, coureurs de mers,
Il restait, en fureur contre Agamemnon berger des peuples,
L'Atride. Et ses hommes, sur le rivage de la mer,
Jouaient à lancer des disques, des javelots
775 Ou des flèches ; les chevaux, chacun près de son char,
Broutant le trèfle et le céleri des marais,
Attendaient ; les chars bien faits restaient sous les tentes
Des princes ; et eux, pleins du regret de leur chef ami
    d'Arès,
Erraient çà et là dans le camp et ne combattaient pas.

780 Ils marchaient, on aurait dit que le sol était pris par le feu ;
La terre gémissait comme domptée par Zeus Foudre-Amère,
Lorsque dans sa fureur il la fouette autour de Typhée,
Chez les Arimes, où, dit-on, Typhée a son lit.
Ainsi la terre gémissait fortement sous les pieds
785 De l'armée en marche, qui bientôt eut traversé la plaine.

Messagère pour les Troyens, s'en vint Iris aux pieds de
    vent,
Envoyée par Zeus à l'égide avec une nouvelle douloureuse.
Ils étaient assemblés en assemblée près des portes de
    Priam,
Tous réunis, jeunes aussi bien que vieux.
790 S'arrêtant près d'eux, elle parla, la rapide Iris.
Elle avait la voix du fils de Priam Politès,
Qui, sûr de sa vitesse, servait de guetteur aux Troyens
Au sommet du tombeau du vieil Aisyètès,
Pour voir quand les Achéens s'éloigneraient de leurs
    bateaux.

795 Ayant pris sa figure, elle dit, la rapide Iris :
    « Vieil homme, tu aimes toujours à parler sans t'arrêter,
    Comme au temps de la paix ; mais la guerre est venue,
        impitoyable.
    Plus d'une fois je suis entrée dans les combats des hommes,
    Jamais je n'ai vu armée si grande et si forte.
800 Vraiment pareils à des feuilles ou à des grains de sable,
    Ils viennent par la plaine pour attaquer la ville.
    Hector, c'est à toi surtout que je parle, fais ce que je dis :
    Il y a beaucoup d'alliés dans la grande ville de Priam ;
    On entend langue et langue parmi ces hommes divers*.
805 Que chacun à ceux qu'il commande donne ses ordres,
    Puis dispose en rangs et conduise ceux de son pays. »

    Elle dit ; Hector reconnut la voix d'une déesse ;
    Soudain, il mit fin à l'assemblée ; on se précipita sur les
        armes ;
    On ouvrit toutes les portes, l'armée s'élança,
810 Gens de pied et de cheval ; ce fut un immense vacarme.

    Il est, face à la ville, un tertre en pente raide,
    Dans la plaine, à l'écart, on en fait aisément le tour ;
    Les hommes l'appellent Batiéia ;
    Les immortels, tombeau de la dansante Myrinè.
815 Là, se rangèrent les Troyens et leurs alliés.

    Aux Troyens commandait le grand Hector au panache,
    Le Priamide ; plus nombreuses et meilleures que les autres
    Ses troupes le suivaient, impatientes de manier la lance.

    Aux Dardaniens commandait le vaillant fils d'Anchise,
820 Énée, que la divine Aphrodite avait conçu sous Anchise,
    Dans une forêt de l'Ida, déesse couchant avec un mortel.
    Non pas seul ; avec lui deux fils d'Anténor,
    Arkhélokhos et Akamas, bien instruits de tous combats.

    Ceux qui habitaient Zéléia, juste au pied de l'Ida,
825 Riches, qui buvaient l'eau profonde de l'Aisèpos,

Troyens, à ceux-là commandait le noble fils de Lykaôn,
Pandaros ; Apollon lui-même lui avait donné son arc.

Ceux qui habitaient Adrestéia et le canton d'Apeisos,
Et Pithyéia et le mont escarpé de Tèréiè,
830 À ceux-là commandaient Adrèstos et Amphios cuirassé de
   lin.
Tous deux fils de Mérops, le Perkosien, qui, mieux que tous
Connaissant l'avenir, ne voulait pas laisser ses enfants
Aller à la guerre qui tue ; mais ils ne lui obéirent
Pas. Les Tueuses les poussaient, servantes de la noire mort.

835 Ceux qui habitaient Perkôtè et Praktios,
   Et Sestos et Abydos, et la divine Arisbè,
   À ceux-là commandait Asios Hyrtakide, chef de guerriers,
   Asios Hyrtakide que d'Arisbée avaient amené ses chevaux,
   De grands alezans nourris près du fleuve Selléis.

840 Hippothoos conduisait les tribus des Pélasges aux bonnes
   lances,
   Et ceux qui cultivaient les terres de Larissa la plantureuse ;
   À ceux-là commandaient Hippothoos et Pylaios, rejeton
   d'Arès,
   Tous deux fils du Pélasge Lèthos Teutamide.

Les Thraces, Akamas et le héros Peiroos les menaient,
845 Ceux qu'enferme le fort courant de l'Hellespont.

Euphémos commandait les guerriers Kikones*,
Fils de Troizènos Kéade, filleul de Zeus.

Quant à Pyraikhmès, il menait les Paioniens aux arcs
   recourbés,
Venus de bien loin, d'Amydôn et du large Axios,
850 De l'Axios qui inonde la terre de ses belles eaux.

Les Paphlagoniens, Pylaiménès* au cœur velu les menait,
Depuis le pays des Enètes, où sont les mules sauvages.

Ils tenaient Kytôros, travaillaient la terre autour de Sésamon,
Habitaient de belles maisons près du fleuve Parthénios,
855 Dans Krômna, Aigialos et la haute Erythinos.

Les Halizones, Odios et Epistrophos les commandaient,
Venus de la lointaine Alybè, où naît l'argent.

Les Mysiens, Khromis les commandait, avec Eunomos le
    devin,
Mais la divination ne le sauva pas de la mort noire ;
860 Il tomba sous la main de Pieds-Rapides, petit-fils d'Éaque,
Dans le fleuve où il massacra des Troyens et bien d'autres
    gens.

Phorkys menait les Phrygiens, avec Askanios à visage de
    dieu,
Venus de bien loin, d'Askaniè, impatients de se battre.

Les Méoniens, Mesthlès et Antiphos étaient à leur tête,
865 Fils de Talaiménès*, nés de la dame du lac Gygéia ;
Ils menaient les Méoniens, qui sont nés au pied du Tmôlos.

Nastès conduisait les Cariens dont barbare* est le langage,
Qui habitaient Milet* et le mont des Phtires, aux arbres
    touffus,
Et les rives du Méandre et les cimes de Mycale.
870 Amphimakhos et Nastès étaient à leur tête,
Nastès et Amphimakhos, nobles fils de Nomiôn,
Qui marchait à la guerre couvert d'or comme une fille.
Naïf ! rien ne le protégea de la mort sinistre.
Mais il tomba sous la main de Pieds-Rapides, petit-fils
    d'Éaque,
875 Dans le fleuve, et le vaillant Achille emporta l'or.

Sarpédon commandait aux Lyciens, avec Glaukos sans
    reproche,
Venus de bien loin, de Lycie, du Xanthe plein de tour-
    billons.

CHANT III

De chaque côté les chefs les mettaient en rangs.
Les Troyens marchaient, à cris et clameurs, comme des
 oiseaux,
Quand le cri des grues vient du ciel,
Car elles fuient l'hiver et la pluie sans fin
5 Et volent en criant vers les vagues de l'Océan,
Apportant aux hommes Pygmées la mort et le malheur*.
Du haut du ciel elles mènent cette vilaine guerre.
Mais c'est en silence qu'allaient, respirant la fureur, les
 Achéens,
Pleins du désir de s'aider l'un l'autre.

10 Quand au sommet d'une montagne le Notos verse une
 brume
Que n'aiment pas les bergers, mais que le voleur préfère à
 la nuit
(On ne voit pas plus loin que le jet d'une pierre),
Ainsi se levait une tempête de poussière sous les pieds
De l'armée en marche, qui traversait vivement la plaine.

15 Quand, marchant les uns vers les autres, ils furent tout près,
Des Troyens se détacha Alexandre à visage de dieu,
Peau de panthère sur l'épaule, avec son arc* recourbé,
Son épée. Brandissant deux piques couronnées
De bronze, il appelait les meilleurs des Argiens
20 À se battre vie contre vie dans un assaut terrible.

Dès qu'il le reconnut, Ménélas ami d'Arès,
Dès qu'il le vit marchant à grands pas devant la troupe
(Comme un lion se réjouit en trouvant un grand cadavre,
Un cerf cornu ou une chèvre sauvage ;
25 Or il a faim ; il dévore, et pourtant
Des chiens rapides le harcèlent, et des jeunes gens vigou-
    reux),
Ainsi se réjouit Ménélas en voyant de ses yeux
Alexandre à visage de dieu ; il se dit qu'il allait punir le
    coupable.
Aussitôt, avec ses armes, il sauta de son char à terre.

30 Dès qu'il le reconnut, Alexandre à visage de dieu,
Dès qu'il le vit au premier rang, il eut un coup au cœur,
Il recula parmi ses compagnons, fuyant la mort.
Comme celui qui voit un serpent revient sur ses pas,
Dans une vallée de la montagne, ses genoux tremblent,
35 Et il recule, la pâleur est sur ses joues,
Ainsi replóngea dans la masse des fiers Troyens,
Par peur de l'Atride, Alexandre à visage de dieu.

À cette vue, Hector le tança avec des mots d'outrage :
« Pâris de malheur, joli garçon, fou de femmes, enjôleur,
40 Mieux aurait valu pour toi ne pas naître, mourir sans épouse
(Je le voudrais, ce serait beaucoup mieux),
Que d'être cette chose honteuse, qu'on méprise.
Ils rient très fort, les Achéens chevelus ;
Ils te prenaient pour un vrai guerrier, avec ta belle
45 Apparence, mais tu n'as dans le corps ni force ni vertu.
Tel que tu es, sur tes bateaux de haute mer,
Tu traverses les flots avec ces compagnons que tu ras-
    sembles,
Tu te mêles aux étrangers, tu enlèves une femme jolie,
Dans son pays, dans une famille d'hommes d'armes.
50 Grand malheur pour ton père, pour ta ville et pour ton
    peuple ;
Joie pour les ennemis, honte pour toi-même.

Et tu ne peux pas affronter Ménélas ami d'Arès ?
Tu saurais à quel homme tu as pris sa femme douce.
Rien ne te servira, ni ta cithare*, ni les dons d'Aphrodite,
55 Ni tes cheveux, ni ta beauté, quand tu seras mêlé à la poussière.
Mais les Troyens sont lâches, sinon déjà tu serais
Habillé de pierres*, pour tout ce que tu as fait. »

Alors lui dit Alexandre à visage de dieu :
« Hector, à bon droit tu m'insultes ; tu ne vas pas outre le
    droit ;
60 Ton cœur est comme une hache qui ne s'use pas,
Qu'un homme fait pénétrer dans le bois ; avec art
Il taille une poutre, elle ajoute à la force de l'homme.
Tel est l'intrépide esprit que tu as dans la poitrine.
Ne me reproche pas les dons charmants d'Aphrodite la
    dorée.
65 Il ne faut pas rejeter les superbes dons des dieux.
Ce qu'ils donnent, on ne le prendrait pas de soi-même.
Maintenant si tu veux que je me batte et fasse la guerre,
Fais s'asseoir les Troyens et tous les Achéens.
Moi et Ménélas ami d'Arès, au milieu d'eux,
70 Faites-nous nous battre pour Hélène et le trésor* ;
Celui qui vaincra et sera le plus fort,
Qu'il prenne le trésor et la femme, et les emporte chez lui ;
Que les autres se jurent par serment amitié fidèle ;
Vivez à Troie la plantureuse ; qu'ils retournent, eux,
75 À Argos aux beaux chevaux, dans l'Achaïe aux belles
    femmes. »

Il dit. Hector eut joie en entendant cette parole.
Marchant entre les deux armées, il arrêta les phalanges*
    troyennes,
En tenant sa lance par le milieu ; tous s'assirent.
Les Achéens chevelus tiraient contre lui de l'arc,
80 Le visaient avec des flèches, lui jetaient des pierres.
Mais il poussa un grand cri, le prince des hommes Agamemnon :

« Arrêtez, Argiens ! ne tirez pas, jeunes gens d'Achaïe !
Hector au panache est là pour dire une parole. »

Il dit. Eux cessèrent le combat, restèrent en silence
85 Soudain. Hector dit aux deux armées :
« Écoutez, Troyens et Achéens aux cnémides,
Ce que dit Alexandre, à cause de qui nous avons querelle.
Il dit aux Troyens et à tous les Achéens
De poser leurs armes sur la terre qui nourrit les vivants ;
90 Au milieu, lui et Ménélas ami d'Arès,
Seuls, ils se battront pour Hélène et le trésor.
Celui qui vaincra et sera le plus fort,
Qu'il prenne le trésor et la femme, et les emporte chez lui ;
Nous autres, jurons par serment amitié fidèle. »

95 Il dit, et tous demeuraient en silence.
Alors leur parla Ménélas Voix-Sonore.
« Écoutez-moi, moi aussi ; une douleur frappe
Mon cœur plus fort, et je pense à tout régler
Entre Argiens et Troyens, car vous avez beaucoup souffert
100 À cause de ma querelle et de l'entreprise d'Alexandre.
Celui de nous deux qu'attendent la mort et le terme
     marqué,
Qu'il meure ; pour vous autres, alors tout sera réglé.
Apportez des agneaux, un mâle blanc, une femelle noire,
Pour Terre et pour Soleil ; pour Zeus, c'est nous qui four-
     nirons ;
105 Amenez ici Priam en sa force, pour qu'il prête le serment
Lui-même, car il a des fils qui sont arrogants et peu sûrs ;
Quelqu'un pourrait passer outre et violer les serments de
     Zeus.
Toujours des jeunes gens les esprits sont mobiles ;
Si un vieil homme est là, il regarde en avant
110 Et en arrière, il voit ce qui pour tous est le meilleur. »

Il dit ; Achéens et Troyens se réjouirent,
Avec grand espoir que finisse le malheur de la guerre.
Retenant les chevaux, ils mirent pied à terre,

Posèrent leurs armes, s'assirent sur le sol,
115 Tout près les uns des autres ; un petit espace les séparait.
Hector envoya deux hérauts à la ville,
Vite pour rapporter les agneaux et appeler Priam.
Le puissant Agamemnon dit à Talthybios d'aller
Vers les bateaux creux, et lui enjoignit d'apporter
120 Un agneau ; et lui, au divin Agamemnon il ne désobéit pas.

Alors Iris à Hélène Blanche-Main vint en messagère,
Sous la figure de sa belle-sœur, la femme de l'Anténoride,
Celle que possédait l'Anténoride Hélikaôn,
Laodikè, la plus belle des filles de Priam.
125 Elle la trouva dans sa maison, tissant une grande étoffe,
Un double manteau de pourpre ; elle y disposait les combats
Des Troyens, gens de cheval, et des Achéens cuirassés de
    bronze,
Ces combats dont, pour elle, ils souffraient sous la main
    d'Arès.
S'arrêtant près d'elle Iris aux pieds rapides lui dit :
130 « Viens ici, chère, pour que tu voies les faits merveilleux
Des Troyens, gens de cheval, et des Achéens cuirassés de
    bronze ;
D'abord les uns contre les autres ils portaient l'Arès qui
    fait pleurer,
Dans la plaine, pleins du désir de la guerre cruelle ;
Maintenant assis en silence, la bataille ayant cessé,
135 Ils s'appuient sur leurs boucliers, lances fichées en terre.
Alexandre et Ménélas ami d'Arès
Avec leurs longues piques vont se battre pour toi.
De celui qui vaincra on te dira la femme. »

Elle dit, la déesse, et lui jeta au cœur un doux regret
140 De son premier mari, de sa ville, de ses parents ;
Revêtue d'un long voile blanc,
Elle sortit de la chambre en pleurant doucement,
Non pas seule, mais deux servantes la suivaient,
Aithrè, fille de Pitthée*, et Clymène Œil de Vache.
145 Bientôt elles arrivèrent là où sont les portes Scées*.

Autour de Priam et de Panthoos et de Thymoitès,
De Lampos et de Klytios et d'Hikétaôn, rejeton d'Arès,
D'Oukalégon et d'Anténor, bien inspirés l'un et l'autre,
Siégeaient les anciens du peuple, au-dessus des portes Scées,
150 Loin de la guerre, puisque vieux, mais orateurs
Excellents, semblables à des cigales, qui dans la forêt,
Perchées sur un arbre, ont des voix douces comme des lys.
Tels étaient les chefs de Troie, assis sur le rempart.
Quand ils virent Hélène marchant sur le rempart,
155 L'un à l'autre, doucement, ils se disaient ces mots qui ont des ailes :
« Il n'est pas scandaleux* que Troyens et Achéens aux cnémides
Pour une femme pareille souffrent douleurs depuis longtemps ;
Terrible est sa ressemblance avec les déesses immortelles.
Mais, si belle qu'elle soit, qu'elle retourne avec les bateaux,
160 Et ne nous laisse pas le malheur, à nous et à nos enfants. »

Ainsi parlaient-ils, et Priam appelait Hélène à haute voix :
« Viens ici, mon enfant, assieds-toi devant moi,
Vois ton premier mari, et sa famille et ses amis.
Pour moi, il faut s'en prendre non à toi, mais aux dieux,
165 Ils ont lancé contre moi les Achéens et la guerre qui fait pleurer.
Mais dis-moi le nom de cet homme prodigieux ;
Qui est cet Achéen grand et fort ?
Car d'autres le dépassent d'une tête,
Mais de mes yeux jamais je n'ai vu tant de beauté,
170 Tant de majesté ; il a un air vraiment royal. »

Lui répondit Hélène, divine entre les femmes :
« Je te respecte, mon beau-père*, et je te crains.
Il aurait mieux valu que la vilaine mort me séduise,
Quand j'ai suivi ici ton fils, quittant maison et parents,
175 Et ma fille dorlotée, et mes jolies amies qui ont mon âge.

Ce n'est pas ce qui s'est passé ; et je dépéris dans les larmes.
Je vais répondre à ta question, à ta demande.
C'est l'Atride, Agamemnon au large pouvoir,
À la fois grand roi et guerrier plein de force,
180 Beau-frère (mais c'est si loin* !) de cette chienne que je
suis. »

Elle dit ; le vieil homme s'émerveilla, puis parla :
« Heureux Atride, né pour le bonheur, comblé par les dieux,
Beaucoup de jeunes Achéens te sont soumis.
Je suis allé dans la Phrygie aux vignes,
185 J'y ai vu, très nombreux, les Phrygiens et leurs chevaux
fringants,
Les peuples d'Otreus et de Mygdon qui est comme un dieu,
Ils campaient sur les rives du Sangarios. Et moi,
Envoyé comme allié, le jour où arrivèrent les Amazones*
Qui sont comme des hommes, j'étais avec eux.
190 Mais ils étaient moins nombreux que les Achéens aux yeux
vifs. »

En second lieu, voyant Ulysse, le vieil homme dit :
« Celui-là, mon enfant, dis-moi qui il est.
Plus petit d'une tête qu'Agamemnon l'Atride,
Il est plus large des épaules et de la poitrine.
195 Ses armes sont posées sur la terre qui nourrit les vivants,
Et comme un bélier il parcourt les rangs des hommes.
Je le vois comme un mâle à l'épaisse toison
Qui traverse le grand troupeau des brebis blanches. »

Lui répondit Hélène née de Zeus* :
200 « C'est le Laertiade, Ulysse le subtil,
Qu'Ithaque a nourri, bien que rocailleuse ;
Il connaît toute sorte de ruses et de finesses. »

Alors Anténor le bien inspiré lui dit, la regardant en face :
« Femme, ce que tu as dit est très juste.
205 Ulysse le divin est déjà venu ici*,
À cause de toi, en ambassade, avec Ménélas ami d'Arès.

C'est moi qui les ai reçus et bien traités dans ma maison.
De tous les deux j'ai admiré l'allure et la finesse.
Quand, au milieu des Troyens rassemblés, ils furent
210 Debout, Ménélas dominait, avec ses larges épaules;
S'ils étaient assis, Ulysse avait plus de prestance.
Lorsqu'ils en vinrent à tisser mots et pensées,
Ménélas parlait avec une grande aisance:
Peu de mots, mais clairs; il n'était ni bavard,
215 Ni embrouillé. C'était le plus jeune des deux.
Mais quand se leva Ulysse le subtil,
Il se tint d'abord immobile, les yeux fixés sur le sol,
Sans remuer son bâton, ni en avant, ni en arrière;
Il le gardait tout droit, comme un homme hébété;
220 On l'aurait cru quelqu'un qui s'est fâché, ou qui est
    sot.
Mais quand, de sa poitrine il laissa sortir sa grande voix,
Et des mots pareils à des flocons de neige en hiver,
Alors personne avec Ulysse n'aurait pu rivaliser;
Et ce n'était plus l'allure d'Ulysse qui nous étonnait.»

225 En troisième lieu, voyant Ajax*, le vieil homme dit:
«Qui est cet autre homme achéen, grand et fort,
Qui dépasse les Argiens de la tête et de ses larges épaules?»

Hélène au long voile lui répondit, divine entre les femmes:
«C'est le prodigieux Ajax, barrière des Achéens;
230 De l'autre côté est Idoménée, comme un dieu, au milieu
Des Crétois; et les chefs crétois autour de lui sont réunis.
Souvent Ménélas ami d'Arès l'a reçu
Dans notre maison, quand il venait de Crète*.
Maintenant je vois tous les Achéens aux yeux vifs,
235 Je pourrais les reconnaître et les nommer par leur nom.
Il y a deux chefs d'armée que je n'arrive pas à voir,
Castor qui dresse les chevaux, Pollux très bon à la boxe,
Mes propres frères, fils de la même mère*.
Ou ils n'ont pas quitté Lacédémone la jolie,
240 Ou bien ils sont venus jusqu'ici sur les bateaux qui passent
    les mers,

Mais ils ne veulent pas plonger dans la bataille des hommes,
Car ils craignent ma honte et les outrages qui tombent sur
  moi. »

Elle dit ; mais eux, la terre les tenait, elle qui donne vie,
Là-bas, dans Lacédémone, doux pays de leurs pères*.

245 Les hérauts, par la ville, portaient de quoi célébrer le
  serment :
Deux agneaux, du vin joyeux, fruit du terroir,
Dans une outre de chèvre ; celui qui portait le vase brillant
Avec les coupes d'or était le héraut Idaios.
S'approchant du vieil homme, il lui dit pour qu'il agisse :
250 « Lève-toi, fils de Laomédon, les meilleurs
Des Troyens, gens de cheval, et des Achéens cuirassés de
  bronze
T'invitent à descendre dans la plaine, pour le serment.
Alexandre et Ménélas ami d'Arès
Avec leurs longues piques vont se battre pour la femme.
255 Celui qui vaincra, femme et trésor lui reviendront.
Que les autres se jurent par serment amitié fidèle ;
Vivons, nous, à Troie la plantureuse ; qu'ils retournent, eux,
À Argos aux beaux chevaux, dans l'Achaïe aux belles
  femmes. »

Il dit. Le vieil homme tressaillit, donna l'ordre à ses compagnons
260 D'atteler les chevaux ; ils se hâtèrent d'obéir.
Priam monta sur le char, tira les rênes en arrière ;
Anténor monta près de lui sur le char superbe ;
À travers les portes Scées ils menèrent les chevaux vers la
  plaine.

Quand ils arrivèrent près des Troyens et des Achéens,
265 Ils mirent le pied sur la terre qui nourrit les vivants,
Et marchèrent parmi Troyens et Achéens.
Aussitôt se levèrent Agamemnon prince des hommes,
Et Ulysse le subtil. Les hérauts magnifiques

Réunirent de quoi célébrer le serment, firent le mélange
270 Dans le cratère, versèrent de l'eau sur les mains des rois.
L'Atride tira des deux mains son coutelas
Toujours tout près du grand fourreau de l'épée,
Sur la tête des agneaux, il coupa des poils, qu'ensuite
Les hérauts répartirent entre les chefs troyens et achéens.
275 L'Atride, mains vers le ciel, dit pour tous une grande
         prière :
« Père Zeus, qui règnes sur l'Ida*, très glorieux, très grand,
Soleil, qui vois tout, qui entends tout,
Fleuves et Terre, et vous qui, là-dessous, punissez
Les hommes à bout de forces*, ceux qui se sont parjurés,
280 Soyez témoins, protégez ce serment sincère.
Si Alexandre met à mort Ménélas,
Qu'il garde Hélène et le trésor ;
Nous repartirons sur nos bateaux qui passent les mers ;
Mais si le blond Ménélas tue Alexandre,
285 Que les Troyens rendent Hélène et le trésor,
Qu'ils donnent aux Argiens une juste compensation
Dont se souviendront les hommes à venir.
Si Priam et les fils de Priam me refusent
Cette compensation, Alexandre une fois mort,
290 Alors je me battrai pour les faire payer,
Je resterai ici pour mener la guerre à son terme. »

Il dit, et trancha la gorge des agneaux avec le bronze cruel,
Il les jeta par terre, pantelants,
Privés de souffle ; le bronze avait pris leur force.
295 On puisa le vin dans le cratère avec des coupes,
On le versa ; on pria les dieux qui vivent toujours.
Et chacun disait, Achéen ou Troyen :
« Zeus très glorieux et très grand, et vous, dieux immortels,
Ceux qui les premiers violeraient ces serments,
300 Que leur cervelle et celle de leurs fils coule à terre comme
         ce vin,
Et que leurs femmes à d'autres soient livrées. »

Ils dirent, mais le Kronide ne réalisa rien.
Priam Dardanide leur dit cette parole :
« Écoutez, Troyens et Achéens aux cnémides,
305 Je vais m'en retourner à Ilion la venteuse,
Je ne supporterais pas de voir de mes yeux
Mon fils se battant contre Ménélas ami d'Arès.
Zeus sait bien, lui et les autres immortels,
Sur qui des deux doit tomber la mort*. »

310 Il dit, l'homme pareil à un dieu, et mit les agneaux sur le
        char,
Il y monta lui-même, tira les rênes en arrière ;
Anténor monta près de lui sur le char superbe ;
Et ils s'en retournèrent à Ilion.
Hector fils de Priam et le divin Ulysse
315 Mesurèrent d'abord le terrain ; ensuite
Dans un casque de bronze ils secouèrent les sorts*
Pour savoir qui le premier lancerait la pique de bronze.
Les peuples priaient, mains levées vers les dieux,
Et chacun disait, Achéen ou Troyen :
320 « Père Zeus, qui règnes sur l'Ida, très glorieux, très grand,
Celui de ces deux-là qui a suscité la querelle,
Donne-nous que, détruit, il s'enfonce dans l'Hadès
Et nous, qu'un serment sincère garantisse notre amitié. »

Ainsi parlaient-ils. Hector au panache secoua les sorts,
325 En détournant le regard. Le sort de Pâris sortit tout de
        suite.
On s'assit alors par rangées, chacun près
De ses chevaux piaffants et de ses armes colorées.
Sur ses épaules il mit ses belles armes,
Le divin Alexandre, mari d'Hélène aux beaux cheveux.
330 Il mit d'abord sur ses jambes les cnémides,
Belles, avec des garde-chevilles en argent ;
En second lieu sur sa poitrine il plaça la cuirasse
De son frère Lykaôn ; elle lui allait bien.
À l'épaule il suspendit l'épée à clous d'argent,
335 Épée de bronze, puis le grand et fort bouclier*.

Sur sa tête hardie, il mit un casque de bonne facture,
Avec panache ; la crinière avait un mouvement terrible.
Il prit sa forte pique, qui était bien à sa main.
Ménélas aussi, pareil à Arès, revêtit ses armes.

340 Lorsque, loin de la foule, ils se furent armés,
Ils vinrent au milieu des Troyens et des Achéens,
Le regard terrible ; ceux qui les voyaient frémirent,
Troyens, gens de cheval, et Achéens aux cnémides.
Ils se placèrent dans le terrain mesuré,
345 Ils agitaient leurs piques, en fureur l'un contre l'autre.
D'abord Alexandre lança la pique à l'ombre longue,
Il frappa l'Atride sur le bouclier parfaitement rond ;
Mais le bronze ne pénétra pas, la pointe plia
Contre le fort bouclier ; alors, à son tour, fonça, bronze en
      main,
350 L'Atride Ménélas, tout en priant Zeus le père :
« Prince Zeus, donne-moi de punir celui qui m'a fait tort,
Ce divin Alexandre ; dompte-le sous mes mains
Pour que, parmi les hommes à venir, tous aient horreur
De causer du tort à un hôte qui a offert son amitié*. »

355 Il dit, visa, lança la pique à l'ombre longue ;
Il atteignit le Priamide sur le bouclier bien rond ;
La forte pique traversa le bouclier brillant,
Perça la cuirasse richement ornée ;
Tout droit, le long du flanc, elle déchira la chemise,
360 Cette pique ; et lui, se penchant, évita la mort noire.
L'Atride dégaina l'épée aux clous d'argent,
La leva, frappa le sommet du casque ; mais soudain,
      brisée
En trois morceaux ou quatre, elle tomba de sa main.
L'Atride gémit, regarda le large ciel :
365 « Zeus père, il n'est pas de dieu plus pernicieux que toi ;
Je pensais punir Alexandre de sa vilenie.
Voici mon épée brisée dans mes mains, et ma pique
Est partie pour rien de ma paume ; je ne l'ai pas touché. »

Il dit, et, bondissant, il l'attrapa par son casque à crinière,
370 Le renversa, le traîna vers les Achéens aux cnémides ;
Le cou délicat, la courroie brodée le serrait
Qui, tendue sous le menton, retient le casque.
Il l'aurait traîné, aurait recueilli une gloire immense,
Si ne l'avait vu de son œil perçant la fille de Zeus, Aphro-
    dite.
375 Elle rompit la courroie, prise sur un bœuf écorché.
Vide, le casque suivit la forte main.
Alors le héros, vers les Achéens aux cnémides,
Le jeta, en le faisant tourner ; ses compagnons l'attrapèrent.

Et lui repartit, décidé à tuer, avec la pique de bronze,
380 L'autre. Mais Aphrodite l'emporta,
Aisément, puisque déesse*, le couvrit d'un gros brouillard
Et le déposa dans la chambre pleine de douces senteurs.
Elle s'en fut appeler Hélène. Elle la trouva
Sur le haut rempart, entourée de Troyennes.
385 Elle saisit un pan de la robe parfumée, et l'attira vers elle.
Elle lui parla, sous la figure d'une femme très vieille,
D'une fileuse qui, pour elle, quand elle vivait à Lacédémone,
Travaillait la laine bellement, et qu'elle aimait par-dessus
    tout.
Sous cette figure la divine Aphrodite lui dit :
390 « Viens. Alexandre t'invite à revenir à la maison.
Il est dans la chambre, sur le lit fait au tour,
Sa beauté resplendit, comme ses habits ; tu ne dirais pas
Qu'il vient pour se battre contre un homme, mais qu'à
    danser
Il s'apprête, ou à s'asseoir, la danse quittée. »

395 Elle dit, et fit bondir son cœur dans sa poitrine.
Dès qu'elle eut reconnu le cou merveilleux de la déesse,
Ses seins désirables, ses yeux scintillants,
Elle frémit, et lui dit, prononçant son nom :
« Toi, un mauvais génie te hante ! pourquoi ce désir de
    m'enjôler ?
400 Dans quelle ville populeuse voudras-tu

Que j'aille, en Phrygie, dans la jolie Méonie,
Pour peu que te plaise un misérable humain ?
Parce que Ménélas a vaincu le divin Alexandre
Maintenant, et veut m'emmener chez lui, moi qu'il déteste,
405 Tu es là à rôder autour de moi, avec tes ruses ?
Va t'installer chez lui, oublie le chemin des dieux*,
Ne remets plus jamais les pieds dans l'Olympe,
Continue à t'inquiéter pour lui, à le protéger :
Il fera bientôt de toi sa femme, ou même son esclave.
410 Je n'irai pas là-bas (ce serait scandaleux)
Pour m'occuper à faire son lit ; toutes les Troyennes
Me blâmeraient ; et moi, j'ai le cœur plein de peines. »

Soudain en colère, la divine Aphrodite lui dit :
« Ne m'irrite pas, misérable ; dans ma colère je t'oublierais,
415 Je te détesterais autant que je t'ai aimée,
Chez Troyens et Danéens je ferais naître contre toi
Des haines sinistres, et tu mourrais vilainement. »

Elle dit. Hélène née de Zeus prit peur,
Enveloppée dans son voile blanc, elle partit sans rien dire ;
420 Aucune Troyenne ne la vit ; la déesse la conduisait.

Elles arrivèrent à la superbe maison d'Alexandre ;
Les servantes se dépêchèrent de reprendre leur travail ;
Elle, la divine entre les femmes, entra dans la haute chambre.
Aphrodite au sourire prit un fauteuil,
425 Elle, la déesse, le plaça face à Alexandre.
Hélène s'assit, fille de Zeus à l'égide,
Les yeux baissés, elle s'en prit à son mari :
« Tu es revenu de la guerre ; tu aurais dû y périr,
Frappé par un homme fort, qui fut mon premier mari.
430 Tout à l'heure tu te vantais que Ménélas ami d'Arès
Serait vaincu par ta force, par tes mains, par ta pique.
Appelle maintenant Ménélas ami d'Arès
Pour un nouveau combat face à face ; moi,
Je te dis d'arrêter, de ne plus jamais, contre le blond
    Ménélas,

435 Vie contre vie, faire la guerre et te battre
       Stupidement, de peur que sa pique ne te dompte.»

       Pâris parla, lui répondant par ces mots :
       «Femme, ne m'accable pas de durs reproches ;
       Tout à l'heure Ménélas a gagné grâce à Athéna,
440 Plus tard, ce sera moi ; nous avons aussi des dieux avec
            nous.
       Mais allons au lit et faisons l'amour ;
       Jamais l'éros ne m'a saisi aussi fort,
       Même lorsque de Lacédémone la jolie, en t'enlevant,
       Je suis parti sur mes bateaux qui passent la mer ;
445 Sur l'île de Kranaé nous avons, dans un lit, fait l'amour ;
       Je t'aime toujours autant et le doux désir m'a pris.»

       Il dit et le premier alla au lit ; sa femme l'y suivit.

       Ils dormaient dans le lit ciselé.
       L'Atride errait par la foule comme une bête
450 Pour voir s'il retrouverait Alexandre à visage de dieu.
       Mais aucun des Troyens et des glorieux alliés
       Ne put montrer Alexandre à Ménélas ami d'Arès.
       Ils ne l'auraient pas caché par amitié, s'ils l'avaient vu.
       Tous le détestaient autant que la mort noire.
455 Agamemnon prince des hommes leur dit :
       «Écoutez, Troyens, Dardaniens, alliés ;
       La victoire est visiblement à Ménélas aimé des dieux.
       Hélène l'Argienne, et avec elle le trésor,
       Rendez-les ; donnez-nous une juste compensation
460 Dont se souviendront les hommes à venir.»

       Ainsi parla l'Atride et les Achéens l'approuvaient.

CHANT IV

Assis près de Zeus, les dieux tenaient assemblée
Dans la salle d'or ; Hébé souveraine
Leur versait le nectar ; de leurs coupes d'or
Ils se saluaient ; et ils regardaient Troie la ville.
5 Le Kronide se prit à taquiner Héra ;
Non sans malice il lui disait des mots moqueurs :
« Il est deux déesses qui favorisent Ménélas,
Héra d'Argos et Athéna d'Alalcomènes*.
Bien assises, dans leur coin, elles prennent plaisir
10 À le regarder. Quant à l'autre, Aphrodite au sourire
Le protège toujours et le garde des Tueuses.
Elle vient de le sauver, alors qu'il croyait mourir.
Mais la victoire est à Ménélas ami d'Arès.
Pour nous, réfléchissons : que va-t-il se passer ?
15 La guerre vilaine et la mêlée cruelle, allons-nous
Les relancer, ou mettrons-nous entre les deux partis
     l'amitié ?
Si chacun l'avait pour bon et agréable,
La ville du prince Priam vivrait en paix,
Et Ménélas emmènerait Hélène l'Argienne*. »

20 Il dit. Elles bougonnaient, Athéna, Héra.
Assises côte à côte, aux Troyens elles voulaient du mal.
Athéna se taisait, ne disait rien,
Maugréant contre Zeus son père ; la bile la rongeait.
Héra sentit sa propre bile déborder ; elle dit :

25 « Kronide terrible, que viens-tu de dire ?
   Tu veux faire que mon travail, inachevé, ne serve à rien ?
   J'ai sué grandes sueurs ; j'ai épuisé mes chevaux
   À rassembler les gens pour faire à Priam, à ses fils, du mal.
   Vas-y. Mais nous les dieux nous ne sommes pas tous
      d'accord. »

30 Grandement irrité, Zeus Maître des Nuages lui dit :
   « Toi, un mauvais génie te hante ; Priam et les fils de Priam,
   Quel mal te font-ils que sans relâche tu veuilles
   Jeter par terre Ilion la ville bien bâtie ?
   Tu voudrais forcer les portes et les grands murs,
35 Manger tout crus Priam et les fils de Priam,
   Et tous les Troyens ; et tu soulagerais ta bile.
   Fais comme tu veux ; mais que plus tard ce désaccord
   Entre toi et moi ne tourne pas à la querelle.
   Ce que je vais dire d'autre, mets-le-toi dans l'esprit :
40 Quand je voudrais moi aussi jeter bas une ville
   Où vivent des gens que tu aimes bien,
   Ne retiens pas ma bile, et laisse-moi faire.
   J'ai bien voulu céder, mais le cœur n'y est pas.
   Sous le soleil et sous le ciel aux étoiles,
45 De toutes les villes où vivent sur terre les hommes,
   Chère à mon cœur est la sainte Ilion,
   Avec Priam, le peuple de Priam à la lance de frêne.
   Jamais sur mon autel n'a manqué la juste part,
   Vin répandu et graisse, la part qui nous revient. »

50 Lui répondit alors Héra souveraine Œil de Vache :
   « Il est trois villes que j'aime plus que toutes,
   Argos et Sparte et Mycènes aux larges rues.
   Détruis-les, dès que ton cœur les détestera.
   Je ne serai pas entre elles et toi ; je ne ferai rien.
55 Si je refusais et t'empêchais de les détruire,
   Mon refus serait pour rien ; tu es beaucoup plus fort.
   Mais il faut que mon travail ne reste pas inachevé.
   Car je suis déesse, de même naissance que toi,
   Et de Kronos Pensées-Retorses je suis la première-née*.

60 J'ai pour moi ma naissance, et le fait qu'on m'appelle
Ta femme ; toi, tu commandes aux immortels.
Donc faisons-nous des concessions,
Moi à toi, toi à moi. Les autres immortels
Suivront. Ordonne vite à Athéna
65 D'aller vers l'affreuse mêlée entre Troyens et Achéens,
Et de faire que les Troyens, face aux Achéens orgueilleux,
Commencent les premiers à rompre le serment. »

Il dit ; le père des hommes et des dieux se laissa convaincre.
Tout de suite, à Athéna, il dit ces mots qui ont des ailes :
70 « Va vite vers l'armée des Troyens et des Achéens,
Tâche de faire que les Troyens, face aux Achéens orgueilleux,
Commencent les premiers à rompre le serment. »

Il dit, poussant Athéna selon le désir qu'elle avait.
Elle sauta du haut des cimes de l'Olympe,
75 Comme l'étoile que lance le fils de Kronos Pensées-Retorses,
Pour les marins, pour l'immense armée des peuples, signe
De lumière ; mille étincelles en jaillissent.
Telle, sur la terre bondit Pallas Athéna,
Au milieu de tous ; sainte frayeur à ceux qui la virent,
80 Troyens, gens de cheval, Achéens à cnémides.
Et chacun disait, regardant son voisin :
« Déjà la guerre vilaine et l'affreuse mêlée
Reviennent. Mais peut-être va-t-il faire entre nous la paix,
Zeus, qui pour les hommes arbitre toute guerre. »

85 Voilà ce qui se disait, chez les Achéens, chez les Troyens.
Elle entra dans la foule des Troyens, pareille à un homme,
À Laodokos Anténoride, dur guerrier,
Cherchant où se trouverait Pandaros égal des dieux.
Le fils de Lykaôn, vaillant et dur, elle le trouva
90 Debout ; autour de lui, rangés, les durs porteurs
De boucliers ; ils l'avaient suivi depuis le fleuve Aisèpos.
S'arrêtant près de lui, elle dit ces mots qui ont des ailes :
« Si tu m'en croyais, sage fils de Lykaôn,
Tu oserais sur Ménélas lancer une flèche vive,

95 Les Troyens te rendraient grâce et te feraient fête,
    Et plus que tous Alexandre le roi.
    Tu aurais de lui le premier des cadeaux superbes,
    S'il voyait Ménélas, ami d'Arès, fils d'Atrée,
    Dompté par ta flèche monter sur le triste bûcher.
100 Va, tire sur Ménélas le glorieux,
    Promets à Apollon Lycien, le grand Archer,
    De lui offrir une belle hécatombe d'agneaux premiers-nés,
    Une fois rentré chez toi dans Zéléia la ville sainte. »

    Ainsi dit Athéna ; il la crut, sot qu'il était.
105 Il prit son arc poli, fait de la corne d'une chèvre
    Sauvage, qu'il avait lui-même touchée à la poitrine ;
    Elle sautait d'un rocher ; lui, embusqué, la guettait ;
    Il la toucha à la poitrine ; elle tomba du rocher.
    Ses cornes étaient longues de seize palmes.
110 Un maître de l'art les traita, les ajusta,
    Les polit, fixa une bague d'or.
    Et lui, il tendit l'arc, puis sur le sol,
    Le posa ; devant lui, ses compagnons tenaient leurs bou-
       cliers.
    Pour que les fils belliqueux des Achéens n'attaquent pas
115 Avant que soit touché Ménélas, le belliqueux fils d'Atrée.
    Il leva le couvercle du carquois, prit une flèche
    Neuve, bien empennée, pour causer de noires souffrances ;
    Sur le nerf il plaça la flèche amère,
    Il promit à Apollon Lycien, le grand Archer,
120 De lui offrir une belle hécatombe d'agneaux premiers-nés,
    Une fois rentré chez lui dans Zéléia la ville sainte.
    Tenant à la fois le bout de la flèche et le nerf de bœuf, il
       tira,
    Approchant le nerf de son corps, et de l'arc le fer ;
    Et quand en cercle fut tendu le grand arc,
125 Il grinça, le nerf claqua, la flèche bondit,
    Aiguë, en grand désir de tomber sur la foule.

    Les dieux bienheureux ne t'ont pas oublié, Ménélas :
    Les immortels, et d'abord la fille de Zeus, Dame du pillage*,

Se plaça devant toi et détourna la flèche aiguë.
130 Elle l'écarta de ta peau, comme une mère
     Écarte une mouche de l'enfant qui dort d'un doux som-
        meil;
     Elle la fit aller là où les agrafes d'or
     Du ceinturon se ferment, là où la cuirasse est double;
     La flèche amère tomba sur le ceinturon ajusté,
135 Passa à travers le ceinturon ouvragé,
     Se fixa dans la cuirasse ouvragée et dans l'autre ceinture
     Qu'il portait, rempart de la peau, barrière contre les flèches*,
     Qui souvent l'avait protégé; elle la transperça aussi.
     La flèche à la surface égratigna la peau de l'homme.
140 Et le sang noir coula de la blessure.

     Comme lorsqu'une femme colore de pourpre l'ivoire,
     Méonienne ou Carienne, pour orner la bride des chevaux;
     On dépose l'objet dans une chambre; et plus d'un chevalier
     En a envie. Mais c'est au roi qu'il est réservé,
145 Pour embellir son cheval et lui faire à lui grand honneur.
     Ainsi, Ménélas, furent colorées de sang tes fortes
     Cuisses, tes jambes et, plus bas, tes fines chevilles.

     Il frémit, le prince des hommes, Agamemnon,
     Quand il vit le sang noir couler de la blessure.
150 Il frémit, lui aussi, Ménélas ami d'Arès,
     Mais il vit: la pointe seule avait pénétré,
     Et son cœur dans sa poitrine reprit vigueur.
     Avec un lourd sanglot, le puissant Agamemnon parla,
     Tenant Ménélas par la main, et leurs compagnons sanglo-
        taient.
155 « Cher frère, c'est pour ta mort que j'ai prêté ce serment,
     En t'envoyant combattre les Troyens loin devant les Achéens.
     Les Troyens ont tiré sur toi; ils ont violé le serment.
     Ce n'est pas rien que le serment, et le sang des agneaux,
     Et le vin pur versé, et les mains serrées, à quoi nous croyons.
160 Même si l'Olympien n'a pas agi tout de suite
     Il agira plus tard; et ils paieront très cher
     De leurs têtes, de leurs femmes et de leurs enfants.

Je sais tout cela, de pensée et de cœur.
Un jour viendra où périra Ilion la sainte,
165 Avec Priam, le peuple de Priam à la lance de frêne,
Zeus Kronide, qui siège haut dans l'éther,
Secouera sur eux tous l'égide noire,
En colère contre ce mensonge ; cela ne peut pas ne pas
    advenir.
Mais la douleur serait affreuse, Ménélas,
170 Si tu mourais et tu touchais au terme marqué.
Honteux, je reviendrais en Argos l'assoiffée ;
Car les Achéens auront nostalgie de la patrie ;
Et pour leur gloire, à Priam, aux Troyens nous laisserions
Hélène l'Argienne ; tes os pourriraient en terre,
175 Tu resterais près de Troie, ton entreprise inachevée ;
Et l'on dirait, parmi les Troyens pleins d'orgueil
En dansant sur le tombeau de Ménélas le glorieux :
"Qu'Agamemnon partout fasse sentir sa colère,
Comme ici, d'où s'en va, n'ayant rien fait, l'armée des
    Achéens ;
180 Il est rentré chez lui, dans la terre de sa patrie,
Avec des bateaux vides, abandonnant le bon Ménélas"
Voilà ce qu'on dirait. Que la terre alors s'ouvre sous moi ! »

Lui rendant courage, le blond Ménélas lui dit :
« Courage, ne fais pas peur au peuple des Achéens.
185 La flèche n'a rien atteint de vital, car d'abord
Le ceinturon qui brille m'a sauvé, puis, par-dessous,
Cuirasse et ceinture, ouvrage des forgerons. »

En réponse lui dit le puissant Agamemnon :
« S'il en est ainsi, mon cher Ménélas,
190 Le médecin va sonder la blessure, y appliquera
Des onguents, qui feront cesser la noire douleur. »

Il dit, et s'adressa au divin héros Talthybios :
« Talthybios, au plus vite, fais venir ici Makhaôn,
Fils d'Asklépios, le médecin infaillible,
195 Pour qu'il voie Ménélas, ami d'Arès, fils d'Atrée,

Qu'a blessé d'une flèche quelqu'un qui connaît les arcs,
Un Troyen ou un Lycien ; gloire pour lui, pour nous, deuil. »

Il dit ; le héraut, l'ayant entendu, se laissa convaincre :
Il s'en alla parmi le peuple des Achéens cuirassés de bronze,
200 Cherchant le héros Makhaôn ; il l'aperçut,
Debout ; autour de lui, en rangs serrés, une troupe armée
De boucliers, venue avec lui de Trikkè aux beaux chevaux.
S'arrêtant près de lui, il dit ces mots qui ont des ailes :
« Lève-toi, Asklépiade, Agamemnon t'appelle, le puissant,
205 Pour que tu voies Ménélas, vaillant chef des Achéens,
Qu'a blessé d'une flèche quelqu'un qui connaît les arcs,
Un Troyen ou un Lycien ; gloire pour lui, pour nous, deuil. »

Il dit, et fit bondir son cœur dans sa poitrine ;
Ils partirent à travers la foule, l'immense armée des Achéens.
210 Ils arrivèrent là où était le blond Ménélas,
Blessé et, réunis autour de lui, tous les seigneurs
En cercle ; pareil à un dieu, près d'eux il apparut.
Tout de suite il retira la flèche du ceinturon,
Et en la retirant brisa les crochets aigus ;
215 Il détacha le ceinturon coloré, puis, par dessous,
La cuirasse et la ceinture, ouvrage des forgerons.
Quand il vit la blessure qu'avait faite la flèche amère,
Il suça le sang et, savant, y appliqua
L'onguent qu'autrefois, en ami, Chiron avait donné à son
     père.

220 Pendant qu'on s'activait autour de Ménélas Voix-Sonore,
Marchaient les rangs des Troyens avec leurs boucliers.
Eux donc reprirent leurs armes, et songèrent à se battre.

Tu n'aurais pas vu alors Agamemnon oisif,
Ou embusqué, ou rétif au combat ;
225 Il se précipitait vers la lutte qui donne la gloire.
Il laissa là ses chevaux et le char orné de bronze ;
Un serviteur les gardait, tout soufflants, à l'écart,
Eurymédôn, fils de Ptolémaios Peiraide ;

Il lui ordonna instamment de les tenir prêts : la fatigue
230 Pourrait le prendre aux genoux, lors de son labeur de chef.
Il partit à pied, parcourant les rangs des hommes ;
Quand il voyait actifs des Danéens aux chevaux rapides,
Il les encourageait, près d'eux, de ses paroles :
« Argiens, n'oubliez pas force et vaillance,
235 Ce n'est pas aux menteurs que Zeus donne son aide ;
Mais les premiers qui ont violé leur serment,
Les vautours mangeront leur tendre chair,
Et nous emmènerons leurs femmes et leurs petits enfants
Dans nos bateaux, quand nous aurons pris la ville. »

240 Quand il en voyait qui fuyaient la guerre cruelle,
Il les tançait avec des mots de colère :
« Argiens braillards, immondes, n'aurez-vous pas honte ?
Vous êtes là, bouche bée, comme des faons,
Qui, fatigués pour avoir trop couru dans la plaine,
245 S'arrêtent, et n'ont plus de force dans le cœur.
Vous êtes là, bouche bée, sans vous battre.
Vous attendez que les Troyens viennent, là où sont
Les bateaux à belle poupe, sur le bord de la mer grise,
Pour voir si le Kronide va sur vous étendre sa main. »

250 Ainsi, en chef, il parcourait les rangs des hommes.
Il vint aux Crétois, traversant la foule des hommes.
Eux s'armaient, près du sage Idoménée.
Idoménée, au premier rang, pareil à un sanglier.
Mérionès poussait les dernières phalanges.
255 En les voyant, il eut grand joie, le prince des hommes Aga-
        memnon.
À Idoménée, il parla avec douceur :
« Idoménée, je t'estime entre tous les Danaens aux chevaux
        vifs
Dans la guerre et dans toute autre activité,
Et dans les repas où les meilleurs des Achéens
260 Mêlent dans un cratère le vin clair des anciens.
Alors que les autres Achéens chevelus
Vident leur coupe, la tienne reste toujours

Pleine*, comme la mienne, et tu bois quand l'envie t'en
    prend.
Mais viens à la guerre, tel que toujours tu as voulu être. »

265 Idoménée, chef des Crétois, lui dit, le regardant en face :
    « Atride, je serai pour toi un compagnon
Fidèle, comme autrefois je l'ai promis et assuré.
Mais va exhorter les autres Achéens chevelus,
Pour que nous nous battions au plus vite ; les Troyens
270 Ont laissé tomber leur serment. La mort et le deuil désor-
    mais
Les attendent, car les premiers ils ont rompu le serment. »

Il dit ; l'Atride s'en alla, le cœur en joie.
Il vint aux Ajax, traversant la foule des hommes.
Casqués, ils précédaient une nuée de gens de pied.
275 Comme du haut d'un rocher un chevrier voit un nuage
Qui vient sur la mer au souffle du Zéphyr,
De loin il le voit noir comme de la poix
Allant sur la mer, menant une forte tourmente.
Il frémit à le voir, et pousse ses bêtes dans la grotte ;
280 Ainsi avec les Ajax de jeunes filleuls de Zeus
Vers la guerre cruelle marchaient en phalanges serrées,
Sombres, hérissées de lances et de boucliers.
En les voyant, il eut grand joie, le puissant Agamemnon :
Il leur parla avec ces mots qui ont des ailes :
285 « Ajax, et toi, Ajax, chefs d'Argiens cuirassés de bronze,
Je ne vous commande rien ; nul besoin de vous exhorter.
Vous-mêmes vous poussez votre peuple à se battre.
Si, ô Zeus père ! Athéna ! Apollon !
Pareille ardeur brûlait dans toutes les poitrines,
290 Bientôt succomberait la ville du prince Priam
Prise et détruite par nos mains. »

Ayant dit, il les laissa, alla vers d'autres.
Il rencontra Nestor, à la voix claire, orateur des Pyliens,
Disposant ses compagnons et les exhortant à se battre ;
295 Autour de lui le grand Pélagôn, Alastôr, Khromios,

Le puissant Haimôn et Bias, berger de peuples ;
Il plaçait en tête les gens de cheval, avec chevaux et chars,
Puis en arrière des fantassins, nombreux et nobles,
Pour faire barrière ; au milieu il mettait les vilains,
300 Pour que chacun, bon gré mal gré, soit contraint de se
　　　battre.
Il donna d'abord aux gens des chars ses ordres, leur enjoi-
　　　gnant
De tenir leurs chevaux et de ne pas créer de désordre :
« Que personne, trop sûr de son habileté, de son courage,
N'aille seul, loin devant les autres, se battre contre les
　　　Troyens ;
305 Qu'il ne fasse pas non plus retraite. Vous perdriez en force.
Mais si quelqu'un, depuis son char, peut atteindre un autre
　　　char,
Qu'il frappe de la lance ; c'est le mieux qu'on puisse faire.
Nos anciens ont détruit villes et remparts,
Avec cette idée en eux et cette ardeur. »

310 Ainsi parlait le vieil homme, qui de longtemps savait la
　　　guerre* ;
En le voyant il eut grand joie, le puissant Agamemnon ;
Et, lui parlant, il dit ces mots qui ont des ailes :
« Vieil homme, s'il se pouvait qu'à ton cœur dans ta poitrine,
Obéissent tes genoux, et que ta force soit constante !
315 Mais la vieillesse, égale pour tous, te pèse ; il faudrait
Qu'elle en ait pris un autre, et que tu restes parmi les
　　　jeunes. »

Lui répondit alors le chevalier de Gérénia Nestor :
« Atride, moi aussi je voudrais être
Tel que j'étais quand je tuai Ereuthalion le divin ;
320 Mais les dieux n'ont pas tout donné aux hommes à la fois ;
J'ai été jeune et maintenant la vieillesse s'attache à moi,
Mais je pourrai toujours vivre avec les chevaliers et leur
　　　donner
Conseils et bonnes paroles ; c'est ce qui revient aux vieil-
　　　lards.

Les jeunes piqueront de leurs piques ; mieux que moi
325 Ils portent les armes et ont confiance en leur force. »

Il dit, et l'Atride passa, le cœur en joie.
Il trouva le fils de Pétéôs, Ménestheus à la cravache,
Debout, parmi les Athéniens qui lancent bien le cri de
    guerre.
Près de lui se tenaient Ulysse le subtil
330 Et, inébranlables, les Céphalléniens
En rangs. Ce peuple n'avait pas entendu le cri de guerre,
Or les phalanges se mettaient en mouvement,
Chevaliers troyens et Achéens ; eux, ils restaient là,
Attendant qu'une autre troupe d'Achéens, survenant,
335 Marche sur les Troyens et engage le combat.
À les voir s'irrita le prince des hommes Agamemnon ;
Leur parlant, il dit ces mots qui ont des ailes :
« Fils de Pétéôs, roi filleul de Zeus,
Et toi, expert en ruses vilaines, obsédé de butin,
340 Pourquoi vous embusquer à l'écart et attendre les autres ?
C'est à vous qu'il revient de vous placer
Au premier rang et d'affronter le feu de la bataille.
Vous êtes les premiers, vous deux, à entendre l'invitation
Quand nous autres Achéens nous régalons les anciens.
345 Vous aimez alors manger les viandes bien cuites, et les
    coupes
De vin doux comme le miel, les vider à votre plaisir.
Et maintenant vous aimeriez que dix bataillons d'Achéens
Passent avant vous pour aller se battre, armés du bronze
    cruel. »

Le regard en-dessous, il lui dit, Ulysse le subtil :
350 « Atride, quel est ce mot qui échappe à l'enclos de tes
    dents ?
Comment dire que nous négligeons la guerre, quand nous
    autres
Achéens sur les Troyens, gens de cheval, nous lançons le
    cruel Arès ?
Tu verras, si tu veux, si la chose t'intéresse,

Le père de Télémaque pénétrer les premiers rangs
355 Des Troyens, gens de cheval ; ce que tu dis n'est que du
    vent. »

Souriant, il lui dit, le puissant Agamemnon
(Le voyant en colère, il retira ses mots) :
« Laertiade, sang des dieux, Ulysse plein d'astuce,
Je ne pousse pas le blâme trop loin ; je ne donne pas d'ordres.
360 Je sais que ton cœur dans ta poitrine
A de sages pensées ; ton idée est la mienne.
Allons ! à plus tard les accommodements, s'il a été dit
Un mot vilain. Mais que les dieux dissipent tout cela. »

Il dit, les laissa là, alla vers d'autres.
365 Il trouva le fils de Tydée, Diomède l'exalté,
Debout derrière ses chevaux sur son char bien fait,
Près de lui Sthénélos, fils de Capanée.
À les voir s'irrita le puissant Agamemnon ;
Lui parlant, il dit ces mots qui ont des ailes :
370 « Ô fils de Tydée, le brave, qui dressait bien les chevaux,
Pourquoi te cacher, et regarder de loin le chemin de la
    guerre ?
Tydée n'aurait pas aimé se cacher ainsi,
Mais plutôt, à la tête de ses compagnons, il aurait com-
    battu,
Comme disent ceux qui l'ont vu à l'œuvre. Pour moi,
    jamais
375 Je ne l'ai rencontré, ni aperçu ; on le dit plus fort que per-
    sonne.
C'est lui qui, sans vouloir de guerre, vint à Mycènes
En hôte, avec Polynice le divin, pour recruter des hommes.
Ils voulaient marcher contre les murs sacrés de Thèbes*,
Ils suppliaient qu'on leur donne des auxiliaires de renom.
380 Déjà on voulait leur en donner, on approuvait leur projet.
Mais Zeus renversa tout, en faisant voir de tristes présages.
Ils s'en allèrent donc, ils firent du chemin,
Ils arrivèrent à l'Asopos, à ses joncs épais, à son herbe
    drue.

Là, les Achéens envoyèrent en messager Tydée ;
385 Il alla, rencontra les Cadméens en grand nombre,
Qui festoyaient dans la maison d'Etéocle le fort.
Bien qu'il soit étranger, Tydée le chevalier n'avait pas
Peur, seul avec tous ces Cadméens.
Il les provoqua à la lutte, les battit tous
390 Facilement : Athéna lui venait en aide.
En colère, les Cadméens à l'aiguillon,
Comme il s'en retournait, mirent habilement en embuscade
Cinquante jeunes gens ; ils avaient deux chefs,
Maiôn Haimonide, pareil aux immortels,
395 Et le fils d'Autophonos, le belliqueux Polyphontès.
Tydée, à ceux-là aussi, fit un sort, et déshonorant.
Il les tua tous, sauf un qu'il renvoya chez lui.
C'est Maiôn qu'il laissa partir, docile aux signes des dieux.
Tel était Tydée l'Étolien ; mais le fils
400 Qu'il a eu est moins bon pour se battre, et meilleur pour
  parler. »

Il dit. Le dur Diomède ne répondit pas,
Il respectait le reproche du roi digne de respect.
Le fils du célèbre Capanée lui parla :
« Atride, ne mens pas, toi qui sais dire des choses claires.
405 Nous, nous prétendons être bien meilleurs que nos pères.
Nous, nous avons pris Thèbes aux sept portes* ;
Nous avons mené notre faible armée contre un mur plus
  fort,
Sûrs, par les signes des dieux, que Zeus nous aiderait.
Eux, par leur propre folie ils se sont perdus.
410 Donc n'accorde pas à nos pères un honneur égal au
  nôtre. »

Le regard en dessous, le dur Diomède dit :
« Ami, garde le silence, et crois ma parole.
Je n'en veux pas à Agamemnon, berger de peuples,
Quand il pousse au combat les Achéens à cnémides.
415 Car une gloire lui viendra si les Achéens
Défont les Troyens et prennent Ilion la sainte ;

Et il aura grand deuil si les Achéens sont défaits.
Mais allons, tous deux rappelons force et vaillance. »

Il dit ; avec ses armes, il sauta de son char à terre ;
420 Le bronze fit un bruit terrible sur la poitrine du prince,
Quand il bondit. La peur aurait saisi même un brave.

Lorsque, sur le rivage retentissant, les flots marins
Bondissent l'un après l'autre, soulevés par le Zéphyr ;
Ils se gonflent en haute mer, et ensuite,
425 Brisant sur le sec, ils grondent ; autour d'un cap,
Ils s'enflent, se dressent, crachant l'écume salée ;
Ainsi, l'une après l'autre, avançaient les phalanges da-
néennes,
Allant en guerre ; chaque chef aux siens donnait
Des ordres ; les autres allaient en silence. On n'aurait pas
cru
430 Que ce peuple était si nombreux, les voix étant cachées
Au fond des poitrines, par peur des chefs ; sur tous bril-
laient
Les armes ornées, qu'ayant revêtues ils marchaient.
Les Troyens, comme des brebis dans l'enclos d'un homme
riche,
Serrées par milliers quand on trait le lait blanc ;
435 Sans cesse elles bêlent en entendant la voix des agneaux :
Ainsi s'élevait le tumulte des Troyens au-dessus de l'im-
mense armée,
Car ils n'avaient pas tous même accent, ni même langage*;
Ils mêlaient les parlers, venant de pays divers.
Arès poussait les uns ; les autres, c'était Athéna Œil de
Chouette,
440 Avec Épouvante et Déroute*, et Discorde qui veut la violence,
Sœur et compagne d'Arès tueur d'hommes.
Elle ne s'élève tout d'abord que fort peu, mais bientôt
Sa tête s'enfonce dans le ciel quand elle marche sur la
terre ;
La haine qu'elle lance est égale pour tous ;
445 Elle marche dans la foule, et les hommes gémissent plus fort.

Quand ils se rencontrèrent tous au même lieu,
Ils cognèrent les cuirs, les piques, les colères d'hommes
Cuirassés de bronze ; les boucliers bombés
Se heurtaient les uns aux autres ; un grand vacarme s'éleva.
450 Il y eut alors des plaintes et des hourras d'hommes
Qui tuaient ou étaient tués ; le sang coulait par terre.
Comme des torrents, l'hiver, coulent dans la montagne ;
Venues de grandes sources, leurs eaux puissantes
Vont se mêler dans un vallon creux ;
455 Au loin dans la montagne, le berger entend le bruit ;
Ainsi le cri et la souffrance venaient de cette mêlée.

Antilokhos le premier abattit un Troyen casqué,
Noble parmi les seigneurs, Ekhépôlos Thalysiade ;
Il toucha le cimier de son casque à panache,
460 Lui perça le front, et la pointe de bronze traversa
L'os ; celui-là, l'ombre voila ses yeux.
Il tomba comme une tour, dans la dure bataille.
Le prit alors par les pieds Eléphènôr le fort,
Fils de Khalkôdôn, magnanime chef des Abantes ;
465 Il évita les flèches ; il voulait au plus vite
Le dépouiller de ses armes. Il n'en eut pas le temps.
Comme il traînait le cadavre, penché, son bouclier
Laissait à découvert son flanc ; Agénor le magnanime
l'aperçut ;
Il le frappa de la pique de bronze ; ses genoux se défirent.
470 La vie le quitta ; sur son corps se fit un affrontement
Terrible d'Achéens et de Troyens ; comme des loups,
L'un contre l'autre ils se jetaient, et l'homme harcelait
l'homme*.

C'est là qu'Ajax de Télamôn abattit le fils d'Anthémiôn,
Le jeune et gaillard Simoeisios ; au moment où sa mère
475 Descendait de l'Ida vers les rives du Simois,
Il était né ; avec ses parents elle allait voir des troupeaux ;
C'est pourquoi on l'avait nommé Simoeisios ; ses parents
Auront perdu leurs soins ; trop peu de temps

Il aura vécu, abattu par la lance d'Ajax le magnanime.
480 Il marchait avec les premiers ; il fut frappé à la poitrine,
　　　près du sein
　　Droit ; la pique de bronze à travers l'épaule
　　Passa ; il tomba dans la poussière, à terre, comme un peu-
　　　plier
　　Qui dans un grand pré mouillé a poussé,
　　Tronc lisse et nu ; les branches sont en haut, près de la
　　　cime ;
485 Un fabricant de chars, avec le fer brillant,
　　L'a coupé, pour faire à un superbe char des jantes courbes.
　　Sec, il est couché près de la rive du fleuve.
　　Ainsi Simoeisios Anthémide fut-il tué
　　Par Ajax sang des dieux ; Antiophos à la cuirasse cha-
　　　toyante,
490 Priamide, lança sur l'autre dans la foule une pique aiguë.
　　Il le manqua ; c'est Leukos, noble compagnon d'Ulysse,
　　Qui reçut le coup à l'aine, alors qu'il traînait un cadavre.
　　Le cadavre échappant à sa main, il tomba sur lui.
　　Ulysse, le voyant tué, en eut grande colère ;
495 Il traversa les premiers rangs, casqué de bronze flamboyant,
　　Il approcha tout près, lança la pique qui brille,
　　En regardant tout autour ; les Troyens reculaient
　　Devant lui ; il allait lancer son arme ; ce ne fut pas pour
　　　rien.
　　Elle frappa le bâtard de Priam, Démokoôn,
500 Qui venait d'Abydos où sont les bons chevaux.
　　C'est lui qu'Ulysse, fâché pour son compagnon, frappa de
　　　la pique
　　À la tempe ; la pointe de bronze traversa
　　Jusqu'à l'autre tempe ; l'ombre voila ses yeux.
　　L'homme à grand bruit tomba, ses armes sur lui réson-
　　　nèrent.
505 Hector le magnifique et ceux du premier rang, tous recu-
　　　lèrent.
　　Les Argiens, avec de grands cris, traînaient les cadavres,
　　Et gagnaient du terrain ; Apollon indigné
　　Regardait du haut de Pergame ; il cria aux Troyens :

« Allons, chevaliers troyens, ne laissez pas le champ
510 Aux Argiens ; leur peau n'est pas de pierre ni de fer ;
Elle ne tient pas contre ceux qui lancent le bronze tranchant.
Et Achille, fils de Thétis aux beaux cheveux, désormais
Ne combat plus ; près des bateaux, il remâche sa bile. »

Ainsi parlait, du haut de la ville, le dieu terrifiant ; quant
aux Achéens,
515 La fille de Zeus, la glorieuse Tritogénéia*, les enflammait,
Marchant dans la mêlée, quand elle les voyait céder.

Alors le sort jeta une entrave sur Diôrès Amarynkide ;
Il fut frappé près de la cheville sur la jambe droite
D'un caillou pointu qu'avait lancé les chef des Thraces,
520 Peirôs Imbraside, qui venait d'Ainos ;
Les deux tendons et l'os, la pierre impudente
Les broya complètement ; lui, dans la poussière,
Il tomba, tendant les mains vers ses amis,
Exhalant sa vie ; voici qu'accourut celui qui l'avait atteint,
525 Peirôs ; il le frappa de la pique au nombril ; alors tous
Ses boyaux coulèrent par terre, et l'ombre voila ses yeux.

L'autre reculait, mais Thoas l'Étolien le frappa de sa pique
À la poitrine, au-dessus du sein ; le bronze entra dans le
poumon.
Thoas s'approcha, retira du corps
530 La forte pique ; dégainant l'épée aiguë,
Il le frappa sur l'estomac, lui ôta le souffle,
Mais ne le dépouilla pas. Car les compagnons l'encerclaient,
Thraces, crâne rasé sauf une mèche, tenant de longues
piques,
Bien qu'il fût grand et vaillant et magnifique,
535 Ils le chassèrent devant eux ; et, repoussé, il fit retraite.
Ainsi étaient couchés, l'un près de l'autre dans la pous-
sière,
Ceux qui des Thraces et des Épéens cuirassés de bronze
avaient été
Les chefs ; et l'on en tuait beaucoup d'autres.

L'homme alors n'avait pas à se plaindre
540 Qui, sans recevoir coup ni blessure du bronze aigu,
Pouvait encore marcher dans la mêlée, et que Pallas Athéna
Conduisait par la main, en écartant de lui les flèches.
Car beaucoup de Troyens et d'Achéens en ce jour-là
Gisaient les uns près des autres, le visage dans la pous-
        sière.

CHANT V

Alors à Diomède Tydéide, Pallas Athéna
Donna force et audace, pour qu'il se distingue parmi
Tous les Argiens et reçoive belle gloire.
Elle fit brûler un feu constant sur son casque et sur son
    bouclier,
5 Comme une étoile d'automne qui plus fort
Resplendit, lavée par l'Océan ;
Ainsi le feu qu'elle fit brûler sur sa tête et sur ses épaules ;
Elle le lança dans la foule, où la presse était la plus grande.

Il était parmi les Troyens certain Darès, riche et sans
    reproche,
10 Prêtre d'Héphaistos. Il avait deux fils,
Phègeus et Idaios, savants en tous combats.
Ils sortirent de la foule, se lancèrent contre lui ;
Tous deux sur un char, lui, à pied, sur la terre.
Quand, marchant l'un vers l'autre, ils furent tout près,
15 Phègeus le premier lança une pique à l'ombre longue ;
Par-dessus l'épaule gauche du Tydéide passa la pointe
De la pique, sans le toucher ; après ce fut le Tydéide qui
    mania
Le bronze ; l'arme ne quitta pas sa main pour rien ;
Elle frappa entre les seins, fit tomber l'homme de char ;
20 Idaios sauta à terre ; il abandonna le beau char,
N'ayant pas le cœur à rester pour veiller sur son frère
    mort.

Il n'aurait pas échappé à la Tueuse noire,
Mais Héphaistos le sauva, l'enveloppa de nuit,
Pour que le vieil homme ne soit pas tout à fait désolé.
25 Le fils de Tydée au grand cœur chassa les chevaux,
Dit à ses compagnons de les mener aux bateaux creux.
Les Troyens au grand cœur virent les fils de Darès,
L'un sauvé, l'autre mort près de son char ;
Leur cœur à tous se serra ; Athéna Œil de Chouette
30 Prit par la main Arès le frénétique et lui dit :
« Arès, Arès, peste des hommes, assassin, rôdeur de murailles,
Nous pourrions laisser Troyens et Achéens
Se battre pour voir à qui Zeus donnera la gloire ;
Nous nous éloignerions, évitant la colère de Zeus. »

35 Elle dit, entraîna loin du combat Arès le frénétique,
Le fit asseoir près du Scamandre herbeux.
Les Danaens firent plier les Troyens. Chacun des chefs
    choisit
Son homme. D'abord Agamemnon prince des hommes
Fit tomber de son char le grand Odios, chef des Halizônes.
40 Il lui ficha sa lance (l'autre avait tourné le dos)
Entre les omoplates, et poussa, transperçant la poitrine.
L'homme à grand bruit tomba, ses armes sur lui réson-
    nèrent.

Idoménée tua Phaistos, fils du Méonien
Bôros, qui venait de Tarnè la plantureuse.
45 Idoménée Lance de Gloire de sa longue pique
Le frappa sur l'épaule droite, comme il montait sur son
    char.
L'homme tomba par terre, et l'ombre affreuse le saisit.

Les serviteurs d'Idoménée le dépouillèrent.
Pour le fils de Strophios, Skamandrios, maître de chasse,
50 C'est l'Atride Ménélas qui le tua de sa lance aiguë.
Excellent chasseur, Artémis elle-même lui avait appris
Comment tuer les bêtes que nourrit la forêt sur les mon-
    tagnes.

Point ne lui servit alors Artémis, la Dame à l'Arc,
Ni l'art du tir, où il s'était distingué.
55 L'Atride Ménélas Lance de Gloire
Alors qu'il fuyait le frappa de sa lance
Entre les épaules, et lui transperça la poitrine ;
Face en avant il tomba, ses armes sur lui résonnèrent.

Mèrionès tua Phéréklos, fils de l'artisan
60 Harmonide, qui savait de ses mains réaliser
Tout ouvrage, car Pallas Athéna l'aimait plus que tous,
Qui pour Alexandre avait construit les bateaux aux lignes
    justes,
Origine du mal, malheur pour tous les Troyens
Et pour lui aussi : il ne connaissait pas les oracles des
    dieux.
65 Mèrionès le poursuivit, le rejoignit,
Et le toucha à la fesse droite ; la flèche
Traversa la vessie sous l'os et ressortit ;
En gémissant il tomba, la mort l'enveloppa.

Mégès défit Pèdaios, fils d'Anténor,
70 Qui était bâtard, et qu'avait nourri Théanô la divine
Comme ses propres enfants, pour faire plaisir à son mari.
Le Phyléide* Lance de Gloire s'approcha tout près,
Frappa de sa pique aiguë sur la nuque.
Le bronze pénétra jusqu'aux dents, trancha la langue.
75 Et il tomba dans la poussière, le bronze froid entre les
    dents.

Eurypylos Evaimonide attaqua Hypsénôr le divin,
Fils de Dolopiôn le magnanime, qui était prêtre
Du Scamandre et que le peuple honorait comme un dieu ;
C'est lui qu'Eurypylos, noble fils d'Evaimôn,
80 Alors qu'il fuyait, toucha à l'épaule ; le frappant
De son coutelas, il trancha sa main pesante ;
La main sanglante tomba sur le sol. Dans ses yeux
Descendirent la mort pourpre et la force du sort.

C'est ainsi qu'ils peinaient dans la dure bataille ;
85 Tu n'aurais pas su à qui appartenait le Tydéide*.
Était-il avec les Troyens ou avec les Achéens ?
Dans la plaine il fonçait, pareil à un fleuve grossi
Par l'orage, et qui a emporté toutes ses digues.
Les digues amassées ne le retiennent pas ;
90 Ni ne l'arrêtent les murs des jardins verdoyants ;
Il arrive soudain, quand s'abat la pluie de Zeus ;
Il emporte les beaux travaux des jeunes hommes.
Ainsi cédaient au Tydéide les phalanges serrées
Des Troyens ; bien que nombreux, ils ne tenaient pas.

95 Le noble fils de Lykaôn le vit venir,
Fonçant dans la plaine, faisant plier les phalanges.
Soudain contre le Tydéide il tendit son arc recourbé
Et, comme il bondissait, l'atteignit à l'épaule droite,
Sur le devant de la cuirasse ; la flèche aiguë pénétra,
100 Sortit de l'autre côté, la cuirasse fut pleine de sang.
Alors poussa un grand cri le noble fils de Lykaôn :
« Debout, fiers Troyens, piqueurs de chevaux,
Il est blessé, le meilleur des Achéens et, je le dis,
Il ne va pas supporter cette dure flèche, si c'est vraiment
105 Le prince fils de Zeus* qui m'a fait venir de Lycie. »

Il dit, il se vanta, mais la flèche aiguë ne dompta pas l'autre
Qui se retira près de ses chevaux et de son char,
S'arrêta, et dit à Sthénélos, fils de Capanée :
« Debout, mon bon Capanéide, descends de ce char,
110 Viens m'ôter de l'épaule cette flèche amère. »

Il dit. Et Sthénélos sauta à bas de l'attelage ;
Il s'approcha, retira complètement la flèche aiguë,
Le sang giclait à travers la fine tunique.
Alors Diomède Voix-Sonore fit une prière :
115 « Écoute-moi, fille de Zeus à l'égide, Atrytonè,
Si jamais tu as été, en amie, près de moi ou de mon père
Dans la guerre cruelle, sois-moi encore amie, Athéna.
Donne-moi de tuer l'homme, mets-le à portée de ma pique,

Celui qui m'a frappé le premier, et s'en vante, et prétend
120 Que je ne verrai pas longtemps la claire lumière du soleil. »

Telle fut sa prière ; Pallas Athéna l'entendit,
Elle fit légers ses membres, ses pieds et, en haut, ses mains ;
S'arrêtant près de lui, elle dit ces mots qui ont des ailes :
« Courage, Diomède, attaque maintenant les Troyens ;
125 Dans ta poitrine j'ai versé la force de ton père
Intrépide, le chevalier Tydée maniant son bouclier.
J'ai retiré de tes yeux le brouillard qui les voilait,
Pour que tu distingues bien un dieu d'un homme.
Maintenant, si un dieu vient ici pour t'éprouver,
130 Évite d'affronter les dieux immortels,
Tous ; mais si la fille de Zeus Aphrodite
Entre en guerre, blesse-la avec le bronze aigu. »

Ayant dit, elle partit, Athéna Œil de Chouette.
Le Tydéide marcha, avec ceux qui sont en avant des troupes,
135 Ayant, comme avant, désir de se battre contre les Troyens.
Trois fois plus grande la fureur le prit, comme un lion
Que le berger, dans son pré, près de ses brebis laineuses,
A blessé, mais à peine, pendant qu'il sautait la barrière.
Il l'a seulement excité ; alors il cesse de se battre ;
140 Il se réfugie dans l'étable ; dehors, il a trop peur.
Les bêtes se serrent l'une contre l'autre ;
Le lion, furieux, franchit d'un bond les hauts murs de la
cour.
Avec même fureur Diomède le dur se mêlait aux Troyens.

Alors il défit Astynoos et Hypeirôn, berger de peuples ;
145 L'un, il le perça de sa lance de bronze au-dessus du sein ;
L'autre, de sa grande épée, sur la clavicule,
Il le frappa, et sépara l'épaule du cou et du dos.
Il les laissa là, poursuivit Abas et Polyidos,
Fils d'Eurydamas, vieil homme interprète de rêves ;
150 À leur départ, leur père n'avait pas expliqué leurs rêves,
Et le dur Diomède les tua.
Il marcha sur Xanthos et Thoôn, fils de Phainops,

Qui les choyait tous les deux. Usé par la triste vieillesse,
Il n'avait pas engendré d'autre fils à qui laisser ses biens.
155 Et voici qu'on les lui tua, qu'on leur arracha la vie
À tous deux, ne lui laissant que plaintes et tristes chagrins,
À lui, le père ; il ne les aurait pas vus revenir vivants
Du combat ; ses biens, des cousins se les partageraient.

Puis il prit deux fils de Priam Dardanide,
160 Montés sur le même char, Ekhémôn et Khromios.
Comme un lion bondissant sur des vaches saisit au cou
Une génisse ou une vache qui paissent dans un taillis,
Ainsi tous deux le fils de Tydée les fit descendre de l'at-
    telage
Vilainement, contre leur gré, puis leur arracha leurs armes.
165 Les chevaux, ses compagnons les poussèrent vers les
    bateaux.

Énée le vit massacrant les rangées d'hommes ;
Il marcha parmi la mêlée et le fracas des lances,
Cherchant où trouver Pandaros qui est comme un dieu.
Il trouva le fort, le fils parfait de Lykaôn,
170 Se tint près de lui et lui dit, le regardant en face :
« Pandaros, où sont ton arc, tes flèches qui volent
Et ta gloire ? Personne ici ne rivalise avec toi.
Personne en Lycie ne se vante d'être meilleur.
Allons, tire sur l'homme, ayant prié Zeus, mains au ciel,
175 Car il est fort, il a fait beaucoup de mal
Aux Troyens ; à beaucoup de vaillants il a brisé les genoux.
Un dieu s'est-il fâché contre les Troyens,
Pour un sacrifice ? Terrible est la colère d'un dieu. »

Lui dit alors le noble fils de Lykaôn :
180 « Énée, conseiller des Troyens cuirassés de bronze,
Il me semble que c'est le cruel Tydéide,
Je reconnais son bouclier et son casque à aigrette,
Ses chevaux. Mais je ne sais pas si ce n'est pas un dieu.
Si c'est l'homme que je dis, le cruel fils de Tydée,
185 Sa fureur ne va pas sans un dieu ; quelqu'un

Des immortels est tout près, caché par un nuage,
Qui a détourné la flèche aiguë tout près du but.
J'avais déjà lancé la flèche, j'avais touché l'épaule
Droite, à travers le plastron de la cuirasse ;
190 Je disais que j'allais le jeter dans l'Hadès,
Et je ne l'ai pas mis à la raison ; un dieu est fâché contre
    moi.
Je n'ai ni chevaux, ni char sur quoi monter.
Mais dans le palais de Lykaôn j'ai onze chars,
Beaux, neufs, tout juste achevés ; des housses
195 Les recouvrent ; pour chacun, tout près, deux chevaux
Sont là, qui mangent l'orge blanc et le blé.
Plus d'une fois, le vieux guerrier Lykaôn
Dans sa bonne maison m'a conseillé, à mon départ.
Il m'a dit de prendre les chevaux et les chars,
200 Pour guider les Troyens dans les dures batailles.
Mais je ne l'ai pas cru ; j'aurais dû, pourtant ;
J'ai eu peur pour mes chevaux, qu'ils manquent de pitance,
Qu'on la leur prenne, eux qui toujours ont leur content.
Je les ai laissés là, je suis parti à pied pour Ilion,
205 Confiant en mon arc, qui ne m'a guère servi.
J'ai tiré sur deux grands seigneurs,
Le Tydéide et l'Atride, de tous deux
J'ai fait couler le sang ; ils n'en sont que plus gaillards.
C'est par un vilain sort que j'ai pris à la patère
210 Mon arc courbe le jour où vers Ilion la jolie
J'ai mené mes Troyens pour faire plaisir à Hector le divin.
Si je reviens et revois de mes yeux
Ma patrie, ma femme et ma haute maison,
Qu'un étranger soudain me coupe la tête,
215 Si je ne jette au feu brillant mon arc,
L'ayant brisé de mes mains. Il est avec moi, mais pour
    rien. »

Énée chef des Troyens lui dit, le regardant en face :
« Ne parle pas ainsi. Rien ne se fera,
Tant que nous n'aurons pas, avec char et chevaux,
220 Marché en armes pour affronter cet homme.

Allons, monte sur mon char, pour que tu voies
Ce que sont les chevaux de Trôs* et comme ils savent
Dans la plaine, en tout sens, poursuivre et fuir.
Ils nous mèneront sains et saufs dans la ville, si une fois
    encore
225 Zeus donne gloire à Diomède Tydéide.
Allons, ce fouet, ces rênes luisantes,
Prends-les ; moi, je vais descendre pour me battre.
Ou bien affronte l'homme et j'aurai soin des chevaux. »

Lui dit alors le noble fils de Lykaôn :
230 « Énée, tiens toi-même les rênes et tes chevaux ;
Avec leur cocher habituel ils tireront mieux
Le char courbe, si nous fuyons le fils de Tydée.
Ils pourraient avoir peur, ne rien faire, refuser
De nous mener loin de la guerre ; ta voix leur manquerait ;
235 Et, nous sautant dessus, le fils de Tydée le magnanime
Nous tuerait et prendrait nos chevaux aux sabots lourds*.
Toi, conduis le char et tes chevaux ;
Moi, quand il viendra, je le recevrai avec la lance aiguë*. »

Ainsi parlant, ils montèrent sur le char orné ;
240 Ardents, vers le Tydéide ils dirigèrent les chevaux rapides.
Sthénélos les vit, illustre fils de Capanée,
Au Tydéide il dit ces mots qui ont des ailes :
« Tydéide, Diomède, toi qui es cher à mon cœur,
Je vois deux hommes durs qui veulent avec toi se battre ;
245 Leur force est grande ; l'un d'eux manie l'arc,
Pandaros, qui se dit très haut fils de Lykaôn ;
Énée aussi dit très haut qu'il est fils d'Anchise sans reproche,
Dont il est né ; sa mère est Aphrodite.
Allons, faisons retraite avec nos chevaux ; ne va pas
250 Te lancer ainsi dans les premiers rangs ; tu perdrais la vie. »

Le regard en dessous le dur Diomède lui dit :
« Ne parle pas de fuite, je ne te croirai pas.
Je ne suis pas de ceux qui se battent en se dérobant,
En se cachant. Ma force est toujours là.

255 J'hésite à monter sur un char, j'irai comme je suis
À leur rencontre. Pallas Athéna m'interdit de trembler.
Eux, leurs chevaux rapides ne les ramèneront pas en arrière
Loin de nous, même si l'un des deux nous échappe.
Ce que je vais dire d'autre, mets-le-toi dans l'esprit :
260 Si Athéna la très sage me donne la gloire
De les tuer tous les deux, toi, retiens ici nos chevaux rapides
En attachant les rênes au bord du char,
N'oublie pas de courir vers les chevaux d'Énée, de les
pousser
Loin des Troyens vers les Achéens aux cnémides,
265 Car ils sont de la race de ceux que Zeus qui voit loin a
donnés
À Trôs en compensation pour son fils Ganymède ; donc ce
sont
Les meilleurs chevaux qui soient sous l'aurore et le soleil.
De cette race, Anchise prince des hommes a profité en
voleur,
Sans que Laomédon le sache, il a fait saillir des juments.
270 En sont nés dans son palais six rejetons.
Il en a gardé quatre et les a élevés dans son écurie ;
Il en a donné deux à Énée ; ils provoquent des déroutes.
Si nous les prenions, nous en aurions grande gloire. »

Ainsi parlaient-ils entre eux.
275 Les autres s'approchaient, menant les chevaux vifs.
Il parla le premier, le superbe fils de Lykaôn.
« Cœur dur, âme cruelle, fils du magnifique Tydée,
Le dard pointu, la flèche amère ne t'a pas mis à la raison.
Je vais essayer de la pique, voir si je touche. »

280 Il dit, visa, lança la pique à l'ombre longue,
Il frappa le Tydéide sur le bouclier, à travers lequel
La pointe de bronze en volant s'approcha de la cuirasse ;
Alors il poussa un grand cri, le noble fils de Lykaôn :
« Tu es touché au ventre, transpercé ; et, je pense,
285 Tu ne tiendras plus longtemps ; tu m'as donné grande
gloire. »

Sans crainte aucune lui répondit le dur Diomède :
« Manqué ! tu n'as rien touché. Vous deux, je crois,
Vous n'aurez de cesse que l'un ou l'autre vous ne fassiez
Boire du sang à Arès, guerrier à la peau dure. »

290 Ayant dit, il lança ; Athéna dirigea l'arme
Vers le nez, près de l'œil, par-delà les dents blanches ;
Le bronze cruel coupa la langue à sa racine,
La pointe ressortit au-dessous du menton ;
Il tomba de son char ; ses armes éblouissantes
295 Retentirent sur lui ; ses chevaux vifs firent
Un écart ; son souffle et sa force furent défaits.

Énée sauta à terre avec son bouclier et sa longue pique,
Craignant que les Achéens ne tirent à eux le cadavre ;
Il marchait tout autour, comme un lion sûr de sa force,
300 Tenant devant lui la pique et le bouclier bien rond,
Avide de tuer celui qui viendrait face à lui,
Criant affreusement ; mais l'autre prit dans sa main un
    rocher,
Le Tydéide. Grande action ! deux hommes ne pourraient le
    porter,
Deux hommes d'aujourd'hui* ; lui, sans effort, le souleva,
    tout seul.
305 Il toucha Énée à la hanche, là où la cuisse
À la hanche s'emboîte et qu'on appelle « cotyle* ».
Il broya le cotyle, rompit les deux tendons ;
La pierre rugueuse arracha la peau ; le héros
Était là, sur les genoux, s'appuyant de sa forte main
310 Sur la terre ; une nuit noire voila ses yeux.

Alors aurait péri le prince des hommes Énée
Si ne l'avait vu de son œil perçant la fille de Zeus, Aph-
    rodite,
Sa mère, qui l'avait conçu sous Anchise le vacher*.
Autour de son fils elle étendit ses bras blancs,
315 Devant lui déploya les plis de sa robe brillante,

Rempart contre les flèches, de peur qu'un Danaen aux
    chevaux vifs
Dans sa poitrine n'enfonce du bronze et ne lui prenne la
    vie.

Elle emportait son fils loin de la guerre ;
Mais le fils de Capanée n'oubliait pas les ordres
320 Que lui avait donnés Diomède Voix-Sonore,
Il arrêta les chevaux aux sabots lourds
Loin du tumulte, accrocha les rênes au bord du char ;
Courant vers les chevaux aux beaux crins d'Énée,
Il les chassa loin des Troyens, vers les Achéens aux cné-
    mides.
325 Il les donna à Dèipylos, son compagnon, que plus que tous
Ceux de son âge il estimait, car il le savait d'esprit droit,
Pour qu'il les chasse vers les bateaux creux ; lui, le héros,
Montant sur son équipage, prit les rênes brillantes,
Et suivit le Tydéide, avec ses chevaux aux durs sabots,
330 Plein d'ardeur ; l'autre poursuivait Cypris avec le bronze
    cruel,
La sachant déesse sans force, et non de ces déesses
Qui dominent dans la guerre des hommes,
Ni Athéna, ni Enyô qui détruit les villes.
Quand il la rejoignit en traversant la foule immense,
335 Alors, se fendant, le fils de Tydée le magnanime,
Bondissant, de sa pique aiguë, blessa la main
Délicate ; la pique pénétra sous la peau à travers
Le voile merveilleux, qu'ont tissé les Grâces elles-mêmes,
Au bas de la paume ; il coula, le sang immortel de la déesse,
340 L'ichor*, qui coule dans le corps des dieux bienheureux.
Car ils ne mangent pas de pain, ne boivent pas de vin
    noir*,
C'est pourquoi ils n'ont pas de sang et sont appelés
    immortels.
Elle lança un grand cri et laissa tomber son fils.
De ses mains, Phoibos Apollon l'enleva
345 Dans un nuage sombre, de peur qu'un Danaen aux chevaux
    vifs

Dans sa poitrine n'enfonce du bronze et ne lui prenne la
    vie.
Alors il poussa un grand cri, Diomède Voix-Sonore :
« Abandonne, fille de Zeus, la guerre et le carnage.
Il suffit que tu enjôles de faibles femmes.
350 Si tu te mets à fréquenter la guerre, je pense que tu auras
Peur de la guerre, même quand tu la sais encore loin. »

Il dit ; elle, éperdue, s'éloigna, souffrant affreusement ;
Iris aux pieds de vent la prit, la conduisit loin de la foule,
Accablée de douleur ; sa belle peau devenait noire.
355 Elle trouva, à gauche du combat, Arès le frénétique,
Assis ; près d'un mur de brume, sa lance et ses chevaux
    vifs.
Sur les genoux, à son frère aimé*,
Suppliante, elle demanda ses chevaux au frontal d'or.
« Frère aimé, aide-moi, donne-moi des chevaux,
360 Pour que j'aille sur l'Olympe, siège des immortels.
Je souffre trop de ma blessure, que m'a faite un homme
    mortel,
Le Tydéide, qui se battrait même avec Zeus notre père. »

Elle dit, et Arès lui donna ses chevaux au frontal d'or.
Elle monta sur le char, le cœur tout affligé,
365 Iris monta près d'elle et prit en main les rênes ;
Un coup de fouet pour les lancer, de bon cœur ils s'envo-
    lèrent.
Bien vite elles furent au siège des dieux, sur l'Olympe
    abrupt ;
C'est là qu'Iris aux pieds de vent arrêta les chevaux,
Les détacha du char, leur donna à manger de l'ambroisie ;
370 Aphrodite la divine tomba aux genoux de Dionè,
Sa mère ; celle-ci serra sa fille dans ses bras,
Lui fit une caresse de la main, et lui dit, prononçant son
    nom :
« Qui t'a fait cela, mon enfant, qui, parmi les gens du Ciel,
Stupidement, comme s'il t'avait prise à mal faire ? »

375 Lui répondit alors Aphrodite au sourire :
 « Le fils de Tydée m'a blessée, Diomède l'arrogant,
 Parce que j'emportais loin de la guerre mon fils,
 Énée, qui m'est plus cher que tout.
 Il ne suffit plus que Troyens et Achéens se battent,
380 Déjà les Danaens s'attaquent même aux Immortels. »

 Lui répondit alors Dionè, divine entre les déesses :
 « Supporte, mon enfant, tiens bon, dans ton chagrin.
 Souvent, nous qui avons nos logis sur l'Olympe, nous souf-
 frons
 À cause des hommes, nous accablant l'un l'autre de dou-
 leurs.
385 Il a souffert, Arès, quand Otos et le dur Ephialtès,
 Tous deux fils d'Alôeus, l'ont attaché avec un dur lien.
 Treize mois il est resté dans une jarre de bronze ;
 Il aurait péri, Arès, jamais rassasié de guerre,
 Si leur marâtre, la très belle Eriboia,
390 N'avait tout révélé à Hermès ; celui-ci déroba Arès,
 Déjà épuisé ; le lien sévère avait raison de lui.
 Elle a souffert, Héra, quand le dur fils d'Amphitryon
 Dans le sein droit, d'une flèche à trois pointes,
 La blessa ; une douleur insupportable la prit.
395 Il a souffert, le prodigieux Hadès, d'une flèche rapide,
 Quand cet homme, le même, fils de Zeus à l'égide,
 Le frappant à Pylos* au milieu des morts, le donna aux
 douleurs.
 Il s'en alla vers la maison de Zeus et le grand Olympe,
 La peine au cœur, déchiré par les douleurs ; la flèche
400 S'était fixée dans sa forte épaule, endeuillait son âme.
 Paièôn*, lui donnant des onguents qui calment,
 Le guérit, car il ne pouvait pas mourir.
 Cruel, violent, celui qui sans souci faisait des horreurs,
 Qui, de son arc, inquiétait les dieux maîtres de l'Olympe !
405 Contre toi, c'est un autre qu'a lancé Athéna Œil de
 Chouette ;
 Naïf, ce fils de Tydée, qui ne sait pas
 Que ne vit pas longtemps celui qui se bat contre les dieux,

Que ses enfants, perchés sur ses genoux, ne lui diront
    jamais « papa* »,
Quand il reviendra de la guerre et des combats atroces.
410 Maintenant le Tydéide, si dur soit-il,
Qu'il craigne que ne l'attaque un meilleur que toi,
Qu'Aigialéia, la très sage fille d'Adrèstos*,
Ne réveille en gémissant les gens de la maison
Par regret de son jeune époux, le meilleur des Achéens,
415 Elle, l'épouse parfaite de Diomède qui dresse les chevaux. »

Elle dit, à deux mains essuya sur le poignet l'ichor ;
Le poignet guérit ; les lourdes douleurs s'apaisèrent.
Athéna et Héra étaient là qui regardaient.
Avec des mots acerbes elles s'en prirent à Zeus Kronide ;
420 La déesse Athéna Œil de Chouette fut la première à parler :
« Zeus père, vas-tu te fâcher si je te dis quelque chose ?
Cypris a poussé une des Achéennes
À suivre les Troyens, qu'elle a pris en amitié* ;
En caressant cette Achéenne aux beaux voiles,
425 Sur une agrafe d'or elle a égratigné sa jolie main. »

Elle dit ; il sourit, le père des hommes et des dieux.
Il appela l'Aphrodite dorée et lui dit :
« Les travaux de la guerre ne sont pas pour toi, mon enfant ;
Occupe-toi des délicieux travaux du mariage ;
430 Le fougueux Arès et Athéna prendront soin des autres. »

Ainsi parlaient-ils l'un avec l'autre.
Diomède Voix-Sonore s'élança contre Énée ;
Il savait pourtant qu'Apollon sur lui étendait la main,
Mais il ne respectait pas le grand dieu, il voulait toujours
435 Tuer Énée et le dépouiller de ses armes glorieuses.
Trois fois il fonça avec le désir de tuer,
Trois fois Apollon repoussa le bouclier qui brille ;
Quand pour la quatrième fois il fonça comme un mauvais
    génie,
Avec un cri terrible Apollon qui de loin protège lui dit :
440 « Prends garde, Tydéide, recule ; ne te permets pas de penser

Comme les dieux ; car dissemblables sont les deux tribus,
Celle des immortels et celle des hommes marche-à-terre. »

Il dit, et le Tydéide recula quelque peu,
Évitant la colère d'Apollon Flèche-Lointaine.
445 Énée, Apollon le posa loin de la foule
Dans Pergame la sainte, où est bâti pour lui un temple.
Lètô et Artémis, la Dame à l'Arc, dans le grand Saint des
    Saints*
Le soignèrent et lui rendirent son éclat.
Mais Apollon Arc d'Argent fabriqua un fantôme,
450 Tout semblable à Énée, avec les mêmes armes ;
Autour du fantôme, Troyens et divins Achéens
Perçaient sur les poitrines les boucliers bien ronds,
Faits de cuir, et les targes* légères.
Alors Phoibos Apollon dit à Arès le frénétique :
455 « Arès, Arès, peste des hommes, assassin, rôdeur de murailles,
Ne vas-tu pas retirer du combat cet homme,
Le Tydéide, qui se battrait même avec Zeus notre père ?
Il a d'abord blessé Cypris au poignet ;
Puis c'est sur moi qu'il a foncé, comme un mauvais génie. »

460 Il dit, et alla se placer au sommet de Pergame ;
Arès le pernicieux poussait à l'action les Troyens
Sous la figure du vif Akamas, chef des Thraces.
Aux fils de Priam, filleuls de Zeus, il dit :
« Ô fils de Priam, du roi filleul de Zeus,*
465 Jusqu'à quand laisserez-vous les Achéens massacrer votre
    peuple ?
Jusqu'à ce qu'on se batte près des belles portes ?
Il est tombé, celui que nous respections autant qu'Hector
    le divin,
Énée, fils d'Anchise le magnanime.
Allons, voyons si nous sauverons ce noble compagnon. »

470 Ce disant, à chacun il donna force et courage.
Mais Sarpédon s'en prit à Hector le divin.
« Hector, où donc est passé ce courage que tu avais ?

Tu disais pouvoir tenir la ville, sans troupes, sans tes alliés,
Seul, avec tes frères et les maris de tes sœurs.
475 Ceux-là, je ne les vois plus ; je n'en ai plus l'idée.
Ils se cachent comme les chiens face au lion.
Nous, nous nous battons, nous qui ne sommes que des
    alliés ;
Et moi, ton allié, je viens de très loin.
Elle est loin, la Lycie, sur le Xanthe aux tourbillons,
480 Où j'ai laissé ma femme et mon enfant petit,
Avec des trésors comme en rêve celui qui est dans le besoin.
Et je pousse mes Lyciens et moi aussi je veux
Me battre contre un homme ; pourtant, ici, je n'ai rien
Que les Achéens pourraient prendre ou emporter.
485 Toi, tu restes là, tu n'exhortes pas tes troupes
À résister, à défendre les femmes.
Crains que, pris dans les mailles d'un immense filet,
Vous ne soyez bientôt proie et butin d'ennemis
Qui détruiront votre ville florissante.
490 Voilà à quoi tu dois penser jour et nuit,
En suppliant le chef de tes lointains alliés
De résister avec constance et de laisser de côté tout
    reproche. »

Ainsi dit Sarpédon ; sa parole mordit au cœur Hector.
Aussitôt, avec ses armes, il sauta de son char à terre ;
495 Agitant des piques pointues, il parcourut toute l'armée ;
Il poussait chacun à se battre, réveillait la triste bataille.
Se retournant, ils firent face aux Achéens.
Les Argiens résistaient, n'avaient pas peur.
Comme un vent soulève la balle sur l'aire sacrée
500 Quand les hommes vannent, quand Déméter la blonde
À l'éveil des vents sépare le grain et la balle ;
La balle en tas devient toute blanche ; ainsi les Achéens
Étaient couverts de la poussière blanche que soulevaient
Vers le ciel de bronze les pieds des chevaux.
505 La mêlée reprenait, les cochers faisaient demi-tour ;
Les guerriers avançaient, sûrs de leur force ; une nuit
    sombre,

Voilait le combat, répandue par Arès pour aider les Troyens.
Il allait partout, exécutant les ordres
De Phoibos Apollon Épée d'Or, qui lui avait enjoint
510 De réveiller l'ardeur des Troyens, voyant que Pallas Athéna
Était partie ; car elle avait aidé les Danaens.
Lui, du riche Saint des Saints, il fit sortir
Énée ; dans la poitrine du berger des peuples il mit la
    force.
Énée rejoignit ses compagnons ; ils eurent grand joie
515 À voir qu'il était vivant, qu'il marchait sain et sauf,
Qu'il était plein de force. Mais ils ne posèrent pas de ques-
    tions.
Ils avaient d'autres soucis, à cause d'Arc d'argent,
D'Arès peste des hommes et de Discorde, amie de violence.

Les deux Ajax et Ulysse et Diomède
520 Au combat poussaient les Danaens, qui eux-mêmes
Ne craignaient ni la force, ni les attaques des Troyens ;
Ils se tenaient là, pareils aux nuages que le Kronide
Dispose, pendant l'accalmie, sur la montagne citadelle ;
Ils ne bougent pas, tant que dort la fureur de Borée et des
    autres
525 Vents de violence, qui de leurs souffles aigus
Dispersent en s'éveillant les nuages ombreux.
Ainsi les Danaens attendaient les Troyens et ne fuyaient
    pas.
L'Atride parcourait l'armée en donnant ses ordres :
« Amis, soyez des hommes, gardez haut les cœurs
530 Dans la dure bataille, respectez-vous les uns les autres ;
Ceux qui ont du respect, il en reste en vie plus qu'il n'en
    meurt.
Ceux qui s'enfuient n'ont plus ni énergie ni gloire. »

Il dit, lança son arme, et frappa un homme de haut rang,
Un magnanime compagnon d'Énée, Dèikoôn
535 Pergaside, que les Troyens à l'égal des fils de Priam
Honoraient, car il était prompt à se battre en première
    ligne.

C'est lui que le puissant Agamemnon frappa sur le bou-
    clier
Qui n'arrêta pas la pique; le bronze transperça,
Puis, à travers le ceinturon, pénétra dans le ventre.
540 L'homme à grand bruit tomba, ses armes sur lui réson-
    nèrent.

Alors Énée abattit quelques uns des meilleurs Danaens,
Les deux fils de Dioklès, Krèthôn et Orsilokhos,
Dont le père habitait Phères la bien située,
Riche de grands biens; il était de la lignée du fleuve
545 Alphée, qui coule large à travers la terre des Pyliens
Et engendra Ortilokhos*, prince d'un peuple nombreux;
Ortilokhos engendra Dioklès le magnanime,
De Dioklès naquirent deux enfants jumeaux,
Krèthôn et Orsilokhos, tous deux experts en combats;
550 Très jeunes encore, sur les noirs bateaux,
Vers Ilion aux beaux poulains ils avaient suivi les Argiens
Pour défendre des Atrides, Agamemnon et Ménélas,
L'honneur. Mais la mort, qui est la fin, les enveloppa.
Comme deux lions sur les sommets de la montagne,
555 Nourris sous leur mère dans les fourrés d'un bois profond,
S'en vont enlevant les bœufs et les forts moutons,
Détruisant les étables des hommes, jusqu'au moment
Où ils tombent à leur tour sous le fer aigu, par la main des
    hommes,
Ainsi abattus par les mains d'Énée,
560 Ils tombèrent, pareils à de hauts sapins.

Les voyant à terre, Ménélas ami d'Arès eut pitié.
Il traversa les premiers rangs, casqué de bronze flam-
    boyant,
Agitant sa pique; Arès lui donnait la fureur,
S'imaginant qu'il allait tomber de la main d'Énée.
565 Antilokhos le vit, fils de Nestor le magnanime;
Il traversa les premiers rangs, craignant pour le berger des
    peuples
Un malheur qui rendrait vaines leurs souffrances;

Car les bras levés, tenant haut les piques aiguisées,
Face à face, ils étaient pleins du désir de se battre.
570 Antilokhos se mit tout près du berger des peuples ;
Énée ne résista pas, si bon guerrier qu'il fût,
Quand il vit ces deux hommes l'un près de l'autre.
Ils tirèrent les cadavres du côté des Achéens,
Les jetèrent, exsangues, dans les mains de leurs compa-
gnons,
575 Puis s'en retournèrent pour se battre au premier rang.

Alors ils tuèrent Pylaiménès, pareil à Arès,
Chef des magnanimes Paphlagoniens, qui portent des bou-
cliers.
L'Atride Ménélas Lance de Gloire le frappa, alors qu'il était
Tout debout, atteignant avec sa pique la clavicule.
580 Antilokhos frappa Mydôn, son serviteur et cocher,
Le noble Atymniade (il faisait tourner les chevaux aux
sabots lourds),
L'atteignant d'une pierre au coude ; à ses mains
Échappées, les rênes blanc ivoire tombèrent dans la pous-
sière.
Antilokhos, bondissant, le frappa de l'épée à la tempe ;
585 Râlant, il tomba du char bien fait,
Culbuté, dans la poussière, tête et épaules en avant.
Il resta là un long moment, planté dans le sable profond,
Mais ses chevaux, le heurtant, l'abattirent dans la pous-
sière.
Antilokhos les fouetta et les chassa vers l'armée achéenne.

590 Hector les vit à travers la foule ; il fonça sur eux
En hurlant ; à sa suite marchaient les phalanges troyennes
Féroces ; Arès les menait, et la souveraine Enyô,
Avec Carnage*, qui n'a de respect pour rien.
Arès agitait dans ses mains une pique prodigieuse.
595 Il allait tantôt devant Hector, tantôt derrière lui.

À le voir, il frémit, Diomède Voix-Sonore ;
Comme un homme sans défense, dans une vaste plaine,

S'arrête devant un fleuve, qui coule rapide vers la mer,
Écumant et grondant; alors il fait volte-face et se met à
    courir;
600 Ainsi le Tydéide recula et dit à ses hommes:
«Amis, nous admirons tous Hector le divin;
C'est un maître de la lance, un combattant hardi;
Il a toujours près de lui un dieu qui écarte le mal;
Maintenant c'est Arès qui est là, pareil à un homme mortel.
605 Restez face aux Troyens, mais reculez
Toujours; contre les dieux il ne faut pas vouloir se battre.»

Il dit, et les Troyens s'approchèrent tout près.
Alors Hector tua deux hommes, experts en combat,
Tous deux sur le même char, Ménesthès et Ankhialos.
610 Les voyant tomber, le grand Ajax de Télamôn eut pitié.
Il approcha tout près, lança la pique qui brille,
Et frappa Amphios, fils de Sélagos qui habitait
Paisos; très riche de tous biens; son sort
L'amena comme allié à Priam et à ses fils.
615 C'est lui qu'à la ceinture frappa Ajax de Télamôn;
Dans le bas-ventre se ficha la pique à l'ombre longue;
À grand bruit, il tomba; Ajax superbe sauta sur lui
Pour le dépouiller; les Troyens lançaient sur lui des
    piques
Pointues, étincelantes; son bouclier les arrêtait toutes;
620 Lui, cependant, posant le pied sur le cadavre, en retira
La lance de bronze; mais enlever aux épaules la cuirasse,
Il n'y réussit pas; les piques autour de lui tombaient dru.
Il eut peur d'être encerclé par les fiers Troyens,
Qui, nombreux et vaillants, s'approchaient, avec leurs
    piques.
625 Bien qu'il fût grand et vaillant et magnifique,
Ils le chassèrent devant eux. Repoussé, il fit retraite.

C'est ainsi qu'ils peinaient dans la dure bataille;
Tlèpolémos Héraklide, grand et fort,
Un sort puissant le poussa vers Sarpédon qui est comme
    un dieu;

630 Quand, marchant l'un vers l'autre, ils furent tout près,
L'un, fils, l'autre, petit-fils de Zeus Maître des Nuages,
Tlèpolémos le premier parla et dit ces mots :
« Sarpédon, conseiller des Lyciens, faut-il vraiment
Que tu restes ici caché, sans rien savoir du combat ?
635 Ils mentent ceux qui disent que tu es fils
De Zeus ; tu es loin au-dessous de tous ceux
Qui sont nés de Zeus au temps jadis,
Comme on dit qu'Héraklès le fort
Le fut, mon père au cœur de lion, l'audace même.
640 Un jour il est venu ici chercher les chevaux de Laomédon,
Avec six bateaux seulement et des hommes en petit nombre ;
Il a mis à sac Ilion la ville, vidé les rues*.
Ton cœur à toi est celui d'un vilain ; les peuples périssent,
Je ne crois pas que tu seras le rempart des Troyens.
645 Tu viens de Lycie, mais si fort que tu sois,
Tu vas tomber sous mes coups et passer la porte d'Hadès. »

Alors Sarpédon, chef des Lyciens, lui dit, le regardant en
   face :
« Tlèpolémos, oui, cet autre a détruit Ilion la sainte
À cause de la folie de Laomédon, cet homme excellent,
650 Qui a offensé son bienfaiteur avec des discours de vilain.
Il a refusé les chevaux qu'il venait chercher, et de loin.
Mais à toi je promets meurtre et mort noire ;
Tu les auras, abattu par ma lance ;
La gloire sera pour moi ; ta vie, pour Hadès aux chevaux
   illustres. »

655 Ainsi parla Sarpédon ; l'autre leva sa pique de frêne,
Tlèpolémos ; en même temps les longues piques
Quittèrent leurs mains. Il frappa au milieu du cou,
Sarpédon ; la pointe douloureuse traversa ;
Les yeux, la sombre nuit les voila.
660 Tlèpolémos, sur la cuisse gauche, de sa longue pique,
Avait frappé ; la pointe s'était enfoncée vivement,
Tout près de l'os. Mais le père avait écarté le mal.

Sarpédon à visage de dieu, ses compagnons divins
L'emportèrent loin du combat ; la longue pique lui pesait,
665 Traînant à terre ; on n'y prenait pas garde, on ne songeait
      pas
À lui retirer de la cuisse cette pique de frêne, pour qu'il
      marche.
Ils se hâtaient, s'empressaient, se donnaient du mal.

De l'autre côté, Tlèpolémos, les Achéens aux cnémides
L'emportaient loin du combat ; Ulysse le divin s'en aperçut,
670 Lui, la patience même, et son cœur s'émut ;
Il réfléchit ensuite en son cœur et son âme :
Poursuivrait-il d'abord le fils de Zeus à la voix de tonnerre
Ou prendrait-il la vie de nombre de Lyciens ?
Mais le sort ne donnait pas à Ulysse le magnanime
675 De tuer par le bronze aigu le vaillant fils de Zeus ;
Contre la foule des Lyciens elle tourna son cœur, Athéna,
Il y abattit Koiranos, Alastôr, et Khromios,
Alkandros, Halios, Noèmôn, et Prytanis ;
Et il aurait tué plus de Lyciens encore, Ulysse le divin,
680 Si ne l'avait aperçu de son œil perçant le grand Hector au
      panache.
Il traversa les premiers rangs, casqué de bronze flam-
      boyant,
Portant aux Danaens la terreur. Il se réjouit de le voir
      arriver,
Sarpédon, fils de Zeus, et il lui dit ces mots lamentables :
« Priamide, ne me laisse pas comme un butin entre les
      mains
685 Des Danaens ; défends-moi ; que ma vie s'achève plus tard
Dans votre ville, puisque je ne dois pas
M'en revenir chez moi dans la terre de ma patrie,
Pour la joie de ma femme et de mon enfant petit. »

Il dit ; Hector au panache ne lui répondit pas.
690 Il passa, impatient d'aller au plus vite
Repousser les Argiens, et en tuer le plus possible.
Sarpédon à visage de dieu, ses compagnons divins

Le posèrent sous le chêne merveilleux de Zeus à l'égide.
De sa cuisse la pique de frêne fut retirée
695 Par le brave Pélagôn, qui était son compagnon.
Le souffle lui manqua ; un brouillard couvrit ses yeux ;
Mais il se reprit à respirer, et le vent Borée
Passant sur lui ranima son cœur maltraité.

Les Argiens, pressés par Arès et par Hector au casque de
    bronze,
700 Ne se dirigeaient pas vers les noirs bateaux,
Mais ne marchaient pas non plus vers le combat ; toujours
Ils reculaient : ils savaient Arès parmi les Troyens.

Alors, qui ont-ils tué le premier, qui le dernier,
Hector fils de Priam et l'Arès de bronze ?
705 Teuthras à visage de dieu, Orestès* qui fouette ses chevaux,
Trèkhos, le guerrier d'Étolie, Oinomaos,
L'Oinopide Hélénos, Oresbios à la ceinture de couleur,
Qui vivait à Hylè, veillant sur ses biens immenses
Près du lac Képhisis* ; tout près vivaient les autres
710 Béotiens, maîtres d'un riche territoire.

La déesse Héra Blanche-Main vit alors
Qu'ils tuaient des Argiens dans la dure bataille ;
Tout de suite, à Athéna, elle dit ces mots qui ont des
    ailes :
« Oh ! la ! la ! fille de Zeus à l'égide, Atrytonè,
715 Nous aurons fait à Ménélas une promesse vaine*,
Celle de revenir après avoir détruit Ilion la bien remparée,
Si nous laissons le pernicieux Arès se déchaîner comme il
    fait.
Mais allons, toutes deux rappelons force et vaillance. »

Elle dit ; Athéna Œil de Chouette se laissa convaincre.
720 L'autre s'en alla harnacher les chevaux au frontal d'or,
Héra, déesse vénérable, fille du grand Kronos.
Hébé au char vite fixa les roues courbes
À huit rayons, autour de l'axe de fer.

Les jantes étaient d'or incorruptible, et, par-dessus,
725 Étaient fixés des cercles de bronze, merveille à voir.
Les moyeux d'argent tournaient des deux côtés.
De courroies d'or et d'argent le char
Était tendu ; deux rampes en faisaient le tour.
Le timon était d'argent ; à son extrémité,
730 Elle passa un beau joug d'or, et y fixa
Des lanières d'or ; et elle, Héra, mena sous le joug
Des chevaux aux pieds vifs, amoureux de querelles et de
        cris.

Alors Athéna, fille de Zeus à l'égide,
Laissa glisser sur le seuil de son père sa belle robe
735 Aux mille couleurs, qu'elle avait faite et tissée de ses mains ;
Elle revêtit la tunique de Zeus Maître des Nuages,
Et prit ses armes pour la guerre qui fait pleurer.
Sur ses épaules elle jeta, avec ses franges, l'égide
Terrible, que couronne Déroute.
740 On y voit Discorde, Violence et Poursuite qui glace le sang,
Et la tête de Gorgone, monstre affreux,
Terrible, effroyable, prodige de Zeus à l'égide.
Sur sa tête elle posa un casque à deux cimiers, à quatre
        plaques*,
En or, qui protégerait les guerriers de cent villes.
745 Elle mit le pied sur le char de flamme, prit la pique
Lourde, longue, compacte, qui abat des rangées entières
De héros, contre qui, fille d'un père fort, elle est en colère.
Héra, du fouet, excita les chevaux ;
D'elles-mêmes s'ouvrirent les portes du ciel, où les Heures
750 Gardent le ciel immense et l'Olympe
En écartant ou en ramenant un nuage épais.
C'est par là que passèrent, sous l'aiguillon, leurs chevaux.
Elles trouvèrent le Kronide assis loin des autres dieux
Sur le sommet le plus haut de l'Olympe aux mille têtes.
755 Arrêtant là ses chevaux, la déesse Héra Blanche-Main
Demanda à Zeus Kronide qui est tout en haut :
« Zeus père, n'es-tu pas scandalisé par ce que fait Arès*,
Tous ces Achéens qu'il tue, tous ces hommes de valeur,

N'importe comment, sans loi aucune ? J'ai mal, et là-bas
760 Cypris s'en réjouit, avec Apollon à l'arc d'argent.
Ils ont lâché ce furieux, qui ne sait rien des droits*.
Zeus père, vas-tu te fâcher, si, frappant
Cruellement Arès, je le mets hors de combat ? »

En réponse lui dit Zeus Maître des Nuages :
765 « Envoie contre lui Athéna, Dame du pillage,
Qui sait comment lui causer de vilaines douleurs. »

Il dit ; Héra Blanche-Main se laissa convaincre.
Elle fouetta les chevaux ; de bon gré ils s'envolèrent
Dans l'intervalle entre la terre et le ciel aux étoiles.
770 Tout l'espace brumeux, ce que peut voir de ses yeux un
    homme
Assis sur un rocher à contempler la mer violette,
Mesure ce que, hennissant, franchissent les chevaux des
    dieux.
Quand elles arrivèrent à Troie, près des fleuves qui courent,
Là où le Simoïs se joint au Scamandre,
775 Alors elle arrêta les chevaux, la déesse Héra Blanche-Main,
Les détacha du char, les couvrit d'un épais brouillard.
Le Simoïs leur distribua l'ambroisie.

Elles allaient toutes deux, pareilles à des colombes crain-
    tives,
Toutes au désir de protéger les hommes d'Argos ;
780 Quand elles vinrent au lieu où les seigneurs et la foule
Se tenaient, autour de Diomède le fort qui dresse les che-
    vaux
Réunis, pareils à des lions mangeurs de chair crue
Ou à des sangliers, dont la force ne faiblit jamais,
S'arrêtant, elle cria, la déesse Héra Blanche-Main,
785 Pareille à Stentor* le magnanime (sa voix est de bronze)
Qui fait plus de bruit que cinquante hommes.
« Honte, Argiens, vilains avortons sous votre belle allure,
Tant qu'à la guerre allait Achille le divin,
Jamais les Troyens loin des portes dardaniennes

790 Ne se risquaient ; ils avaient peur de sa lourde pique.
Maintenant, loin de leur ville, ils combattent près des
    bateaux creux. »

Ce disant, à chacun elle donna force et courage.
Le Tydéide, elle le cherchait, la déesse Athéna Œil de
    Chouette,
Elle trouva ce prince près de son char et de ses chevaux,
795 Se remettant de sa blessure, de la flèche de Pandaros ;
La sueur l'épuisait, sous le large baudrier
Du bouclier bien rond ; il était épuisé, sa main lasse
Écartant le baudrier, il essuyait le sang noir.
La déesse toucha le joug des chevaux et lui dit :
800 « Oh, cet enfant de Tydée ne lui ressemble guère.
Tydée n'était pas grand, mais c'était un vrai guerrier.
Je ne lui avais permis ni de se battre
Ni de se mettre en avant quand il vint, seul des Achéens*,
En messager à Thèbes chez les nombreux fils de Cadmos.
805 Je lui avais dit de rester tranquille au banquet dans le
    palais.
Mais il eut le cœur dur, comme toujours.
Il défia les jeunes Cadméens et les battit tous,
Sans peine aucune, car je l'assistais.
Moi, je suis toujours près de toi, et je te protège ;
810 Je t'ordonne de te battre à toute force contre les Troyens.
Mais la fatigue, qui toujours revient, t'a lié les membres,
Ou bien une peur te fige, sans force ; alors
Tu n'est pas fils de Tydée Oinéide, le brave. »

En réponse lui dit le dur Diomède :
815 « Je te reconnais, déesse, fille de Zeus à l'égide.
Je vais te parler à cœur ouvert, sans rien cacher.
Ce n'est pas la peur qui me fige sans force, ni le doute ;
Mais je me rappelle tes ordres, ceux que tu m'as donnés.
Tu m'as défendu d'affronter les dieux bienheureux,
820 Tous ; mais si la fille de Zeus Aphrodite
Entrait en guerre, que je la blesse avec le bronze aigu.
C'est pourquoi je recule, moi, et donne l'ordre

Aux autres Argiens de se rassembler tous ici.
Car je reconnais Arès qui dirige toute cette attaque. »

825 Lui répondit alors la déesse Athéna Œil de Chouette :
« Diomède Tydéide, bien-aimé de mon cœur,
N'aie peur ni d'Arès, ni d'aucun autre
Immortel ; je suis là pour te protéger.
Mais va, mène contre Arès tes chevaux aux sabots lourds,
830 Frappe de tout près, sans peur d'Arès le frénétique,
De ce furieux, de ce malfaisant, de ce triste félon,
Qui hier à Héra et à moi allait disant
Qu'il serait contre les Troyens et défendrait les Achéens ;
Mais maintenant il est ami des Troyens, et il a oublié les
autres. »

835 Ayant dit, elle força Sthénélos à descendre de l'attelage
En le tirant par la main ; il sauta en toute hâte.
Elle monta sur le char près du divin Diomède,
La déesse au fort vouloir ; l'essieu de chêne gémit bruyam-
ment
Sous son poids : il portait une déesse terrible et un héros.
840 Elle prit le fouet et les rênes, Pallas Athéna ;
D'emblée elle mena contre Arès les chevaux aux sabots
lourds.
Il dépouillait alors Périphas le géant,
Le meilleur des Étoliens, le superbe fils d'Okhèsios.
Arès le sanglant l'avait tué ; mais Athéna
845 Mit le casque d'Hadès* pour qu'Arès le violent ne la voie pas.

Quand Arès peste des hommes vit Diomède le divin,
Il laissa soudain Périphas le géant
Sur place, là, où il lui avait arraché la vie,
Et marcha droit contre Diomède qui dresse les chevaux.
850 Quand, marchant l'un vers l'autre, ils furent tout près,
D'abord Arès tendit le bras par-dessus joug et rênes,
Brandissant la pique de bronze, prêt à lui prendre la vie.
Mais prenant l'arme de sa main, la déesse Athéna Œil de
Chouette

La fit voler, inutile, au-dessus du char.
855 À son tour, Diomède Voix-Sonore fit partir
La pique de bronze. Pallas Athéna la dirigea
Vers le ventre, là où l'entourait la ceinture.
Il l'atteignit, le blessa, déchira la peau luisante,
Puis il retira la pointe ; l'Arès de bronze alors hurla
860 Comme hurleraient neuf mille ou dix mille
Hommes suivant en guerre la querelle d'Arès*.
Un tremblement s'empara des Achéens et des Troyens,
Qui prirent peur, tant il avait hurlé fort, Arès l'insa-
tiable.

Comme un noir brouillard apparaît dans un ciel
865 Quand la chaleur fait se lever un ouragan,
Ainsi à Diomède Tydéide l'Arès de bronze
Apparut, marchant avec les nuages vers le large ciel.
Vite il parvint à la maison des dieux, l'Olympe abrupt,
S'assit, à bout de souffle, près de Zeus Kronide,
870 Lui montra le sang d'ambroisie qui coulait de sa blessure.
En gémissant, il lui dit ces mots qui ont des ailes :
« Père Zeus, n'es-tu pas scandalisé, à voir ces horreurs ?
Toujours, nous, les dieux, nous souffrons l'un
Par l'autre, en voulant faire plaisir aux hommes.
875 Tous nous t'en voulons ; tu as engendré une fille folle,
Pernicieuse, qui ne songe qu'à des atrocités.
Nous tous, nous qui vivons sur l'Olympe,
Nous t'obéissons et savons nous contraindre.
Elle, tu ne la retiens ni en paroles ni en actes.
880 Tu la laisses faire, car tu es le père de cette fille effroyable.
Le fils de Tydée, l'arrogant Diomède,
Elle lui permet de s'en prendre aux dieux immortels.
D'abord il a blessé Cypris sur le dessus de la main.
Puis contre moi il a foncé comme un mauvais génie.
885 Mes pieds rapides m'ont sauvé ; sinon longtemps
J'aurais souffert au milieu d'affreux cadavres.
Ou, vivant, j'aurais perdu l'esprit à cause des coups du
bronze. »

Le regard en dessous, Zeus Maître des Nuages lui dit :
«Sinistre félon, ne reste pas là, près de moi, à gémir.
890 Tu es pour moi le plus odieux de ceux qui vivent sur
l'Olympe.
Toujours tu aimes la discorde et les guerres et les combats.
De ta mère tu as la nature intraitable, insupportable.
D'Héra. Ma parole a toujours peine à la retenir.
Si tu souffres maintenant, c'est à cause de ses conseils.
895 Mais je ne vais pas te laisser plus longtemps à ta douleur.
Tu es né de moi, c'est pour moi que ta mère t'a enfanté ;
Si la brute que tu es était née d'un autre dieu,
Tu serais depuis longtemps plus bas que les Ouraniens.»

Il dit, puis à Paièôn il ordonna de le soigner.
900 Paièôn en répandant des onguents qui calment
Le guérit, car il ne pouvait pas mourir.
Comme lorsqu'un jus fait prendre en masse le lait blanc,
Tout liquide qu'il soit ; si on l'agite, il caille,
Ainsi très vite il guérit, Arès le frénétique.
905 Puis Hébé lui donna le bain, lui mit de beaux habits.
Et il s'assit près de Zeus Kronide, tout glorieux.

Vers la maison de Zeus le grand s'en revenaient
Héra d'Argos et Athéna d'Alalcomènes,
Ayant mis fin aux tueries d'Arès peste des hommes.

CHANT VI

Laissés à eux-mêmes, Troyens et Achéens, dans la lutte
  atroce,
La guerre çà et là les menait par la plaine,
L'un contre l'autre poussant la pique de bronze,
Entre le Simois et le cours du Xanthe.

5 Ajax de Télamôn, le premier, rempart des Achéens,
Brisa la phalange troyenne (lueur d'espoir pour ses hommes)
En frappant celui qui était le meilleur des Thraces,
Le fils d'Eussôros, Akamas, grand et fort.
Il toucha le cimier de son casque à panache,
10 Lui perça le front ; la pointe de bronze traversa
L'os ; et celui-là, l'ombre voila ses yeux.

Diomède Voix-Sonore abattit Axylos
Teuthranide, qui habitait Arisbè la bien située,
Riche de tous biens, aimé de tous.
15 Sa maison accueillante était près de la route,
Mais personne ne l'a protégé de la mort,
Ne l'a défendu. Tous deux ont perdu le souffle :
Lui et son serviteur Kalèsios, qui tenait en mains,
Cocher, les chevaux ; tous deux sont descendus sous
  terre.

20 Euryalos tua Drèsos et Opheltios ;
Il marcha contre Aisèpos et Pèdasos, que jadis la nymphe

Naiade Abarbarè avait enfantés pour Boukoliôn sans
    reproche ;
Boukoliôn était le fils de l'admirable Laomédon,
L'aîné de tous, que sa mère avait mis au monde en cachette ;
25 Berger de moutons, il fit l'amour à la nymphe dans un lit ;
Grosse, elle mit au monde des enfants jumeaux.
C'est leur grand cœur, la force de leur corps,
Que brisa Mèkistéiade*, et il prit sur leurs épaules leurs
    armes.

Le belliqueux Polypoitès tua Astyalos,
30 Ulysse fit mourir Pidytès le Perkosien
Avec la pique de bronze ; et Teukros, Arétaôn le divin.
Antilokhos Nestoride frappa de la lance qui brille
Ablèros ; et le prince des hommes Agamemnon, Elatos.
Il vivait près de la rive du beau fleuve Satniois,
35 À Pèdasos la haute. Le héros Léitos atteignit Phylakos
Qui fuyait ; Eurypylos dépouilla Mélanthios.

Ménélas Voix-Sonore prit ensuite Adrèstos
Vivant ; ses chevaux affolés, courant par la plaine,
Avaient heurté la branche d'un tamaris, le timon
40 Du char courbe au bout s'était cassé ; ils étaient partis
Vers la ville, où les autres fuyaient terrifiés.
Lui, il avait roulé hors du char, près de la roue,
Tête la première, la bouche dans la poussière. Près de lui
L'Atride Ménélas brandissait sa pique à l'ombre longue.
45 Adrèstos supplia, embrassant ses genoux :
« Prends-moi vivant, fils d'Atrée, accepte une juste rançon ;
Mon père est riche, il a beaucoup de bien :
Du bronze, de l'or, et du fer qui se travaille mal.
Mon père te consentirait une rançon énorme
50 S'il apprenait que je suis vivant près des bateaux achéens. »

Il dit ; l'autre sentit son cœur dans sa poitrine l'approuver ;
Et il allait le confier à un serviteur pour qu'il l'emmène
Vers les rapides bateaux achéens, mais Agamemnon
Arriva en courant et lui cria ces mots :

55 « Ménélas, mon ami, pourquoi ce souci
    Des hommes ? Est-ce bien, ce qu'ils ont fait chez toi,
    Les Troyens ? Qu'aucun d'entre eux n'échappe à la mort
        abrupte,
    Ni à nos mains, pas même celui que sa mère dans son
        ventre
    Porte encore, ni celui qui fuit. Mais que tous
60 Disparaissent d'Ilion sans sépulture, sans laisser de sou-
        venir. »

    Il dit, le héros, et retourna l'esprit de son frère ;
    Ce qu'il dit était bien venu* ; l'autre, de la main, repoussa
    Le héros Adrèstos, que le puissant Agamemnon
    Frappa au flanc ; il tomba renversé. L'Atride,
65 Lui posant le pied sur la poitrine, en retira la lance de
        frêne.

    Nestor, à voix forte, appelait les Argiens :
    « Chers héros Danaens, serviteurs d'Arès,
    Que personne, en se jetant sur les dépouilles, ne reste
    En arrière, pour emporter sur les bateaux tout ce qu'il peut ;
70 Tuons les hommes ; ensuite, à loisir,
    Vous dépouillerez par la plaine les cadavres. »

    Ce disant, à chacun il donna force et courage.
    Alors les Troyens, poussés par les Achéens aimés d'Arès,
    Seraient rentrés dans Ilion, vaincus par leur propre faiblesse,
75 Mais à Énée et à Hector, s'approchant d'eux,
    Le Priamide Hélénos dit, qui fut le meilleur des devins :
    « Énée, Hector, c'est vous d'abord qui devez
    Vous soucier des Troyens et des Lyciens, puisque vous êtes
    Les meilleurs en tout pour le conseil et le combat ;
80 Restez là et rassemblez tout le peuple devant les portes,
    En allant partout, avant que dans les bras des femmes
    Ils ne se jettent en fuyant, faisant la joie de l'ennemi.
    Quand vous aurez ranimé le courage de toutes les pha-
        langes,
    À nouveau, en restant ici, nous combattrons les Danaens,

85 Tout fatigués que nous soyons. Nécessité l'impose.
    Hector, toi, va dans la ville, va parler
    À ta mère qui est aussi la mienne, qu'elle assemble les
        vieilles femmes
    Dans le temple d'Athéna Œil de Chouette, sur l'acropole,
    Qu'elle ouvre avec la clé la porte de la maison sainte ;
90 Un voile, celui qui lui semblera le plus beau et le plus grand
    Dans son palais, celui qu'elle aime le mieux,
    Qu'elle le pose sur les genoux d'Athéna aux beaux cheveux,
    Et qu'elle lui promette de sacrifier dans son temple
    Douze vaches d'un an qui n'ont pas travaillé. Peut-être elle
        aura
95 Pitié de la ville, des femmes troyennes, des petits enfants.
    Qu'elle repousse loin de la sainte Ilion le fils de Tydée,
    Le guerrier sauvage, le dur semeur d'effroi,
    Que je dis être le plus fort des Achéens ;
    Même Achille, chef des hommes, ne fait pas aussi peur,
100 Lui qu'on dit fils d'une déesse. Mais celui-ci
    Est enragé, aucune fureur n'égale la sienne. »

    Il dit ; Hector eut confiance en son frère.
    Aussitôt, avec ses armes, il sauta de son char à terre ;
    Levant haut sa lance aiguë, il alla par toute l'armée
105 Pour dire qu'on se batte ; et il relança la bataille affreuse ;
    Eux, ils se retournèrent et firent face aux Achéens.
    Les Argiens reculèrent, cessèrent de tuer,
    Disant qu'un des immortels du ciel étoilé
    Était descendu pour aider les Troyens dans leur volte-face.
110 Hector, à grande voix, appela les Troyens :
    « Fiers Troyens, et vous, illustres alliés,
    Soyez des hommes, amis, rappelez force et vaillance.
    Je vais jusqu'à Ilion dire aux vieillards
    Qui sont au conseil et à nos femmes
115 De prier les dieux, de promettre des hécatombes. »

    Il dit, et s'en alla, Hector au panache ;
    Sur ses chevilles comme sur son cou battait la peau noire
    Qui couvrait tout le bord de son bouclier bombé.

Glaukos, enfant d'Hippolokhos, et le fils de Tydée
120 Se rencontrèrent entre les armées, voulant se battre.
Quand, marchant l'un vers l'autre, ils furent tout près,
Le premier parla Diomède Voix-Sonore :
« Qui es-tu, noble guerrier, parmi les hommes qui meurent ?
Dans la bataille où l'on trouve la gloire, je ne t'ai pas encore
    vu
125 Jusqu'ici ; et voilà qu'à présent plus que tous tu as
De l'audace. Et tu attends ma pique à l'ombre longue.
Malheureux, ceux dont les enfants s'opposent à ma fureur.
Si tu descends du ciel, si tu es l'un des immortels,
Moi, je ne me battrai pas avec les dieux célestes.
130 Le fils de Dryas, le dur Lycurgue lui-même, n'a pas vécu
Longtemps : il avait eu querelle avec les dieux célestes.
Jadis les nourrices de Dionysos* hors de sens,
Il les poursuivit sur le Nysèion sacré* ; alors toutes
Jetèrent leurs thyrses* sur le sol : Lycurgue le meurtrier
135 Les frappait avec l'aiguillon ; Dionysos terrifié
Plongea dans le flot de la mer. Thétis le reçut dans son
    giron
Tout apeuré ; il tremblait fort à cause des cris de cet
    homme,
Contre qui, plus tard, se fâchèrent les dieux qui ont la vie
    facile ;
Et le fils de Kronos le rendit aveugle ; il n'a pas vécu
140 Longtemps, car tous les dieux immortels le détestaient.
Moi, je ne voudrais pas me battre avec les dieux bien-
    heureux.
Si tu es l'un des mortels qui mangent les fruits de la terre,
Approche, et bientôt tu seras à la frontière de la mort. »

Lui dit alors le magnifique fils d'Hippolokhos :
145 « Tydéide magnanime, pourquoi me demandes-tu ma
    naissance ?
Comme la race des feuilles est la race des hommes.
Les feuilles, le vent les porte à terre, mais la forêt féconde
En produit d'autres, et le printemps revient.

Ainsi des hommes : une race naît ; une autre cesse d'être.
150 Mais si tu veux en savoir plus, et bien connaître
Ma naissance, nombreux sont ceux qui la savent.
Il est une ville, Ephyrè, dans le golfe d'Argos aux chevaux,
Où vécut Sisyphe, qui fut le plus tricheur des hommes,
Sisyphe fils d'Éole ; il eut un fils, Glaukos,
155 Et Glaukos engendra Bellérophon sans reproche,
À qui les dieux donnèrent beauté et charme
Séduisant. Mais Proitos* songea à lui faire du mal
Et, parce qu'il était le plus fort, le chassa du pays
Des Argiens, que Zeus avait mis sous son sceptre.
160 La femme de Proitos, la divine Antéia, avait été prise
Du désir furieux de faire avec lui, en secret, l'amour ; mais
jamais
Elle ne fit céder le sage Bellérophon, qui avait le cœur
droit.
Elle mentit alors au roi Proitos et lui dit :
« Meurs, Proitos, ou fais tuer Bellérophon
165 Qui m'a voulu faire l'amour contre mon gré*. »
Elle dit ; la colère, quand il l'entendit, prit le roi :
Il évita de le tuer, car, en son âme, il avait un scrupule.
Mais il l'envoya en Lycie, et lui donna des signes de mort,
Écrivant sur une tablette repliée de quoi le perdre*.
170 Il lui prescrivit de la montrer à son beau-père, afin qu'il
meure.
Lui s'en alla en Lycie, parfaitement protégé par les dieux ;
Lorsqu'il vint en Lycie, où coule le Xanthe,
Le prince de la vaste Lycie l'honora avec bienveillance.
Il le fêta neuf jours comme son hôte, sacrifiant neuf vaches ;
175 Quand parut la dixième aurore aux doigts de rose,
Il l'interrogea et demanda à voir les signes
Qu'il apportait pour lui de la part de son gendre Proitos.
Quand il eut vu le signe de mort de son gendre,
Il lui ordonna tout d'abord d'aller tuer la Chimère
180 Invincible. Car elle est de race divine et non humaine,
Lion par-devant, serpent à l'autre bout, chèvre au milieu*,
Crachant la terrible fureur d'une feu brûlant.
Et lui la tua, confiant dans les présages divins ;

En deuxième lieu, il se battit contre les Solymes* illustres ;
185 Il dit que ce fut le plus dur combat contre des hommes.
En troisième lieu, il tua les Amazones* qui sont comme des
       mâles ;
Comme il s'en revenait, le roi tissa une autre ruse.
Il choisit dans la vaste Lycie les hommes les meilleurs ;
Il dressa l'embuscade ; ces gens-là ne revinrent pas chez
       eux
190 Car il les tua tous, Bellérophon sans reproche.
Quand le roi comprit que c'était le fils d'un dieu*,
Il le retint près de lui et lui donna sa fille,
Il lui donna la moitié de tout l'honneur royal,
Les Lyciens taillèrent pour lui un domaine plus grand que
       les autres,
195 Bon pour les arbres à fruits et les labours, qu'il dirigerait.
Elle, elle enfanta trois enfants pour le sage Bellérophon,
Isandros et Hippolokhos et Laodamie.
Zeus le subtil coucha avec Laodamie ;
Elle enfanta Sarpédon au casque de bronze, à visage de
       dieu ;
200 Mais quand le héros fut en détestation à tous les dieux*,
Il errait seul sur la plaine Aléios,
Rongeant son cœur, évitant les traces des hommes.
Isandros son fils, Arès insatiable de guerre
Le tua pendant qu'il combattait les Solymes glorieux.
205 Elle*, Artémis aux rênes d'or la tua dans sa colère.
Hippolokhos m'a engendré ; je suis, je le dis, né de lui.
Il m'a envoyé à Troie, et m'a fortement enjoint
D'être toujours le meilleur, supérieur à tous les autres,
De ne jamais déshonorer la race de mes pères qui furent
210 Les meilleurs à Ephyrè et dans la vaste Lycie.
Voilà la race et le sang dont je dis très haut que je sors. »

Il dit, et Diomède Voix-Sonore en eut joie ;
Il planta sa lance dans la terre qui nourrit les vivants,
Avec douceur il parla au berger des peuples :
215 «Tu es donc pour moi un hôte, et depuis longtemps.
Le divin Oineus reçut Bellérophon sans reproche

Autrefois, et le garda dans son palais pendant vingt jours.
Ils se firent l'un à l'autre de beaux cadeaux ;
Oineus lui donna une ceinture de pourpre brillante,
220 Et Bellérophon, une coupe d'or à deux anses,
Que j'ai laissée dans ma maison quand je suis parti.
Je n'ai pas souvenir de Tydée ; j'étais petit encore
Quand il est parti, quand à Thèbes mourait l'armée achéenne.
Et maintenant au milieu d'Argos, je te recevrai
225 En hôte ; et toi, en Lycie, si je viens dans ton pays.
Évitons donc nos lances, même dans la mêlée.
Il y a beaucoup de Troyens et de glorieux alliés
À tuer, si un dieu me les donne, et si je les attrape.
Il y a beaucoup d'Achéens à massacrer, si tu le peux.
230 Échangeons l'un et l'autre nos armes, pour qu'on sache
Que nous sommes des hôtes et le disons très haut. »

Ce disant, sautant tous les deux à bas de leur char,
Ils se prirent l'un l'autre par la main, et se jurèrent foi ;
C'est alors que Zeus Kronide ôta l'esprit à Glaukos
235 Qui avec Diomède Tydéide échangea ses armes,
Armes d'or contre armes de bronze, cent vaches contre
  neuf*.

Quand Hector arriva aux portes Scées et au chêne,
Toutes les femmes des Troyens accoururent, avec leurs
  filles,
Inquiètes de leurs enfants, de leurs frères, de leurs parents,
240 De leurs maris ; il leur dit alors de prier les dieux
Toutes ensemble. À beaucoup d'entre elles le chagrin s'attachait.

Il arriva à la très belle maison de Priam,
Avec ses portiques bien polis (on y trouvait
Cinquante chambres, de pierre bien polie,
245 Les unes à côté des autres ; c'est là que dormaient
Les fils de Priam auprès de leurs dignes épouses ;
Pour les filles, en face, de l'autre côté de la cour,
Douze chambres, sous terrasse, de pierre bien polie,

Les unes à côté des autres ; c'est là que dormaient
250 Les gendres de Priam avec leurs chastes épouses).
À sa rencontre vint sa mère, qui savait faire d'agréables
    cadeaux.
Elle conduisait Laodikè, la plus belle de ses filles.
Elle le prit par la main, et lui dit, prononçant son nom :
« Enfant, pourquoi es-tu venu, laissant là la guerre ?
255 Ils vous épuisent, les maudits fils des Achéens
Qui attaquent notre ville. Ton cœur te dit
De venir à la citadelle pour lever les mains vers Zeus.
Reste, que je t'apporte un vin doux comme le miel,
Que pour Zeus et tous les autres dieux tu accomplisses
260 Le rite d'abord ; ensuite, si tu le bois, il te fera du bien.
L'homme fatigué, le vin augmente sa force.
Toi, tu t'es fatigué à défendre les tiens. »

Lui répondit alors le grand Hector au panache :
« Ne me donne pas le vin doux comme le miel, mère souve-
    raine,
265 Tu me prendrais ma fureur et j'oublierais ma force.
Avec des mains souillées je n'ose pas verser le vin clair
Pour Zeus ; il n'est pas permis, couvert de sang et de boue,
D'adresser une prière au Kronide Noir-Nuage.
Mais toi, au temple d'Athéna Dame du pillage
270 Va avec des offrandes, ayant réuni les vieilles femmes.
Le voile le plus joli et le plus grand
Qui soit dans le palais, celui qui te plaît le plus,
Pose-le sur les genoux d'Athéna aux beaux cheveux,
Promets-lui de sacrifier dans son temple
275 Douze vaches d'un an qui n'ont pas travaillé. Peut-être elle
    aura
Pitié de la ville, et des femmes troyennes et des petits
    enfants ;
Qu'elle repousse loin de la sainte Ilion le fils de Tydée,
Le guerrier sauvage, le dur semeur d'effroi.
Mais toi, vers le temple d'Athéna Dame du pillage
280 Va. Moi, je vais chercher Pâris ; je vais l'appeler.
Peut-être il voudra bien m'entendre. Que sous lui

La terre s'ouvre ! L'Olympien l'a fait grandir, calamité
Pour les Troyens, pour Priam au grand cœur, et pour tous.
Si je le voyais descendre dans l'Hadès,
285 Je dirais que mon âme a oublié sa lourde peine. »

Il dit. Elle, allant vers le palais, convoqua
Les servantes. Elles réunirent par la ville les vieilles femmes.
Elle-même descendit dans une chambre parfumée
Où étaient les tissus brodés, travail des femmes
290 De Sidon, qu'Alexandre à visage de dieu
Avait ramenées de Sidon, voguant sur la vaste mer
Pendant le voyage où il ramenait Hélène, née d'un père
    excellent.
Hécube en prit un, pour en faire cadeau à Athéna,
Le plus beau, avec ses ornements, le plus grand.
295 Il brillait comme une étoile, rangé sous tous les autres.
Elle alla ; beaucoup de vieilles femmes la suivaient.

Quand elles arrivèrent au temple d'Athéna, dans l'acropole,
Théanô aux belles joues leur ouvrit les portes,
Fille de Kissè, femme d'Anténor le chevalier.
300 Les Troyennes l'avaient intronisée prêtresse d'Athéna.
Toutes, en poussant le cri, levaient les mains vers Athéna.
Théanô aux belles joues, prenant le voile,
Le plaça sur les genoux d'Athéna aux beaux cheveux
Et, à haute voix, elle pria la fille de Zeus le grand :
305 « Souveraine Athéna, qui gardes la ville, déesse entre les
    déesses,
Brise la lance de Diomède et donne-nous
Qu'il tombe face à terre devant les portes Scées.
Dès maintenant nous allons sacrifier dans ton temple
Douze vaches d'un an qui n'ont pas travaillé. Peut-être tu
    auras
310 Pitié de la ville, et des femmes troyennes et des petits
    enfants. »

Telle fut sa prière ; Athéna de la tête fit le geste de refuser.
C'est ainsi qu'elles priaient la fille de Zeus le grand.

Hector alla à la maison d'Alexandre,
Très belle ; il l'avait construite lui-même avec ses hommes,
315 Les meilleurs maçons qui soient à Troie la plantureuse.
Pour lui ils avaient fait une chambre, une salle, une cour.
Près de chez Priam et de chez Hector, dans l'acropole.
Hector entra, cher à Zeus. Il tenait en main
Une lance de onze coudées* ; au bout brillait
320 Une pointe de bronze, avec une virole d'or.
Il le trouva dans sa chambre, fourbissant ses belles armes,
Bouclier, cuirasse, et manipulant son arc recourbé.
Hélène l'Argienne avec ses servantes
Était là, distribuant à ses femmes leur tâche.
325 À cette vue, Hector le tança avec des mots d'outrage :
«Toi, un mauvais génie te hante ! elle n'est pas belle, ta
  colère.
Les hommes meurent autour de la ville et du rempart
  abrupt
En se battant. C'est à cause de toi que la huée et la guerre
Assiègent la ville. Toi-même violemment tu t'en prendrais
  à celui
330 Que tu verrais abandonner la guerre cruelle.
Lève-toi, de peur que la flamme vorace ne prenne bientôt
  la ville. »

Alors lui dit Alexandre à visage de dieu :
«Hector, il est juste que tu me reprennes et tu ne vas pas
  trop loin.
Je vais donc te dire ; toi, écoute et comprends ;
335 Ce n'est pas par colère contre les Troyens ou par indigna-
  tion
Que je reste dans ma chambre. Je voulais être seul avec
  mon chagrin.
Ma femme vient de me dire de douces paroles
Pour m'envoyer à la guerre. Je crois aussi que pour moi
Ce sera mieux ; la victoire est inconstante.
340 Mais attends un instant, je mets les armes d'Arès ;
Ou bien va, je te suivrai ; je te rejoindrai, je pense. »

Il dit, et Hector au panache ne lui parla plus.
Mais Hélène à lui s'adressa avec des mots comme du miel :
« Mon beau-frère, chienne que je suis, lâche, et je fais hor-
    reur ;
345 Le jour où ma mère m'a enfantée, une bourrasque
Mauvaise aurait dû m'emporter vers la montagne
Ou vers le flot de la mer au ressac.
Le flot m'aurait fait disparaître avant que tout ceci n'arrive.
De plus, si les dieux avaient préparé ces maux odieux,
350 J'aurais dû être la femme d'un homme meilleur,
Qui prenne garde au scandale et à la honte qu'on lui fait.
Celui-ci n'a pas de force d'âme et n'en aura
Jamais. Il viendra, je pense, à en pâtir.
Mais entre, assieds-toi sur ce siège,
355 Mon beau-frère, car c'est toi surtout que la peine assaille,
À cause de moi, chienne, à cause d'Alexandre et de sa folle
    erreur ;
Zeus nous a chargés d'une mauvaise part, pour que, plus
    tard,
Nous puissions être chantés par les hommes qui viendront. »

Lui répondit alors Hector au panache :
360 « Ne me fais pas asseoir, Hélène. C'est gentil, mais je refuse.
Mon cœur me dit d'aller au secours
Des Troyens, qui regrettent que je sois parti.
Toi, secoue celui-là, qu'il se dépêche, lui aussi,
Qu'il me rejoigne pendant que je suis encore dans la ville.
365 Je vais passer à la maison pour voir
Mes serviteurs, et ma femme, et mon enfant petit.
Je ne sais pas si je reviendrai
Ou si les dieux me feront mourir par la main d'un Achéen. »

Ayant dit, il s'en alla, Hector au panache.
370 Bientôt il parvint à sa maison où il faisait bon vivre.
Il ne trouva pas Andromaque Blanche-Main dans la salle,
Car avec son enfant et sa servante au grand manteau
Elle était allée sur les remparts, pour gémir et se lamenter.
Hector, ne rencontrant pas à l'intérieur sa parfaite épouse,

375 Resta sur le seuil, et parla aux servantes :
« Allons, servantes, dites-moi la vérité.
Où est-elle allée, loin de la maison, Andromaque Blanche-
    Main ?
Chez mes sœurs ? Chez les femmes de mes frères ?
Au temple d'Athéna, où toutes les autres
380 Troyennes bouclées supplient la déesse terrible ? »

Aussitôt l'intendante zélée lui répondit :
« Hector, puisque tu veux que je te dise la vérité,
Ni chez tes sœurs, ni chez les femmes de tes frères,
Ni au temple d'Athéna, où toutes les autres
385 Troyennes bouclées supplient la déesse terrible,
Mais sur les remparts d'Ilion, car elle a ouï dire
Que les Troyens ont du mal, que la force est aux Achéens,
En toute hâte elle est allée sur le mur.
On dirait une folle ; la servante la suit en portant l'enfant. »

390 Ainsi dit l'intendante. Hector bondit hors de la maison ;
Il refit la même route par les rues bien dallées.
Ayant traversé la grande ville, il arriva aux portes
Scées, qu'il allait passer pour parcourir la plaine.
Mais sa femme à la riche dot vint en courant à sa ren-
    contre,
395 Andromaque, fille d'Eétiôn le magnanime,
Eétiôn qui vivait près du Plakos aux forêts,
À Thèbes-sous-Plakos, et régnait sur les Ciliciens.
Sa fille, Hector au casque de bronze l'avait épousée.
Elle vint à sa rencontre, une servante la suivait,
400 Tenant sur ses bras l'enfant tout tendre, tout petit,
L'Hectoride bien aimé, pareil à une belle étoile,
Qu'Hector appelait Skamandrios, et les autres
Astyanax* ; car Hector était seul à protéger Ilion.
Il vit l'enfant, et sourit sans rien dire.
405 Andromaque était là, tout près, pleurant des larmes ;
Elle le prit par la main, et parla, prononçant son nom :
« Toi, un mauvais génie te hante ! Ta fureur te perdra, tu n'as
    pitié

Ni de cet enfant tout petit, ni de moi, malheureuse, qui
    serai
Veuve bientôt de toi ; ils vont te tuer, les Achéens,
410 En attaquant tous à la fois ; pour moi, il sera mieux,
Quand je t'aurai perdu, d'aller sous terre ; je n'aurai plus
De réconfort, quand tu auras subi ton sort,
Rien que des peines. Je n'ai plus de père ou de mère sou-
    veraine.
Mon père, Achille le divin l'a tué ;
415 Il a détruit la ville des Ciliciens, où il faisait bon vivre,
Thèbes-aux-Portes-Hautes ; Eétiôn, il l'a tué ;
Il ne l'a pas dépouillé : dans son cœur il le respectait.
Il l'a brûlé, avec ses armes ouvragées ;
Il a fait faire un tombeau ; et elles ont planté des ormes,
420 Les nymphes des forêts, filles de Zeus à l'égide.
Et moi j'avais sept frères dans le palais ;
Tous en un seul jour sont allés chez Hadès.
Tous il les a tués, le divin Achille Pieds-Rapides.
Près de nos bœufs aux pieds tors, de nos brebis blanches.
425 Ma mère qui régnait sur le Plakos aux forêts,
Il l'a conduite ici, avec d'autres prisonnières,
Il l'a délivrée contre une énorme rançon ;
Dans le palais de son père, Artémis à la flèche l'a frappée.
Hector, tu es mon père et ma mère souveraine
430 Et mon frère et mon doux époux.
Aie pitié, maintenant reste sur le rempart.
Ne fais pas de l'enfant un orphelin, de ta femme une veuve,
Retiens ton peuple près du figuier, là où la ville
Est plus facile à prendre, et le mur moins abrupt.
435 Trois fois ils sont venus, ils ont essayé, les meilleurs,
Avec les deux Ajax et l'illustre Idoménée,
Et les Atrides et le vaillant fils de Tydée.
Quelqu'un leur avait dit, bien instruit des oracles,
Ou c'était peut-être leur cœur qui les poussait et les com-
    mandait. »

440 Lui répondit le grand Hector au panache :
« Je pense à tout cela, femme. Mais plus grièvement

J'aurais honte devant les Troyens et les Troyennes aux
    voiles flottants,
Si je restais comme un vilain loin de la guerre.
Mon cœur me l'interdit ; j'ai appris à être noble,
445 À combattre toujours au premier rang des Troyens,
À soutenir la gloire de mon père et la mienne.
Oui, je le sais ; j'y pense ; je le sens :
Un jour viendra où périra Ilion la sainte,
Et Priam, et le peuple de Priam à la lance de frêne.
450 Mais le malheur des Troyens me touche moins,
Celui d'Hécube elle-même et celui du prince Priam,
Celui de mes frères, si nombreux, si nobles,
Que des ennemis feront tomber dans la poussière,
Moins que le tien, quand un Achéen cuirassé de bronze
455 T'emmènera en pleurs, t'arrachera ta liberté.
Tu seras en Argos, tissant sur le métier d'une autre,
Tu porteras l'eau de Messèis et d'Hypéréiè,
Forcée, et sur toi pèsera, dure, la nécessité.
Et qui te verra pleurant des larmes dira :
460 "C'est la femme d'Hector, qui fut le meilleur combattant
Des Troyens, gens de cheval, quand on assiégeait Ilion."
Voilà ce qu'on dira ; et ton regret sera renouvelé
Pour cet homme qui te protégeait de l'esclavage.
Mais moi, puissé-je être sous un tas de terre,
465 Sans rien savoir de tes cris, sans t'avoir vu prise. »

Ce disant, il se pencha vers l'enfant, Hector le magnifique ;
L'enfant sur le sein de la nourrice à la taille ronde
Se jeta en criant ; la vue de son père l'effrayait.
Il avait peur du bronze et de la crinière
470 Qu'il voyait s'agiter sur le sommet du casque.
Il rit, le père, et aussi la mère souveraine ;
Alors il ôta de sa tête le casque, Hector le magnifique ;
Il le posa, étincelant, sur le sol ;
Il prit son fils dans ses bras, lui donna un baiser,
475 Puis il pria Zeus et tous les autres dieux :
« Zeus, et vous, autres dieux, donnez à cet enfant
D'être, comme je le suis, le plus grand des Troyens ;

Que sa force soit grande, qu'il règne sur Ilion.
Et qu'on dise un jour : il est meilleur que son père,
480 Quand il reviendra de la guerre, porteur de dépouilles san-
    glantes,
Ayant tué l'ennemi cruel. Et que sa mère se réjouisse. »

Ayant dit, il remit entre les mains de sa femme
Son fils ; elle le prit contre son sein parfumé,
Pleurant et riant ; son époux eut pitié à la voir ;
485 Il lui caressa la main et lui dit, prononçant son nom :
    « Toi, un mauvais génie te hante ! ne t'afflige pas trop pour
    moi ;
Personne ne me jettera dans l'Hadès avant mon heure.
Je le dis ; il n'est pas d'homme qui échappe à son sort,
Qu'il soit vilain ou noble, puisqu'il est né.
490 Mais rentre à la maison, prends soin de ton ouvrage,
Métier ou quenouille, aux servantes distribue
Leur tâche. La guerre est pour les hommes,
Pour tous ceux qui sont né à Ilion, et d'abord pour moi. »

Ayant dit, il prit, Hector le magnifique, son casque
495 À panache ; sa femme s'en revint à la maison,
Toujours regardant en arrière et pleurant de tendres larmes.
Quand elle fut à la maison, où il faisait bon vivre,
D'Hector qui tue les hommes, elle y trouva en nombre
Les servantes, et toutes se prirent à pleurer.
500 Elles pleuraient Hector, encore vivant, dans sa maison.
Elles disaient qu'il ne reviendrait pas de la guerre,
Échappé à la fureur et aux mains des Achéens.

Pâris non plus ne traîna pas dans sa haute maison.
Ayant revêtu ses belles armes ornées de bronze,
505 Il s'en alla par la ville, sûr de son pied agile,
Comme un cheval tenu debout devant sa mangeoire
Rompt ses entraves et court en piaffant par la plaine,
Habitué à se baigner dans le courant d'une belle rivière.
Glorieux, il tient haut la tête, ses crins
510 Sautent sur ses épaules ; sûr de son prestige,

Il galope vers les pâtures où se retrouvent les chevaux.
Ainsi le fils de Priam, Pâris, sur les hauts de Pergame,
Étincelant de toutes ses armes marchait comme un soleil
Souriant, porté par ses pieds rapides ; tout de suite
515 Il rencontra Hector le divin, son frère qui revenait
Du lieu où il avait rencontré sa femme.
Le premier qui parla fut Alexandre à visage de dieu :
« Cher, tu veux partir, et c'est moi qui te retiens.
Je tarde, je ne suis pas venu à l'heure juste ? »

520 En réponse lui dit Hector au panache :
« Toi, un mauvais génie te hante ! un homme qui serait
    juste
Ne mépriserait pas ce que tu fais au combat ; tu es cou-
    rageux.
Mais tu laisses tout aller ; tu ne sais pas vouloir. Mon cœur
S'afflige en moi, quand j'entends les Troyens dire de toi
525 Des horreurs ; ils souffrent par toi de grandes souffrances.
Mais allons ; nous réglerons cela plus tard, si Zeus
Nous permet, pour les dieux du ciel à jamais vivants,
De sortir dans nos palais un cratère qui soit libre,
Quand de Troie nous aurons chassé les Achéens aux cné-
    mides. »

Ce disant, il bondit hors des portes, Hector le magnifique ;
Avec lui venait Alexandre son frère, et dans leur cœur
Tous deux voulaient faire la guerre et se battre.
Comme un dieu à des marins qui espèrent du secours a
    donné
5 Une brise, alors qu'ils se fatiguaient sur leurs rames bien
    polies,
Courant les mers (et la fatigue leur cassait les membres),
Ainsi ils apparurent aux Troyens qui les espéraient.

Alors l'un d'eux abattit le fils du prince Arèithoos,
Ménesthios qui vivait à Arnè, qu'avait engendré Arèithoos,
10 L'homme à la massue et Phylomédoussa Œil de Vache ;
L'autre, Hector, de sa pique pointue, frappa Eionèus,
Au cou, sous le casque de bronze ; ses genoux se défirent.
Glaukos, fils d'Hippolokhos, prince des Lyciens,
Frappa de la lance, dans la dure bataille, Iphinoos
15 Dexiade (il montait sur son attelage rapide),
À l'épaule ; il tomba à terre, ses genoux se défirent.

La déesse Athéna Œil de Chouette s'aperçut
Qu'ils tuaient des Argiens dans la dure bataille.
Elle sauta du haut des cimes de l'Olympe
20 Vers Ilion la sainte ; Apollon vint à sa rencontre,
L'ayant vue du haut de Pergame ; il voulait la victoire des
    Troyens.

L'un l'autre ils se joignirent près du chêne,
Et tout premier parla le prince fils de Zeus Apollon :
« Pourquoi, une fois de plus, fille passionnée du grand Zeus,
25 Es-tu venue de l'Olympe ? À quoi te pousse ton grand cœur ?
Est-ce pour donner aux Danaens à leur tour
La victoire ? Tu n'as pas de pitié pour les Troyens qui
      meurent.
Si tu m'en crois (et ce serait le mieux),
Nous allons arrêter la guerre et le carnage
30 Aujourd'hui. Ils se battront plus tard, et viendra la fin
D'Ilion, puisqu'il plaît à votre cœur,
À vous, les immortelles, de détruire la ville. »

Lui dit alors la déesse Athéna Œil de Chouette :
« Soit, Flèche-Lointaine ; c'est dans cette pensée que moi
35 Je suis venue de l'Olympe vers Troyens et Achéens.
Allons, comment penses-tu arrêter la guerre des hommes ? »

Lui dit alors le prince fils de Zeus, Apollon :
« Excitons la fureur d'Hector, le chevalier,
Pour qu'il provoque un des Danaens, que seul à seul
40 Ils s'affrontent à outrance dans un assaut terrible.
Les Achéens aux cnémides de bronze auront à cœur
D'envoyer un homme pour se battre avec Hector le divin. »

Il dit ; la déesse Athéna Œil de Chouette se laissa convaincre.
Hélénos, fils aimé de Priam, comprit dans son cœur
45 La décision qu'il leur avait plu de prendre*.
Il alla se placer près d'Hector et lui dit cette parole :
« Hector, fils de Priam, pareil à Zeus pour la subtilité,
Tu devrais me croire ; je suis ton frère.
Fais s'asseoir les Troyens et tous les Achéens,
50 Et toi, provoque le meilleur des Achéens,
Qu'il t'affronte à outrance dans un assaut terrible.
L'heure n'est pas venue pour toi de mourir et de subir ton
      sort.
C'est ce que m'a dit la voix des dieux qui vivent à jamais. »

Il dit. Hector se réjouit à entendre cette parole.
55 Marchant entre les deux armées, il retint les phalanges
        troyennes,
En tenant sa lance par le milieu ; tous s'assirent.
Agamemnon fit asseoir les Achéens aux cnémides.
Quant à Athéna et Apollon à l'arc d'argent,
Ils se posèrent pareils à des vautours
60 Sur le grand chêne de Zeus, le père à l'égide,
Prenant plaisir à regarder les hommes. Dans les rangs
        serrés
Frémissaient les boucliers, les casques et les piques.
Comme sur la mer une risée de vent
(Zéphyr se lève, et la mer alors devient noire),
65 Ainsi les rangs des Achéens et des Troyens
Dans la plaine. Hector parla aux deux armées :
« Écoutez-moi, Troyens, Achéens aux cnémides,
Je vais vous dire ce qu'en moi mon cœur m'ordonne.
Le Kronide des hautes cimes n'a pas accepté notre serment ;
70 Méditant le malheur, il est en train de décider
Si vous prendrez Troie la ville forte,
Ou si vous périrez près de vos bateaux qui courent les
        mers.
Avec vous sont les meilleurs de tous les Achéens.
Celui qui dans son cœur pense à se battre avec moi,
75 Qu'il vienne, envoyé par tous contre Hector le divin.
Je le dis, et que Zeus en soit témoin :
S'il me tue avec le bronze à la longue pointe,
Qu'il prenne mes armes et les emporte sur les bateaux
        creux.
Mon corps, qu'il le rende aux miens, pour que, mort,
80 Les Troyens et les femmes des Troyens me livrent au feu.
Si je le tue, et qu'Apollon me donne la gloire,
Je prendrai ses armes et les porterai à Ilion la sainte,
Je les suspendrai dans le temple d'Apollon Flèche-Loin-
        taine ;
Son cadavre, je le rapporterai aux solides bateaux
85 Pour que le mettent en terre les Achéens chevelus
Et qu'ils élèvent un tertre près de l'immense Hellespont ;

Et plus tard, un de ceux qui viendront après nous
Dira, voguant avec ses rameurs sur la mer violette :
"Voici le tombeau d'un homme mort il y a longtemps.
90 Grands furent ses exploits. Hector le magnifique l'a tué."
Voilà ce qu'on dira ; et ma gloire jamais ne périra. »

Il dit, et tous demeuraient en silence.
Ils avaient honte de refuser ; ils avaient peur d'accepter.
Enfin Ménélas se leva et dit,
95 L'injure à la bouche, tout en gémissant à part lui :
« Hélas, vantards, Achéennes et non Achéens ;
Ce sera une honte affreusement affreuse
S'il n'y a pas un Danaen pour s'opposer à Hector ;
Tous tant que vous êtes, vous devriez devenir terre et eau*,
100 Assis comme je vous vois, sans courage et sans gloire.
Alors, je vais m'armer. C'est là-haut
Qu'on fixe les termes de la victoire, chez les dieux immor-
tels. »

Ayant dit, il revêtit ses belles armes.
C'est alors, Ménélas, que pour toi serait venue la fin de ta
vie
105 Entre les mains d'Hector, car il était bien plus fort ;
Mais les rois des Achéens, bondissant, t'ont retenu ;
Lui-même l'Atride Agamemnon au large pouvoir
T'a pris par la main droite, et a dit, prononçant ton nom :
« Tu es fou, Ménélas, filleul de Zeus ; il ne faut pas
110 De cette folie ; retire-toi, quelles que soient tes inquiétudes ;
N'accepte pas, par ce défi, de combattre un meilleur que
toi,
Hector Priamide, dont tous les autres ont peur ;
Même Achille tremble de l'affronter dans le combat
Où l'on acquiert la gloire ; et il est bien meilleur que toi.
115 Assieds-toi avec le clan de tes compagnons.
Contre lui les Achéens feront se lever un autre adversaire.
Même s'il est intrépide et toujours avide de se battre,
Je dis qu'il aura plaisir à détendre ses genoux,
S'il échappe à la guerre cruelle et à l'affreux carnage. »

120 Il dit, le héros, et persuada l'esprit de son frère ;
    Ce qu'il dit était bien venu, et l'autre eut confiance. Alors,
    Tout heureux ses serviteurs lui ôtèrent ses armes.
    Nestor se leva et dit aux Argiens :
    « Oh ! la ! la ! un grand deuil a frappé la terre d'Achaïe.
125 Il gémirait, Pélée, le vieil homme, qui menait les chevaux,
    Le noble conseiller, l'orateur des Myrmidons,
    Qui se plaisait à me questionner, jadis, dans sa maison,
    M'interrogeant sur les familles et les lignées des Achéens.
    S'il revenait, maintenant qu'ils se cachent tous devant
        Hector,
130 Il lèverait les bras vers les immortels pour les prier
    D'ôter l'âme de son corps pour la jeter dans l'Hadès.
    Si je pouvais retrouver, ô Zeus père, Athéna, Apollon,
    Ma jeunesse, quand se battaient sur l'impétueux Kéladôn*
    Les Pyliens affrontés aux Arcadiens armés de lances,
135 Près des remparts de Phéia, sur les rives du Iardanos.
    Ereuthaliôn était leur champion, pareil à un dieu,
    Portant sur ses épaules les armes du prince Arèithoos,
    Du divin Arèithoos, surnommé Porte-Massue
    Par les hommes et les femmes à la taille ronde,
140 Car il ne se battait ni avec un arc, ni avec une longue pique,
    Mais il écrasait les phalanges avec une massue de fer.
    Lykoorgos le tua par ruse, et non point par la force,
    Dans un chemin étroit où, contre la mort, sa massue
    De fer ne l'aida pas ; car Lykoorgos fut plus rapide,
145 Et le transperça de sa pique, le renversa sur le sol,
    Puis le dépouilla de ses armes, cadeau de l'Arès de bronze ;
    Et, depuis, il les portait lui-même, dans la bataille d'Arès.
    Quand Lykoorgos, dans son palais, fut devenu vieux,
    Il les donna pour qu'il les porte à son serviteur Ereu-
        thaliôn,
150 Et lui, maître de ces armes, il défiait tous les meilleurs.
    Eux, ils tremblaient de peur ; personne n'osait.
    Moi, mon cœur, prêt à tout, me poussait à la guerre.
    J'avais confiance ; de tous, par la naissance, j'étais le plus
        jeune.

Je me battis, moi ; Athéna me donna la gloire.
155 Cet homme si grand, si fort, je le tuai.
Ce corps énorme gisait étendu de tout son long.
Si j'étais encore jeune, si j'avais encore ma force !
Bientôt il trouverait qui combattre, Hector au panache.
Les meilleurs de tous les Achéens sont parmi vous,
160 Et personne n'est impatient d'affronter Hector. »

Ainsi le vieil homme les tançait ; alors ils furent neuf à se
    lever.
Se dressa, premier de tous, le prince des hommes Aga-
    memnon,
Puis se leva le Tydéide, le dur Diomède,
Puis les Ajax, vêtus de force et de vaillance,
165 Puis Idoménée et le serviteur d'Idoménée,
Mèrionès, pareil à Enyalios qui tue les hommes,
Puis Eurypylos, superbe fils d'Evaimôn,
Enfin Thoas Andraimonide et le divin Ulysse.
Tous ils voulaient combattre Hector le divin.
170 Alors leur dit Nestor, le chevalier de Gérénia :
« Secouez les sorts, pour voir qui va gagner.
Celui-là aura fait beaucoup pour les Achéens aux cnémides
Et il fera beaucoup pour lui-même, s'il échappe
À la guerre cruelle et à l'affreux carnage. »

175 Il dit, et chacun marqua son sort.
Ils les jetèrent dans le casque d'Agamemnon Atride.
Les peuples priaient, mains levées vers les dieux,
Et chacun disait, regardant le large ciel :
« Zeus père, qu'Ajax gagne, ou le fils de Tydée
180 Ou en personne le roi de Mycènes, ville pleine d'or. »

Ainsi parlaient-ils. Nestor, le chevalier de Gérénia, secoua
    les sorts.
Du casque sauta celui qu'ils souhaitaient, celui
D'Ajax. Le héraut, parcourant toute l'assemblée,
Le montra, partant de la gauche, à tous les meilleurs des
    Achéens.

185 Chacun disait non, ne reconnaissant pas le sien.
Mais quand il arriva, parcourant toute l'assemblée, à celui
Qui l'avait marqué et jeté dans le casque, Ajax le magni-
fique
Tendit la main; l'autre, s'arrêtant, le lui remit.
Il reconnut le signe sur son sort et fut réjoui dans son cœur.
190 Il le jeta par terre à ses pieds et dit :
«Amis, ce sort est le mien; je me réjouis moi aussi
En moi-même, car je crois que je vaincrai le divin Hector.
Allons, que je revête mes armes de guerre.
Cependant faites un vœu à Zeus Kronide le prince,
195 En silence entre vous, que les Troyens n'en sachent rien,
Ou peut-être sans vous cacher, car nous n'avons peur de
personne.
Même si on le voulait, malgré moi on ne me fera pas fuir,
Ni par force, ni par adresse; ce n'est pas, je pense, un
nigaud,
Celui qui est né à Salamine et y a été élevé.»

200 Il dit; eux faisaient un vœu à Zeus Kronide le prince,
Et chacun disait, regardant le large ciel :
«Zeus père, maître de l'Ida, très grand, très glorieux,
Donne à Ajax la victoire et un immense renom.
Mais si tu aimes Hector et de lui as souci,
205 Accorde-leur à tous deux pareille force et gloire.»

Ainsi parlaient-ils. Ajax se cuirassa de bronze clair,
Et lorsque sur tout son corps il eut disposé ses armes,
Il bondit comme l'immense Arès
Quand il part pour la guerre avec des hommes que le
Kronide
210 Pousse à se battre dans la fureur des discordes qui mordent
le cœur ;
Ainsi bondit l'immense Ajax, rempart des Achéens,
Un sourire sur son visage terrifiant; ses pieds
Allaient à grandes foulées; il brandissait sa pique à l'ombre
longue.
Les Argiens eurent grand joie à le voir ;

215 Les Troyens, un tremblement affreux saisit leurs membres ;
    Hector même sentit son cœur battre dans sa poitrine,
    Mais il ne pouvait plus reculer ni se perdre
    Dans la foule des hommes ; le défi venait de lui.
    Ajax s'approcha, avec son pavois* grand comme une tour,
220 Bronze sur sept peaux de bœuf ; Tykhios avait peiné,
    Lui, le meilleur pour travailler la peau ; il habitait Hylè ;
    C'est lui qui avait fait le pavois de couleur, aux sept peaux
    De taureaux bien nourris ; il l'avait couvert de bronze.
    Ajax de Télamôn le portait devant sa poitrine ;
225 Il s'arrêta près d'Hector et lança des menaces :
    « Hector, maintenant tu vas apprendre, seul à seul,
    Ce que sont les meilleurs parmi les Danaens,
    Après Achille Cœur de Lion*, qui brise les hommes.
    Près de ses bateaux de haut bord, coureurs des mers,
230 Il reste, en colère contre Agamemnon, prince des peuples.
    Mais nous sommes de taille à te tenir tête,
    Et nombreux ; commence donc le combat et la guerre. »

    Lui dit alors le grand Hector au panache :
    « Ajax de Télamôn, sang des dieux, souverain de peuples,
235 Ne m'éprouve pas comme un enfant sans force
    Ou comme une femme, qui ne sait rien du métier de la
        guerre.
    Je connais bien le combat et la tuerie.
    Je sais, à droite, à gauche, manier la peau de bœuf
    Séchée, qui est mon outil de guerre ;
240 Je sais bondir là où s'affrontent les chevaux rapides ;
    Je sais chanter Arès cruel dans un combat de pied ferme.
    Je ne veux pas t'abattre, tel que tu es,
    Par ruse, en embuscade, mais à force ouverte, si je le peux. »

    Il dit, visa, lança la pique à l'ombre longue ;
245 Il atteignit Ajax sur son terrible pavois à sept peaux,
    Sur la surface, la huitième épaisseur, qui est de bronze ;
    À travers six épaisseurs avait passé le bronze inflexible,
    À la septième peau, il s'arrêta ; à son tour,
    Ajax, sang des dieux, lança la pique à l'ombre longue ;

250 Il atteignit le Priamide sur son bouclier parfaitement rond.
La robuste pique traversa le bouclier qui brille,
Transperça la cuirasse richement ouvragée.
Passant le long du flanc, elle déchira
La tunique. Mais lui, il se pencha, évitant la mort noire.
255 Tous deux, de leurs mains, arrachèrent les longues piques,
Puis foncèrent, comme des lions mangeurs de chair crue
Ou comme des sangliers dont la force est irrésistible.
Le Priamide frappa de la lance au milieu du pavois,
Mais le bronze ne pénétra pas ; la pointe se tordit.
260 Ajax bondit, frappa le bouclier ; la pique
Traversa, arrêta l'autre dans son élan,
Lui toucha le cou, et le sang noir se mit à couler.
Mais Hector au panache n'abandonna pas le combat ;
En reculant il saisit de sa forte main une pierre
265 Qui était là sur le sol, noire, rugueuse, énorme.
Il en frappa Ajax sur le terrible pavois à sept peaux,
En plein centre ; le bronze résonna tout autour.
Alors Ajax souleva une pierre encore plus grosse,
Lui donna de l'élan, avec une force immense.
270 Il faussa le bouclier avec ce rocher pareil à une meule ;
Les genoux de l'autre fléchirent : il tomba sur le sol,
Emporté par son bouclier ; mais Apollon le remit debout.

Et voilà qu'ils se seraient affrontés à l'épée,
Si les hérauts, messagers des dieux et des hommes, n'étaient
275 Venus, l'un des Troyens, l'autre des Achéens cuirassés de
    bronze,
Talthybios et Idaios, bien inspirés l'un et l'autre.
Entre les deux guerriers ils levèrent leurs bâtons ; et il dit,
Le héraut Idaios, dont les pensées sont bien inspirées :
« Cessez de vous battre, mes enfants ; plus de guerre*.
280 Zeus Maître des Nuages vous aime tous les deux ;
Tous les deux, bons guerriers. Cela, nous le savons tous.
La nuit approche déjà ; il est bon d'obéir à la nuit. »

En réponse lui dit Ajax de Télamôn :
« Idaios, à Hector laissez la décision.

285 C'est lui qui à la lutte a défié les meilleurs.
Qu'il commence ; moi, je ferai comme il dira. »

Alors lui dit le grand Hector au panache :
« Ajax, un dieu t'a donné une haute taille, de la force
Et la raison ; à la lance tu es le plus fort des Achéens.
290 Cessons le combat et les hostilités
Pour aujourd'hui ; plus tard, nous nous battrons, tant qu'un dieu
Ne nous a pas départagés, vous donnant, ou à nous, la victoire.
La nuit approche déjà ; il est bon d'obéir à la nuit.
Va rassurer près des bateaux tous les Achéens
295 Et surtout tes amis, tes compagnons qui sont là-bas.
Moi, dans la grande ville du prince Priam,
J'irai rassurer les Troyens et les Troyennes aux voiles flottants
Qui iront en suppliantes au lieu où sont les dieux.
Échangeons toi et moi des cadeaux dont on parlera,
300 Pour qu'on dise parmi les Achéens et les Troyens :
"Ils se sont battus pour une discorde qui mord le cœur,
Mais en amitié ils ont conclu un accord." »

Ce disant, il lui donna son épée à clous d'argent
Avec le fourreau et le baudrier bien coupé ;
305 Ajax lui donna un ceinturon teint de pourpre.
Ils se séparèrent ; l'un vers le peuple achéen
S'en alla ; l'autre vers la foule troyenne ; on eut
Grand joie, en le voyant venir, vivant, intact,
Échappé à la fureur d'Ajax et à ses mains impitoyables.
310 Ils le menèrent à la ville, eux qui désespéraient de son salut.
De l'autre côté les Achéens aux cnémides menèrent
Ajax vers Agamemnon le divin, tout réjoui de la victoire.

Quand ils furent sous la tente de l'Atride,
Agamemnon prince des hommes sacrifia pour eux un bœuf,
315 Un mâle de cinq ans au Kronide très puissant.

Ils le dépouillèrent, le parèrent, le dépecèrent,
Le coupèrent en petits morceaux pour les brochettes,
Le grillèrent habilement ; puis le retirèrent du feu.
Au bout de leurs peines, le repas tout prêt,
320 Ils mangèrent, satisfaits, car les parts étaient égales.
D'un long filet Ajax fut honoré
Par le héros, l'Atride, Agamemnon au large pouvoir.

Quand de boire et de manger fut apaisé le désir,
Le vieil homme d'abord leur proposa un plan subtil,
325 Nestor, dont toujours le conseil avait paru bon.
Plein de bon vouloir, il les harangua et leur dit :
« Atride, et vous tous, les meilleurs de tous les Achéens,
Il est mort beaucoup d'Achéens chevelus ;
Et maintenant près du beau cours du Scamandre Arès le
cruel
330 A versé le sang noir ; les âmes sont descendues dans l'Hadès.
Dès l'aurore il faut que les Achéens cessent la guerre.
Assemblons-nous, ramenons ici les cadavres
Avec des bœufs et des mulets ; brûlons-les
Pas trop loin des bateaux, pour que chacun rapporte
335 Leurs os à leurs enfants, quand nous reviendrons dans la
patrie.
Faisons un grand tertre autour du bûcher, en prenant la
terre
Au hasard dans la plaine ; puis construisons en vitesse
De hautes tours pour protéger et les bateaux et nous.
Faisons des portes bien menuisées
340 Pour que les attelages puissent passer.
Creusons, au-dehors, tout près, un fossé profond
Qui retienne, courant tout au long, hommes et chevaux,
Pour que ne déferle pas l'assaut des Troyens arrogants. »

Il dit, et tous les rois l'approuvèrent.
345 Dans la haute ville d'Ilion se tenait le conseil des Troyens,
Fortement agité, près des portes de Priam.
Le premier à parler fut Anténor le bien inspiré :
« Écoutez-moi, Troyens, Dardaniens, et vous, alliés,

Je vais vous dire ce qu'en moi mon cœur m'ordonne.
350 Allons, l'Argienne Hélène, et avec elle, le trésor,
Rendons-les aux Atrides ; nous nous battons maintenant
Parce que nous avons violé un serment loyal. Je ne pense
    pas
Qu'un avantage nous en vienne, si nous ne faisons pas ce
    que je dis. »

Ayant dit, il s'assit ; au milieu d'eux se leva
355 Alexandre le divin, l'époux d'Hélène aux beaux cheveux.
En réponse, il lui dit ces mots qui ont des ailes :
« Anténor, ce que tu dis ne me plaît pas du tout.
Tu es capable d'avoir des idées bien meilleures.
Si tu dis cela tout à fait sérieusement,
360 C'est que les dieux t'ont ôté l'esprit.
Je vais parler aux Troyens, gens de cheval.
Je le dis tout net : je ne rendrai pas la femme.
Quant au trésor que, dans notre maison, j'ai rapporté
    d'Argos,
Je consens à le rendre tout entier, en y ajoutant de mon
    bien. »

365 Ayant dit, il s'assit ; au milieu d'eux se leva
Priam Dardanide, conseiller comparable aux dieux.
Il leur parla dans sa sagesse et leur dit :
« Écoutez-moi, Troyens, Dardaniens, et vous, alliés,
Je vais vous dire ce qu'en moi mon cœur m'ordonne.
370 Allez dans la ville souper comme autrefois.
Songez à monter la garde ; que chacun soit vigilant.
À l'aurore, qu'Idaios aille vers les bateaux creux
Pour répéter aux Atrides, Agamemnon et Ménélas,
Ce qu'a dit Alexandre, à cause de qui nous avons querelle.
375 Qu'il leur demande aussi : voudront-ils
Que cesse la guerre au nom sinistre, jusqu'à ce que les
    morts
Soient brûlés ? Après, nous nous battrons, tant qu'un dieu
Ne nous a pas départagés, leur donnant, ou à nous, la vic-
    toire. »

Il dit ; tous l'écoutaient et se laissaient convaincre.
380 Ils prirent le repas chacun avec sa troupe.
À l'aurore Idaios alla vers les bateaux creux.
Il trouva assemblés les Danaens serviteurs d'Arès
Près du bateau d'Agamemnon ; alors, il dit,
Debout au milieu d'eux, le héraut à la voix claire :
385 « Atride, et vous tous, les meilleurs de tous les Achéens,
Priam m'ordonne, avec tous les nobles Troyens,
De vous répéter, si vous l'avez pour agréable
Ce qu'a dit Alexandre, à cause de qui nous avons querelle.
Le trésor qu'Alexandre sur ses bateaux creux
390 A rapporté à Troie (que n'est-il mort plus tôt !),
Il veut le rendre tout entier, en y ajoutant de son bien.
La femme épouse de l'illustre Ménélas,
Il dit qu'il ne la rendra pas. Les Troyens pourtant l'y
  poussent.
On m'ordonne aussi de demander si vous voulez
395 Que cesse la guerre au nom sinistre, jusqu'à ce que les
  morts
Soient brûlés. Après, nous nous battrons, tant qu'un dieu
Ne nous a pas départagés, vous donnant, ou à nous, la
  victoire. »

Il dit ; et tous demeuraient en silence.
Enfin parla Diomède Voix-Sonore :
400 « Que personne n'accepte ni le trésor d'Alexandre,
Ni même Hélène ; tout le monde sait, même les plus naïfs,
Que déjà les Troyens sont aux limites de la mort. »

Il dit et tous les fils des Achéens l'acclamèrent,
Heureux de cette parole de Diomède qui dresse les che-
  vaux.
405 Alors le puissant Agamemnon dit à Idaios :
« Idaios, tu entends la parole des Achéens,
Comment ils te répondent. Tel est aussi mon bon plaisir.
Pour les morts, qu'on les brûle, je n'ai rien contre.
Aux cadavres, puisqu'ils sont morts, personne ne pourrait

410 Refuser de leur donner très vite le réconfort du feu.
Que Zeus qui gronde, époux d'Héra, connaisse notre ser-
    ment. »

Ce disant, il tendit son bâton vers tous les dieux.
Idaios s'en retourna vers Ilion la sainte.
Assis en assemblée, Troyens et Dardaniens
415 Tous réunis attendaient que revienne
Idaios ; il vint et dit son message,
Debout au milieu d'eux ; ils s'apprêtèrent bien vite,
Les uns à ramener les morts, les autres à chercher du bois.
Les Argiens, de l'autre côté, sortaient des solides bateaux,
420 Les uns pour ramener les morts, les autres pour chercher
    du bois.

Le soleil à nouveau se répandait sur les champs ;
Venu de l'Océan calme et profond.
Il montait dans le ciel. Les hommes se trouvaient face à
    face.
Il était difficile d'identifier chacun des morts.
425 Mais on lavait avec de l'eau la souillure du sang ;
On pleurait de chaudes larmes. On chargeait les chariots.
Le grand Priam interdit les lamentations. En silence
Ils plaçaient les morts sur le bûcher, le cœur en deuil ;
Après les avoir brûlés, ils allèrent à Ilion la sainte.
430 Ainsi, de l'autre côté, les Achéens aux cnémides
Plaçaient les morts sur le bûcher, le cœur en deuil ;
Après les avoir brûlés, ils allèrent vers les bateaux creux.

Ce n'était pas l'aurore, la nuit hésitait toujours ;
Autour du bûcher se réunirent des Achéens choisis ;
435 Ils firent un grand tertre, en prenant la terre
Au hasard dans la plaine. Puis ils bâtirent un mur,
De hautes tours pour protéger et les bateaux et eux.
Ils firent des portes bien menuisées
Pour que les attelages puissent passer.
440 Ils creusèrent, au-dehors, tout au long, un fossé profond,
Grand et large, et ils plantèrent des pieux.

Ainsi travaillaient les Achéens chevelus.
Assis près de Zeus aux Éclairs, les dieux
Regardaient le grand travail des Achéens cuirassés de
    bronze.
445 Le premier à parler fut Poséidon Maître du Séisme :
«Zeus père, y a-t-il encore, sur la terre sans limites, un
    mortel
Qui avoue aux immortels sa pensée et son projet ?
Ne le vois-tu pas une fois de plus ? Les Achéens chevelus
Ont fait un mur devant leurs bateaux, ils ont creusé
450 Un fossé, sans donner aux dieux de belles hécatombes ;
La renommée s'en répandra partout où s'étend l'aurore.
On oubliera celui que moi et Phoibos Apollon
Nous avons peiné à construire pour le héros Laomédon*. »

Grandement irrité, Zeus Maître des Nuages lui dit :
455 «Oh ! la ! la ! puissant Maître du Séisme, qu'as-tu dit ?
Un autre dieu aurait eu peur de ce projet,
Un qui serait plus faible que toi, de mains et de cœur.
Mais ta renommée se répandra partout où s'étend l'aurore.
Allons ! quand les Achéens chevelus
460 Repartiront avec leurs bateaux vers la terre de leur patrie,
Arrache leur mur, précipite tout dans la mer,
Recouvre à nouveau de sable le long rivage,
Et que soit anéanti le grand mur des Achéens. »

Voilà ce qu'ils se disaient l'un à l'autre.
465 Le soleil se coucha ; le travail des Achéens était fini*.
Ils tuèrent des bœufs devant les tentes et prirent leur repas.
Beaucoup de bateaux étaient venus de Lemnos, apportant
Du vin que leur envoyait Eunios fils de Jason*,
Qu'Hypsipyle avait conçu sous Jason, berger de peuples.
470 Aux Atrides Agamemnon et Ménélas, spécialement,
Le fils de Jason avait donné de vin mille mesures*.
Les Achéens chevelus l'achetaient
Les uns contre du bronze, d'autres contre du fer qui brille,
D'autres contre des peaux, d'autres contre des bœufs,

475 D'autres contre des esclaves ; ils firent grand festin.
Toute la nuit ensuite les Achéens chevelus
Festoyèrent, et aussi les Troyens, dans leur ville, avec leurs
    alliés.
Toute la nuit, Zeus le subtil songea à leur malheur
En tonnant terriblement ; une peur verte les prit.
480 À terre ils laissèrent couler le vin des coupes, et personne
    n'osait
Boire, avant d'avoir versé du vin pour Zeus très puissant.
Puis ils se couchèrent, et reçurent le don du sommeil.

CHANT VIII

L'Aurore au voile de safran se répandait sur toute la
    terre.
Zeus Foudre-Amère réunit une assemblée des dieux
Sur le sommet le plus haut de l'Olympe aux mille têtes.
Il leur parla, et tous les dieux l'écoutaient.
5 «Écoutez-moi, vous tous, dieux, vous toutes, déesses.
Je vais vous dire ce qu'en moi mon cœur m'ordonne.
Que nulle divinité, femelle ou mâle,
N'essaie de s'opposer à mon dire, mais tous
Cédez, pour qu'au plus vite j'en finisse avec ces affaires.
10 Celui que je verrai, à l'écart des autres, volontairement,
Aller porter secours aux Troyens ou aux Danaens,
Battu hors de toute mesure il reviendra à l'Olympe.
Ou je le jetterai dans le brouillard du Tartare,
Très loin, là où le gouffre est le plus profond sous la terre,
15 Là où sont les portes de fer et le seuil de bronze,
Aussi loin de l'Hadès que le ciel l'est de la terre.
Vous saurez que je suis le plus fort de tous les dieux.
Allez, essayez donc, dieux, et instruisez-vous.
Suspendez au ciel une chaîne d'or* ;
20 Prenez-la en main, vous tous, dieux, vous toutes, déesses ;
Vous ne tirerez pas du ciel sur la plaine
Zeus le maître suprême, même en vous donnant du mal.
Mais si je voulais franchement tirer,
Je vous emporterais avec la mer et avec la terre ;
25 La chaîne ensuite, à un pic de l'Olympe

Je l'attacherais, et tout flotterait dans l'air.
Voilà comment je surpasse les dieux et les hommes.»

Il dit, et tous demeuraient en silence,
Émerveillés par sa parole ; la harangue avait été dure.
30 Après un temps, la déesse Athéna Œil de Chouette lui dit :
«Zeus Kronide notre père, suprême entre les puissants,
Nous le savons aussi : ta force ne le cède à nulle autre.
Mais nous nous inquiétons pour les guerriers Danaens
Qui vont périr en allant au bout de leur vilain sort.
35 Nous resterons loin de la guerre, comme tu l'ordonnes ;
Aux Argiens nous soufflerons des conseils qui leur serviront,
Pour qu'ils ne périssent pas tous sous ta colère.»

Souriant, Zeus Maître des Nuages lui répondit :
«Sois tranquille, Tritogénéia, chère enfant, je ne parle pas
40 Selon mon cœur ; pour toi j'aurai de la complaisance.»

Il dit et attela au char les chevaux aux pieds de bronze,
Qui volent, chevelus d'une crinière d'or.
Lui-même se revêtit d'or, prit un fouet
D'or, habilement fait, monta sur son char.
45 Un coup de fouet pour les lancer ; de bon cœur ils s'envo-
          lèrent
Dans l'intervalle entre la terre et le ciel aux étoiles.
Il arriva à l'Ida pleine de sources, mère des fauves,
Au Gargare, où il a un enclos sacré et un autel riche
          d'odeurs.
Il arrêta ses chevaux, lui, le père des hommes et des dieux,
50 Les détacha du char et les couvrit d'un épais brouillard.
Lui-même, il s'assit sur le sommet, dans toute sa gloire,
Contemplant la ville des Troyens et les bateaux des Achéens.

Les Achéens chevelus avaient pris leur repas
En vitesse, dans leurs tentes ; et là ils s'armaient.
55 De l'autre côté les Troyens dans la ville s'équipaient,
En moins grand nombre ; mais ils voulaient vraiment se
          battre,

Contraints par la nécessité, pour leurs enfants et leurs
  femmes.
On ouvrit toutes les portes, l'armée s'élança,
Gens de pied et de cheval ; ce fut un immense vacarme.

60 Quand ils se rencontrèrent tous au même lieu,
Ils cognèrent les cuirs, les piques, les colères d'hommes
Cuirassés de bronze ; les boucliers bombés
S'entrechoquaient ; ce fut un immense vacarme.
Il y eut alors des plaintes et des hourras d'hommes
65 Qui tuaient ou étaient tués ; le sang coulait par terre.

Tant que ce fut l'aurore et que grandit le jour sacré,
Les flèches frappaient de part et d'autre, et le peuple tombait.
Quand Hélios atteignit le milieu du ciel,
Alors le père prit sa balance d'or,
70 Il y plaça deux génies de la mort lente et douloureuse,
Pour les Troyens, gens de cheval, pour les Achéens cuirassés
  de bronze.
Il la saisit par le milieu ; elle pencha vers le jour des Achéens.
Les Tueuses des Achéens sur la terre qui nourrit les vivants
Descendirent ; celles des Troyens montaient au ciel.
75 Lui, du haut de l'Ida, tonnait lourdement ; un éclair
Brûlant tomba sur l'armée achéenne ; ce que voyant,
Ils frémirent, et une terreur verte les prit tous.

Alors n'osèrent tenir ni Idoménée, ni Agamemnon,
Ni les deux Ajax, serviteurs d'Arès ;
80 Seul resta Nestor de Gérénia, rempart des Achéens,
Contre son gré : son cheval était trop las ; d'une flèche
Le divin Alexandre l'avait blessé, l'époux d'Hélène aux
  beaux cheveux,
Au sommet de la tête, où apparaissent les premiers crins
Sur le crâne ; c'est un endroit dangereux.
85 Il s'était cabré de douleur, la pointe lui entrait dans la cer-
  velle ;
En tournant sur lui-même, il gênait les autres chevaux.
Pendant que le vieil homme coupait les rênes,

En sautant, avec son coutelas, les chevaux rapides d'Hector
Arrivaient portant, au milieu de la déroute, un guerrier
    intrépide,
90 Hector ; et le vieil homme aurait alors perdu la vie,
Si ne l'avait vu de son œil perçant Diomède Voix-Sonore.
Il poussa un cri terrible en appelant Ulysse :
« Laertiade, sang des dieux, Ulysse plein d'astuce,
Où fuis-tu, tournant le dos comme un vilain dans la cohue ?
95 Si tu fuis, une lance se plantera entre tes épaules.
Reste, sauvons le vieil homme de son sauvage attaquant. »

Il dit, mais le divin Ulysse, qui a tant souffert, ne l'entendit
    pas ;
Il passa, courant vers les bateaux des Achéens.
Le Tydéide, tout seul, alla jusqu'aux premiers rangs,
100 Se plaça devant les chevaux du vieil homme fils de Nélée,
Et se tournant vers lui, dit ces mots qui ont des ailes :
« Vieil homme, les jeunes guerriers te donnent du mal.
Ta force est défaite, la dure vieillesse te poursuit.
Ton serviteur est trop faible ; tes chevaux sont trop lents.
105 Allons, monte sur mon char, tu verras
Ce que sont les chevaux de Trôs, et comme ils savent
Dans la plaine, en tous sens, poursuivre et fuir.
Je les ai pris à Énée ; ils sèment l'effroi.
Ceux-là, que tes serviteurs s'en occupent ; ceux-ci, nous
    allons
110 Les pousser contre les Troyens, gens de cheval, pour
    qu'Hector
Sache que ma lance est aussi en furie dans ma main. »

Il dit ; Nestor le chevalier de Gérénia se laissa convaincre.
Les chevaux de Nestor, les serviteurs s'en chargèrent,
Le fort Sthénélos et le valeureux Eurymédôn.
115 Eux, ils montèrent sur le char de Diomède ;
Nestor prit en main les rênes brillantes,
Il fouetta les chevaux ; bientôt ils furent près d'Hector.
Alors qu'il fonçait vers eux, le fils de Tydée lança son arme.
Il le manqua ; mais le cocher serviteur,

120 Eniopeus, le fils du fier Thèbaios,
    Qui tenait les rênes, reçut le coup à la poitrine près du
        mamelon.
    Il tomba du char ; et les chevaux rapides
    Reculèrent ; son souffle et sa vie se défirent.
    Une douleur atroce frappa Hector, à voir son cocher.
125 Si triste qu'il fût pour son compagnon, il le laissa là,
    Gisant ; il chercha un autre cocher hardi ; ses chevaux
    Ne manquèrent pas longtemps de guide. Il trouva bientôt
    Le hardi Arkhéptolémos Iphitide, qui monta sur l'attelage
    Aux chevaux rapides. Il lui mit les rênes en main.

130 Ç'aurait alors été la catastrophe, des horreurs se seraient
        produites,
    Ils auraient été parqués comme des moutons dans Ilion ;
    Mais le père des hommes et des dieux vit tout de son œil
        perçant.
    Il tonna et lança la terrible foudre blanche
    Qui frappa la terre devant les chevaux de Diomède.
135 Une flamme terrible jaillit, on sentait le soufre brûlé ;
    Les deux chevaux terrifiés se blottirent contre le char.
    Les rênes brillantes échappèrent aux mains de Nestor ;
    Il eut peur dans son cœur et dit à Diomède ;
    « Tydéide, allons, laisse fuir les chevaux aux sabots lourds.
140 Ne vois-tu pas que la force de Zeus n'est pas avec toi ?
    C'est à l'autre aujourd'hui que le Kronide Zeus veut donner
    La gloire ; plus tard, c'est à nous, s'il le veut, que de nouveau
    Il la donnera. Un homme ne peut pas détourner la pensée
        de Zeus,
    Si fort soit-il. Le dieu est beaucoup plus fort. »

145 Lui répondit alors Diomède Voix-Sonore :
    « Ce que tu dis, vieil homme, est bien raisonné.
    Mais une douleur atroce frappe mon cœur et mon âme.
    Hector dira un jour, haranguant les Troyens :
    "Le Tydéide a fui devant moi ; il est allé vers les bateaux."
150 Il se vantera. Que la terre alors s'ouvre devant moi ! »

Lui répondit alors le chevalier de Gérénia Nestor :
« Hélas, fils de Tydée le brave, qu'as-tu dit ?
Si Hector te prétend lâche et débile,
Ni les Troyens ne le croiront, ni les fils de Dardanos,
155 Ni les femmes des magnanimes Troyens armés de boucliers
Dont tu as jeté les époux bien-aimés dans la poussière. »

Ayant dit, il s'enfuit avec les chevaux aux sabots lourds
Dans l'armée en déroute ; les Troyens et Hector
Lançaient à grands cris flèches et javelots qui font gémir.
160 Alors il poussa un long cri, le grand Hector au panache :
« Tydéide, les Danaens aux chevaux vifs t'honoraient :
Place d'honneur, viandes, coupes pleines ;
Ils vont maintenant te mépriser ; tu es devenu femme.
Va-t'en, vilaine poupée ; jamais — je t'en empêcherai —
165 Tu ne monteras sur nos tours ; jamais tu n'emmèneras nos
      femmes
Sur tes bateaux ; je te ferai voir ton mauvais génie*. »

Il dit ; le Tydéide hésitait : allait-il faire faire aux chevaux
Demi-tour et chercher le combat face à face ?
Trois fois il y pensa dans son cœur et dans son âme.
170 Trois fois, sur la montagne de l'Ida, tonna Zeus le subtil,
Signifiant aux Troyens que c'était leur tour de vaincre.
Hector à grande voix appela les Troyens :
« Troyens, Lyciens, Dardaniens qui aimez le corps à corps,
Soyez des hommes, amis, rappelez force et vaillance.
175 Je comprends que Zeus, bienveillant, me promet
Victoire et grande gloire, et souffrances aux Danaens.
Les naïfs ! ils ont fabriqué un mur
Misérable, sans valeur aucune, qui n'arrêtera pas notre élan.
Les chevaux sans peine passeront le fossé qu'ils ont creusé ;
180 Et quand je serai près des bateaux creux,
Qu'on se souvienne alors du feu qui tout dévore ;
Avec le feu je brûlerai les bateaux, et je tuerai
Les Argiens, hébétés par la fumée près des bateaux. »

Là-dessus, il s'adressa à ses chevaux et leur dit :
185 «Xanthos, et toi, Podargos, Aithôn, Lampos*,
Récompensez-moi à présent pour la nourriture que largement
Andromaque, fille d'Eétiôn le magnanime,
Vous a donnée, à vous d'abord : blé à goût de miel,
Mêlé de vin à boire, quand votre cœur en avait envie,
190 Avant qu'à moi, qui m'honore d'être son époux bien-aimé.
Menez la poursuite, hâtez-vous, allons prendre
Le bouclier de Nestor, dont on proclame jusqu'au ciel
Qu'il est tout en or, y compris les poignées ;
Et sur les épaules de Diomède qui dresse les chevaux
195 La cuirasse ouvragée, qu'Héphaistos a peiné à faire.
Si nous prenons cela, nous pouvons espérer que les Achéens
Dès cette nuit monteront sur leurs bateaux légers. »

Il dit, parlant très haut ; Héra la souveraine s'en indigna ;
Elle s'agitait sur son siège, et le grand Olympe fut secoué.
200 À Poséidon le grand dieu elle dit, le regardant en face :
«Oh ! la ! la ! puissant Maître du Séisme, est-ce que ton cœur
Ne gémit pas en toi sur les Danaens qui meurent ?
À Hélikè, à Aigai*, ils t'apportent
Beaucoup de plaisants cadeaux ; souhaite pour eux la victoire !
205 Si nous voulions, nous qui protégeons les Danaens,
Repousser les Troyens en tenant à l'écart Zeus qui voit loin,
Il ragerait tout seul, assis sur l'Ida. »

Grandement irrité, le puissant Maître du Séisme lui dit :
«Héra à la langue imprudente, quelle parole as-tu dite ?
210 Je ne voudrais pas que nous nous battions contre Zeus Kronide,
Tous tant que nous sommes, car il est beaucoup plus fort. »

Voilà ce qu'ils se disaient l'un à l'autre.
Près des bateaux, tout ce qui séparait le mur du fossé
Était plein de chevaux et d'hommes à boucliers,

215 Traqués ; comparable au vif Arès, il les traquait,
    Hector Priamide, car Zeus lui donnait la gloire ;
    Et il aurait brûlé au feu dévorant les bateaux aux lignes
       justes,
    Si la souveraine Héra n'avait mis dans l'esprit d'Aga-
       memnon
    De s'empresser lui-même à rendre cœur aux Achéens.
220 Il s'en alla vers les tentes et les bateaux des Achéens
    Portant dans sa large main un grand voile de pourpre ;
    Il s'arrêta sur l'énorme bateau noir d'Ulysse,
    Au milieu du camp, et sa voix portait des deux côtés
    Depuis les tentes d'Ajax de Télamôn jusqu'à celles d'Achille,
225 Qui avaient hâlé aux extrémités leurs bateaux aux lignes
       justes,
    Confiants dans leur courage et dans la force de leurs mains.
    Il cria aux Danaens, d'une voix qui portait loin :
    « Honte, Argiens, vilains avortons sous votre belle allure !
    Où est passée notre jactance, quand nous disions être les
       meilleurs,
230 Quand à Lemnos vous teniez de vains discours*,
    Tout en mangeant en quantité la viande de bœufs cornus,
    Tout en buvant le vin de cratères remplis à ras bord ;
    Chacun devait à cent ou deux cents Troyens
    Tenir tête dans la guerre ; maintenant nous valons moins
       que le seul
235 Hector, qui va bientôt brûler nos bateaux avec le feu
       dévorant.
    Zeus père, est-il un autre roi très puissant que tu aies ainsi
    Frappé de folle erreur, pour lui ôter ensuite sa gloire ?
    Je le dis : jamais venant ici pour mon malheur, je ne suis
       passé
    Avec mon bateau plein de rameurs devant un de tes beaux
       autels
240 Sans y brûler la graisse et les cuisses d'un bœuf,
    Car je voulais détruire Troie la bien remparée.
    Zeus, accomplis au moins ce mien désir :
    Permets-nous d'échapper et de nous sauver ;
    Ne laisse pas les Troyens écraser les Achéens. »

245 Il dit, et le père eut pitié des larmes qu'il pleurait,
    Il lui accorda que son peuple soit sauf et ne périsse pas.
    Il lâcha soudain son aigle, l'oiseau des présages sûrs,
    Tenant dans ses serres un faon, fils d'une biche légère.
    Il jeta le faon devant le superbe autel de Zeus,
250 Là où les Achéens sacrifiaient à Zeus, Seigneur des oracles.
    Pour eux, sachant que l'oiseau venait de Zeus,
    Soucieux de bien se battre, ils foncèrent sur les Troyens.

    Alors aucun des Danaens, si nombreux soient-ils,
    Ne se vanta d'avoir pris en main ses chevaux,
255 Traversé le fossé, combattu face à face, avant le Tydéide,
    Qui le premier abattit un guerrier troyen,
    Agélaos Phradmonide ; il faisait tourner ses chevaux pour
        fuir ;
    Dès qu'il eut tourné, la lance se ficha dans son dos
    Entre les épaules, et, bien poussée, traversa la poitrine ;
260 Il tomba de son char, ses armes sur lui résonnèrent.

    Ensuite vinrent les Atrides, Agamemnon et Ménélas,
    Les Ajax, animés d'une ardeur violente,
    Idoménée et le serviteur d'Idoménée,
    Mèrionès, pareil à Enyalios qui tue les hommes,
265 Eurypylos, noble fils d'Evaimôn ;
    Teukros était le neuvième, avec son arc à double cour-
        bure,
    Derrière le pavois d'Ajax de Télamôn.
    Ajax soulevait le pavois ; alors le héros
    Regardait sur qui dans la cohue il lancerait
270 Sa flèche ; quelqu'un tombait et perdait la vie.
    Mais lui, il reculait, comme un enfant derrière sa mère,
    Derrière Ajax, qui le cachait de son clair pavois.

    Alors quel Troyen Teukros sans reproche tua-t-il d'abord ?
    Orsilokhos, puis Orménos, et Ophélestès,
275 Daitôr, et Kromios, et Lykophontès à visage de dieu,
    Amopaôn Polyaimonide, et Mélanippos.

L'un après l'autre, il les renversa sur la terre qui nourrit
    les vivants ;
Agamemnon prince des hommes eut grande joie, en le
    voyant
Avec son arc puissant massacrer les phalanges troyennes.
280 Il s'approcha de lui et lui dit cette parole :
« Teukros, chère tête, chef de peuples, fils de Télamôn,
Continue ; tu seras une lumière pour les Danaens
Et pour ton père Télamôn, qui t'a nourri dans ton enfance,
Qui a pris soin de toi dans sa maison, tout bâtard que tu
    sois.
285 Bien qu'il soit loin, fais qu'il marche dans la gloire.
Mais je vais te dire une chose, et qui se réalisera :
Si Zeus à l'égide et Athéna me donnent
De détruire la ville d'Ilion la bien située,
C'est à toi le premier que je mettrai en main une part
    d'honneur,
290 Un trépied ou deux chevaux avec un char,
Ou une femme, qui pourrait entrer dans ton lit. »

En réponse lui dit Teukros sans reproche :
« Atride glorieux, pourquoi veux-tu exciter
Mon zèle ? Tant que j'en aurai la force, je ne vais pas
295 M'arrêter ; depuis que nous les avons chassés vers Ilion,
Depuis lors avec mon arc je tue des hommes.
J'ai lancé huit flèches à longue pointe :
Toutes se sont fichées dans le corps de jeunes guerriers.
Mais ce chien enragé, je ne peux pas l'atteindre. »

300 Il dit, et laissa partir de la corde une autre flèche,
Droit vers Hector, que passionnément il voulait atteindre.
Il le manqua ; mais de sa flèche il atteignit à la poitrine
Le brave fils de Priam, Gorgythiôn, sans reproche,
Qu'avait enfanté, venue d'Aisymè, sa mère,
305 La belle Kastianéira, au corps digne d'une déesse.
Comme un pavot, dans un jardin, penche la tête,
Alourdi par son fruit et les pluies du printemps,
Ainsi il pencha sa tête qu'alourdissait le casque.

Teukros laissa partir de la corde une autre flèche,
310 Droit vers Hector, que passionnément il voulait atteindre.
Il le manqua encore ; Apollon l'avait déviée.
Mais Arkhéptolémos, le cocher hardi d'Hector,
Plein d'ardeur, la reçut à la poitrine, près du mamelon.
Il tomba du char ; et ses chevaux rapides
315 Reculèrent ; pour lui sa force et sa vie se défirent.
Une douleur atroce frappa Hector, à voir son cocher ;
Si triste qu'il fût pour son compagnon, il le laissa là,
Et donna l'ordre à Kébriônès son frère, qui était tout près,
De prendre les rênes ; l'autre l'entendit et obéit.
320 Lui-même il sauta à bas du char éblouissant,
Poussant des cris terribles. Il prit une pierre dans sa main.
Il alla droit à Teukros, son cœur lui disait de la jeter.
Dans son carquois, l'autre prit une flèche amère ;
Il la plaça sur la corde. Mais Hector au panache,
325 Alors qu'il la tirait vers l'épaule, là où la clavicule sépare
Le cou et la poitrine (c'est un endroit dangereux),
L'atteignit (il ne prenait pas garde), avec sa pierre aiguë,
Cassa la corde de l'arc ; la main, au poignet, s'engourdit ;
Il tomba sur les genoux ; l'arc échappa à sa main.
330 Ajax n'abandonna pas son frère tombé,
Il accourut pour le défendre, le couvrant de son pavois.
Deux fidèles compagnons, le prenant par en dessous,
Mèkisteus, fils d'Ekhios, et le divin Alastôr,
L'emportèrent gémissant vers les bateaux creux.

335 L'Olympien rendit leur ardeur aux Troyens ;
Ils repoussèrent les Achéens vers le fossé profond.
Hector allait parmi les premiers, fier de sa force.
Comme lorsqu'un chien attaque par-derrière
Un sanglier ou un lion, le traquant de ses pieds rapides,
340 Tout près des flancs ou de la croupe, surveillant ses
       détours,
Ainsi Hector poursuivait les Achéens chevelus,
Tuant toujours le plus lent ; les autres fuyaient.
Mais quand ils eurent franchi la palissade et le fossé,

Dans leur fuite (beaucoup d'entre eux déjà tués par les
    Troyens),
345 Ils s'arrêtèrent et restèrent près des bateaux,
S'appelant les uns les autres et tendant les mains
Vers tous les dieux avec de longues prières ;
Hector menait partout ses chevaux à belle crinière ;
Il avait les yeux de la Gorgone et d'Arès peste des hommes.

350 À les voir, Héra Blanche-Main eut pitié ;
Tout de suite à Athéna elle dit ces mots qui ont des ailes :
« Oh ! la ! la ! fille de Zeus à l'égide, n'allons-nous pas,
Quand succombent les Danaens, nous en inquiéter encore
    une fois ?
Leur malheur est au plus haut, ils vont périr
355 Parce qu'un homme les attaque, dont la fureur est insup-
    portable,
Hector Priamide, qui a déjà fait beaucoup de mal. »

Lui dit alors Athéna Œil de Chouette :
« Celui-là, qu'il perde la force et le souffle,
Tué par les Achéens sur la terre de sa patrie.
360 Mais mon père est pris d'un délire qui n'est pas bon ;
Le cruel, toujours sans pitié, ne cesse de me brider.
Il ne se rappelle pas combien de fois j'ai sauvé
Son fils* écrasé par les tâches qu'imposait Eurysthée.
Il criait vers le ciel, et c'est moi que Zeus
365 Envoyait du haut du ciel pour le secourir.
Si j'avais su cela dans ma sagesse,
Lorsqu'on l'a envoyé chez Hadès, qui tient durement fermée
    sa porte,
Pour ramener de l'Erèbe le chien de l'affreux Hadès,
Il n'aurait pas échappé aux flots profonds du Styx.
370 Maintenant il me déteste, il fait ce que veut Thétis
Qui a embrassé ses genoux et de la main l'a pris par le
    menton
En le priant de faire honneur à Achille destructeur de villes.
Un jour viendra où, de nouveau, il m'appellera son Œil de
    Chouette.

Mais maintenant prépare pour nous les chevaux aux sabots
    lourds,
375 Pendant que pénétrant dans la maison de Zeus à l'égide,
Je prendrai mes armes pour la guerre, afin de voir
Si Hector au panache, fils de Priam,
Se réjouira de nous voir apparaître sur les chemins de la
    guerre,
Ou si je ne sais quel Troyen nourrira les chiens et les oiseaux
380 De sa graisse et de sa chair, tombé près des bateaux achéens. »

Elle dit ; Héra Blanche-Main se laissa convaincre*.
Elle s'en alla harnacher les chevaux au frontal d'or,
Héra, déesse vénérable, fille du grand Kronos.
Alors Athéna, fille de Zeus à l'égide,
385 Laissa glisser sur le seuil de son père sa belle robe
Aux mille couleurs, qu'elle avait faite et tissée de ses mains ;
Elle revêtit la tunique de Zeus Maître des Nuages,
Et prit ses armes pour la guerre qui fait pleurer.
Elle mit le pied sur le char de flamme, prit la pique
390 Lourde, longue, compacte, qui abat des rangées entières
De héros, contre qui, fille d'un père fort, elle est en colère.
Héra, du fouet, excita les chevaux ;
D'elles-mêmes s'ouvrirent les portes du ciel, où les Heures
Gardent le ciel immense et l'Olympe
395 En écartant ou en ramenant un nuage épais.
C'est par là que passèrent, sous l'aiguillon, leurs chevaux.

Zeus père quand, de l'Ida, il les vit, fut en grande colère,
Il envoya Iris aux ailes d'or en messagère :
« Va, Iris rapide, fais-les revenir, ne les laisse pas
400 Venir face à moi. Nous aurions une guerre assez laide.
Mais je vais te dire une chose, et qui se réalisera :
Je ferai boiter sous le char leurs chevaux rapides.
Je les jetterai à bas de la caisse, je briserai le char.
Jamais, même après dix années révolues,
405 Elles ne guériront des blessures que fait la foudre.
Qu'elle sache, Œil de Chouette, qu'elle se bat contre son
    père.

Pour Héra, je ne lui en veux pas autant, j'ai moins de
   colère.
Depuis toujours, par habitude, elle est contre ce que je
   dis*. »

Il dit ; Iris aux pieds de tempête partit en messagère.
410 Des sommets de l'Ida elle alla vers le grand Olympe.
À la première porte de l'Olympe anfractueux
Les rencontrant elle les arrêta, et leur dit la parole de Zeus :
« Que cherchez-vous à faire ? quelle folie habite votre cœur ?
Le Kronide interdit qu'on porte secours aux Achéens.
415 Le fils de Kronos vous menace, et il fera ce qu'il dit.
Il fera boiter sous le char vos chevaux rapides.
Il vous jettera à bas de la caisse, il brisera le char.
Jamais, même après dix années révolues,
Vous ne guérirez des blessures que fait la foudre.
420 Sache, Œil de Chouette, que tu te bats contre ton père.
Pour Héra, il ne lui en veut pas autant, il a moins de colère.
Depuis toujours, par habitude, elle est contre ce qu'il dit.
Mais toi, chienne sans pudeur, tu es pire, s'il est vrai
Que tu oses contre Zeus lever ta pique prodigieuse. »

425 Ayant ainsi parlé, Iris aux pieds rapides s'en alla.
Athéna dit alors à Héra ces paroles :
« Oh ! la ! la ! enfant de Zeus à l'égide, je ne supporte pas
Que contre Zeus pour des mortels nous ayons la guerre.
Que les uns disparaissent, que les autres survivent,
430 Selon le hasard ; que lui, selon la pensée de son cœur,
Pour les Troyens et les Danaens décide ce qui convient ! »

Ayant dit, elle fit tourner bride à ses chevaux aux sabots
   lourds.
Les Heures dételèrent ces chevaux à la belle crinière,
Puis les attachèrent devant les mangeoires d'ambroisie.
435 Elles rangèrent le char contre le mur éblouissant.
Elles-mêmes, elles s'assirent sur des sièges d'or
Au milieu des autres dieux, le cœur plein de tristesse.

Zeus père, parti de l'Ida, mena ses chevaux et son char
   bien roulant
Jusqu'à l'Olympe, et arriva à la réunion des dieux.
440 L'illustre Maître du Séisme détela les chevaux,
Plaça le char sur son support, le recouvrit d'une housse.
Sur son trône d'or Zeus qui voit loin
S'assit ; sous ses pieds tremblait le grand Olympe.
Seules, loin de Zeus, Athéna et Héra
445 Restaient assises sans parler, sans rien dire.
Il en eut conscience et leur dit :
« Pourquoi êtes-vous tristes, Athéna et Héra ?
Dans le combat qui donne la gloire vous ne vous êtes pas
   fatiguées
À tuer des Troyens, pour qui vous avez une haine terrible.
450 Telles sont ma force et mes mains impitoyables
Que tous les dieux de l'Olympe ne me feraient pas tourner
   le dos.
Vous, vos corps admirables ont été pris de peur avant
Que vous ne voyiez la guerre et les sombres travaux de la
   guerre.
Mais je vais vous dire une chose, et qui se réalisera :
455 Si vous aviez été frappées de la foudre, sur votre char,
Vous ne seriez pas revenues à l'Olympe, siège des immortels. »

Il dit ; elles marmonnèrent, Athéna et Héra ;
Assises côte à côte, elles voulaient du mal aux Troyens.
Athéna demeurait silencieuse, ne prononçait pas un mot,
460 Elle maugréait contre Zeus son père ; sa bile la rongeait.
Héra sentit sa propre bile déborder, et elle dit :
« Terrible Kronide, quels mots viens-tu de dire ?
Nous savons bien que ta force est irrésistible ;
Mais nous nous inquiétons pour les guerriers Danaens
465 Qui vont périr en allant au bout de leur vilain sort.
Nous resterons loin de la guerre, comme tu l'ordonnes ;
Aux Argiens nous soufflerons des conseils qui leur servi-
   ront,
Pour qu'ils ne périssent pas tous sous ta colère. »

En réponse lui dit Zeus Maître des Nuages :
470 « À l'aurore, le très puissant Kronide,
Tu le verras, si tu veux, souveraine Héra Œil de Vache,
Détruisant la grande armée des guerriers Argiens.
Hector le violent n'aura de cesse de se battre
Qu'il n'ait fait se lever près des bateaux Achille Pieds-
    Rapides,
475 Le jour où ils se battront près des poupes
Dans une terrible angoisse, autour de Patrocle mourant,
Comme le dit l'oracle. Je ne me soucie pas de toi
Ni de ta colère, quand même tu irais jusqu'aux dernières
    limites
De la terre et de la mer, où Iapétos et Kronos*
480 Sont assis, sans pouvoir aux rayons d'Hélios Hypérion
Prendre plaisir, ou aux vents ; le Tartare profond les entoure.
Même si ton errance te menait là-bas, je ne me soucie pas
De tes fâcheries ; il n'est pas plus chienne que toi. »

Il dit ; Héra Blanche-Main ne répondit rien.
485 La vive lumière du soleil tomba dans l'Océan,
Traînant la nuit noire sur la terre qui donne le blé.
Les Troyens à regret virent disparaître la lumière ; pour les
    Achéens
La nuit ténébreuse était une joie trois fois souhaitée.

Hector le magnifique réunit l'assemblée des Troyens,
490 Les menant loin des vaisseaux près des tourbillons du fleuve,
Dans un endroit propre, où l'on ne voyait pas de cadavres.
Descendus de leurs attelages, à terre, ils écoutèrent
Le discours que leur fit Hector, cher à Zeus. Il tenait en
    main
Une lance de onze coudées ; au bout brillait
495 Une pointe de bronze, avec une virole d'or ;
En s'appuyant sur elle, il dit aux Troyens ces paroles :
« Écoutez-moi, Troyens, Dardaniens, et vous, alliés.
Je disais que bientôt, ayant détruit les bateaux et tous les
    Achéens

Nous pourrions rentrer dans Ilion la venteuse.
500 Mais l'obscurité est venue, qui a sauvé
Les Argiens et les bateaux sur le bord de la mer.
Allons, laissons-nous persuader par la nuit noire,
Préparons le repas ; les chevaux à belle crinière,
Détachez-les des chars, donnez-leur à manger.
505 Amenez de la ville des bœufs et de gros moutons,
Vite. Apportez aussi du vin au goût de miel,
Et du pain, pris dans nos maisons, amassez beaucoup de
    bois,
Pour que toute la nuit jusqu'à ce que pointe l'aurore
Nous ayons de grands feux, dont la lumière ira jusqu'au
    ciel ;
510 Il ne faut pas que dans la nuit les Achéens chevelus
Entreprennent de fuir sur le large dos de la mer,
Ni qu'ils montent sur leurs bateaux sans gêne, bien tran-
    quilles ;
Mais que certains emportent chez eux pour la digérer
Une flèche ou une pique pointue,
515 Quand ils embarqueront, pour que prenne peur quiconque
Voudra mener contre les chevaliers troyens l'Arès qui fait
    pleurer.
Que par la ville les hérauts chers à Zeus aillent dire
Aux adolescents et aux vieux à tempes grises qu'ils s'as-
    semblent
Autour de la ville sur les tours que les dieux ont bâties ;
520 Que les femmes, chacune des femmes, dans les salles fassent
    brûler
Un grand feu ; que les sentinelles fassent bonne garde ;
Il ne faut pas qu'un coup de main ait lieu en notre absence.
Qu'il en soit, Troyens au grand cœur, comme je le dis.
J'ai dit ce qu'il fallait pour le moment.
525 Je dirai une autre chose, dès l'aurore, aux chevaliers troyens.
Plein d'espoir je supplie Zeus et les autres dieux
De chasser d'ici ces chiens qu'ont amenés les Tueuses,
Que les Tueuses ont amenés sur les bateaux noirs.
Pendant la nuit, montons nous-mêmes la garde ;
530 À l'aurore, dès la première heure, revêtons nos armes

Et réveillons près des bateaux creux l'Arès cruel.
Je saurai si le Tydéide, le dur Diomède
Me repoussera des bateaux jusqu'au mur, ou si moi,
L'ayant frappé avec le bronze, j'emporterai ses dépouilles
    sanglantes.
535 Demain il montrera sa valeur : va-t-il attendre
Que je l'attaque à la lance ? Parmi les premiers, j'espère,
Il sera couché, blessé, avec ses nombreux compagnons,
Quand au matin le soleil se lèvera. Je voudrais être
Immortel, jeune à jamais, tous les jours à venir,
540 Être honoré comme on honore Athéna et Apollon,
Aussi sûrement que ce jour apportera aux Argiens le mal-
    heur. »

Ainsi parla Hector, et les Troyens l'acclamèrent.
Ils dételèrent les chevaux, qui suaient sous le joug*,
Ils les attachèrent avec des courroies chacun à son char ;
545 De la ville ils apportèrent des bœufs et de gros moutons,
Vite. Et aussi du vin au goût de miel,
Et du pain, pris dans leurs maisons ; ils amassèrent beau-
    coup de bois.
Ils firent aux immortels des sacrifices parfaits ;
La fumée grasse, les vents la portèrent de la plaine au ciel,
550 Agréable. Les dieux n'y touchèrent pas,
N'en voulurent pas. Car ils détestaient Ilion la sainte
Et Priam et le peuple de Priam à la lance de frêne.

Pleins de grands projets, sur les chemins de la guerre,
Ils restèrent toute la nuit, et de grands feux brûlaient.
555 Comme lorsque dans le ciel les étoiles autour de la lune
    claire
Brillent superbes, quand il n'y a dans l'air pas un souffle,
Quand on voit tous les belvédères, les promontoires abrupts,
Les vallons ; là-haut le ciel se déploie, immense ;
On voit toutes les étoiles, et le berger a la joie au cœur ;
560 Ainsi entre les bateaux et le cours du Xanthe
Brillaient les feux des Troyens en avant d'Ilion.
Mille feux brûlaient dans la plaine, près de chacun d'eux

Cinquante hommes étaient assis à la lueur des flammes.
Les chevaux mangeaient l'orge blanche et le blé,
565 Debout près des chars, ils attendaient l'Aurore qui trône
en majesté.

CHANT IX

Et les Troyens montaient la garde ; les Achéens,
Un effroi divin les tenait, frère du froid des paniques ;
Et tous les meilleurs souffraient d'une douleur intolérable.
Comme deux vents qui soulèvent la mer aux poissons,
5 Borée, Zéphyr, venus de la Thrace,
Survenus soudain ; le flot noir
Se gonfle, jette des masses d'algues sur la rive ;
Ainsi dans les poitrines des Achéens les cœurs étaient
    déchirés.

L'Atride, frappé d'une grande souffrance à l'âme,
10 Chercha les hérauts à la voix claire, leur ordonna
D'appeler par son nom chaque homme à l'assemblée*,
Mais sans crier ; lui-même fut des premiers à agir.
Ils s'assirent, inquiets, à l'assemblée ; Agamemnon
Se leva, pleurant comme une source à l'eau noire
15 Qui d'une roche escarpée laisse couler une eau triste ;
Avec de profonds sanglots, il dit aux Argiens :
« Amis, chefs et capitaines des Argiens,
Zeus Kronide m'a lié d'une lourde et folle erreur,
Le cruel, il m'a promis, d'un signe sûr,
20 Qu'ayant détruit Ilion la bien remparée, je reviendrais.
Mais c'était un conseil trompeur et lâche ; maintenant il
    veut
Que je rentre sans gloire à Argos, ayant perdu force gens.
Tel sera le bon plaisir de Zeus l'arrogant,

Lui qui a déjà brisé la tête à plus d'une ville,
25 Qui en brisera d'autres encore. Sa force est la plus grande.
Mais faisons comme je dis ; laissons-nous persuader.
Fuyons avec nos bateaux vers la terre de la patrie ;
Car nous ne prendrons pas Troie aux larges rues. »

Il dit. Et tous demeuraient en silence.
30 Ils se taisaient, inquiets, les fils des Achéens.
Enfin Diomède Voix-Sonore prit la parole :
« Atride, je vais m'en prendre à toi, à ton délire.
On a ce droit, dans l'assemblée, prince ; ne te fâche pas.
Au milieu des Danaens tu as mal traité ma vaillance ;
35 Tu me dis sans force et mauvais guerrier ; tout cela,
Les Argiens jeunes et vieux savent quoi en penser.
Le fils de Kronos Pensées-Retorses t'a fait un don, un seul ;
Il t'a donné d'être honoré plus que tous grâce à ton bâton
    royal ;
La vaillance, il ne te l'a pas donnée. C'est la force la plus
    grande.
40 Toi, un mauvais génie te hante ! Crois-tu que les fils des
    Achéens
Sont mauvais guerriers, sans vaillance, comme tu le dis ?
Si ton cœur à toi te pousse à rentrer,
Va ; le chemin est libre, tes bateaux près de la mer
Sont là, venus nombreux de Mycènes à ta suite.
45 Mais les autres Achéens chevelus resteront
Jusqu'à ce que Troie soit détruite. Et même si
Ils fuient avec leurs bateaux vers la terre de la patrie,
Nous deux, moi et Sthénélos, nous nous battrons jusqu'à
    voir
La fin de Troie ; nous sommes venus avec un dieu*. »

50 Il dit ; et tous les fils des Achéens l'acclamèrent,
Ravis par cette parole de Diomède qui dresse les chevaux.
Se levant, Nestor, le chevalier, leur dit :
« Tydéide, pour la guerre tu es fort ;
Pour le conseil tu es le meilleur de tous ceux de ton âge ;
55 Personne ici, parmi les Achéens, ne contestera ta parole

Ou ne dira le contraire. Mais tu n'es pas au bout de ta
   parole.
Tu es jeune ; tu pourrais être mon fils
   Dernier né. Et tu es bien inspiré quand tu parles
   Aux rois des Argiens ; ton dire était bien raisonné.
60 Pour moi, qui suis, je le dis, plus vieux que toi,
   Je vais parler et j'irai jusqu'au bout ; personne
   Ne méprisera mon dire, pas même le puissant Agamemnon :
   Il refuse la famille, la justice, le foyer, celui qui a désir
   De cette guerre au sein du clan, car elle donne froid au
      cœur.
65 Mais laissons-nous persuader par la nuit noire
   Et préparons le repas. Que des gardes
   Soient disposés près du fossé creusé hors du rempart.
   Je confie ce soin aux cadets ; ensuite, prends,
   Atride, le commandement ; tu es le plus roi* de nous tous.
70 Offre un repas aux Anciens ; c'est ce qui est convenable*.
   Tes tentes sont pleines de vin, que les bateaux des Achéens
   T'apportent de Thrace, chaque jour, sur la mer immense.
   Tu as tout ce qu'il faut ; tu règnes sur un grand nombre.
   De tous ces chefs assemblés, tu accorderas foi à qui don-
      nera
75 Le meilleur conseil ; or tous les Achéens ont besoin
   D'un avis noble et bien pesé, car les ennemis près des
      bateaux
   Ont allumé beaucoup de feux. Qui s'en réjouirait ?
   Cette nuit va détruire l'armée ou la sauver. »

Il dit. On l'écoutait, on l'approuvait.
80 Les gardes, avec leurs armes, s'élancèrent
   Autour de Thrasymède Nestoride, berger de peuples,
   Autour d'Askalaphos et de Ialmenos, fils d'Arès,
   Autour de Mèrionès, d'Aphareus, de Déipyros,
   Autour du fils de Créon, le divin Lykomèdès.
85 Ils étaient sept chefs de la garde, suivis chacun
   De cent cadets armés de longues piques.
   Ils se postèrent entre le fossé et le mur ;
   Ils allumèrent des feux, préparèrent chacun le repas.

L'Atride mena tous les plus âgés des Achéens
90 Vers sa tente ; chacun reçut une portion convenable.
Ils tendirent les mains vers les mets préparés.
Quand de boire et de manger fut apaisé le désir,
Le vieil homme d'abord tissa un plan subtil,
Nestor, dont l'avis est toujours le meilleur,
95 Plein de bon vouloir, il les harangua et leur dit :
« Atride glorieux, Agamemnon prince des hommes,
Je finirai par toi, je commence par toi, tu es
Le prince de beaucoup de peuples et Zeus t'a mis en main
Le bâton et la charge de dire le droit, pour que tu les
    conseilles.
100 Il te faut dire la parole, mais aussi écouter,
Faire ce qui t'est dit, si quelqu'un se sent le cœur
De parler pour le bien. C'est toi qui décideras.
Je vais dire ce que je crois le meilleur.
Personne ne peut imaginer meilleure idée
105 Que celle que j'imagine, ni autrefois, ni maintenant,
Depuis que, sang des dieux, tu a fait prendre
La fille Briséis dans la tente d'Achille en fureur
Contre notre idée ; j'ai dit bien des choses
Pour te retenir ; mais toi, le cœur fier,
110 Cet homme grand qu'honorent les dieux,
Tu l'as offensé ; tu as pris sa part, tu la gardes. À présent
Réfléchissons : comment le flatter, le persuader,
Par des cadeaux de prix et de douces paroles ? »

Alors parla le prince des hommes Agamemnon :
115 « Vieil homme, tu as sans mentir bien dit ma folle erreur.
J'ai eu tort, je l'accorde. Précieux plus que tout
Un peuple, l'homme que Zeus aime d'amitié,
Comme celui-ci qu'il honore en écrasant le peuple achéen.
Mais si j'ai eu tort, cédant à des pensées déplorables,
120 Je veux faire la paix, lui donner une énorme compensation.
Pour vous j'énumère ces objets qui feront parler d'eux :
Sept trépieds qui jamais ne sont allés au feu, dix talents
    d'or,

Vingt chaudrons étincelants, douze chevaux
Vigoureux, qui dans les concours ont remporté des prix ;
125 Qui recevrait tout cela ne serait pas misérable ;
Il ne manquerait pas de cet or envié
Que m'ont rapporté ces chevaux aux sabots lourds.
Je donnerai sept femmes, habiles aux travaux subtils,
Des femmes de Lesbos ; quand il a pris Lesbos au beau
       site,
130 Je les ai choisies, plus belles que bien des femmes.
Je les lui donnerai, et aussi celle que j'ai prise,
La fille de Briseus ; je jurerai le grand serment :
Je ne suis pas monté sur son lit ; je ne lui ai pas fait l'amour,
Comme le font les humains, hommes et femmes.
135 Tout cela sera prêt dès maintenant ; et si un jour
Les dieux me donnent de mettre à sac la grande ville de
       Priam,
Qu'il remplisse un bateau d'or et de bronze ;
Qu'il soit là quand, Achéens, nous partagerons le butin.
Qu'il choisisse lui-même vingt femmes troyennes,
140 Les plus belles qui soient après l'Argienne Hélène.
Si nous arrivons à Argos d'Achaie, lieu de moissons,
Qu'il soit mon gendre ; il sera pour moi comme Oreste
Qu'on élève bien loin dans un grand luxe ;
J'ai trois filles dans mon palais de belle structure :
145 Khrysothémis, Laodikè, Iphianassa*.
Qu'il emmène sans compensation* celle qu'il voudra
Dans la maison de Pélée. Je lui donnerai en sus
Des cadeaux, comme jamais personne à ses filles n'en
       donna.
Je lui donnerai sept villes florissantes,
150 Kardamylè, Enopè et Hirè l'herbue,
Phèra la divine, Anthéia aux gras pâturages,
La belle Aipéia et Pèdasos la vineuse,
Toutes près de la mer, près de Pylos des Sables.
Les hommes qui y vivent ont des agneaux et des vaches,
155 De cadeaux comme à un dieu ils lui feront honneur ;
Sous son bâton royal, ils apporteront un abondant tribut.
Voilà ce que je ferais, s'il renonçait à sa bile.

Qu'il fléchisse. Hadès est dur, inflexible.
Aussi est-il de tous les dieux pour les humains le plus
    détestable.
160 Qu'il se soumette à moi ; je suis plus roi que lui ;
Et pour l'âge, je le dis bien haut, je suis plus ancien. »

Alors lui répondit Nestor, chevalier de Gérénia :
« Atride glorieux, prince des hommes, Agamemnon,
Ce ne sont pas des cadeaux de rien que tu fais au prince
    Achille.
165 Allons, choisissons des ambassadeurs, qu'au plus vite
Ils aillent à la tente d'Achille Pélide.
Je vais les désigner, et qu'ils se laissent faire.
Que Phoinix* d'abord, cher à Zeus, les conduise,
Ensuite Ajax le grand et le divin Ulysse ;
170 Parmi les hérauts, qu'Odios et Eurybatès les suivent.
Apportez de l'eau pour les mains ; que chacun demeure en
    silence
Pour que nous invoquions Zeus Kronide et qu'il ait pitié. »

Il dit, et à tous sa parole fut plaisante ;
Tout de suite les hérauts versèrent sur les mains de l'eau ;
175 Les jeunes gens remplirent à ras bord les cratères ;
Ils distribuèrent les coupes pour que s'accomplisse le rite.
Après les gouttes versées, ils burent autant que de désir ;
Puis ils sortirent de la tente d'Agamemnon Atride ;
Il leur prescrivit, Nestor, chevalier de Gérénia,
180 Avec un regard pour chacun, et surtout pour Ulysse,
De tout faire pour persuader le Pélide sans reproche.

Ils allaient près du rivage de la mer au ressac,
Priant le Maître du Séisme et de la terre qui tremble
De persuader sans peine l'esprit altier du petit-fils d'Éaque.
185 Ils arrivèrent aux tentes et aux bateaux des Myrmidons.
Ils le trouvèrent se faisant plaisir avec la cithare chan-
    teuse,
Belle, richement ouvragée ; la traverse était d'argent ;
Il l'avait prise dans le butin, après le sac de la ville d'Eétiôn.

Elle charmait son cœur ; il chantait les exploits des hommes.
190 Patrocle, silencieux, était assis face à lui,
Attendant que le petit-fils d'Éaque ait fini de chanter.
Ils allèrent plus avant, le divin Ulysse en tête ;
Ils s'arrêtèrent devant lui ; Achille, étonné, se leva ;
Cithare en main, il quitta le siège où il était assis.
195 Patrocle aussi, voyant ces hommes, s'était levé ;
Avec un geste il leur dit, Achille Pieds-Rapides :
« Soyez en joie. Venez-vous en amis ? Êtes-vous forcés ?
Pour moi, malgré ma rage, vous êtes les plus chers des
    Achéens. »

Il dit, et les fit avancer, le divin Achille ;
200 Il les fit asseoir sur des sièges et des tapis de pourpre.
Tout de suite, il dit à Patrocle, qui était près de lui :
« Dispose, fils de Ménoitios, un cratère plus grand,
Mêle un vin plus fort, prépare pour chacun une coupe.
Ce sont des amis très chers qui viennent en mon logis. »

205 Il dit. Patrocle obéit à son compagnon ;
Devant la lueur du feu, il plaça une table basse,
Y posa le dos d'un mouton, celui d'une chèvre grasse
Et l'échine d'un porc bien nourri, riche en graisse.
Automédon tenait le tout, le divin Achille tranchait.
210 Il coupa de menus morceaux, les enfila sur des brochettes.
Le Ménoitiade, pareil à un dieu, fit une grande flamme.
Quand le feu eut flambé, que la flamme eut baissé,
Étalant la braise, il y plaça les brochettes,
Puis les saupoudra de sel divin, en les retirant des chenets.
215 Quand il eut tout bien cuit et mis sur un plateau,
Patrocle prenant le pain le disposa sur la table
Dans de belles corbeilles. Achille distribua la viande.
Il s'assit lui-même en face d'Ulysse le divin
Contre le mur opposé et dit à Patrocle, son compagnon,
220 De sacrifier aux dieux ; l'autre jeta dans le feu la part sacrée.
Ils tendirent les mains vers les mets préparés.
Quand de boire et de manger fut apaisé le désir,
Ajax fit signe à Phoinix. Ulysse le divin s'en aperçut ;

Il remplit une coupe de vin, la leva vers Achille.
225 « Sois en joie, Achille ; voici bien des repas partagés,
Dans la tente d'Agamemnon Atride
Et maintenant ici ; morceaux délicieux
Pour des festins. Mais ce n'est pas de festins qu'il s'agit.
C'est plutôt d'une peine immense, filleul de Zeus, que nous
        voyons
230 Et redoutons. Ou nous nous sauverons ou nous perdrons
Nos solides bateaux si tu ne reprends pas ta vaillance.
Les fiers Troyens et leurs illustres alliés
Bivouaquent près des bateaux et du mur.
Ils ont allumé beaucoup de feux, ils disent
235 Qu'ils ne s'en tiendront pas là, mais attaqueront nos noirs
        bateaux.
Zeus Kronide (présage favorable)
A lancé un éclair. Hector, sûr de sa grande force,
Est au comble de la fureur. Il a foi en Zeus, et ne respecte
Ni homme ni dieu. La rage violente est en lui.
240 Il prie pour qu'au plus vite paraisse l'Aurore divine.
Il se promet d'abattre nos figures de proue,
De brûler les bateaux au feu méchant, et de se battre
Tout près de là contre les Achéens enfumés.
J'ai une peur terrible dans le ventre, que les dieux
245 Ne réalisent leurs menaces, que notre sort ne soit
De périr à Troie loin d'Argos aux chevaux.
Allons, il n'est pas trop tard pour penser aux fils des
        Achéens
Épuisés, pour les sauver de la violence troyenne.
Plus tard, tu aurais des regrets : il n'y aurait plus moyen
250 De trouver un remède au mal déjà fait ; pense maintenant
À écarter des Danaens le jour mauvais.
Ô mon ami, Pélée ton père te l'a prescrit,
Le jour où de Phthie il t'a envoyé vers Agamemnon
"Mon enfant, Athéna et Héra te donneront
255 La force, si elles le veulent ; toi, domine ton grand cœur
Dans ta poitrine ; l'amabilité vaut mieux que tout ;
Fais cesser les querelles mauvaises, pour que davantage
T'honorent les Argiens, jeunes aussi bien que vieux." »

Le vieil homme te l'a prescrit. Et tu l'oublies. Il est temps
   encore
260 D'arrêter, de retenir cette bile qui te fait mal. Agamemnon
   Te donnera des cadeaux appréciables, si tu renonces à ta
      bile.
   Si tu veux m'écouter, je vais énumérer
   Ce que, dans sa tente, a promis Agamemnon.
   Sept trépieds qui jamais ne sont allés au feu, dix talents
      d'or,
265 Vingt chaudrons étincelants, douze chevaux
   Vigoureux, qui dans les concours ont remporté des prix ;
   Qui recevrait tout cela ne serait pas misérable ;
   Il ne manquerait pas de cet or envié
   Que lui rapporteraient en prix les chevaux d'Agamemnon.
270 Il donnera sept femmes, habiles aux travaux subtils,
   Des femmes de Lesbos que, quand tu as pris Lesbos au
      beau site,
   Il a choisies, plus belles que bien des femmes.
   Il te les donnera, et aussi celle qu'il a prise,
   La fille de Briseus ; il jurera le grand serment :
275 Il n'est pas monté sur son lit ; il ne lui a pas fait l'amour,
   Comme le font les humains, hommes et femmes.
   Tout cela sera prêt dès maintenant ; et si un jour
   Les dieux lui donnent de mettre à sac la grande ville de
      Priam,
   Remplis un bateau d'or et de bronze ;
280 Sois là quand, Achéens, nous partagerons le butin.
   Choisis toi-même vingt femmes troyennes,
   Les plus belles après l'Argienne Hélène.
   Si nous arrivons à Argos d'Achaïe, lieu de moissons,
   Tu seras son gendre ; tu seras pour lui comme Oreste
285 Qu'on élève bien loin dans un grand luxe ;
   Il a trois filles dans son palais de belle structure :
   Khrysothémis, Laodikè, Iphianassa.
   Emmène sans compensation celle que tu voudras
   Dans la maison de Pélée. Il te donnera en sus
290 Des cadeaux, comme jamais personne à ses filles n'en donna.
   Il te donnera sept villes florissantes,

Kardamylè, Enopè et Hirè l'herbue,
Phèra la divine, Anthéia aux gras pâturages,
La belle Aipéia et Pèdasos la vineuse,
295 Toutes près de la mer, près de Pylos des Sables.
Les hommes qui y vivent ont des agneaux et des vaches,
De cadeaux comme à un dieu ils te feront honneur ;
Sous ton bâton royal, ils apporteront un abondant tribut.
Voilà ce qu'il ferait si tu renonçais à ta bile.
300 Même si l'Atride dans ton cœur est détesté,
Lui et ses cadeaux, de tous les autres Achéens
Accablés prends pitié ; ils t'honoreront comme
Un dieu. Et tu recueilleras une grande gloire.
Tu pourras abattre Hector, car il sera tout près,
305 Plein d'une rage mortelle, et il dit que personne
Ne l'égale chez les Danaens qu'ont amenés ici les bateaux. »

En réponse lui dit Achille Pieds-Rapides :
« Laertiade, sang des dieux, Ulysse plein d'astuce,
Il me faut dire franchement ma pensée,
310 Ce que je pense, ce qui se réalisera,
Pour que vous cessiez de bavasser, assis à mes côtés.
L'homme m'est odieux comme les portes d'Hadès
Qui cache une chose en sa pensée, et en dit une autre.
Je vais vous dire ce que je crois le meilleur :
315 Je ne pense pas qu'Agamemnon Atride me persuade,
Ni moi, ni les autres Danaens, car on ne gagne rien
À combattre toujours durement l'ennemi.
Celui qui ne fait rien a la même part que s'il se battait ;
On donne le même honneur au lâche et au noble. Pourtant
320 Meurent pareillement celui qui ne fait rien et celui qui en
    fait beaucoup.
Je n'ai rien gagné à tant souffrir,
À toujours risquer ma vie dans la bataille ;
Comme un oiseau à ses petits apporte
La pâture qu'il a prise, et souffre lui-même sans rien,
325 J'ai passé beaucoup de nuits sans dormir,
Je me suis battu tout au long de journées sanglantes,
J'ai affronté des hommes pour prendre leurs femmes.

Avec mes bateaux j'ai mis à sac douze villes d'hommes,
Et onze, par voie de terre, dans la Troade verte.
330 De toutes j'ai tiré un grand butin, et de bonne
Qualité ; j'ai tout remis à Agamemnon
Atride ; lui, qui restait à l'arrière près des bateaux légers,
Il a tout reçu, en a réparti une petite part, en a gardé une
    grande.
Il donne aux gens de bonne naissance et aux rois.
335 Eux, ils gardent leur part ; moi, seul des Achéens,
Il me l'a ôtée ; il m'a pris ma femme ; qu'il couche avec
    elle !
Qu'il en jouisse ! Mais pourquoi faut-il que contre les Troyens
Se battent les Achéens ? Pourquoi a-t-il amené ici son armée,
L'Atride ? À cause d'Hélène aux beaux cheveux ?
340 Sont-ils seuls, de tous les mortels, à aimer leurs femmes,
Les Atrides ? Tout homme qui est bon et sensé
Aime la sienne, en a souci, comme moi j'ai aimé
Celle-là, de tout mon cœur, et ce n'est qu'une captive.
Il me l'a prise des mains, ma part ; il m'a trompé.
345 Qu'il ne tente rien. J'ai compris ; je ne le croirai pas.
Mais, Ulysse, avec toi et les autres rois,
Qu'il songe à écarter des bateaux le feu cruel.
Il a déjà bien travaillé en mon absence.
Il a fait un mur, il a creusé un fossé
350 Grand et large ; il a planté des pieux.
Malgré tout, la force d'Hector tueur d'hommes, il ne pourra
    pas
L'arrêter. Tant que je combattais avec les Achéens,
Hector n'a pas voulu se battre loin de ses murs.
Il n'allait pas plus loin que les portes Scées et le chêne.
355 Là, une fois, il m'a attendu ; et il a failli ne pas m'échapper.
Mais maintenant je ne veux plus me battre contre Hector
    divin,
Je ferai demain un sacrifice à Zeus et à tous les dieux,
J'ai équipé les bateaux, je vais les tirer à la mer ;
Tu vas voir, si tu veux, si la chose t'intéresse,
360 Au matin, sur l'Hellespont poissonneux, voguer
Mes bateaux, et les hommes ramer de bon cœur.

S'il me donne une heureuse traversée, le puissant Maître
　　du Séisme,
Au troisième jour j'arriverai à Phthie la plantureuse ;
J'ai là-bas de grands biens, que j'ai laissés en partant.
365　D'ici j'apporterai de l'or, et du bronze rouge,
Et des femmes à la taille ronde, et du fer gris,
Tout ce que j'ai trouvé. Ma récompense, celui qui me l'avait
　　donnée
Me l'a reprise par violence, le puissant Agamemnon
Atride ; dis-lui tout, comme je te le prescris,
370　En face, pour que les autres Achéens enragent,
S'il espère encore berner quelqu'un des Danaens ;
Toujours il est sans pudeur. Pour moi, jamais,
Il n'oserait, si chien qu'il soit, me regarder en face.
Je ne veux lui donner ni conseils, ni aide active ;
375　Il m'a berné et trompé ; il ne pourra plus me duper
Par ses paroles ; suffit ; que pour toujours
Il disparaisse. Zeus le subtil lui a ôté l'esprit.
Ses cadeaux, je les hais ; lui, je le tiens pour un néant.
Même s'il me donnait dix ou vingt fois plus
380　Que ce qu'il possède à présent et que ce qu'il pourrait avoir,
Tout ce qui entre à Orchomène, ou encore à Thèbes
D'Égypte, où les maisons regorgent de richesse,
La ville aux cent portes ; par chacune deux cents
Hommes passent avec chevaux et chars ;
385　Même s'il me donnait autant qu'il existe de sable et de
　　poussière,
Il ne persuaderait pas mon cœur, Agamemnon,
Avant d'avoir effacé l'horrible outrage.
La fille d'Agamemnon Atride, je ne l'épouserai pas,
Même si elle était rivale en beauté d'Aphrodite la dorée
390　Et brodait aussi bien qu'Athéna Œil de Chouette.
Je ne l'épouserai pas. Qu'il aille chercher un autre Achéen
Qui soit comme lui, et plus roi encore.
Si les dieux me sauvent et si je rentre à la maison,
Pélée me trouvera lui-même une femme ;
395　En Hellade ou à Phthie il y a des Achéennes,
Filles de grands, qui protègent les villes.

C'est là que j'aimerais prendre femme.
C'est là-bas que mon noble cœur me dit d'aller
Pour y chercher une bonne épouse, une femme digne,
400 Avec qui jouir des biens acquis par le vieux Pélée.
Rien pour moi ne vaut le souffle de la vie, pas même
Ce qu'on dit qu'a amassé Ilion, ville florissante,
Jadis, en temps de paix, avant que ne viennent les fils des
    Achéens,
Pas même ce que protège le seuil de pierre de l'archer
405 Phoibos Apollon, dans Pythô la rocheuse* ;
Les bœufs, les moutons gras, on les prend par force ;
Les trépieds, les chevaux alezans, on les achète.
Le souffle d'un homme ne revient ni par pillage
Ni par acquisition, quand il a franchi la barrière des dents.
410 Ma mère m'a dit, Thétis aux pieds d'argent,
Que deux génies m'emportent vers le terme de la mort.
Si je reste ici à combattre Troie la ville,
Plus de retour pour moi, mais ma gloire jamais ne périra.
Si je reviens à la maison, dans la terre de la patrie,
415 Plus de noble gloire pour moi, et ma vie sera
Longue, et la mort, qui est la fin, ne m'atteindra pas tout
    de suite*.
Et moi, aux autres je conseillerais
De revenir à la maison, car jamais vous ne verrez la fin
D'Ilion la haute ; Zeus qui voit loin
420 La protège de sa main, et ses hommes ont confiance.
Mais vous, allez vers les meilleurs des Achéens.
Donnez-leur ce message (c'est le privilège des vieillards),
Pour que leur esprit fabrique une ruse plus subtile
Qui sauve leurs bateaux et l'armée achéenne
425 Près des bateaux creux, car elle ne vaut rien,
Celle qu'ils ont imaginée : ma colère demeure.
Phoinix va rester chez nous pour dormir.
Avec nous, sur nos bateaux, il ira vers la terre de la patrie,
Demain, s'il veut ; je ne le forcerai pas à venir. »

430 Il dit, et tous demeuraient en silence,
Admirant son dire ; il a dit « non », fort durement.

Enfin, Phoinix, le vieux chevalier, parla
Tout en larmes ; il avait peur pour les bateaux achéens.
« Si tu t'es mis dans l'idée, magnifique Achille,
435 De repartir, si tu ne veux pas écarter des bateaux légers
Le feu violent, si la bile est sur ton cœur,
Comment pourrais-je loin de toi, cher enfant, rester ici
Tout seul ? Le vieil homme, le chevalier Pélée, m'a envoyé
avec toi,
Le jour où, de Phthie, il t'a envoyé vers Agamemnon,
440 Encore naïf, encore ignorant de la guerre égale pour tous,
Et des conseils, où les hommes apprennent à se distinguer.
C'est pourquoi il m'a fait partir, pour que je t'enseigne tout
cela,
Pour que tu sois un maître de la parole et un héros de
l'action.
Donc jamais loin de toi, cher enfant, je ne voudrais
445 Être abandonné, même si un dieu en personne me pro-
mettait
De me défaire de ma vieillesse et de me rendre à nouveau
jeune,
Tel que j'étais quand j'ai quitté l'Hellade aux belles femmes,
Fuyant la colère de mon père Amyntor Orménide,
Qui m'en voulait pour une fille aux beaux cheveux
450 Qu'il aimait lui-même ; et il méprisait sa femme,
Ma mère ; toujours à mes genoux elle me suppliait de faire
Le premier l'amour à la fille, pour qu'elle haïsse le vieil
homme.
Docile, je l'ai fait. Mon père tout de suite informé
Me maudit longuement, appelant les sinistres Erinyes :
455 Jamais sur ses genoux ne s'assiérait un fils
Né de moi. Les dieux ont accompli la malédiction,
Le Zeus de sous la terre et Perséphone l'épouvantable.
Lui, j'ai voulu le tuer avec le bronze aigu ;
Un immortel a calmé ma bile ; dans mon cœur il m'a
montré
460 Ce que dirait le peuple et comment on m'insulterait,
Parmi les Achéens je serais appelé parricide.
Alors en moi mon cœur ne me disait plus du tout

De rester dans le palais d'un père en fureur.
Les parents, les cousins autour de moi
465 Me suppliaient, me retenaient dans le palais ;
De gras moutons, des bœufs aux pieds tors, en quantité
Ils en égorgèrent ; en quantité des cochons luisants de
graisse
Grillèrent étalés devant la flamme d'Héphaistos ;
En quantité on but du vin, tiré des jarres du vieil homme.
470 Pendant neuf nuits ils dormirent près de moi.
Ils montaient la garde à tour de rôle ; jamais ne s'éteignaient
Les feux ; l'un à l'air libre, dans la cour bien fermée ;
L'autre dans le vestibule, devant la porte de la chambre.
Mais quand arriva, obscure, la dixième nuit,
475 La porte de la chambre, parfaitement ajustée,
Je la brisai et m'en allai ; j'escaladai le mur de la cour
Sans peine ; les gardes ne m'ont pas vu ni les servantes.
J'ai fui ensuite loin à travers la vaste Hellade,
Je suis arrivé dans la Phthie plantureuse, mère des moutons,
480 Chez le prince Pélée ; il m'a reçu avec bienveillance,
Il m'a aimé comme un père aime son fils
Unique, choyé, héritier de grands biens.
Et il m'a fait riche, me confiant un grand peuple.
J'habitais au bout de la Phthie, régnant sur les Dolopes.
485 Et j'ai fait de toi ce que tu es, Achille à visage de dieu ;
Je t'aimais de tout mon cœur, et tu ne voulais avec per-
sonne
Aller à un festin ou manger au palais,
Tant que je ne t'avais pas assis sur mes genoux,
Pour te couper ta viande, te faire manger, te verser du vin.
490 Souvent tu as mouillé sur ma poitrine ma tunique,
En recrachant ton vin ; la vie est dure aux enfants*.
Pour toi j'ai beaucoup supporté, beaucoup souffert,
En pensant que les dieux ne me donneraient pas un fils
À moi ; je faisais de toi, Achille qui ressembles aux dieux,
495 Mon enfant qui un jour écarterait de moi le triste malheur.
Allons, Achille, domine ton grand cœur. Il ne faut pas
Que tu aies l'esprit rigide ; même les dieux changent d'idée ;
Or plus hautes sont leur vertu, leur valeur et leur force.

Mais avec des sacrifices, de douces invocations,
500 Du vin versé, de la graisse, les hommes en les suppliant
Se les concilient, après une erreur ou une transgression.
Car les prières sont filles du grand Zeus,
Boiteuses, ridées, louches des deux yeux ;
Elles s'affairent, marchant derrière Folle-Erreur.
505 Folle-Erreur est forte, agile, c'est pourquoi toutes,
Elle les dépasse, sur toute la terre elle les devance
Et nuit aux hommes ; les autres, par après, les guérissent.
Celui qui respecte les filles de Zeus quand elles s'approchent,
Il en tire grand profit : elles écoutent ses supplications.
510 Celui qui leur dit « non » et durement se refuse,
Elles vont alors demander à Zeus Kronide
Que Folle-Erreur le poursuive, pour que, souffrant, il expie.
Allons, Achille, fais que les filles de Zeus obtiennent
Cet honneur qui courbe tant d'autres âmes nobles.
515 S'il ne te faisait pas de cadeaux, ne t'en annonçait pas
    d'autres,
L'Atride, s'il était toujours violemment hostile,
Ce n'est pas moi qui te suggérerais de renoncer à ta colère
Et d'aller défendre les Argiens, dans la détresse où ils sont.
Mais il t'en donne dès maintenant, il t'en promet pour plus
    tard,
520 Il a envoyé les meilleurs des hommes te supplier,
Il les a choisis dans l'armée achéenne ; ce sont ceux que tu
    aimes
Le mieux parmi les Argiens ; ne méprise ni leurs paroles,
Ni leur démarche ; avant, on ne pouvait pas s'indigner de
    ta colère.
Telle fut, nous l'avons ouï dire, la gloire des héros
525 D'autrefois, quand les prenait une colère violente :
Ils cédaient aux cadeaux et aux discours.
Je me rappelle un fait de jadis, et non pas récent,
Tel qu'il eut lieu ; je vais vous le dire, vous êtes tous mes
    amis.
Les Courètes et les Étoliens belliqueux se battaient
530 Autour de la ville de Kalydôn ; ils se tuaient les uns les autres.
Les Étoliens défendaient Kalydôn la gracieuse,

Les Courètes, pleins de la fureur d'Arès, voulaient la détruire.
Artémis au trône d'or avait lancé sur eux un malheur,
Fâchée parce qu'Oineus de son verger ne lui avait donné
535 Aucunes prémices ; les autres dieux avaient eu leurs sacri-
    fices.
Pour elle seule, fille du grand Zeus, il n'avait rien fait.
Par distraction, ou par oubli, il avait gravement erré*.
Dans sa colère, la Dame à l'Arc, fille de Zeus,
Lança un sanglier malfaisant, sauvage, armé de dents,
540 Qui dévasta vilainement le verger d'Oineus.
Il arracha, abattit sur le sol quantité de grands arbres
Avec leurs racines et les fleurs qui annoncent des fruits.
C'est le fils d'Oineus, Méléagre, qui le tua,
Ayant rassemblé, venus de diverses villes, des chasseurs
545 Et des chiens. Un petit nombre ne l'aurait pas maîtrisé
Tant il était gros : plus d'un, par lui, monta sur le triste
    bûcher.
Elle* suscita grand vacarme et grands hurlements,
Pour la tête du sanglier, et pour sa peau à longs poils,
Entre Courètes et magnanimes Étoliens.
550 Tant que Méléagre combattit, cher à Arès,
Les Courètes avaient le dessous, ils ne pouvaient pas,
Quoique plus nombreux, se maintenir sous les remparts.
Mais quand Méléagre fut pris par la colère qui gonfle
Dans les poitrines l'esprit d'hommes pourtant posés,
555 Le cœur irrité contre Althaia sa mère,
Il resta couché près de sa femme légitime, la belle Cléopâtre,
Fille de Marpessa, l'Evénienne aux fines chevilles,
Et d'Idas, le plus fort des hommes qui alors
Vivaient sur la terre : il avait pris son arc face au prince
560 Phoibos Apollon, à cause de la fille aux fines chevilles.
À elle, dans le palais, son père et sa mère souveraine
Donnaient le nom d'Alcyone, parce que cette mère,
Chargée comme l'alcyon d'un déplorable malheur,
Avait pleuré, enlevée par Phoibos Apollon qui de loin pro-
    tège.
565 C'est près d'elle qu'il restait couché, remâchant sa bile
    amère.

Furieux contre les malédictions de sa mère, qui aux dieux
Dans sa douleur avait dénoncé le meurtre de son frère,
Frappant de ses mains la terre qui nourrit les vivants,
Appelant Hadès et Perséphone l'épouvantable ;
570 À genoux, mouillant de larmes son ventre,
  Exigeant la mort de son fils. L'Erinye qui erre dans la
    brume
  L'entendit du fond de l'Erèbe, elle dont le cœur est sans
    pitié.
  Bientôt devant les portes on entendit des voix fortes, un
    bruit sourd :
  Des coups ébranlaient les tours. Les plus vieux des Éto-
    liens
575 Vinrent le supplier, lui envoyant les plus respectables prêtres,
  De sortir et de les défendre ; ils lui promettaient un grand
    cadeau.
  Là où est la plus riche la plaine de Kalydôn la gracieuse,
  Ils lui disaient de se choisit un beau domaine
  De cinquante arpents, moitié en vignes,
580 Moitié en terre nue ; il en fixerait les limites.
  Longuement le supplia le vieux chevalier Oineus,
  Figé sur le seuil de la chambre à haut plafond,
  Secouant la porte bien jointe, à genoux devant son fils ;
  Longuement ses sœurs et sa mère souveraine
585 Le supplièrent. Il disait « non ». Longuement ses compa-
    gnons
  Les plus braves et les plus proches.
  Ils ne persuadèrent pas son cœur dans sa poitrine.
  Mais quand les coups frappèrent la chambre, quand les
    Courètes
  Montèrent sur les tours et mirent le feu à la grande ville,
590 Alors sa femme à la taille ronde supplia en pleurant
  Méléagre, elle lui fit la liste de toutes
  Les douleurs qui frappent ceux dont la ville a été prise :
  On tue les hommes, le feu anéantit la ville,
  L'étranger emmène les enfants et les femmes au beau giron.
595 En écoutant ces horreurs, son cœur se hérissa ;
  Il alla, revêtit ses armes éblouissantes,

Écarta des Étoliens le jour du malheur;
Il cédait à son cœur. Eux ne lui donnèrent pas le moindre
De ces cadeaux qui font plaisir. Il les avait défendus, c'est
  tout.
600 Mais toi, ne t'abandonne pas à ces idées, que nul mauvais
  génie
Ne t'emmène sur cette voie, ami. Attendre que les bateaux
Soient déjà en flammes, ce serait pire. Accepte
Les cadeaux. Les Achéens t'honoreront comme un dieu.
Si, sans avoir rien reçu, tu te lances plus tard dans la guerre
  qui tue,
605 Tu n'auras pas les mêmes honneurs, même si tu éloignes la
  guerre. »

En réponse lui dit Achille Pieds-Rapides :
« Phoinix, cher vieil homme, filleul de Zeus, de cet honneur
Je n'ai pas besoin; je pense être honoré par le vouloir de
  Zeus
Qui me retiendra près des bateaux de haut bord, tant
  qu'un souffle
610 Subsistera dans ma poitrine et que mes genoux pourront
  bouger.
Ce que je vais dire d'autre, mets-le-toi dans l'esprit :
Ne me trouble pas le cœur par des sanglots et des plaintes
Pour faire plaisir au héros fils d'Atrée; il ne faut plus
Que tu l'aimes; tu me serais odieux, à moi qui t'aime.
615 Il est beau pour toi de nuire avec moi à qui me nuit.
Règne en égal avec moi, prends la moitié de mes honneurs.
Ceux-là porteront le message; reste ici, couche-toi
Sur un lit moelleux. Dès que l'aurore paraîtra,
Nous verrons si nous retournons chez nous ou si nous
  restons. »

620 Il dit, et d'un signe, sans rien dire, à Patrocle
Il ordonna de faire un lit bien épais pour Phoinix; les autres
Devaient songer à quitter sa tente au plus tôt; Ajax
De Télamôn, à visage de dieu, dit alors :
« Laertiade, sang des dieux, Ulysse plein d'astuce,

625 Allons. Je ne crois pas que le but de nos paroles
	Puisse être atteint par cette voie. Il nous faut au plus vite
	Rapporter ce message aux Danaens, même s'il n'est pas
		bon.
	Ils sont là à attendre. Achille
	A mis dans sa poitrine un cœur sauvage, altier ;
630 Le cruel, il ne songe pas à l'amitié de ses compagnons,
	Près des bateaux nous l'honorions par-dessus tous les autres,
	Il n'a pas de pitié. Pour le meurtre d'un frère
	Ou pour un enfant mort on reçoit compensation.
	Ayant payé largement, l'un reste dans la tribu* ;
635 L'autre domine son cœur et sa noble colère,
	Ayant reçu compensation. Toi, les dieux ont mis
	Dans ta poitrine une colère mauvaise et sans fin pour une
		seule
	Fille ; à présent nous t'en offrons sept, et des plus belles,
	Et bien d'autres choses par surcroît. Fais-toi un cœur plus
		doux,
640 Aie des égards pour ta maison ; nous sommes sous ton toit,
	Choisis dans la foule des Danaens ; nous souhaitons plus
		que les autres
	Être les plus chers et pour toi les plus proches de tous les
		Achéens*. »

	En réponse lui dit Achille Pieds-Rapides :
	« Ajax de Télamôn, sang des dieux, chef de peuples,
645 Tu as parlé, je crois, du fond de l'âme,
	Mais la bile gonfle mon cœur, lorsque je me
	Rappelle avec quel mépris devant les Argiens m'a traité
	L'Atride, comme si j'étais un homme sans lieu, sans hon-
		neur.
	Mais allez, et rapportez mon message.
650 Je ne me mêlerai pas de la guerre sanglante
	Tant que le fils du sage Priam, le divin Hector,
	Ne sera pas arrivé aux tentes et aux bateaux des Myrmidons,
	Tuant des Argiens et mettant le feu aux bateaux.
	C'est près de ma tente et de mon bateau noir
655 Qu'Hector s'arrêtera, malgré son envie de combattre. »

Il dit ; chacun prit une coupe à deux anses ;
Après le rite, ils s'en allèrent le long des bateaux ; Ulysse
   les guidait.
Patrocle ordonna aux compagnons et aux servantes
De préparer au plus vite pour Phoinix un lit bien épais.
660 Dociles, elles firent le lit, comme il l'avait ordonné :
Des fourrures, une couverture et un drap du lin le plus fin.
Le vieil homme se coucha, et attendit l'aurore divine.
Achille dormait dans un coin de la tente bien dressée.
Près de lui couchait une femme, qu'il avait amenée de
   Lesbos,
665 La fille de Phorbas, Diomèdè aux belles joues.
Patrocle se coucha de l'autre côté ; près de lui était
Iphis à la taille ronde, que lui avait donnée Achille le divin,
Lorsqu'il avait pris Scyros l'escarpée, citadelle d'Enyeus.

Quand les autres furent dans la tente de l'Atride,
670 Les fils des Achéens, coupes d'or en main, les reçurent,
Se levant chacun de son siège, et les interrogèrent.
Agamemnon prince des hommes les questionna le premier :
« Dis-moi, fameux Ulysse, grande gloire des Achéens,
Consent-il à écarter des bateaux le feu cruel,
675 Ou s'y refuse-t-il, son grand cœur toujours pris par la bile ? »
En réponse lui dit le divin Ulysse, qui a tant souffert :
« Atride glorieux, prince des hommes, Agamemnon,
Il ne veut pas éteindre sa colère ; plus que jamais
Il est plein de fureur, il te dit "non", à toi et à tes cadeaux.
680 Il veut que tu annonces toi-même aux Argiens
Comment tu vas sauver les bateaux et l'armée achéenne.
Pour lui, il menace dès que paraîtra l'aurore
De tirer à la mer les solides bateaux à coque ronde.
Aux autres, il dit que nous conseillions
685 De revenir à la maison, car jamais vous ne verrez la fin
D'Ilion la haute ; Zeus qui voit loin
La protège de sa main, et ses hommes ont confiance.
C'est ce qu'il a dit. Peuvent le redire ceux qui m'accompa-
   gnaient,

Ajax et les deux hérauts, tous deux bien inspirés.
690 Le vieux Phoinix couche là-bas, selon l'ordre qu'il a reçu,
Pour que, sur les bateaux, vers la terre de la patrie, il le
   suive
Demain, s'il y consent. On ne le forcera pas. »

Il dit, et tous demeuraient en silence,
Émerveillés de ses paroles ; il avait parlé avec force.
695 Longtemps ils furent sans rien dire, affligés, les fils des
   Achéens.
Enfin parla Diomède Voix-Sonore :
« Atride glorieux, prince des hommes, Agamemnon,
Il ne fallait pas supplier le Pélide sans reproche,
En lui donnant des cadeaux ; il est orgueilleux sans cela.
700 À présent, tu l'as encore enfoncé dans son orgueil.
Ne pensons plus à lui, qu'il s'en aille,
Ou qu'il reste. Il reprendra le combat quand son cœur
Dans sa poitrine le lui dira ou quand un dieu l'y poussera.
Mais faisons comme je dis ; laissons-nous persuader.
705 Allons dormir ; notre cœur a son content
De pain et de vin. C'est là que sont force et vaillance.
Quand paraîtra la belle Aurore aux doigts de rose,
Vite devant les bateaux range les hommes et les chevaux,
Exhorte-les, et combats toi-même au premier rang. »

710 Il dit, et tous les rois l'approuvèrent,
Émerveillés par la parole de Diomède qui dresse les chevaux.
Après le rite, chacun alla dans sa tente.
Alors ils dormirent, accueillant le sommeil, cette grâce.

CHANT X

Près des bateaux, les meilleurs de tous les Achéens
Tout au long de la nuit dormaient, saisis par le tendre som-
meil.
Mais l'Atride Agamemnon, berger des peuples,
Loin du doux sommeil, roulait dans son esprit mille choses.
5 Comme lorsque, d'un éclair, l'époux d'Héra aux beaux
cheveux
Lance une pluie formidable, ou la grêle,
Ou une neige nouvelle, quand déjà les champs sont tout
blancs,
Ou lorsqu'il ouvre la grande gueule de la guerre saumâtre,
Aussi drus montaient les sanglots dans la poitrine d'Aga-
memnon,
10 Venus du cœur ; et toutes ses membranes, en lui, frisson-
naient.
Quand il regardait la plaine de Troie,
Il s'émerveillait de tous ces feux qui brûlaient en avant
d'Ilion*,
Du chant des flûtes et des syrinx*, du vacarme des hommes.
Mais quand il regardait les bateaux et l'armée achéenne,
15 Il s'arrachait depuis la racine les cheveux
Pour Zeus qui est là-haut* ; et son grand cœur gémissait.
Il lui vint à l'esprit une idée excellente :
Aller voir Nestor Néléide, le meilleur des hommes :
Construiraient-ils ensemble un stratagème subtil
20 Qui loin des Danaens repousserait le malheur ?

Il se leva, enfila sa tunique,
À ses pieds luisants il attacha des sandales,
Puis il revêtit la peau fauve d'un grand lion
Couleur de feu ; elle lui tombait jusqu'aux pieds. Il prit sa
    lance.

25 De même une peur tenait Ménélas (lui non plus,
Le sommeil n'avait pas gagné ses paupières) : ils allaient
    souffrir,
Les Argiens, qui pour lui à travers la mer immense
Étaient venus à Troie porter une guerre hardie.
Il couvrit d'abord son large dos d'une peau de panthère
30 Tachetée ; il souleva et mit sur sa tête un casque
De bronze ; de sa forte main, il prit une pique.
Il alla pour le faire lever au logis de son frère, qui régnait
Sur tous les Argiens et qu'on honorait comme un dieu.
Il le trouva endossant ses belles armes
35 Près de la poupe de son bateau ; il le réjouit par sa venue.
Le premier à parler fut Ménélas Voix-Sonore :
« Pourquoi t'es-tu armé, mon cher frère ? Veux-tu envoyer
Un de nos compagnons en reconnaissance chez les Troyens ?
J'ai grand peur que personne ne se charge de cette mission :
40 Aller seul observer les ennemis,
Dans la nuit merveilleuse ; il faut un cœur audacieux. »

En réponse lui dit le puissant Agamemnon :
« Il nous faut, à moi et à toi, Ménélas filleul de Zeus, un
    conseil
Utile, qui nous tire d'affaire et sauve
45 Les Argiens avec les bateaux. La pensée de Zeus a tourné ;
Il apprécie davantage les sacrifices que lui donne Hector.
Jamais je n'ai vu, ou entendu dire
Qu'un homme ait un jour causé autant d'inquiétudes
Qu'Hector ami de Zeus en a donné aux fils des Achéens,
50 Alors qu'il n'est fils ni d'un dieu ni d'une déesse*.
Il a tant fait que, je le dis, les Argiens en auront souci
Longtemps encore, tant il a machiné de maux contre les
    Achéens.

Mais va, appelle Ajax et Idoménée ;
Cours le long des bateaux. Moi, c'est vers le divin Nestor
55 Que je vais aller, pour le faire lever, et voir s'il veut venir
Au bataillon sacré* des gardes et leur donner ses instruc-
    tions.
Ils lui obéiront plus volontiers qu'à d'autres : c'est son fils
Qui commande aux gardes, avec le serviteur d'Idoménée
Mèrionès ; nous leur avons confié cette charge. »

60 Lui répondit alors Ménélas Voix-Sonore :
« Quelle instruction, quel ordre me donnes-tu ?
Dois-je rester là-bas avec eux, jusqu'à ce que tu viennes ?
Dois-je revenir en courant, une fois les instructions don-
    nées ? »

Lui dit alors le prince des hommes Agamemnon :
65 « Reste là-bas : nous pourrions nous manquer
Dans nos trajets. Il y a beaucoup de chemins dans le camp.
Parle haut partout où tu passeras, dis-leur de rester éveillés.
Appelle chaque homme par le nom de son père.
Sois poli avec tous ; pas d'arrogance dans ton cœur !
70 Nous devons, nous aussi, nous donner de la peine. Sur nous
Zeus, depuis notre naissance, a lancé un lourd malheur. »

Ce disant, il renvoya son frère avec de bonnes instructions.
Lui, il alla chez Nestor, berger de peuples ;
Il le trouva près de sa tente et de son bateau noir,
75 Sur un lit moelleux, ses armes ornées près de lui :
Un bouclier, deux lances, un casque qui brille,
La ceinture aux mille couleurs que le vieil homme
Ceignait quand il s'armait pour la guerre tueuse d'hommes,
En tête de son peuple. Car il ne cédait pas devant la triste
    vieillesse.
80 Redressé sur le coude, soulevant la tête,
Il parla à l'Atride et lui posa cette question :
« Qui es-tu, qui t'en vas seul, près des bateaux, à travers le
    camp,
À travers la nuit obscure, alors que dorment tous les mortels ?

Cherches-tu un mulet? L'un de tes compagnons?
85 Parle. N'approche pas de moi sans rien dire. Que te faut-
il?»

Lui répondit alors Agamemnon prince des peuples:
«Ô Nestor Néléide, gloire des Achéens,
Reconnais Agamemnon Atride; plus que tous
Zeus m'a plongé dans la peine, tant qu'un souffle
90 Subsistera dans ma poitrine, et que mes genoux pourront
bouger.
J'erre parce que le doux sommeil n'arrive pas
Jusqu'à mes yeux; je pense à la guerre et aux soucis des
Achéens,
J'ai terriblement peur pour les Danaens et mon âme n'a
pas
De repos, je me sens perdu, mon cœur bondit hors
95 De ma poitrine, et tous mes membres, si beaux, frissonnent.
Mais si tu veux agir, puisque le sommeil ne te touche pas
non plus,
Allons vers les hommes de garde, pour voir si,
Accablés de fatigue, ils ne vont pas
S'endormir, en oubliant complètement de veiller.
100 Les ennemis sont tout près. Nous ne savons pas
S'ils ne méditent pas de venir attaquer dans la nuit.»

Lui répondit alors Nestor, chevalier de Gérénia:
«Atride glorieux, prince des hommes Agamemnon,
Pour Hector, Zeus le subtil ne lui donnera pas tout
105 Ce que maintenant il espère; mais je pense
Qu'il souffrira peines bien pires, si jamais Achille
Détourne son cœur de son âpre colère.
Je vais te suivre; allons en réveiller d'autres,
Le Tydéide Lance de Gloire et Ulysse,
110 Et Ajax le rapide et le noble fils de Phylleus*.
Et si quelqu'un allait appeler aussi
Ajax à visage de dieu et le prince Idoménée?
Leurs bateaux sont loin, vraiment pas tout près.
Mais l'honorable Ménélas, bien qu'il me soit cher, je vais le

115 Tancer, même si tu te fâches ; et je ne m'en cacherai pas.
    Il dort et te laisse tout faire.
    Il faudrait qu'il se donne la peine d'aller voir tous les sei-
       gneurs
    En suppliant ; la nécessité nous presse, insupportable. »

    Lui dit alors le prince des hommes Agamemnon :
120 « Vieil homme, autrefois je t'ai suggéré de lui dire son fait.
    Souvent, il laisse tout aller, et ne veut pas se donner de
       peine ;
    Non qu'il cède à la paresse ou qu'il soit étourdi ;
    Simplement il attend, l'œil sur moi, que je le fasse bouger.
    Mais aujourd'hui, c'est lui qui s'est réveillé et est venu me
       trouver.
125 Je l'ai envoyé chercher ceux que tu veux voir.
    Mais allons. Les autres, nous les rencontrerons devant les
       portes,
    Au poste de garde, où je leur ai dit de se rassembler. »

    Lui répondit alors Nestor, chevalier de Gérénia :
    « Il n'y aura donc ni indignation ni méfiance
130 Chez les Argiens, quand il donnera des consignes ou des
       ordres. »

    Ce disant, il enfila sa tunique,
    À ses pieds luisants il attacha des sandales,
    Il agrafa un manteau de pourpre,
    Double, bien ample, dont la laine frisait.
135 Il prit une forte pique, armée d'une pointe de bronze,
    Et s'en alla le long des bateaux des Achéens cuirassés de
       bronze.
    Il alla d'abord chez Ulysse, pareil à Zeus pour la subtilité ;
    Il le tira du sommeil, Nestor, chevalier de Gérénia,
    En parlant haut. L'autre soudain perçut l'appel.
140 Il sortit de sa tente et leur dit cette parole :
    « Pourquoi errez-vous seuls près des bateaux, à travers le
       camp,
    Dans la nuit merveilleuse ? Qu'est-ce qui vous y force ? »

En réponse lui dit Nestor, chevalier de Gérénia :
« Laertiade, sang des dieux, Ulysse plein d'astuce,
145 Ne te fâche pas ; une lourde douleur pèse sur les Achéens.
Suis-nous, allons en réveiller un autre, qui vienne
Délibérer s'il faut fuir ou combattre. »

Il dit. Entrant dans sa tente, Ulysse le subtil mit sur son
      épaule
Un bouclier de toutes les couleurs, puis marcha avec eux.
150 Ils allèrent chez Diomède Tydéide. Ils le trouvèrent
Hors de sa tente, avec ses armes. Tout autour
Ses compagnons dormaient, la tête sur leur bouclier, leurs
      piques
Fichées en terre, droites, par le bout ; au loin le bronze
Brillait comme l'éclair du père Zeus. Le héros
155 Dormait sur la peau d'un bœuf sauvage,
Un tapis brillant était étendu sous sa tête.
Debout près de lui, Nestor, chevalier de Gérénia, le réveilla
En le poussant du pied ; il le pressa et le tança :
« Réveille-toi, fils de Tydée ; pourquoi dormir ainsi toute la
      nuit ?
160 N'entends-tu pas les Troyens ? Là où la plaine est la plus
      haute,
Ils sont installés non loin des bateaux ; un petit espace
nous sépare. »

Il dit. L'autre sortit soudain du sommeil,
Et, lui parlant, il dit ces mots qui ont des ailes :
« Tu es cruel, vieil homme, tu n'arrêtes donc jamais !
165 Il n'y a donc pas, parmi les fils des Achéens, d'autres, plus
      jeunes,
Pour aller réveiller chacun des rois
En parcourant tout le camp ? Tu es impossible, vieil homme. »

Lui dit alors Nestor, chevalier de Gérénia :
« Ce que tu dis, ami, est bien raisonné.
170 J'ai des enfants irréprochables, ou, dans les troupes

Nombreuses, quelqu'un qui pourrait porter la convocation.
Mais lourde est la nécessité qui pèse sur les Achéens.
Nous sommes tous sur le fil du rasoir* :
Pour les Achéens, c'est la vie ou la mort affreuse.
175 Va vite, Ajax le rapide et le fils de Phylée,
Fais-les lever (tu es plus jeune) si tu as de moi pitié. »

Il dit. L'autre sur ses épaules jeta la peau d'un grand lion
Couleur de feu ; elle lui tombait jusqu'aux pieds. Il prit sa
lance.
Il alla, le héros, il fit lever les autres et leur montra la
route.

180 Quand ils eurent rejoint les gardiens rassemblés,
Ils trouvèrent que les chefs des gardes ne dormaient pas,
Mais tous étaient assis, éveillés, en armes.
Comme des chiens qui veillent, mal à leur aise, dans une
cour ;
Ils entendent la bête féroce qui, dans la forêt,
185 Marche à travers la montagne ; autour d'elle se fait un
vacarme
D'hommes et de chiens, et il est impossible de dormir.
Ainsi le doux sommeil avait fui leurs paupières ;
Ils veillaient dans la nuit traîtresse, toujours tournés
Vers la plaine, pour écouter si les Troyens approchaient.
190 En les voyant, il eut grand joie, le vieil homme ; il les encou-
ragea
Et, leur parlant, il dit ces mots qui ont des ailes :
« C'est bien, chers enfants, montez la garde ; que personne
Ne s'endorme ; nous donnerions à rire aux ennemis. »

Il dit, et franchit le fossé ; le suivirent
195 Les rois des Argiens, convoqués au conseil.
Avec eux, Mèrionès et le noble fils de Nestor
Marchaient ; on les avait invités à délibérer.
Ils traversèrent le fossé profond et s'assirent
Dans un endroit propre, où l'on ne voyait pas de cadavres
200 Gisants. C'est là qu'Hector le violent s'était arrêté,

Après avoir tué force Argiens, quand la nuit avait tout
   enveloppé.
Ils s'assirent, et échangèrent des paroles.
Le premier à parler fut Nestor, chevalier de Gérénia :
« Amis, n'y a-t-il pas un homme assez sûr de lui
205 Et de l'audace de son cœur ? Vers les Troyens magnanimes
Il irait, ferait prisonnier un ennemi isolé,
Ou bien il entendrait chez les Troyens une rumeur :
Que sont-ils en train d'inventer ? Pensent-ils
Rester ici près des bateaux, loin de chez eux, ou vers la
   ville
210 S'en retourner, puisqu'ils ont battu les Achéens ?
Il pourrait recueillir l'information, et revenir vers nous
Sain et sauf. Il aurait une grande gloire sous le ciel,
Auprès de tous les hommes, et une belle récompense.
Parmi les seigneurs, ceux qui commandent sur les bateaux,
215 Chacun lui donnerait une brebis noire,
Une femelle avec un agneau ; c'est un cadeau à nul autre
   pareil.
Toujours, dans nos festins et nos repas, il serait là. »

Il dit, et tous demeuraient en silence.
Diomède Voix-Sonore leur parla :
220 « Nestor, mon cœur et ma noble ardeur me poussent
À m'infiltrer dans l'armée ennemie, toute proche,
Chez les Troyens ; mais si un autre m'accompagnait
J'aurais plus chaud au cœur et serais plus hardi.
Quand on marche à deux, chacun peut trouver
225 Ce qui est le meilleur ; un homme seul trouve aussi,
Mais son idée va moins loin, et sa ruse est fragile. »

Il dit. Beaucoup voulaient suivre Diomède.
Le voulaient les deux Ajax, serviteurs d'Arès,
Le voulait Mèrionès, le voulait plus que tous le fils de
   Nestor,
230 Le voulait l'Atride Lance de Gloire Ménélas,
Ulysse le patient voulait se glisser dans la foule
Des Troyens ; son cœur avait toujours toutes les audaces.

Agamemnon, prince des peuples, leur dit :
« Diomède Tydéide, toi en qui se complaît mon cœur,
235 Choisis le compagnon que tu veux,
  Le meilleur de ceux qui se présentent ; beaucoup en ont
    envie.
  Évite, par délicatesse, de laisser de côté
  Le meilleur, de prendre le moins bon, par trop de respect
  Pour la naissance, même s'il est de sang plus royal. »

240 Voilà ce qu'il dit ; il craignait pour le blond Ménélas.
  À nouveau Diomède Voix-Sonore leur parla :
  « Si vous m'invitez à choisir moi-même un compagnon,
  Pourrais-je ne pas penser à Ulysse le divin,
  Qui a l'esprit lucide et le cœur noble,
245 Quelle que soit la tâche, et qu'aime Pallas Athéna ?
  S'il vient avec moi, nous échapperons
  Même au feu ardent, car il sait réfléchir. »

  Lui dit alors Ulysse le divin, qui a tant souffert :
  « Tydéide, ne me flatte pas, ne me blâme pas non plus.
250 Tu parles aux Argiens, qui savent tout cela.
  Allons. La nuit avance, et l'aurore est proche.
  Les astres penchent ; déjà sont passés
  Deux tiers de la nuit ; il ne reste qu'un tiers*. »

  Ce disant, ils prirent tous deux leurs armes terribles.
255 Au Tydéide le belliqueux Thrasymèdès donna
  Une épée à deux tranchants (la sienne était restée dans son
    bateau)
  Et un bouclier ; sur sa tête il mit un casque
  En cuir, sans cimier ni crinière, qu'on appelle
  « Catétyx », qui protège la tête des très jeunes gens.
260 Mèrionès à Ulysse donna un arc et un carquois
  Et une épée, il lui mit sur la tête un casque*
  De cuir ; à l'intérieur il était tendu
  De courroies serrées ; à l'extérieur les dents blanches
  D'un sanglier aux dures défenses avaient été disposées çà
    et là,

265 Fort bien, avec un grand savoir ; le fond était en feutre.
    Autolykos, autrefois, dans Eléôn, à Amyntor Orménide
    L'avait pris, le jour où il força les défenses de son palais.
    Dans Skandia il l'avait donné à Amphidamas de Cythère.
    Puis Amphidamas à Molos l'avait donné, cadeau pour un
        hôte ;
270 Lui l'avait donné à Mèrionès, son fils, pour qu'il le porte.
    En ce moment il couvrait la tête d'Ulysse.

    Quand ils eurent revêtu leurs armes terribles,
    Ils allèrent, laissant sur place tous les seigneurs.
    Sur leur droite, près de la route, était un héron envoyé par
275 Pallas Athéna ; ils ne le virent pas de leurs yeux
    Dans la nuit obscure, mais ils l'entendirent crier.
    Ulysse se réjouit de l'oiseau, et invoqua Athéna :
    « Écoute-moi, fille de Zeus à l'égide, qui toujours
    Dans tous mes labeurs es près de moi, et jamais ne me
        perds
280 De vue quand je bouge ; aime-moi en ce moment, Athéna,
    Donne-nous de revenir glorieux vers nos bateaux,
    Après un grand exploit qui inquiétera les Troyens. »

    Après lui Diomède Voix-Sonore fit une prière :
    « Écoute moi aussi, fille de Zeus, Atrytonè,
285 Suis-moi comme tu as suivi mon père le divin Tydée
    Jusqu'à Thèbes, quand il était messager des Achéens.
    Sur l'Asopos il laissa les Achéens cuirassés de bronze,
    Et il alla porter un message aimable aux Cadméens,
    Là-bas ; en revenant il accomplit des exploits merveilleux,
290 Avec toi, déesse, car tu étais, favorable, près de lui.
    Sois à présent près de moi, de bon cœur, et protège-moi.
    Je te sacrifierai une génisse au front large,
    Qui n'a pas travaillé, qu'aucun homme n'a mise sous le
        joug.
    Je te l'offrirai après avoir doré ses cornes. »

295 Telles furent leurs prières. Pallas Athéna les entendit ;
    Dès qu'ils eurent prié la fille du grand Zeus,

Ils allèrent comme deux lions dans la nuit noire,
À travers carnage, et cadavres, et armes, et sang noir.

Hector non plus ne laissait pas les vaillants Troyens
300 Dormir, mais il appela à part tous les seigneurs,
Tous les chefs et capitaines des Troyens.
Les ayant réunis, il leur révéla sa forte décision :
«Qui se promettrait de mener à bien une mission,
Contre une grande récompense ? Le salaire sera large.
305 Je donnerai un char et deux chevaux à forte encolure,
Les meilleurs qui soient dans les bateaux légers des Achéens ;
Il recueillera une grande gloire, celui qui prendra sur lui
De s'approcher des bateaux rapides, pour s'informer
Si comme avant ils surveillent leurs bateaux légers,
310 Ou si déjà, battus par nos mains,
Ils veulent s'embarquer pour fuir et ne consentent plus
À les garder pendant la nuit, vaincus qu'ils sont par la
fatigue.»

Il dit, et tous demeuraient en silence.
Il y avait parmi les Troyens un certain Dolon, fils d'Eu-
mèdès
315 Héraut divin, riche en or, riche en bronze,
Qui était laid de visage, mais rapide à la course.
Il était seul avec cinq sœurs.
Il adressa cette parole aux Troyens et à Hector :
«Hector, mon cœur et mon âme noble me poussent
320 À m'approcher des bateaux légers, pour m'informer.
Mais lève ton bâton de chef et promets-moi
Ces chevaux, ce char orné de bronze ;
Tu me les donneras, ceux qui portent le Pélide sans reproche,
Et je serai pour toi un bon éclaireur, digne d'estime.
325 Maintenant je vais traverser l'armée pour aller
Au bateau d'Agamemnon, où les seigneurs vont bientôt
Délibérer s'il leur faut fuir ou combattre*.»

Il dit ; l'autre prit en main son bâton et promit :
«Que le sache Zeus Puissant-Tonnerre, époux d'Héra,

330 Aucun autre parmi les Troyens ne mènera
Ces chevaux ; je te promets qu'il feront ta renommée. »

Il dit, promit, mais pour rien, et encouragea l'autre,
Qui tout de suite prit sur ses épaules son arc courbe,
S'habilla d'une peau de loup gris,
335 Se mit en tête un casque de fourrure, prit un javelot pointu*,
Marcha, quittant l'armée, vers les bateaux ; il ne devait pas
Revenir des bateaux pour rendre compte à Hector.
Quand il eut quitté la foule des chevaux et des hommes,
Il marcha de bon cœur ; Ulysse, sang des dieux,
340 L'entendit approcher, et dit à Diomède :
« Voilà quelqu'un, Diomède, un homme vient de l'armée,
Je ne sais s'il veut observer nos bateaux,
Ou dépouiller l'un de ceux qui sont morts.
Laissons-le d'abord s'avancer dans la plaine
345 Un petit peu ; ensuite, en bondissant nous pourrons le prendre
Très vite ; s'il court plus vite que nous,
Pousse-le vers les bateaux, loin de son armée,
En le menaçant de ta pique, pour qu'il ne fuie pas vers la ville. »

Ayant ainsi parlé, près du chemin, parmi les cadavres
350 Ils se couchèrent ; lui, inconscient, passa vite.
Mais quand il fut à la distance d'un sillon
De mules (elles sont préférables aux bœufs
Pour tirer dans la terre profonde la charrue articulée*),
Ils coururent vers lui ; en entendant le bruit il s'arrêta.
355 Il espérait en son cœur que des camarades venaient
Le chercher et qu'Hector le rappelait.
Mais quand il furent à portée de lance, ou plus près encore,
Il comprit que c'étaient des ennemis et il joua des jambes
Pour fuir. Eux se lancèrent à sa poursuite.
360 Comme deux chiens aux crocs pointus, experts à la chasse,
Poursuivent sans trêve un cerf ou un lièvre
À travers un pays boisé ; lui, il court à toute force ;
Ainsi le Tydéide et Ulysse destructeur de villes

En le coupant de son armée le poursuivaient sans trêve.
365 Mais au moment où, fuyant vers les bateaux, il allait
Se heurter aux gardes, Athéna insuffla sa force
Au Tydéide, de peur qu'un Achéen vêtu de bronze
Ne se vante d'avoir frappé avant lui, et qu'il ne soit que le
   second.
Brandissant sa pique, il dit, le dur Diomède :
370 «Arrête-toi, ou je lance ma pique, et je t'assure
Que tu n'échapperas pas longtemps à la mort abrupte. »

Il dit, lança la pique, et fit exprès de manquer l'homme ;
La pointe de la pique de bois passa par-dessus l'épaule
Et se ficha en terre ; l'autre s'arrêta, tremblant,
375 Bafouillant ; ses dents claquaient dans sa bouche.
Il était vert de terreur ; tout soufflant, ils arrivèrent,
Lui saisirent les bras ; en pleurant, il dit :
«Prenez-moi vivant ; je me rachèterai ; chez moi il y a
Du bronze et de l'or et du fer qui se travaille avec peine.
380 Mon père en tirerait pour vous une énorme rançon,
S'il savait que je suis vivant près des bateaux des Achéens. »

En réponse lui dit Ulysse le subtil :
«Sois tranquille, ne pense pas à la mort.
Mais allons, dis-moi, et parle clairement :
385 Où vas-tu loin de l'armée, vers les bateaux, tout seul,
Dans la nuit obscure, quand dorment tous les mortels ?
Voulais-tu dépouiller l'un de ceux qui sont morts ?
Ou bien Hector t'a-t-il envoyé observer tout
Sur les bateaux creux ? Ou bien es-tu parti de toi-même ? »

390 Dolon lui répondit ensuite, et ses genoux tremblaient :
«Hector m'a égaré avec des tromperies.
Les chevaux aux sabots lourds du magnifique Pélide,
Il a promis de me les donner, avec son char orné de bronze ;
Il m'a dit d'aller à travers la nuit noire,
395 De m'approcher des ennemis, de m'informer
Si comme avant ils surveillent leurs bateaux légers,
Ou si déjà, battus par nos mains,

Ils veulent s'embarquer pour fuir et ne consentent plus
À les garder pendant la nuit, vaincus qu'ils sont par la
     fatigue. »

400 Il lui dit, Ulysse le subtil, en souriant à part soi :
     « C'est un beau cadeau que ton cœur désirait :
     Les chevaux du terrible petit-fils d'Éaque. Ils sont difficiles
     À dompter et à manier pour des hommes mortels,
     Pour tout autre qu'Achille, dont la mère est déesse.
405 Mais allons, dis-moi, et parle clairement :
     Où, en venant ici, as-tu laissé Hector, berger de peuples ?
     Où sont ses armes de guerre, où ses chevaux ?
     Où sont les gardes et les bivouacs des autres Troyens ?
     Que sont-ils en train d'inventer ? Pensent-ils
410 Rester ici, près des bateaux, loin de chez eux, ou vers la ville
     S'en retourner, puisqu'ils ont battu les Achéens ? »

     Lui dit alors Dolon, fils d'Eumèdès :
     « Je vais te dire tout cela très clairement.
     Hector est avec ceux qui forment le conseil ;
415 Il délibère près du tombeau d'Ilos le divin,
     À distance du bruit ; les gardes dont tu parles, héros,
     On n'en a pas choisi pour veiller de loin sur l'armée.
     Mais, près des feux des Troyens, ceux qui y sont obligés
     Se tiennent éveillés et s'encouragent
420 Mutuellement. Quant aux alliés venus de partout,
     Ils dorment ; ils laissent la garde aux Troyens,
     Car ils n'ont près d'eux ni enfants, ni femmes. »

     En réponse lui dit Ulysse le subtil :
     « Comment ? Est-ce mêlés aux chevaliers Troyens
425 Qu'ils dorment, ou à part ? Dis-moi, pour que je sache. »

     Lui répondit alors Dolon, fils d'Eumèdès :
     « Je vais te dire tout cela très clairement.
     Près du rivage sont les Cariens et les Paioniens aux arcs
          recourbés,
     Et les Lélèges, les Kaukones et les divins Pélasges ;

430 Thymbra, le sort l'a donnée aux Lyciens, aux Mysiens fiers,
Aux Phrygiens, gens de cheval, aux Méoniens casqués.
Mais pourquoi me demandez-vous tout cela ?
Pensez-vous à vous enfoncer dans l'armée troyenne ?
Les Thraces viennent d'arriver, ils sont à part, tout au bout.
435 Leur roi est Rhésos*, fils d'Hèioneus.
J'ai vu ses chevaux, ils sont grands et très beaux.
Plus blancs que neige, ils courent comme le vent.
Son char est d'or et d'argent, bien travaillé.
Ses armes d'or, prodigieuses, une merveille,
440 Il les a prises avec lui ; à aucun homme mortel
Elles ne conviennent, mais aux seuls dieux immortels.
Mais rapprochez-moi des bateaux légers.
Ou laissez-moi ici, en me liant d'un lien sans pitié,
Jusqu'à ce que vous reveniez, ayant vu
445 Si ce que j'ai dit est vrai, ou non.»

Le regard en dessous, le dur Diomède lui dit :
«Ne pense pas, Dolon, que tu vas échapper.
Ce que tu nous as dit est bon ; tu es entre nos mains.
Si maintenant nous te détachons et te laissons partir,
450 Tu reviendras plus tard près des bateaux achéens,
Pour espionner ou pour te battre face à face.
Mais si, abattu par ma main, tu perds le souffle,
Tu ne sera plus une calamité pour les Achéens.»

Il dit. L'autre, de sa forte main, allait lui toucher
455 Le menton, le supplier ; frappée au milieu du cou
Par l'épée brandie, les deux muscles coupés,
Sa tête (il parlait encore) avait déjà roulé dans la poussière.
Ils prirent le casque de fourrure sur sa tête,
La peau de loup, l'arc à double courbure, la grande pique.
460 À Athéna Maîtresse du pillage le divin Ulysse
Les tendit à bout de bras et dit cette prière :
«Reçois, déesse, tout cela ; tu es la première dans l'Olympe,
Parmi les immortels, à qui nous le donnons ; mais songe
    aussi
À nous guider vers les chevaux et les tentes des Thraces.»

465 Il dit, et soulevant haut les dépouilles,
    Il les mit sur un tamaris. Il fit un signe visible,
    En attachant des roseaux aux branches touffues du tamaris,
    Pour les retrouver dans la nuit noire, qui passerait vite.
    Ils marchèrent plus loin, parmi les armes et le sang noir.
470 Bientôt ils arrivèrent au camp des hommes de Thrace,
    Qui dormaient, épuisés de fatigue ; leurs armes
    Belles, près d'eux, étaient placées par terre, en ordre,
    Sur trois rangs ; près de chaque homme, deux chevaux.
    Rhésos dormait au milieu d'eux, près de lui ses chevaux
       rapides
475 Attachés avec des courroies à la rampe du char.
    Ulysse, le voyant, le montra à Diomède :
    « Voilà, Diomède, l'homme ; voilà les chevaux
    Que nous a annoncés Dolon, celui que nous avons tué.
    Mais donne cours à ta cruelle fureur ; il ne faut pas
480 Que tu restes en armes et oisif ; détache les chevaux.
    Ou va tuer des hommes, et je m'occupe des chevaux. »

    Il dit. À l'autre Athéna Œil de Chouette insuffla la fureur
    Et il tua en tourbillon ; affreuse monta la plainte ;
    L'épée frappait, la terre était rouge de sang.
485 Comme un lion qui surprend un troupeau sans surveillance,
    Des chèvres ou des moutons ; méchant, il bondit ;
    Ainsi le fils de Tydée traitait les hommes de Thrace.
    Il en tua douze. Ulysse le subtil,
    Dès que le Tydéide en avait frappé un de l'épée,
490 Ulysse le prenait par les pieds et le tirait en arrière,
    Car il voulait en lui-même que les chevaux aux beaux crins
    Passent facilement et ne prennent pas peur
    En marchant sur des cadavres (ils n'avaient pas l'habitude).
    Mais quand le fils de Tydée arriva au roi,
495 Le treizième, il lui arracha le doux souffle de la vie,
    Alors qu'il suffoquait, car un mauvais songe était sur sa
       tête,
    À lui, le descendant d'Oineus, cette nuit-là, par une ruse
       d'Athéna.

Alors Ulysse le patient détacha les chevaux aux sabots
    lourds,
Il les lia avec des courroies, les lança à travers la foule
500 En les frappant avec son arc, car il n'avait pas pensé
À prendre en main le fouet brillant dans le char orné.
Il siffla pour avertir Diomède le divin.

L'autre restait là, songeant à oser pire encore :
Prendre le char, où étaient les armes ornées,
505 Le tirer par le timon, ou le soulever pour l'emporter ;
Ou enlever le souffle à plus de Thraces encore.
Il roulait tout cela dans sa pensée, mais Athéna
Se plaça tout près et dit à Diomède le divin :
« Songe à revenir, fils de Tydée le magnanime,
510 Vers les bateaux creux ; crains d'y arriver en fuyard,
Si un autre dieu réveille les Troyens. »

Elle dit, et lui, il reconnut la voix de la déesse ;
Vite il sauta sur les chevaux* ; Ulysse frappait
De l'arc ; ils volèrent vers les bateaux vifs des Achéens.

515 Mais Apollon à l'arc d'argent ne faisait pas en vain le guet ;
Il vit Athéna suivre le fils de Tydée.
Fâché, il traversa la grande foule des Troyens,
Il mit debout Hippokoôn, le conseiller des Thraces,
Le noble cousin de Rhésos. Lui, tiré de son sommeil,
520 Vit désert l'endroit qu'avaient occupé les chevaux vifs,
Et l'affreux massacre et les derniers sursauts des hommes ;
Il gémit, il cria le nom de son cher compagnon.
Chez les Troyens une plainte s'éleva, un vacarme indicible ;
Tous accouraient. Ils regardaient l'horreur commise
525 Par des hommes qui, maintenant, marchaient vers les
    bateaux.

Eux, ils atteignirent l'endroit où ils avaient tué l'espion
    d'Hector,
Alors Ulysse cher à Zeus arrêta les chevaux vifs,
Le Tydéide sauta à terre, remit les dépouilles sanglantes

Entre les mains d'Ulysse, puis remonta à cheval.
530 Il fouetta les chevaux ; de bon cœur ils s'envolèrent
Vers les bateaux creux ; là les portait leur envie.
Nestor le premier entendit le bruit de leurs pas et dit :
« Amis, chefs et capitaines des Argiens,
Je me trompe ? je dis vrai ? mon cœur veut que je parle.
535 Le pas des chevaux vifs frappe mon oreille*.
C'est qu'Ulysse et le dur Diomède
Ont enlevé chez les Troyens des chevaux aux sabots lourds.
J'ai en moi-même grand peur qu'ils n'aient eu à souffrir,
Les seigneurs Argiens, au milieu des Troyens en alarme. »

540 Il n'avait pas fini de parler qu'ils arrivèrent.
Ils mirent pied à terre ; on les accueillit
La main droite tendue, avec de douces paroles.
Le premier à parler fut le chevalier de Gérénia Nestor :
« Dis-moi, fameux Ulysse, grande gloire des Achéens,
545 Comment avez-vous pris ces chevaux, en pénétrant dans
l'armée
Des Troyens ? Quel dieu est venu vous les donner,
Pareils, étonnamment, aux rayons du soleil ?
Tout le temps je rencontre des Troyens, et, je le dis,
Je ne reste pas près des bateaux, bon, quoique vieux, pour
la guerre ;
550 Mais je n'ai jamais vu, jamais imaginé des chevaux pareils.
Je pense qu'un dieu est venu vous en faire cadeau.
Zeus Maître des Nuages vous aime tous les deux,
Ainsi que la fille de Zeus à l'égide, Athéna Œil de Chouette. »

En réponse lui dit Ulysse le subtil :
555 « Ô Nestor Néléide, grande gloire des Achéens,
Un dieu, sans peine, s'il l'avait voulu, ce sont de meilleurs
Chevaux qu'ils nous aurait donnés ; ils sont bien plus forts.
Ces chevaux, vieil homme, que tu dis, viennent d'arriver ; ils
sont
Thraces. Leur prince, le bon Diomède
560 L'a tué, avec douze de ses compagnons, tous seigneurs.
Le treizième*, un espion, nous l'avons pris près des bateaux ;

Hector l'avait envoyé, lui et tous les magnifiques Troyens.
Pour prendre des renseignements sur notre armée. »

Ce disant, il fit passer le fossé à ces chevaux aux sabots
    lourds,
565 Tout en riant ; avec lui venaient, tout en joie, les autres
    Achéens.
Arrivés à la tente bien plantée du Tydéide,
Ils attachèrent les chevaux avec des courroies bien taillées,
Devant la mangeoire où les chevaux rapides de Diomède
Mangeaient du blé doux comme le miel.
570 À la poupe de son bateau, les dépouilles sanglantes de
    Dolon,
Ulysse les mit, pour les consacrer à Athéna.
Puis ils lavèrent de toute la sueur, en entrant
Dans la mer, leurs jambes, leur dos, leurs cuisses.
Quand le flot de la mer eut nettoyé toute
575 Cette sueur sur leur corps et rafraîchi leur cœur,
Ils montèrent dans des cuves polies pour prendre un bain.
Après le bain, bien frottés d'huile,
Ils s'assirent pour dîner ; dans le cratère plein, pour Athéna,
Ils puisèrent puis répandirent le vin doux comme le miel.

Aurore quitta le lit de Tithon le magnifique
Pour porter aux immortels et aux mortels la lumière.
Zeus vers les bateaux légers des Achéens envoya Discorde
L'horrible, qui tenait en main le signe de la guerre.
5 Elle s'arrêta au-dessus du bateau d'Ulysse, noir et profond,
Au milieu du camp, et sa voix portait des deux côtés,
Aussi bien jusqu'aux tentes d'Ajax de Télamôn
Que jusqu'à celles d'Achille, au bout, où ils ont tiré
Les bateaux, sûrs de leur courage et de la force de leurs
    mains.
10 Là, debout, la déesse jeta un grand cri, terrible,
Perçant, qui mit dans chaque cœur d'Achéen
La force de faire la guerre et de se battre.
La guerre alors leur sembla plus douce que le retour
Sur leurs bateaux creux dans la terre de la patrie.

15 L'Atride, d'un cri, ordonna aux Argiens
De s'armer ; lui-même revêtit le bronze brillant.
Il mit d'abord sur ses jambes les cnémides,
Belles, avec des garde-chevilles en argent ;
En second lieu sur sa poitrine il passa la cuirasse,
20 Cadeau d'un hôte, jadis à lui donné par Kinyrès.
Jusqu'à Chypre était arrivée la grande nouvelle : les Achéens
Vers Troie allaient partir sur leurs bateaux ;
Alors il l'avait donnée au roi pour lui faire plaisir.
Elle avait dix bandes d'émail noir*,

25 Douze d'or ; vingt d'étain.
   Des dragons d'acier montaient vers le cou,
   Trois de chaque côté, pareils aux arcs-en-ciel que le Kro-
      nide
   A fixés sur un nuage, signe pour les hommes éphémères.
   À l'épaule il suspendit une épée, dont les clous
30 D'or brillaient, dans un fourreau
   D'argent, fixé sur un baudrier d'or.
   Puis il prit le bouclier d'assaut, ouvragé, qui le couvre en
      entier,
   Beau, avec ses dix cercles de bronze,
   Et ses vingt boutons d'étain
35 Tout blancs, sauf un, au milieu, d'émail noir.
   Plus haut, Gorgone aux yeux d'effroi trônait,
   Jetant des regards terribles, avec Épouvante et Déroute.
   Il avait un baudrier d'argent, sur lequel
   S'enroulait un dragon d'acier ; ses trois têtes,
40 Sur un cou unique, regardaient de divers côtés.
   Sur sa tête il posa un casque à deux cimiers, à quatre
      plaques,
   Avec panache ; la crinière avait un mouvement terrible.
   Il prit enfin deux fortes lances couronnées de bronze,
   Pointues ; au loin le bronze jusqu'au ciel
45 Étincelait ; Athéna et Héra, d'un coup de tonnerre,
   Firent honneur au roi de Mycènes, ville riche en or.

   Ensuite à son cocher chacun ordonna
   De retenir comme il faut les chevaux près du fossé ;
   Eux-mêmes, à pied, équipés de leurs armes,
50 Ils allèrent ; irrépressible, un cri monta vers l'aurore.
   Bien avant les gens de cheval, ils se rangèrent sur le fossé ;
   Les gens de cheval suivaient ; c'est un vacarme
   Vilain que souleva le Kronide, il fit tomber une rosée
   De sang, du haut de l'éther, car il allait
55 Jeter dans l'Hadès plus d'une tête vaillante.

   De l'autre côté, les Troyens, sur la hauteur, au milieu de la
      plaine,

Étaient autour du grand Hector et de Polydamas sans
   reproche,
Et d'Énée qu'à Troie le peuple honorait comme un dieu,
Et des trois Anténorides, Polybos et Agénor le divin,
60 Et Akamas le jeune, pareil aux immortels.
Hector, parmi les premiers, portait un bouclier bien rond.
Comme sortant des nuages apparaît un astre de malheur,
Éblouissant, qui plonge à nouveau dans l'ombre des nuages,
Ainsi Hector apparaissait tantôt dans les premiers rangs,
65 Tantôt au dernier, donnant des ordres ; sur lui le bronze
Brillait comme l'éclair du père Zeus à l'égide.

Comme les moissonneurs, marchant les uns vers les autres,
Suivent le sillon sur le champ d'un homme favorisé ;
Les javelles d'orge ou de blé tombent, épaisses ;
70 Ainsi Troyens et Achéens, fonçant les uns contre les autres,
Tuaient, sans penser à la fuite pernicieuse.
La bataille avait deux têtes égales ; comme des loups
Ils fonçaient ; Discorde qui fait pleurer avait joie à les voir.
Seule des dieux elle était près des combattants ;
75 Les autres dieux n'étaient pas là, mais, tranquilles,
Ils restaient assis dans leurs palais, là où pour chacun
Avait été construite une belle maison, dans les replis de
   l'Olympe.
Tous faisaient grief au Kronide Nuage-Noir
De vouloir donner la gloire aux Troyens.
80 Mais le père n'en avait cure ; retiré à l'écart,
Loin des autres, il siégeait, fier de sa gloire,
Regardant la ville des Troyens et les bateaux des Achéens,
L'éclat du bronze, ceux qui tuaient, ceux qui mouraient.

Tant que ce fut l'aurore et que grandit le jour sacré,
85 Les flèches volaient de part et d'autre ; et les hommes tombaient.
Mais quand le bûcheron prépare son repas
Dans les vallons de la montagne ; ses bras sont fatigués
D'avoir abattu de grands arbres ; un dégoût est venu à son
   cœur ;

Un désir est en lui de la douce pitance ;
90 Alors par leur valeur les Danaens rompirent les phalanges.
Dans les rangs, les compagnons s'encourageaient ; Aga-
     memnon,
Le premier, fonça ; il abattit Biènôr, prince des peuples,
Lui d'abord, puis son compagnon Oileus*, qui fouette les
     chevaux.
Sautant à bas de son char, il avait fait face.
95 Dans son élan, il fut frappé par la pique pointue,
Au front ; la lourde visière de bronze n'arrêta pas la lance,
Qui la traversa, puis l'os ; la cervelle
Au-dedans fut toute détruite. Dans son élan, il fut abattu.
Ces deux-là, le prince des hommes Agamemnons, les aban-
     donna ;
100 Il avait pris leurs tuniques, et leurs torses brillaient.
Il alla de l'avant, pour tuer Isos et Antiphos,
Deux fils de Priam, l'un bâtard, l'autre légitime, tous deux
Sur un même char ; le bâtard tenait les rênes ;
Antiphos l'illustre près de lui combattait ; Achille jadis
105 Sur les pentes de l'Ida les avaient attachés avec de l'osier
     souple
(Ils gardaient leurs moutons), et rendus contre rançon.
Cette fois, l'Atride au large pouvoir, Agamemnon,
Frappa l'un d'eux de sa pique, à la poitrine, au-dessus du
     mamelon ;
Antiphos, il l'atteignit à l'épée près de l'oreille, et le fit
     tomber du char.
110 Il se précipita, pour les dépouiller de leurs belles armes ;
Il les reconnaissait : déjà, près des bateaux légers, il les avait
Vus, quand Achille Pieds-Rapides les avait ramenés de
     l'Ida.
Comme un lion déchire les petits d'une biche rapide,
Facilement ; il les a pris dans ses dents dures,
115 Il est entré dans leur gîte, et dévore leur tendre cœur ;
Elle est tout près d'eux ; elle ne peut pas les
Secourir ; un tremblement terrible la retient ;
Soudain elle a bondi à travers le taillis et la forêt,
Elle court, elle sue, le fauve puissant la poursuit.

120 Ainsi personne ne pouvait les sauver de la mort, aucun
Troyen ; eux-mêmes devant les Argiens ils fuyaient.

Mais, Peisandros et Hippolokhos qui aime à se battre,
Les fils d'Antimakhos l'avisé, qui, plus que personne,
Ayant reçu d'Alexandre beaucoup d'or et des cadeaux
superbes,
125 Refusait qu'on rende Hélène au blond Ménélas,
Ses deux fils, le puissant Agamemnon s'empara d'eux,
Montés sur le même char, menant ensemble leurs chevaux
rapides ;
De leurs mains tombèrent les rênes luisantes ;
Les chevaux prirent peur. Lui, leur fit face, comme un lion,
130 L'Atride ; eux, sur leur char, à genoux, le suppliaient.
« Prends-nous vivants, fils d'Atrée, accepte une juste rançon ;
Il y a beaucoup de bien dans la maison d'Antimakhos,
Du bronze, de l'or et du fer qui se travaille avec peine,
Notre père en tirerait pour toi une énorme rançon,
135 S'il savait que nous sommes vivants sur les bateaux des
Achéens. »

Ils pleuraient en parlant au roi
Avec de douces paroles ; ils entendirent une voix sans
douceur :
« Si vous êtes les fils d'Antimakhos l'avisé,
Qui dans l'assemblée de Troie conseilla que Ménélas,
140 Quand il vint en ambassade avec Ulysse qui est comme un
dieu,
Soit tué sur-le-champ et ne rentre pas chez les Achéens,
Vous allez maintenant payer pour les infamies de votre
père. »

Il dit et il fit tomber de son char Peisandros ;
Le frappant de sa pique à la poitrine, il le renversa sur le
sol.
145 Hippolokhos, qui voulait fuir, il le tua par terre ;
Avec son épée il lui coupa les mains et le cou,
Il le fit rouler dans la foule comme un mortier.

Ceux-là, il les laissa. Là où les phalanges étaient plus denses,
Il allait, avec les Achéens aux cnémides ;
150 Les gens de pied tuaient des gens de pied, qui ne pouvaient
    que fuir ;
Les gens de cheval tuaient les gens de cheval ; sous eux une
    poussière
Montait dans la plaine, montait sous les pieds sonores des
    chevaux.
Avec le bronze, ils massacraient. Le puissant Agamemnon,
Toujours tuant, donnait aux Argiens ses ordres.
155 Quand le feu ravageur tombe sur une forêt sauvage,
Porté par un vent en tourbillons, et les troncs,
Déracinés, tombent attaqués par le feu ;
Ainsi sous les coups de l'Atride Agamemnon tombaient les
    têtes
Des Troyens en fuite. Et des chevaux à large encolure
160 Traînaient des chars vides sur les chemins de la guerre,
Regrettant leurs cochers sans reproche, qui sur terre
Gisaient, plus doux à voir pour les vautours que pour leurs
    femmes.

Hector, Zeus le mena loin des flèches, de la poussière,
De la tuerie, du sang, du vacarme.
165 L'Atride marchait vivement, donnant ses ordres aux Danaens.
Les autres, passant près du tombeau d'Ilos Dardanide
    l'ancien,
Au milieu de la plaine, près du figuier se précipitaient :
Ils voulaient rentrer dans leur ville ; en criant toujours les
    poursuivait
L'Atride, le sang et la poussière avaient sali ses fortes
    mains.
170 Quand ils arrivèrent aux portes Scées et au chêne,
Ils s'arrêtèrent ; ils s'attendaient les uns les autres.
Plusieurs, encore au milieu de la plaine, fuyaient comme
    des vaches
Qu'un lion, survenant au plus noir de la nuit, fait fuir
Toutes ; l'une d'elles voit déjà la mort abrupte ;
175 Il lui brise le cou avec ses fortes dents

D'abord, puis il engloutit sang et boyaux.
Ainsi l'Atride, le puissant Agamemnon les poursuivait,
Toujours tuant le plus lent ; et ils fuyaient.
Face à terre ou à la renverse ils tombaient des chars
180 Sous les mains de l'Atride ; partout il frappait de la
    pique.
Mais quand il fut tout près d'atteindre la ville et le mur
Abrupt, alors le père des hommes et des dieux
S'assit sur le sommet de l'Ida où coulent des sources ;
Il descendait du ciel ; il avait en main l'éclair ;
185 Il envoya en messagère Iris aux ailes d'or :
« Va, rapide Iris, dis à Hector cette parole ;
Tant qu'il verra Agamemnon, berger des peuples,
Foncer en tête des troupes, massacrant des rangées
    d'hommes,
Qu'il recule, tout en encourageant les autres
190 À combattre l'ennemi dans la dure bataille.
Mais quand il le verra, frappé par une lance, ou blessé par
    une flèche,
Monter sur son char, alors je lui donnerai le pouvoir
De tuer, jusqu'à ce qu'il arrive aux solides bateaux,
Quand se couchera le soleil et que viendra la sainte obs-
    curité. »

195 Il dit ; la rapide Iris aux pieds de vent se laissa convaincre.
Elle descendit des monts Ida vers Ilion la sainte.
Elle trouva le fils du sage Priam, Hector le divin,
Debout derrière ses chevaux sur son char bien fait ;
S'arrêtant près de lui, elle lui dit, Iris aux pieds rapides :
200 « Hector, fils de Priam, pareil à Zeus pour la subtilité,
Zeus père m'a envoyée pour te dire ceci :
Tant que tu verras Agamemnon, berger des peuples,
Foncer en tête des troupes, massacrant des rangées
    d'hommes,
Recule, tout en encourageant les autres
205 À combattre l'ennemi dans la dure bataille.
Mais quand, frappé par une lance, ou blessé par une flèche,
Il montera sur son char, alors tu recevras le pouvoir

De tuer, jusqu'à ce que tu arrives aux solides bateaux,
Quand se couchera le soleil et que viendra la sainte obs-
    curité. »

210 Ayant dit, elle partit, Iris aux pieds rapides.
Hector, avec ses armes, sauta de son char à terre,
Brandissant sa pique aiguë, il marcha par toute l'armée,
Poussant les hommes à se battre, réveillant la terrible
    mêlée.
Ils se retournèrent et firent face aux Achéens ;
215 Les Argiens, de l'autre côté, resserrèrent les rangs.
Le combat s'organisait ; les hommes se faisaient face ; Aga-
    memnon
Fonça le premier ; il voulait se battre en avant de tous.

Dites-moi maintenant, Muses, vous qui avez vos logis sur
    l'Olympe :
Qui le premier vint affronter Agamemnon ?
220 Qui des Troyens ou des illustres alliés ?

Iphidamas Anténoride, grand et fort,
Élevé dans la Thrace plantureuse, mère des moutons.
Kissès l'avait élevé dans sa maison, tout petit encore,
Le père de sa mère, qui a engendré Théanô aux belles joues.
225 Quand il parvint à l'âge où fleurit la jeunesse,
Il l'avait retenu chez lui, et lui avait donné sa fille*.
Quittant la chambre nuptiale, il était parti chercher la
    gloire
Contre les Achéens avec douze bateaux de haut bord.
Ces bateaux aux lignes justes, il les avait laissés à Perkotè,
230 Et par la terre ferme il était arrivé à Ilion.
C'est lui qui fit face à Agamemnon Atride.
Quand, marchant l'un vers l'autre, ils furent tout près,
L'Atride manqua son coup, la pique passa à côté ;
Iphidamas à la ceinture, sous la cuirasse,
235 L'atteignit ; il poussa sur sa pique, confiant en la force de
    sa main.
Mais il ne perça pas la ceinture colorée : tout de suite,

Rencontrant de l'argent, la pointe plia comme du plomb.
Le puissant Agamemnon saisit de sa main la pique,
La tira vers lui, furieux comme un lion, la lui arracha
240 Des mains ; de son épée il frappa sur le cou. Ses genoux se
    défirent ;
Il tomba et s'endormit d'un sommeil de bronze,
Malheureux, en défendant les gens de sa ville, loin de sa
    jeune
Femme, mal récompensé de tout ce qu'il avait donné* :
Cent vaches, d'abord, données ; mille promises,
245 Avec des chèvres et des moutons, qu'il possédait en quan-
    tité.
L'Atride Agamemnon le dépouilla,
Et partit porter à la troupe achéenne les belles armes.

Koôn l'avait vu, un homme remarquable,
L'aîné des fils d'Anténor ; une dure souffrance
250 Voila son regard : son frère était tombé.
Il se plaça de biais avec sa lance, sans que le voie Aga-
    memnon ;
Il frappa au bras, au-dessous du coude ;
La pointe de la pique traversa de part en part.
Le prince des hommes Agamemnon frissonna ;
255 Il ne quitta pas pour autant le combat et la guerre ;
Mais il marcha sur Koôn avec sa pique qu'a formée le vent* .
L'autre tirait par les pieds Iphidamas son frère,
Fils de son père, et appelait à l'aide les seigneurs.
Il le traînait à travers la foule, sous son bouclier bombé.
260 Mais la lance de bronze le blessa ; ses genoux se défirent.
Sur le corps d'Iphidamas, le roi fils d'Atrée
Lui coupa la tête. Ainsi, par lui, les fils d'Anténor,
Ayant accompli leur sort, descendirent dans l'Hadès.

Et lui, il s'enfonça dans la foule des hommes,
265 Maniant la pique, l'épée et de grosses pierres,
Tant que le sang chaud coula de sa blessure.
Mais quand la plaie eut séché, quand le sang ne coula plus,
Des douleurs aiguës abattirent la fureur de l'Atride,

Comme celle qui accouche est frappée d'une flèche aiguë,
270 Amère, que lancent les déesses de l'enfantement,
　　　Filles d'Héra qui causent de dures douleurs,
　　　Ainsi des douleurs aiguës abattaient la fureur de l'Atride.
　　　Il monta sur son char, et donna l'ordre à son cocher
　　　D'aller vers les bateaux creux ; son cœur souffrait.
275 Il cria aux Danaens, d'une voix qui portait loin :
　　　« Amis, chefs et capitaines des Argiens,
　　　Défendez, vous, les bateaux qui passent les mers
　　　Dans de durs combats, car Zeus le subtil
　　　Ne m'a pas donné de me battre contre les Troyens tout le
　　　　　jour. »

280 Il dit ; le cocher fouetta les chevaux de belle robe,
　　　Allant vers les bateaux creux ; sans renâcler ils partirent.
　　　Le poitrail couvert d'écume, dans un nuage de poussière,
　　　Loin du combat ils portaient le roi accablé.

　　　Hector, quand il vit qu'Agamemnon s'en allait,
285 À grands cris appela Troyens et Lyciens :
　　　« Troyens et Lyciens et Dardaniens qui aimez combattre de
　　　　près,
　　　Soyez des hommes, amis, rappelez force et vaillance.
　　　Il s'en va, leur meilleur guerrier ; Zeus Kronide m'a donné
　　　Une grande gloire ; poussez vos chevaux aux sabots lourds
290 Contre les vaillants Danaens ; votre gloire sera plus grande
　　　　encore. »

　　　Ce disant, à chacun il donna force et courage.
　　　Comme un chasseur lance ses chiens aux crocs blancs
　　　Contre un sanglier ou contre un lion,
　　　Ainsi contre les Achéens Hector Priamide lançait,
295 Pareil à l'Arès peste des hommes, les Troyens au grand
　　　　cœur.
　　　Il marchait, fier, au premier rang ;
　　　Il entra dans la mêlée, pareil à une bourrasque violente
　　　Qui bondit sur la mer violette et la soulève.

Alors qui a-t-il tué le premier, qui le dernier,
300 Hector Priamide, quand Zeus lui donna la gloire ?
Assaios, d'abord, et Autonoos, et Opitès,
Et Dolops Klytide, et Opheltios, et Agélaos,
Et Aisymnos, Oros et Hipponoos qui aime se battre.
Il abattit d'abord tous ces chefs des Danaens, puis
305 La foule, comme quand le zéphyr chasse les nuages
Du blanc Notos, en les frappant d'un ouragan profond ;
Le flot se gonfle et roule, dans l'air l'écume
Se disperse au cri du vent qui ne cesse de tourner.
Ainsi Hector faisait tomber toujours plus de têtes d'hommes.

310 Alors seraient venus la calamité, le mal sans remède,
Les Achéens en fuite se seraient jetés dans leurs bateaux,
Si Ulysse n'avait appelé Diomède Tydéide :
« Tydéide, pourquoi avons-nous perdu force et vaillance ?
Viens, mon ami, place-toi près de moi. Ce serait
315 Une honte si Hector au panache prenait nos bateaux. »

En réponse lui dit le dur Diomède :
« Moi, je reste et je tiendrai ; mais peu
De profit nous en adviendra, car Zeus Maître des Nuages
Veut donner la gloire aux Troyens plus qu'à nous. »

320 Il dit et jeta à bas de son char Thymbraios,
Le frappant de la lance à la mamelle gauche ; Ulysse
Tua Moliôn, qui était comme un dieu, serviteur de ce prince.
Ceux-là, ils les laissèrent : ils ne se battraient plus.
Entrés dans la foule, ils la ravagèrent, comme lorsque des
    sangliers
325 Tombent, fiers, sur des chiens de chasse ;
Ainsi, contre-attaquant, ils tuaient des Troyens ; les Achéens,
Qui fuyaient le divin Hector, eurent plaisir à souffler un
    peu.

Alors ils tuèrent sur leur char deux seigneurs,
Les deux fils de Mérops le Perkosien qui mieux que per-
    sonne

330 Savait des oracles, et qui ne laissait pas ses enfants
    Partir pour la guerre tueuse d'hommes ; mais eux
    N'obéirent pas ; les servantes de la noire mort les entraî-
        naient.
    Diomède Tydéide Lance de Gloire leur prit
    La vie et le souffle ; il s'empara de leurs belles armes.
335 Ulysse mit à mort Hippodamos et Hypeirokhos.

    Alors le Kronide fit que le combat désormais soit égal,
    Regardant du haut de l'Ida. Ils se tuaient les uns les autres.
    Le fils de Tydée frappa de la lance à la hanche
    Agastrophos, le héros Paionide, qui ne put pas fuir :
340 Ses chevaux étaient loin ; il avait eu tort ;
    Un serviteur les tenait à l'arrière ; et lui, à pied,
    S'était glissé au premier rang ; il perdit la vie.
    Hector de son œil perçant les vit dans la foule ; il fonça sur
        eux
    En hurlant ; les phalanges troyennes le suivaient.
345 À le voir, il frémit, Diomède Voix-Sonore ;
    Il dit à Ulysse, qui était tout près :
    « Voici que roule vers nous le fléau, Hector le violent.
    Arrêtons-nous et repoussons-le de pied ferme. »

    Il dit, visa, lança la pique à l'ombre longue ;
350 Atteignit (sans manquer son but, car il visait la tête)
    Le sommet du casque ; le bronze repoussa le bronze,
    La peau ne fut pas touchée, que protégeait le casque
    Triple, avec sa crinière, cadeau de Phoibos Apollon.
    Vite, Hector s'enfuit loin, se perdit dans la foule.
355 Il resta longtemps, à genoux, s'appuyant de sa forte main
    Sur le sol ; une nuit sombre voilait ses yeux.
    Pendant que le Tydéide s'en allait chercher sa pique
    Loin, au-delà des premiers rangs, là où elle était tombée,
    Hector reprenait haleine, et sautant sur son char,
360 Il fonça vers la foule, évitant la mort noire.
    Bondissant avec sa pique, le dur Diomède lui dit :
    « Tu as encore échappé à la mort, chien ! il était tout près,
    Ton malheur ; Phoibos Apollon t'a encore sauvé ;

Sans doute tu le pries quand tu vas vers le bruit des lances.
365 Mais je t'achèverai, plus tard, s'il le faut,
Pourvu qu'un dieu vienne à mon aide.
Maintenant je vais massacrer tous ceux que je rencon-
    trerai. »

Il dit ; et, le Péonide Lance de Gloire, il le tua.
Alors Alexandre, mari d'Hélène aux beaux cheveux,
370 Tendit son arc contre le Tydéide, berger de peuples.
Il s'appuyait à une colonne, dans le tombeau, ouvrage
    d'hommes,
Où gît Ilos Dardanide, antique ancêtre du peuple.
L'autre à la poitrine d'Agastrophos le vaillant
Arrachait la cuirasse, prenait sur les épaules le bouclier
    coloré,
375 Le casque lourd ; alors, tirant la corde de l'arc, Pâris
L'atteignit (la flèche ne quitta pas sa main pour rien)
À la plante du pied droit ; elle traversa,
Se ficha en terre ; et lui, riant de bonheur,
Il quitta son aguet et cria en triomphe :
380 « Tu es blessé ; ma flèche n'est pas vaine ; j'aurais dû
Te frapper au ventre et te prendre la vie.
Les Troyens alors auraient un peu soufflé, les lâches,
Eux qui ont peur de toi comme du lion les chèvres chevro-
    tantes*. »

Sans se troubler, lui répondit le dur Diomède :
385 « Toi qui fais le fier avec cet arc de corne*, qui m'insultes,
Toi qui lorgnes les filles, si tu m'affrontais avec de vraies
    armes
Te ne ferais rien avec cette corde et toutes tes flèches.
Tu te vantes de m'avoir égratigné le pied. Je m'en moque,
Comme si m'avait blessé une femme ou un enfant sans
    raison.
390 Elle est légère, la flèche de l'homme de rien.
Mais moi, si peu que je touche un homme,
Ma lance est dure et tout de suite elle le tue.
Et sa femme a les joues couvertes de larmes,

Ses enfants sont orphelins ; et lui, il inonde de sang la
terre.
395 Et il pourrit. Autour de lui on voit plus de vautours que de
femmes. »

Il dit. Ulysse Lance de Gloire s'approcha,
Se plaça devant lui ; lui, s'asseyant, retira de son pied
La flèche rapide ; une dure douleur parcourut son corps.
Il sauta sur son char, donnant l'ordre à son cocher
400 De le mener vers les bateaux creux ; son cœur souffrait.

Ulysse Lance de Gloire resta seul ; aucun
Des Argiens près de lui ; ils étaient tous en fuite.
Bouleversé, il dit à son cœur magnanime :
« Pauvre de moi ! Que m'arrive-t-il ? Grand mal si je fuis
405 Tremblant devant la foule ; pire si je suis pris,
Tout seul. Le Kronide a fait fuir les autres Danaens.
Mais pourquoi mon cœur me dit-il tout cela ?
Les lâches, je le sais, s'éloignent de la guerre.
Mais celui qui est noble au combat, celui-là doit
410 Tenir, et durement, qu'il soit blessé ou qu'il en blesse un
autre. »

Voilà ce qu'il roulait dans son âme et dans sa pensée.
Cependant les troupes troyennes approchaient, avec leurs
boucliers ;
Elles l'encerclèrent, se livrant à leur propre malheur.
Comme lorsque des chiens et de jeunes gens
415 S'agitent autour d'un sanglier qui sort d'un taillis épais,
Faisant grincer les dents blanches de ses mâchoires courbes ;
Ils bondissent ; on entend les dents
Claquer ; ils l'attendent, bien qu'il soit terrible.
Ainsi autour d'Ulysse ami de Zeus ils s'agitaient,
420 Les Troyens ; lui, c'est d'abord le vaillant Dèiopitès
Que, bondissant, il frappa à l'épaule de sa lance pointue,
Puis ce furent Thoôn et Ennomos qu'il tua,
Puis Khersidamas qui sautait à bas de son char ;
La lance, passant sous le bouclier bombé, toucha

425 Le ventre ; l'homme, tombé, se cramponnait à la terre.
Ulysse alla plus loin ; sa lance frappa Kharops Hippaside,
Frère de Sôkos au grand renom.
Pareil à un dieu, Sôkos vint à la rescousse,
S'approcha tout près et lui dit :
430 « Ulysse qui connais les ruses et les tourments,
Aujourd'hui, ou tu vas te vanter, les deux Hippasides,
De les avoir tués et d'avoir pris leurs armes,
Ou frappé par ma lance tu vas perdre la vie. »

Il dit et atteignit le bouclier bien rond :
435 La pique solide traversa le bouclier qui brille,
Perça la cuirasse richement ouvragée,
Déchirant sur le flanc la peau ; mais Pallas Athéna
Ne lui permit pas d'aller jusqu'aux boyaux.
Ulysse comprit que sa fin ne viendrait que plus tard ;
440 Tout en reculant, il dit à Sôkos :
« Malheureux, la mort abrupte va t'atteindre.
Oui, tu m'empêches de combattre les Troyens,
Mais à toi je promets meurtre et mort noire ;
Tu les auras, abattu par ma lance ;
445 La gloire sera pour moi ; ta vie, pour Hadès aux chevaux
    illustres. »

Il dit ; l'autre fuyait, faisant volte-face ;
La lance alors se ficha dans son dos
Entre les épaules, et, bien poussée, traversa la poitrine ;
Il tomba à grand bruit ; et Ulysse le divin triompha :
450 « Ô Sôkos, fils d'Hippasos le vaillant cavalier,
La mort est tôt venue, tu ne l'as pas évitée ;
Malheureux, ni ton père ni ta mère souveraine
Ne te fermeront les yeux ; tu es mort ; les oiseaux
Rapaces te déchireront, tu disparaîtras sous leurs ailes.
455 Moi, si je meurs, les Achéens me rendront hommage. »

Ce disant, il arracha la pique solide du vaillant Sôkos
De son propre corps et du bouclier bombé.
Alors le sang jaillit, et il fut inquiet.

Les Troyens au grand cœur, voyant le sang d'Ulysse,
460 S'appelèrent l'un l'autre et marchèrent sur lui.
Lui, il recula, cria vers ses compagnons.
Trois fois il cria, de toute la voix que possède un homme ;
Trois fois Ménélas ami d'Arès entendit le cri ;
Il dit soudain à Ajax, qui était près de lui :
465 « Ajax de Télamôn, sang des dieux, chef de peuples,
La voix d'Ulysse le patient vient jusqu'à moi.
Comme s'il était seul, dans le dur combat,
Encerclé, accablé par les Troyens.
Allons, rentrons dans la mêlée ; il faut le secourir ;
470 J'ai peur que, isolé, il n'ait à souffrir des Troyens,
Tout vaillant qu'il soit ; ce serait perte grande pour les
       Danaens. »

Ce disant, il prit les devants, l'autre suivait, pareil à un
       dieu.
Ils trouvèrent Ulysse, ami de Zeus ; autour de lui
Les Troyens se pressaient comme dans la montagne
475 Des lycaons* rouges autour d'un cerf blessé, qu'un homme
A percé d'une flèche partie de l'arc ; il s'est sauvé
En courant ; son sang restait chaud, ses pieds bougeaient ;
Mais bientôt la pointe aiguë l'a terrassé ;
Les lycaons mangeurs de chair crue le dépècent sur la
       montagne
480 Dans l'ombre d'une forêt ; mais un dieu amène un lion
Dévorant ; les lycaons détalent, et lui, il mange.
Ainsi autour d'Ulysse le vaillant, le subtil,
Les Troyens se pressaient, nombreux et ardents, mais le
       héros,
Brandissant sa lance, tenait loin de lui le jour cruel.
485 Ajax s'approcha, avec son pavois grand comme une tour ;
Il se tient près de lui. Les Troyens détalèrent en tous sens.
Ménélas ami d'Arès prit Ulysse par la main
Le tira de la mêlée ; le cocher arriva avec le char.

Ajax bondissant sur les Troyens abattit Doryklos
490 Priamide, fils bâtard, puis blessa Pandokos,

Blessa Lysandros, et Pyrasos, et Pylartès.
Comme lorsqu'un fleuve gonflé descend des montagnes,
Vers la plaine, en hiver, nourri de la pluie de Zeus ;
Il brise force chênes secs, force pins,
495 Les emporte, jette à la mer force limon,
Ainsi les refoulant, il allait par la plaine, le magnifique
Ajax,
Détruisant hommes et chevaux ; Hector n'en savait encore
Rien, car il se battait à l'aile gauche,
Près des bords du Scamandre, là où tombaient
500 Innombrables des têtes d'hommes, où résonnait un cri sans
fin,
Autour du grand Nestor et d'Idoménée ami d'Arès.
Hector les affrontait, portant des coups terribles,
Avec sa lance, sur son char ; il détruisait les phalanges.
Les Achéens divins n'auraient pas reculé
505 Si Alexandre, époux d'Hélène aux beaux cheveux,
N'avait mis hors de combat Makhaôn, berger de peuples,
En lui lançant, à l'épaule droite, une flèche à trois pointes.
Les Achéens, respirant la fureur, soudain furent inquiets :
On allait le leur prendre, si tournait le sort de la guerre.
510 Idoménée, tout de suite, dit à Nestor le divin :
« Ô Nestor fils de Nélée, grande gloire des Achéens,
Vite, saute sur ton char, et que près de toi Makhaôn
Monte ; puis pousse l'attelage aux sabots lourds vers les
bateaux ;
Un médecin sait mieux que tout autre
515 Extraire les flèches et appliquer les onguents. »

Il dit ; et le chevalier de Gérénia Nestor se laissa convaincre.
Il monta tout de suite sur son char, Makhaôn
Monta, fils d'Asklépios le savant médecin.
Il fouetta les chevaux, de bon cœur ils s'envolèrent
520 Vers les bateaux creux ; là les portait leur envie.

Mais Kébrionès vit que les Troyens allaient fuir ;
Debout sur le char près d'Hector, il lui dit ces paroles :
« Hector, nous nous heurtons ici aux Danaens,

Loin du centre de la bataille au nom sinistre ; les autres
525 Troyens vont fuir, tous, hommes et chevaux.
   Ajax de Télamôn les presse ; je l'ai bien reconnu ;
   Il porte sur les épaules un large pavois ; nous,
   Poussons les chevaux et le char vers l'endroit
   Où gens de pied et de cheval, dans un combat sauvage,
530 Se massacrent l'un l'autre, et le cri est sans fin. »

   Ayant dit, il frappa les chevaux à belle crinière
   D'un fouet qui siffle. Sentant le coup,
   Vite ils tirèrent le char vers les Troyens et les Achéens,
   Marchant sur les cadavres et sur les boucliers. De sang
       l'essieu
535 Tout entier était souillé ; et sur les flancs du char
   Rejaillissaient les gouttes lancées par les sabots des chevaux
   Et par les jantes des roues. Lui, il voulait entrer dans la
       foule,
   D'un seul bond rompre leurs rangs. Il causait chez les
       Danaens
   Un trouble mauvais ; sa lance n'hésitait pas.
540 Et lui, il s'enfonça dans la foule des hommes,
   Maniant la pique, l'épée et de grosses pierres,
   Mais il évitait d'affronter Ajax Télamônide,
   Car Zeus s'indignait qu'il combatte meilleur que lui.

   Zeus des Sommets, Zeus père, lança sur Ajax la peur ;
545 Il s'arrêta, stupéfait ; rejeta en arrière son pavois à neuf
       peaux,
   Frissonnant, les yeux fixés sur la mêlée, comme une bête,
   Se retournant sans cesse, reculant pas à pas.
   Comme un lion fauve que, loin de l'étable à vaches,
   Chassent des chiens et des hommes des champs,
550 Ils ne le laissent pas dévorer les vaches grasses,
   Et veillent toute la nuit ; lui, il veut de la viande,
   Il attaque, mais n'arrive à rien : des épieux en nombre
   Le repoussent, lancés par de fortes mains ;
   Et le feu des torches lui fait peur, quand il s'élance.
555 À l'aube, il s'en va, le cœur tout triste.

Ainsi Ajax, le cœur tout triste, devant les Troyens,
S'en allait à regret : il avait peur pour les bateaux des
    Achéens.
Comme un âne qui passe près d'un champ, résiste aux
    enfants*,
Têtu, malgré les bâtons qu'ils cassent sur son dos ;
560 Il entre, il tond l'herbe épaisse ; les enfants
Le frappent avec des bâtons ; leur brutalité ne sert à rien.
Ils le chassent à grand peine, mais pas avant qu'il soit repu.
Ainsi le grand Ajax, le fils de Télamôn ;
Les Troyens fiers et leurs illustres alliés
565 Perçaient de piques son pavois, le serraient de près.
Ajax parfois rappelait sa force et sa vaillance,
Faisait volte-face, immobilisait les phalanges
Des Troyens, gens de cheval ; parfois, tournant le dos, il
    fuyait.
Tous il les empêchait de marcher vers les bateaux légers.
570 Dans l'intervalle entre Troyens et Achéens, dressé tout
    debout,
Il se battait ; lancées par de fortes mains, des piques
Se plantaient dans son grand pavois ;
D'autres, entre les lignes, sans toucher à sa peau blanche,
Se fichaient en terre ; elles auraient bien tâté de son corps.

575 Il l'aperçut, le noble fils d'Evaimôn,
Eurypylos, accablé sous les flèches et les lances,
Il approcha de lui, lança la pique qui brille,
Et il atteignit Apisaôn Phausiade, berger de peuples,
Au foie, sous les membranes, et ses genoux se défirent.
580 Eurypylos bondit, et le dépouilla de ses armes.
Mais Alexandre à visage de dieu l'aperçut
Dépouillant de ses armes Apisaôn ; soudain il tendit
L'arc contre Eurypylos et le blessa d'une flèche à la cuisse
Droite ; le roseau se cassa, la cuisse s'engourdit ;
585 Il recula parmi ses compagnons, fuyant la mort,
Il cria aux Danaens, d'une voix qui portait loin :
« Amis, chefs et capitaines des Argiens,
Arrêtez, revenez sur vos pas, écartez d'Ajax

Le jour cruel ; les flèches l'accablent ; je vous le dis :
590 Il n'échappera pas à la guerre au nom sinistre ; mettez-
vous
Devant le grand Ajax, fils de Télamôn. »

Ainsi parlait Eurypylos blessé. Les autres restaient
Près de lui, le bouclier à l'épaule,
Brandissant leurs piques. Ajax vint à leur rencontre ;
595 Il s'arrêta, se retourna ; il était au milieu des siens.

Ainsi ils se battaient, comme un feu qui brûle.
Nestor, les chevaux de Nélée l'emportaient,
Suants, avec Makhaôn, berger de peuples.
Alors l'aperçut le divin Achille Pieds-Rapides,
600 Il était debout, près de la poupe de son immense bateau,
Il regardait ce malheur abrupt, cette retraite lamentable.
Tout de suite il appela Patrocle, son compagnon,
Il parlait près du bateau ; l'autre, de la tente, l'entendit,
Sortit, pareil à Arès ; ce fut le début de son malheur.
605 Il fut le premier à parler, le vaillant fils de Ménoitios.
« Pourquoi m'appelles-tu, Achille ? As-tu besoin de moi ? »
En réponse lui dit Achille Pieds-Rapides :
« Divin fils de Ménoitios, toi qui es cher à mon cœur,
J'imagine que maintenant les Achéens seront à mes genoux,
610 En suppliants ; la nécessité les presse, insupportable.
Mais va, Patrocle cher à Zeus, demande à Nestor
Qui est celui que, blessé, il ramène du combat.
Vu de dos, il ressemble beaucoup à Makhaôn,
Fils d'Asklépios ; mais je n'ai pas vu ses yeux.
615 Les chevaux fougueux sont passés trop vite. »

Il dit. Patrocle obéit à son compagnon ;
Il courut le long des tentes et des bateaux des Achéens.

Les autres étaient arrivés à la tente du fils de Nélée ;
Ils mirent le pied sur la terre qui nourrit les êtres ;
620 Eurymédôn, serviteur du vieil homme, détacha les chevaux
Du char ; eux, ils firent sécher la sueur de leurs tuniques,

En s'exposant au vent sur le bord de la mer ; ensuite
Ils entrèrent dans la tente et prirent des sièges.
Hékamidè aux belles nattes leur prépara le kukéon* ;
625 Le vieil homme l'avait eue à Ténédos, détruite par Achille ;
Elle était fille d'Arsinoos ; les Achéens pour lui
L'avaient choisie, parce qu'il était le meilleur au conseil.
Elle disposa d'abord devant eux une table
Bien faite, avec des pieds d'un bleu sombre ; puis, dessus,
630 Une corbeille de bronze, des oignons pour grignoter en
      buvant,
Et du miel pâle, et de la sainte fleur de farine,
Et aussi une coupe superbe, que le vieil homme avait
      apportée
De chez lui. Ornée de rivets d'or, elle avait quatre
Anses, sur chacune d'elles deux colombes
635 D'or ; elle reposait sur deux supports*.
Tout autre aurait eu du mal à la retirer de la table
Une fois pleine ; Nestor le vieil homme la soulevait facilement.
La femme pareille aux déesses y fit le mélange :
Dans du vin de Pramnos, elle râpa du fromage de chèvre
640 Avec une râpe de bronze, et saupoudra de la farine blanche.
Le kukéon achevé, elle les invita à boire.
Ils burent, calmèrent la soif qui dessèche la bouche.
Puis ils se divertirent en conversant.
Patrocle était sur le seuil, pareil à un dieu ;
645 L'apercevant, le vieil homme se leva de son siège luisant,
Le fit entrer en lui prenant la main, lui dit de s'asseoir.
Patrocle refusa en disant :
« Vieil homme, filleul de Zeus, non, ce n'est pas le moment.
Il faut craindre et respecter celui qui m'envoie demander
650 Qui est ce blessé que tu ramènes ; moi-même
Je le reconnais, je vois Makhaôn, berger de peuples.
Je vais donc m'en retourner en messager vers Achille.
Tu sais, vieil homme, filleul de Zeus, combien il est
Redoutable ; il ferait des reproches à qui est sans reproche. »

655 Lui répondit alors le chevalier de Gérénia Nestor :
« Pourquoi Achille se lamente-t-il sur les fils des Achéens,

Sur ceux que des flèches ont blessés ? Il ne connaît pas le
  deuil
Qui plane sur l'armée. Les meilleurs
Sont dans les bateaux, meurtris et blessés.
660 Meurtri, le Tydéide, le dur Diomède ;
Blessés, Ulysse Lance de Gloire et Agamemnon.
Meurtri, Eyrypylos, avec une flèche dans la cuisse.
Celui-ci, je l'ai tiré du combat, amené ici,
Frappé d'un trait lancé par la corde de l'arc. Achille,
665 Avec toute sa noblesse, n'a ni souci, ni pitié des Danaens.
Attend-il que les bateaux légers, près de la mer,
Malgré les Argiens soient saisis par le feu qui dévore,
Et que l'un après l'autre nous soyons tués ? Ma force
N'est plus ce qu'elle était dans mon corps souple.
670 Si j'étais encore jeune, si j'avais encore ma force !
Comme lorsqu'avec les Éléens nous avons eu querelle
À cause d'un vol de vaches, quand j'ai tué Itymoneus,
Noble fils d'Hypeirokhos, qui habitait l'Élide.
Moi, j'emportais mes prises ; lui, défendant ses vaches,
675 Au premier rang, reçut un javelot parti de ma main.
Il s'abattit. Sa troupe de paysans se dispersa.
Alors nous fîmes dans la plaine un grand butin :
Cinquante troupeaux de vaches, autant de tribus de moutons,
Autant de bandes de porcs, autant de compagnies de chèvres,
680 Des chevaux alezans, cent cinquante,
Rien que des juments, et beaucoup avaient un poulain.
Nous fîmes tout entrer dans Pylos, ville de Nélée,
Pendant la nuit ; Nélée en eut grand joie,
Car j'avais eu belle chance, parti très jeune à la guerre.
685 Les hérauts convoquèrent, dès que ce fut l'aurore,
Tous ceux à qui les gens d'Élide devaient un dédomma-
  gement.
Réunis en assemblée, les chefs des Pyliens firent
Le partage ; à beaucoup les Épéens* devaient un dédom-
  magement.
Nous, à Pylos, nous n'étions pas beaucoup, on nous mal-
  traitait.
690 Le Seigneur Héraklès était venu nous maltraiter

Les années précédentes ; tous les meilleurs avaient été tués.
Nous étions douze fils chez Nélée sans reproche.
J'étais resté seul ; tous les autres étaient morts.
Les Épéens cuirassés de bronze, pleins d'orgueil,
695 Nous faisaient violence, machinaient contre nous des hor-
     reurs.
Le vieil homme prit un troupeau de vaches, et des moutons
Pour lui ; il s'en adjugea trois cents, avec les bergers.
Les gens d'Élide lui devaient un fort dédommagement
Pour quatre chevaux vainqueurs dans les jeux, avec leur
     char.
700 Ils allaient avoir un prix ; pour un trépied ils devaient
Courir. Mais Augias*, prince des hommes,
Les avait gardés pour lui, renvoyant le cocher désolé.
En colère pour ce que l'autre avait dit et fait, le vieil homme
Prit une très belle part, et donna le reste au peuple
705 Pour le partager ; personne ne s'en irait sans son dû.
Nous arrangions tout cela, faisions près de la ville
Des sacrifices aux dieux. Mais au troisième jour, tous,
Ils revinrent, nombreux, avec des chevaux aux sabots lourds,
En masse. Les deux Molion venaient en armes,
710 Encore enfants, encore sans force ni vaillance.
Il est une ville, Thryoessa, sur une hauteur abrupte,
Loin sur l'Alphée, au bout de la plaine de Pylos de Sables.
Ils l'assiégèrent, avec dessein de la piller.
Quand ils eurent traversé la plaine, Athéna
715 Vint de l'Olympe en messagère, pour que nous prenions
     les armes
De nuit ; elle assembla le peuple de Pylos, qui n'était pas
     contre,
Qui souhaitait vivement la guerre. Nélée m'interdit
De prendre les armes, et il cacha mes chevaux.
Il disait que je ne savais pas l'art de la guerre.
720 Mais je me distinguai au milieu de nos gens de cheval,
Bien que je sois à pied. C'était Athéna qui menait la bataille.
Il est un fleuve, le Minuèios, qui se jette dans la mer
Près d'Arènè ; c'est là que, avec les chars des Pyliens, nous
     attendions

L'aurore divine ; les gens de pied passaient à gué.

725 De là, en masse, armés de toutes armes,
Nous atteignîmes avec le jour le fleuve sacré, l'Alphée.
Là, à Zeus très puissant, nous offrîmes de belles victimes ;
Un taureau pour l'Alphée, un taureau pour Poséidon,
Et pour Athéna Œil de Chouette, une génisse ignorante du
       joug.

730 Nous prîmes le repas, dans les rangs, chacun avec sa com-
       pagnie,
Puis nous nous étendîmes, chacun avec ses armes,
Près des eaux du fleuve. Les Épéens superbes
Assiégeaient la ville, avec dessein de la piller.
Mais la grande œuvre d'Arès s'imposa d'abord à eux.

735 Le soleil étincelant s'élevait au-dessus de la terre ;
Nous engageâmes le combat, en priant Zeus et Athéna.
Quand le combat des Pyliens et des Épéens fut au plus fort,
Le premier, j'abattis un homme, pris ses chevaux aux
       sabots lourds,
Moulios le lancier ; c'était le gendre d'Augias ;

740 Il avait pour femme l'aînée, la blonde Agamèdè ;
Elle connaissait tous les remèdes qui poussent sur la terre
       large.
Il avançait ; je le frappai de ma lance garnie de bronze.
Il s'abattit dans la poussière ; je bondis sur son char
Et je poussai dans les premiers rangs ; les Épéens superbes

745 S'éparpillèrent quand ils virent tomber
Le chef des gens de cheval, qui se battait comme personne.
Moi, je fonçais, pareil à l'orage noir.
Je pris cinquante chars ; sur chacun d'eux, ce sont deux
Hommes qui mordirent la poussière, maîtrisés par la lance.

750 J'aurais fait mourir les deux Molion, fils d'Aktôr,
Si leur père puissant, le Maître du Séisme*,
Ne les avait sauvés, en les cachant dans un gros brouillard.
Là, Zeus donna aux gens de Pylos un beau triomphe.
Nous les poursuivîmes par la plaine immense,

755 Les tuant et ramassant leurs belles armes,
Poussant nos attelages jusqu'à Bouprasios où pousse le
       blé,

Jusqu'au rocher d'Oléniè, jusqu'à la hauteur appelée
Alèsion. Là Athéna fit faire à l'armée demi-tour.
Je tuai là un dernier homme, et le laissai sur place. Les Achéens
760 De Bouprasios jusqu'à Pylos menaient leurs chevaux rapides,
Remerciant Zeus entre les dieux, et entre les hommes Nestor.
Voilà ce que j'étais (mais c'est si loin !) entre les hommes. Achille
Sera seul à tirer profit de sa vaillance. Je crois
Qu'il pleurera beaucoup, en voyant périr le peuple.
765 Mon ami, c'est à toi que Ménoitios a fait ses recommandations,
Ce jour où, de Phthie, il t'a envoyé à Agamemnon ;
Nous étions dans la salle, moi et Ulysse le divin,
Nous entendions toutes ses recommandations.
Nous étions venus dans la grande maison de Pélée,
770 Pour rassembler l'armée dans la riche Achaïe.
C'est là que nous avons rencontré Ménoitios le héros
Et toi, près d'Achille. Le vieux chevalier Pélée
Brûlait pour Zeus Foudre-Amère les cuisses grasses d'un bœuf,
Dans l'enclos de la cour ; il avait en main un vase d'or
775 Et versait le vin noir sur les victimes qui brûlaient.
Vous prépariez la viande du bœuf ; nous deux,
Nous étions sur le seuil. Achille se leva, surpris,
Nous fit entrer en nous prenant la main, nous dit de nous asseoir,
Nous donna ce qu'il convient de donner aux hôtes.
780 Quand nous eûmes mangé et bu notre content,
Je pris la parole pour vous dire de nous suivre.
Vous le vouliez bien, et ils vous firent leurs recommandations.
Le vieux Pélée à son fils Achille recommanda
D'être toujours le meilleur, supérieur à tous les autres.
785 À toi Ménoitios, fils d'Aktôr, recommanda :
"Mon enfant, Achille t'est supérieur par la naissance.

Toi, tu es plus âgé. Il a plus de force que toi.
Mais dis-lui des paroles sages, conseille-le,
Dirige-le ; il se laissera convaincre, pour son bien."
790 Ce que le vieil homme te recommandait, tu l'as oublié ; et
      pourtant
Tu pourrais parler à Achille ; il se laisserait convaincre
      peut-être.
Qui sait si, un dieu aidant, tu n'émouvrais pas son cœur
En lui parlant ? Le conseil d'un ami est un bien.
Si dans son cœur il craint une prédiction divine,
795 Si sa mère souveraine lui en a dite une qui vient de Zeus,
Il pourrait t'envoyer, toi, avec tous les autres
Myrmidons ; et tu serais pour les Danaens une lumière*.
Qu'il te donne ses belles armes ; tu les porteras au combat ;
Peut-être, te prenant pour lui, ils se retiendront de com-
      battre,
800 Les Troyens ; et les vaillants fils des Achéens pourront
      souffler,
Épuisés qu'ils sont. À la guerre, on peut rarement souffler.
Vous n'êtes pas fatigués ; eux le sont ; d'un cri, facilement,
Depuis les bateaux et les tentes, vous les chasserez vers la
      ville. »

Il dit ; et fit bondir son cœur dans sa poitrine.
805 Il courut, le long des bateaux, vers Achille, petit-fils d'Éaque.
Mais quand au bateau d'Ulysse le divin
Il arriva, Patrocle, en courant (là se tenait l'assemblée de
      justice,
Là on avait construit des autels pour les dieux),
Alors à sa rencontre vint Eurypylos blessé,
810 Fils d'Evaimôn, sang des dieux, une flèche dans la cuisse,
Boitant. Il revenait du combat. La sueur coulait
Sur ses épaules et sur sa tête ; de la plaie douloureuse
Jaillissait un sang noir. Mais son esprit restait clair.
Il eut pitié à le voir, le vaillant fils de Ménoitios ;
815 En gémissant, il lui dit ces mots qui ont des ailes :
« Oh ! malheureux, chefs et capitaines des Danaens.
Donc vous allez, loin de vos proches et de votre patrie,

Nourrir à Troie de votre chair blanche les chiens rapides.
Mais dis-moi, Eurypylos, héros, filleul de Zeus,
820 Les Achéens tiennent-ils devant le prodigieux Hector
Ou vont-ils périr, domptés par sa lance ? »

Eurypylos blessé lui dit, le regardant en face :
« Patrocle, sang des dieux, il n'est plus pour les Achéens
De secours ; ils vont se rabattre sur les bateaux noirs.
825 Tous ceux qui étaient les meilleurs
Sont dans leurs bateaux, meurtris, blessés
Par la main des Troyens, dont la force s'accroît sans cesse.
Sauve-moi, conduis-moi vers mon bateau noir,
Retire la flèche de ma cuisse ; le sang noir,
830 Lave-le avec de l'eau chaude ; mets de doux onguents,
Bienfaisants, qu'Achille, dit-on, t'a fait connaître,
Que lui a fait connaître Chiron, le plus juste des centaures.
Pour nos médecins, Podaleiros et Makhaôn,
L'un, je crois, est dans sa tente, avec une blessure ;
835 Il a besoin lui-même d'un bon médecin ;
Il est couché ; l'autre, dans la plaine, résiste à l'Arès cruel. »

Le vaillant fils de Ménoitios lui répondit :
« Où va tout cela ? Que faire, Eurypylos, héros ?
Je vais porter au valeureux Achille un message
840 Que lui envoie Nestor de Gérénia, rempart des Achéens.
Mais je ne vais pas t'abandonner, accablé comme tu l'es. »

Il dit, et le prenant sous les bras, il mena le berger des
    peuples
Jusqu'à sa tente. Un serviteur, le voyant, disposa des peaux
    de bœuf ;
Il l'y fit se coucher ; avec son coutelas il retira de la cuisse
845 La flèche aiguë, douloureuse ; le sang noir,
Il le lava avec de l'eau chaude ; il broya de ses mains
Une racine amère, qui calme les douleurs, qui fait cesser
Toutes les douleurs ; la plaie sécha ; le sang arrêta de couler.

CHANT XII

Ainsi, dans la tente, le vaillant fils de Ménoitios
Soignait Eurypylos blessé. Toujours durait la mêlée
Des Argiens et des Troyens, que n'allait pas retenir
Le fossé des Danaens et le mur, par-dessus,
5 Bien large, protection des bateaux ; et ils avaient fait
Un fossé, sans donner aux dieux de grandes hécatombes
Pour qu'ils protègent les bateaux légers et tout le butin
Qui s'y trouvait enfermé. Le travail s'était fait contre le gré
Des immortels. C'est pourquoi il ne subsisterait pas long-
    temps.
10 Tant qu'Hector vécut, tant qu'Achille fut en colère,
Tant que resta indemne la ville du prince Priam,
Le grand mur des Achéens demeura en place.
Mais quand furent morts les meilleurs des Troyens,
Quand, des Argiens, les uns furent morts et les autres partis,
15 Quand la ville de Priam fut détruite, à la dixième année,
Pendant que les Argiens sur leurs bateaux rentraient dans
    leur patrie,
Alors Poséidon et Apollon méditèrent
De ruiner le mur, en convoquant la fureur des fleuves :
Tous ceux qui descendaient des monts Idéens vers la mer,
20 Le Rhésos, l'Heptaporos, le Karésos, le Rhodios,
Le Granique*, l'Aisèpos et le divin Scamandre,
Et le Simois, près duquel casques et boucliers dans la
    poussière
Étaient tombés, avec la race des hommes demi-dieux,

Phoibos Apollon détourna leurs bouches à tous ;
25 Pendant neuf jours contre le mur il les lança. Zeus fit
     pleuvoir
Sans cesse, pour que le mur plus vite soit balayé.
Le Maître du Séisme lui-même, son trident à la main,
Les dirigeait ; les flots emportèrent jusqu'aux fondations,
Pieux et pierres qu'avec du mal avaient posés les Achéens ;
30 Il aplanit tout, près du puissant courant de l'Hellespont
Il recouvrit de sable le grand rivage,
Le mur une fois ruiné. Puis il fit revenir
Les fleuves dans le lit où jusque là avaient coulé leurs
     belles eaux.

Voilà ce que plus tard Poséidon et Apollon allaient
35 Réaliser. Pour l'instant, le feu du combat et des cris assaillait
Le mur solide, et les poutres des tours résonnaient
Sous les chocs. Les Argiens, domptés par le fouet de Zeus,
Reculaient jusqu'aux bateaux creux et se tenaient là,
Craignant Hector, qui, terrible, leur donnait envie de fuir ;
40 Lui, il combattait comme avant, pareil à une tempête.
Comme, au milieu des chiens et des chasseurs
Un sanglier ou un lion tourne en tout sens, fier de sa force,
Eux, ils se groupent pour former comme une tour,
Ils font face et leurs mains lancent beaucoup
45 D'épieux ; lui, son cœur plein de bravoure
Est ferme et ne craint rien ; c'est sa vaillance qui le tue ;
Il ne cesse de se retourner, il essaie chaque rangée d'hommes ;
Où qu'il attaque, les hommes en rang reculent.
Ainsi Hector, marchant dans la foule, suppliait ses compa-
     gnons.
50 Il les poussait à franchir le fossé ; mais même les chevaux
     rapides
N'osaient pas ; ils hennissaient bruyamment, sur le bord
Du trou, immobilisés ; le large fossé leur faisait
Peur ; traverser ou sauter par-dessus étaient également
Difficile ; les bords étaient escarpés tout au long,
55 Et des deux côtés ; et sur le dessus, des pieux
Pointus étaient fixés, plantés par les fils des Achéens,

Serrés, gros, pour écarter l'ennemi.
Il ne serait pas facile à un cheval tirant un char à bonnes
   roues
De pénétrer, et les gens de pied doutaient d'y réussir.
60 Alors Polydamas s'approcha d'Hector l'audacieux et lui
   dit :
« Hector, et vous, chefs des Troyens et des alliés,
Il est fou de pousser nos chevaux rapides dans le fossé ;
Le traverser est trop difficile ; il y a là des pieux
Pointus, et, après, le mur des Achéens.
65 On ne peut pas descendre et combattre
Sur un char. Lieu étroit où l'on prend, je crois, des coups.
Il veut peut-être leur malheur, il songe à les détruire,
Zeus Haut-Tonnerre, il désire aider les Troyens ;
Alors j'aimerais que cela se produise tout de suite
70 Et que meurent sans nom, loin d'Argos, ici, les Achéens.
Mais s'ils font volte-face, si se produit un retour
À partir des bateaux, si nous rencontrons ce fossé creux,
Personne, je crois, n'en portera de nouvelles
Dans notre ville, quand les Achéens auront attaqué.
75 Mais faisons comme je dis ; laissons-nous persuader.
Que les serviteurs retiennent les chevaux au bord du fossé,
Et nous, à pied, armés de toutes armes,
Suivons tous ensemble Hector ; les Achéens
Ne tiendront pas ; la mort leur impose ses entraves. »

80 Ainsi parla Polydamas ; ce conseil heureux plut à Hector :
Aussitôt, avec ses armes, il sauta de son char à terre ;
Les autres Troyens cessèrent de rapprocher leurs chars,
Ils bondirent tous, dès qu'ils virent Hector le divin ;
Chacun ordonna ensuite à son cocher
85 De retenir comme il faut les chevaux près du fossé.
Puis, prenant des distances, ils se formèrent
En cinq corps de bataille et suivirent les chefs.

Les uns allèrent avec Hector et Polydamas sans reproche ;
C'étaient les plus nombreux et les meilleurs, ils avaient
   plus que tout

90 Envie de renverser le mur pour combattre près des bateaux
    creux.
  Kébrionès les suivait, lui troisième ; près des chars
  Hector avait laissé un cocher moins brave que Kébrionès.
  Le second corps était mené par Pâris, Alkathoos et Agénor,
  Le troisième par Hélénos et Dèiphobos à visage de dieu,
95 Deux fils de Priam ; en troisième venait Asios le héros,
  Asios Hyrtakide, que d'Arisbè avaient amené ses chevaux
  Couleur de feu, nourris près du fleuve Selléis.
  Le quatrième corps était mené par le vaillant fils d'An-
    chise,
  Énée, avec lui deux fils d'Anténor,
100 Arkhélokhos et Akamas, bien instruits de tous combats.
  Sarpédon conduisait les illustres alliés,
  Il avait pris avec lui Glaukos et le belliqueux Astéropaios,
  Qui lui paraissaient être, sans doute aucun, parmi les meil-
    leurs,
  Lui mis à part ; lui se distinguait entre tous.
105 Maintenant bord à bord les boucliers de cuir,
  Ils marchaient pleins d'ardeur droit aux Danaens, dont ils
    disaient
  Qu'ils ne tiendraient pas, mais fuiraient vers les bateaux
    noirs.

  Tous les Troyens et leurs illustres alliés
  Suivaient le conseil de Polydamas sans reproche.
110 Mais Asios Hyrtacide, chef d'hommes, ne voulait pas
  Abandonner ses chevaux et le serviteur son cocher,
  Avec eux il voulait s'approcher des bateaux légers ;
  Le naïf, il ne devait pas échapper aux Tueuses méchantes
  Et s'en revenir tout joyeux des bateaux,
115 Avec char et chevaux, vers Ilion la venteuse.
  Un sort au nom affreux s'emparerait de lui
  Par la pique d'Idoménée, le magnifique Deukalide.
  Il allait vers la gauche des bateaux, là où les Achéens
  Revenaient de la plaine avec chars et chevaux.
120 C'est là qu'il poussa ses chevaux et son char, devant lui les
    battants

De la porte n'étaient pas fermés, la barre n'était pas mise ;
Des hommes la maintenaient ouverte, pour recueillir
Leurs compagnons qui venaient du combat, fuyant vers les
    bateaux.
C'est par là que tout droit, il lança ses chevaux, les autres
    le suivaient
125 Avec des cris aigus ; ils se disaient que jamais les Achéens
Ne résisteraient, mais qu'ils fuiraient vers les bateaux noirs.
Les naïfs, aux portes ils trouvèrent deux hommes parmi les
    meilleurs,
Les fils intrépides de lanciers Lapithes*,
L'un fils de Peirithoos, le dur Polypoitès,
130 L'autre, Léonteus, pareil à Arès peste des hommes.
Tous deux, en avant de la haute porte se tenaient
Debout, comme, dans la forêt, des chênes à haute cime
Qui attendent le vent et tous les jours la pluie,
Fixés par des racines longues et fortes ;
135 Ainsi ces deux-là, se fiant à leurs mains et à leur force,
Attendaient l'approche du grand Asios, sans le craindre.
Les autres, droit sur le mur bien construit, levant bien haut
Les boucliers de cuir, marchaient avec un grand hurle-
    ment
Autour d'Asios le prince, de Iaménos et d'Oreste,
140 D'Asiade et d'Adamas, de Thoôn et d'Oinomaos.
Les Lapithes restés derrière le mur conjuraient
Les Achéens aux cnémides de venir défendre les bateaux.
Mais quand ils virent que contre le mur se lançaient
Les Troyens, et que les Danaens fuyaient en criant,
145 Alors ils bondirent pour se battre devant la porte,
Pareils à des sangliers féroces qui dans les montagnes
Soutiennent l'assaut des hommes et des chiens ;
D'un bond oblique, autour d'eux, ils renversent les arbres,
Les arrachant avec les racines, on entend grincer
150 Leurs dents ; mais enfin quelqu'un, d'un coup, leur prend
    la vie.
Ainsi sur leurs poitrines résonnait le bronze luisant
Lorsqu'ils recevaient un coup ; ils luttèrent durement,
Se fiant à leurs hommes sur le mur et à leur force.

Ceux-là lançaient du haut des tours solides
155 Des pierres, pour se défendre, eux, leurs tentes
Et leurs bateaux qui courent les mers. Comme tombent les
        flocons
Qu'un vent violent, poussant des nuages pleins d'ombre,
Jette à foison sur la terre qui nourrit les vivants,
Ainsi de leurs mains ils lançaient des projectiles, Achéens
160 Et Troyens ; les casques, sous le choc des moellons,
Faisaient un bruit sec, tout comme les boucliers bombés.
Alors il gémit et se frappa les deux cuisses,
Asios Hyrtacide, et dit ces mots indignés :
« Zeus père, maintenant on le voit : tu aimes vraiment
165 Le mensonge ; je disais que les héros achéens
Ne tiendraient pas contre notre force et nos mains ter-
        ribles.
Mais comme des guêpes remuantes ou des abeilles
Font leur maison sur un chemin rocailleux,
Et ne laissent pas la maison vide, mais, y restant,
170 Défendent leurs enfants contre les hommes chasseurs,
Ainsi ceux-là ne veulent pas (ils ne sont que deux)
Reculer avant d'avoir tué ou d'être morts. »

Il dit, mais, parlant ainsi, il ne persuada pas l'esprit de
        Zeus,
Dont le cœur voulait donner gloire à Hector.

175 Les autres aux autres portes combattaient d'un rude combat.
Il m'est difficile de montrer tout cela comme si j'étais un
        dieu.
Partout s'élevait un feu merveilleux autour du mur
De pierre. Les Argiens, malgré leur tristesse, par nécessité
Défendaient leurs bateaux ; les dieux avaient le cœur lourd,
180 Tous ceux qui favorisaient au combat les Danaens.
Les Lapithes se lancèrent dans la lutte et le massacre.

Le fils de Peirithoos, le dur Polypoitès,
Frappa Damasos de la lance à travers le casque de bronze.
Le garde-joue de bronze ne résista pas, mais, traversant,

185 La pointe de bronze brisa l'os, la cervelle
Fut toute saccagée ; l'homme succomba en plein élan.
Puis il extermina Pylôn et Orménos ;
Léonteus, rejeton d'Arès, c'est le fils d'Antimakhos
Hippomakhos qu'il abattit, frappant de la lance à la cein-
ture ;
190 Puis, tirant du fourreau l'épée tranchante,
Bondissant dans la foule, c'est d'abord Antiphatès
Qu'il frappa de tout près ; et il le renversa sur le sol ;
Puis c'est Ménôn, Iaménos, Oreste, l'un après l'autre,
Qu'il renversa sur la terre qui nourrit les vivants.

195 Pendant qu'on les dépouillait de leurs armes brillantes,
Autour de Polydamas et d'Hector des jeunes gens,
Les plus nombreux, les meilleurs, plus que tout désireux
De briser le mur et de mettre le feu aux bateaux,
Hésitaient encore debout sur le bord du fossé.
200 Car un oiseau était venu vers eux, alors qu'ils allaient tra-
verser,
Un aigle de haut vol qui passait, les laissant à sa gauche,
Tenant dans ses serres un monstrueux serpent, tout san-
glant,
Vivant, encore palpitant, encore prêt à se battre.
Il mordit celui qui le tenait, à la poitrine, près du cou,
205 Se courbant en arrière ; l'autre le laissa tomber à terre,
Saisi par la douleur, il le jeta au milieu de la foule,
Et criant se laissa porter par le souffle du vent.
Les Troyens frémirent, quand ils virent à terre le serpent
Aux mille couleurs, prodige envoyé par Zeus à l'égide.
210 Alors Polydamas s'approcha d'Hector l'audacieux et lui
dit :
« Hector, toujours tu me blâmes dans les assemblées,
Quand je donne de bons conseils, car il ne convient pas
Qu'étant peuple je parle autrement que toi, soit au conseil,
Soit à la guerre ; toujours il faut que s'accroisse ta puis-
sance.
215 Mais maintenant je vais te dire ce qui me paraît le meilleur.
N'allons pas nous battre pour les bateaux avec les Danaens.

Je crois que nous n'obtiendrons rien, si vraiment
Un oiseau s'est montré aux Troyens qui voulaient traverser,
Un aigle de haut vol qui passait, les laissant à sa gauche,
220 Tenant dans ses serres un monstrueux serpent, tout san-
    glant,
Vivant. Il l'a laissé tomber avant d'arriver à son aire
Et n'est pas arrivé à le donner à ses enfants.
Nous, de même, si à grande force nous abattons
Les portes et le mur des Achéens, si les Achéens cèdent,
225 Ce n'est pas en bon ordre que nous reviendrons.
Nous laisserons plus d'un Troyen, que les Achéens
Auront détruit avec le bronze en défendant leurs bateaux.
Voilà ce que dirait un devin, qui saurait en son cœur
La vérité des prodiges, et en qui les peuples auraient foi. »

230 Le regard en dessous, Hector au panache lui dit :
« Polydamas, je n'aime pas du tout ce que tu dis.
Tu es capable d'inventer une parole meilleure.
Si vraiment tu parles du fond de ton cœur,
Alors c'est que les dieux t'ont fait perdre l'esprit ;
235 Tu veux que j'oublie de Zeus Voix-Puissante
Le vouloir, ce qu'il m'a promis par le grand signe.
Tu m'enjoins, aux oiseaux à long plumage,
D'obéir ; je n'en ai cure ni souci ;
Qu'ils aillent à droite, vers l'aurore, vers le soleil,
240 Ou vers la gauche et l'ombre brumeuse.
Nous obéissons, nous, au vouloir du grand Zeus
Qui règne sur tous, mortels et immortels.
Le meilleur présage est de défendre sa patrie.
Pourquoi as-tu peur de la guerre et des massacres ?
245 Même si tous nous sommes tués,
Près des bateaux Argiens, il n'y a pas à craindre que tu
    meures.
Tu n'as pas un cœur endurant et combatif.
Mais si tu te retires de la mêlée, ou si à quelqu'un d'autre
Tu suggères par tes discours de laisser là le combat,
250 Aussitôt, frappé de ma lance, tu perdras la vie. »

Ayant ainsi parlé, il montra la route, et ils le suivaient
Avec des cris prodigieux ; Zeus Foudre-Amère
Fit lever sur les sommets de l'Ida une tempête de vent,
Qui porta la poussière droit aux bateaux ; il fascina
255 L'esprit des Achéens, et réserva la gloire à Hector et aux
    Troyens.
Confiants en ses signes et en leur force,
Ils cherchaient à briser le grand mur des Achéens,
À arracher les pierres en saillie, à faire tomber le parapet*.
Ils forçaient avec des leviers les poteaux que les Achéens
260 Avaient fixés en terre pour soutenir les tours.
Ils les renversaient, espéraient détruire
Le mur des Achéens ; les Danaens ne leur cédaient pas la
    voie ;
Protégeant le parapet avec leur boucliers de cuir, d'en haut
Ils tiraient sur les ennemis qui passaient au pied du mur.

265 Les deux Ajax, sur les tours, donnaient des ordres,
Ils étaient partout, stimulant l'ardeur des Achéens.
Aux uns, paroles de miel ; à d'autres, durs
Reproches, s'ils les voyaient se détourner du combat.
« Amis, que vous soyez les meilleurs des Argiens, ou moyens,
270 Ou très mauvais, car il est vrai qu'à la guerre
Tous ne sont pas semblables, un devoir à présent s'impose
    à tous,
Et vous le connaissez. Que personne ne retourne
En arrière vers les bateaux, cet appel une fois entendu.
Allez de l'avant, encouragez-vous les uns les autres,
275 Peut-être Zeus Olympien, le Foudroyant, nous donnera-t-il
De repousser l'attaque et de ramener l'ennemi vers sa ville. »

Ainsi, à grands cris, ils excitaient au combat les Achéens.
Comme des flocons de neige tombent drus,
Un jour d'hiver, quand Zeus le subtil commence
280 À neiger, montrant aux hommes ce qu'il sait lancer ;
Il endort les vents et verse sans cesse, jusqu'à recouvrir
Les sommets des grands monts et les hauts promontoires
Et les plaines herbeuses et les riches travaux des hommes.

Neige sur la mer grise et les ports et les rivages,
285 Seule la vague qui s'avance la retient ; tout le reste
Est recouvert, lorsque s'abat l'averse de Zeus.
Ainsi des deux côtés les pierres volaient drues,
Vers les Troyens, ou des Troyens vers les Achéens.
On les lançait. Et le mur résonnait sous les chocs.

290 À ce moment, les Troyens et Hector le magnifique
N'auraient pas brisé les portes du mur et la longue barre
Si Zeus le subtil n'avait lancé contre les Argiens Sarpédon,
Son fils, comme un lion contre des vaches aux cornes torses.
Tout de suite, il mit devant lui son bouclier bien rond,
295 Beau bronze travaillé, qu'un artisan avait
Martelé, fixant à l'intérieur plusieurs peaux
Que retenaient tout autour de longues baguettes d'or.
Le tenant devant lui, brandissant deux piques,
Il marchait comme un lion des montagnes, qui longtemps
300 A manqué de viande ; son noble cœur le pousse
À chercher des moutons et à entrer dans une bergerie.
Et même s'il rencontre là des bergers
Avec des chiens et des épieux veillant sur leurs moutons,
Il ne veut pas quitter l'enclos sans avoir tenté sa chance ;
305 Alors ou bien il saute et attrape une bête, ou bien lui-même
Il est d'abord frappé par un javelot promptement lancé.
Ainsi son cœur poussait Sarpédon à visage de dieu
À monter sur le mur pour détruire le parapet.
Aussitôt il dit à Glaukos, fils d'Hippolokhos :
310 « Glaukos, pourquoi nous honore-t-on plus que d'autres,
Par des places de choix, des viandes et des coupes pleines,
Dans la Lycie, où tous nous regardent comme des dieux,
Où nous avons un beau domaine près des rives du Xanthe,
Avec des arbres à fruits et une terre bonne pour le blé ?
315 Il nous faut maintenant au premier rang des Lyciens
Nous placer et affronter le feu de la bataille
Pour que parmi les Lyciens cuirassés quelqu'un dise :
"Ce n'est pas sans gloire que règnent sur la Lycie
Nos rois ; ils mangent de gras moutons,
320 Boivent du vin de qualité ; mais leur vaillance

Est noble, et ils se battent aux premier rang des Lyciens."
Ah mon ami, si, en fuyant cette guerre
Nous pouvions ne pas vieillir et être immortels
À jamais, je ne me battrais pas au premier rang,
325 Je ne t'enverrais pas à ce combat qui donne gloire ;
Mais maintenant en foule les Tueuses, messagères de mort,
Nous guettent ; l'homme ne peut ni les fuir ni les éviter ;
Allons ; un autre par nous ira à la gloire, ou nous par lui. »

Il dit ; Glaukos n'esquiva pas et se laissa convaincre.
330 Ils marchèrent tous deux, menant le grand peuple Lycien.
En les voyant il frissonna, Ménestheus, fils de Pétéôs ;
Car c'est contre sa tour qu'ils marchaient, portant le mal-
    heur.
Il regarda vers une tour des Achéens. Y verrait-il
Un des chefs, pour porter secours à ses compagnons ?
335 Il aperçut les deux Ajax, insatiables de guerre,
Debout, et Teukros qui venait tout juste de sa tente,
Tout près ; mais il ne pouvait, même en criant, se faire
    entendre ;
Tel était le tumulte ; le vacarme montait jusqu'au ciel ;
Sous les chocs, les boucliers sonnaient, et les casques à
    panache
340 Et les portes : toutes étaient fermées ; devant elles
Debout ils essayaient de les forcer pour entrer.
Vite il envoya vers Ajax son héraut Thoôtès :
« Va, divin Thoôtès, cours, appelle un Ajax,
Ou plutôt les deux ; ce serait de très loin
345 Le mieux, car ici le désastre est proche.
Telle est la pression des chefs Lyciens, qui, comme tou-
    jours,
Sont très agressifs dans la dure bataille.
Et si là-bas aussi la bataille est rude et violente,
Que vienne seul le vaillant Ajax de Télamôn,
350 Et que le suive Teukros, qui sait se servir de son arc. »

Il dit ; le héraut l'entendit et se laissa convaincre.
Il courut le long du mur des Achéens cuirassés de bronze,

Il alla se placer près des Ajax et leur dit :
« Ajax, meneurs des Achéens cuirassés de bronze,
355 Le fils de Pétéôs, filleul de Zeus, vous invite
À aller là-bas, pour que vous l'aidiez dans la peine,
Tous deux, de préférence ; ce serait de très loin
Le mieux, car là-bas le désastre est proche.
Telle est la pression des chefs Lyciens, qui, comme tou-
        jours,
360 Sont très agressifs dans la dure bataille.
Et si chez vous aussi la bataille est rude et violente,
Que vienne seul le vaillant Ajax de Télamôn,
Et que le suive Teukros, qui sait se servir de son arc. »

Il dit, et le grand Ajax de Télamôn se laissa persuader.
365 Il dit au fils d'Oileus ces mots qui ont des ailes :
« Ajax, vous deux, toi et le dur Lykomèdès,
Restez ici pour exhorter les Danaens à bien se battre ;
Moi j'irai là-bas, pour faire face aux attaques.
Je reviendrai dès que je les aurai secourus. »

370 Ayant ainsi parlé, Ajax de Télamôn s'en alla,
Et son frère Teukros avec lui ; ils avaient le même père ;
Pandiôn portait l'arc recourbé de Teukros.
Ils arrivèrent à la tour de Ménestheus au grand cœur,
Ayant suivi le mur par l'intérieur ; on était accablé ;
375 Pareils à la sombre tempête, escaladant le parapet,
Arrivaient les vaillants chefs et capitaines des Lyciens.
Ils se lancèrent dans la bataille, et le tumulte s'éleva.

Ajax de Télamôn, le premier, tua un homme,
Un compagnon de Sarpédon, Epiklès au grand cœur,
380 En lui jetant une pierre rugueuse, énorme, qui était
En haut, sur le mur, près du parapet ; c'est difficilement
Qu'à deux mains la soulèverait un homme en pleine force,
Un homme d'aujourd'hui. Il la souleva, la jeta d'en haut,
Écrasa le casque à quatre plaques, brisa tous les os
385 De la tête ; l'autre, comme un plongeur,
Tomba du haut mur, et la vie abandonna ses os.

Glaukos, le dur fils d'Hippolokhos, qui escaladait
Le haut mur, Teukros l'atteignit d'une flèche
Là où il avait vu le bras découvert, et il le mit hors de
    combat.
390 Il sauta du mur sans qu'on le voie : un Achéen
Aurait pu voir qu'il était blessé et triompher à grands cris.
Sarpédon eut regret du départ de Glaukos,
Dès qu'il s'en rendit compte ; mais il n'oublia pas de se
    battre ;
Frappant de sa lance Alkmaôn Thestoride,
395 Il le transperça, retira l'arme ; entraîné par la lance l'autre
    tomba,
Face en avant ; ses armes ornées de bronze résonnèrent.
Sarpédon saisissant le parapet de sa forte main
Tira, l'arracha entièrement, et le mur se trouva
À découvert, offrant un passage à la foule.

400 Ajax et Teukros frappèrent ensemble ; celui-ci, d'une flèche,
Toucha le baudrier luisant qui sur les épaules
Porte l'immense bouclier ; mais Zeus de son enfant écarta
Les Tueuses : il ne mourrait pas près des poupes des bateaux.
Ajax bondit, frappa le bouclier, mais la pointe
405 Ne pénétra pas. L'autre s'arrêta en plein élan,
S'éloigna un peu du parapet, ne recula pas
Tout à fait, car son cœur espérait s'acquérir de la gloire.
Il cria, se tournant vers les Lyciens pareils à des dieux :
« Lyciens, pourquoi oubliez-vous force et vaillance ?
410 C'est dur pour moi, qui suis pourtant fort,
D'ouvrir à moi tout seul un chemin vers les bateaux.
Allons, foncez ; on travaille mieux à plusieurs. »

Il dit ; ses gens, redoutant la voix du prince,
Attaquèrent plus fort autour de ce prince de bon conseil.
415 Les Argiens de l'autre côté resserrèrent les rangs,
À l'intérieur du mur ; et leur tâche était difficile.
Les vaillants Lyciens n'arrivaient pas à casser le mur
Des Danaens pour s'ouvrir un chemin vers les bateaux.
Les lanciers Danaens n'arrivaient pas à repousser

420 Les Lyciens loin du mur qu'ils avaient atteint.
     Mais comme deux hommes se disputent pour un bornage ;
     Ils ont en main le cordeau, dans le champ litigieux ;
     Sur un terrain étroit, ils veulent des parts égales ;
     Ainsi eux, le parapet les séparait ; les uns, en haut,
425 Perçaient sur les poitrines les boucliers ronds
     Faits de cuir, et les targes légères.
     Beaucoup étaient blessés par le bronze cruel,
     Soit que, se tournant, ils aient laissé à découvert la nuque,
     En se battant, soit que leur bouclier ait été percé.
430 Partout sur les tours et les créneaux le sang des hommes
     Ruisselait, du côté troyen comme de l'achéen.
     Mais ils ne pouvaient mettre en déroute les Achéens.
     Comme une honnête fileuse tient la balance,
     Avec un poids elle pèse la laine et cherche
435 L'équilibre, pour porter son pauvre gain à ses enfants ;
     Ainsi dans le combat, ils étaient à égalité
     Avant que Zeus ne donne une gloire plus grande à Hector
     Priamide, qui le premier franchit le mur des Achéens.
     Il cria aux Troyens, d'une voix qui portait loin :
440 « Foncez, chevaliers Troyens, cassez le mur
     Des Argiens et jetez sur les bateaux un feu prodigieux. »

     Il dit, il les entraînait, tous l'entendaient de leurs oreilles,
     Tous poussaient sur le mur ; certains, ensuite,
     Escaladaient grâce aux saillies, leurs lances aiguës à la
         main.
445 Hector saisit et souleva une pierre, qui se trouvait
     Devant la porte ; large à la base, mais par-dessus
     Très pointue ; la charger sur une voiture à partir du sol
     Serait difficile à deux hommes comme ceux d'aujourd'hui,
     Même les meilleurs de leur peuple. Lui la maniait seul,
         sans effort.
450 Le fils de Kronos Pensées-Retorses l'avait rendu légère.
     Comme un berger porte facilement la toison d'un bélier,
     D'une seule main, et c'est pour lui une petite charge,
     Ainsi Hector levant la pierre, la portait vers les panneaux
     Qui formaient les hauts battants étroitement ajustés.

455 À l'intérieur deux barres les retenaient,
Que fermait une seule clavette.
Il s'approcha tout près, prit son appui, talons écartés.
Pour que le coup ne soit pas faible, il lança en plein milieu,
Brisa les gonds des deux côtés ; la pierre retomba
460 Lourdement à l'intérieur, les portes craquèrent, les barres
Ne tinrent pas, les panneaux éclatèrent en tous sens
Sous l'effet de la pierre. Hector le magnifique s'élança,
Son visage pareil à la nuit qui se hâte ; il brillait, tout le corps
Revêtu de bronze terrible, à la main il tenait
465 Deux lances. Personne n'aurait pu l'arrêter
Sinon un dieu, quand il franchit la porte ; ses yeux flamboyaient.
Se retournant vers la foule il appela les Troyens
À passer par-dessus le mur ; ils firent comme il disait.
Les uns sautaient sur le mur, d'autres se précipitaient
470 Par la porte ; les Danaens s'enfuirent en déroute
Vers les bateaux creux ; le vacarme ne cessait pas.

CHANT XIII

Zeus, quand il eut approché des bateaux les Troyens et
    Hector,
Les laissa là souffrir la peine et l'angoisse
Affreusement, mais lui, il détourna ses yeux brillants
Et contempla la terre des Thraces cavaliers,
5 Des Mysiens, maîtres du corps à corps, et des nobles Hip-
    pèmolgues*,
Qui boivent du lait, et des Abies, les plus justes des hommes ;
Sur Troie il ne tourna plus du tout ses yeux brillants,
Car il ne pensait pas dans son cœur qu'un des immortels
Viendrait porter secours aux Troyens ou aux Danaens.

10 Ce n'est pas pour rien que veillait le puissant Maître du
    Séisme ;
Pensif il contemplait la guerre et le combat,
Siégeant sur la pointe extrême de Samothrace
Aux forêts. De là lui apparaissait tout l'Ida,
Lui apparaissaient la ville de Priam et les bateaux des
    Achéens.
15 Surgi de la mer, il s'y était assis, ayant pitié des Achéens
Que maîtrisaient les Troyens, et il en voulait durement à
    Zeus.

Il descendit soudain de la montagne pierreuse,
Marchant à larges pas ; les grands monts tremblaient et la
    forêt

Sous les pieds immortels de Poséidon marchant.
20 Il fit trois pas ; au quatrième, il s'arrêta,
  À Aigai où il a, au fond de la rade, une maison superbe,
  Étincelante d'or, à jamais indestructible.
  Il y vint, attela au char ses chevaux aux pieds de bronze,
  Qui volent, chevelus d'une crinière d'or,
25 Lui-même se revêtit d'or, prit un fouet
  D'or ouvragé ; il monta sur son char,
  Le lança sur les flots ; les bêtes venaient à lui
  Du fond des abîmes, reconnaissant leur prince ;
  La mer en joie s'écartait ; l'attelage
30 Volait, et, par-dessous, l'essieu de bronze n'était pas mouillé.
  Les chevaux agiles le menèrent aux bateaux des Achéens.

  Il est une vaste caverne dans les profondeurs de la mer,
  Juste au milieu, entre Ténédos et Imbros la pierreuse.
  C'est là que Poséidon, Maître du Séisme, arrêta ses chevaux ;
35 Les détachant du char, il leur donna pitance d'ambroisie
  À manger, mit à leurs pieds des entraves d'or,
  Qu'on ne détache ni ne brise, pour qu'ils restent là, atten-
    dant
  Le retour du prince ; lui, il vint à l'armée des Achéens.

  Les Troyens en nombre, comme flamme ou tempête,
40 Suivaient pour se battre Hector Priamide,
  Frémissant, hurlant. Ils comptaient bien, ces bateaux
    achéens,
  Les prendre et tuer sur-le-champ tous les seigneurs.
  Mais Poséidon, Maître du Séisme, lui qui étreint la Terre,
  Encourageait les Argiens, venu de la mer profonde,
45 Pareil à Calchas pour le corps et la voix inlassable.
  Il dit d'abord aux Ajax, eux-mêmes déjà pleins de fureur :
  « Ajax, et toi, Ajax, vous sauverez ce peuple achéen.
  Rappelez votre force. Oubliez la peur qui fait froid.
  Pour moi, je ne crains pas les mains puissantes
50 Des Troyens qui, en troupe, ont franchi le grand mur.
  Les Achéens aux cnémides les repousseront tous,
  Mais je crains que nous ne subissions le pire

Là où commande, enragé, pareil à la flamme,
Hector, qui se dit enfant de Zeus le fort*.
55 Que l'un des dieux vous mette dans l'esprit
De résister durement et de pousser les autres à le faire ;
Même s'il fonce, vous pourriez l'écarter des bateaux
Rapides, quand bien même un Olympien le pousserait. »

Il dit ; de son bâton, le Maître du Séisme, lui qui étreint la
        Terre,
60 Il les frappa tous deux, les remplit de dure fureur,
Il fit légers leurs membres, leurs pieds, et, en haut, leurs
        mains ;
Lui, comme un milan au vol rapide il s'envola
Qui, parti d'un énorme rocher abrupt,
Plane sur la plaine à la poursuite d'un oiseau.
65 Tel fonça Poséidon, Maître du Séisme.
Ce fut Ajax d'Oileus, le vif, qui, le premier, le reconnut
Et dit soudain à Ajax fils de Télamôn :
« Ajax, puisqu'un des dieux qui tiennent l'Olympe,
Sous la figure du devin nous dit de nous battre près des
        bateaux
70 (Car il n'est pas Calchas, interprète des présages,
À la trace de ses pieds, à ses jambes, quand il est parti
Je l'ai reconnu facilement ; les dieux, on les reconnaît),
Je sens dans ma poitrine mon cœur
Plus que jamais bondir pour faire la guerre et se battre.
75 Là, en bas, les pieds me brûlent, et mes mains, en haut. »

En réponse lui dit Ajax de Télamôn :
« Moi aussi, mes mains terribles sur ma lance
Frémissent, ma fureur se lève, sous moi mes pieds
Vont bondir ; je rêve, même si je suis seul,
80 De me battre avec Hector Priamide en furie. »

Voilà ce qu'ils se disaient l'un à l'autre,
Joyeux de se battre, comme le dieu les inspirait ;
Alors Celui qui étreint la Terre poussa derrière eux les
        Achéens,

Qui se rafraîchissaient près des bateaux légers.
85 Leurs membres étaient défaits par une dure fatigue,
Une douleur les tenait au cœur : ils voyaient
Les Troyens franchir en foule le grand mur.
Ils les voyaient et, sous leurs sourcils, pleuraient des larmes ;
Ils disaient ne pouvoir échapper ; le Maître du Séisme
90 Facilement les ranima, excita les dures phalanges.
Il allait, donnant des ordres à Teukros, à Leitos,
À Pènéléôs le héros, à Thoas, à Dèipyros,
À Mèrionès, à Antilokhos, chefs de guerre.
Il les excita avec ces mots qui ont des ailes :
95 « Honte sur vous, Argiens, enfants ; si vous vous battez
Je suis sûr que vous sauverez nos bateaux ;
Mais si vous abandonnez la lutte féroce,
Voici venu le jour où les Troyens vous écraseront.
Oh ! la ! la ! de mes yeux je vois grande merveille,
100 Affreuse, comme jamais je ne l'ai cru possible,
Les Troyens viennent vers nos bateaux, eux qui, avant,
Avaient l'air de biches timides, qui dans la forêt,
Proie des lycaons, des panthères et des loups,
Ne savent que fuir, sans vigueur et sans courage.
105 Les Troyens, autrefois, devant la force et les mains des
     Achéens,
N'osaient pas faire face et tenir, si peu que ce soit ;
Maintenant loin de leur ville ils se battent près des bateaux
     creux,
Parce qu'un chef est lâche, et paresseux son peuple,
Qui lui en veut et refuse de défendre
110 Les bateaux légers, et se laisse tuer près d'eux.
Mais si vraiment de tout doit répondre
Le héros Atride, Agamemnon au large pouvoir,
Parce qu'il a taché l'honneur du Pélide très rapide,
Nous ne pouvons pourtant pas nous dérober à la guerre.
115 Corrigeons-nous vite ; les gens de cœur savent se corriger.
Vous oubliez honteusement force et vaillance,
Vous qui êtes les meilleurs dans cette armée. Pour moi
Je ne m'en prendrais pas à quelqu'un qui fuirait la bataille
S'il est né lâche. Mais contre vous j'ai le cœur indigné.

120 Amis, nos malheurs, vous allez les rendre pires
    Par votre abandon. Que chacun garde à l'esprit
    La pudeur, la vergogne. Car il s'élève une grande querelle.
    Hector, qui sait crier, près de nos bateaux amène la guerre,
    Violent, il a brisé la porte et la grande barre. »

125 Ainsi, en les tançant, Celui qui étreint la Terre soulevait les
        Achéens.
    Autour des deux Ajax se formaient les phalanges
    Solides, qu'Arès, survenu, n'aurait pas blâmées
    Ni Athéna qui sauve les gens ; car les meilleurs,
    Bien choisis, attendaient les Troyens et le divin Hector,
130 Rapprochant lance et lance, bouclier et bouclier ;
    Targe et targe, casque et casque, homme et homme.
    Les casques à panache touchaient les cimiers brillants
    Si quelqu'un se penchait, tant ils étaient serrés.
    Les piques s'entrecroisaient, par de robustes mains
135 Agitées ; résolus, les hommes voulaient le combat.

    Les Troyens chargèrent, tous ensemble. Hector, en tête,
    Fonçait tout droit, comme un rocher qui roule d'une
        falaise ;
    Le fleuve, en hiver, l'a fait tomber de la crête,
    En ravinant, gonflé de pluie, la base de la falaise altière ;
140 La pierre bondit, elle vole, fait résonner
    La forêt, toujours, sans rien qui la gêne, jusqu'à
    La plaine, et là, malgré son élan, elle ne bouge plus.
    Ainsi Hector menaçait d'abord d'aller jusqu'à la mer
    En traversant les tentes et les bateaux des Achéens,
145 En tuant tout ; mais quand il s'est heurté à la phalange,
    Il s'est arrêté, bloqué. En face, les fils des Achéens,
    Pointant de l'épée et de la lance double,
    Le chassèrent devant eux ; lui, repoussé, il fit retraite.
    Il cria aux Troyens, d'une voix qui portait loin :
150 « Troyens, Lyciens, Dardaniens qui préférez le corps à
        corps,
    Tenez bon ; les Achéens ne résisteront pas longtemps ;
    Ils se sont rangés pour former comme une tour,

Mais nos lances, je crois, les feront céder, s'il est vrai que
   me pousse
Le meilleur des dieux (sa voix porte loin), l'époux d'Héra. »

155 Ce disant, à chacun il donna force et courage.
Dèiphobos l'altier marchait avec eux,
Le Priamide, tenant devant lui son bouclier rond,
Marchant à pas légers, protégé par le bouclier.
Mèrionès le visa avec sa pique brillante,
160 Et le frappa, sans erreur, sur le bouclier rond,
Fait de cuir ; il ne le perça pas. Tout de suite
Dans la douille se brisa la longue pique ; Dèiphobos
Tint écarté de lui le bouclier de cuir, dans son cœur il crai-
   gnait
La pique du brave Mèrionès. Le héros
165 Recula vers le groupe de ses compagnons, en forte colère,
Doublement, pour sa victoire manquée et pour sa pique
   brisée.
Il s'en alla vers les tentes et les bateaux des Achéens
Pour rapporter une grande lance, qu'il avait laissée dans
   sa tente.

Ils se battaient, et la clameur ne cessait pas.
170 Le premier, Teukros de Télamôn tua un homme,
Imbrios le guerrier, fils de Mentôr qui a tant de chevaux.
Il habitait Pèdaion, avant que ne viennent les fils des
   Achéens,
Il avait épousé une bâtarde de Priam, Mèdésikastè.
Mais quand arrivèrent les bateaux Danaens à coque ronde,
175 Il revint à Troie, se distingua parmi les Troyens ;
Il habitait chez Priam, qui le traitait comme un de ses
   enfants.
C'est lui que le fils de Télamôn, sous l'oreille, de sa grande
   pique
Frappa ; puis il retira l'arme ; l'autre tomba comme un frêne,
Qui, au sommet de la montagne qu'on voit de loin,
180 Tranché par le bronze, tombe, avec toutes ses feuilles
   tendres,

Il tomba et ses armes ornées de bronze firent un grand
  bruit.
Teukros bondit, plein du désir de prendre ses armes.
Hector, comme il bondissait, lança la pique qui brille.
Mais l'autre le vit venir ; il esquiva la pique de bronze,
185 De justesse. Et Amphimakhos, fils de Ktéatos, descendant
  d'Aktôr,
Qui marchait au combat, reçut la pique dans la poitrine.
L'homme à grand bruit tomba, ses armes sur lui résonnèrent.
Hector bondit : le casque qui couvre bien les tempes, il
  voulait
L'arracher à la tête d'Amphimakhos au grand cœur.
190 Mais Ajax étendit sa lance luisante devant Hector
Qui bondissait ; il ne toucha pas son corps ; tout était protégé
Par le bronze terrible ; il toucha l'ombilic du bouclier,
À grande force le repoussa ; l'autre recula loin
Des deux cadavres que les Achéens retirèrent.
195 Pour Amphimakhos, Stikhios le divin et Ménestheus,
Chefs des Athéniens, l'emportèrent chez les Achéens.
Quant à Imbrios, les deux Ajax, pleins de force et de vail-
  lance,
Comme, face à des chiens aux crocs durs, deux lions qui
  ont pris
Une chèvre, l'emportent à travers le taillis dense,
200 La soulevant avec leurs mâchoires au-dessus du sol ;
Ainsi les deux Ajax, le soulevant, dépouillaient
Le guerrier de ses armes ; la tête, sur le cou tendre, le fils
  d'Oileus
La coupa ; il était en colère à cause d'Amphimakhos.
Il la lança dans la foule en la faisant tournoyer comme une
  balle ;
205 Elle tomba dans la poussière devant les pieds d'Hector.

Alors dans son cœur Poséidon fut pris de colère :
Son petit-fils* était tombé dans un assaut terrible.
Il s'en alla vers les tentes et les bateaux des Achéens,
Encourageant les Danaens, aux Troyens préparant des
  soucis ;

210 Idoménée Lance de Gloire était sur son chemin,
    Sortant de chez un compagnon qui venait d'abandonner
    Le combat, blessé au jarret par le bronze aigu.
    Les autres l'emmenaient ; lui, l'ayant confié aux médecins,
    Rentrait dans sa tente ; il souhaitait encore aller
215 Au combat ; le puissant Maître du Séisme lui dit,
    Avec la voix de Thoas fils d'Andraimôn,
    Qui, dans tout Pleurôn et dans la haute Kalydôn,
    Régnait sur les Étoliens, respecté comme un dieu par son
       peuple :
    « Idoménée, conseiller des Crétois, où sont passées
220 Les menaces dont les fils des Achéens menaçaient les
       Troyens ? »

    Alors Idoménée, chef des Crétois, lui dit, le regardant en
       face :
    « Ô Thoas, il n'y a personne à qui s'en prendre, pour autant
    Que je voie clair ; tous nous savons nous battre,
    Aucun de nous n'est lâche ; personne,
225 Pris par la peur, ne fuit la guerre mauvaise ; mais sans
       doute
    Il va être agréable à Zeus très puissant
    Que meurent sans nom, loin d'Argos, ici les Achéens.
    Toi, Thoas, tu as toujours été un bon combattant,
    Tu sais rendre cœur à celui que tu vois flancher ;
230 Continue maintenant ; fais marcher chacun de tes hommes. »

    En réponse lui dit alors Poséidon Maître du Séisme :
    « Idoménée, que cet homme jamais ne revienne
    De Troie, mais qu'ici il soit la pâture des chiens,
    Celui qui, en ce jour, quittera de lui-même le combat.
235 Mais allons, prends tes armes, et marche. Il faut vraiment
    Se dépêcher, si nous devons, nous deux, servir à quelque
       chose.
    Même lâches, des hommes unis ont de la force,
    Et nous, nous saurions nous battre même contre les meil-
       leurs. »

Ayant dit, le dieu retourna là où peinaient les hommes.
240 Idoménée parvint à sa tente bien montée,
Revêtit son corps de belles armes, prit deux piques,
S'en alla pareil à l'éclair, que le Kronide
Prend d'une main et lance du haut de l'Olympe splendide,
Montrant aux hommes un signe ; les feux éblouissent ;
245 Ainsi le bronze brillait sur sa poitrine ; il courait.
Mèrionès son bon serviteur était sur son chemin,
Près de la tente ; c'est une lance de bronze qu'il venait
Chercher ; Idoménée le fort lui dit ;
«Mèrionès, fils de Molos, cher compagnon, toi qui cours
vite,
250 Pourquoi es-tu venu, quittant la guerre et le combat ?
Es-tu blessé ? Une pointe de flèche te fait-elle mal ?
Ou viens-tu pour un message ? Moi, je n'ai pas désir
De rester assis sous ma tente ; je veux me battre.»

Mèrionès le bien inspiré lui dit, le regardant en face :
255 «Idoménée, conseiller des Crétois cuirassés de bronze,
Je viens voir si tu as dans ta tente une lance encore,
Que je la prenne ; j'ai cassé celle que j'avais,
Contre le bouclier de Dèiphobos l'arrogant.»

Alors Idoménée, chef des Crétois, lui dit, le regardant en
face :
260 «Des lances, si tu veux, tu en trouveras vingt et une,
Debout dans la tente, contre le mur qui resplendit,
Toutes troyennes, prises à ceux que j'ai tués. Je me vois
mal
Faire la guerre aux ennemis en restant très loin d'eux.
Donc j'ai des lances et des boucliers bombés,
265 Et des casques et des cuirasses qui brillent.»

Alors Mèrionès le bien inspiré lui dit, le regardant en face :
«Chez moi aussi, dans ma tente et dans mon bateau noir,
Je garde les dépouilles de Troyens. Mais ce n'est pas tout
près.
Je ne suis pas, je le dis, de ceux qui n'ont pas de force ;

270 Au premier rang, dans la mêlée qui donne gloire
Je suis là, quand monte la colère de la guerre.
J'ai pu n'être pas vu au combat par tel ou tel
Achéen vêtu de bronze, mais toi, tu me connais, je pense. »

Alors Idoménée, chef des Crétois, lui dit, le regardant en
face :
275 « Je connais ta valeur. Faut-il que tu en parles ?
Si près des bateaux nous rassemblions tous les meilleurs
Pour une embuscade, où se montre la valeur des hommes,
Où l'on distingue l'homme peureux et le vaillant
(La couleur du lâche change sans cesse,
280 Il n'a pas l'intrépidité qui le tiendrait en repos,
Il plie les genoux, il saute d'un pied sur l'autre,
Son cœur bat à grands coups dans sa poitrine ;
Car il voit les Tueuses, et ses dents claquent à grand bruit.
La couleur du bon guerrier ne change pas ; et il n'a pas
trop
285 Peur quand il prend sa place dans l'embuscade.
Il souhaite se lancer au plus vite dans la lutte sinistre),
On n'aurait rien à reprendre à ton courage et à tes actions.
Tu pourrais recevoir un coup, une flèche, pendant la lutte ;
La flèche ne tomberait ni sur ta nuque ni dans ton dos.
290 C'est la poitrine et le ventre qui seraient touchés,
Alors que tu foncerais au premier rang droit devant toi.
Mais cessons de parler comme des bambins,
Plantés là ; on pourrait y trouver à redire.
Va dans la tente et prends une bonne lance. »

295 Il dit ; Mèrionès, pareil au vif Arès,
Rapidement prit dans la tente une lance de bronze,
Et partit avec Idoménée, soucieux de la seule bataille.
Comme Arès peste des hommes part pour la guerre,
Déroute, son enfant, dur, intrépide,
300 Le suit, qui fait fuir le plus résistant des guerriers ;
Tous deux, armés, sortent de la Thrace ; ils vont chez les
Éphyres
Ou chez les Phlégyens au grand cœur* ; n'écoutant aucun

Des deux partis, ils donnent la gloire aux deux.
Ainsi Mèrionès et Idoménée, chef des hommes,
305 Allaient à la guerre casqués de bronze flamboyant.
Mèrionès le premier parla :
« Deukalide, où penses-tu entrer dans la mêlée ?
À l'aile droite de l'armée ? au centre ?
À l'aile gauche plutôt ? il me semble que là plus qu'ailleurs
310 Les Achéens chevelus ont le dessous. »

Alors Idoménée, chef des Crétois, lui dit, le regardant en
    face :
« Au centre, d'autres peuvent défendre les bateaux :
Les deux Ajax et Teukros, qui est le meilleur des Achéens
Pour l'arc et qui est bon pour le corps à corps,
315 Suffisent à repousser, quand il se lance dans la lutte,
Hector Priamide, si dur soit-il.
Il lui sera difficile, malgré son ardeur à se battre,
De l'emporter sur leur force et leurs mains invincibles
Et de mettre le feu aux bateaux, sauf si le Kronide lui-
    même
320 Lance un tison enflammé sur les bateaux légers.
Le grand Ajax de Télamôn ne le céderait à aucun homme,
S'il est mortel et mange le blé de Déméter,
S'il peut être meurtri par le bronze ou par de grosses
    pierres.
Il ne reculerait pas même devant Achille, qui brise les
    hommes,
325 Au corps à corps ; à la course, il est battu d'avance.
Allons à l'aile gauche de l'armée, pour savoir au plus vite
Si un autre par nous ira à la gloire, ou nous par lui. »

Il dit ; Mèrionès, pareil au vif Arès,
Marcha ; ils arrivèrent à l'armée, là où il avait dit.

330 Quand ils virent Idoménée, pareil par sa force à la flamme,
Lui et son serviteur, avec leurs armes richement ouvragées,
Ils s'appelèrent l'un l'autre et marchèrent vers lui.
Le combat s'engagea près des poupes des bateaux.

Quand se précipitent les bourrasques de vents qui sifflent,
335 Le jour où les chemins sont couverts de poussière,
Il se forme un énorme nuage de poussière ;
Ainsi commença le combat, tous souhaitaient de tout cœur
S'entre-tuer dans la mêlée avec le bronze aigu.
Le combat qui détruit les hommes se hérissait de piques
340 Longues, qui allaient tailler dans la chair ; l'éclat du bronze
Aveuglait les yeux : casques resplendissants,
Cuirasses récemment fourbies, boucliers étincelants
S'approchaient en masse ; il aurait eu le cœur hardi,
Celui qui aurait vu avec joie, sans chagrin, toute cette
    peine.

345 Avec des idées différentes, les deux puissants fils de Kronos
Préparaient aux héros d'amères souffrances.
Zeus voulait la victoire pour les Troyens et pour Hector,
Achille Pieds-Rapides en tirerait de la gloire ; il ne voulait
    pas
Détruire tout à fait devant Ilion le peuple achéen,
350 Mais il donnait de la gloire à Thétis et à son fils au cœur
    dur.
Poséidon était venu pour encourager les Argiens,
Il était sorti en secret de la mer grise ; il ne supportait pas
Que les Troyens dominent ; il en voulait beaucoup à Zeus.
Tous deux ont même origine, sont nés dans le même lieu ;
355 Mais Zeus est né le premier et en sait plus long*.
L'autre évitait donc de s'opposer ouvertement à lui.
C'est en secret qu'il excitait l'armée, sous la figure d'un
    homme.
La corde du conflit et de la guerre pour tous égale,
Chacun son tour ils la serraient autour des deux armées.
360 Elle ne casse ni ne se défait, mais elle rompt bien des
    genoux.

Alors, malgré ses cheveux gris, commandant aux Danaens,
Idoménée bondissant mit les Troyens en fuite.
Il tua Othryoneus venu de Kabésos dans la ville
Depuis peu pour y trouver la gloire guerrière.

365 Il demandait la plus belle des filles de Priam,
   Cassandre, avec pour tout cadeau la promesse d'un grand
      exploit :
   Il chasserait loin de Troie, malgré eux, les fils des Achéens.
   Le vieux Priam avait promis à son tour et accepté
   De la lui donner ; il combattait confiant en cette promesse.
370 Idoménée le visa de sa pique luisante ;
   Il l'atteignit, comme il marchait à grands pas ; la cuirasse
   De bronze qu'il portait ne résista pas ; touché au ventre,
   L'homme à grand bruit tomba ; l'autre, avec superbe, lui
      dit :
   « Othryoneus, je te célébrerai plus que tout autre
375 Si tu tiens vraiment la promesse que tu as faite
   À Priam Dardanide, qui t'a promis sa fille.
   Nous aussi, nous pourrions promettre et tenir,
   Te donner la plus belle des filles d'Agamemnon,
   La faire venir d'Argos pour que tu l'épouses, si avec nous
380 Tu ruinais Ilion, ville florissante.
   Suis-moi ; sur nos bateaux qui courent les mers nous arran-
      gerons
   La noce ; pour les cadeaux, nous ne sommes pas mauvais. »

   Ayant dit, il le traîna par les pieds à travers la dure bataille,
   Idoménée le héros ; Asios vint s'y opposer
385 À pied, devant ses chevaux, qui lui soufflaient sur les
      épaules ;
   Un cocher les retenait ; lui, il voulait de tout son cœur
   Frapper Idoménée. Mais il fut devancé, l'autre frappa de
      la pique
   Au cou, sous le menton, et fit pénétrer l'arme.
   L'homme tomba comme tombe un chêne, un peuplier
390 Ou un pin bien venu, que dans la montagne des charpen-
      tiers
   Ont abattu, avec des haches aiguisées, pour construire un
      bateau.
   Ainsi devant ses chevaux et son char il était étendu,
   Hurlant, les mains crispées sur la poussière sanglante.
   Le cocher perdit l'esprit, lui qui était sage,

395 Il n'osa pas, pour éviter les mains des ennemis,
    Faire tourner les chevaux ; Antilokhos qui aime à se battre
    Le transperça de sa pique ; la cuirasse
    De bronze qu'il portait ne résista pas ; touché au ventre,
    Il tomba en râlant du char bien construit ;
400 Les chevaux, Antilokhos, fils de Nestor au grand cœur,
    Les chassa, loin des Troyens, vers les Achéens aux cnémides.

    Dèiphobos approcha tout près d'Idoménée,
    Triste à cause d'Asios ; il lança la pique qui brille.
    Mais l'autre, l'ayant vue, esquiva la lance de bronze,
405 Idoménée ; il se cacha derrière son bouclier bien rond,
    Fait de peaux de bœuf et de bronze luisant,
    Qu'il portait, grâce à ses deux poignées.
    Il était caché tout entier ; la pique de bronze passa par-
        dessus,
    Le bouclier fit un bruit sec, lorsque le frôla
410 La pique ; ce n'est pas en vain qu'elle quitta la lourde main ;
    Elle frappa Hypsènor Hippaside, berger de peuples,
    Au foie, sous les membranes, et lui rompit les genoux.
    Dèiphobos triompha violemment, et cria à voix forte :
    « Asios est là, gisant, mais vengé ; j'assure
415 Qu'en allant chez Hadès, qui tient durement fermée sa
        porte,
    Il aura joie en son cœur : je l'ai pourvu d'une escorte. »

    Il dit ; aux Argiens sa vantardise fut pénible,
    C'est surtout au brave Antilokhos qu'elle fit bondir le
        cœur ;
    Malgré son chagrin, il n'abandonna pas son compagnon,
420 Il accourut pour le défendre, le couvrant de son bouclier.
    Le prenant par en dessous, deux fidèles compagnons,
    Mèkisteus, fils d'Ekhios, et le divin Alastôr,
    L'emportèrent gémissant vers les bateaux creux.

    Idoménée n'arrêta pas sa grande fureur, il désirait tou-
        jours
425 Ou envelopper un Troyen dans la nuit de l'Erèbe,

Ou tomber lui-même à grand bruit en protégeant les
    Achéens.
Alors, le fils d'Aisyètès, filleul de Zeus,
Le héros Alkathoos (c'était un gendre d'Anchise,
Il avait épousé sa fille aînée, Hippodamie,
430 Qu'aimaient du fond du cœur son père et sa mère souve-
    raine,
Dans leur palais ; elle brillait parmi les filles de son âge
Par sa beauté, son habileté, son intelligence ; c'est pourquoi
L'avait épousée l'homme le plus noble à Troie la grande),
C'est lui que, par Idoménée, Poséidon abattit,
435 Aveuglant ses yeux brillants, entravant son corps magni-
    fique ;
Il ne pouvait plus ni fuir, ni esquiver les coups.
Pareil à une colonne, à un arbre au feuillage haut,
Intrépide, il le blessa en pleine poitrine avec sa pique,
Le héros Idoménée ; il déchira sa tunique
440 De bronze, qui jusque là avait protégé son corps de la
    mort.
Déchirée par la pique, elle fit un bruit sec.
L'homme à grand bruit tomba, la pique plantée dans le
    cœur,
Qui, palpitant encore, faisait bouger la hampe
De l'arme ; puis Arès le fort fit tout cesser.
445 Idoménée triompha violemment, et cria à voix forte :
« Dèiphobos, dirons-nous pas que c'est un beau coup,
En tuer trois pour un ? Et tu fais le fier.
Toi, un mauvais génie te hante ! Viens te placer face à moi,
Tu verras, venu ici, un vrai descendant de Zeus,
450 Qui a d'abord engendré Minos, protecteur de la Crète ;
Minos a engendré un fils sans reproche, Deukaliôn* ;
Deukaliôn m'a engendré, prince de beaucoup d'hommes,
Dans la vaste Crète. Et les bateaux m'ont amené ici,
Pour faire ton malheur et celui des autres Troyens. »

455 Il dit, et Dèiphobos ne savait que choisir :
S'assurer l'appui d'un Troyen au grand cœur,
En reculant ; ou s'aventurer tout seul.

Il réfléchit et pensa qu'il valait mieux
Aller vers Énée ; il le trouva dans la foule, immobile,
460 Au dernier rang ; car il était toujours fâché contre le divin
    Priam
Qui ne l'honorait pas, bien qu'il soit noble parmi les
    hommes*.
S'arrêtant près de lui, il dit ces mots qui ont des ailes :
« Énée, conseiller des Troyens, il va falloir à présent
Que tu défendes ton beau-frère, si tu as souci de lui.
465 Suis-moi, allons défendre Alkathoos, qui, jadis,
Étant ton beau-frère, t'a nourri, tout petit, dans sa maison.
Idoménée Lance de Gloire vient de le tuer. »

Il dit, et fit bondir son cœur dans sa poitrine.
Il marcha sur Idoménée avec un grand désir de guerre.
470 Mais la peur ne prit pas Idoménée, comme un enfant gâté.
Il l'attendit, comme dans la montagne un sanglier sûr de
    sa force
Attend les hommes qui l'attaquent à grand bruit
Dans un lieu solitaire, et son dos se hérisse ;
Ses yeux étincellent ; ses dents,
475 Il les aiguise, il veut repousser les chiens et les hommes.
Ainsi Idoménée Lance de Gloire attendait, sans reculer,
Énée qui arrivait à la rescousse ; il appelait ses compa-
    gnons,
Askalaphos, qu'il avait vu, et Aphareus et Déipyros,
Mèrionès et Antilokhos, maîtres de bataille.
480 En les excitant, il dit ces mots qui ont des ailes :
« Venez, amis, défendez-moi, je suis tout seul ; j'ai vraiment
    peur
D'Énée Pieds-Rapides*, qui s'approche, qui marche
Et qui est très fort pour tuer les hommes au combat.
Il a la fleur de la jeunesse, qui est la plus grande des forces.
485 Si nous avions le même âge (avec ce cœur-là),
Bientôt il gagnerait, ou moi, je gagnerais. »

Il dit, et tous, la fureur au cœur,
Se placèrent près de lui, le bouclier à l'épaule.

Énée, de l'autre côté, appela ses compagnons,
490 Dèiphobos, Pâris et le divin Agénor,
Qui tous étaient chefs de Troyens ; après eux
Venaient les peuples, comme les brebis, en suivant le bélier,
Vont à l'abreuvoir après la pâture ; le berger en a joie.
Ainsi Énée avait joie en son cœur
495 En voyant tout le peuple qui le suivait.

Autour d'Alkathoos ils bondirent tout près,
Avec leurs longues lances ; sur les poitrines le bronze
Sonnait terriblement, pendant qu'ils se visaient
L'un l'autre ; deux hommes, plus agressifs que les autres,
500 Énée et Idoménée, pareils à Arès,
Cherchaient à s'entamer la peau avec le bronze cruel.
Énée le premier lança contre Idoménée sa pique ;
Mais l'autre, le voyant, esquiva l'arme de bronze,
La pointe d'Énée, en vibrant, dans la terre
505 Se planta ; c'est pour rien qu'elle avait quitté la main robuste.
Idoménée frappa Oinomaos en plein ventre,
Brisa la cuirasse ; dans les boyaux le bronze
S'enfonça ; l'homme, tombé, se cramponnait à la terre.
Idoménée arracha sa lance à l'ombre longue
510 Du cadavre, mais ne parvint pas à retirer les belles armes
De sur les épaules ; les flèches l'en empêchaient.
Quand il voulait bouger, ses jambes manquaient de force ;
Il ne pouvait plus ni bondir, la pique lancée, ni esquiver.
De pied ferme, il pouvait repousser le jour cruel ;
515 Mais pour fuir ses pieds n'étaient plus assez rapides.
Il s'éloignait ; un Troyen lança la pique qui brille,
Dèiphobos, car il était toujours en fureur.
Mais il le manqua, et l'arme frappa Askalaphos,
Fils d'Enyalios ; la forte pique traversa
520 L'épaule ; l'homme, tombé, se cramponnait à la terre.
Et il ne savait pas, Arès, le fort, qui hurle,
Que son fils était tombé dans le dur combat ;
Mais, sur le sommet de l'Olympe, sous des nuages dorés,
Il restait, retenu par le vouloir de Zeus ; et les autres
525 Dieux immortels étaient là, aussi, loin de la guerre.

Autour d'Askalaphos ils bondirent tout près,
Dèiphobos à Askalaphos enleva son casque
Étincelant, Mèrionès pareil au vif Arès
Sauta et lui ficha sa pique dans le bras ; le casque à aigrette
530 Échappa à la main et tomba par terre avec bruit.
Mèrionès bondit à nouveau comme un vautour ;
Il arracha de son bras la forte pique,
Et se replia dans la troupe de ses compagnons. L'autre,
    Politès,
Son frère, le saisissant à bras-le-corps,
535 L'éloigna de la guerre au nom sinistre et le mena vers ses
    chevaux
Rapides, qui loin de la guerre et du combat
L'attendaient avec le cocher et le char orné.
Ils l'emportèrent vers la ville, gémissant très fort,
Épuisé ; le sang coulait du bras fraîchement blessé.

540 Les autres se battaient ; les cris ne cessaient pas ;
Alors Énée fonça sur Aphareus Kalètoride,
Frappa la gorge offerte de sa pique aiguë ;
La tête pencha en arrière, le bouclier tomba,
Puis le casque. La mort l'envahit, qui déchire les cœurs.
545 Antilokhos, voyant que Thoôn venait de se retourner,
Bondit et le blessa, lui coupa toute la veine
Qui remonte le long du dos jusqu'à la nuque.
Il la coupa toute ; l'autre, face à terre,
Tomba, tendant les deux mains vers ses compagnons.
550 Antilokhos sauta, enleva de sur les épaules ses armes,
Méfiant. Les Troyens, d'un côté et de l'autre
Frappaient son large bouclier coloré ; mais ils ne purent
    pas
Écorcher avec le bronze cruel la tendre peau
D'Antilokhos ; car Poséidon Maître du Séisme
555 Au milieu de tous les coups protégeait le fils de Nestor,
Qui n'était jamais loin de l'ennemi, mais sans cesse près
    d'eux
Tourbillonnait ; sa pique jamais immobile

Bougeait, tournoyait ; il regardait, l'esprit vif,
Sur qui lancer son arme, qui attaquer de tout près.

560 Adamas Asiade vit bien qu'il regardait partout
Dans la foule ; il le frappa du bronze aigu au milieu du
   bouclier,
Ayant bondi tout près ; mais Poséidon Cheveux-Bleus,
Lui refusant cette vie, cassa la pointe.
Elle resta fichée comme un pieu que le feu a durci
565 Dans le bouclier d'Antilokhos, la hampe était par terre.
Et lui, il recula parmi ses compagnons, fuyant la mort,
Mèrionès le suivit dans sa reculade et le frappa
De sa lance entre les testicules et le nombril, là où
Arès, plus qu'ailleurs, est douloureux pour les malheureux
   mortels.
570 La pique se ficha là ; il tomba avec la pique,
Il se débattait comme un bœuf que, dans la montagne, des
   bouviers
Font avancer malgré lui, le tirant avec des cordes.
Ainsi, frappé, il se débattit un peu, mais pas longtemps,
Jusqu'à ce que, s'approchant, il arrache la pique,
575 Mèrionès le héros ; l'ombre alors voila ses yeux.

Hélénos à Déipyros sur la tempe avec sa grande
Épée thrace donna un coup et fit sauter son casque,
Qui vola, puis tomba par terre, et l'un des combattants
Achéens le ramassa : il avait roulé à ses pieds.
580 L'autre, une nuit noire recouvrit ses yeux.

La douleur prit l'Atride, Ménélas Voix-Sonore,
Il marcha menaçant sur le héros, le prince Hélénos,
Brandissant sa pique pointue ; l'autre banda son arc.
Ils se firent face, l'un prêt à lancer
585 Sa pique pointue, l'autre à lâcher la flèche.
Le Priamide lança la flèche à la poitrine,
Au creux de la cuirasse ; la flèche amère rebondit.
Comme d'une large pelle, sur une aire grande,
Sautent des fèves noires et des pois :

590 Le vent siffle et le vanneur se donne du mal ;
    Ainsi de la cuirasse du glorieux Ménélas
    Repoussée s'envola au loin la flèche amère.
    L'Atride, Ménélas Voix-Sonore, frappa
    La main qui tenait le bon arc ; à travers la main
595 La pique de bronze atteignit l'arc.
    L'autre recula parmi ses compagnons, fuyant la mort ;
    La main pendait, la pique de frêne y restait fichée ;
    Agénor au grand cœur la retira de la main,
    Qu'il banda avec de bonne laine de brebis,
600 Laine à frondes qu'un serviteur tendait au berger de peuples.

    Peisandros droit sur Ménélas le glorieux
    Marcha ; un sort mauvais le poussa vers sa fin, vers sa
        mort,
    Pour être par toi, Ménélas, maîtrisé dans un assaut terrible.
    Quand, marchant l'un vers l'autre, ils furent tout près,
605 L'Atride manqua son coup, la pique tourna dans sa main ;
    Peisandros sur le bouclier de Ménélas le glorieux
    Frappa, mais le bronze ne put traverser ;
    Le large bouclier l'arrêta, et dans sa douille la pointe
    Cassa ; il s'était réjoui, dans un espoir de victoire.
610 L'Atride dégaina l'épée à clous d'argent,
    Bondit sur Peisandros, qui sous son bouclier prit une belle
    Hache de beau bronze, avec un manche d'olivier,
    Long et bien poli ; ils marchaient l'un contre l'autre.
    L'un frappa le cimier du casque à crinière
615 Sur le dessus, près de l'aigrette ; l'autre atteignit le front
    Juste au-dessus du nez ; les os craquèrent, les yeux,
    Sanglants, tombèrent à ses pieds dans la poussière ;
    Il pencha, tomba ; l'autre lui posant le pied sur la poitrine
    Lui arracha ses armes et dit en triomphant :
620 « Voilà comment on quitte les bateaux des Achéens aux
        poulains vifs,
    Troyens arrogants, insatiables de guerres horribles,
    Jamais à court d'outrages et d'injures,
    Dont vous m'avez outragé, mauvaises chiennes, sans craindre
    Dans votre cœur la dure colère de Zeus Loin-Tonnant,

625 Protecteur des hôtes, qui un jour ruinera votre haute ville ;
Ma femme épouse et un gros trésor,
Vous êtes partis en emportant tout ; elle vous avait pourtant
  bien reçus*.
Et maintenant vous avez envie aux bateaux qui courent la
  mer
De mettre le feu qui dévore, et de tuer les héros achéens.
630 Mais vous devrez vous arrêter, malgré votre fureur d'Arès.
Zeus père, on dit que tu surpasses tous les esprits
Des hommes et des dieux. C'est de toi que vient tout cela.
Tu as trop de bonté pour ces hommes violents,
Ces Troyens, dont la fureur est insensée, qui ne peuvent
  pas
635 Se rassasier de ces guerres, qui sont égales pour tous.
On atteint partout la satiété, qu'il s'agisse de faim, d'amour,
De douces chansons, de danses parfaites ;
De tout cela on a envie de satisfaire le désir
Plus que de la guerre ; mais les Troyens sont insatiables de
  combats. »

640 Ayant dit, il enleva au cadavre ses armes sanglantes
Et les donna à ses compagnons, lui, Ménélas sans reproche ;
Puis il repartit se mêler à ceux qui étaient en avant.

Alors bondit le fils de Pylaiménès le roi,
Harpaliôn, qui avait suivi son père pour se battre
645 À Troie, et jamais ne revint dans sa patrie.
Avec sa lance il frappa au milieu le bouclier de l'Atride,
De tout près, mais il ne réussit pas à le transpercer,
Il recula parmi ses compagnons, fuyant la mort,
Regardant partout, de peur d'être blessé par le bronze.
650 Pendant qu'il s'éloignait, Mèrionès lança une flèche de
  bronze
Et le toucha à la fesse droite ; la flèche
Traversa la vessie sous l'os et ressortit ;
Il s'écroula entre les bras de ses compagnons,
Perdant le souffle de vie ; comme un ver sur le sol
655 Il était là, étendu ; un sang noir coulait, mouillant la terre.

Les Paphlagoniens au grand cœur s'empressèrent,
Le placèrent sur un char, le menèrent à Ilion la sainte,
Accablés de tristesse : le père les suivait, pleurant des
　　larmes* ;
Pour son fils mort, il n'aurait pas de compensation.

660 Pâris, à le voir tué, eut grande colère.
Il avait été son hôte parmi tous les Paphlagoniens.
En colère, il lance une flèche de bronze.
Il était un certain Eukhènôr, fils du devin Polyidos,
Riche et brave ; il habitait Corinthe.
665 Bien qu'il sache son sort mortel, il monta sur son bateau ;
Souvent le bon vieillard Polyidos lui avait dit
Qu'il mourrait frappé d'un mal cruel dans son palais,
Ou abattu par les Troyens sur les bateaux des Achéens.
Il voulait éviter à la fois le sort cruel des Achéens
670 Et la maladie affreuse, qui ferait souffrir son cœur.
Il fut frappé sous la mâchoire et l'oreille ; bientôt sa vie
Quitta ses membres, et l'ombre affreuse le saisit.

Ainsi ils se battaient, comme un feu qui brûle.
Hector cher à Zeus n'en savait rien ; il ignorait
675 Qu'à la gauche des bateaux les Argiens
Tuaient ses hommes ; bientôt viendrait pour les Achéens
Le triomphe ; car le Maître du Séisme, lui qui étreint la
　　Terre,
Enflammait les Argiens, et les protégeait de sa force.
Lui, il était là où il avait attaqué les portes et le mur,
680 Détruisant les rangs serrés des Danaens aux boucliers,
Là où étaient les bateaux d'Ajax et de Protésilas,
Tirés sur le rivage de la mer grise ; au-dessus
Le mur avait été construit très bas, c'est là que surtout
Ils se battaient le plus violemment, hommes et chevaux.

685 Là les Béotiens et les Ioniens aux longues robes,
Les Locriens, les Phthiens*, les Épéens glorieux,
Recevaient ses attaques contre les bateaux, et ne pouvaient
Repousser loin d'eux Hector le divin, pareil à la flamme.

Là était l'élite des Athéniens ; les chefs étaient
690 Le fils de Pétéôs, Ménestheus, que suivaient
Pheidas et Stikhios et le grand Bias. Pour les Épéens,
Mégès Phyléide, Amphiôn et Drakios.
Pour les Phthiens, Médon et Podarkès le pugnace.
Le premier était un fils bâtard du divin Oileus,
695 Médôn, frère d'Ajax, et il habitait
Phylakè, loin de sa patrie, ayant tué un homme,
Le frère de sa marâtre Eriôpis, femme d'Oileus.
Le second, fils d'Iphikios Phylakide.
Tous deux, cuirassés, en tête des Phthiens au grand cœur
700 Se battaient, près des Béotiens, pour défendre les bateaux.
Ajax à aucun moment, le fils rapide d'Oileus,
Ne s'éloignait si peu que ce soit d'Ajax fils de Télamôn ;
Comme deux bœufs couleur de vin, dans la jachère,
D'un même cœur tirent la charrue articulée* ; au front,
705 À la base des cornes, ils suent abondamment ;
Seul le joug bien poli les sépare l'un de l'autre,
Ils suivent le sillon, jusqu'au bout du champ.
Ainsi, ils marchaient, tout près l'un de l'autre.
Autour du fils de Télamôn, nombreuses et nobles,
710 Des troupes marchaient, qui prenaient son pavois
Quand la fatigue et la sueur s'emparaient de ses genoux.
Mais le magnanime fils d'Oileus, aucun Locrien ne le suivait.
Ils n'avaient pas le cœur au combat face à face ;
Ils n'avaient pas de casque de bronze avec crinières,
715 Ils n'avaient pas de boucliers bien ronds, pas de lances de
    frêne,
C'est à leurs arcs, à leurs frondes de laine qu'ils se fiaient
Quand ils l'avaient suivi vers Ilion ; c'est ainsi que,
Tirant sans cesse, ils rompaient les phalanges troyennes.
Les premiers donc, à l'avant, avec leurs armes richement
    ouvragées,
720 Se battaient contre les Troyens, contre Hector au casque
    de bronze,
Les autres, à l'arrière, tiraient sans qu'on les voie ; et les
    Troyens
Ne pensaient plus à se battre ; les flèches les accablaient.

Alors, piteusement, s'éloignant des tentes et des bateaux,
Les Troyens allaient se retirer vers Ilion la venteuse,
725 Si Polydamas, s'approchant d'Hector l'intrépide, ne lui
    avait dit :
« Hector, tu es incapable de suivre un conseil.
Parce qu'un dieu t'a donné la science de la guerre,
Tu veux en savoir plus long que quiconque.
Mais tu ne vas pas tout conquérir toi-même ;
730 À l'un un dieu a donné la science de la guerre,
À l'autre la danse, au troisième la cithare et le chant,
À un autre Zeus qui voit loin a mis dans la poitrine un
    esprit
Noble, dont bien des hommes tirent profit,
Il en sauve beaucoup, et il est le premier à le savoir.
735 Je vais te dire ce qui me semble le meilleur.
Partout autour de toi flambe la couronne de la guerre ;
Les Troyens au grand cœur ont franchi le mur ;
Mais les uns, en armes, n'avancent plus ; les autres, dis-
    persés
Parmi les bateaux, se battent contre un ennemi plus nom-
    breux.
740 Replie-toi, convoque tous les seigneurs ;
Nous pourrons alors réfléchir à une décision :
Ou bien tomber sur les bateaux où rament beaucoup
    d'hommes,
Si un dieu nous accorde la force, ou bien
Nous éloigner, sans dommage, des bateaux. Pour moi
745 Je crains que les Achéens ne vengent leur défaite
D'hier ; près des bateaux un homme insatiable de guerre
Est là, qui, je crois, ne restera pas longtemps sans se battre. »

Ainsi parla Polydamas ; son conseil heureux plut à Hector ;
Aussitôt, avec ses armes, il sauta de son char à terre
750 Et, s'adressant à lui, dit ces mots qui ont des ailes :
« Polydamas, toi, fais venir ici tous les seigneurs ;
Moi, j'irai là-bas, pour faire face aux assauts ;
Je reviendrai tout de suite une fois les ordres donnés. »

Il dit, et s'élança, pareil à une montagne enneigée ;
755 Avec de grands cris, il volait parmi les Troyens et les alliés.
Tous se précipitèrent vers Polydamas Panthoïde,
L'ami du courage, quand ils entendirent la voix d'Hector.
Lui, il allait, en avant des troupes, voir si, en le cherchant,
Il trouverait Dèiphobos et le puissant prince Hélénos,
760 Et l'Asiade Adamas et Asios fils d'Hyrtakos.
Il les trouva ; souffrance et mort ne les avaient pas épargnés.
Les uns, près des poupes des bateaux achéens
Gisaient ayant par la main des Argiens perdu la vie ;
Les autres, près du mur, avaient reçu une flèche ou un
coup d'épée.
765 Bientôt il trouva, à la gauche de la bataille douloureuse,
Le divin Alexandre, époux d'Hélène aux beaux cheveux,
Rassurant ses compagnons et les poussant à se battre ;
S'arrêtant près de lui, pour lui faire honte, il lui dit :
« Pâris de malheur, joli garçon, fou de femmes, enjôleur,
770 Où sont Dèiphobos et le puissant prince Hélénos,
Et l'Asiade Adamas et Asios fils d'Hyrtakos ?
Où est Othryoneus ? Aujourd'hui est ruinée de fond en comble
La haute Ilion ; pour toi aussi, sûre est la mort abrupte. »

Lui dit alors Alexandre à visage de dieu :
775 « Hector, tu fais des reproches à qui est sans reproche ;
C'est autrefois qu'il m'arrivait de fuir
La guerre ; mais ma mère ne m'a pas enfanté débile.
Depuis que près des bateaux tu as réveillé le combat,
Depuis ce moment-là nous sommes face aux Danaens,
780 Et acharnés ; les compagnons sont morts, ceux dont tu
parles.
Seuls Dèiphobos et le puissant prince Hélénos
Sont partis, blessés par de longues piques
Tous les deux au bras ; le Kronide leur a épargné la mort.
Maintenant fais-nous faire ce que ton cœur te dit ;
785 Nous te suivrons avec entrain, et, je t'assure,
Nous résisterons, tant que nous en aurons la force.
Sans force, même avec le désir, on ne peut pas se battre. »

Il dit, le héros, et il persuada l'esprit de son frère.
Ils allèrent tous deux là où la mêlée était la plus forte,
790 Autour de Kébrionès et de Polydamas sans reproche,
De Phalkès, d'Orthaios, et du divin Polyphètès,
De Palmys, d'Askanios et de Morys, fils d'Hippotiôn,
Qui étaient venus en renfort, d'Askaniè la plantureuse,
À la dernière aurore, et déjà Zeus les poussait au combat.
795 Ils allaient, pareils à une bourrasque de vents furieux,
Qui fond sur la plaine, pendant que tonne Zeus le père,
Puis dans un vacarme énorme se mêle à la mer, et les
      vagues
S'agitent en foule dans la mer au ressac,
Arrondies, blanches d'écume, une autre, encore une autre.
800 Ainsi les bataillons troyens, un autre, encore un autre,
Étincelants de bronze, marchaient derrière leurs chefs.
Hector les menait, pareil à Arès peste des hommes,
Lui, le Priamide ; il tenait devant lui son bouclier bien
      rond,
Épais, formé de peaux que recouvrait du bronze ;
805 Autour de ses tempes oscillait un casque brillant.
Il tournait autour des phalanges, il cherchait à voir
Si, caché sous son bouclier, il les ferait céder.
Mais il ne troublait pas le cœur des Achéens dans leurs
      poitrines.
Ajax le premier l'appela, marchant à grands pas :
810 « Toi, un mauvais génie te hante ! Viens. Pourquoi veux-tu
      faire
Peur aux Argiens ? Nous ne sommes pas ignorants du
      combat.
Mais le méchant fouet de Zeus nous domine, nous, Achéens.
Ton cœur sans doute espère anéantir
Nos bateaux ; mais nous avons des mains pour nous
      défendre.
815 Et c'est bien plutôt votre ville florissante
Que nos mains pourraient prendre et détruire.
Pour toi, je le dis, est proche le temps où, fuyant,
Tu prieras Zeus le père et les autres immortels

Pour que tes chevaux aux beaux crins, plus rapides que
    des milans,
820 Te mènent dans ta ville, en soulevant la poussière de la
    plaine. »

Comme il parlait un oiseau s'envola à sa droite,
Un aigle de haut vol ; et le peuple achéen cria,
Confiant dans ce présage ; Hector le magnifique lui répondit :
« Ajax, fanfaron à vaines paroles, qu'as-tu dit ?
825 Puissé-je être autant le fils de Zeus à l'égide
Tous les jours de ma vie, et né d'Héra la souveraine,
Être honoré comme on honore Athéna et Apollon,
Qu'il est vrai que ce jour apporte aux Argiens le malheur*,
À tous, et à toi qui mourras, si tu oses
830 Attendre ma lance longue, qui dans ta peau délicate
Va mordre ; et tu nourriras les chiens et les oiseaux de
    Troie,
De ta graisse et de ta chair, tombé près des bateaux achéens. »

Ayant dit, il se mit en marche, tous le suivaient
Avec un bruit prodigieux, et le peuple, derrière, poussait
    des cris.
835 Les Argiens criaient, de l'autre côté, ils n'oubliaient pas
D'être forts, et ils attendaient l'attaque des seigneurs Troyens.
Toutes ces voix montaient jusqu'à l'éther, jusqu'à la lumière
    de Zeus.

CHANT XIV

À Nestor, qui buvait, le cri n'échappa nullement ;
À l'Asklépiade il dit ces mots qui ont des ailes :
« Dis-moi, divin Makhaôn, que va-t-il se passer là-bas ?
Il est plus fort, près des nefs, le cri des jeunes gens.
5 Toi, reste assis et bois le vin sombre
En attendant que Hékamèdè aux belles boucles
Chauffe le bain et lave le sang qui coule.
Moi, j'irai voir sur la hauteur et je serai vite informé. »

Ce disant, il prit le bouclier bien fait que son fils,
10 Thrasymèdès, le chevalier, avait laissé dans la tente,
Tout en bronze luisant ; car il avait celui de son père.
Il prit une forte pique, armée d'une pointe de bronze.
Il s'arrêta devant la tente, et vit un spectacle affreux :
Les uns fuyaient ; les autres, les Troyens arrogants,
15 Les chassaient devant eux ; le mur des Achéens était démoli.
Comme la mer se gonfle en un grand flot muet,
Attendant la prochaine survenue des vents qui sifflent,
Immobile, sans rouler dans un sens ou dans l'autre,
Avant que ne vienne de Zeus un souffle clairement orienté,
20 Ainsi le vieil homme songeait, l'âme partagée
En deux : ou suivre la foule des Danaens aux chevaux
    rapides,
Ou aller voir l'Atride Agamemnon, berger de peuples ;
Il songeait, et il lui parut meilleur
D'aller vers l'Atride. Les hommes s'entre-tuaient

25 Dans la bataille; sur leurs corps le bronze inflexible grinçait
Quand frappaient les épées et les piques à deux pointes*.

À la rencontre de Nestor vinrent des rois filleuls de Zeus,
Blessés par le bronze, ils s'éloignaient des bateaux,
Le fils de Tydée et Ulysse et l'Atride Agamemnon.
30 Car leurs bateaux avaient été tirés loin du lieu du combat,
Sur le rivage de la mer grise; mais les premiers, on les
avait tirés
Vers la plaine, et le mur était bâti tout près de leurs poupes.
Car, bien que large, le rivage ne pouvait contenir tous
Les bateaux, et les peuples étaient à l'étroit.
35 Donc, les mettant sur plusieurs rangs, on avait rempli
toute
La large bouche du rivage, entre les deux caps.

Pour voir la guerre et la bataille
Ils marchaient ensemble, appuyés sur leurs piques; car
leur cœur
Souffrait dans leurs poitrines. Le vieil homme vint à leur
rencontre,
40 Nestor; le cœur sursauta dans la poitrine des Achéens.
Alors lui dit le puissant Agamemnon:
«Ô Nestor Néléide, grande gloire achéenne,
Pourquoi, laissant la guerre qui tue, viens-tu ici?
J'ai peur qu'Hector le violent ne réalise ce qu'il a dit:
45 Il a menacé, dans l'assemblée des Troyens,
De ne pas retourner des bateaux vers Ilion
Avant d'avoir mis le feu aux bateaux, et tué tout le monde.
Voilà ce qu'il a annoncé; et maintenant tout se réalise.
Oh! la! la! et tous les Achéens aux cnémides
50 Ont au cœur de la rage contre moi, comme Achille,
Et ne veulent pas se battre près des poupes des bateaux.»

Lui répondit alors le chevalier de Gérénia Nestor:
«Tout s'est exactement réalisé, et même
Zeus Haut-Tonnerre n'y pourrait rien changer.
55 Le mur est démoli, que nous pensions être

Une solide protection pour les bateaux et pour les hommes ;
Les autres, près des bateaux légers, mènent un combat
Acharné ; même en regardant avec soin, on ne verrait pas
De quel côté sont poussés les Achéens en fuite,
60 Ils sont tués pêle-mêle ; et les cris vont jusqu'au ciel.
Pour nous, réfléchissons : que va-t-il se passer ?
Car l'esprit peut agir ; mais n'entrons pas, je le déconseille,
Dans la mêlée ; un blessé ne peut pas se battre. »

Lui dit alors le prince des peuples Agamemnon :
65 « Nestor, puisqu'on se bat près des poupes des bateaux,
Que le mur bien bâti ne sert à rien, et le fossé non plus,
Que les Danaens, ayant beaucoup peiné, pensaient être
Une solide protection pour les bateaux et pour les hommes,
C'est que, sans doute, il plaît à Zeus très puissant
70 Que meurent sans nom, loin d'Argos, ici, les Achéens.
Je le savais, quand, bienveillant, il protégeait les Danaens ;
Je sais à présent que, les autres, autant que les dieux bien-
   heureux,
Il les honore, et entrave nos mains et notre fureur.
Mais faisons comme je dis ; laissons-nous persuader.
75 Les bateaux qui ont été placés près du rivage,
Tirons-les, lançons-les tous sur la mer divine,
Retenons-les avec des pierres, jusqu'à ce que vienne
La nuit sainte, car ils s'abstiendront alors de guerre,
Les Troyens ; tirons alors tous les bateaux.
80 Il n'est pas scandaleux de fuir son malheur, même la nuit.
Mieux vaut en fuyant fuir son malheur que d'être pris. »

Le regard en dessous, Ulysse le subtil lui dit :
« Atride, quel est ce mot qui échappe à l'enclos de tes
   dents ?
Être pernicieux, c'est une autre armée, et sans valeur, que
   tu devrais
85 Commander, au lieu de régner sur nous, à qui Zeus
A donné, du jeune âge à la vieillesse, de nous évertuer
Dans des guerres pénibles, jusqu'à ce que meure chacun
   de nous.

La ville aux larges rues des Troyens, tu veux
L'abandonner, alors que, pour elle, nous avons tant souffert ?
90 Tais-toi ; un Achéen pourrait entendre
Cette parole, que ne laisserait pas sortir de sa bouche
Un homme qui saurait dire ce qui convient,
Porterait un bâton royal et à qui obéiraient des peuples
Aussi nombreux que ces Argiens sur qui tu règnes.
95 Je blâme absolument cet esprit qui t'a fait parler ;
Tu veux, alors que s'est engagé le combat avec ses cris,
Que nous tirions à la mer les bateaux solides, pour que
Les Troyens, qui gagnent déjà, soient comblés,
Et qu'une ruine complète nous écrase. Car les Achéens
100 Ne feront pas face à la guerre si les bateaux sont mis à
     l'eau,
Ils regarderont ailleurs, et laisseront là le combat.
Et ta décision nous anéantira, chef de peuples. »

Lui répondit alors Agamemnon prince des hommes :
« Ô Ulysse, tu as frappé mon cœur avec cette réprimande
105 Pénible ; je n'exige pas que, à contrecœur,
Les fils des Achéens mettent à l'eau les bateaux solides.
Que quelqu'un, à présent, propose un avis meilleur que
     celui-ci,
Jeune ou vieux ; je m'en réjouirai. »

Alors leur dit Diomède Voix-Sonore :
110 « Il est tout près, pas besoin de chercher, si vous acceptez
De me croire, et ne vous fâchez pas tous,
Parce que je suis le plus jeune parmi vous.
Mon père est de bonne naissance, et j'en tire gloire,
Tydée, sur qui à Thèbes on a versé de la terre*.
115 Portheus a eu trois fils sans reproche,
Ils vivaient à Pleurôn et dans Kalydôn la haute ;
Agrios et Mélas ; le troisième était Oineus le chevalier*,
Père de mon père ; sa vertu surpassait la leur.
Il resta là-bas ; mon père s'établit à Argos,
120 Ayant erré. Ainsi le voulaient Zeus et les autres dieux.
Il épousa une fille d'Adrèstos, habitait une maison

Riche de tous biens ; il avait assez de champs
Porteurs de blé, et des vergers d'arbres à fruits,
Et beaucoup de moutons ; parmi les Achéens, il excellait
125 Par sa lance. Tout cela, vous pouvez savoir si c'est vrai.
Ne dites pas que ma naissance est mauvaise et sans valeur,
Cette parole que je vais dire, ne la méprisez pas.
Allons au combat, nous sommes blessés ; mais il le faut.
Nous resterons à l'écart de la lutte, à l'abri
130 Des flèches, pour ne pas recevoir blessure sur blessure.
Encourageons les autres, poussons-les, ceux qui, depuis un
      temps,
Cédant à leur faiblesse ont cessé de se battre. »

Ainsi parla-t-il. Les autres l'entendirent et furent de son
      avis.
Ils partirent, et les menait le prince des hommes Aga-
      memnon.

135 Il ne veillait pas pour rien, le glorieux Maître du Séisme,
Mais il allait avec eux, pareil à un homme de grand âge,
Il prit la main droite d'Agamemnon Atride,
Et lui parlant dit ces mots qui ont des ailes :
« Atride, à présent le cœur perfide d'Achille
140 Se réjouit dans sa poitrine, quand il voit le massacre et la
      déroute
Des Achéens, car, du bon sens, il n'en a pas beaucoup.
Mais qu'il périsse, et qu'un dieu l'estropie !
Contre toi, les dieux bienheureux ne sont pas en colère ;
Les chefs et les capitaines des Troyens, une fois encore
145 Feront se lever la poussière de la plaine et tu les verras
Fuir vers la ville loin des bateaux et des tentes. »

Ayant dit, il poussa un grand cri et bondit dans la plaine.
Comme hurleraient neuf mille ou dix mille
Hommes en guerre, servant la querelle d'Arès,
150 Ainsi dans sa poitrine la forte voix du Maître du Séisme
Résonna. Aux Achéens il donna une grande force
Et du cœur pour sans arrêt faire la guerre et se battre.

Héra au trône d'or vit cela de ses yeux ;
Elle était sur un sommet de l'Olympe. Aussitôt elle reconnut,
155 Se démenant dans le combat qui donne la gloire,
Son frère et beau-frère*, et dans son cœur elle se réjouit.
Mais Zeus, assis au sommet de l'Ida aux sources sans
    nombre,
Elle le vit aussi ; et il lui faisait grand peur.
Elle réfléchit, la souveraine Héra Œil de Vache :
160 Comment tromper l'esprit de Zeus à l'égide ?
Une idée lui parut, dans son cœur, la meilleure :
Aller sur l'Ida elle-même, très bien parée.
Peut-être aurait-il désir de s'étendre en amour
Contre son corps ; alors, c'est un sommeil tiède et paisible
165 Qu'elle lui verserait sur les paupières et sur son âme sage.
Elle alla vers la chambre, que pour elle avait construite
    son cher fils,
Héphaistos ; à l'huisserie il avait adapté une porte com-
    pacte,
Avec une clé secrète, que nul autre dieu ne pouvait manier.
Elle entra et ferma les portes luisantes.
170 D'abord avec de l'ambroisie, de son corps désirable,
Elle effaça toutes les souillures, puis l'oignit d'huile d'olive,
Douce, merveilleuse*, pour elle seule parfumée,
Qui, agitée, répandit une senteur dans la maison de Zeus
Au seuil de bronze, puis sur la terre et dans le ciel.
175 Ayant parfumé son beau corps, ayant peigné
Ses cheveux, de ses mains elle tressa ses nattes, brillantes,
Belles, merveilleuses, sur sa tête immortelle.
Elle revêtit une robe merveilleuse, qu'Athéna
Avait faite, lustrée, ornée de beaucoup de broderies.
180 Avec des broches d'or, elle la ferma sur sa poitrine.
Elle se ceignit d'une ceinture ornée de cent franges ;
À ses oreilles percées, elle mit des pendentifs
À trois chatons, bien ouvragés ; sa grâce resplendissait.
La déesse entre les déesses se couvrit d'un voile,
185 Beau, tout neuf, blanc comme le soleil.
À ses pieds luisants, elle chaussa de belles sandales.

Puis, quand elle eut paré tout son corps,
Elle sortit de la chambre, appela Aphrodite
À part des autres dieux, et lui dit ces paroles :
190 « Laisse-toi persuader, chère enfant, par ce que je vais dire,
Ne me dis pas "non", irritée dans ton cœur,
Parce que je protège les Danaens et toi les Troyens. »
Lui répondit alors la fille de Zeus Aphrodite :
« Héra, déesse vénérable, fille du grand Kronos,
195 Dis ce à quoi tu penses ; mon cœur m'ordonne de le faire
Si je peux le faire et si c'est faisable. »

L'esprit plein de ruses, Héra lui répondit :
« Donne-moi l'amour et le désir, par lesquels tu maîtrises
tous
Les immortels et les hommes mortels.
200 Je vais au bord de la terre qui nourrit les vivants, visiter
Océan, origine des dieux, et la mère Tèthys*,
Qui dans leur maison m'ont nourrie et élevée,
M'ayant reçue de Rhéa, le jour où Zeus qui voit loin a
caché
Kronos plus bas que la terre et la mer stérile.
205 Je vais les visiter, et dénouer leurs conflits incessants.
Voici longtemps qu'ils vivent séparés
De lit et d'amour, car la bile est tombée sur leur cœur.
Si je persuadais leur âme, par mes paroles,
De revenir au même lit et de s'unir dans l'amour,
210 Toujours ils diraient qu'ils m'aiment et me respectent. »

Lui dit alors Aphrodite au sourire :
« Te dire "non" est impossible et inconvenant.
Car tu dors dans les bras de Zeus, dieu seigneur. »

Elle dit, et de ses seins elle détacha l'écharpe* brodée
215 De mille couleurs, où sont contenus tous les enchante-
ments.
L'amour s'y trouve, et le désir, et le tête-à-tête*
Séduisant, qui fait perdre l'esprit aux plus sages.
Elle la lui mit en main et lui dit, prononçant son nom :

« Mets dans ton giron cette écharpe
220 Aux mille couleurs, où tout est contenu ; je te le dis :
Tu ne reviendras pas sans avoir réussi ce à quoi tu penses. »

Elle dit, et la souveraine Héra Œil de Vache sourit.
Tout en souriant elle mit l'écharpe dans son giron.

Aphrodite fille de Zeus alla dans sa maison.
225 Héra, d'un bond, quitta le sommet de l'Olympe*,
Ayant traversé la Piérie et la jolie Hémathie,
Elle vola vers les monts neigeux des cavaliers Thraces,
Sommets très hauts. Ses pieds ne touchaient pas terre.
De l'Athos elle alla vers la mer houleuse,
230 Atteignit Lemnos, ville du divin Thoas.
Elle y rencontra Sommeil, frère de Mort*,
Lui prit la main et lui dit en prononçant son nom :
« Sommeil, prince de tous les dieux et de tous les hommes,
Comme autrefois tu as entendu ma parole, aujourd'hui
    encore
235 Laisse-toi persuader ; toujours je t'en serai reconnaissante.
Endors sous leurs sourcils les yeux brillants de Zeus,
Dès qu'avec lui j'aurai fait l'amour.
Tu auras en cadeau un beau trône, indestructible,
En or. Héphaistos mon fils, le Bétourné,
240 Se donnera du mal pour le faire, avec un escabeau pour
    les pieds,
Et tu y poseras en festoyant tes pieds frottés d'huile. »

Lui répondant, le doux Sommeil lui dit :
« Héra, déesse vénérable, fille du grand Kronos,
Tout autre des dieux immortels,
245 Je l'endormirais sans peine, et même les courants du fleuve
Océan, qui est l'origine de tous les êtres*.
Mais Zeus Kronide, je ne voudrais ni l'approcher,
Ni l'endormir, s'il ne me l'ordonne lui-même.
Une fois déjà, je me suis instruit en suivant ton ordre,
250 Le jour où cet arrogant fils de Zeus*
Est revenu d'Ilion, ayant mis à sac la ville des Troyens.

Alors j'ai endormi l'esprit de Zeus à l'égide
En versant sur lui ma douceur ; toi, tes intentions étaient
    mauvaises ;
Tu as lancé sur la mer les souffles des vents cruels,
255 Et tu l'as emporté vers Kôs, ville florissante,
Loin de tous les siens. Zeus à son réveil s'est mis en furie,
Il a malmené les dieux dans son palais ; mais c'est moi plus
    que tous
Qu'il cherchait ; du haut de l'éther, il m'aurait fait dispa-
    raître dans la mer,
Si ne m'avait sauvé Nuit qui dompte les dieux et les hommes.
260 C'est vers elle que j'ai fui ; et lui, furieux, n'est pas allé plus
    loin.
Car il avait peur d'être désagréable à la Nuit rapide.
Et tu veux maintenant que je tente encore l'impossible. »

Lui dit alors la souveraine Héra Œil de Vache :
« Sommeil, pourquoi dans ton esprit toutes ces pensées ?
265 Crois-tu que Zeus qui voit loin protège les Troyens,
Comme il s'est fâché pour son fils Héraklès ?
Va, je te donnerai une des Grâces les plus jeunes,
Pasithée, que tu désires depuis toujours,
Pour que tu l'épouses et qu'elle soit ta femme. »

270 Ainsi parla-t-elle ; Sommeil eut joie, et, répondant, lui dit :
« Soit ! promets-moi par l'eau du Styx ennemi des parjures,
Touche d'une main la terre qui nourrit les êtres,
Et de l'autre la mer étincelante, pour que soient
Témoins tous les dieux autour de Kronos, en bas,
275 Que tu me donneras une des Grâces les plus jeunes,
Pasithée, que je désire depuis toujours. »

Il dit ; la souveraine Héra Blanche-Main se laissa convaincre ;
Elle jura comme il voulait, prononçant le nom de tous les
    dieux
Qui sont en dessous du Tartare, ceux qu'on appelle Titans.
280 Puis quand elle eut juré et achevé le serment,
Ils allèrent, quittant Lemnos et la ville d'Imbros,

Vêtus d'un nuage, parcourant vite leur chemin.
Ils arrivèrent à l'Ida aux sources sans nombre, mère des
		fauves.
À Lektos, où ils quittèrent la mer ; sur le sec
285	Ils allaient, et la haute forêt frissonnait sous leurs pieds.
	Là Sommeil s'arrêta avant que ne le voient les yeux de
		Zeus ;
	Il monta sur un immense sapin, qui, dans l'Ida,
	Était le plus haut et atteignait, à travers la brume, l'éther.
	Là, il restait, caché sous les branches du sapin,
290	Semblable à l'oiseau chanteur, que dans les montagnes
	Les dieux appellent « khalkis », et « kumindis » les hommes*.

	Héra, vite, monta sur le sommet du Gargare
	En haut de l'Ida : Zeus la vit, le Maître des Nuages.
	Quand il la vit, l'éros enveloppa son esprit sage,
295	Comme lorsque pour la première fois ils avaient fait l'amour,
	Entrés dans le même lit, sans que leurs parents les voient.
	Il était tout près d'elle, et, prononçant son nom, lui dit :
	« Héra, dans quelle pensée viens-tu de l'Olympe jusqu'ici ?
	Tu n'as ni chevaux ni char pour y monter. »

300	Toute rusée, elle lui dit, Héra la souveraine :
	« Je vais au bord de la terre qui nourrit les vivants, visiter
	Océan, origine des dieux, et la mère Tèthys,
	Qui dans leur maison m'ont nourrie et élevée.
	Je vais les visiter, et dénouer leurs conflits incessants.
305	Voici longtemps qu'ils vivent séparés
	De lit et d'amour, car la bile est tombée sur leur cœur.
	Mes chevaux, ils sont au pied de l'Ida aux sources sans
		nombre
	Arrêtés. Ils me porteront sur le sec et l'humide.
	C'est à cause de toi que je viens ici depuis l'Olympe,
310	Tu pourrais plus tard te fâcher, si sans le dire
	J'allais à la maison d'Océan aux courants profonds. »

	En réponse lui dit Zeus Maître des Nuages :
	« Héra, tu peux aller là-bas plus tard ;

Couchons-nous et donnons-nous à l'amour.
315 Jamais encore pareil éros de déesse ou de femme
N'a envahi ma poitrine, et dompté mon âme,
Pas même quand j'aimais la femme d'Ixion,
Qui fut mère de Peirithoos, héros comparable aux dieux,
Pas même pour Danaé Belles-Chevilles, fille d'Akrisios,
320 Qui fut mère de Persée, le plus admirable des hommes,
Pas même pour la fille de Phoinix* partout illustre,
Qui fut mère de Minos et de Rhadamanthe à visage de dieu,
Pas même pour Sémélé, à Thèbes, ou pour Alcmène,
Qui fut mère d'Héraklès aux dures pensées
325 (Sémélé fut mère de Dionysos, joie pour les mortels),
Pas même pour la princesse Déméter aux belles boucles*,
Pas même pour Létô la glorieuse, pas même pour toi,
Comme à présent je te désire, comme le doux éros me
    prend. »

Toute rusée, elle lui dit, Héra la souveraine :
330 « Terrible Kronide, quelle est cette parole que tu dis ?
Si tu veux maintenant te coucher pour l'amour
Sur le sommet de l'Ida, tout sera vu.
Et si un des dieux qui vivent toujours,
Nous trouvant endormis, allait à tous les dieux
335 Le dire ? Je n'oserais plus rentrer dans ta maison,
Une fois levée de ce lit ; ce serait un scandale.
Mais si tu veux, si ton cœur en a envie,
Tu as une chambre, que t'a construite ton cher fils,
Héphaistos ; à l'huisserie il a adapté une porte compacte.
340 Allons-y, marchons, puisque c'est un lit qui te plaît. »

En réponse lui dit Zeus Maître des Nuages :
« Héra, n'aie pas peur que les dieux ou les hommes
Te regardent ; je vais déployer un nuage
D'or ; même Hélios ne nous verrait pas à travers,
345 Lui, dont le regard, pour voir, est le plus aigu. »

Il dit, le fils de Kronos, et il saisit dans ses bras sa femme.
Sous eux, la terre divine fit pousser de l'herbe nouvelle,

Du trèfle mouillé de rosée, des crocus, des jacinthes,
Épais coussin et doux qui les éloigne de la terre.
350 Ils étaient tous deux couchés, enveloppés dans un beau
Nuage d'or ; lumineuses tombaient des rosées.

Ainsi dormait, immobile, le père, sur le sommet du Gar-
gare,
Dompté par le sommeil et par l'amour, tenant dans ses
bras sa femme.
Le doux Sommeil courut vers les bateaux des Achéens
355 Pour dire la nouvelle au Maître du Séisme, Maître de la
terre.
S'arrêtant près de lui, il dit ces mots qui ont des ailes :
« Maintenant, Poséidon, défends hardiment les Danaens,
Et donne-leur la gloire, pour un moment, car Zeus
Dort : je l'ai couvert d'une douce inconscience.
360 Héra l'a induit à se coucher pour faire l'amour. »

Ce disant, il s'en alla vers les illustres tribus des hommes ;
Il avait poussé le dieu à défendre de plus belle les Danaens,
L'autre aussitôt courut devant la troupe et commanda :
« Argiens, allons-nous laisser la victoire à Hector
365 Priamide, pour qu'il prenne les bateaux et ramasse la gloire ?
Il le dit, il se vante, parce qu'Achille
Reste près des bateaux creux, le cœur en colère.
Celui-là, nous ne le regretterons pas trop, si nous avons
À cœur de nous défendre les uns les autres.
370 Mais faisons comme je dis ; laissons-nous persuader.
Les boucliers les meilleurs, dans cette armée, les plus
grands,
Prenons-les ; nos têtes, sous les casques étincelants,
Cachons-les ; prenons dans nos mains les piques ;
Marchons. Je vais vous conduire, et je dis
375 Qu'Hector Priamide, avec toute sa furie, ne tiendra pas.
Celui qui aime se battre, s'il a sur l'épaule un petit bou-
clier,
Qu'il le donne à un moins bon, et s'arme d'un plus grand. »

Il dit ; eux l'écoutaient et croyaient en lui.
Bien que blessés, les rois les mirent en ordre,
380 Le fils de Tydée, Ulysse et l'Atride Agamemnon.
Parcourant tous les rangs, ils firent les échanges d'armes :
Les meilleurs en eurent de meilleures, les moins bons de
    moins bonnes.
Quand ils eurent revêtu le bronze luisant,
Ils se mirent en route ; en tête Poséidon Maître du Séisme,
385 Tenant dans sa forte main une longue et terrible épée,
Pareille à l'éclair ; il n'est pas permis de l'affronter
Dans la mêlée affreuse : la terreur retient les hommes.

De l'autre côté Hector le magnifique mettait en ordre les
    Troyens.
Alors ils engagèrent le plus horrible conflit guerrier,
390 Poséidon aux cheveux bleus et Hector le magnifique.
L'un soutenait les Troyens, l'autre les Argiens.
La mer reflua vers les tentes et les bateaux
Des Argiens ; on se heurta avec de grands cris.
Le flot de la mer ne hurle pas si fort contre le sec,
395 Soulevé de tous côtés par le souffle cruel de Borée ;
Le feu flamboyant ne gronde pas si fort
Dans les gorges de la montagne, quand il brûle une
    forêt ;
Le vent autour des hauts chênes ne mugit pas
Si fort, quand il est au plus haut de sa fureur,
400 Que ne résonnait la voix des Troyens et des Achéens,
Qui hurlaient terriblement, marchant les uns contre les
    autres.

Le premier, Hector le magnifique lança une pique
Contre Ajax, qui lui faisait face, et l'atteignit sans faute
Là où, sur la poitrine, se croisaient deux baudriers,
405 Un pour le bouclier, l'autre pour l'épée à clous d'argent.
Ils protégèrent la peau délicate ; Hector se fâcha
Parce que l'arme pointue avait quitté sa main pour rien.
Il recula parmi ses compagnons, fuyant la mort.
Pendant qu'il s'éloignait, le grand Ajax de Télamôn

410 D'une pierre (il y en avait là beaucoup, pour caler les
       bateaux légers,
    Elles roulaient sous les pieds des combattants ; il en sou-
       leva une)
    Le frappa à la poitrine, au-dessus du bouclier, près du cou.
    Il le fit tourner comme une toupie, pour qu'il coure loin.
    Comme, sous un coup de Zeus le père, est arraché un chêne
415 Avec ses racines, et une terrible odeur de souffre
    En sort, et la terreur saisit celui qui voit la chose
    De près, car dure est la foudre du grand Zeus,
    Ainsi la furie d'Hector tomba dans la poussière ;
    Sa main lâcha la lance, sur lui tombèrent son bouclier
420 Et son casque ; ses armes ornées de bronze résonnèrent.
    Avec de grands cris les fils des Achéens se précipitèrent,
    Espérant le tirer à eux, et lançant, drues,
    Des piques ; mais le berger des peuples, aucun ne put
    Le blesser, le frapper ; car les seigneurs vinrent l'entourer,
425 Polydamas et Énée, et le divin Agénor
    Et Sarpédon, chef des Lyciens, et Glaukos sans reproche.
    Il n'était aucun qui n'en eût souci, parmi les autres ; devant
       lui
    Ils tenaient leurs boucliers ronds ; ses compagnons
    L'emportèrent sur leurs bras, loin du combat, pour qu'il
       arrive
430 À ses chevaux rapides, qui à l'écart de la lutte et de la guerre
    Attendaient avec le cocher et le char orné.
    Ils le conduisirent à la ville, lourdement gémissant.

    Mais quand ils arrivèrent au gué de la belle rivière,
    Du Xanthe aux tourbillons, qu'a engendré Zeus l'immortel,
435 Le descendant du char, le posant à terre, ils jetèrent sur lui
    De l'eau ; il reprit haleine, ouvrit les yeux,
    Se mit à genoux, cracha du sang noir.
    Puis il retomba sur le sol ; ses yeux,
    Une nuit noire les couvrait ; le coup avait dompté son âme.

440 Quand les Argiens virent qu'Hector était parti,
    Songeant à bien se battre, ils foncèrent sur les Troyens.

Le premier de tous, le rapide Ajax d'Oileus
En sautant blessa de sa pique pointue Satnios
Enopide que mit au monde une naïade sans reproche
445 Pour Enops qui gardait ses vaches sur les rives du Satniois.
Le fils d'Oileus Lance de Gloire s'approcha de lui
Et le blessa au flanc ; l'autre s'écroula ; autour de lui
Troyens et Danaens engagèrent une dure bataille.
Vint le protéger, lance brandie, Polydamas
450 Panthoïde ; il frappa à l'épaule droite Prothoènôr
Fils d'Arèïlykos ; la forte pique traversa
L'épaule ; l'homme, tombé, se cramponnait à la terre.
Polydamas triompha violemment, et cria à voix forte :
« Je ne crois pas que le Panthoïde au grand cœur
455 A lancé pour rien, de sa forte main, une pique,
Un Argien l'a reçue dans le corps, et je crois
Qu'il s'appuiera sur elle pour descendre chez Hadès. »

Il dit, et aux Argiens sa vantardise fut pénible.
C'est surtout au brave Ajax qu'elle fit bondit le cœur,
460 Au fils de Télamôn ; c'est tout près de lui que l'autre était
   tombé.
Sur l'ennemi qui vite s'enfuyait, il lança la pique qui brille,
Sur Polydamas, qui esquiva la mort noire,
En sautant de côté. Le coup atteignit le fils d'Anténor,
Arkhélokhos, dont les dieux avaient décidé la perte ;
465 Il porta à la jointure de la tête et du cou,
À la dernière vertèbre, tranchant deux tendons.
La tête, la bouche et le nez se trouvèrent sur le sol
Bien avant les jambes et les genoux.
Ajax cria à Polydamas sans reproche :
470 « Réfléchis, Polydamas, et dis-moi sincèrement :
Que cet homme soit tué en échange de Prothoènôr, n'est-
   ce pas
Juste ? ce n'est pas un homme de rien, fils de gens de
   rien.
Mais c'est le frère du chevalier Anténor,
Ou son fils. C'est à lui qu'il ressemble le plus. »

475 Il parlait à bon escient ; la douleur saisit les Troyens.
Alors Akamas blessa de sa lance Promakhos le Béotien,
Debout devant son frère, alors que l'autre le traînait par
　　les pieds.
Akamas triompha violemment, et cria à voix forte :
« Argiens braillards, toujours à lancer des menaces,
480 La peine et la misère ne seront pas pour nous
Seuls ; mais bientôt vous serez tués comme nous.
Pensez à votre Promakhos qui dort, dompté
Par ma lance, pour que le prix de mon frère
Ne reste pas longtemps impayé ; un homme est fier
485 Que soit resté dans son palais un parent pour le venger. »

Il dit, et aux Argiens sa vantardise fut pénible.
C'est surtout au brave Pènéléôs qu'elle fit bondit le cœur ;
Il fonça sur Akamas, qui esquiva l'attaque
Du prince Pènéléôs, lequel alors blessa Ilioneus,
490 Fils de ce Phorbas, maître de grands troupeaux (Hermès
L'aimait entre tous les Troyens et l'avait comblé de richesses).
Ilioneus était le seul fils de sa mère.
Il reçut le coup au-dessous du sourcil, dans l'œil ;
Arrachant la pupille, la pique traversa l'œil,
495 Puis la nuque ; il tomba, les deux bras
Tendus ; Pènéléôs, tirant son épée tranchante,
Le frappa au milieu du cou et fit tomber par terre
Avec le casque la tête ; sa lance solide restait
Fichée dans l'œil. La soulevant comme une fleur de pavot,
500 Il la montra aux Troyens, et, fier, dit ces paroles :
« Allez dire, Troyens, au père et à la mère
Du magnifique Ilioneus de pleurer dans leur palais.
Car l'épouse de Promakhos Alégènoride
Ne pourra pas se réjouir du retour de son mari, lorsque,
505 Fils des Achéens, nous reviendrons de Troie dans nos
　　bateaux. »

Il dit, un tremblement saisit tous les genoux,
Et chacun cherchait à voir par où fuir la mort abrupte.

Dites-moi maintenant, Muses qui avez vos logis sur l'Olympe,
Qui le premier des Achéens ramassa des dépouilles
510 Sanglantes, lorsque le glorieux Maître du Séisme changea
    le combat.
Le premier, Ajax de Télamôn frappa Hyrtios
Gyrtiade, chef des Mysiens au cœur dur ;
Antilokhos tua Phalkès et Merméros,
Mèrionès abattit Morys et Hippotiôn,
515 Teukros fit mourir Prothoôn et Périphètès,
Puis Hypérènôr, prince des peuples, l'Atride
Le frappa au flanc, poussa la pique dans les boyaux,
Les déchira ; l'âme, par la plaie béante,
S'envola, et l'ombre voila ses yeux.
520 Mais c'est Ajax, l'agile fils d'Oileus, qui en tua le plus ;
Il n'avait pas son pareil pour attraper à la course
Ceux qui fuyaient, quand Zeus les frappait de terreur.

CHANT XV

Donc ils passaient par-dessus la palissade et le fossé,
Fuyant, et beaucoup mouraient sous la main des Danaens,
Près des chars ils s'arrêtaient immobiles,
Verts de peur, terrifiés. Zeus s'éveilla,
5 Sur la cime de l'Ida, près d'Héra, dont le trône est d'or.
Il se leva d'un bond, vit Troyens et Achéens,
Ceux-là courant, ceux-ci les pressant par-derrière,
Les Argiens, et avec eux le prince Poséidon.
Il vit Hector couché dans la plaine, ses compagnons autour
10 De lui ; et il respirait avec peine, hébété,
Crachant le sang, frappé par un Achéen qui n'était pas le
   moins bon.
Il le vit et en eut pitié, le père des hommes et des dieux ;
Il regarda Héra par en dessous, terrible, et lui dit :
« Elle est maligne, ta ruse, Héra dont on ne peut venir à
   bout.
15 Elle a fait sortir Hector du combat, mis les hommes en
   fuite.
Je ne sais si de ta méchante tromperie
Tu ne souffriras pas la première ; je pourrais te fouetter.
Souviens-toi : tu étais pendue* ; à tes pieds,
J'avais fixé deux enclumes ; à tes mains, une chaîne
20 D'or, infrangible. Toi, dans l'éther et les nuages,
Tu étais pendue. Les dieux grondaient sur le grand Olympe,
Sans pouvoir t'approcher et te délier ; celui que j'avais pris,
Je le jetais du haut du seuil, jusqu'à ce qu'il arrive

Sur la terre, épuisé ; mais mon âme sans cesse
25 Avait mal pour Héraklès le divin
Qu'en séduisant, grâce à Borée, le vent, les bourrasques,
Tu avais envoyé, dans ta méchanceté, sur la mer stérile,
Puis conduit à Kôs, ville florissante.
Je l'en ai sauvé, je l'ai ramené
30 À Argos aux chevaux, après mille épreuves.
Je te le rappelle, pour que tu en finisses avec tes trom-
     peries,
Et que tu voies quel profit tu auras du jeu d'amour sur ce
     lit,
Par lequel, quittant les dieux, tu es venue me berner. »

Il dit ; Héra Œil de Vache trembla, la souveraine.
35 Elle lui dit ces mots qui ont des ailes :
« Que le sachent la Terre et le Ciel large par-dessus,
Et l'eau du Styx qui coule (c'est le plus grand
Serment, le plus terrible pour les dieux bienheureux),
Par ta tête sainte et notre propre lit
40 De noces (jamais par lui je ne serai parjure),
Ce n'est pas moi qui ai voulu que Poséidon Maître du
     Séisme
Fasse souffrir les Troyens et Hector, et qu'il soutienne les
     autres ;
C'est son âme à lui qui l'a poussé et contraint
À prendre en pitié les Achéens, en peine près des bateaux.
45 Et moi je lui conseillerais volontiers, à lui aussi,
D'aller là où, Nuage-Noir, tu le lui commanderas. »

Elle dit ; et il sourit, le père des dieux et des hommes ;
Lui répondant, il dit ces mots qui ont des ailes :
« Si, souveraine Héra Œil de Vache,
50 D'accord avec moi tu trônais près des immortels,
Alors Poséidon, même s'il en préfère une autre,
Changerait soudain de voie, selon ta pensée et mon cœur.
Et toi, si tu dis vrai et parles sans détours,
Va vers les divines parentèles et appelle
55 Iris, pour qu'elle vienne, et Apollon Arc de Gloire.

Elle, vers le peuple achéen vêtu de bronze
Elle ira, et dira au père Poséidon
De cesser le combat, de rentrer chez lui.
Phoibos Apollon poussera Hector à se battre,
60 Il lui soufflera la fureur, lui fera oublier la souffrance
Qui lui ronge le ventre ; quant aux Achéens,
Il leur fera tourner le dos, pour une fuite sans énergie,
Ils se jetteront sur les bateaux d'Achille Pélide
Où rament beaucoup d'hommes. Lui, il enverra son com-
pagnon
65 Patrocle, qui mourra sous la lance d'Hector le magnifique
Devant Ilion, après en avoir fait mourir beaucoup
D'autres, dont mon fils le divin Sarpédon.
C'est pourquoi en colère Achille le divin tuera Hector,
Après quoi je ferai qu'il y ait un retour
70 À partir des bateaux, jusqu'à ce que les Achéens
Prennent Ilion la haute comme le veut Athéna.
Mais avant, je resterai en colère et ne permettrai pas
Que défende les Achéens un autre des immortels
Tant que n'est pas accompli le vœu du Pélide
75 Et ce qu'autrefois j'ai promis, d'un signe de tête,
Le jour où Thétis la déesse a touché mes genoux,
En me suppliant d'honorer Achille destructeur de villes. »

Il dit ; la déesse Héra Blanche-Main se laissa convaincre.
Elle alla des montagnes d'Ida au grand Olympe.
80 Comme lorsque bondit l'esprit d'un homme qui a traversé
Plus d'un pays et pense en son esprit subtil :
« Si j'étais là, ou là », et il réfléchit fort,
Ainsi, très vite, pleine d'ardeur, s'envola Héra la souve-
raine.
Elle arriva sur l'Olympe abrupt, entra dans l'assemblée
85 Des dieux immortels, dans le logis de Zeus. En la voyant,
Tous se levèrent et la saluèrent en levant leurs coupes.
Les négligeant tous, de Thémis aux belles joues
Elle reçut une coupe ; c'était la première qui, à sa ren-
contre,
Avait couru ; et elle dit ces mots qui ont des ailes :

90 « Héra, pourquoi es-tu venue ? On te dirait suffoquée.
Il a dû te faire grand peur, le fils de Kronos, ton mari. »

Lui répondit alors la déesse Héra Blanche-Main :
« Thémis, déesse, ne me demande rien ; toi-même
Tu sais comme son cœur est arrogant et abrupt.
95 Dis aux dieux de commencer dans ce palais le festin des
   égaux.
Et tu entendras dire ensuite, avec tous les immortels,
Quelles méchancetés Zeus annonce ; et, je le dis,
Personne n'aura envie de se réjouir, aucun mortel,
Aucun dieu, même ceux qui à présent sont à la fête. »

100 Ce disant, elle s'assit, Héra la souveraine.
Et les dieux s'affligeaient dans la maison de Zeus ; elle sou-
   riait
Des lèvres ; mais au-dessus des sourcils noirs son front
   n'était pas
Rayonnant ; à tous, scandalisée, elle dit :
« Naïfs que nous sommes, de nous indigner contre Zeus
   absurdement ;
105 Nous voulons, de tout près, lui faire obstacle,
Par la parole ou la violence ; il est loin, ne s'en soucie
   pas,
Ne s'en inquiète pas ; il dit qu'au milieu des dieux immortels
Par la force et la puissance il est sans doute aucun le
   premier.
Supportez les malheurs qu'à chacun il envoie.
110 Déjà Arès, je le crois, a rencontré sa douleur,
Car son fils est mort dans la lutte, son préféré parmi les
   hommes,
Askalaphos, dont Arès le violent dit qu'il est à lui. »

Elle dit, et Arès, frappant ses fortes cuisses
Du plat de la main, et gémissant, leur dit :
115 « Ne vous scandalisez pas, maîtres des logis d'Olympe,
Si pour venger le meurtre de mon fils j'attaque les bateaux
   achéens,

Même si ma part doit être, quand Zeus m'aura foudroyé,
De me coucher avec les morts, dans le sang et la poussière. »

Il dit, et ordonna à Épouvante et à Déroute d'atteler
120 Les chevaux, et lui, il revêtit ses armes éblouissantes.
Alors, plus grande et plus cruelle, une autre
Colère et fureur serait tombée de Zeus sur les dieux immortels,
Si Athéna craignant pour tous les dieux
N'avait foncé vers le vestibule, laissant le siège où elle était assise,
125 Ne lui avait retiré de la tête son casque, de ses épaules le bouclier,
N'avait posé, l'arrachant à sa forte main, la lance
De bronze. Ses paroles s'en prirent à Arès le frénétique.
« Tu divagues ; délirant, te voilà perdu ; tu as pourtant
Des oreilles pour entendre, mais tu n'as plus ni esprit ni respect ;
130 Tu ne perçois pas ce que dit Héra Blanche-Main
Qui vient de quitter Zeus l'Olympien ?
Tu veux, toi aussi, ayant subi mille maux,
Revenir forcé sur l'Olympe, si lourd soit ton chagrin,
Et attirer sur tous les autres un immense malheur ?
135 Tout soudain les Troyens arrogants et les Achéens,
Il va les laisser là et venir nous maltraiter dans l'Olympe,
Écraser sans attendre le coupable et celui qui ne l'est pas ;
Je te conseille alors d'oublier ta colère pour ton fils,
Car d'autres déjà plus forts, avec la main plus lourde,
140 Sont morts ; d'autres mourront encore. Il est difficile
De sauver la race et la lignée de tous les hommes. »

Elle dit, et força à s'asseoir Arès le frénétique.
Héra appela Apollon hors de la maison
Et Iris, qui est la messagère des dieux immortels.
145 Leur parlant, elle dit ces mots qui ont des ailes :
« Zeus vous ordonne d'aller au plus vite sur l'Ida.
Quand vous y serez et verrez Zeus en face,
Faites ce qu'il vous suggérera et prescrira. »

Ayant dit, elle s'en retourna, Héra souveraine,
150 S'asseoir sur son trône. Eux partirent en volant.
Parvenus à l'Ida aux sources sans nombre, mère des fauves,
Ils trouvèrent le Kronide qui voit loin sur la cime du Gar-
        gare,
Assis. Autour de lui, comme une couronne, un nuage par-
        fumé.
Quand ils furent devant Zeus Maître des Nuages,
155 Ils s'arrêtèrent ; en les voyant, il n'avait plus nulle colère,
Car ils avaient vite obéi aux paroles de sa femme.
À Iris la première, il dit ces mots qui ont des ailes :
« Viens, Iris rapide ; au prince Poséidon
Annonce ceci, et ne sois pas messagère infidèle.
160 Dis-lui de cesser la bataille et la guerre ;
Qu'il aille avec la troupe des dieux ou vers la mer divine* ;
S'il n'obéit pas à mes paroles et les compte pour rien,
Qu'il se dise ensuite dans son esprit et son âme
De ne pas oser, malgré sa force, quand je viendrai,
165 M'attendre, car je dis que je suis de force plus grande
Et le premier-né. Il ne se retient pas de dire
Qu'il est mon égal, à moi que les autres redoutent. »

Il dit, la rapide Iris aux pieds de vent se laissa convaincre.
Des monts d'Ida elle alla vers Ilion la sainte,
170 Comme lorsque d'un nuage tombe la neige ou la grêle
Glaçante, lancées par Borée né de l'éther,
Ainsi pleine de zèle vola la rapide Iris.
S'arrêtant près de lui, elle dit au glorieux Maître de la
        terre :
« C'est un message, toi qui étreins la Terre, Cheveux-Bleus,
175 Que je t'apporte de la part de Zeus à l'égide.
Il t'ordonne de cesser la bataille et la guerre,
D'aller avec la troupe des dieux ou vers la mer divine ;
Si tu n'obéis pas à ses paroles et les comptes pour rien,
Il menace de venir ici pour te combattre
180 Corps à corps ; et il te conseille t'éviter
Ses mains, car il dit qu'il est de force plus grande

Et le premier-né. Tu ne te retiens pas de dire
Que tu es son égal, à lui que les autres redoutent. »

Grandement irrité, le glorieux Maître du Séisme lui dit :
185 « Oh ! la ! la ! si bon soit-il, il a exagéré,
    S'il veut me brider malgré moi, moi qui ai mêmes hon-
        neurs.
    Nous sommes trois frères nés de Kronos, enfantés par
        Rhéa :
    Zeus et moi, et Hadès le troisième, Maître des morts
    Tout a été coupé en trois ; chacun a reçu sa part ;
190 Moi, j'ai obtenu d'habiter pour toujours la mer grise,
    Une fois jetés les sorts ; Hadès a obtenu l'ombre brumeuse,
    Zeus a obtenu le large ciel dans l'éther et les nuages ;
    La terre est commune à tous, comme le grand Olympe.
    Je ne vais pas me plier aux idées de Zeus ; que, tranquille,
195 Si fort soit-il, il reste dans sa part, la troisième.
    Qu'il ne menace pas de me frapper, comme si j'étais lâche.
    Ce sont ses filles et ses fils qu'il ferait mieux
    De tancer avec des paroles terribles, eux qu'il a procréés,
    Et qui obéiront, par force, à ses injonctions. »

200 Lui répondit alors la rapide Iris aux pieds de vent :
    « S'il en es ainsi, toi qui étreins la Terre, Cheveux-Bleus,
    Dois-je rapporter à Zeus cette parole dure et abrupte,
    Ou vas-tu changer ? L'esprit noble sait changer.
    Tu sais que les Erinyes suivent toujours les premiers-nés. »

205 Lui dit alors Poséidon Maître du Séisme :
    « Ce que tu dis, Déesse Iris, est bien raisonné.
    C'est belle chose, quand le messager connaît la justesse.
    Mais une douleur atroce frappe mon cœur et mon âme,
    Quand il veut tancer par des paroles de colère
210 Celui qui a même droit et semblable sort.
    Quoique je sois scandalisé, je vais céder.
    Mais je vais te dire, et c'est une menace :
    Si malgré moi et Athéna Dame du pillage,
    Malgré Héra, Hermès et le prince Héphaistos,

215 Il épargne Ilion la haute et ne veut pas
    La détruire en donnant aux Argiens la force grande,
    Qu'il sache que notre colère ne pourra jamais s'apaiser. »

    Ce disant, il quitta le peuple achéen, lui, le Maître du
        Séisme ;
    Il plongea dans la mer. Les héros achéens le regrettèrent.
220 Zeus Maître des Nuages dit alors à Apollon :
    « Va maintenant, cher Phoibos, voir Hector au casque de
        bronze,
    Voici que déjà Celui qui étreint la Terre, le Maître du Séisme,
    Est parti pour la mer divine, évitant notre abrupte
    Colère ; d'autres déjà savent comment ces combats se ter-
        minent,
225 Les dieux qui maintenant sont en bas, autour de Kronos*.
    Mais il vaut mieux pour moi, et pour lui aussi,
    De beaucoup, que, d'abord scandalisé, il évite
    Les coups de ma main ; rien ne se réglerait sans sueur.
    Toi, prends dans tes mains l'égide à franges,
230 Secoue-la, pour faire fuir les héros achéens.
    Prends soin, Flèche-Lointaine, d'Hector le magnifique.
    Réveille en lui une grande fureur, jusqu'à ce que les Achéens
    S'enfuient vers les bateaux jusqu'à l'Hellespont.
    Là je ferai, par mes actions et mes paroles,
235 Qu'à nouveau les Achéens reprennent souffle. »

    Il dit ; à son père Apollon ne désobéit pas ;
    Il alla par les monts Idéens, pareil à un faucon
    Rapide, tueur de colombes, le plus rapide des oiseaux.
    Il trouva le fils du sage Priam, le divin Hector,
240 Assis, non plus couché ; il rassemblait ses esprits,
    Reconnaissant autour de lui ses camarades ; étouffement,
        sueur
    Avaient cessé, car la pensée de Zeus à l'égide l'avait ranimé.
    Apollon qui de loin protège s'arrêta près de lui et lui dit :
    « Hector, fils de Priam, pourquoi loin des autres
245 Es-tu assis, épuisé ? Quelle inquiétude est la tienne ? »

Respirant à peine, Hector au panache lui dit :
« Qui es-tu, dieu très bon, qui viens m'interroger ?
Ne sais-tu pas que près des poupes des bateaux achéens,
Alors que je tuais ses camarades, Ajax Voix-Sonore m'a lancé
250 Une pierre sur la poitrine et m'a ôté force et vaillance ?
Et moi je me disais que vers les morts et la maison d'Hadès
J'allais descendre dès aujourd'hui ; mon cœur le sentait. »
Lui dit alors le prince Apollon qui de loin protège :
« Aie confiance ; l'auxiliaire que le Kronide
255 T'envoie du haut de l'Ida pour être avec toi et te défendre,
C'est Phoibos Apollon Épée d'Or, qui depuis toujours
Te protège, toi et aussi ta haute citadelle.
Alors encourage-les tous, ces gens de cheval,
Vers les bateaux creux à pousser leurs chevaux vifs,
260 Moi, je marcherai devant, pour les chevaux j'aplanirai
Le chemin, et les héros achéens prendront la fuite. »

Ce disant, au berger des peuples il insuffla une force grande.
Comme un cheval tenu debout devant sa mangeoire*
Rompt ses entraves et court en piaffant par la plaine,
265 Habitué à se baigner dans le courant d'une belle rivière,
Glorieux, il tient haut la tête, ses crins
Sautent sur ses épaules ; sûr de son prestige,
Il galope vers les pâtures où se retrouvent les chevaux ;
Ainsi Hector très vite faisait mouvoir pieds et genoux,
270 Encourageant ses hommes, pour avoir entendu la voix du
     dieu.
Comme le cerf cornu ou la chèvre sauvage
Que chassent des chiens ou des hommes des champs,
Sur un haut rocher ou dans une forêt dense trouve
Un refuge ; son sort n'était pas d'être pris ;
275 Mais un lion de bonne race accourt aux cris
Sur le chemin, il les fait tous fuir, hardis ou non.
Ainsi les Danaens continuaient à foncer en masse,
Maniant l'épée et la lance à double pointe,
Mais en voyant Hector, qui parcourait les rangs,
280 Ils prirent peur, et leur âme tomba dans leurs pieds.

Thoas alors les harangua, le fils d'Andraimôn,
Le meilleur des Étoliens, expert au javelot,
Bon pour le corps à corps ; à l'assemblée, peu d'Achéens
Valaient mieux, quand les jeunes gens s'affrontent en
    paroles.
285 Plein de bon vouloir, il les harangua et leur dit :
« Oh ! la ! la ! de mes yeux je vois grande merveille.
Il s'est donc relevé, échappant aux Tueuses,
Hector ; chacun espérait en soi-même
Qu'il était mort sous la main d'Ajax de Télamôn.
290 Mais un dieu l'a protégé, l'a sauvé,
Hector, qui à tant d'Achéens a rompu les genoux,
Et qui va, je pense, recommencer. Ce n'est pas sans l'aide
De Zeus Tonnant qu'il est là, en fureur, devant les lignes.
Mais faisons comme je dis ; laissons-nous persuader.
295 Donnons ordre que la foule s'en retourne aux bateaux ;
Nous, qui dans cette armée estimons être les meilleurs,
Restons ; peut-être pourrons-nous, faisant face, l'arrêter
    d'abord,
En pointant nos lances ; lui, je crois, malgré sa fureur,
Il aura peur de pénétrer dans la masse des Danaens. »

300 Il dit, et ils l'écoutèrent et crurent en lui.
Les uns, autour d'Ajax et du prince Idoménée,
De Teukros, de Mèrionès, de Mégès pareil à Arès,
S'organisaient pour la bataille, appelant les meilleurs,
Face à Hector et aux Troyens. En arrière,
305 La foule s'en retourna vers les bateaux achéens.

Les Troyens chargèrent tous ensemble, Hector en tête,
Marchant à grands pas. Devant lui, Phoibos Apollon,
Les épaules couvertes d'une brume ; il tenait l'égide violente,
Terrible, hérissée, magnifique, que le forgeron
310 Héphaistos avait donnée à Zeus pour faire fuir les hommes.
Lui, la tenant en main, il conduisait les peuples.

Les Argiens attendaient tous ensemble ; il se fit un cri
Aigu des deux côtés ; les flèches partaient

Des arcs ; des piques, lancées par de fortes mains,
315 Se plantaient dans le corps de braves guerriers ;
D'autres, entre les lignes, sans toucher les corps blancs
Se fichaient en terre ; elles auraient bien tâté de ces corps.
Tant que Phoibos Apollon maintint l'égide immobile,
Des deux côtés on lançait des flèches ; les hommes tom-
baient,
320 Mais quand, regardant en face les Danaens aux chevaux
rapides,
Il la secoua, et cria lui-même très fort, dans leur poitrine
Leur cœur fut envoûté, ils perdirent force et vaillance.
Comme lorsque dans un troupeau de vaches ou de moutons
Deux bêtes se glissent dans la noirceur de la nuit,
325 Soudain survenues, en l'absence du guetteur,
Ainsi les Achéens sans force prirent la fuite. Apollon sur
eux
Lançait la panique ; aux Troyens, à Hector, il donnait la
gloire.

Alors chaque homme abattit son homme, la bataille s'épar-
pillait ;
Hector tua Stikhios et Arkésilaos,
330 L'un, chef des Béotiens cuirassés de bronze,
L'autre, fidèle compagnon de Ménestheus au grand cœur.
Énée fit mourir Médôn et Iasos,
L'un, fils bâtard du divin Oileus,
C'était Médôn, frère d'Ajax ; il habitait
335 À Phylakè, loin de sa patrie, ayant tué un homme,
Le frère de sa marâtre Eriopis, femme d'Oileus.
Iasos était un chef des Athéniens,
On le disait fils de Sphèlos Boukolide.
Polydamas abattit Mèkisteus ; Politès, Ekhios*,
340 Au premier rang ; le divin Agénor abattit Klonios.
Pâris frappa au sommet de l'épaule, par-derrière, Dèiokhos
Qui fuyait la première ligne, et fit pénétrer l'arme.

Pendant qu'on dépouillait les morts, les Achéens
Se jetaient dans le fossé creux et contre la palissade ;

345　Fuyant de tous côtés, il leur fallut passer le mur.
　　　Hector à grande voix appela les Troyens :
　　　« Foncez sur les bateaux, laissez ces dépouilles sanglantes,
　　　Celui que je verrai loin des bateaux, parti ailleurs,
　　　Je machinerai sa mort, et jamais
350　Sa parentèle ne le mettra, mort, sur le bûcher,
　　　Mais les chiens le traîneront en vue de notre ville. »

　　　Il dit et, les fouettant sur les épaules, il poussa ses chevaux.
　　　Et passant à travers les rangs, il appelait les Troyens ; avec
　　　　　lui,
　　　Tous, s'appelant l'un l'autre, ils menaient les attelages
355　Dans un vacarme extraordinaire ; en avant, Phoibos Apollon
　　　Du pied, facilement, renversa le talus du fossé,
　　　Le jeta dans le trou, fit ainsi un chemin
　　　Grand et large, de la largeur du jet
　　　D'une pique, lancée par quelqu'un qui exerce sa force.
360　Ils passaient par là en phalange, Apollon, en tête,
　　　Secouant l'égide précieuse ; il cassa le mur des Achéens,
　　　Très facilement, comme un enfant sur le sable de la mer ;
　　　Ce que pour jouer il a construit dans sa candeur,
　　　Il le détruit avec les pieds, avec les mains, en se jouant.
365　Ainsi toi, Phoibos l'archer, ce qui avait donné peine et
　　　　angoisse
　　　Aux Argiens, tu le renversas ; et tu les mis en fuite.

　　　Près des bateaux ils s'arrêtèrent et restèrent,
　　　S'appelant les uns les autres, et tendant les mains
　　　Vers tous les dieux avec de grandes prières.
370　Nestor de Gérénia, surtout, rempart des Achéens,
　　　Priait, les bras tendus vers le ciel étoilé :
　　　« Zeus père, si jamais quelqu'un dans Argos riche en blé,
　　　Brûlant les cuisses grasses d'un bœuf ou d'un mouton,
　　　T'a prié pour son retour, et toi tu as promis d'un geste de
　　　　la tête,
375　Souviens-toi, défends-nous, Olympien, du jour cruel,
　　　Ne laisse pas les Troyens écraser les Achéens. »

Telle fut sa prière ; Zeus le subtil tonna lourdement,
En entendant les prières du vieil homme, fils de Nélée.

Quand les Troyens entendirent le tonnerre de Zeus à l'égide,
380 Ils n'en foncèrent que plus fort, ne pensèrent plus qu'à se
    battre.
Comme le grand flot de la vaste mer
Passe par-dessus les bords du bateau, quand se déchaîne
La force du vent (car c'est elle qui lance les vagues) ;
Ainsi avec un grand cri les Troyens passèrent le mur,
385 Poussant leurs chevaux, ils se battaient près des poupes
De près avec des lances doubles, ou du haut de leurs chars,
Et les autres, montés sur les bateaux noirs,
Tenaient de grandes perches, qui étaient restées sur les
    bateaux,
Pour l'abordage, aboutées*, avec le bec vêtu de bronze.

390 Patrocle, tant qu'Achéens et Troyens
Se battaient près du mur, un peu loin des bateaux,
Resta dans la tente d'Eurypyle le courageux,
Assis, et l'amusait en parlant, et sur son affreuse blessure
Versait des drogues qui calment les souffrances noires.
395 Mais quand il vit que sur le mur montaient
Les Troyens, et que les Danaens fuyaient en criant,
Il se mit à gémir, à se frapper les cuisses
Du plat de la main, et dit en pleurant ces paroles :
« Eurypyle, tu souffres, mais je ne peux pas
400 Rester ici ; le grand combat a commencé.
Qu'un serviteur s'occupe de toi ; quant à moi,
Je vais en vitesse vers Achille, pour le pousser à se battre.
Qui sait si, un dieu aidant, je n'émouvrai pas son cœur
En lui parlant. Ce que dit l'ami a un bon effet. »

405 Il dit, et ses pieds l'emportèrent. Les Achéens
Attendaient sans bouger les Troyens, mais ne pouvaient,
Bien que plus nombreux, les repousser loin des bateaux.
Et les Troyens ne pouvaient pas rompre les rangs
Des Danaens pour s'approcher des bateaux et des tentes.

410 Comme un cordeau sert à égaliser la poutre d'un bateau
Entre les mains d'un maître artisan, qui connaît bien tout
Son art grâce aux leçons d'Athéna,
Ainsi dans le combat et la guerre on était à égalité.
Pour chacun des bateaux on combattait d'un rude combat.
415 Pour celui d'Ajax le glorieux, c'était Hector qui l'attaquait.
Autour de ce seul bateau, malgré leurs efforts, ils ne pou-
vaient pas,
L'un, faire fuir son adversaire et mettre le feu au bateau,
L'autre, faire reculer l'attaquant : un dieu était derrière lui.
Alors Ajax le magnifique, comme Kalètôr, fils de Klytios,
420 S'approchait du bateau avec du feu, le transperça de sa
lance ;
L'homme à grand bruit tomba, sa main laissa tomber la
torche.
Quand Hector vit de ses yeux son cousin
Tombé dans la poussière devant le bateau noir,
À grands cris il appela Troyens et Lyciens.
425 « Troyens, Lyciens et Dardaniens qui aimez combattre de
près,
Ne renoncez pas à vous battre en ce moment difficile,
Protégez le fils de Klytios, tombé dans le combat pour les
bateaux :
Il ne faut pas que les Achéens lui arrachent ses armes. »

Ce disant, contre Ajax il lança la pique qui brille.
430 Il le manqua ; mais Lykophrôn, fils de Mastôr,
Serviteur d'Ajax, venu de Cythère habiter
Chez lui, car il avait tué un homme à Cythère la divine,
À la tête au-dessus de l'oreille, avec le bronze aigu,
Il le frappa. Il était debout près d'Ajax, dans la poussière
435 Il tomba du haut du bateau, et ses genoux se défirent.
Ajax frissonna, et dit à son frère :
« Teukros, mon ami, voilà tué notre compagnon fidèle,
Le fils de Mastôr, qui venait de Cythère et que chez nous
Nous honorions dans le palais autant que nos parents.
440 Hector au grand cœur l'a tué. Où sont les flèches
Mortelles et l'arc que t'a donnés Phoibos Apollon ? »

Il dit, l'autre comprit ; en courant il s'approcha,
Tenant en main l'arc à double courbure et le carquois
Plein de flèches ; contre les Troyens, vite, il se mit à tirer.
445 Et il frappa Kléitos, noble fils de Peisènôr,
Compagnon de Polydamas le magnifique Panthoide,
Qui tenait en main les rênes, avait soin des chevaux
Et qui les menait là où les phalanges étaient plus denses,
Pour être agréable à Hector et aux Troyens ; c'est sur lui
    que bientôt
450 Tomba le malheur ; malgré leur désir, ils ne purent l'en
    tirer.
Au cou, par-derrière, le frappa la flèche qui fait gémir ;
Il glissa hors du char ; les chevaux s'écartèrent,
Faisant sonner le char vide ; Polydamas le prince
Comprit très vite ; le premier il se mit face aux chevaux.
455 Il les remit à Astynoos, fils de Protiaôn,
Lui recommanda de les garder tout près en les surveillant,
Ces chevaux ; puis il reprit sa place au premier rang.

Teukros contre Hector au casque de bronze lança
Une autre flèche ; il aurait mis fin à la lutte près des
    bateaux achéens
460 Si, le frappant, il lui avait ôté la vie au plus fort de sa
    fureur.
Mais Zeus, esprit sagace, l'aperçut, qui protégea
Hector, et priva de gloire Teukros Télamônide :
La corde bien filée sur l'arc irréprochable
Cassa comme il tirait ; la flèche lourde de bronze
465 S'en alla errer ailleurs ; l'arc échappa à sa main.
Teukros frissonna et dit à son frère :
« Oh ! la ! la ! toutes nos idées de combat,
Un dieu les ruine ; il m'a fait tomber l'arc de la main,
Il a cassé la corde toute neuve, que j'avais fixée
470 Ce matin, et qui devait lancer sans rompre bien des flèches. »

Lui répondit alors le grand Ajax de Télamôn :
« Mon ami, cet arc et toutes ces flèches, laisse-les
Tomber ; un dieu a tout brouillé, qui en veut aux Danaens.

Prends à la main une longue lance ; un bouclier sur l'épaule,
475 Bats-toi contre les Troyens et entraîne nos troupes.
Il ne faut pas que sans peine ils nous dominent, nous
   prennent
Nos solides bateaux. Pensons à nous battre. »

Il dit ; l'autre rangea l'arc dans la tente ;
Sur ses épaules il mit un bouclier à quadruple épaisseur,
480 Sur sa tête robuste un casque bien fait
Avec crinière ; le panache oscillait, terrible.
Il prit une forte pique, armée d'une pointe de bronze ;
Il repartit : bientôt, en courant, il fut tout près d'Ajax.

Hector, quand il vit hors d'usage les armes de Teukros,
485 À grands cris appela Troyens et Lyciens.
« Troyens, Lyciens et Dardaniens qui aimez combattre de
   près,
Soyez des hommes, amis, rappelez force et vaillance
Près des bateaux creux. J'ai vu de mes yeux
Zeus mettre hors d'usage les armes d'un bon guerrier.
490 Il est facile pour les hommes de reconnaître la force de
   Zeus,
De voir à qui il veut donner une grande gloire,
Qui il affaiblit et ne veut plus protéger,
Maintenant il affaiblit l'ardeur des Argiens, et nous favo-
   rise.
Allons nombreux nous battre près des bateaux ; celui de
   vous
495 Qui, blessé ou assommé, verra que son lot est la mort,
Qu'il meure ; il n'est pas déshonorant, en défendant sa
   patrie,
De mourir ; sa femme est sauve, et ses enfants sont là,
Et sa maison et son domaine intact, pourvu que les Achéens
S'en aillent avec leurs bateaux dans la terre de leur patrie. »

500 Ce disant, à chacun il donna force et courage.
Ajax, de son côté, s'adressait à ses compagnons :
« Il y va de l'honneur, Argiens ; maintenant c'est la mort

Ou le salut, si nous repoussons loin des bateaux le malheur.
Vous espérez, si Hector au panache prend nos bateaux,
505 Que chacun rentrera à pied dans la terre de sa patrie ?
Ne l'entendez-vous pas qui excite son peuple,
Hector, qui ne pense qu'à brûler nos bateaux ?
Il ne les invite pas à la danse, mais au combat.
Pour nous aucune idée, aucune ruse n'est meilleure
510 Que d'en venir aux mains avec fureur.
Mourir d'un seul coup ou vivre, ce sera mieux
Que de nous épuiser dans cet assaut terrible
Près des bateaux contre des gens qui ne nous valent pas. »

Ce disant, à chacun il donna force et courage.
515 Alors Hektor tua Skhédios, fils de Périmèdès,
Chef des Phocidiens ; Ajax tua Laodamas,
Qui menait des gens de pied, fils superbe d'Anténor.
Et Polydamas abattit Ôtos le Kyllènien,
Compagnon du Phyléide, chef des Épéens au grand cœur.
520 Et Mégès, l'ayant vu, fonça ; mais il se baissa,
Polydamas ; le coup ne porta pas, car Apollon
Ne voulait pas que le fils de Panthos tombe au premier
    rang.
La pique perça Kroismos en pleine poitrine ;
L'homme à grand bruit tomba. L'autre lui arrachait ses
    armes,
525 Mais surgit alors Dolops, habile avec sa lance
(Lampétide, fils intrépide engendré par Lampos
Le Laomédontiade, plein de force et de vaillance),
Qui frappa de sa pique en plein milieu le bouclier du
    Phyléide
En s'approchant tout près ; la cuirasse solide résista,
530 Qui se composait de deux pièces. Phyleus autrefois
L'avait apportée d'Ephyrè, des bords du fleuve Selléis ;
Son hôte lui en avait fait cadeau, Euphètès, prince des
    hommes,
Pour qu'il la porte à la guerre et que des ennemis elle le
    protège.
Elle garantit aussi contre la mort le corps de son fils.

535 Mégès, sur le casque de bronze à panache,
     Sur le haut du cimier, avec son épée pointue
     Frappa et trancha la crinière, qui tomba entière,
     Encore brillante de sa pourpre, sur le sol dans la poussière.
     Tandis qu'il continuait à se battre, avec espoir de vaincre,
540 Le brave Ménélas arriva à la rescousse,
     Il leva sa lance sans être vu et frappa à l'épaule par-
        derrière.
     La lance, d'un élan, traversa la poitrine,
     Tout droit ; lui*, il tomba face contre terre.
     Les deux autres s'approchèrent pour arracher les armes
        de bronze
545 À ses épaules ; mais Hector fit appel à ses frères,
     À tous ; d'abord il s'en prit à l'Hikétaonide,
     Au robuste Ménalippos ; celui-là, il faisait paître dans Perkotè
     Ses bœufs aux pieds tors, quand l'ennemi était loin.
     Mais quand arrivèrent les bateaux Danaens à coque ronde,
550 Il revint à Ilion. Il se distingua parmi les Troyens ;
     Il vivait chez Priam, qui l'honorait comme un de ses
        enfants.
     C'est à lui que s'en prit Hector ; il lui dit, prononçant son
        nom :
     « Mélanippos, allons-nous abandonner ? est-ce que ton cœur
     N'est pas bouleversé par la mort de ton cousin ?
555 Regarde comment on se démène autour des armes de
        Dolops.
     Viens avec moi ; on ne peut se battre contre les Argiens
     De loin seulement ; il faut les tuer ; sinon ils prendront
     La haute Ilion et tueront tous les habitants. »

     Ce disant, il marcha le premier ; l'autre, pareil à un dieu,
        le suivit.
560 Le grand Ajax de Télamôn encourageait les Argiens :
     « Amis, soyez des hommes, gardez haut les cœurs
     Dans la dure bataille, respectez-vous les uns les autres ;
     Ceux qui ont du respect, il en reste en vie plus qu'il n'en
        meurt.
     Ceux qui s'enfuient n'ont plus ni énergie ni gloire. »

565 Il dit. Eux aussi voulaient vraiment se défendre,
Sa parole était dans leur cœur ; ils formaient autour des
  bateaux
Un rempart de bronze ; et Zeus excitait les Troyens.
Ménélas Voix-Sonore encourageait Antilokhos :
« Antilokhos, il n'y a pas d'Achéen plus jeune que toi,
570 De plus rapide à la course, de plus vaillant pour se battre.
Si tu fonçais contre un Troyen pour le frapper ? »

Ce disant, il s'éloigna ; l'autre était enflammé.
Il sortit des rangs, lança la pique qui brille,
Regardant tout autour de lui. Les Troyens reculaient
575 Devant lui : il avait lancé son arme. Ce ne fut pas pour rien :
Le fils d'Hikétaôn, le fougueux Mélanippos,
Qui venait se battre, il le toucha à la poitrine près du
  mamelon.
L'homme à grand bruit tomba, l'ombre voila ses yeux.
Antilokhos fonça comme un chien, qui saute sur un faon
580 Blessé ; il sortait de son gîte. Lançant son arme,
Un chasseur l'a touché, lui a rompu les membres.
Ainsi sur toi, Mélanippos, s'est jeté Antilokhos qui aime à
  se battre
Pour prendre tes armes ; mais Hector le divin l'avait vu,
Il venait en courant l'affronter dans la mêlée.
585 Antilokhos ne l'attendit pas, si agile qu'il soit dans la lutte ;
Il eut peur, comme une bête qui a fait du mal,
Qui a tué un chien, ou un bouvier près de ses bœufs,
Et qui fuit avant que les hommes se soient rassemblés.
Ainsi le Nestoride eut peur ; les Troyens et Hector
590 Lançaient à grands cris flèches et javelots qui font gémir.
Il s'arrêta, se retourna, quand il fut au milieu des siens.

Les Troyens, comme des lions mangeurs de viande crue,
Se lancèrent contre les bateaux, selon la décision de Zeus,
Qui excitait toujours leur colère, envoûtait le cœur
595 Des Argiens et leur refusait la gloire, mais poussait les
  autres.

Son cœur voulait donner la gloire à Hector
Priamide, pour que sur les bateaux de haut bord il jette
Le feu des dieux, l'infatigable, et que soit exaucée toute la
  prière
Exorbitante de Thétis. Voilà ce qu'attendait Zeus le subtil :
600 Voir de ses yeux la lueur d'un bateau en feu.
C'est alors qu'il forcerait les Troyens à s'en retourner
Loin des bateaux et qu'il donnerait aux Danaens la gloire.
Avec cette idée il lança contre les bateaux creux
Hector Priamide, qui ne voulait rien d'autre.
605 Sa furie était celle d'Arès agitant sa lance, ou la fureur du
  feu
Qui, sur les montagnes, ravage les taillis de la forêt pro-
  fonde.
Il avait l'écume aux lèvres, ses yeux
Brillaient sous ses sourcils terribles, et son casque
S'agitait effroyable sur ses tempes ; il se battait,
610 Hector ; et du haut de l'éther son protecteur était
Zeus, qui lui donnait, à lui, seul contre une foule d'hommes,
Honneur et gloire ; car c'est pour peu de temps qu'il allait
  encore
Vivre ; le jour marqué, bientôt elle le lui enverrait,
Pallas Athéna, de par la force du Pélide.
615 Lui, il voulait rompre les rangs des hommes, il essayait,
Là où la foule était la plus dense et plus belles les armes.
Mais, avec tout son désir, il ne pouvait pas les rompre ;
Ils tenaient bon, formant comme une tour, comme un rocher
Énorme, abrupt, au bord de la mer grise,
620 Résistant au passage violent des vents qui sifflent,
Aux vagues énormes qui déferlent sur lui.
Ainsi les Danaens résistaient aux Troyens, et ne fuyaient
  pas.
Lui, resplendissant comme un feu, se lançait dans la foule.
Il fonça comme lorsqu'une vague s'abat sur un bateau
  léger ;
625 Les vents sous les nuages ont nourri sa violence ; le bateau
  entier
Est couvert d'écume ; terrible le souffle du vent

Hurle dans la voile ; les marins, au fond d'eux-mêmes, tremblent
De peur, ils sont tout près de la mort.
Ainsi, dans la poitrine des Achéens, les cœurs étaient déchirés.

630 Comme un lion qui ne pense que meurtres saute sur des vaches,
Qui broutent l'herbe dans un grand creux humide,
Par milliers ; leur gardien est mal instruit à se battre
Contre la bête qui va tuer une vache aux cornes courbes ;
C'est devant les vaches ou derrière que toujours
635 Il marche ; c'est au milieu que l'autre attaque
Et dévore une vache ; et les autres tremblent ; ainsi les Achéens
Étaient étrangement terrifiés par Hector et Zeus père,
Tous ; lui, il tua seulement Périphètès de Mycènes
Fils de Kopreus, que le prince Eurysthée
640 Chargeait de messages pour Héraklès le fort.
De ce père mauvais était né un fils bien meilleur,
Plein de qualités, bon pour la course et la lutte,
Et pour l'esprit un des premiers parmi les gens de Mycènes.
À Hector il donna une gloire très haute.
645 En se tournant, il heurta le bord de son bouclier
Qui touchait le sol, rempart contre les flèches.
Il trébucha, tomba sur le dos, et son casque
Sur ses tempes fit quand il tomba un bruit terrible.
Hector le vit de son œil perçant, courut, fut bientôt tout près,
650 Lui planta sa lance dans la poitrine et, près de ses compagnons,
Le tua ; eux, bien que désolés, ne purent pas lui porter
Secours ; car ils avaient grand peur d'Hector le divin.

Ils étaient en vue des bateaux, auprès du premier rang,
De ceux qu'on avait d'abord tirés à terre. L'adversaire arriva.
655 Les Argiens, par force, s'écartèrent des premiers
Bateaux, et restèrent près des tentes,

Groupés, sans se disperser partout ; leur honneur les retenait
Et la peur ; sans cesse ils s'appelaient les uns les autres.
Nestor de Gérénia, surtout, rempart des Achéens,
660 Suppliait à genoux chaque homme, au nom de ses parents.
« Amis, soyez des hommes, gardez au cœur le respect
Des autres, et que chacun pense
À ses enfants, à sa femme, à son domaine, à ses parents,
Qui, pour certains, sont vivants, pour d'autres, morts.
665 Je vous supplie au nom des absents
De résister durement, de ne pas tourner le dos pour fuir. »

Ce disant, à chacun il donna force et courage.
De leurs yeux Athéna enleva le nuage obscur,
Merveilleux ; la lumière les frappa des deux côtés,
670 Vers les bateaux et vers la guerre, égale pour tous.
Ils virent Hector Voix-Sonore et ses compagnons ;
Le virent ceux qui restaient en arrière et ne se battaient
    pas,
Comme ceux qui se battaient près des bateaux légers.

Ajax le magnanime dans son cœur ne supporta pas
675 De rester là où se tenaient les autres fils des Achéens.
Il marchait à grands pas sur les plateformes des bateaux,
Agitant dans ses mains une grande perche d'abordage,
Cerclée de métal, longue de vingt-deux coudées.
Comme lorsqu'un homme qui sait mener les chevaux
680 Dans un grand nombre en prend quatre, les attache ensemble,
Les pousse à venir de la plaine vers la grande ville,
Par le chemin où vont les gens ; tout le monde le regarde,
Hommes et femmes ; lui, toujours sûr de lui,
Saute de l'un sur l'autre, pendant qu'ils galopent*.
685 Ainsi Ajax, sur les plateformes des bateaux légers,
Passait à grands pas, sa voix montait jusqu'au ciel,
Avec des cris terribles il ordonnait aux Danaens
De défendre leurs bateaux et leurs tentes. Hector
Ne restait pas non plus dans la foule des Troyens cuirassés.
690 Mais comme un aigle roux fonce sur une bande
D'oiseaux ailés qui picorent près d'un fleuve,

Des oies, des grues ou des cygnes au long cou,
Ainsi Hector fonça sur un bateau à proue bleue,
Droit devant lui. Zeus le poussait par-derrière
695 De sa grande main, et en même temps excitait sa troupe.

Un combat féroce reprit près des bateaux.
Tu dirais qu'infatigables, inusables, les uns aux autres
Ils s'opposaient dans cette guerre, tant ils se battaient avec
    rage.
Tous ceux qui se battaient n'avaient qu'une idée : les Achéens
700 Disaient qu'ils ne fuiraient pas le malheur, mais qu'ils
    mourraient.
Chaque Troyen dans son cœur espérait
Brûler les bateaux et tuer les héros achéens.
Telle était leur idée, et ils s'affrontaient.
Hector toucha la poupe du bateau coureur de mers
705 Beau, rapide, qui avait mené Protésilas
À Troie, mais ne le ramènerait pas dans sa patrie.
C'est pour ce bateau qu'Achéens et Troyens
Se battaient au corps à corps. Ils n'attendaient plus
Que s'abatte le vol des flèches ou des lances ;
710 Mais, de tout près, d'un seul cœur, ils se battaient
Avec des haches aiguisées et des cognées,
De grandes épées et des piques à double pointe ;
Beaucoup de beaux poignards liés d'un lacet noir
Tombaient des mains de ceux qui se battaient
715 Ou de leurs épaules ; le sang coulait sur la terre noire.
Hector avait saisi le bateau, ne le lâchait pas,
Il tenait en main la figure de poupe, et criait aux Troyens :
« Apportez le feu ; poussez tous ensemble le cri.
Zeus nous a donné, en ce jour qui vaut tous les autres,
720 De prendre les bateaux qui, venus ici contre le vouloir des
    dieux,
Nous ont imposé des souffrances, par la lâcheté de ces vieux
Qui, quand je voulais me battre sur les poupes de bateaux
M'ont arrêté et ont retenu le peuple.
Mais si Zeus qui voit loin a troublé nos idées
725 Autrefois, maintenant il nous pousse et nous encourage. »

Il dit. Eux, ils attaquèrent plus vivement les Argiens.
Ajax ne tenait plus, accablé sous les projectiles.
Il recula un peu, persuadé qu'il allait mourir,
Sur un banc de sept pieds ; il avait quitté la plateforme.
730 Il restait là, en alerte, avec sa lance il continuait
   À tenir loin ceux des Troyens qui apportaient le feu infati-
      gable.
   Toujours avec des cris terribles il disait aux Danaens :
   « Chers héros Danaens, serviteurs d'Arès,
   Soyez des hommes, amis, rappelez force et vaillance.
735 Y a-t-il derrière nous des sauveurs ?
   Un mur solide, qui protège les hommes du malheur ?
   Nous n'avons pas, tout près, une ville avec des remparts
   Où nous nous défendrions, aidés par ceux qui l'habitent.
   Dans la plaine des Troyens cuirassés
740 Nous sommes acculés à la mer, loin de la patrie ;
   C'est la force, non l'indolence, qui nous donnera la lumière. »

   Il dit, et, furieux, il brandissait sa lance pointue.
   Si un Troyen s'approchait des bateaux creux,
   Avec le feu qui brûle, pour faire plaisir à Hector,
745 Ajax le blessait du bout de sa longue lance,
   Devant les vaisseaux, de tout près, il en blessa douze.

CHANT XVI

Donc ils se battaient devant ce bateau solide.
Or Patrocle était près d'Achille, berger de peuples,
Pleurant des larmes chaudes comme une source à l'eau
    noire
Qui d'une roche escarpée laisse couler une eau triste.
5 En le voyant, le divin Achille Pieds-Rapides en eut pitié* ;
Lui parlant, il dit ces mots qui ont des ailes :
« Pourquoi pleurer, Patrocle, comme une fille toute
Petite, qui court après sa mère, veut qu'on la prenne dans
    les bras ;
Elle agrippe la robe, s'accroche à celle qui s'éloigne ;
10 Elle pleure et la regarde, pour qu'on la prenne dans les
    bras.
Tu es comme elle, Patrocle, tu pleures des larmes douces.
Tu as quelque chose à faire voir aux Myrmidons ? à moi ?
Une nouvelle est venue de chez nous, pour toi seul ?
Il est vivant, à ce qu'on dit, Ménoitios, le fils d'Aktôr ;
15 Il est vivant, Pélée, fils d'Éaque, au milieu des Myrmidons.
Ces deux-là, s'ils mouraient, nous aurions du chagrin.
Ou bien tu as pitié des Argiens, qui meurent
Sur les bateaux creux, à cause de leur orgueil ?
Parle, ne cache rien, pour que tous deux nous sachions. »

20 Avec un lourd soupir tu lui dis, chevalier Patrocle :
« Achille, fils de Pélée, toi, le plus fort des Achéens,
Ne te fâche pas. Une lourde douleur pèse sur les Achéens.

Tous ceux qui étaient les meilleurs
Sont dans leurs bateaux, meurtris, blessés.
25 Meurtri, le Tydéide, le dur Diomède ;
Blessés, Ulysse Lance de Gloire et Agamemnon ;
Meurtri, Eurypylos, avec une flèche dans la cuisse ;
Les médecins experts en drogues s'en occupent,
Soignent les plaies. Et avec toi, Achille, il n'y a rien à faire.
30 Que jamais ne me prenne une colère comme la tienne,
Implacable. Quel profit en auras-tu plus tard,
Si tu ne défends pas les Argiens de l'affreux malheur ?
Tu es trop dur, ton père n'est pas le chevalier Pélée,
Thétis n'est pas ta mère ; tu es né de la mer grise
35 Et des rochers abrupts ; ton âme est rude.
Si dans ton cœur tu crains une prédiction divine,
Si ta mère souveraine t'en a dit une qui vient de Zeus,
Laisse-moi partir au plus vite, assemble le peuple
Des Myrmidons, et que je sois pour les Danaens une
    lumière.
40 Laisse-moi mettre tes armes sur mon dos,
Peut-être me prenant pour toi, ils se retiendront de com-
    battre,
Les Troyens ; et les belliqueux fils des Achéens pourront
    souffler,
Épuisés qu'ils sont. À la guerre, on peut rarement souffler.
Nous ne sommes pas fatigués ; eux le sont ; d'un cri, faci-
    lement,
45 Depuis les bateaux et les tentes, nous les chasserons vers la
    ville. »

Voilà ce qu'il disait, suppliant, naïf ; par sa prière
Il allait faire venir une laide mort, et la Tueuse.
Grandement irrité, Achille Pieds-Rapides lui dit :
« Hélas ! Patrocle, qu'as-tu dit, fils des dieux ?
50 Je ne pense pas à une prédiction que je saurais ;
Ma mère souveraine ne m'a rien dit qui vienne de Zeus.
Mais une douleur amère frappe le cœur et le souffle
Quand un homme veut offenser son pareil
Et lui enlève le butin qu'il a gagné par sa force.

55 Cette douleur amère est mienne, car j'ai souffert dans mon
   cœur.
   Les fils des Achéens ont choisi pour ma récompense une
   femme,
   Je l'avais conquise à la lance, détruisant une ville forte,
   Il me l'a prise des mains, le puissant Agamemnon,
   L'Atride, comme si j'étais un homme sans lieu, sans honneur.
60 Mais laissons là le passé. Il ne se peut pas
   Que dans mon âme la colère dure à jamais. J'ai dit
   Que mon ressentiment ne cesserait pas avant que
   N'arrivent à nos bateaux les cris et la guerre.
   Mets sur ton dos mes armes de gloire ;
65 Emmène se battre les Myrmidons (ils aiment la guerre)
   Puisque le nuage noir des Troyens a recouvert,
   Irrésistible, les bateaux, puisque sur le bord de la mer
   Sont acculés, n'ayant plus qu'un petit bout de terre,
   Les Argiens ; toute la ville des Troyens a marché,
70 Sûre d'elle ; ils ne voient pas le cimier de mon casque
   Briller tout près d'eux ; vite ils fuiraient et rempliraient
   Les fossés de cadavres, si le puissant Agamemnon
   Était plus raisonnable ; pour l'instant ils encerclent l'armée.
   Dans les mains du Tydéide Diomède,
75 La lance ne s'agite plus pour écarter des Danaens le mal-
   heur.
   Je n'ai pas encore entendu la voix de l'Atride
   Sortir de sa bouche odieuse ; mais celle d'Hector tueur
   d'hommes
   Lance des ordres à tous les échos ; et leurs clameurs
   Envahissent toute la plaine, et ils battent les Achéens.
80 Cependant, Patrocle, pour écarter des bateaux le malheur,
   Fonce, irrésistible, que le feu dévorant
   Ne brûle pas les bateaux, ne nous prive pas du retour !
   Écoute, que je te dise jusqu'au bout ce que je veux,
   Pour que tu me rapportes gloire et grand honneur
85 Auprès de tous les Danaens. Qu'ils me rendent
   Cette fille très belle, avec de superbes cadeaux.
   Reviens, quand les bateaux seront sauvés ; même si
   L'époux tonnant d'Héra te donnait la gloire,

Ne cherche pas sans moi à te battre
90 Contre les guerriers troyens ; tu me déshonorerais davan-
     tage.
Ne va pas, enivré par la guerre et la carnage,
En tuant des Troyens marcher sur Ilion,
De peur que, de l'Olympe, un des dieux qui toujours vivent
Ne vienne ; il les aime, Apollon qui de loin protège.
95 Reviens en arrière, quand tu auras donné aux bateaux
La lumière ; laisse les autres se battre dans la plaine.
Zeus père, et Athéna et Apollon, faites
Que n'échappe à la mort aucun Troyen, tous tant qu'ils sont,
Ni aucun Argien ; nous seuls nous nous tirerons du désastre,
100 Nous seuls, nous prendrons à Troie sa couronne sainte. »

Voilà ce qu'ils disaient, parlant entre eux.
Ajax ne tenait plus, accablé sous les projectiles.
Plus forts que lui étaient le vouloir de Zeus et les superbes
     Troyens
Qui le visaient. Terrible, autour de ses tempes résonnait
105 Le bruit de son casque luisant, des belles plaques,
Où tombaient sans arrêt les coups. L'épaule gauche se fati-
     guait ;
Il tenait toujours devant lui le pavois coloré ; eux n'arri-
     vaient pas
À le faire céder, en lançant contre lui des flèches et des
     piques.
Il haletait douloureusement ; la sueur
110 Coulait sur tout son corps ; il n'arrivait pas
À reprendre haleine ; le malheur partout s'ajoutait au
     malheur.

Dites-moi maintenant, Muses qui avez vos logis sur l'Olympe,
Comment la première flamme tomba sur les bateaux des
     Achéens.

Hector, s'approchant, sur la pique de frêne d'Ajax
115 Frappa de sa grande épée, près de la douille qui tient la
     pointe,

Et la cassa. Ajax de Télamôn
N'avait plus en main qu'un tronçon ; loin de lui
La pointe de bronze tomba par terre avec bruit.
Ajax, dans son cœur sans reproche, reconnut, en frisson-
  nant,
120 L'action des dieux ; tous ses projets de combat,
Zeus Haut-Tonnant les ruinait, qui voulait la victoire des
  Troyens.
Il reculait devant les piques ; le feu qui jamais ne se lasse
  fut lancé
Dans le bateau léger ; vite se répandit la flamme qu'on
  n'éteint pas.
Le feu enveloppa la poupe. Alors Achille
125 Se frappant sur les cuisses dit à Patrocle :
« Debout, Patrocle, fils de dieux, maître de chevaux,
Je vois près des bateaux le feu qui tout dévore ;
Ils vont prendre les bateaux ; nous n'aurons plus le moyen
  de fuir.
Mets vite mes armes ; je vais réunir les troupes ; »

130 Il dit, et Patrocle se cuirassa de bronze clair.
Il mit d'abord sur ses jambes les cnémides,
Belles, avec des garde-chevilles en argent ;
En second lieu sur sa poitrine il plaça la cuirasse
Ornée d'étoiles, de Pieds-Rapides, le petit-fils d'Éaque ;
135 À l'épaule il suspendit l'épée à clous d'argent,
Épée de bronze, puis le grand et fort bouclier.
Sur sa tête hardie, il mit un casque de bonne facture,
Avec panache ; la crinière avait un mouvement terrible.
Il prit deux fortes piques, qui étaient bien à sa main.
140 Mais il ne prit pas la pique de l'irréprochable petit-fils
  d'Éaque,
Grande, large, forte ; aucun autre Achéen ne pouvait la
Brandir ; seul savait la manier Achille.
C'était un frêne du Pélion, qu'à son père avait donné
  Chiron,
Pris au sommet du Pélion, pour tuer les héros.
145 À Automédôn il ordonna d'atteler vite les chevaux,

Il l'estimait plus que tous, après Achille qui brise les hommes,
Au combat il était le plus sûr ; il répondrait à tout appel.
Automédôn sous le joug amena les chevaux rapides,
Xanthos et Balios*, qui volent comme le vent,
150 Que pour le vent Zéphyr a enfantés la Harpie Podargè* ;
Elle broutait la prairie près du fleuve Océan.
En troisième, hors joug, il plaça Pèdasos sans reproche,
Qu'Achille avait pris en détruisant la ville d'Eétiôn ;
Mortel, il suivait des chevaux immortels.

155 Les Myrmidons, Achille, parcourant
Les tentes, les fit s'armer ; comme des loups
Qui mangent la viande crue et dont la force est indicible,
Qui tuent dans les montagnes un grand cerf cornu, puis
Le dévorent ; ils ont le museau plein de sang ;
160 En bande ils vont d'une fontaine à l'eau noire
Laper avec leurs langues étroites l'eau noire,
À la surface, en vomissant le sang ; leur cœur
Dans leur poitrine est intrépide, mais leur ventre est lourd.
Ainsi les chefs et capitaines des Myrmidons
165 Autour du bon serviteur de Pieds-Rapides, le petit-fils
      d'Éaque,
Accouraient ; Achille l'agressif était au milieu d'eux,
Encourageant les chevaux et les hommes armés de boucliers.

Ils étaient cinquante, les bateaux légers, qu'Achille
Cher à Zeus avait conduits à Troie ; dans chacun
170 Il y avait cinquante compagnons sur les bancs de nage.
Il nomma cinq chefs, à qui il confia
Un commandement ; et lui, il était le chef suprême.
Ménesthios à la cuirasse étincelante menait le premier
      bataillon ;
Il était fils du Sperkhios, le fleuve tombé du ciel.
175 L'avait enfanté la fille de Pélée, la belle Polydorè,
Pour le Sperkhios infatigable, femme couchant avec un
      dieu ;
On le disait né de Bôros, fils de Périèrès,
Qui l'épousa face à tous, offrant de riches cadeaux.

Eudôros l'agressif guidait le second. L'avait enfanté
180 Une jeune fille, Polymèlè, belle au milieu du chœur,
Fille de Phylas. Le puissant Argeiphontès
L'aima, l'ayant vue de ses yeux parmi les danseuses
Dans le chœur d'Artémis Flèches d'Or, la bruyante.
Montant aussitôt à l'étage il coucha en secret avec elle,
185 Hermès bienfaisant, et lui donna un fils superbe,
Eudôros, rapide à la course et bon combattant.
Puis quand Eiléithyia, secours des femmes en travail,
L'eut conduit à la lumière, quand il eut vu les rayons du
    soleil,
Le très fort Ekhéklès Aktôride
190 La mena, elle, dans sa maison, faisant mille cadeaux,
Mais lui, le vieux Phylas le nourrit et l'éleva,
L'aimant comme s'il était son propre fils.
Peisandros l'agressif guidait le troisième,
Maimalide, meilleur que tous les Myrmidons
195 Après le compagnon du Pélide, pour le combat à la lance.
Le quatrième était aux ordres du vieux Phoinix, chevalier,
Le cinquième, d'Alkimédôn sans reproche, fils de Laerkès.
Lorsqu'Achille les eut bien séparés et rangés,
Avec leurs chefs, il ajouta ces mots durs :
200 « Myrmidons, que personne n'oublie les menaces
Que sur les bateaux légers vous lanciez contre les Troyens,
Quand j'étais en colère, et que vous me preniez à partie :
"Malheureux fils de Pélée, ta mère t'a nourri de bile,
Inexorable, tu retiens tes compagnons malgré eux près des
    bateaux.
205 Revenons avec nos bateaux coureurs de mers
Chez nous, puisque sur le cœur t'est tombée cette mau-
    vaise colère."
Voilà ce que, rassemblés, vous disiez ; maintenant, il est là,
Le grand travail de la guerre, que vous désiriez autrefois.
Là, celui qui a le cœur noble, qu'il se batte contre les
    Troyens. »

210 Ce disant, à chacun il donna force et courage.
Ils serrèrent les rangs, ayant entendu le roi.

Comme lorsqu'un homme joint les pierres d'un mur
Pour une haute maison, qui résiste à la force des vents,
Ainsi furent joints casques et boucliers bombés,
215 Bouclier et bouclier, casque et casque, homme et homme.
Les casques à panache touchaient les cimiers brillants
Si quelqu'un se penchait, tant ils étaient serrés.
En avant de tous, deux hommes étaient armés,
Patrocle et Automédôn, n'ayant qu'un seul cœur,
220 Pour se battre en tête des Myrmidons. Pour Achille,
Il alla vers sa tente, il ouvrit le couvercle d'un coffre,
Fort beau et bien orné, que Thétis Pieds d'Argent
Avait fait apporter sur le bateau, l'ayant rempli de tuniques,
De manteaux qui protègent des vents, de tapis épais.
225 Il avait là une coupe ouvragée, aucun autre
Homme n'y buvait le vin sombre,
Il n'en versait rien pour aucun dieu, sinon pour Zeus le père.
Il la prit dans le coffre, la purifia avec du soufre,
D'abord, puis la lava à l'eau claire,
230 Se lava les mains, puisa du vin sombre.
Puis debout au milieu de l'enclos, il pria, versa le vin
En regardant le ciel ; Zeus Foudre-Amère le vit bien.
« Zeus prince, Dodonien, Pélasgique, toi qui vois loin,
En veillant sur Dodone aux tristes hivers ; les Selles
235 Vivent là, devins, pieds non lavés*, couchant par terre ;
Tu as entendu ma parole de prière,
Tu m'as honoré, tu as fait souffrir le peuple des Achéens.
Une fois encore fais ce que je te demande.
Pendant le combat, je reste, moi, près des bateaux ;
240 Mais j'envoie mon compagnon avec des Myrmidons en
       nombre,
Pour se battre. Donne-lui la gloire, Zeus qui voit loin.
Rends sûr son cœur dans sa poitrine, pour qu'Hector
Voie si notre serviteur est un bon combattant même
Quand il est seul ou si ses mains terrifiantes
245 N'agissent que lorsque moi aussi je vais là où se déchaîne
       Arès.
Mais quand il aura éloigné des bateaux la guerre et ses
       cris,

Que sain et sauf il revienne vers les bateaux légers
Avec toutes ses armes et ses hommes experts au corps à
    corps. »

Telle fut sa prière ; Zeus le subtil l'entendit.
250 Il lui accorda une chose, le père ; il refusa l'autre.
Qu'il éloigne des bateaux la guerre et le combat,
Il l'accorda ; mais refusa qu'il revienne sauf du combat.
Lui, ayant versé le vin et prié Zeus le père
Rentra dans la tente, rangea la coupe dans le coffre,
255 Puis s'installa devant la tente ; il voulait en son cœur
Voir des Troyens et des Achéens la lutte terrible.

En armes, avec Patrocle au grand cœur,
Ils marchaient, pour bondir, fièrement, sur les Troyens.
Ils se déployèrent soudain, pareils aux guêpes
260 Sur les chemins, que des enfants agacent (c'est leur habitude)
Et maltraitent sans cesse dans leurs nids sur le chemin.
Les sots ! beaucoup de gens ont à souffrir à cause d'eux.
Si passe par là un voyageur,
Si, sans le vouloir il les dérange, d'un cœur vaillant
265 Toutes se précipitent pour défendre leurs petits.
Les Myrmidons avaient autant de courage et de fureur
En sortant des bateaux ; il se fit un cri qui ne cessait pas.
Patrocle parla à ses compagnons, à voix forte :
« Myrmidons, compagnons d'Achille Pélide,
270 Soyez des hommes, amis, rappelez force et vaillance.
Pour que nous fassions honneur au Pélide, le meilleur des
    Argiens,
Près des bateaux, avec ses hommes experts au corps à corps,
Et pour qu'il reconnaisse, l'Atride, Agamemnon au large
    pouvoir,
Sa folle erreur, lui qui n'a pas honoré le meilleur des
    Achéens. »

275 Ce disant, à chacun il donna force et courage.
Et tous tombèrent sur les Troyens ; tout autour les bateaux
Firent un écho terrible aux hurlements des Achéens.

Les Troyens, quand ils virent le vaillant fils de Menoitios,
Lui et son serviteur, étincelants de toutes leurs armes,
280 Leur cœur à tous se serra, les phalanges bougèrent ;
Ils craignaient que, depuis les bateaux, rapide, le fils de
    Pélée
N'ait renoncé à sa colère, n'ait choisi l'amitié.
Chacun regarda par où il pouvait fuir la mort abrupte.

Patrocle le premier lança la pique qui brille,
285 Devant lui, en plein milieu, là où l'on se bousculait,
Près de la poupe du navire de Protésilas au grand cœur.
Et il frappa Pyraikhmès, qui avait amené d'Amydôn,
Où coule le large Axios, les Paioniens meneurs de chars.
Il le frappa à l'épaule droite ; l'homme, dans la poussière,
290 Tomba sur le dos en gémissant ; ses compagnons s'enfuirent,
Les Paioniens ; car Patrocle leur avait fait peur à tous
En tuant leur chef, qui était un excellent combattant.
Il les chassa des bateaux, éteignit le feu qui brûlait.
On laissa là le bateau à moitié brûlé ; les Troyens
295 Fuyaient dans un vacarme prodigieux. Les Danaens se
    répandaient
Parmi les bateaux creux ; le vacarme ne cessait pas.
Comme lorsque du haut sommet d'une grande montagne
Zeus Maître des Éclairs écarte un nuage dense,
Tous les belvédères apparaissent, les hauts promontoires,
300 Les vallons, et, dans la déchirure du ciel, l'éther indicible ;
Ainsi les Danaens ayant éloigné des bateaux le feu qui dévore
Respiraient un peu, mais ce n'était pas la fin du combat.
Car les Achéens amis d'Arès n'avaient pas encore fait fuir
Les Troyens en déroute loin des bateaux noirs.
305 Ils avaient dû s'éloigner des bateaux, mais ils résistaient
    toujours.

Alors chaque homme abattit son homme, la bataille des
    chefs
S'éparpillait ; d'abord le vaillant fils de Ménoitios,
Comme Arèilykos tournait le dos, le frappa à la cuisse

De sa pique pointue ; le bronze traversa.
310 La pique cassa l'os ; l'homme tomba la face
Contre terre ; et Ménélas l'agressif blessa Thoas :
Son bouclier le laissait à découvert, ses genoux se défirent.
Le Phyléide, voyant Amphiklos bondir,
Alla plus vite, et toucha le haut de la jambe, là où sont
315 Plus épais les muscles de l'homme ; la pointe de la lance
Déchira les tendons ; l'ombre couvrit ses yeux.
L'un des Nestorides blessa Atymnios de sa lance aiguë ;
C'était Antilokhos ; la pointe de bronze traversa le ventre.
L'autre s'écroula, tête en avant. Maris, à l'instant, avec sa lance
320 Marcha sur Antilokhos, en fureur à cause de son frère,
Et se plaça devant le cadavre ; Thrasymèdès à visage de dieu
Bondit avant que l'autre ne frappe ; il toucha, sans erreur,
L'épaule ; la pointe de sa lance, en haut du bras,
Déchira les muscles et vint fracasser l'os.
325 L'homme à grand bruit tomba, l'ombre voila ses yeux.
Ainsi, domptés par deux frères,
Marchèrent vers l'Erèbe, nobles compagnons de Sarpédon,
Bons lanceurs de javelots, deux fils d'Amisôdaros (c'est lui qui avait
Nourri la Chimère invincible, malheur de beaucoup d'hommes).
330 Ajax d'Oileus, marchant sur Kléoboulos,
Le prit vivant, empêtré qu'il était dans la mêlée. Mais tout de suite
Il défit sa fureur en le frappant au cou de son épée à bonne poignée.
L'épée fut soudain toute chaude de sang. L'autre, la mort
Pourpre et le sort puissant prirent ses yeux.
335 Pènéléôs et Lykôn coururent l'un vers l'autre ; avec leurs piques
Ils se manquèrent ; ils avaient lancé leurs armes pour rien.
Avec les épées ils coururent l'un vers l'autre ; alors Lykôn
Frappa le cimier du casque à crinière, mais à la poignée
Son épée se cassa ; l'autre frappa au cou, sous l'oreille,
340 Pènéléôs. L'épée pénétra tout entière, seule tenait encore

La peau : la tête pendait. Les genoux se rompirent.
Mèrionès, d'une course rapide, rattrapa Akamas,
Le toucha à l'épaule droite comme il montait sur son char ;
L'autre dégringola, un brouillard couvrit ses yeux.
345 Idoménée toucha Erymas avec le bronze cruel
À la bouche ; la lance de bronze traversa,
Passa sous le cerveau, et brisa les os blancs.
Les dents furent arrachées, les deux yeux se remplirent
D'un sang qui, dans la bouche et les narines
350 Coula ; le nuage noir de la mort le recouvrit.

Ainsi les chefs de Danaens tuèrent chacun un homme.
Comme des loups sur des agneaux se précipitent, ou sur
    des chevreaux ;
Pillards, ils les prennent dans les troupeaux, que dans la
    montagne
Un sot berger a laissé s'éparpiller ; ils les ont vues
355 Et les emportent, ces bêtes qui n'ont pas de courage.
Ainsi les Danaens se précipitaient sur les Troyens ; eux ne
    pensaient
Qu'à fuir en hurlant, sans rappeler force et vaillance.

Ajax le grand voulait toujours contre Hector au casque de
    bronze
Lancer sa pique ; l'autre, grâce à son savoir de la guerre,
360 Couvrant ses larges épaules d'un bouclier en peau de
    taureau,
Était attentif au sifflement des flèches, au bruit sourd des
    piques lancées.
Il voyait dans ce combat la victoire changer de camp.
Malgré tout il résistait, pour sauver ses fidèles compagnons.

Comme lorsqu'un nuage, venu de l'Olympe, de l'éther divin,
365 Passe dans le ciel, car Zeus va lancer la tempête,
Ainsi venaient des bateaux des cris de terreur ;
La retraite se faisait sans ordre. Les chevaux aux pieds
    rapides
Emportèrent Hector avec ses armes ; il abandonna le peuple

Troyen, malgré lui retenu par le fossé creusé.
370 Beaucoup de chevaux rapides, traînant un char dans le
  fossé,
  Cassaient le timon à la base, et laissaient là leur maître.
  Patrocle les poursuivait au plus vite, donnant ses ordres
  aux Danaens,
  Machinant le malheur des Troyens ; eux, criant dans leur
  fuite,
  Éparpillés, occupaient tous les chemins ; dans les airs sous
  les nuages
375 La poussière tourbillonnait ; les chevaux aux sabots lourds
  revenaient
  D'un grand effort à la ville, loin des bateaux et des tentes.
  Patrocle, là où les gens lui semblaient plus qu'ailleurs en
  désordre,
  Marchait en vociférant ; les hommes tombaient de leur char,
  Tête la première, sous les essieux ; les chars se renversaient.
380 Au-dessus du fossé passèrent d'un bond ses chevaux rapides,
  Immortels, que les dieux avaient donnés à Pélée, cadeau
  superbe.
  Ils allaient tout droit ; sa fureur l'entraînait vers Hector ;
  Il voulait le frapper ; mais l'autre, ses chevaux rapides l'em-
  portaient.
  Comme sous la tempête la terre noire est écrasée,
385 À l'automne, quand avec extrême violence Zeus verse
  L'eau, car il est fâché contre les hommes et les fait souffrir,
  Eux, sur la place rendent des sentences torses, brutales,
  Mettent dehors la justice, sans penser que les dieux les
  voient* ;
  Tous les fleuves coulent remplis à ras bord,
390 Les torrents ravinent la pente des collines,
  Et vont en gémissant s'écouler dans la mer pourpre,
  Du haut des montagnes ; les travaux des hommes sont
  détruits.
  Ainsi gémissaient les chevaux des Troyens, et ils couraient.

  Patrocle, ayant mis à mal les premières phalanges,
395 Repoussa les autres vers les bateaux, les empêcha

De se diriger vers la ville, mais, les enfermant entre
Les bateaux, le fleuve et le haut mur,
Il tuait, bondissant, et vengeait plus d'une mort.
Là d'abord il frappa de sa pique brillante Pronoos
400 (Son bouclier le laissait à découvert) et lui rompit les
    genoux.
L'homme à grand bruit tomba. En second, contre Thestôr,
Fils d'Enops, il bondit (l'autre, dans son char poli,
Était pelotonné ; il avait l'esprit hagard, de ses mains
Les rênes étaient tombées) et, s'approchant, il frappa de sa
    pique
405 La joue droite, enfonça la pointe à travers la mâchoire,
Avec la lance le fit passer par-dessus bord, comme quand
    un homme
Assis sur un rocher en surplomb fait sortir de la mer
Un poisson sacré, avec un fil de lin et du bronze luisant.
Ainsi avec sa lance luisante, il le tira du char, bouche ouverte,
410 Et le laissa tomber, face en avant ; la vie le quitta.
Puis, comme Erylaos fonçait sur lui, il lui jeta une pierre
Juste sur la tête, qui s'ouvrit en deux moitiés,
Sous le casque solide ; face en avant sur la terre
Il tomba, et la mort l'envahit qui déchire le cœur.
415 Ensuite Erymas, et Amphotéros, et Epaltès,
Tlèpolémos Damastoride, et Ekhios, et Pyris,
Ipheus, Evippos et l'Argéade Polymèlos,
L'un après l'autre il les fit tomber sur la terre qui nourrit
    les vivants.

Sarpédon vit ses compagnons (ils n'ont pas de ceinture)
420 Domptés par les mains de Patrocle Ménoitiade ;
Il prit à partie ces Lyciens qui sont comme des dieux :
« Honte, ô Lyciens. Où fuyez-vous ? Vous allez bien vite.
Je vais marcher, moi, contre cet homme, pour savoir
Qui est celui qui domine et fait tant de mal
425 Aux Troyens : il a rompu les genoux à plus d'un noble. »

Il dit et, avec ses armes, sauta de son char à terre.
Patrocle, de son côté, quand il le vit, quitta le sien.

Comme deux vautours, aux serres crochues, au bec recourbé,
Sur un haut rocher se battent à grands cris,
430 Ils marchaient l'un vers l'autre en vociférant.
Le fils de Kronos Pensées-Retorses le vit et eut pitié ;
Il dit à Héra, sa sœur et son épouse :
« Malheur à moi ! Sarpédon, celui que j'aime le plus,
Son sort est d'être dompté par Patrocle Ménoitiade.
435 Mon cœur est partagé, quand mon esprit y songe :
Vais-je l'arracher au combat qui fait pleurer,
Vivant, et le ramener chez les siens, dans la riche Lycie ?
Vais-je le dompter sous les mains du Ménoitiade ? »

Elle lui répondit, la souveraine Héra Œil de Vache :
440 « Terrible Kronide, quelle parole as-tu prononcée ?
C'est un mortel, depuis longtemps marqué par le sort,
Et tu veux le délivrer de la mort au nom sinistre ?
Fais-le. Mais nous, les autres dieux, nous ne t'approuverons
  pas.
Ce que je vais dire d'autre, mets-le-toi dans l'esprit :
445 Si tu renvoies Sarpédon vivant chez lui,
Fais attention : il y aura un dieu ou un autre
Pour renvoyer son fils loin du triste combat.
Ils sont nombreux à se battre sous la ville de Priam
Les fils d'immortels, que tu vas mettre dans une colère
  terrible.
450 Si tu l'aimes bien, si ton cœur gémit,
Laisse-le, dans ce triste combat,
Périr sous la main de Patrocle Ménoitiade ;
Puis quand son âme, avec la vie, l'aura quitté*,
Envoie Mort avec le doux Sommeil l'emporter
455 Jusqu'à ce qu'ils arrivent dans la vaste Lycie,
Où ses frères et ses cousins lui feront l'honneur
D'une tombe et d'une stèle ; tel est le droit des morts. »

Elle dit ; le père des hommes et des dieux se laissa convaincre.
Il fit couler sur la terre une pluie de sang,
460 Pour honorer son fils, que Patrocle allait
Tuer, dans Troie la plantureuse, loin de sa patrie.

Quand, marchant l'un vers l'autre, ils furent tout près,
Patrocle, au célèbre Thrasymèlos,
Qui était le serviteur du prince Sarpédon,
465 Porta un coup dans le bas-ventre ; ses genoux se défirent.
Sarpédon à son tour lança sa pique luisante,
Mais en vain : de sa lance à l'épaule droite
Il blessa Pèdasos le cheval, qui cria en rendant l'âme,
Et tomba, gémissant, dans la poussière ; l'âme s'envola.
470 Les autres firent un écart ; le joug cassa, les rênes
S'emmêlèrent ; le cheval de volée était dans la poussière.
Automédôn Lance de Gloire trouva le remède :
Tirant l'épée tranchante qui était sur sa forte cuisse,
Il sauta, détacha le cheval de volée, sans manquer son coup ;
475 Les deux autres se redressèrent, dociles aux rênes.
Les deux guerriers reprirent le combat qui ronge le cœur.

Voici que Sarpédon, lançant la pique luisante, manqua
son coup.
C'est par-dessus l'épaule gauche de Patrocle que passa la
pointe
De l'arme, sans le toucher. À son tour il bondit, armé de
bronze,
480 Patrocle ; l'arme ne quitta pas sa main pour rien.
Il toucha là où les membranes entourent le cœur solide ;
L'homme tomba comme tombe un chêne, un peuplier
Ou un pin bien venu, que dans la montagne des charpen-
tiers
Ont abattu, avec des haches aiguisées, pour construire un
bateau.
485 Ainsi devant son char et ses chevaux il était étendu,
Hurlant, les mains crispées sur la poussière sanglante.
Un lion a tué, en attaquant un troupeau, un taureau
Rouge, courageux, parmi les vaches aux pieds tors,
Il meurt en gémissant sous les griffes du lion ;
490 C'est ainsi que, tué par Patrocle, il écumait de rage,
Le chef des Lyciens armés de boucliers ; il dit à son com-
pagnon :

« Mon bon Glaukos, guerrier parmi les hommes, maintenant
Il faut que tu combattes en guerrier sûr de lui,
Que la guerre vilaine soit ton seul désir, toi qui es vif.
495 Va d'abord partout voir les commandants des Lyciens,
Pousse-les à se battre pour Sarpédon.
Toi aussi, ensuite, bats-toi pour moi avec le bronze.
Car moi, plus tard, tous les jours à jamais, je serai pour toi
Une honte et un déshonneur si, après ma mort dans ce
    combat
500 Pour les bateaux, les Achéens me prennent mes armes.
Mais va sans trembler et fais bouger tout mon peuple. »

Comme il parlait ainsi, la mort, qui est la fin, s'étendit
Sur ses yeux et ses narines ; l'autre lui mit le pied sur la
    poitrine
Et retira la lance du corps ; les membranes vinrent avec.
505 Il arracha à la fois l'âme et la pointe de la lance.
Les Myrmidons retenaient les chevaux haletants,
Qui voulaient fuir, puisque les princes n'étaient plus sur le
    char.

Glaukos souffrit durement en entendant cette voix ;
Son cœur se hérissa : il n'avait pas pu porter secours.
510 Il se prit la main, appuya sur son bras ; elle lui faisait mal,
La blessure que Teukros, défendant ses compagnons, lui
    avait faite
Avec une flèche, du haut du mur, quand il l'attaquait.
Voici comme il pria Apollon Flèche-Lointaine :
« Écoute, prince, qui résides au riche pays de Lycie
515 Et à Troie ; de partout tu peux entendre
Un homme inquiet ; moi, l'inquiétude me tient.
J'ai cette dure blessure, ma main tout autour
Est prise de souffrances aiguës ; et mon sang
Ne peut pas sécher ; et mon épaule devient lourde.
520 Je ne peux pas tenir ma lance, et me battre
En marchant à l'ennemi ; un homme excellent a péri,
Sarpédon, fils de Zeus, qui ne le protège pas, lui, son
    enfant.

Mais toi, prince, guéris cette dure blessure,
Endors mes souffrances, donne-moi la force d'appeler
525 Mes compagnons de Lycie, de les lancer dans la lutte,
Et de me battre moi aussi près du cadavre du mort. »

Telle fut sa prière ; Phoibos Apollon l'entendit.
Il fit cesser la souffrance à l'instant ; sur la cruelle blessure
Il sécha le sang noir ; au cœur il lui souffla la fureur.
530 Dans sa pensée, Glaukos s'en aperçut ; il fut réjoui ;
Car le grand dieu avait entendu sa prière.
D'abord il poussa les commandants des Lyciens,
En allant partout, à se battre pour Sarpédon.
Puis, à grands pas, il alla rejoindre les Troyens,
535 Polydamas Panthoïde et le divin Agénor,
Il marcha vers Énée et Hector au casque de bronze.
S'arrêtant près d'eux, il dit ces mots qui ont des ailes :
« Hector, tu oublies complètement tes alliés,
Qui, pour toi, loin des leurs et de leur patrie
540 Viennent perdre la vie ; tu ne veux pas les défendre.
Sarpédon est à terre, chef des Lyciens porteurs de bou-
cliers,
Dont la force et les justes sentences protégeaient la Lycie.
L'Arès de bronze l'a dompté par la lance de Patrocle.
Amis, aidez-nous, que votre cœur s'indigne ;
545 Qu'on ne lui prenne pas ses armes, qu'ils n'outragent pas
son corps,
Les Myrmidons, pour venger ceux des Danaens qui sont
morts,
Que sur les bateaux légers nous avons tués avec nos lances. »

Il dit ; sur la tête des Troyens tomba une de ces douleurs
Qu'on ne peut ni éviter, ni supporter, car il était pour la
ville
550 Un rempart dans la guerre, bien qu'étranger ; des peuples
Le suivaient, nombreux ; lui-même excellait au combat ;
Dans leur fureur ils marchèrent droit contre les Danaens ;
Hector
Les menait, en colère pour Sarpédon ; les Achéens,

C'est le cœur sauvage de Patrocle Ménoitide qui les menait.
555 Il dit d'abord aux Ajax, eux-mêmes pleins de fureur :
« Ajax, qu'il vous plaise aujourd'hui de nous aider,
Vaillants, comme vous l'étiez, plus vaillants encore.
Il est tombé, celui qui le premier a attaqué le mur,
Sarpédon ; nous pourrions le prendre, l'outrager,
560 Arracher ses armes à ses épaules, et abattre en plus
Avec le bronze cruel un de ses compagnons venus le dé-
    fendre. »

Il dit ; eux-mêmes ne pensaient qu'à repousser l'ennemi.
Quand des deux côtés ils eurent renforcé les phalanges,
Troyens et Lyciens et Myrmidons et Achéens,
565 Ils se rejoignirent pour se battre autour du cadavre du
    mort
En poussant de grands cris ; les armes faisaient un bruit
    énorme.
Zeus étendit une nuit lugubre sur la dure mêlée,
Pour que soit lugubre le combat autour de son fils.

Les Troyens repoussèrent d'abord les Achéens aux yeux
    vifs ;
570 Un homme fut abattu qui n'était pas le plus mauvais des
    Myrmidons,
Le fils d'Agakleus au grand cœur, le divin Epeigeus,
Qui régnait à Boudéion, ville florissante,
Autrefois ; mais ayant tué son noble cousin,
Il était venu en suppliant chez Pélée et Thétis Pieds
    d'Argent.
575 Eux, ils l'envoyèrent à la suite d'Achille qui brise les
    hommes,
Vers Ilion aux beaux chevaux, pour combattre les Troyens.
Il touchait le cadavre quand Hector le magnifique lui lança
Une pierre sur la tête, qui s'ouvrit en deux moitiés,
Sous le casque solide ; face en avant sur le cadavre
580 Il tomba, et la mort l'envahit qui déchire le cœur.
Patrocle souffrit de voir mort son compagnon,
Il fonça à travers les rangs, pareil à un épervier

Rapide, qui fait peur aux geais et aux sansonnets ;
C'est ainsi que sur les Lyciens, Patrocle maître de chevaux,
585 Tu fonças et sur les Troyens, en rage pour ton compagnon.
Et il frappa Sthénélaos, fils d'Ithaiménos,
Au cou d'une pierre, et lui rompit les tendons.
La première ligne reculait, avec Hector le magnifique.
Aussi loin qu'un homme lance un long javelot,
590 Que ce soit à l'exercice, ou dans un concours
Ou encore à la guerre face à des ennemis féroces,
Aussi loin reculaient les Troyens, avançaient les Achéens.
Glaukos le premier, chef des Lyciens porteurs de boucliers,
Se retourna, tua Bathyklès au grand cœur,
595 Fils de Khalkôn, qui avait sa maison en Hellade,
Distingué parmi les Myrmidons par son bonheur et sa
richesse.
Glaukos le frappa de sa lance au milieu de la poitrine,
Se retournant brusquement, alors que l'autre allait l'at-
traper.
L'homme à grand bruit tomba, et une douleur forte saisit
les Achéens
600 Quand tomba cet homme noble ; les Troyens eurent grande
joie.
Ils se groupèrent autour de lui ; mais les Achéens
N'oublièrent pas leur vaillance, et marchèrent sur eux en
fureur.
Alors Mèrionès abattit un Troyen casqué,
Laogôn, le hardi fils d'Onètôr, qui était
605 Prêtre du Zeus de l'Ida ; le peuple l'honorait comme un dieu.
Il le frappa sous la mâchoire et l'oreille, l'âme aussitôt
S'en alla de ses membres, et l'ombre affreuse le saisit.
Énée lança sa pique de bronze contre Mèrionès,
Il espérait l'atteindre sous son bouclier, pendant qu'il
avançait ;
610 Mais l'autre le vit et esquiva la pique de bronze ;
Il se pencha en avant ; et la longue pique derrière lui
Se planta dans le sol ; le bout de la hampe
Vibrait ; puis Arès le violent la laissa perdre sa force.
La pointe d'Énée, en vibrant, dans la terre

615 Se planta ; c'est pour rien qu'elle avait quitté la main robuste.
Énée se mit en colère et dit :
« Mèrionès, tu danses très bien, mais si ma lance
T'avait touché, tu aurais vite arrêté, et à tout jamais. »

Et Mèrionès Lance de Gloire lui dit, le regardant en face :
620 « Énée, tu es très fort, mais il te sera difficile
D'éteindre la fureur de tous les hommes qui sur toi
Marchent pour se défendre. Toi aussi, tu es mortel.
Si, moi aussi, je te frappais du bronze aigu, en plein corps,
Bien que tu sois fort et sûr de tes mains,
625 Tu donnerais à moi la gloire, à Hadès maître de chevaux
ton âme. »

Il dit, et le vaillant fils de Ménoitios lui fit des reproches :
« Mèrionès, tu es noble ; pourquoi tant parler ?
Mon bon, ce n'est pas avec des injures que loin du cadavre
Tu repousseras les Troyens. La terre en aura d'abord pris
plus d'un.
630 La guerre se fait avec les mains. Les mots sont pour l'as-
semblée.
Il faut ici non pas entasser des paroles, mais se battre. »

Il dit, et marcha le premier ; l'autre suivait, pareil à un dieu.
Comme le bruit que font les bûcherons
Dans les vallons d'une montagne se fait entendre de loin,
635 Ainsi un fracas s'élevait sur la terre aux larges routes :
Sur le bronze et les peaux de bœufs bien tannées
Frappaient les épées et les piques à deux pointes.
Le divin Sarpédon, l'œil le plus pénétrant ne l'aurait pas
Reconnu, tant il était, depuis la tête jusqu'aux pieds, recou-
vert
640 De flèches, de lances, de sang, de poussière.
Ils se pressaient autour du cadavre, comme lorsque des
mouches
Dans l'étable bourdonnent autour des écuelles de lait,
Au printemps, quand le lait remplit les jarres.
Ainsi ils se pressaient autour du cadavre ; Zeus

645 Ne détournait pas les yeux de ce dur combat,
    Mais tout en regardant il pensait dans son cœur,
    Méditant longuement sur la mort de Patrocle :
    Dans le dur combat, tout de suite, sur le corps
    Du divin Sarpédon, par le bronze d'Hector le magnifique
650 Serait-il dompté, et dépouillé de ses armes,
    Ou en ferait-il encore souffrir plus d'un ?
    Comme il réfléchissait, il lui parut meilleur
    Que le bon serviteur d'Achille Pélide
    D'abord chasse vers la ville Hector au casque de bronze
655 Et les Troyens, et qu'il ôte la vie à plus d'un.
    Hector d'abord, donc, reçut une âme sans force.
    Montant sur son char, il prit la fuite, et dit aux autres
    Troyens de fuir ; car il connaissait la sainte balance de Zeus.
    Les vaillants Lyciens ne résistèrent pas, ils s'enfuirent
660 Tous, voyant leur roi frappé au cœur,
    Couché parmi les cadavres ; car beaucoup étaient tombés
    Sur lui, quand le Kronide avait animé la dure querelle.
    Les autres arrachèrent aux épaules de Sarpédon les armes
    De bronze étincelant, que le vaillant fils de Ménoitios
665 Fit porter par ses compagnons vers les bateaux creux.
    Alors Zeus Maître des Nuages dit à Apollon :
    « Allons maintenant, cher Phoibos, lave le sang noir,
    Sauve des flèches Sarpédon, ensuite
    Porte-le loin, lave-le avec l'eau d'un fleuve,
670 Couvre-le d'ambroisie, mets-lui des habits immortels.
    Fais-le porter par des porteurs aux pieds rapides,
    Mort et Sommeil, les jumeaux, qui bien vite
    Le déposeront dans la vaste Lycie, terre riche,
    Où ses frères et ses cousins lui feront l'honneur
675 D'une tombe et d'une stèle ; tel est le droit des morts. »

    Il dit ; Apollon à son père ne désobéit pas.
    Il alla, par les monts d'Ida, vers la mêlée atroce ;
    Il sauva des flèches Sarpédon le divin,
    Le porta loin, le lava avec l'eau d'un fleuve,
680 Le couvrit d'ambroisie, lui mit des habits immortels.
    Le fit porter par des porteurs aux pieds rapides,

Mort et Sommeil, les jumeaux, qui bien vite
Le déposèrent dans la vaste Lycie, terre riche.

Patrocle, guidant ses chevaux et Automédôn,
685 Poursuivit les Troyens et les Lyciens ; il se trompa grave-
       ment,
    Le naïf ! S'il avait respecté la parole du Pélide,
    Il aurait évité la méchante messagère de la mort noire.
    Mais l'esprit de Zeus est toujours plus fort que celui des
       hommes.
    Il fait fuir l'homme vaillant, et lui retire la victoire
690 Avec facilité, alors qu'il l'a poussé lui-même à combattre.
    Là encore, dans sa poitrine, il souffla la fureur.

    Alors, qui as-tu tué le premier, qui le dernier,
    Patrocle, quand les dieux t'ont appelé à la mort ?
    Adrèstos d'abord, et Autonoos et Ekhéklos,
695 Et Périmos Mégade et Epistôr, et Ménalippos ;
    Puis Elasos, et Moulios et Pylartès.
    Voilà ceux qu'il tua. Les autres ne pensèrent qu'à la fuite.

    Alors les fils des Achéens auraient pris Troie aux hautes
       portes
    Par les mains de Patrocle furieux (partout il frappait de la
       lance)
700 Si Phoibos Apollon, sur une tour parfaitement bâtie,
    Ne s'était dressé, méditant son malheur, pour défendre les
       Troyens.
    Trois fois il marcha vers un angle du haut rempart,
    Patrocle ; trois fois Apollon l'écarta violemment,
    Frappant de ses mains immortelles le bouclier brillant ;
705 Quand pour la quatrième fois il bondit pareil à un mauvais
       génie,
    Avec des reproches terribles il dit ces mots qui ont des
       ailes :
    « Recule, Patrocle, sang des dieux ; il ne t'appartient pas
    De détruire par la lance la ville des glorieux Troyens,
    Ni non plus à Achille, qui est bien meilleur que toi. »

710 Il dit ; Patrocle se rejeta loin en arrière
Pour esquiver la colère d'Apollon Flèche-Lointaine.

Hector aux Portes Scées retenait ses chevaux aux sabots
lourds.
Il ne savait s'il allait se battre en retournant dans la mêlée,
Ou s'il appellerait son peuple à se réfugier derrière les murs.
715 Pendant qu'il songeait, Phoibos Apollon s'approcha,
Sous la figure d'un homme fort et puissant,
Asios, oncle maternel d'Hector le cavalier,
Frère d'Hécube, fils de Dymas,
Qui habitait en Phrygie sur les bords du Sangarios.
720 Ayant pris sa figure, Apollon fils de Zeus parla :
« Hector, pourquoi arrêtes-tu le combat ? Il ne faut pas.
Si j'étais plus fort que toi, autant que je suis plus faible,
Quitter la guerre te paraîtrait vite affreux.
Allons, lance sur Patrocle tes chevaux aux sabots durs ;
725 Peut-être tu vas l'abattre, et Apollon te donnera la gloire. »

Ce disant, le dieu retourna là où peinent les hommes.
Hector le magnifique ordonna à Kébrionès le sage
De mener au fouet les chevaux vers la guerre. Apollon,
Se perdant dans la foule, jeta sur les Argiens un trouble
730 Mauvais, donnant la gloire à Hector et aux Troyens.
Hector laissait partir, sans les tuer, tous les Danaens ;
C'est sur Patrocle qu'il lançait ses chevaux aux sabots durs.
Patrocle de son côté sauta à bas de son attelage,
Sa lance à la main gauche ; de l'autre, il saisit une pierre
735 Blanche, toute en pointes, que sa main enveloppait tout
entière ;
Il la lança d'un grand effort ; elle ne manqua pas son
homme.
Ce ne fut pas pour rien ; elle frappa le cocher d'Hector,
Kébrionès, fils bâtard du glorieux Priam,
Qui tenait les rênes des chevaux ; elle heurta le front,
740 La pierre, elle broya, sous les sourcils, les os, qui
Ne résistèrent pas ; les yeux tombèrent dans la poussière

Par terre, devant les pieds ; pareil à un plongeur,
Il tomba du haut de ce char bien fait ; l'âme quitta ses os.
Pour le bafouer tu lui dis, chevalier Patrocle :
745 « Oh ! la ! la ! quel homme agile, qu'il fait bien l'acrobate !
S'il était dans la mer aux poissons,
Cet homme-là nourrirait du monde en pêchant des huîtres,
Il sauterait du bateau, même par grosse mer,
Aussi facilement que dans la plaine il fait l'acrobate sur
    son char.
750 Il y a de bons acrobates chez les Troyens. »

Ce disant, il marcha sur Kébrionès le héros
Avec la violence d'un lion, qui en dévastant les étables
A été frappé à la poitrine : sa vaillance l'a perdu.
C'est ainsi, Patrocle, que dans ta fureur tu sautas sur
    Kébrionès.
755 Hector de son côté sauta à bas de son attelage.
Tous deux, pour Kébrionès, ils se battaient comme des lions
Qui sur le sommet d'une montagne, pour un cerf qu'ils ont
    tué,
Affamés tous deux, luttent avec fierté.
C'est ainsi que pour Kébrionès les deux maîtres du cri de
    guerre,
760 Patrocle Ménoitiade et Hector le magnifique,
Cherchaient à s'entamer la peau avec le bronze cruel.
Hector avait pris le mort par la tête et ne le lâchait pas.
Patrocle de son côté tenait un pied ; les autres
Troyens et Danaens se lancèrent dans la dure bataille.

765 Comme l'Euros et le Notos rivalisent ensemble
Dans une vallée de montagne pour secouer une forêt dense,
Chênes, frênes, cornouillers aux troncs lisses
Qui entrechoquent leurs longues branches
(Vacarme prodigieux, craquements des branches brisées),
770 Ainsi Troyens et Achéens fonçant les uns contre les autres,
S'acharnaient, et personne ne songeait à la fuite sinistre.
Autour de Kébrionès des piques aiguës se plantaient,
Des flèches empennées quittaient la corde des arcs,

De grosses pierres heurtaient les boucliers ;
775 On se battait pour lui ; dans un tourbillon de poussière
Il était couché de tout son long, et ne pensait plus aux
     chevaux.

Tant qu'Hélios avança au milieu du ciel,
Des deux côtés les coups portaient, les hommes tombaient ;
Mais quand Hélios parvint à l'heure où l'on dételle les
     bœufs,
780 Alors les Achéens furent de beaucoup les plus forts ;
Ils emportèrent le héros Kébrionès loin des flèches,
Loin des Troyens qui criaient, lui arrachèrent ses armes.
Patrocle, rêvant de malheur, fonça sur les Troyens.
Trois fois il fonça pareil au rapide Arès,
785 Hurlant affreusement, trois fois il tua neuf hommes.
Mais quand, pour la quatrième fois, il bondit comme un
     mauvais génie,
C'est alors que pour toi, Patrocle, arriva la fin de la vie.
Dans la dure mêlée, Phoibos vint à ta rencontre,
Effroyable. L'homme ne le reconnut pas dans la foule.
790 Le dieu avançait recouvert d'un épais brouillard.
Il se plaça derrière lui, frappa sa nuque et ses larges épaules,
Du plat de la main. Ses yeux se révulsèrent.
De sa tête Phoibos Apollon fit tomber le casque,
Qui roula en sonnant sous les pieds des chevaux,
795 Le heaume à visière ; les crins furent souillés
De sang et de poussière ; auparavant, il n'était pas possible
Que l'armet* à panache soit souillé de poussière ;
Il protégeait la tête et le beau front d'un homme divin,
D'Achille ; mais alors Zeus permit à Hector
800 De le porter sur sa propre tête ; sa mort n'était pas loin.
Dans ses mains fut brisée la pique à l'ombre longue,
Grande, large et forte, avec sa couronne. De ses épaules
Le haut bouclier tomba par terre, avec le baudrier ;
Le prince Apollon fils de Zeus détacha la cuirasse.
805 Folle-Erreur occupa son esprit ; ses nobles genoux se défirent.
Il était là, hébété. Par-derrière, d'une lance aiguë, dans le
     dos,

Entre les omoplates, de tout près, un homme dardanien le
  frappa,
Euphorbos* Panthoide, supérieur à tous ceux de son âge
Pour manier la pique, le cheval, et pour la vitesse de sa
  course.
810 Il avait déjà jeté vingt hommes à bas de leur char,
  À sa première bataille, étant encore un apprenti.
  C'est lui qui lança le premier une pique contre toi, che-
    valier Patrocle,
  Sans t'abattre ; il partit en courant, se mêla à la foule,
  Ayant arraché du corps la pique de frêne, et il n'attendit
    pas
815 Patrocle, qui était pourtant tout nu dans cette bataille.
  Patrocle, accablé par le coup du dieu et par la pique,
  Recula parmi ses compagnons, fuyant la mort.

  Hector, quand il vit que Patrocle au grand cœur
  Reculait, frappé par le bronze aigu,
820 S'approcha, à travers les rangs, le toucha avec sa pique.
  En bas du ventre, il enfonça le bronze ;
  L'homme à grand bruit tomba ; le peuple achéen en eut
    grand deuil.
  Comme lorsque qu'un lion a terrassé un sanglier infati-
    gable ;
  Sur le sommet de la montagne ils se sont battus tout fiers,
825 Près d'une petite source ; tous deux voulaient boire ;
  Le lion a été plus fort, et l'autre, vaincu, n'a plus de souffle ;
  C'est ainsi que, ce noble fils de Ménoitios qui avait tué tant
    d'hommes,
  Hector Priamide, de tout près, à la lance, l'avait privé de
    vie.
  Et, en se félicitant, il dit ces mots qui ont des ailes :
830 « Patrocle, tu disais que tu détruirais ma ville,
  Que les femmes de Troie perdraient leur liberté,
  Que tu les emporterais dans des bateaux vers la terre de ta
    patrie,
  Naïf ! devant elles, les chevaux rapides d'Hector
  Ont volé au combat. Moi aussi, à la lance,

835 Je me distingue au milieu des Troyens belliqueux, que je
      protège
    Du jour inévitable ; c'est toi que les vautours vont dévorer.
    Pauvre homme, le noble Achille ne t'a pas servi ;
    Il te l'a dit pourtant plus d'une fois, quand tu es parti :
    "Patrocle maître de chevaux, ne reviens pas
840 Vers les bateaux creux, tant que tu n'as pas déchiré
    Sur la poitrine d'Hector sa tunique sanglante."
    C'est ce qu'il t'a dit, et tu l'as cru dans ta sottise. »

    Alors, respirant à peine, tu lui as dit, chevalier Patrocle :
    « Félicite-toi maintenant, Hector ; ils t'ont donné
845 La victoire, Zeus Kronide et Apollon, qui m'ont abattu
    Facilement ; ce sont eux qui m'ont enlevé mes armes.
    Si j'avais eu à rencontrer vingt hommes comme toi,
    Ils seraient tous morts, abattus par ma lance.
    Mais me voici tué par un sort sinistre, et par le fils de Lètô,
850 Et, par un homme, par Euphorbos ; tu es le troisième à
      m'achever.
    Ce que je vais dire d'autre, mets-le-toi dans l'esprit :
    Toi aussi, tu ne vas pas vivre longtemps ; déjà
    La mort est là, toute proche ; ton sort est marqué ;
    Tu seras abattu par Achille sans reproche, le petit-fils
      d'Éaque. »

855 Comme il parlait ainsi, la mort s'étendit sur lui.
    Son âme, quittant ses membres, s'envola vers Hadès,
    Gémissant sur sa fin, laissant là jeunesse et âge d'homme.
    Il était mort. Hector le magnifique lui dit :
    « Patrocle, pourquoi prophétiser ma mort abrupte ?
860 Qui sait si Achille, l'enfant de Thétis aux beaux cheveux,
    Ne perdra pas d'abord la vie, frappé par ma lance ? »

    Ce disant, il arracha sa lance de bronze à la blessure,
    Un pied sur le corps, qu'il laissa retomber à la renverse.
    Tout de suite, avec sa lance, il marcha sur Automédôn,
865 Serviteur à visage de dieu d'Achille Pieds-Rapides, petit-
      fils d'Éaque ;

Il voulait le frapper; mais l'autre fut emporté par ses
   chevaux
Immortels, que les dieux avaient donnés à Pélée, cadeau
   superbe.

CHANT XVII

Il s'en aperçut, le fils d'Atrée, Ménélas ami d'Arès :
Patrocle avait été abattu par les Troyens dans la mêlée.
Il traversa les premiers rangs, casqué de bronze flamboyant.
Il s'approcha de lui, comme d'un veau sa mère
5 Plaintive, qui ne savait rien, qui a mis bas pour la première
  fois.
C'est ainsi que le blond Ménélas s'approcha de Patrocle.
Tenant devant lui la pique et le bouclier bien rond,
Avide de tuer le premier qui viendrait face à lui.
Mais le fils de Panthoos*, armé de frêne, ne se détournait
  pas
10 De Patrocle mort, l'irréprochable ; près de lui
Il se tenait, et dit à Ménélas ami d'Arès :
« Atride Ménélas, filleul de Zeus, chef de peuples,
Recule, laisse ce cadavre, abandonne ces dépouilles san-
  glantes ;
Personne avant moi, parmi les Troyens et leurs glorieux
  alliés,
15 N'a frappé de sa lance Patrocle dans la dure bataille.
Laisse-moi recueillir ma noble gloire parmi les Troyens.
Ou je te frappe, et t'enlève une vie, qui est douce comme le
  miel. »

Grandement irrité, le blond Ménélas lui dit :
« Zeus père, il n'est pas beau de se vanter outre mesure.
20 On ne voit pareille fureur ni chez la panthère ni chez le lion

Iliade

Ni chez le sanglier cruel, dont, au milieu de la poitrine,
Le cœur très grand est tout plein de force ;
Les fils de Panthoos, armés de frêne, ont plus d'orgueil
encore.
Le très puissant Hypérènôr, maître de chevaux,
25 N'a pas profité de sa jeunesse, quand, m'insultant, il m'a
résisté,
Disant que parmi les Danaens j'étais le guerrier le plus
Mauvais. Je le dis : il n'est pas allé, marchant sur ses pieds,
Donner joie à sa femme et à ses parents attentifs.
Toi aussi, je vais défaire ta fureur, si devant moi
30 Tu restes ; mais, moi, je te suggère de reculer,
De rentrer dans la foule, sans chercher à m'affronter ;
Un malheur sinon va t'arriver. Le naïf comprend trop tard. »

Il dit ; l'autre ne le crut pas, mais lui dit en réponse :
« Maintenant, Ménélas, filleul de Zeus, tu vas payer cher
35 Pour mon frère, que tu as tué, et dont tu parles en te
vantant,
Sa femme est veuve au fond de sa chambre neuve ;
Pour ses parents tu es cause d'un deuil et de pleurs indi-
cibles.
Je pourrais, les pauvres, faire cesser leurs pleurs ;
Je prendrais ta tête et tes armes, je les remettrais
40 Entre les mains de Panthoos et de la divine Phrontis.
Mais dans peu de temps l'épreuve sera tentée,
Elle dira qui impose sa force, et qui va s'enfuir. »
Ce disant, il frappa le bouclier bien rond ;
Le bronze ne pénétra pas ; la pointe s'émoussa
45 Sur le dur bouclier ; à son tour, il bondit, bronze en main,
L'Atride Ménélas, et fit une prière à Zeus père.
L'autre reculait ; c'est à la base de la gorge
Qu'il fut touché ; la main lourde pesa sur la hampe ;
La pointe ressortit de l'autre côté du cou délicat,
50 L'homme à grand bruit tomba, ses armes sur lui réson-
nèrent.
Le sang coulait sur ses cheveux pareils à ceux des Grâces,
Sur ses mèches que retenaient l'or et l'argent.

Comme un homme a nourri un robuste plant d'olivier
Dans un lieu solitaire, où l'eau coule largement ;
55 Il est beau, florissant ; les souffles de vents divers
Le balancent, il se couvre de fleurs blanches.
Soudain arrive un vent de tempête,
Qui l'arrache à la terre et l'abat sur le sol.
C'est ainsi qu'Euphorbos armé de frêne, fils de Panthoos,
60 L'Atride Ménélas le tua, lui arracha ses armes.

Comme lorsqu'un lion nourri dans la montagne, fier de sa
    force,
Prend dans un troupeau qui broute la vache la plus belle ;
Il lui brise le cou avec ses dures dents,
D'abord, puis il lèche le sang et les boyaux ;
65 Il a tout déchiré ; les chiens et les vachers autour de lui
Crient bien haut, de loin, mais ne veulent pas
L'affronter ; la peur verte les tient.
Ainsi personne n'avait le cœur assez audacieux
Pour marcher contre Ménélas le glorieux.
70 Il aurait facilement emporté les armes illustres du fils de
    Panthoos,
L'Atride, si Phoibos Apollon ne s'était pas vexé ;
Il marcha vers Hector, l'égal du vif Arès,
Sous la figure d'un homme, de Mentès chef des Kikones.
Lui parlant, il dit ces mots qui ont des ailes :
75 « Hector, tu es là à courir, à poursuivre ce que tu n'at-
    teindras pas,
Les chevaux du brave descendant d'Éaque. Ils sont diffi-
    ciles
À dresser et à manier pour des hommes mortels,
Pour tout autre qu'Achille, dont la mère est déesse.
Cependant Ménélas, l'agressif fils d'Atrée,
80 Près de Patrocle, a tué le meilleur des Troyens,
Euphorbos Panthoide, en lui ôtant force et vaillance. »

Ce disant, le dieu retourna là où peinent les hommes ;
Une douleur aiguë frappa Hector dans ses entrailles noires.
Il regarda les rangs, et reconnut tout de suite

85 Celui qui prenait les armes illustres, celui qui par terre
   Était couché ; le sang coulait de la blessure ouverte.
   Il traversa les premiers rangs, casqué de bronze flamboyant,
   Avec des cris aigus, pareil à la flamme d'Héphaistos
   Qui ne s'éteint pas. Le fils d'Atrée entendit son cri aigu.
90 Bouleversé, il dit à son grand cœur :
   « Malheur à moi, vais-je abandonner là ces belles armes
   Et Patrocle, qui est mort pour sauver mon honneur ?
   Si les Danaens le voient, ils seront scandalisés.
   Si, pour ne pas les choquer, j'affronte Hector et les Troyens
95 Tout seul, ils vont m'accabler par leur nombre.
   Hector au panache amène par ici tous les Troyens.
   Mais pourquoi mon cœur me dit-il tout cela ?
   L'homme qui souhaite, contre un vouloir divin, combattre
      celui
   Qu'honore un dieu, le malheur roule vite sur lui.
100 Aucun Danaen ne serait scandalisé, s'il me voyait
   Reculer devant Hector, car il combat de par un dieu
   Si quelque part j'apercevais Ajax Voix-Sonore,
   Tous deux nous pourrions revenir, décidés à nous battre,
   Même contre un vouloir divin, et apporter le cadavre
105 À Achille Pélide. Dans tous ces malheurs, ce serait le mieux. »

   Voilà ce qu'il roulait dans son âme et dans sa pensée.
   Cependant les troupes troyennes approchaient. Hector
      commandait.
   Lui, il recula, abandonna le cadavre.
   Mais il gardait la tête tournée, comme un lion à grande
      crinière
110 Qui sort d'un enclos ; chiens et hommes le poursuivent
   De la voix et de leurs épieux ; son cœur vaillant en lui
   Se serre ; c'est à regret qu'il s'en va de cette cour.
   Ainsi le blond Ménélas s'éloignait-il de Patrocle.
   Il s'arrêta, se retourna : il était au milieu des siens ;
115 Il cherchait le grand Ajax, fils de Télamôn.
   Il l'eut bientôt trouvé, à la gauche de la bataille,
   Qui rassurait ses compagnons et les poussait à combattre.
   Car Phoibos Apollon leur avait fait prodigieusement peur.

Il courut jusqu'à lui et dit cette parole :
120 «Ajax, viens, mon ami, près de Patrocle mort,
Dépêchons-nous, pour emporter à Achille le cadavre
Tout nu ; Hector au panache a déjà avec lui les armes.»

Il dit ; et il émut le cœur du vaillant Ajax,
Qui traversa les premiers rangs, avec le blond Ménélas.
125 Hector, ayant enlevé à Patrocle ses armes glorieuses,
Le tirait, pour lui couper la tête avec le bronze aigu,
Pour traîner le cadavre et le donner aux chiens de Troie.
Ajax s'approcha avec son pavois grand comme une tour.
Hector, reculant, rejoignit le groupe de ses compagnons,
130 Monta sur son char ; il confia, pour les porter à la ville,
Aux Troyens les belles armes, immense gloire pour lui.
Ajax près du Ménoitiade, le couvrant de son large bouclier,
Se tenait comme un lion près de ses enfants :
Il menait ses petits ; dans la forêt l'ont rencontré
135 Des chasseurs ; sûr de sa force,
Il fronce la peau du front jusqu'à cacher ses yeux.
Ainsi Ajax marchait à côté de Patrocle le héros.
L'Atride était de l'autre côté, Ménélas ami d'Arès,
Debout ; le deuil se faisait lourd dans sa poitrine.

140 Glaukos, fils d'Hippolokhos, chef des Lyciens,
Regardant Hector en dessous lui lança ces mots durs :
«Hector, tu as belle allure ; au combat, tu n'es pas très bon.
La noble gloire est pour toi, mais tu n'es qu'un fuyard.
Tu cherches à sauver la ville et sa citadelle
145 Tout seul, avec les hommes qui sont nés à Troie.
Aucun Lycien n'ira se battre contre les Danaens
Pour ta ville, car on ne les remercie pas
De s'être battus sans arrêt contre les ennemis.
Comment sauverais-tu un homme du commun,
150 Cruel que tu es, alors que Sarpédon, ton hôte, ton ami,
Tu l'as laissé aux Argiens, comme une proie, comme un
    butin ?
Il t'a été d'un grand secours, pour ta ville et pour toi,
Quand il vivait ; mais tu n'as pas osé le protéger des chiens.

Maintenant si un Lycien me persuade
155 De rentrer chez moi, ce sera pour Troie la fin abrupte.
Si les Troyens avaient un courage sans faille,
Intrépide, comme il en faut à ceux qui pour leur patrie
Contre des ennemis à grand peine se battent,
Nous aurions bientôt traîné Patrocle dans la ville.
160 Celui-là, si dans la grand ville du prince Priam
Il était entré, mort, si nous l'avions tiré de la bataille,
Bientôt les Argiens aussi, les belles armes de Sarpédon,
Ils les rendraient, et nous le ramènerions dans Ilion.
A été tué le serviteur d'un homme qui est le plus grand
165 Des Argiens, près des bateaux ; et ses gens se battent bien.
Mais toi, Ajax au grand cœur, tu n'as pas osé
L'affronter, les yeux dans les yeux, au milieu des cris
       ennemis,
Ni le combattre en face, car il est plus fort que toi. »

Le regardant en dessous, Hector au panache lui dit :
170 « Glaukos, pourquoi, de ta part, tant d'orgueil ?
Oh ! la ! la ! j'ai dit que, pour l'intelligence, tu valais mieux
Que tous ceux qui habitent la plantureuse Lycie.
Mais maintenant, je blâme cet esprit qui t'a fait parler.
Tu dis que je n'ai pas tenu contre l'immense Ajax.
175 Je n'ai peur ni de la bataille ni du bruit des chars.
Mais l'esprit de Zeus à l'égide est toujours plus fort.
Il fait fuir l'homme vaillant, et lui retire la victoire
Avec facilité, alors qu'il l'a poussé lui-même à combattre.
Mais viens ici, mon ami, place-toi près de moi et regarde :
180 Ou bien tout le jour je serai mauvais, comme tu dis,
Ou bien j'empêcherai tout Danaen, même furieux,
De protéger Patrocle qui est mort. »

Ayant dit, avec de grands cris il parla aux Troyens :
« Troyens, Lyciens et Dardaniens qui aimez combattre de
       près,
185 Soyez des hommes, amis, rappelez force et vaillance,
Pour que d'Achille sans reproche je revête les belles
Armes, dont j'ai dépouillé la puissance de Patrocle. »

Ayant ainsi parlé, il s'en alla, Hector au panache,
Loin de la guerre cruelle ; en courant il rattrapa ses com-
    pagnons
190 Tout de suite, pas loin, il les suivait à toutes jambes,
Ils emportaient à la ville les armes illustres du Pélide.
À l'écart du combat qui fait pleurer, il changea d'armes.
Les siennes, il les fit porter à Ilion la sainte
Par les Troyens qui aiment la guerre ; il mit celles, immor-
    telles,
195 D'Achille Pélide, que les dieux du ciel
Avaient données à son père, qui les avait gardées pour son
    fils,
Une fois vieux ; le fils n'a pas vieilli sous les armes du père.

Zeus Maître des Nuages le vit, à l'écart,
S'équiper avec les armes du divin Pélide.
200 Hochant la tête il dit à son cœur cette parole :
« Pauvre homme, tu ne penses pas à la mort
Qui est tout près. Tu mets les armes immortelles
D'un homme de valeur, qui fait trembler les autres.
Tu as tué son compagnon, qui était bienveillant et fort,
205 Ses armes, contre l'ordre des choses, à sa tête, à ses épaules,
Tu les as enlevées ; pour l'instant je te donne la force ;
En récompense, tu ne pourras pas, à ton retour du combat,
Donner à Andromaque les armes illustres du Pélide. »

Il dit et, de ses sourcils bleus, il fit le signe, lui, le Kronide ;
210 Il adapta les armes au corps d'Hector. Arès entra en lui,
Terrible, furieux, ses membres furent remplis
De force et de vigueur ; vers les illustres alliés
Il marcha en poussant des cris ; à tous il se montra
Resplendissant dans les armes du Pélide au grand cœur.
215 Tout en marchant, il les encourageait par ses paroles,
Mesthlès et Glaukos et Médôn et Thersilokhos,
Astéropaios, Deisènôr, Hippothoos,
Et Phorkys, et Khromios et Ennomos le devin.
Pour les encourager il dit ces mots qui ont des ailes :

220 « Écoutez, tribus sans nombre, voisins, alliés,
　　　Ce n'est pas par désir ou par envie d'avoir une grande armée
　　　Que je vous ai fait venir de toutes vos villes,
　　　Mais pour que, les femmes et les petits enfants Troyens,
　　　Vous les défendiez avec âme des Achéens qui aiment la
　　　　　guerre.
225 C'est ma pensée, quand je ruine, en cadeaux et en vivres,
　　　Mes peuples : que chacun de vous voie grandir son courage ;
　　　Qu'il aille droit à l'ennemi et qu'il périsse
　　　Ou reste en vie. C'est ainsi que se joue la guerre.
　　　Pour Patrocle, qui est déjà mort, celui qui
230 Le traînera vers les cavaliers troyens, ayant fait céder Ajax,
　　　Je lui donnerai la moitié des dépouilles ; l'autre moitié,
　　　Je la garderai. Sa gloire sera égale à la mienne. »

　　　Il dit. Droit aux Danaens, ils marchèrent, chargeant,
　　　Les lances brandies ; leur cœur espérait très fort
235 Arracher à Ajax de Télamôn le cadavre.
　　　Naïfs ! c'est lui qui, à plus d'un, ôta la vie.
　　　Ajax dit alors à Ménélas Voix-Sonore :
　　　« Mon ami, Ménélas filleul de Zeus, jamais,
　　　Je crois, nous ne reviendrons de la guerre.
240 Je n'ai pas aussi peur pour le cadavre de Patrocle
　　　Qui bientôt nourrira les oiseaux et les chiens de Troie,
　　　Que je n'ai peur pour ma tête d'un malheur
　　　Et pour la tienne ; le nuage de la guerre a tout recouvert ;
　　　C'est Hector. La mort abrupte est devant nous.
245 Appelle les meilleurs des Danaens ; l'un d'eux va-t-il
　　　　entendre ? »

　　　Il dit. Ménélas Voix-Sonore le crut.
　　　D'une voix qui portait loin, il cria aux Danaens :
　　　« Amis, chefs et capitaines des Argiens,
　　　Qui chez les Atrides, Agamemnon et Ménélas,
250 Buvez aux frais de tous et commandez chacun
　　　Un peuple ; l'honneur et la gloire viennent de Zeus.
　　　Il m'est difficile de distinguer chacun
　　　Des chefs ; si grand est le brasier de la guerre.

Que quelqu'un vienne, s'il trouve scandaleux
255 Que Patrocle soit un jouet pour les chiens de Troie. »

Il dit. Le rapide Ajax d'Oileus l'entendit clairement.
Le premier, il courut à travers le carnage ;
Le suivirent Idoménée et le compagnon d'Idoménée,
Mèrionès, pareil à Enyalios tueur d'hommes.
260 Pour les autres, qui pourrait se rappeler leurs noms ?
Ils vinrent plus tard pour réveiller le combat des Achéens.

Les Troyens chargèrent tous ensemble, Hector en tête.
Comme lorsqu'à l'embouchure d'un fleuve né de Zeus
Une grande vague hurlante se heurte au courant, et les rives
265 Hautes résonnent quand la mer crache son écume,
Ainsi les Troyens marchaient en hurlant. Les Achéens
Restaient près du Ménoitiade, n'ayant qu'un seul cœur,
Protégés par leurs boucliers de bronze ; autour
De leurs casques brillants le Kronide répandit beaucoup
270 De brouillard, car jamais il n'avait détesté le Ménoitiade,
Quand il était vivant, serviteur du petit-fils d'Éaque.
Il abhorrait l'idée qu'il soit la proie des chiens
De Troie ; donc il poussait ses compagnons à le défendre.

D'abord, les Troyens repoussèrent les Achéens aux yeux vifs.
275 Abandonnant le cadavre, ils prirent peur ; les fiers Troyens,
Malgré leur envie, ne percèrent aucun d'eux de leurs lances,
Mais ils traînèrent le cadavre. Les Achéens ne restèrent éloignés
Que peu de temps : car il les ramena bien vite,
Ajax ; par son allure, par ses exploits, il était le meilleur
280 Des Danaens, après le Pélide sans reproche.
Il sortit des rangs, semblable au sanglier
Mâle qui disperse les chiens et les jeunes gens vigoureux
Facilement, en faisant volte-face dans un vallon de la montagne.
Ainsi le fils de l'admirable Télamôn, le magnifique Ajax,

285 En marchant contre eux, dispersa facilement les pha-
         langes troyennes,
     Qui tournaient autour de Patrocle avec l'idée
     De le traîner jusqu'à leur ville et de recueillir la gloire.

     Alors le magnifique fils de Lèthos le Pélasge,
     Hippothoos, tira sur le pied, au milieu de la dure bataille,
290 Ayant attaché une courroie à la cheville autour des tendons
     Pour plaire à Hector et aux Troyens ; bientôt sur lui
     Vint le malheur ; on voulait le sauver, ce fut impossible.
     Le fils de Télamôn bondit sur lui à travers la presse,
     Le frappa de tout près sur son casque aux garde-joues de
         bronze.
295 Le casque à crinière fut brisé par la pointe de la lance,
     Frappé par la grande pique et la forte main ;
     De la blessure, le long de la hampe, coulait la cervelle,
     Sanglante ; sa fureur se dissipa ; de sa main
     Il laissa tomber le pied de Patrocle au grand cœur
300 Par terre ; lui-même tomba face en avant sur le cadavre,
     Loin de Larissa la plantureuse ; ses parents
     Auront perdu leurs soins ; trop peu de temps
     Il aura vécu, abattu par la lance d'Ajax le magnanime.

     Hector contre Ajax lança la pique qui brille.
305 Mais l'autre, le voyant, esquiva l'arme de bronze
     De justesse ; Skhédios, fils du magnanime Iphitos,
     Le meilleur des Phocidiens, qui, dans la célèbre Panopeus,
     Avait sa maison et régnait sur beaucoup d'hommes,
     La reçut sous la clavicule ; passant à travers, la pointe
310 Extrême du bronze ressortit au bas de l'épaule ;
     L'homme à grand bruit tomba, ses armes sur lui réson-
         nèrent.

     Ajax toucha, au milieu de l'estomac, Phorkys,
     Fils de Phainops, qui protégeait Hippothoos.
     Il perça la cuirasse ; à travers les boyaux il enfonça
315 Le bronze ; l'homme, tombé, se cramponnait à la terre.
     Hector le magnifique recula, avec tout le premier rang.

Les Argiens, avec de grands cris, traînant les cadavres,
Phorkys et Hippothoos, les dépouillèrent de leurs armes.

Alors les Troyens, poussés par les Achéens amis d'Arès,
320 Seraient rentrés dans Ilion, vaincus par leur propre fai-
blesse,
Et les Argiens auraient pris toute la gloire, plus que ne le
voulait Zeus,
Par leur force et leur vigueur ; mais Apollon en personne
Alla pousser Énée, sous la figure de Périphas,
Hérault Epytide qui, près de son vieux père,
325 Avait vieilli en héraut, l'esprit plein de sages pensées.
Ayant pris sa figure, le fils de Zeus Apollon parla ainsi :
« Énée, comment, en dépit d'un dieu, sauveriez-vous
Ilion la haute ? J'ai vu ailleurs des hommes
Sûrs de leur force et de leur vigueur, de leur courage,
330 De leur masse, et en plus petit nombre ;
C'est à nous plus qu'aux Danaens que Zeus veut donner
La victoire ; mais vous tremblez affreusement et vous ne
vous battez pas. »

Il dit. Énée voyant s'approcher Apollon Flèche-Lointaine
Le reconnut, et dit à Hector, dans un grand cri :
335 « Hector et vous autres, chefs de Troyens et des alliés,
Honte sur nous si, forcés par les Achéens amis d'Arès,
Nous rentrons dans Troie, vaincus par notre propre fai-
blesse.
Mais l'un des dieux, près de moi, me dit encore
Que Zeus, modérateur suprême des batailles, nous protège ;
340 Marchons donc droit contre les Danaens, qu'ils ne puissent
pas
Tranquillement rapprocher des bateaux Patrocle mort. »

Il dit, et bondit en toute première ligne.
Les autres firent volte-face et affrontèrent les Achéens.
C'est là qu'Énée blessa de sa lance Léiôkritos,
345 Fils d'Arisbas, noble compagnon de Lykomèdès ;
En le voyant tomber, Lykomèdès ami d'Arès eut pitié ;

Il approcha tout près, lança la pique qui brille,
Et il frappa Apisaôn Hippaside, berger de peuples,
Sous les membranes du foie ; il lui rompit les genoux,
350 À lui qui était venu de la plantureuse Péonie,
Où, après Astéropaios, il était le meilleur des guerriers.

En le voyant tomber, Astéropaios ami d'Arès eut pitié,
Il fonça, de grand cœur, pour combattre les Danaens.
Mais tout avait changé ; avec leurs boucliers, de toutes
　　parts,
355 Ils entouraient Patrocle, tenant pointées leurs lances.
Ajax allait partout, donnant des ordres.
Il ne laissait personne reculer derrière le cadavre,
Ni aucun Achéen s'avancer isolé pour combattre ;
Qu'ils restent tous autour de lui, pour le corps à corps.
360 C'étaient les instructions de l'immense Ajax ; la terre ruis-
　　selait
De sang rouge ; pressés les uns contre les autres tombaient
Des cadavres aussi bien de Troyens et d'alliés magnanimes,
Que de Danaens, qui ne se battaient pas sans saigner,
Mais mouraient moins nombreux ; toujours ils prenaient
　　garde
365 De se protéger l'un l'autre, bien groupés, de la mort abrupte.

Ainsi ils se battaient comme du feu, et tu aurais dit
Que ni soleil ni lune n'étaient restés saufs ;
Un brouillard recouvrait le lieu où les meilleurs
Tenaient ferme autour du Ménoitiade mort.
370 Les autres, Troyens et Achéens aux cnémides,
Combattaient librement dans la clarté ; la lumière
Du soleil brillait claire ; aucun nuage n'apparaissait
Sur la plaine ou la montagne ; ils se battaient, avec des
　　pauses,
Esquivaient flèches et javelots, qui font gémir,
375 Gardaient leurs distances. Mais, au centre, ils souffraient,
À cause du brouillard et de la guerre, sous le bronze cruel,
Eux, les meilleurs. Deux hommes n'avaient pas encore
　　appris,

Deux hommes illustres, Thrasymèdès et Antilokhos,
Que Patrocle sans reproche était mort, ils croyaient encore
    que,
380 Vivant, il se battait au premier rang contre les Troyens.
Tout en observant la mort et la fuite de leurs compagnons,
Ils se battaient à l'écart, comme Nestor le leur avait prescrit,
En les poussant à mener la guerre loin des bateaux noirs.

Tout le jour se prolongea le choc terrible, la lutte
385 Douloureuse ; la fatigue et la sueur, sans cesse,
Sur leurs genoux, leurs jambes, leurs pieds,
Leurs mains, leurs yeux, les marquaient ; et ils se battaient
Autour du bon serviteur d'Achille Pieds-Rapides.
Comme lorsqu'un homme donne une grande peau de bœuf
390 À ses gens pour qu'ils la tendent, toute lourde de graisse ;
Ils la prennent et la tendent, s'étant disposés
En cercle ; l'humeur en sort, la graisse y entre,
Ils sont nombreux à tirer, elle se tend également ;
Ainsi, des deux côtés, dans un petit espace, sur le cadavre
395 Ils tiraient ; ils avaient grande envie,
Les Troyens, de le tirer vers Ilion, et les Achéens,
Vers les bateaux creux. Autour de lui la lutte se déchaînait,
Sauvage ; ni Arès qui excite les troupes, ni Athéna,
Même en grande colère, n'auraient rien blâmé, à la voir.
400 Telle fut la triste peine que Zeus, ce jour-là,
Imposa aux hommes et aux chevaux. Mais le divin Achille
Ne savait toujours pas que Patrocle était mort.
C'est très loin des bateaux légers qu'ils se battaient,
Sous le mur de Troie ; au fond du cœur, il ne s'attendait pas
405 À sa mort ; il croyait que, vivant, s'étant heurté aux portes,
Il allait revenir ; il ne s'attendait pas du tout à ce que,
Sans lui, il détruise la ville, ou même avec lui.
Sa mère souvent le lui avait assuré, quand ils parlaient
    seuls,
Et qu'elle lui révélait la pensée du grand Zeus.
410 Là, elle ne lui dit rien de ce malheur qui était venu,
Sa mère : son compagnon le plus cher était mort.

Toujours, autour du cadavre, avec leur lances aiguisées,
Sans cesse, ils se heurtaient, se tuaient l'un l'autre ;
Et chacun disait, parmi les Achéens cuirassés de bronze :
415 « Amis, nous serions sans gloire si nous retournions
Aux bateaux creux. Que la terre noire
Nous engouffre tous. Cela vaudrait mieux pour nous
Que de laisser les cavaliers Troyens
Le traîner vers leur ville et recueillir la gloire. »

420 Et chacun proclamait, parmi les Troyens magnanimes :
« Amis, même si c'est notre sort d'être tous abattus
Près de cet homme, que personne ne quitte le combat ! »
Voilà ce qu'on disait, et leur fureur augmentait.
Ils se battaient, un vacarme de fer atteignait
425 Le ciel de bronze, à travers le grand jour stérile.
Les chevaux du petit-fils d'Éaque, à l'écart du combat
Pleuraient, depuis qu'ils savaient que leur conducteur
Était tombé dans la poussière, frappé par Hector tueur
      d'hommes.
Automédôn, vaillant fils de Dioreus,
430 Leur donnait force coups avec le fouet agile,
Force paroles douces, force violentes ;
Mais eux, vers les bateaux, vers le vaste Hellespont,
Ils ne voulaient pas aller, ni avec les Achéens à la guerre ;
Comme reste là une stèle, placée
435 Sur la tombe d'un homme mort ou d'une femme,
Ils ne bougeaient pas, devant le char magnifique,
Inclinant leur tête vers le sol ; des larmes
Chaudes sur leurs paupières coulaient à terre ; ils déplo-
      raient
Le sort de leur conducteur ; leur crinière abondante était
      souillée,
440 Tombant des deux côtés du collier sur le joug.

En les voyant pleurer, le Kronide eut pitié ;
Hochant la tête, il dit à son cœur cette parole :
« Pauvres de vous, pourquoi vous avoir donnés à Pélée,
      prince

Mortel, vous qui n'aurez ni vieillesse, ni mort ?
445 Pour que vous souffriez, au milieu des hommes malheu-
     reux* ?
Car il n'est rien de plus lamentable que l'homme
Parmi les êtres qui sur la terre respirent et rampent.
Mais ni vous, ni le char richement ouvragé,
Vous n'aurez à porter Hector Priamide ; je ne le permettrai
     pas.
450 N'est-ce pas assez qu'il ait les armes et s'en vante ?
Je vous mettrai de l'ardeur dans les genoux et dans le cœur,
Pour que vous sauviez Automédôn de la bataille,
Allant vers les bateaux creux. Aux autres je donnerai la
     gloire
De tuer, jusqu'à ce qu'ils arrivent aux bateaux solides,
455 Quand se couchera le soleil et que viendra la sainte obs-
     curité. »

Ce disant, il insuffla aux chevaux une vive ardeur.
Rejetant sur le sol la poussière de leurs crinières,
Vite ils tirèrent le char vers les Troyens et les Achéens.
Automédôn se battait, si triste qu'il fût pour son compagnon,
460 Bondissant, grâce à ses chevaux, comme un vautour sur
     des oies.
Sans peine il échappait à la cohue des Troyens,
Sans peine, il bondissait dans la presse pour les poursuivre.
Mais il n'abattait pas d'hommes, quand il leur courait sus,
Car il ne pouvait sur le char sacré à la fois
465 Lever sa lance et tenir en main les chevaux rapides.
C'est assez tard que de ses yeux le vit un compagnon,
Alkimédôn, fils de Laerkès Haimonide,
Qui s'arrêta derrière sur le char, et dit à Automédôn :
« Automédôn, quel est le dieu qui t'a mis dans le corps
470 Cette idée absurde, et t'a ôté le jugement ?
Voilà que tu te bats avec les Troyens en première ligne,
Tout seul ; ton compagnon pourtant a été tué ; ses armes,
     Hector
Les porte et s'en vante ; ce sont les armes du petit-fils
     d'Éaque. »

Automédôn lui répondit, fils de Dioreus :
475 « Alkimédôn, y a-t-il un autre Achéen qui, comme toi,
Puisse conduire, dociles ou emportés, des chevaux immortels
Sinon Patrocle, comparable aux dieux pour le bon conseil,
Tant qu'il vivait ? Mais la mort et le sort l'ont rejoint.
Toi, ce fouet et ces rênes luisantes,
480 Prends-les ; moi, je vais descendre pour me battre. »

Il dit. Alkimédôn, sautant sur le char secourable,
Vitement prit en main fouet et rênes ;
Automédôn mit pied à terre ; Hector le magnifique le vit,
Appela tout de suite Énée, qui n'était pas loin :
485 « Énée, conseiller des Troyens cuirassés de bronze ;
J'ai aperçu les chevaux d'Achille Pieds-Rapides, petit-fils
     d'Éaque,
Ils vont au combat avec des cochers qui sont lâches.
J'aurais envie de les prendre, si le cœur
T'en dit ; si nous les attaquons tous deux,
490 Ils n'oseront pas tenir tête dans le jeu d'Arès. »

Il dit, et le courageux fils d'Anchise se laissa convaincre.
Ils allaient, les épaules protégées par des peaux de bœuf,
Sèches et dures, garnies de beaucoup de bronze.
Avec eux Khromios et Arètos à visage de dieu
495 Marchaient tous les deux ; ils avaient grande envie
De tuer les hommes et de prendre les chevaux au large col.
Naïfs ; ils ne devaient pas échapper sans saigner
À Automédôn. Lui, priant Zeus père,
Au plus noir de lui-même s'emplit de force et de vigueur.
500 Il dit tout de suite à Alkimédôn, son compagnon fidèle :
« Alkimédôn, ne retiens pas loin de moi les chevaux,
Fais qu'ils me soufflent sur la nuque ; car je ne crois pas
Qu'Hector Priamide va retenir sa fureur ;
Il va monter derrière les chevaux aux beaux crins d'Achille,
505 Il nous tuera, et il mettra en déroute les rangs
Des Argiens ou il périra en première ligne. »

Ce disant, il appela les deux Ajax et Ménélas :
« Ajax, chefs des Argiens, et Ménélas,
Confiez le cadavre aux meilleurs guerriers
510 Qui marcheront tout autour pour écarter les rangs ennemis,
Et de nous, qui sommes vivants, écartez le jour cruel.
Car ils viennent, à travers la bataille qui fait pleurer,
Hector et Énée, qui sont les meilleurs des Troyens.
Tout cela est sur les genoux des dieux*.
515 Je lance ma pique moi aussi ; le reste est le souci de Zeus. »

Il dit, visa, lança la pique à l'ombre longue
Et frappa le bouclier bien rond d'Arètos,
Qui n'arrêta pas l'arme ; le bronze traversa,
Dans le bas du ventre, à travers le ceinturon, il entra.
520 Comme lorsqu'un homme vigoureux, avec une hache
      aiguisée,
Frappe derrière les cornes un bœuf à la campagne,
Lui coupe tout le nerf, la bête s'élance et s'écroule,
Ainsi il fit un bond, puis tomba à la renverse ; la pique
Très aiguë fouilla dans ses boyaux et lui rompit les
      membres.
525 Hector sur Automédôn lança la pique qui brille,
Mais l'autre le vit, et esquiva la pique de bronze.
Il se pencha en avant ; et la longue pique derrière lui
Se planta dans le sol ; le bout de la hampe
Vibrait ; puis Arès le violent la laissa perdre sa force.
530 Alors ils se seraient attaqués, de près, avec l'épée,
Si les deux Ajax ne les avaient séparés, encore furieux ;
Ils venaient à travers la foule, appelés par leur camarade ;
Hector, Énée et Khromios à visage de dieu
En eurent peur et reculèrent,
535 Laissant sur place Arètos, le cœur en lambeaux,
Gisant là. Automédôn, pareil au vif Arès,
Arracha ses armes et dit, en triomphant, cette parole :
« Le Ménoitiade est mort ; voilà mon cœur un peu
Soulagé de son chagrin ; pourtant celui que j'ai tué ne le
      valait pas. »

540 Ce disant, il prit les dépouilles sanglantes et dans le char
    Les posa, puis monta lui-même, les pieds et les mains
    Tout sanglants, comme un lion qui a dévoré un taureau.

    Autour de Patrocle reprit la dure mêlée,
    La cruelle, qui fait pleurer ; Athéna excitait la querelle,
545 Descendue du ciel ; Zeus qui voit loin l'avait envoyée
    Pour encourager les Danaens ; son idée changeait.
    Comme Zeus du haut du ciel pour les mortels
    Étire un arc-en-ciel empourpré, signe monstrueux de guerre,
    Ou de l'hiver glacial, qui aux travaux
550 Des hommes met fin sur terre et nuit aux bestiaux,
    Ainsi, se voilant elle-même d'un nuage empourpré,
    Elle se glissa dans l'armée achéenne, et y stimulait chaque
        homme.
    D'abord, pour encourager le fils d'Atrée, elle lui dit
    (Le fort Ménélas ; il était tout près d'elle),
555 Ayant pris la figure et la voix sûre de Phoinix :
    « Ménélas, ce sera une honte et un outrage
    Pour toi, si le fidèle compagnon de l'admirable Achille
    Sous le mur de Troie est déchiré par les chiens rapides.
    Toi, résiste durement, et encourage tout ton peuple. »

560 En réponse lui dit Ménélas Voix-Sonore :
    « Phoinix, bon vieil homme chargé d'ans, si Athéna
    Me donnait la force, et détournait flèches et javelots,
    Alors je voudrais bien être là et défendre
    Patrocle ; car sa mort m'a bouleversé le cœur.
565 Mais Hector a la fureur du feu, il n'arrête pas
    De tuer avec le bronze ; c'est à lui que Zeus donne la gloire. »

    Il dit ; elle se réjouit, la déesse Athéna Œil de Chouette,
    Parce que c'est elle que, de tous les dieux, il avait prié la
        première.
    Elle mit dans ses épaules et dans ses genoux la force,
570 Et dans sa poitrine l'audace de la mouche,
    Qui, bien que chassée de la peau d'un homme,
    S'attache à mordre ; car il lui plaît, le sang humain.

C'est de pareille audace qu'elle remplit ses boyaux noirs.
Il marcha sur Patrocle, lança la pique qui brille.
575 Il y avait parmi les Troyens un Podès, fils d'Eétiôn,
Riche et bien né ; Hector l'honorait particulièrement
Dans son peuple : c'était un compagnon et un commensal.
C'est lui qu'à la ceinture frappa le blond Ménélas,
Alors qu'il allait fuir, le bronze le traversa.
580 L'homme à grand bruit tomba ; Ménélas Atride
Tira le cadavre, loin des Troyens, du côté de ses compagnons.

Debout tout près d'Hector, Apollon l'encouragea,
Pareil à Phénops l'Asiade, que de tous
Ses hôtes il avait le plus cher. Il avait une maison en Abydos.
585 Ayant pris sa figure, Apollon Flèche-Lointaine lui dit :
« Hector, quel est l'Achéen qui aurait peur de toi,
Puisque tu as peur de Ménélas qui jusqu'ici est
Un guerrier mou ? Maintenant il s'en va ayant pris tout seul
Un cadavre aux Troyens ; il a tué ton compagnon fidèle,
590 Noble parmi les seigneurs, Podès, fils d'Eétiôn. »

Il dit. L'autre, le nuage noir du chagrin le recouvrit.
Il traversa les premiers rangs, casqué de bronze flamboyant,
C'est alors que le Kronide prit son égide à franges,
Éblouissante ; il cacha l'Ida sous des nuages,
595 Lança un éclair, puis tonna lourdement, fit trembler la montagne,
Donna la victoire aux Troyens, mit les Achéens en fuite.

C'est Pènéléôs le Béotien qui le premier s'enfuit ;
Il avait reçu une pique dans l'épaule, alors qu'il faisait face,
Blessure légère ; elle avait à peine égratigné l'os,
600 La pointe de Polydamas, qui avait frappé de près.
Hector blessa, de près, au poignet, Lèitos
Fils du magnanime Alektryôn ; il arrêta de se battre.

Il s'enfuit, en regardant tout autour ; il n'espérait plus,
     dans son cœur,
Se battre, lance en main, contre les Troyens.
605 Comme Hector poursuivait à grands bonds Lèitos, Ido-
     ménée
Le frappa à la poitrine, près du mamelon ;
La longue lance se brisa dans la douille. Les Troyens
Crièrent. Et lui, il visa Idoménée Deukalide,
Qui était debout sur son char. Il le manqua de peu.
610 Mais c'est le serviteur et cocher de Mèrionès,
Koiranos, qui l'avait suivi depuis Lyktos au beau site
(Idoménée était venu, délaissant les bateaux à coque ronde,
À pied, et il aurait procuré aux Troyens une grande gloire
Si Koiranos n'avait pas très vite amené les chevaux rapides ;
615 Et il fut pour lui une lumière, écarta de lui le jour cruel),
C'est lui qui perdit la vie, à cause d'Hector tueur d'hommes,
Il fut frappé sous la mâchoire et sous l'oreille ; ses dents,
Le bout de la lance les arracha, coupant la langue en son
     milieu.
Il tomba du char, laissa couler les rênes à terre.
620 Mèrionès les ramassa de ses mains,
Se penchant sur le sol, et il dit à Idoménée :
« Fouette maintenant, allons jusqu'aux bateaux légers,
Tu le sais, toi aussi : il n'y a plus de victoire pour les Achéens. »

Il dit ; Idoménée fouetta les chevaux aux beaux crins,
625 Fonçant vers les bateaux creux ; la peur était tombée sur
     son cœur.

Ajax au grand cœur et Ménélas comprirent bien
Que Zeus donnait aux Troyens la victoire changeante.
Le premier à parler fut le grand Ajax de Télamôn :
« Oh ! la ! la ! maintenant même le plus naïf
630 Verrait que Zeus le père protège les Troyens.
Tout ce qu'ils lancent atteint le but, que la main soit celle
D'un vilain ou d'un seigneur* ; Zeus fait tout aboutir.
Pour nous, tous tant que nous sommes, tout tombe à terre.
Mais cherchons une ruse subtile,

635 Pour tirer à nous le cadavre ; nous serons
Une joie pour nos compagnons quand nous reviendrons ;
Ils nous voient ici, ils s'inquiètent ; ils disent qu'on ne peut pas
Arrêter la fureur et les mains terribles d'Hector tueur d'hommes,
Mais qu'il va s'attaquer aux bateaux noirs.
640 Il faudrait qu'un compagnon avertisse très vite
Le Pélide, car, je crois, il ne sait pas encore
La triste nouvelle : son compagnon est mort.
Mais je ne vois personne, parmi les Achéens, qui le pourrait.
Le brouillard les recouvre tous, eux et les chevaux.
645 Zeus père, sauve du brouillard les fils des Achéens.
Rends-nous le grand jour, donne à nos yeux de voir.
Fais-nous mourir, puisqu'il te plaît, mais dans la lumière. »

Il dit, et le Père eut pitié, à le voir pleurer.
Tout de suite, il dispersa le brouillard et chassa le nuage,
650 Le soleil brilla, et l'on put voir toute la bataille.
Alors Ajax dit à Ménélas Voix-Sonore :
« Regarde, Ménélas filleul de Zeus, si tu vois
Encore vivant Antilokhos, fils du magnanime Nestor ;
Pousse-le à aller au plus vite chez Achille le brave
655 Pour lui dire que son plus cher compagnon est mort. »

Il dit, et Ménélas Voix-Sonore se laissa convaincre.
Il alla comme un lion part d'une cour,
Après qu'il s'est fatigué à harceler les chiens et les hommes,
Qui ne l'ont pas laissé prendre des bœufs gras
660 Et ont veillé toute la nuit ; lui, avec ses envies de viande,
Il fonce, mais sans résultat ; drus, les épieux
Partent à sa rencontre, lancés par de fortes mains,
Et les torches enflammées, dont, malgré tout, il a peur.
À l'aurore, il s'éloigne, le cœur triste.
665 C'est ainsi que Ménélas Voix-Sonore s'éloigna de Patrocle
À contrecœur ; car il craignait que les Achéens
Pris par une peur terrible ne le laissent en proie à l'ennemi.

Il donna force instructions à Mèrionès et aux Ajax :
« Ajax, chefs des Argiens, et toi, Mèrionès,
670 Que maintenant on se rappelle combien le malheureux
   Patrocle
Était bon ; il savait être aimable avec tous,
Quand il vivait. Maintenant la mort et le sort l'ont rejoint. »

Ayant dit, le blond Ménélas s'en alla,
Regardant de tous côtés comme un aigle qu'on dit être
675 De tous les oiseaux du ciel celui dont la vue est la plus
   perçante,
(Quand il est en haut un lièvre aux pieds rapides ne lui
   échappe pas,
Caché dans un buisson feuillu ; sur lui
Il fond, l'attrape vite et lui ôte la vie).
C'est ainsi, Ménélas filleul de Zeus, que tes yeux brillants
680 Regardaient de tous côtés dans la troupe de tes compa-
   gnons,
S'ils pouvaient voir, encore vivant, le fils de Nestor.
Bientôt il l'eut trouvé, à la gauche de la bataille ;
Il rassurait ses compagnons et les poussait à se battre.
S'arrêtant près de lui, le blond Ménélas lui dit :
685 « Antilokhos, viens ici, filleul de Zeus, pour apprendre
Une triste nouvelle. Cela ne devrait pas être.
Déjà, je suppose, rien qu'en ouvrant les yeux,
Tu as compris qu'un dieu veut du mal aux Danaens,
Que la victoire est aux Troyens. Il est mort, le meilleur des
   Achéens,
690 Patrocle. C'est un grand regret pour les Danaens.
Mais toi, cours vers les bateaux des Achéens pour dire
À Achille que vite il vienne mettre à l'abri dans les bateaux
   le cadavre
Tout nu ; car c'est Hector au panache qui a les armes. »

Il dit, Antilokhos frémit en entendant ces mots.
695 Longtemps il fut muet, ses yeux
Se remplirent de larmes ; il avait perdu la voix.
Mais il ne négligea pas les ordres de Ménélas,

Il courut, laissant ses armes à un compagnon sans reproche,
Laodokos, qui près de lui faisait tourner les chevaux aux
  sabots lourds.

700 Il pleurait, ses pieds l'emportaient loin de la bataille,
Il allait porter à Achille Pélide un message de malheur.
Pour toi, Ménélas filleul de Zeus, ton cœur ne voulait plus
Défendre tes compagnons épuisés, qu'avait quittés
Antilokhos, grand regret pour les Pyliens.
705 Mais il leur envoya* le divin Thrasymèdès,
Et lui, il alla vers le héros Patrocle,
Il alla se placer près des Ajax et leur dit :
« Celui-là, je l'ai envoyé près des bateaux légers,
Vers Achille Pieds-Rapides. Je ne crois pas
710 Qu'il va venir, si furieux qu'il soit contre Hector ;
Car il ne peut pas combattre tout nu contre les Troyens.
Nous, inventons un subtil stratagème
Pour tirer à nous le cadavre et nous-mêmes
Échapper à la cohue des Troyens en évitant la mort et le
  sort. »

715 Lui répondit alors le grand Ajax de Télamôn :
« Tu as dit ce qu'il fallait, glorieux Ménélas.
Toi et Mèrionès, prenez très vite
Le cadavre par en dessous, sortez-le du combat ; nous
  continuerons
À nous battre contre les Troyens et le divin Hector.
720 Nous avons même nom, un courage égal, toujours
Nous affrontons, côte à côte, le violent Arès. »

Il dit. Ils soulevèrent de terre le cadavre,
Très haut ; derrière eux criait le peuple
Troyen, qui voyait les Achéens emporter le mort.
725 Ils foncèrent semblables à des chiens, qui sur un sanglier
Blessé bondissent, en avant des jeunes chasseurs ;
Ils courent quelque temps avec grande envie de le déchirer,
Mais quand il se retourne, assuré de sa force,
Ils reculent, et s'enfuient chacun de son côté.

730 Ainsi les Troyens continuaient à foncer en masse,
    Maniant l'épée et la lance à double pointe.
    Mais quand les Ajax, s'étant retournés,
    Firent face, leur couleur changea, personne n'osait
    Attaquer et leur disputer le cadavre.

735 Ainsi, pleins d'ardeur, ils portaient le cadavre loin de la
        bataille
    Vers les bateaux creux ; la guerre sur eux s'étendait,
    Sauvage comme le feu qui s'empare d'une ville d'hommes ;
    Soudain surgi, il embrase tout, et les maisons s'écroulent
    Dans une grande lueur. La force du vent gronde là-dessus.
740 Ainsi des chevaux et des hommes guerriers
    Venait un vacarme incessant, et ils marchaient.
    Comme des mulets déployant une force énorme,
    Tirent, en descendant de la montagne, sur un sentier cail-
        louteux,
    Une poutre ou un mât de bateau ; leur cœur
745 Est accablé par la fatigue et la sueur ; ils se hâtent.
    Ainsi, pleins d'ardeur, ils emportaient le cadavre ; derrière
        eux
    Les Ajax tenaient bon, comme retient l'eau une digue
    Couverte d'arbres, qui se trouve traverser la plaine,
    Même les eaux terribles des fleuves puissants,
750 Elle les retient, les fait changer de chemin,
    Dans la plaine les fait errer ; leur violence ne la brise pas.
    Ainsi les Ajax contenaient toujours l'attaque
    Des Troyens. Eux les pressaient, deux d'entre eux surtout,
    Énée fils d'Anchise et Hector le magnifique.
755 Comme s'envole une nuée d'étourneaux ou de geais
    Qui crient affreusement lorsqu'ils voient venir
    L'épervier, qui va donner la mort aux petits oiseaux,
    Ainsi devant Énée et Hector les jeunes Achéens,
    Criant affreusement, oubliaient de se battre.
760 Beaucoup de belles armes tombèrent près du fossé :
    Les Danaens fuyaient. La guerre n'avait pas de répit.

CHANT XVIII

Donc ils se battaient, comme un feu qui brûle ;
Antilokhos vint, messager, à Achille Pieds-Rapides.
Il le trouva près des bateaux aux proues dressées,
Revoyant en son cœur ce qui s'était passé ;
5 Bouleversé, il disait à son grand cœur :
« Oh ! pourquoi les Achéens chevelus
Viennent-ils aux bateaux, agités, perdus, par la plaine ?
Que les dieux ne réalisent pas ces malheurs durs à mon
      cœur
Que ma mère annonçait autrefois : elle m'a dit
10 Que le meilleur des Myrmidons, moi vivant,
Par la main des Troyens perdrait la lumière du soleil.
Le vaillant fils de Ménoitios est mort,
Le téméraire ; je lui avais dit de repousser le feu,
Puis de revenir vers les bateaux, sans se battre contre
      Hector. »

15 Pendant qu'il y songeait dans son âme et dans sa pensée,
Voici que s'approchait le fils de Nestor le magnifique.
Pleurant des larmes chaudes, il lui dit la nouvelle doulou-
      reuse :
« Oh ! fils de Pélée le sage, tu vas entendre une nouvelle
Douloureuse. Cela ne devrait pas être.
20 Il est par terre, Patrocle ; on se bat autour de son cadavre
Nu ; Hector au panache a pris ses armes. »

Il dit. L'autre, le nuage noir du chagrin le recouvrit ;
Des deux mains il prit de la poussière, de la cendre,
S'en couvrit la tête ; il salissait son beau visage.
25 La cendre noire souillait sa belle tunique ;
Lui, si grand, de tout son long il était dans la poussière
Couché ; il s'arrachait les cheveux, les salissait de ses mains.
Les femmes qu'il avait, avec Patrocle, enlevées,
Le cœur lourd, hurlaient ; par la porte
30 Elles accouraient vers Achille le brave, et toutes de leurs
    mains
Se frappaient les seins, et sous elles leurs genoux se défai-
    saient.
Antilokhos de son côté gémissait en pleurant des larmes,
Tenant Achille par la main ; l'autre gémissait en son cœur
    glorieux.
Il avait peur que le fer ne coupe le cou.
35 Il criait effroyablement. Sa mère souveraine l'entendit,
Assise dans le profond de la mer, près de son vieux père.
Elle cria aussi ; les déesses l'entouraient,
Toutes les filles de Nérée* qui étaient au profond de la
    mer.
Il y avait là Glaukè et Thaléia et Kymodokè ;
40 Nèsaié et Spéiô, Thoè, et Haliè Œil de Vache,
Kymothoè et Aktaiè et Limnôréia,
Et Mélitè et Iaira et Amphithoè et Agavè,
Dôtô et Prôtô et Phérousa et Dynaménè,
Dexaménè et Amphinomè et Kallianéira,
45 Dôris et Panopè et l'illustre Galatéia,
Nèmertès et Apseudès et Kallianassa ;
Il y avait là Klyménè et Ianéira et Ianassa,
Maira et Oreithyia et Amathéia aux belles boucles,
Et les autres Néréides qui sont au profond de la mer.
50 La lumineuse caverne blanche en était pleine ; et toutes
Se frappaient les seins ; Thétis commença le deuil* :
« Écoutez, mes sœurs Néréides, pour que toutes
Vous sachiez, l'ayant entendu, le souci de mon cœur.
Pauvre de moi, mère de preux pour mon malheur,
55 J'ai fait un fils irréprochable et fort,

Au-dessus de tous les héros ; il a poussé comme un bel arbre.
Je l'ai nourri, comme un plant dans un jardin ;
Sur les bateaux de haut bord je l'ai envoyé à Ilion
Se battre contre les Troyens ; je ne le verrai pas
60 Revenir chez nous dans la maison de Pélée.
Tant qu'il vit et voit la lumière du soleil,
Il se désole ; et je ne peux pas l'aider.
Mais je vais aller voir ce fils que j'aime, je saurai
Quelle douleur le frappe, alors qu'il est loin des batailles. »

65 Elle dit, et quitta la caverne ; avec elle
Elles allaient pleurant ; autour d'elles le flot de la mer
Se brisait ; elles arrivèrent à Troie la plantureuse,
Montèrent sur le rivage sec, là où, en nombre,
Les bateaux des Myrmidons avaient été halés près du rapide
    Achille.
70 Près de lui, qui lourdement gémissait, s'arrêta sa mère
    souveraine,
Avec un cri perçant elle prit la tête de son enfant ;
Et, toute lamentation, elle dit ces mots qui ont des ailes :
« Enfant, pourquoi pleures-tu ? Quel chagrin atteint ton
    cœur ?
Dis-le, ne cache rien. Tout ce qui arrive est
75 De Zeus, que tu as prié, mains vers le ciel,
De faire reculer, près des poupes, les fils des Achéens
Privés de toi, pour qu'ils souffrent d'horribles maux. »

Lourdement gémissant, il lui dit, Achille Pieds-Rapides :
« Ma mère, l'Olympien a tout fait cela.
80 Mais puis-je être content, alors qu'il est mort, mon com-
    pagnon,
Patrocle, que j'estimais plus que tous mes compagnons,
Autant que ma tête ? Je l'ai perdu. Ses armes, Hector,
Le jetant bas, les lui a prises, prodigieuses, merveille à voir,
Belles. Les dieux les avaient données à Pélée, cadeau
    superbe,
85 Le jour où ils t'ont jetée dans le lit d'un homme mortel.
Il aurait mieux valu qu'avec les immortelles filles de la mer

Tu restes, et que Pélée épouse une femme mortelle.
Car maintenant mille et mille tristesses te prendront
Pour ton fils disparu, que tu n'accueilleras pas,
90 Revenant à la maison ; car mon âme ne me dit plus
De vivre et d'être avec les hommes, pourvu qu'Hector,
Avant, soit frappé par ma lance, perde le souffle,
Et paie pour ce qu'il a fait à Patrocle Ménoitiade. »

Elle lui dit en retour, Thétis, pleurant des larmes :
95 « Enfant tu vas bientôt, tu le dis, rencontrer ton sort,
Juste après Hector, ta mort est toute prête. »

Grandement irrité, Achille Pieds-Rapides lui dit :
« Que je meure soudain : ce compagnon, je n'ai pas su,
Mort, le défendre. Très loin de sa patrie,
100 Il est tombé. J'ai manqué à le protéger contre Arès.
Et maintenant je ne reviendrai plus dans la terre de ma
    patrie.
Je n'ai pas été pour Patrocle la lumière qui sauve, ni pour
    les autres
Compagnons qui, nombreux, ont péri par Hector divin.
Je reste assis près des bateaux, inutile poids sur la terre,
105 Alors que je n'ai pas d'égal, chez les Achéens cuirassés de
    bronze,
Pour la guerre ; pour le conseil d'autres valent mieux.
Que disparaisse Discorde, d'entre les dieux et d'entre les
    hommes,
Et Colère, qui rend pénible le plus lucide,
Car, beaucoup plus douce que le miel qui coule,
110 Elle grandit comme une fumée dans la poitrine des hommes.
C'est ainsi qu'a ému ma bile le prince des hommes Aga-
    memnon.
Mais laissons ce qui s'est passé, si lourd soit notre chagrin,
Dominons par contrainte le souffle dans nos poitrines.
Maintenant je vais rencontrer le meurtrier de cette tête
    chère,
115 Hector ; et j'accueillerai la Tueuse, lorsque
Zeus le voudra, lui et les autres dieux immortels.

Car la force d'Héraklès n'a pas évité la Tueuse,
Lui qui était cher entre tous au prince Zeus Kronide.
Mais le sort l'a dompté, et la bile amère d'Héra.
120 Et moi aussi, si pareil sort est pour moi préparé,
Je serai couché, mort. Mais que d'abord j'emporte grande
    gloire,
Que certaine Troyenne ou Dardanide aux seins généreux
De ses deux mains sur ses tendres joues
Essuyant des larmes se mette à gémir affreusement,
125 Qu'ils sentent que, depuis longtemps, j'avais cessé de com-
    battre.
Tu m'aimes. Ne me retiens pas. Tu ne me persuaderas
    jamais. »

Alors elle lui dit, Thétis aux pieds d'argent :
« Enfant, il ne serait vraiment pas d'un lâche
Que tu ailles protéger tes compagnons lassés de la mort
    abrupte.
130 Mais tes belles armes sont chez les Troyens ;
Leur bronze étincelant, Hector au panache
Se vante de le porter sur son dos ; je te dis
Qu'il ne se pavanera pas longtemps, sa mort est proche.
Toi, ne te plonge pas dans la mêlée d'Arès
135 Avant que de tes yeux tu ne me voies revenir.
À l'aurore, au lever du soleil, je t'apporterai
Venant de chez le prince Héphaistos de belles armes. »

Elle dit, et s'éloigna de son fils ;
Se tournant vers ses sœurs de la mer, elle parla :
140 « Vous, plongez dans le grand giron de la mer,
Allez voir le vieillard de la mer et la maison du père ;
Racontez-lui tout. Moi, vers le grand Olympe
J'irai chez Héphaistos l'artisan célèbre, voir s'il voudra
Donner à mon fils des armes glorieuses, éblouissantes. »

145 Elle dit. Pour elles, elles plongèrent dans le flot de la mer.
Mais Thétis aux pieds d'argent vers l'Olympe
S'en alla, pour apporter à son fils des armes glorieuses.

Ses pieds l'emportaient vers l'Olympe. Les Achéens
Poursuivis par le cri prodigieux d'Hector tueur d'hommes
150 Fuyaient vers les bateaux et l'Hellespont.
Patrocle, les Achéens aux cnémides n'auraient pas sauvé
Des flèches son cadavre, lui, le serviteur d'Achille ;
Une fois encore jusqu'à lui vinrent la troupe et les chevaux,
Et Hector fils de Priam, force pareille à la flamme.
155 Trois fois, le prenant par les pieds, Hector le magnifique
Voulut l'entraîner, appelant à grands cris les Troyens.
Trois fois les deux Ajax, vêtus de force et de vaillance,
Lui arrachèrent le cadavre ; mais lui, sûr de sa force,
Tantôt bondissait dans la mêlée, tantôt
160 S'arrêtait, poussant des cris ; à aucun moment il ne reculait.
Ainsi, d'un cadavre, le lion furieux, ils ne peuvent pas
L'écarter, les bergers des champs, car il a grand faim,
Ainsi ils ne pouvaient, les deux Ajax casqués,
Écarter du corps Hector Priamide.
165 Il l'aurait traîné, aurait recueilli une gloire immense,
Si la vive Iris aux pieds de vent vers le Pélide
N'était venue de l'Olympe en messagère pour qu'il s'arme,
En secret de Zeus et des autres. Héra l'avait envoyée.
S'arrêtant près de lui, elle dit ces mots qui ont des ailes :
170 « Lève-toi, Pélide, le plus terrible des hommes,
Protège Patrocle ; une lutte féroce pour lui
A commencé près des bateaux ; ils s'entre-tuent,
Les uns défendent le cadavre du mort,
Les autres, les Troyens, veulent le traîner
175 Vers Ilion la venteuse ; plus que tous Hector le magnifique
Désire l'enlever ; son cœur le pousse à planter
La tête sur la palissade, une fois tranché le cou délicat.
Lève-toi, assez traîné. Que la piété ordonne à ton cœur
De ne pas laisser Patrocle en pâture aux chiens de Troie.
180 Honte sur toi, si le cadavre est déshonoré. »

Lui répondit alors Achille divin, Pieds-Rapides :
« Iris, déesse, quel dieu t'envoie vers moi en messagère ? »

Lui dit alors la vive Iris, aux pieds de vent :
« Héra m'a envoyée, glorieuse épouse de Zeus.
185 Le Kronide ne le sait pas, qui siège haut, ni aucun autre
Des immortels, qui habitent l'Olympe enneigé. »

En réponse lui dit Achille Pieds-Rapides :
« Comment entrer dans la mêlée ? Ils ont, là-bas, mes armes.
Ma mère ne me permet pas de me cuirasser
190 Avant que de mes yeux je ne la voie venir à moi.
Elle m'a promis de m'apporter de belles armes, de chez
    Héphaistos.
Je ne sais pas quelles autres armes de gloire je pourrais
    prendre
Sinon le pavois d'Ajax de Télamôn ;
Mais il est, je pense, en première ligne,
195 Se battant avec la lance en faveur de Patrocle mort. »

Lui dit alors la vive Iris, aux pieds de vent :
« Nous savons nous aussi qu'ils ont tes armes de gloire ;
Mais, comme tu es, va sur le fossé, fais-toi voir aux Troyens.
Ils auront peur, et fuiront le combat,
200 Les Troyens ; et les fils vaillants des Achéens pourront
    souffler,
Épuisés comme ils sont. À la guerre, on peut rarement
    souffler. »

Donc, ayant dit, s'en alla Iris aux pieds rapides.
Achille se releva, cher à Zeus ; Athéna
Sur ses fortes épaules jeta l'égide frangée.
205 Divine entre les déesses, elle couronna sa tête d'un brouil-
    lard
D'or ; et de lui fit jaillir une flamme éblouissante
Comme la fumée qui monte au ciel au-dessus d'une ville
D'une île au loin, qu'encerclent les ennemis.
Tout le jour les assiégés affrontent l'Arès sinistre
210 Sortant de la ville ; quand le soleil se couche
Brûlent en nombre les bûchers ; haute une lueur
Apparaît, bondissante, pour que la voient des voisins,

Qu'avec des bateaux ils viennent au secours.
Ainsi de la tête d'Achille la lumière montait jusqu'à l'éther.
215 Au-dessus du fossé, un peu loin du mur, sans se mêler
Aux Achéens (il respectait l'ordre précis de sa mère),
Debout, il cria ; avec lui, un peu loin, Pallas Athéna
Donna de la voix ; ce fut chez les Troyens une panique.
Comme la voix éclatante, celle de la trompette,
220 Lorsque des ennemis féroces tournent autour de la ville,
Telle éclatante la voix du petit-fils d'Éaque.
Eux, entendant la voix de bronze du petit-fils d'Éaque,
Leur cœur à tous se serra. Les chevaux aux beaux crins
Firent faire aux chars demi-tour. Des douleurs leur frap-
     paient le cœur.
225 Les cochers s'effrayèrent, voyant le feu infatigable,
Terrible, au-dessus de la tête du Pélide magnanime,
Brûlant. C'était la déesse Athéna Œil de Chouette qui le
     faisait brûler.
Trois fois au-dessus du fossé Achille divin lança un grand
     cri ;
Trois fois furent bouleversés les Troyens et leurs illustres
     alliés.
230 Là moururent douze des seigneurs,
Tués par leur propre char et par leur propre lance ; les
     Achéens
Tirant merveilleusement Patrocle loin des flèches lancées
Le mirent sur une litière. Ses compagnons l'entouraient,
Pleurant ; avec eux marchait Achille rapide,
235 Pleurant des larmes chaudes, à voir son fidèle compa-
     gnon
Couché sur ce brancard, déchiré par le bronze aigu,
Lui qu'il avait envoyé avec ses chevaux et son char
À la guerre, et qu'il n'accueillait pas à son retour.

Héra souveraine Œil de Vache envoya Soleil infatigable
240 Dans les flots d'océan, où il plongea contre son gré.
Le soleil disparut ; les Achéens divins arrêtèrent
La dure mêlée et la guerre cruelle.

Les Troyens, de leur côté, loin de la dure bataille
Réunis, détachèrent des chars les chevaux rapides
245 Et s'assemblèrent à l'assemblée, avant de songer au souper.
Ils restèrent debout à l'assemblée, personne n'osa
S'asseoir ; tous ils tremblaient encore, parce qu'Achille
Avait paru, lui qui longtemps avait cessé le combat dou-
loureux.
Polydamas le bien inspiré entreprit de les haranguer,
250 Le Panthoïde ; lui seul avait vision de ce qui est avant et
après.
C'était le compagnon d'Hector, né pendant la même nuit,
Meilleur pour la parole, comme l'autre pour la lance.
Plein de bon vouloir, il les harangua et leur dit :
« Réfléchissez, amis ; pour moi je vais maintenant
255 Revenir à la ville, ne pas attendre l'aurore divine
Dans la plaine près des bateaux. Nous sommes loin du mur ;
Tant que cet homme était fâché contre Agamemnon divin,
Les Achéens étaient plus faciles à combattre.
Il me plaisait de passer la nuit près des bateaux légers,
260 J'espérais prendre ces bateaux à coque ronde.
Maintenant j'ai terriblement peur de Pieds-Rapides, fils de
Pélée.
Sa fureur est excessive, il ne voudra pas
Rester dans la plaine, là où Troyens et Achéens
Partagent entre eux la fureur d'Arès ;
265 Il viendra se battre près de la ville et près des femmes.
Allons à la citadelle ; croyez-moi, ce sera mieux.
Maintenant Pieds-Rapides, fils de Pélée, est arrêté par la
nuit
Merveilleuse ; s'il nous trouve encore ici,
Au matin quand il partira avec ses armes, chacun pourra
270 Le reconnaître. Et il arrivera, tout content, à la sainte Ilion,
Celui qui lui échappera ; chiens et vautours mangeront
plus d'un
Troyen. De cela, je voudrais ne pas entendre parler.
Fions-nous à ce que je dis, si grande soit notre inquiétude ;
Dans la nuit, que nos forces occupent la grand place. La
ville, ses tours,

275 Ses hautes portes, avec leurs battants bien chevillés,
     Grands, bien rabotés, bien joints, les défendront.
     Au matin, dès l'aurore, armés de nos armes,
     Nous serons sur les tours ; ce sera pour lui plus dur, s'il veut
     Venant des bateaux se battre autour du rempart.
280 Il retournera aux bateaux, quand il aura mené
     En tous sens autour de la ville ses chevaux à large encolure.
     Mais son cœur ne lui permettra pas de forcer l'entrée ;
     Il ne détruira rien ; les chiens rapides le mangeront d'abord. »

     Le regardant par en dessous, Hector au panache lui dit :
285 « Polydamas, ce que tu dis ne me plaît pas du tout.
     Tu veux que nous retournions chercher refuge dans la ville.
     N'en avez-vous pas assez de vous enfermer dans des tours ?
     Jadis les hommes éphémères disaient de la ville de Priam
     Qu'elle était pleine d'or, pleine de bronze.
290 Maintenant, ils ont disparu, les hauts trésors des maisons ;
     Vers la Phrygie et vers la jolie Méonie
     Ils s'en sont allés, vendus*, car le grand Zeus est en colère.
     Maintenant le fils de Kronos Pensées-Retorses m'a donné
     De trouver la gloire près des bateaux, de jeter les Achéens à la mer.
295 Sot que tu es ! n'expose jamais devant le peuple pareille idée.
     Aucun Troyen ne sera d'accord ; et moi, je ne le permettrai pas.
     Mais faisons comme je dis, laissons-nous persuader.
     Allez maintenant souper dans les rangs, compagnie par compagnie.
     Songez à monter la garde, que chacun soit vigilant.
300 Le Troyen qui a trop peur pour ce qu'il possède,
     Qu'il le prenne et le donne aux autres. Ils sauront quoi en faire.
     Mieux vaut que ce soient eux qui en profitent, et non les Achéens.
     Demain, dès l'aurore, armés de nos armes,

Près des bateaux profonds nous réveillerons le cruel
    Arès.
305 Si vraiment près des bateaux Achille divin nous attend,
    Ce sera dur, s'il le veut, pour lui ; mais moi,
    Je ne fuirai pas la guerre au nom sinistre. Face à lui
    Je serai debout, que l'emporte sa grande force, ou que je
      l'emporte ;
    Enyalios est égal pour tous, et tue celui qui tue. »

310 Ainsi parlait Hector et les Troyens l'acclamèrent,
    Naïfs ; Pallas Athéna leur avait ôté le sens.
    Ils approuvaient Hector ; et sa pensée était mauvaise.
    Personne n'était pour Polydamas, qui donnait le meilleur
      conseil.
    On prit le repas dans les rangs. Quant aux Achéens,
315 Toute la nuit, se lamentant, ils pleurèrent sur Patrocle.
    Le Pélide entonnait l'immense lamentation,
    Posant ses mains tueuses d'hommes sur la poitrine du
      compagnon,
    Gémissant sans arrêt comme le lion à crinière,
    À qui un homme tueur de cerfs a retiré ses petits,
320 Dans l'épaisse forêt. Tard il revient, il se désole,
    Il parcourt toutes les vallées, marchant sur les traces de
      l'homme.
    Il veut le trouver. Sa bile est aigre.
    Comme lui, avec des soupirs profonds, il disait aux Myr-
      midons :
    « Oh ! la ! la ! j'ai jeté en vain mes mots, ce jour
325 Où j'ai, dans mon palais, rassuré Ménoitios le héros,
    J'ai promis de ramener à Opoeis son illustre fils,
    Quand il aurait ruiné Troie et reçu sa part de butin.
    Mais Zeus ne mène pas à bien tous les projets des hommes.
    Il est prescrit que tous deux nous serons dans la même
      terre,
330 Ici à Troie, car jamais, revenant au pays,
    Ne m'accueillera dans le palais Pélée le vieux chevalier
    Ni Thétis ma mère ; c'est ici que le terre me gardera.
    Et maintenant, Patrocle, puisque après toi j'irai sous terre,

Je ne veux pas pour toi de funérailles avant d'avoir ici
    apporté
335 Les armes et la tête d'Hector, ton meurtrier au grand
    cœur.
Devant le bûcher j'égorgerai douze
Beaux enfants de Troyens, car j'enrage que tu sois tué ;
Jusque là tu resteras tel quel près des bateaux courbes ;
Autour de toi Troyennes et Dardanides aux seins généreux
340 Hurleront nuit et jour, pleurant des larmes,
Celles-là que nous avons prises, par la force, avec nos lances,
Quand nous avons ruiné les riches villes des hommes éphé-
    mères. »

Ce disant, il ordonna aux compagnons, Achille divin,
De mettre sur le feu un grand trépied, pour que, vite,
345 On lave Patrocle de ses souillures sanglantes.
Eux mirent sur le feu brûlant un chaudron pour le bain,
Y versèrent de l'eau, ajoutèrent encore du bois.
Le feu environna le ventre du chaudron, l'eau chauffa.
Quand l'eau eut bouilli dans le bronze luisant,
350 Alors ils le lavèrent, versèrent sur lui de l'huile épaisse,
Mirent dans les blessures un onguent de neuf années,
Le posèrent sur un lit, le couvrirent d'une fine étoffe
De la tête aux pieds, puis, par-dessus, d'un voile blanc.
Ensuite, toute la nuit, autour d'Achille Pieds-Rapides,
355 Les Myrmidons gémirent en pleurant sur Patrocle.
Zeus dit à Héra, sa sœur et son épouse :
« Tu as bien agi, souveraine Héra Œil de Vache,
En remettant debout Achille Pieds-Rapides. C'est de toi,
De toi-même que sont nés les Achéens chevelus*. »

360 Lui répondit alors la souveraine Héra Œil de Vache :
« Kronide terrible, quel mot tu viens de prononcer !
Un homme mortel contre un autre réaliserait ce qu'il veut,
Alors qu'il doit mourir et n'a pas grand savoir.
Et moi qui suis, je le dis, la plus grande des déesses,
365 Pour deux raisons, par ma naissance et parce qu'on m'ap-
    pelle

Ton épouse (et toi tu règnes sur tous les immortels),
Je ne devrais pas faire du mal aux Troyens, contre qui je
   suis fâchée ? »

Voilà ce qu'ils se disaient l'un à l'autre.
Mais Thétis aux pieds d'argent vint à la maison d'Hé-
   phaistos,
370 Indestructible, étoilée, splendide aux yeux des immortels,
Toute en bronze ; il l'avait faite lui-même, le Boiteux.
Elle le trouva suant, tout courbé sur ses soufflets,
En grand effort. Il avait fait vingt trépieds en tout,
Pour les placer près du mur, dans une belle salle ;
375 Il avait disposé à leur base des roues d'or,
Pour que d'eux-mêmes* ils aillent à l'assemblée des dieux,
Et reviennent à la maison, merveilles à voir.
Ils étaient presque terminés ; les anses
Ornées, il ne les avait pas fixées. Il les forgeait, préparait
   les attaches.
380 Pendant qu'il travaillait avec tout son savoir,
Elle s'approcha de lui, la déesse Thétis aux pieds d'argent.
La voyant, s'avança Kharis* au ruban de couleur,
La belle, qu'avait épousée l'illustre Bétourné.
Elle lui prit la main et lui dit, prononçant son nom :
385 « Pourquoi, Thétis au long voile, viens-tu dans notre maison,
Respectable et chérie comme tu l'es ; jadis, tes visites étaient
   rares.
Mais parle d'abord, que je te donne ce qui convient aux
   visiteurs. »

Ce disant, elle la fit avancer, divine entre les déesses.
Elle la fit asseoir sur un fauteuil aux clous d'argent,
390 Beau et bien orné ; il y avait un tabouret pour les pieds.
Elle appela Héphaistos l'illustre ouvrier, et lui dit :
« Héphaistos, viens là. Thétis te rend visite. »
Lui répondit alors l'illustre Bétourné :
« C'est une déesse redoutable et vénérable qui est venue.
395 Elle m'a sauvé, quand la douleur me tenait, tombé loin
Par le vouloir de ma mère Œil de Chienne, qui voulait

Me cacher, parce que je boite ; et j'aurais souffert dans
    mon cœur
Si Eurynomè et Thétis ne m'avaient reçu dans leur giron,
Eurynomè, fille de l'Océan qui coule en tous sens.
400 Pour elles, en neuf ans, j'ai fait maint bel ouvrage de bronze,
Agrafes, broches ou spirales, coupes à boire et colliers,
Dans une grotte profonde. Le flot d'Océan, avec son écume,
Coulait tout autour, murmurant, infini ; personne d'autre
N'en savait rien, parmi les dieux et les hommes qui meurent,
405 Sinon Thétis et Eurynomè, qui m'avaient sauvé.
Elle vient maintenant chez nous. Il s'impose
Que je paie à Thétis aux belles boucles le prix des douleurs
    épargnées.
Mais toi, apporte-lui ce qui convient aux visiteurs,
Le temps que je range mes soufflets et mes outils. »

410 Il dit, se leva, quitta l'enclume, immense, haletant,
Boitant ; ses jambes grêles s'agitaient.
Ses soufflets, il les mit loin du feu, tous ses outils
De travail, dans un coffre d'argent il les rassembla.
Avec une éponge, il essuya son visage, ses mains,
415 Son cou puissant, sa poitrine velue ;
Il enfila une tunique, prit son gros bâton, alla vers la porte,
Boitant ; des servantes venaient soutenir leur prince,
Toutes d'or, pareilles à des filles vivantes.
Elles ont un esprit dans le corps, et une voix,
420 Et de la force ; grâce aux dieux, elles savent travailler.
Elles soutenaient leur prince. Lui, allant
Plus près, où était Thétis, s'assit sur un fauteuil splendide.
Il la prit par la main et lui dit, prononçant son nom :
« Pourquoi, Thétis au long voile, viens-tu dans notre maison,
425 Respectable, aimée comme tu l'es ; jadis, tes visites étaient
    rares.
Dis ta pensée. Mon cœur m'ordonne de faire tout
Ce que je peux faire, si c'est faisable. »

En réponse lui dit Thétis, pleurant des larmes :
« Héphaistos, de toutes les déesses qui sont dans l'Olympe,

430 Qui a souffert dans son âme autant de chagrins
    Que le Kronide Zeus m'a donné de douleurs ?
    Fille de la mer, il m'a soumise à un homme*,
    Pélée, fils d'Éaque ; j'ai supporté de coucher avec un homme
    Et vraiment je ne le voulais pas. Et maintenant, épuisé
435 Par la triste vieillesse, il végète dans son palais ; et moi,
    J'ai eu de lui un fils à mettre au monde et à nourrir,
    Le plus grand des héros : il a poussé comme un arbre.
    Je l'ai nourri comme un jeune plant dans un jardin sur la
        colline,
    Sur les bateaux de haut bord je l'ai envoyé à Ilion,
440 Pour qu'il combatte les Troyens. Plus jamais je ne l'accueil-
        lerai
    Revenant chez lui dans la maison de Pélée.
    Tant qu'il vit, tant qu'il voit la lumière du soleil,
    Il se ronge, et je ne peux pas le soulager.
    Les fils des Achéens avaient choisi pour sa récompense
        une fille,
445 Agamemnon le plus fort la lui a prise des mains.
    Lui, il souffrait et rongeait son cœur. Mais les Troyens
    Ont attaqué les Achéens près des poupes ; on ne pouvait
        pas
    Les mettre dehors. Alors ils l'ont supplié, les anciens
    Des Argiens, ils lui ont promis des cadeaux dont on par-
        lerait.
450 Il a refusé de repousser lui-même le malheur,
    Mais il a revêtu Patrocle de ses armes,
    L'a envoyé au combat, avec une troupe nombreuse.
    Tout le jour ils se sont battus près des portes Scées,
    Ce jour-là ils auraient détruit la ville, si Apollon,
455 Alors que le vaillant fils de Ménoitios avait déjà fait des
        ravages,
    Ne l'avait tué au premier rang, donnant à Hector la gloire.
    C'est pourquoi je viens à tes genoux. Voudras-tu
    À mon fils qui va bientôt mourir donner bouclier et casque,
    Belles cnémides avec garde-chevilles,
460 Et cuirasse ? Car son fidèle compagnon a tout perdu,
    Abattu par les Troyens. Lui, couché par terre, il souffre. »

Lui répondit alors l'illustre Bétourné :
« Aie confiance ; que rien de tout cela ne t'inquiète.
Si je pouvais le dérober à la mort au nom sinistre,
465 Le cacher quand l'atteindra le sort cruel !
Mais il aura de belles armes, qui sembleront
Merveille à tous les hommes qui les verront. »

Il dit, la laissa, et alla vers ses soufflets.
Il les tourna vers le feu et leur donna l'ordre d'agir.
470 Les soufflets, tous ensemble, soufflèrent sur vingt creusets,
Exhalant un air vif, avec des forces diverses,
Une pour l'aider quand il allait vite, une autre pour d'autres
    moments,
Selon que le voulait Héphaistos menant son travail.
Dans le feu il jeta le bronze inusable et l'étain
475 Et l'or précieux et l'argent. Puis il plaça
Sur le support une grande enclume, prit d'une main
Un fort marteau, de l'autre il prit une pince.

Il fit d'abord un grand bouclier, et solide,
Bien décoré partout ; il y fixa une brillante bordure,
480 Triple, rayonnante, et un baudrier d'argent.
Le bouclier était fait de cinq plaques ; il y mit
Pour l'orner plus d'un motif, par son grand savoir.

Il fit la terre et le ciel et la mer,
Le soleil infatigable et la lune en sa plénitude,
485 Et tous les signes qui étoilent le ciel,
Pléiades, Hyades, et la vigueur d'Orion,
L'Ourse qu'on appelle aussi Chariot,
Qui, tournant sur elle-même, surveille Orion,
Et seule n'a point part aux bains dans l'Océan.

490 Il fit deux villes d'hommes éphémères,
Belles. Dans l'une, un mariage et un festin.
Les filles, sorties de leurs chambres, à la lueur des torches,
On les menait par la ville, et l'on chantait partout « Hyménée ».

Les garçons dansaient, tourbillonnants ; pour eux,
495 Flûtes et cithares résonnaient. Les femmes,
Debout chacune sur son seuil, s'émerveillaient.
Le peuple était réuni à l'assemblée ; une querelle
Éclatait ; deux hommes se querellaient à propos du prix
D'un homme tué. L'un disait avoir tout donné.
500 Il l'expliquait au peuple. L'autre niait avoir rien reçu.
Tous deux recouraient à un arbitre pour qu'on en finisse.
La foule, avec des cris, soutenait l'un ou l'autre.
Les hérauts retenaient la foule. Les vieillards,
Assis sur des pierres polies, dans le cercle sacré,
505 Tenaient en main les bâtons des hérauts à la voix claire.
Puis ils se levaient, et rendaient leur sentence.
Au milieu, on voyait deux talents d'or,
Pour donner à celui dont l'avis serait le plus droit.

Près de l'autre ville se tenaient deux armées,
510 Brillant de toutes leurs armes. Leurs avis différaient :
Ou bien la brûler, ou bien faire le partage de tout
Ce qui se trouvait dans cette belle ville forte.
Les assiégés ne se rendaient pas ; ils s'armaient pour une
    embuscade.
Les épouses et les petits enfants, sur le rempart,
515 Le défendaient, avec les hommes que tenait la vieillesse.
Les autres marchaient. Arès les menait, avec Pallas Athéna,
D'or tous deux, vêtus d'habits en or,
Beaux et grands sous leurs armes ; puisque dieux,
On les voyait bien ; les hommes étaient plus petits.
520 Ils arrivaient au lieu propice pour l'embuscade,
Dans le fleuve, où s'abreuvaient tous les troupeaux ;
Ils s'installaient, cuirassés de bronze luisant ;
Un peu à l'écart, deux guetteurs étaient postés,
Pour voir venir les moutons et les vaches aux cornes torses.
525 Elles approchaient, deux bouviers les suivaient,
Jouant de la syrinx, sans deviner la ruse.
Les autres attaquaient alors, en grand hâte
Ils prenaient les vaches et les troupeaux
De moutons blancs ; ils tuaient les gardiens.

530 Entendant un grand bruit près de leurs vaches,
   Les autres, assis à l'assemblée, soudain sur leurs chevaux
   Aux pieds de vent sautaient. Ils arrivaient.
   En rangs, ils combattaient un combat sur des rives du
      fleuve,
   Se frappant l'un l'autre avec des épées de bronze.
535 Discorde et Vacarme les accompagnaient; et, méchante,
      la Tueuse,
   Saisissait un vivant, juste blessé, puis un autre, sans bles-
      sure.
   Un autre, mort, elle le traînait par les pieds dans la foule.
   Son habit, sur ses épaules, était rouge du sang des hommes.
   Ils avaient l'air vivants, ceux qui se rencontraient et se bat-
      taient;
540 Chacun voulait tirer à soi les cadavres ennemis.

   Il fit un champ nouveau, tendre et gras,
   Long, trois fois semé. Des laboureurs
   Poussaient les attelages çà et là.
   Quand ils arrivaient au bout, avant le demi-tour,
545 Un homme survenait qui leur mettait en main
   Une coupe de vin doux. Et ils reprenaient le sillon
   Pour atteindre l'autre bout du champ profond,
   Qui semblait noir derrière eux, comme déjà labouré.
   Il était en or pourtant. C'était merveille de le voir.

550 Il mit un domaine royal; des travailleurs
   Moissonnaient avec, en main, des faux aiguisées.
   Les javelles tombaient dru sur le sillon
   Et les lieurs les liaient en gerbes.
   Trois lieurs étaient là, debout; derrière eux,
555 Des enfants ramassaient dans leurs bras les épis,
   Pour les leur donner, sans arrêt. Le roi, silencieux,
   Se tenait debout, avec son bâton, sur le sillon, le cœur en
      joie.
   Des hérauts, à l'écart, sous un chêne, préparaient le repas,
   Sacrifiant un grand bœuf bien gras. Les femmes
560 Pour le dîner des travailleurs pétrissaient la farine blanche.

Il y mit une grande colline riche en vignes,
Belle, toute en or. Il y avait des grappes noires
Sur des échalas tout d'argent.
Un fossé bleu sombre, avec une barrière
565 D'étain. Il n'y avait qu'un seul sentier,
Par où passaient les porteurs au temps des vendanges.
Jeunes filles et jeunes gens, avec des idées de tendresses,
Portaient dans des corbeilles tressées le doux fruit.
Au milieu d'eux un enfant, avec une cithare sonore,
570 Jouait doucement et chantait le beau chant de Linos*,
D'une voix délicate ; eux, ils l'accompagnaient
En chantant, en criant, en frappant du pied.

Il fit un troupeau de vaches à cornes droites,
Les vaches étaient d'or et d'étain.
575 Mugissant, elles allaient du fumier au pâturage,
Près du fleuve bruyant, près des souples roseaux.
Des bouviers d'or marchaient avec les vaches ;
Ils étaient quatre, suivis de neuf chiens aux pieds agiles.
Deux lions terribles, à la tête du troupeau,
580 Avaient pris un taureau mugissant ; malgré ses cris,
Ils le traînaient. Les chiens et les hommes accouraient.
Mais eux, arrachant la peau de la bête,
Dévoraient les boyaux et le sang noir. Les bergers
Les poursuivaient, encourageant les chiens rapides,
585 Qui hésitaient à mordre les lions,
Mais qui, de tout près, aboyaient, tout en esquivant.

Il fit, l'illustre Bétourné, une pâture
Dans un beau vallon ; de blanches brebis,
Une étable, des cabanes bien couvertes, des enclos.

590 Il fabriqua, l'illustre Bétourné, un chœur
Pareil à celui qu'autrefois, dans Cnossos la grande,
Dédale instruisit pour Ariane Belles-Boucles.
Jeunes gens, filles qu'on n'épouse pas sans de riches cadeaux,
Dansaient, se tenant l'un l'autre par le poignet,

595 Elles, portant de fines étoffes, eux, des tuniques
    Parfaites ; tout brillait de belle huile.
    Elles avaient de belles couronnes ; eux, des coutelas
    En or, suspendus à des baudriers d'argent.
    Tantôt ils évoluaient savamment,
600 Avec aisance, comme le tour qu'entre ses mains
    Le potier assis lance pour voir s'il fonctionne.
    Tantôt ils évoluaient en deux rangées opposées.
    Une foule entourait ce chœur merveilleux,
    Toute réjouie. Un aède divin chantait pour eux,
605 S'accompagnant à la cithare. Deux acrobates,
    Dès qu'il chantait, tourbillonnaient au milieu de la foule.

    Il mit la grande force du fleuve Océan
    Près de la bordure extrême de ce bouclier bien fait.

    Et quand il eut fini le bouclier grand et solide,
610 Il fit une cuirasse plus brillante que la splendeur du feu,
    Il fit un casque robuste, adapté aux tempes,
    Beau, tout orné, avec un panache d'or,
    Il fit des cnémides d'étain raffiné.

    Quand il eut peiné sur ces armes, l'illustre Bétourné,
615 Il les prit et les déposa devant la mère d'Achille.
    Comme un épervier, elle bondit de l'Olympe enneigé,
    Emportant de chez Héphaistos les armes étincelantes.

CHANT XIX

Aurore au voile de safran des flots de l'Océan
Jaillit, portant aux immortels la lumière et aux mortels.
Portant les cadeaux du dieu, l'autre déesse vint aux bateaux,
Elle trouva son fils couché sur Patrocle,
5 Pleurant, hurlant : nombreux autour de lui les compagnons
En deuil ; au milieu d'eux parut la divine entre les divines,
Elle le prit par la main et dit, prononçant son nom :
« Mon enfant, celui-ci, si grand soit notre chagrin,
Laissons-le ; il a été dompté par le vouloir des dieux.
10 Toi, reçois d'Héphaistos ces armes de gloire,
Superbes ; aucun homme encore ne les a mises sur ses
    épaules. »

Ayant dit, la déesse posa les armes
Devant Achille ; bellement ornées, elles résonnèrent.
Un frisson saisit tous les Myrmidons ; personne n'osait
15 Les regarder ; ils avaient peur. Mais Achille,
Quand il les vit, sa bile fut plus forte, et ses yeux,
Terribles, sous les paupières parurent comme des éclairs.
Il eut joie à tenir dans ses mains les nobles cadeaux du
    dieu.
Et la joie fut dans son cœur, en les voyant si richement
    ouvragés.
20 Soudain à sa mère il dit ces mots qui ont des ailes :
« Ma mère, ces armes, un dieu me les a données, admirable
Travail digne des immortels ; aucun humain ne les ferait.

Maintenant je vais me cuirasser; mais j'ai grand
Peur pour le fils vaillant de Ménoitios;
25 Les mouches s'enfoncent dans les blessures qu'a taillées le
   bronze;
Elles vont proliférer, déshonorer le cadavre
(La vie en est partie), détruire tout le corps. »

Elle répondit, la divine Thétis aux pieds d'argent:
« Enfant, n'aie pour cela, en toi, aucune inquiétude.
30 Je vais tenter de détruire ces tribus sauvages,
Ces mouches, qui mangent les hommes quand Arès les a
   tués.
Même s'il reste là toute une année, jusqu'à la fin
Son corps sera toujours sain, voire mieux encore.
Mais toi, appelle à l'assemblée les héros achéens,
35 Ta colère, renonces-y, contre Agamemnon berger de peuples
Arme-toi vite pour la guerre, entre dans la mêlée. »

Ce disant, elle lui donna une ardeur, une audace.
Sur Patrocle, elle versa de l'ambroisie, du nectar rouge
Dans les narines, pour que le corps demeure pur.

40 Il allait, Achille divin, sur le rivage de la mer,
Criant terriblement, faisant se lever les héros achéens;
Et ceux qui, avant, restaient dans les bateaux,
Les pilotes qui tiennent la maîtresse rame des bateaux,
Et les intendants qui, dans les bateaux, répartissent la
   pitance,
45 Tous, cette fois, allèrent à l'assemblée, parce qu'Achille
Était là, lui qui longtemps avait cessé le combat doulou-
   reux.
Boitant, marchaient deux serviteurs d'Arès,
Le fils de Tydée, intrépide, et le divin Ulysse,
Appuyés sur leurs lances; leurs blessures toujours leur fai-
   saient mal.
50 Arrivés, ils s'assirent au premier rang de l'assemblée.
Le suivant à venir fut Agamemnon prince des hommes,
Blessé; dans la lutte farouche,

Koôn Anténoride l'avait blessé avec sa lance de bronze.
Quand ils furent tous réunis, tous les Achéens,
55 Se levant, Achille Pieds-Rapides leur dit :
« Atride, est-il pour nous deux vraiment
Meilleur, pour toi, pour moi, que, le cœur lourd,
Dans une querelle épuisante nous nous battions pour une
fille ?
Mieux vaudrait que près des bateaux Artémis d'une flèche
l'ait tuée,
60 Ce jour où j'ai pris Lyrnesse et l'ai détruite.
Alors les Achéens n'auraient pas si nombreux mordu la
poussière,
Sous la main des ennemis, pendant que je restais en colère
à l'écart.
Grand avantage pour Hector et les Troyens. Les Achéens
Longtemps, je crois, se rappelleront cette querelle entre moi
et toi.
65 Mais laissons ce qui s'est passé, si lourd soit notre chagrin,
Dominons par force le souffle dans nos poitrines.
Voilà, j'arrête ma bile ; il ne faut pas que toujours,
Obstinément je garde ma colère. Allons, au plus vite,
Pousse à la guerre les Achéens chevelus
70 Pour que je tâte du Troyen en marchant contre eux,
S'ils veulent attaquer les bateaux. Mais, je le suppose,
Il aura plaisir à détendre ses genoux, celui qui aura évité
Dans la guerre cruelle notre lance. »

Il dit ; les Achéens aux cnémides en eurent joie.
75 Le Pélide au grand cœur renonçait à sa colère.
Agamemnon prince des hommes leur dit
De son siège, sans se placer debout au milieu d'eux :
« Héros Danaens, mes amis, serviteurs d'Arès,
Celui qui est debout, il est beau de l'écouter ; il est incon-
venant
80 De l'interrompre, car c'est gênant, même pour qui sait
parler.
Dans une grande foule d'hommes, comment entendre
Ou parler ? L'orateur est gêné, même si sa voix est forte.

Je vais parler au Pélide ; vous autres,
Écoutez, Argiens ; que chacun entende mon dire.
85 Souvent, ce dire, les Achéens me l'ont rappelé,
Et m'ont blâmé. Ce n'est pas à moi qu'il faut s'en prendre ;
Mais à Zeus, au sort, à l'Erinye des brumes*
Qui, dans l'assemblée, m'ont jeté au corps Folle-Erreur,
Ce jour où j'ai, moi, enlevé à Achille sa part.
90 Qu'aurais-je pu faire ? c'est un dieu qui mène à sa fin toute
    chose.
Folle-Erreur est fille aînée de Zeus ; elle trompe tout le
    monde,
La pernicieuse ; elle a les pieds doux ; ce n'est pas sur le sol
Qu'elle marche, mais sur les têtes des hommes ;
Et elle leur nuit. Elle en a entravé plus d'un.
95 Et elle a trompé Zeus, qui est, à ce qu'on dit,
Le plus fort parmi les hommes et les dieux ; lui aussi,
Héra, étant femme, l'a berné avec une ruse.
Le jour où Alcmène devait accoucher
D'Héraklès-la-Force, dans Thèbes aux couronnes,
100 Lui, fier, il fit savoir à tous les dieux :
"Écoutez-moi, vous tous, dieux, vous toutes, déesses,
Je vais vous dire ce qu'en moi mon cœur m'ordonne.
Aujourd'hui l'Eiléithye* des femmes en travail va mettre
Au monde un homme qui régnera sur tous autour de lui,
105 Il est de la lignée de ces hommes qui sont de mon sang."
Héra souveraine lui dit en rusant :
"Tu seras trompé ; ton dire n'aura pas sa fin.
Jure-moi, Olympien, le grand serment,
Que régnera sur tous autour de lui
110 Celui qui aujourd'hui tombera entre les pieds d'une femme,
Parmi ceux qui sont nés de ton sang."
Elle dit ; Zeus ne vit pas la ruse.
Il jura le grand serment ; plus tard il en eut grand deuil.
Héra bondit, quitta la montagne d'Olympe,
115 Alla vite à Argos d'Achaïe, où elle savait trouver
La brave épouse de Sthénélos fils de Persée.
Celle-là avait dans le ventre un fils ; c'était le septième
    mois.

Elle le fit venir à la lumière, encore imparfait.
Elle arrêta le travail d'Alcmène, retint les Eiléithyes,
120 Puis, messagère elle-même, elle dit à Zeus Kronide :
"Zeus, père, Blanche-Foudre, voici ce que je vais dire :
Un homme noble est né, qui régnera sur les Argiens,
Eurysthée, fils de Sthénélos fils de Persée,
Ton sang ; il n'est pas disconvenant qu'il règne sur les
Argiens."
125 Elle dit ; et lui, une douleur aiguë le frappa au profond de
la poitrine ;
Il prit soudain Folle-Erreur par sa tête aux boucles huilées,
Furieux dans son cœur, et jura un grand serment :
Plus jamais dans l'Olympe et le ciel aux étoiles
Folle-Erreur ne reviendrait, qui trompe tout le monde.
130 Ce disant, il la jeta du haut du ciel aux étoiles,
Après l'avoir fait tourner. Elle tomba là où les hommes
travaillent.
Et lui se plaignait d'elle, quand il voyait son cher fils,
Exécutant pour Eurysthée un travail honteux.
Et moi, quand le grand Hector au panache
135 Tuait les Argiens sous les poupes de bateaux,
Je n'ai pas pu échapper à Folle-Erreur, qui d'emblée m'a
trompé.
Mais si j'ai eu tort, si Zeus m'avait ôté le jugement,
Je veux faire la paix, donner une énorme compensation.
Marche au combat, et pousses-y tes troupes.
140 Ces cadeaux, je veux te les donner tels qu'hier,
Allant à ta tente, te les a promis le divin Ulysse ;
Si tu veux, attends avant d'aller rencontrer Arès,
Mes serviteurs les prendront dans mon bateau
Et te les porteront, pour que tu voies ce que je te donne de
beau. »

145 En réponse lui dit Achille Pieds-Rapides :
« Atride glorieux, prince des hommes, Agamemnon,
Si tu veux me faire des cadeaux, comme il convient,
Garde-les chez toi ; maintenant pensons surtout
À la guerre ; il ne faut pas rester ici à bavarder,

150 À perdre du temps ; il y a encore beaucoup à faire.
    Il faut qu'on voie Achille au premier rang,
    Ravageant avec la pique de bronze les phalanges des
        Troyens.
    Que chacun de vous songe à se battre contre un homme. »

    En réponse lui dit Ulysse le subtil :
155 « Tu es brave, Achille à visage de dieu.
    Mais, les fils des Achéens, ne les envoie pas contre Ilion
    À jeun, se battre contre les Troyens ; la bataille ne va pas
        durer
    Peu de temps, après que se seront d'abord heurtées les
        phalanges
    D'hommes, et qu'un dieu aux deux armées aura inspiré la
        fureur.
160 Ordonne que, sur les bateaux légers, les Achéens se rassa-
        sient
    De pain et de vin ; c'est là que sont force et vaillance.
    Un homme tout le jour jusqu'au soleil couchant
    Privé de pitance ne peut pas se battre
    Même si son âme a désir de guerre,
165 Ses membres se feront lourds, il sera saisi
    Par la faim et la soif, ses genoux refuseront de bouger.
    Mais l'homme qui a son content de vin et de pitance
    Contre les ennemis il se battra tout le jour.
    Son cœur sera sûr en sa poitrine, et son corps
170 Ne se lassera pas, avant que tous fassent retraite.
    Allons, disperse l'assemblée. Ordonne qu'on prépare
    Le repas. Ses cadeaux, que le prince des hommes Aga-
        memnon
    Les apporte au milieu de la place, que tous les Achéens
    Les voient de leurs yeux, et que tu aies joie en ton cœur.
175 Qu'il te jure un grand serment, debout parmi les Argiens,
    Qu'il n'est pas monté dans son lit, qu'il n'a pas couché
        avec elle,
    Comme il est légitime*, prince, pour les hommes et les
        femmes.
    Que ton cœur à toi soit en repos dans ta poitrine.

Qu'ensuite dans sa tente il t'offre un repas
180 Copieux, pour que rien ne manque de ce qui est ton droit.
Atride, par la suite, tu seras en toute occasion
Plus juste. Il n'est pas scandaleux qu'un roi
Cherche à plaire à quelqu'un qu'il a d'abord maltraité. »

Lui dit alors le prince des hommes Agamemnon :
185 « J'ai contentement, Laertiade, à entendre ce dire.
Tu expliques et ordonnes tout comme il faut.
Je veux faire le serment, mon cœur me l'ordonne,
Je ne serai point parjure face aux dieux. Qu'Achille
Demeure ici, bien qu'il ait désir d'Arès.
190 Restez tous, vous autres, que les cadeaux
Sortent de ma tente, et que nous prononcions les serments.
Pour toi, voici ce que je t'ordonne et prescris :
Choisis des jeunes gens, les meilleurs de tous les Achéens ;
Qu'ils prennent les cadeaux dans mon bateau, ceux qu'hier
195 J'ai promis de donner à Achille ; qu'ils amènent les femmes.
Que Talthybios, vivement, dans la grande armée des Achéens
Prépare un porc, pour sacrifier à Zeus et à Hélios. »

En réponse lui dit Achille Pieds-Rapides :
« Atride glorieux, prince des hommes, Agamemnon,
200 De tout cela il vaut mieux s'occuper une autre fois
Quand il y aura pause dans la guerre
Et moindre fureur dans ma poitrine.
Maintenant gisent à terre, mutilés, ceux qu'a abattus
Hector Priamide, quand Zeus lui donnait la gloire.
205 Vous, songez à vous nourrir. Moi, maintenant, j'aimerais
    mieux
Ordonner aux fils des Achéens de se battre
Sans rien avaler, puis, au soleil couchant
De préparer un grand festin, quand nous aurons vengé
    l'outrage.
Car avant, pour moi, nourriture ni boisson
210 Ne passeraient pas ma gorge : mon compagnon est mort.
Il est dans ma tente, déchiré par le bronze aigu,
Face à l'entrée ; tòut autour, les compagnons

Pleurent ; moi, rien ne me tient au cœur,
Sinon le meurtre et le sang et l'amère plainte des hommes. »

215 En réponse lui dit Ulysse le subtil :
« Achille, fils de Pélée, le plus fort des Achéens,
Plus grand que moi et plus fort, et pas de peu,
Avec la lance (mais moi, pour l'esprit, je te dépasse
Et de beaucoup ; je suis né le premier et j'en sais plus long),
220 Que ton cœur s'emplisse de mon dire.
Les hommes en ont vite assez de la guerre ;
Le bronze jette à terre force chaume,
Mais la moisson est pauvre, quand fait pencher la balance
Zeus, qui est l'intendant de la guerre des hommes.
225 Ce n'est pas avec le ventre que les Achéens mènent le deuil.
Trop nombreux, en rangs serrés, tous les jours,
Ils tombent. Dans la peine peut-on reprendre haleine ?
Celui qui est mort, il faut l'enterrer,
Avec un cœur sans pitié, après l'avoir pleuré tout le jour.
230 Mais ceux qui réchappent de la guerre cruelle,
Qu'ils songent à boire et à manger, pour que mieux
Contre les ennemis nous nous battions sans trêve,
Le corps vêtu du bronze sûr. Ensuite, que personne
Ne s'attarde à attendre un second appel.
235 Cet appel fera le malheur de quiconque est resté
Sur les bateaux des Argiens. Marchons ensemble,
Et réveillons l'Arès mordant contre les cavaliers troyens. »

Il dit, et prit avec lui les fils de Nestor le glorieux,
Et aussi Mégès Phyléide et Thoas et Mèrionès
240 Et Lykomèdès fils de Kréiôn et Mélanippos ;
Ils allèrent à la tente d'Agamemnon Atride.
À peine la parole dite, le travail fut achevé.
De la tente ils apportèrent les sept trépieds promis,
Vingt chaudrons étincelants, douze chevaux.
245 Ils menèrent des femmes expertes en beaux ouvrages,
Sept en tout. Briséis aux belles joues était la huitième.
Ulysse portant dix talents d'or* marchait
Le premier, les jeunes Achéens suivaient avec les cadeaux.

Ils les posèrent au milieu de la place, et Agamemnon
250 Était là, debout. Talthybios, dont la voix semble celle d'un
     dieu,
Tenant le porc dans ses bras, était près du berger de peuples.
L'Atride, tirant des deux mains son coutelas
Toujours tout près du grand fourreau de l'épée,
D'abord coupa les poils du porc, puis, les mains vers Zeus,
255 Il pria ; là même, étaient assis en silence tous
Les Argiens, en bon ordre, écoutant le roi.
Priant, il dit, en regardant le large ciel :
« Que sache d'abord Zeus, le plus grand, le meilleur des
     dieux,
Et Terre et Soleil et les Erinyes, qui sous terre
260 Châtient ceux des hommes qui se sont parjurés :
Sur la fille Briséis je n'ai pas mis la main,
Ni pour qu'elle entre dans mon lit, ni pour rien d'autre,
Elle est restée intouchée dans ma tente.
S'il y a faux serment, que les dieux me donnent beaucoup
265 De douleurs, celles qu'ils donnent à qui les offense en
     jurant. »

Il dit, et trancha la gorge du porc avec le bronze cruel.
Talthybios dans le gouffre immense de la mer grise
Le jeta, l'ayant fait tournoyer, pâture pour les poissons.
   Achille
Debout au milieu des Argiens belliqueux proclama :
270 « Zeus père, tu souffles aux hommes de folles erreurs.
Jamais, sinon, l'Atride n'aurait suscité en ma poitrine
Une fureur si constante ; jamais, la fille,
Il ne l'aurait emmenée contre mon gré sans recours. Mais
     Zeus
Voulait que la mort prenne beaucoup d'Achéens.
275 Maintenant allez manger, pour que nous nous confron-
     tions à Arès. »
C'est ainsi qu'il parla ; puis il dispersa en vitesse l'assemblée.
Ils s'égaillèrent, chacun allant vers son bateau.
Les magnanimes Myrmidons prirent les cadeaux,
S'en allèrent les porter au bateau du divin Achille.

280 Ils mirent les uns dans la tente, installèrent les femmes,
    De magnifiques serviteurs menèrent les chevaux à l'écurie.

    Puis Briséis, pareille à l'Aphrodite d'or,
    Quand elle vit Patrocle déchiré par le bronze aigu,
    Se jeta sur lui en hurlant ; de ses mains elle égratigna
285 Ses seins, son cou délicat, son beau visage.
    Elle disait en pleurant, cette femme pareille aux déesses :
    « Patrocle qu'aime tant mon cœur malheureux,
    Quand je suis partie de cette tente, tu étais vivant,
    Et maintenant je te trouve mort, guide de peuples,
290 Quand je reviens ; pour moi toujours un mal entraîne un
       mal.
    L'homme à qui m'avaient donnée mon père et ma mère
       souveraine,
    Je l'ai vu devant la ville, déchiré par le bronze aigu ;
    Trois frères que ma mère avait mis au monde,
    Frères bien aimés, tous ont atteint le jour de la mort.
295 Tu ne m'as pas permis, lorsque Achille le cruel a tué
    Mon mari et détruit la ville du divin Mynès,
    De pleurer, mais (tu me l'assurais) tu ferais que d'Achille
       divin
    Je sois la femme épouse, que sur ses bateaux il m'emmène
    À Phthie, qu'il fête nos noces parmi les Myrmidons.
300 Sans cesse je te pleure mort, toi qui toujours as été doux. »

    Ainsi parlait-elle, toute en pleurs. Et les femmes gémis-
       saient,
    Sur Patrocle, simple prétexte*, et sur leur propre malheur.
    Quant à lui, les vieillards achéens s'assemblaient autour
       de lui,
    Le suppliant de manger ; il refusait en gémissant :
305 « Je vous en prie, si quelqu'un m'écoute parmi mes compa-
       gnons,
    Ne me dites pas, en mangeant, en buvant,
    De contenter mon cœur ; une peine affreuse me tient.
    J'attendrai le coucher du soleil ; et je tiendrai bon. »

Ce disant, il dispersa les rois,
310 Retint les deux Atrides et le divin Ulysse ;
Nestor, Idoménée et le vieux chevalier Phoinix,
Tous cherchaient à le distraire ; mais son cœur refusait
Les distractions ; il plongerait d'abord dans la gueule san-
glante de la guerre.
Tout à ses souvenirs, avec des soupirs profonds, il dit :
315 « Autrefois, toi aussi, malheureux, compagnon cher entre
tous,
Dans la tente tu me servais un repas délicieux,
Vivement, rapidement, quand les Achéens se hâtaient
Contre les cavaliers troyens de mener Arès qui fait pleurer.
Maintenant tu es là, déchiré, et mon cœur
320 Répugne à boire et à manger, tant que nous restons là,
Par regret de toi ; rien ne serait pour moi pire malheur,
Même si j'apprenais la mort de mon père,
Qui pour l'instant à Phthie pleure des larmes
Et craint pour son fils, qui en terre étrangère,
325 Combat les Troyens à cause de l'effroyable* Hélène.
Et ce fils à moi qu'on élève à Scyros,
Vit-il encore, Néoptolème* à visage de dieu ?
Autrefois mon cœur dans ma poitrine rêvait
Que je mourrais loin d'Argos la plantureuse,
330 Ici à Troie, et que tu reviendrais à Phthie
Pour, sur un rapide bateau noir, aller prendre mon fils
Et le ramener de Scyros pour lui montrer toutes choses,
Mon domaine, mes servantes et ma haute maison.
Mais Pélée, je pense, est déjà tout à fait
335 Mort, ou il vit, mais à peine, accablé
Par la vieillesse vilaine ; et il attend toujours
Le triste message qui lui apprendra ma mort. »

Ainsi parlait-il, tout en pleurs, et les vieillards gémissaient ;
Chacun se rappelait ce qu'il avait laissé au palais.
340 En les voyant pleurer, le Kronide eut pitié ;
Tout de suite il dit à Athéna ces mots qui ont des ailes :
« Mon enfant, as-tu complètement abandonné cet homme ?
N'as-tu plus en ton âme de souci pour Achille ?

Lui, devant les bateaux à haute proue,
345 Assis, il pleure son compagnon ; les autres
Sont allés manger ; lui n'a rien pris, il est à jeun.
Va, le nectar et la douce ambroisie,
Verse-les en lui, que la faim ne l'attaque pas. »

Il dit, la poussant à faire ce que déjà elle voulait.
350 Elle, comme une orfraie, ailes déployées, voix aiguë,
Tomba du ciel à travers l'éther. Or les Achéens
Soudain s'armaient dans tout le camp. Pour Achille,
Elle versa en lui le nectar et la douce ambroisie
De peur que l'insupportable faim n'affaiblisse ses genoux.
355 Puis, vers la haute maison de son père puissant,
Elle s'en retourna ; eux s'éloignaient des bateaux légers.
Comme lorsque se pressent les flocons de Zeus ; ils
     volent,
  Glacés, sous le souffle de Borée né de l'éther ;
Ainsi se pressaient les casques resplendissants,
360 Sortant des bateaux, et les boucliers bombés,
Les cuirasses robustes et les lances de frêne.
La lueur montait jusqu'au ciel ; la terre riait tout autour
Sous l'éclair du bronze. Un bruit sourd montait sous les
     pieds
Des hommes ; au milieu d'eux Achille mettait ses armes.
365 Il faisait claquer ses dents ; ses yeux
Brillaient comme la splendeur du feu ; son cœur cachait
Une douleur insupportable. En fureur contre les Troyens,
Il revêtait les cadeaux du dieu, qu'Héphaistos avait peiné
     à faire.
Il mit d'abord sur ses jambes les cnémides,
370 Belles, avec des garde-chevilles en argent ;
En second lieu sur sa poitrine il plaça la cuirasse.
À l'épaule il suspendit l'épée à clous d'argent,
Épée de bronze, puis le grand et fort bouclier.
Il le prit ; une lumière en jaillit, comme un clair de lune.
375 Comme lorsque de la haute mer une lumière apparaît aux
     marins,
  C'est un feu qui brûle, il brûle haut dans les montagnes,

Dans un enclos à moutons ; eux, contre leur gré, les bour-
  rasques
Sur la mer aux poissons les entraînent loin des leurs ;
Ainsi monta jusqu'à l'éther la lumière du bouclier d'Achille,
380 Beau de tous ses ornements ; soulevant le casque
Lourd, il le mit sur sa tête ; comme une étoile il resplendit,
Le casque à crinière ; tout autour voltigeaient les fils
D'or qu'Héphaistos avait fixés sur le cimier.
Alors le divin Achille essaya de voir si les armes
385 S'adaptaient à lui dans le mouvement de son corps agile.
Il eut soudain comme des ailes, qui soulevaient le berger
  des peuples.
De l'étui il tira la lance de son père,
Grande, large, forte ; aucun autre Achéen ne pouvait la
Brandir ; seul savait la manier Achille,
390 C'était un frêne du Pélion, qu'à son père avait donné Chiron,
Pris au sommet du Pélion, pour tuer les héros.
Ses chevaux, Automédôn et Alkimos, qui le servaient,
Les attelèrent ; ils leurs mirent de beaux harnais, un mors
Dans la bouche, fixèrent les rênes tendues en arrière
395 Au char solide. Il prit alors le fouet luisant,
Bien emmanché, et le fit voler au-dessus des chevaux,
Lui, Automédôn. Derrière, casqué, venait Achille,
Étincelant de toutes ses armes comme Hypérion* Soleil ;
Il jeta un cri terrible aux chevaux de son père :
400 «Xanthos et Balios, illustres fils de Podargè,
Dites que vous mènerez sain et sauf le cocher,
En rejoignant la troupe danaenne ; nous partons en guerre.
Ne l'abandonnez pas, comme Patrocle, mort.»

De dessous le joug lui parla le cheval aux pieds agiles,
405 Xanthos, et il secoua la tête. Sa crinière
Depuis le collier, le long du joug, venait jusqu'à terre.
La déesse Héra Blanche-Main lui avait donné la parole :
«Oui, Achille violent, aujourd'hui encore tu resteras sauf,
Mais le jour de ta mort est proche. Ne t'en prends pas à
  nous,
410 Mais au grand dieu et au sort puissant.

Nous n'avons pas, par lenteur ou négligence, laissé
Les Troyens dépouiller Patrocle de ses armes ;
C'est le meilleur des dieux, celui que Létô a mis au monde,
Qui l'a tué au premier rang, donnant à Hector la gloire.
415 Nous pourrions, nous, courir comme le souffle du Zéphyr
Qui est, dit-on, de tous le plus léger ; mais pour toi,
Ton sort est d'être dompté par un dieu et par un homme. »

Ainsi parla-t-il. Puis les Erinyes lui reprirent sa voix.
Grandement irrité, Achille Pieds-Rapides lui dit :
420 « Xanthos, ne prophétise pas ma mort ; il ne le faut pas.
Je sais moi aussi que ma part est de périr ici,
Loin de mon père et de ma mère. Et pourtant
Je n'aurai de cesse que je n'aie soûlé de guerre les Troyens. »

Il dit, et lança, au premier rang, ses chevaux aux sabots
     lourds.

CHANT XX

Ainsi, près des bateaux de haut bord ils s'armaient,
Autour de toi, fils de Pélée, fou de guerre, les Achéens,
Et de l'autre côté les Troyens, sur la hauteur au milieu de
   la plaine.
Zeus donna l'ordre à Thémis d'appeler les dieux à l'as-
   semblée
5 Du haut de l'Olympe anfractueux ; elle, allant
Partout, leur enjoignit de revenir à la maison de Zeus.
Aucun des fleuves n'y manqua, sauf Océan ;
Aucune des nymphes qui vivent dans les bois,
Aux sources des fleuves, sur l'herbe des prairies.
10 Dans la maison de Zeus Maître des Nuages
Ils s'assirent sous les portiques polis, que pour Zeus
Héphaistos a construits avec son grand savoir.

Ils étaient donc réunis près de Zeus ; le Maître du Séisme
Obéit à la déesse ; il vint du fond de la mer,
15 Prit place au milieu d'eux et interrogea Zeus sur son idée :
« Pourquoi, Foudre-Blanche, as-tu réuni l'assemblée ?
Pour les Troyens et les Achéens que prépares-tu ?
La guerre et le combat vont bientôt brûler pour eux. »

En réponse lui dit Zeus Maître des Nuages :
20 « Tu connais, Maître du Séisme, le projet de mon cœur,
Et pourquoi je vous ai réunis ; j'ai souci de qui va périr.
Moi, je resterai dans les anfractuosités de l'Olympe,

Siégeant ; et je me divertirai à les voir. Vous autres,
Allez où vous voulez rejoindre Troyens et Achéens,
25 Défendez l'un ou l'autre, selon votre pensée.
Si Achille se bat seul contre les Troyens,
Ils ne tiendront pas devant le rapide fils de Pélée.
Autrefois déjà, ils tremblaient rien qu'à le voir.
Maintenant que, pour son ami, sa colère est affreuse,
30 Je crains qu'il n'abatte leurs murs avant le temps marqué. »

Ainsi parla le Kronide, et il lança la guerre meurtrière.
Les dieux s'en allèrent en guerre, se divisant selon leur
   cœur ;
Héra marcha vers le combat pour les bateaux, avec Pallas
   Athéna,
Et Poséidon qui étreint la terre, et le bienfaisant
35 Hermès, qui excelle aux profondes pensées.
Héphaistos allait avec eux, fier de sa force,
Boitant : sous lui s'agitaient ses jambes grêles.
Vers les Troyens allèrent Arès au panache, et avec lui
Apollon aux cheveux jamais coupés et Artémis, la Dame à
   l'Arc,
40 Lètô et le Xanthe et l'Aphrodite au sourire.

Tant que les dieux étaient loin des hommes qui meurent,
Les Achéens jubilaient grandement, parce qu'Achille
Avait paru, lui qui si longtemps avait quitté le triste combat.
Un affreux tremblement saisit les genoux des Troyens ;
45 Ils avaient peur en voyant le rapide fils de Pélée,
Avec ses armes étincelantes, pareil à l'Arès peste des hommes.
Mais quand les Olympiens se mêlèrent aux humains,
La dure Discorde se leva, qui excite les troupes. Athéna
   cria,
Tantôt debout près du fossé creusé, hors du mur ;
50 Tantôt sur la rive aux échos, d'un grand cri.
Il cria, Arès, de l'autre côté, pareil à un sombre orage,
Voix aiguë, du haut de la ville donnant des ordres aux
   Troyens,
Ou parfois courant près du Simois sur la Belle Colline.

Ainsi les dieux bienheureux les poussaient tous
55 À se heurter, et entre eux suscitaient une lourde discorde.
Le Père des hommes et des dieux tonna terriblement
Là-haut ; en bas Poséidon secoua
La terre sans limite et les sommets abrupts des montagnes.
Les bases de l'Ida aux sources sans nombre et ses sommets
60 Tremblèrent, et la ville des Troyens et les bateaux des
    Achéens.
En dessous le prince des morts Aidoneus* frémit ;
Apeuré il sauta de son trône et cria, de peur que
Au-dessus de lui Poséidon Maître du Séisme n'ouvre la
    terre
Et ne fasse voir aux mortels comme aux immortels ;
65 Ses larges maisons de terreur, qui font horreur aux dieux
    mêmes.
Tel fut le choc des dieux affrontés par la Discorde.
Et en effet, face au prince Poséidon
Se dressait Apollon Phoibos, avec ses flèches empennées,
Face à Enyalios, Athéna Œil de Chouette,
70 Face à Héra, Artémis, la Dame à l'Arc,
Glorieuse de son arc d'or, sœur de l'Archer,
Face à Lètô, Hermès puissant et bienfaisant,
Face à Héphaistos, le grand fleuve aux tourbillons
Que les dieux appellent Xanthe, et Scamandre les hommes*.

75 Ainsi les dieux faisaient face aux dieux. Mais Achille,
Face à Hector voulait d'abord pénétrer dans la troupe
Du Priamide. C'est lui surtout dont son cœur voulait
Faire couler le sang pour saouler Arès le terrible guerrier.
Apollon, qui excite les troupes, alla droit à Énée,
80 Face au Pélide, et lui insuffla une grande fureur.
Pour la voix, il était pareil à Lykaôn, fils de Priam.
Ayant pris sa figure, il dit, Apollon, fils de Zeus :
    « Énée, bon conseiller des Troyens, où sont tes menaces ?
En buvant tu promettais aux rois des Troyens
85 De combattre face à face Achille Pélide. »

En réponse alors Énée lui dit :
« Priamide, pourquoi veux-tu, alors que je n'y tiens pas,
Que je me batte contre le Pélide orgueilleux ?
Ce n'est pas la première fois que je serais face
90 À Achille Pieds-Rapides ; déjà il m'a fait fuir avec sa lance,
Sur l'Ida, quand il a attaqué nos vaches
Et détruit Lyrnesse et Pèdasos. C'est Zeus
Qui m'a sauvé, en me donnant la force et des genoux
   agiles.
Sinon je serais mort par la main d'Achille et celle d'Athéna,
95 Qui marche devant, l'éclaire, et lui ordonne
De tuer par la lance de bronze Lélèges et Troyens.
Avec Achille on ne peut pas se battre.
Il y a toujours près de lui un dieu, qui le protège de la
   mort.
Il lance droit sa pique, il n'a de cesse
100 Qu'il n'ait percé la peau qui protège l'homme. Mais si un
   dieu
Nous donnait guerre égale à la fin, ce ne serait pas simple
Pour lui de vaincre, bien qu'il se dise tout de bronze. »

Lui dit alors le prince, fils de Zeus, Apollon :
« Héros, va ; aux dieux qui existent de toujours
105 Fais ta prière ; on dit que d'Aphrodite, fille de Zeus,
Tu es né ; lui, il vient d'une déesse moindre.
L'une est fille de Zeus, l'autre du Vieux de la Mer.
Pointe droit ta solide arme de bronze, que ne te fassent
   reculer
Ni des paroles méprisantes, ni des menaces. »

110 Ce disant, au berger des peuples, il insuffla une force
   grande.
Il traversa les premiers rangs, casqué de bronze flam-
   boyant.
Héra Blanche-Main vit bien que le fils d'Anchise
Marchait contre le Pélide à travers la foule des hommes.
Appelant à elle les dieux, elle leur dit ces mots :
115 « Réfléchissez, Poséidon, Athéna,

Dans vos esprits. Que va-t-il se passer ?
Énée casqué de bronze étincelant
Marche sur le Pélide. Phoibos Apollon l'a poussé.
Allons, faisons-le repartir en arrière
120 Sur-le-champ. Ensuite, que l'un de nous d'Achille
Reste proche, lui donne force grande, que son cœur
Ne faiblisse pas. Qu'il sache que l'aiment les meilleurs
Des immortels, et que ne sont que vent ceux qui, jusqu'ici,
Ont protégé les Troyens contre la guerre et le carnage.
125 Tous de l'Olympe, nous sommes venus affronter
Ce combat, pour que des Troyens il n'ait pas à souffrir
Aujourd'hui. Il souffrira plus tard ce que le sort
A filé*, quand il est né, quand sa mère l'a mis au monde.
Si Achille n'est pas instruit par la voix des dieux,
130 Il aura peur, lorsqu'un dieu viendra à sa rencontre
Dans la guerre. Voir apparaître un dieu en plein jour est
    terrible. »

Lui répondit alors Poséidon, Maître du Séisme :
« Héra, ne t'inquiète pas trop. Ce n'est pas nécessaire.
Je ne voudrais pas que nous entrions en querelle avec
135 Les autres dieux, car nous sommes les plus forts.
Mais allons nous installer loin de tous
Sur un haut lieu. Que les hommes s'occupent de la guerre.
Si Arès commence le combat, ou Phoibos Apollon,
S'ils retiennent Achille ou l'empêchent de se battre,
140 Alors il y aura pour nous tout de suite dispute
Et bataille. Mais je pense que, très vite, l'affaire réglée,
Ils reviendront dans l'Olympe à l'assemblée des dieux,
Contraints par nos mains et par la nécessité*. »

Ce disant, il les mena, Cheveux-Bleus,
145 Vers la digue élevée pour Héraklès le divin,
Très haute ; les Troyens et Pallas Athéna l'avaient
Faite, pour qu'il échappe au monstre*
Qui le poursuivait du rivage vers la plaine.
C'est là que s'installa Poséidon, avec les autres dieux,
150 Couvrant leurs épaules d'un nuage indéchirable.

Les autres s'assirent en haut de la Belle Colline,
Autour de toi, puissant Phoibos, et d'Arès destructeur de
   villes.

Ainsi, à l'écart, ils étaient assis, méditant
Des projets. À engager le combat cruel
155 Ils hésitaient les uns et les autres. Zeus, en haut, les y
   invitait.

Le bronze scintillait partout sur la plaine, où se pressaient
Hommes et chevaux. La terre résonnait sous les pieds de
   ceux
Qui, tous ensemble, fonçaient. Deux hommes, de loin les
   meilleurs,
Se rencontrèrent entre les lignes, ils voulaient se battre,
160 Énée fils d'Anchise et Achille divin.
Énée le premier s'avança avec des menaces,
Agitant son casque lourd. Il tenait devant lui
Un bouclier solide, et brandissait une lance de bronze.
Le Pélide, lui, bondit comme un lion*
165 Féroce, que veulent tuer des hommes,
Toute une tribu réunie. Lui, marche d'abord
Sans souci, mais quand l'un des jeunes gens agressifs
L'a blessé de sa lance, il rugit, gueule béante, une écume
Recouvre ses dents, une fureur noble donne force à son
   cœur,
170 Sa queue fouette ses flancs et ses reins, à droite
Et à gauche, il s'excite au combat ;
L'œil étincelant, il fonce, furieux, pour tuer
Un homme, ou pour mourir lui-même au cœur de la
   mêlée*.
Ainsi Achille était mené par sa fureur et son grand cœur
175 À marcher contre Énée le magnanime.
Quand, marchant l'un vers l'autre, ils furent tout près,
Le divin Achille Pieds-Rapides parla le premier :
«Énée, pourquoi es-tu là, si loin en avant
De ta troupe ? Ton cœur te dit de te battre contre moi,
180 Parce que tu espères régner sur les cavaliers troyens

Avec les honneurs de Priam ? Mais si tu me tuais,
Priam ne te donnerait pas pour autant cette récompense.
Il a des enfants, il est sage, et non pas étourdi.
Les Troyens t'ont-ils taillé un domaine plus grand que les
    autres,
185 Bon pour le fruit et le blé, et dont tu seras maître,
Si tu me tues ? Je crois que tu auras du mal à le faire.
Déjà, je te le dis, je t'ai fait fuir avec ma lance.
As-tu oublié ? Tu étais seul ; loin de tes vaches,
Je t'ai fait descendre du mont Ida, avec tes pieds rapides,
190 À toute allure. Tu fuyais sans te retourner.
Tu t'es réfugié à Lyrnesse. Moi, j'ai détruit
La ville, en te poursuivant avec Athéna et Zeus père.
Les femmes, captives, je leur ai ôté le jour libre,
Je les ai emmenées. Zeus t'a sauvé, avec d'autres dieux.
195 Mais maintenant tu n'échapperas pas. Mets-le-toi
Dans l'esprit. Je te conseille plutôt de reculer,
De rentrer dans le rang, de ne pas t'opposer à moi.
Il t'arriverait malheur. Quand la chose a eu lieu, le sot
    comprend. »

En réponse, Énée lui dit :
200 « Pélide, n'espère pas, en parlant, comme à un bambin,
Me faire peur. Je sais très bien, moi aussi,
Me moquer et dire des injures.
Nous savons notre origine, nous connaissons nos parents,
Pour avoir entendu ce que disent les hommes qui meurent.
205 Tu n'as pas vu les miens, ni moi les tiens.
On dit que tu es un rejeton de Pélée sans reproche,
Que ta mère est Thétis Belles-Boucles, qui habite au fond
    de l'eau.
Moi, je suis fils d'Anchise le magnanime,
Je le dis bien haut. Ma mère est Aphrodite.
210 Un de ces couples va pleurer son fils
Aujourd'hui. Je te le dis : ce n'est pas avec des mots puérils
Que nous réglerons la querelle et quitterons le combat.
Si tu veux en savoir plus, et bien connaître
Notre origine, nombreux sont ceux qui la savent :

215 Zeus Maître des Nuages engendra d'abord Dardanos,
    Qui fonda Dardaniè, car la sainte Ilion
    N'existait pas encore dans la plaine, ville d'hommes éphé-
        mères.
    Ils vivaient encore au pied de l'Ida aux sources sans nombre.
    Dardanos eut pour fils le roi Erikhthonios,
220 Qui était le plus riche des hommes mortels.
    Il avait trois mille chevaux qui paissaient dans un marais,
    Des juments, fières de leurs tendres pouliches.
    Borée en eut désir, pendant qu'elles pâturaient.
    Sous la figure d'un cheval aux crins bleus, il les saillit.
225 Elles devinrent grosses et enfantèrent douze pouliches.
    Celles-ci, lorsqu'elles voltigeaient sur la terre qui nourrit,
    Sur la pointe des épis elles couraient et ne les faisaient pas
        plier.
    Quand elles voltigeaient sur le large dos de la mer,
    Sur la crête des vagues de l'eau grise elles couraient.
230 Erikhthonios engendra Trôs, prince pour les Troyens.
    De Trôs naquirent trois fils irréprochables,
    Ilos, Assarakos et Ganymède à visage de dieu,
    Qui était le plus beau de tous les hommes mortels.
    C'est lui que les dieux enlevèrent, pour qu'il soit l'échanson
        de Zeus,
235 À cause de sa beauté, et soit avec les immortels.
    Ilos engendra un fils sans reproche, Laomédon ;
    Laomédon engendra Tithon* et Priam,
    Lampos et Klytios et Hikétaôn, rejeton d'Arès.
    Assarakos engendra Kapys, dont l'enfant fut Anchise.
240 Anchise m'a engendré ; et Priam, le divin Hector.
    Voilà le sang et la race dont je me glorifie.
    Zeus augmente ou diminue la vertu des hommes
    Comme il le veut ; il est, de tous, le plus fort.
    Mais cessons de parler comme des bambins,
245 Plantés là au milieu de la bataille cruelle.
    Nous pourrions tous les deux dire beaucoup
    D'injures, qui ne tiendraient pas dans un bateau à cent
        rames.
    La langue des hommes est souple, on y trouve des mots

Divers ; leur domaine s'étend dans tous les sens.
250 Comme tu as parlé, on te répondra.
Mais faut-il vraiment que nous rivalisions
De querelles et de rivalités, comme des femmes
Qui se fâchent dans des disputes à rompre le cœur
Et se querellent au milieu du chemin
255 Pour quelque chose ou pour rien ? La bile les domine.
Je veux ce combat ; tes paroles ne me feront pas renoncer
À t'affronter face à face avec le bronze. Allons,
Éprouvons-nous l'un l'autre avec nos piques de bronze. »

Il dit, et frappa de sa lourde pique sur le bouclier terrible,
260 Terrifiant ; le bouclier résonna sous le poids de la lance.
Le Pélide de sa main épaisse tint son bouclier à distance,
Inquiet. Il pensait que la lance à l'ombre longue
Du magnanime Énée le transpercerait aisément.
Naïf, il ne songeait pas dans son cœur et ses entrailles
265 Qu'il ne se peut guère que les cadeaux de gloire des dieux
Par des hommes qui meurent soient dominés ou leur cèdent.
La forte pique du vaillant Énée ne brisa pas
Le bouclier ; l'or résista, cadeau du dieu.
Elle traversa deux plaques, il en restait
270 Trois, car le Boiteux en avait superposé cinq,
Deux en bronze, deux en étain, à l'intérieur,
Une en or, qui avait arrêté la pique de frêne.

À son tour Achille lança sa pique à l'ombre longue,
Et il frappa le bouclier bien rond d'Énée,
275 À l'extrême rebord, là où le bronze était le plus mince,
Et mince la peau de bœuf. Le frêne du Pélion
Traversa ; le bouclier résonna sous le choc.
Énée se courba et tint le bouclier loin de lui,
Apeuré ; la pique, par-dessus son dos, alla se planter
280 Dans la terre, emportant la double bordure
Du bouclier protecteur. Ayant esquivé la langue lance,
Il restait là, les yeux pleins de douleur,
Terrifié : le coup avait passé tout près. Achille
Fonçait en fureur, ayant dégainé son épée pointue,

285 Hurlant effroyablement ; l'autre prit dans la main un rocher,
     Énée. Grande action ! deux hommes ne pourraient le porter,
     Deux hommes d'aujourd'hui* ; lui, sans effort, le souleva,
        tout seul.
     Et Énée l'aurait atteint, pendant qu'il fonçait, avec la pierre,
     Au casque ou au bouclier, qui le protégeaient contre la
        mort lugubre,
290 Et le Pélide, de près, à l'épée, lui aurait ôté la vie,
     Si ne l'avait vu de son œil perçant Poséidon qui étreint la
        terre.
     Tout de suite il dit aux dieux immortels cette parole :
     « Oh ! la ! la ! j'ai de la peine pour Énée le magnanime,
     Qui bientôt abattu par le Pélide s'en va descendre chez
        Hadès,
295 Docile aux paroles d'Apollon Flèche-Lointaine.
     Naïf ! il ne le sauvera pas de la mort affreuse.
     Mais pourquoi cet innocent doit-il souffrir
     Pour les malheurs qui viennent d'un autre. Toujours
     Il fait d'agréables cadeaux aux dieux qui possèdent le large
        ciel.
300 Allons, sauvons-le, nous, de la mort,
     Que le Kronide n'aille pas se fâcher, si Achille
     Le tue ; son partage est d'échapper,
     Pour que ne périsse ni ne disparaisse, faute de semence, la
        race
     De Dardanos, que le Kronide aime entre tous les enfants
305 Qui sont nés de lui et de femmes mortelles.
     Déjà le Kronide déteste la race de Priam.
     C'est la force d'Énée qui régnera sur les Troyens
     Et les enfants de ses enfants qui viendront après lui*. »

     Lui répondit alors Héra souveraine Œil de Vache :
310 « Maître du Séisme, penses-y en toi-même :
     Énée, vas-tu le sauver ? vas-tu laisser
     Achille Pélide le maîtriser, malgré son courage ?
     Nous, nous avons juré par beaucoup de serments
     Avec tous les immortels, moi et Pallas Athéna,
315 De ne jamais arracher au jour de la mort les Troyens

Quand Troie tout entière sera détruite, dans un feu violent
Brûlée, que feront brûler, pareils à Arès, les fils des Achéens. »

Quand il l'eut entendue, Poséidon Maître du Séisme
Marcha parmi la mêlée et le fracas des lances ;
320 Il alla jusqu'où étaient Énée et le glorieux Achille ;
Soudain à l'un d'eux, sur les yeux, il jeta un brouillard,
À Achille Pélide ; la hampe de frêne armée de bronze
Il la retira du bouclier du magnanime Énée.
Il la posa devant les pieds d'Achille.
325 Il souleva Énée et l'enleva de terre.
Par-dessus plusieurs rangées d'hommes et de chevaux
Énée, soutenu par la main du dieu, sauta.
Il atterrit là où cessait le mouvement de la bataille,
Là où les Kaukones s'armaient pour la guerre.
330 Poséidon Maître du Séisme s'approcha de lui tout près
Et, lui parlant, dit ces mots qui ont des ailes :
« Énée, quel est le dieu qui t'égare et te pousse
À te battre contre le Pélide orgueilleux,
Qui est plus fort que toi et mieux aimé des immortels ?
335 Recule, chaque fois que tu seras devant lui,
De peur qu'avant le temps tu n'arrives chez Hadès.
Mais quand Achille aura rencontré sa mort et son sort,
Prends assurance et va combattre au premier rang ;
Aucun autre Achéen ne te tuera. »

340 Ce disant, il le quitta, ayant tout expliqué.
Puis devant les yeux d'Achille il dissipa le brouillard
Merveilleux ; l'autre put à nouveau voir avec ses yeux.
Bouleversé, il dit à son grand cœur :
« Oh ! la ! la ! de mes yeux je vois grande merveille.
345 Ma lance est là par terre et je n'aperçois pas
L'homme que j'ai visé avec désir de le tuer.
Oui, Énée, aimé des dieux immortels, oui,
Il l'était. Je disais qu'il se vantait sans raison.
Qu'il crève ! il n'aura plus le cœur à se mesurer
350 Contre moi, car il a eu la chance de fuir la mort.

Allons, je vais mener les Danaens belliqueux
Et j'éprouverai, marchant contre eux, les autres Troyens.»

Il dit et sauta dans les rangs, donnant à chacun un ordre :
« Ne restez pas loin des Troyens, divins Achéens.
355 Que chaque homme marche contre un homme, avec désir
    de se battre.
J'ai du mal, moi, si fort que je sois,
À poursuivre tant d'hommes et à me battre contre tous.
Ni Arès, dieu immortel pourtant, ni Athéna
Ne pourraient, à grand ahan, maîtriser la gueule de cette
    bataille*.
360 Autant que je pourrai, de mes mains, de mes pieds,
De ma force, je jure de ne pas faiblir, si peu que ce soit.
J'irai à travers les rangs, et je ne crois pas qu'un seul
Troyen ait à s'en réjouir, s'il passe près de ma lance.»

Il dit, les encourageant ; aux Troyens Hector le magnifique
365 Lançait son appel, disait qu'il irait contre Achille.
« Fiers Troyen, n'ayez pas peur du Pélide.
Moi aussi, en paroles, je pourrais me battre avec les dieux.
À l'épée, c'est difficile : ils sont beaucoup plus forts.
Achille, même lui, ne fera pas tout ce qu'il dit.
370 Il en fera une partie, laissera le reste en plan.
Contre lui je vais marcher, même s'il est pareil au feu ;
Ses mains sont comme du feu, son courage un fer brûlant.»

Il dit, les encourageant ; eux levèrent haut leurs lances,
Eux, les Troyens. Les fureurs se mêlèrent, un cri jaillit.
375 Alors, s'approchant d'Hector, Phoibos Apollon lui dit :
« Hector, ne sors pas des rangs pour te battre avec Achille.
Attends-le dans la foule, au milieu du vacarme.
Il pourrait te lancer sa pique, ou te frapper, de près, à
    l'épée.»

Il dit. Hector rentra dans la foule des hommes,
380 Apeuré, quand il entendit la voix du dieu.
Achille fonça sur les Troyens, revêtu de force,

Hurlant affreusement. Il tua d'abord Iphitiôn,
Le brave Otryntéide, guide de nombreux peuples,
Qu'une nymphe naïade avait enfanté pour Otrynteus des-
    tructeur de villes
385 Sous le Tmôlos neigeux, dans le riche pays d'Hydè.
Alors qu'il fonçait, le divin Achille le frappa de la lance
En pleine tête, et la fit éclater en deux morceaux.
L'homme à grand bruit tomba ; et le divin Achille triompha :
« Te voilà par terre, Otryntéide, effrayant plus que tout
    autre homme !
390 Ici est ta mort ; ta naissance fut près du lac
De Gygaiè, où est le domaine de tes pères,
Sur l'Hyllos poissonneux et l'Hermos tourbillonnant. »

Telle fut sa parole de triomphe. L'autre, l'ombre voila ses
    yeux.
Les chevaux des Achéens le déchirèrent sous les roues
395 Au plus fort du combat. Après lui, Dèmoléon,
Noble défenseur des siens, fils d'Anténor,
Fut frappé à la tempe, à travers le casque de bronze.
La coiffe de bronze ne résista pas, à travers elle
La pointe lancée brisa l'os, et la cervelle
400 À l'intérieur fut toute remuée. Malgré son ardeur, il fut
    abattu.
Hippodamas sautait à bas de son char,
Fuyait devant lui. La lance le frappa dans le dos.
Il expira en mugissant, comme lorsqu'un taureau
Mugit, traîné autour du prince d'Hélikè*,
405 Quand les jeunes gens le traînent ; le Maître du Séisme en
    a joie.
C'est ainsi qu'il mugissait, et son âme noble quittait ses os.
Puis Achille marcha avec sa lance contre Polydôros à visage
    de dieu,
Fils de Priam. Son père ne le laissait pas combattre,
C'était par l'âge le tout dernier de ses enfants,
410 Il lui était cher, et battait tout le monde à la course.
Dans sa naïveté, pour montrer sa vitesse à la course,
Il se glissa au premier rang : il y perdit la vie.

Le divin Achille Pieds-Rapides le frappa de son javelot*,
Alors qu'il montrait son dos, là où les agrafes d'or
415 Du ceinturon se ferment, là où la cuirasse est double.
La pointe de l'arme traversa, sortit près du nombril ;
Il tomba en gémissant, un nuage l'aveugla,
Bleu sombre ; il s'abattit, tenant dans ses mains ses boyaux*.

Hector, quand il vit que son frère Polydôros
420 Tenait dans ses mains ses boyaux et qu'il tombait,
Un brouillard couvrit ses yeux. Il ne supporta plus
Longtemps de tourner à l'écart. Il marcha contre Achille,
Tenant son épée pointue, pareil à la flamme. Achille
Quand il le vit, bondit, et dit cette parole triomphante :
425 « Il est tout près, l'homme qui m'a fait le plus de mal,
Il a tué le compagnon que j'honorais. Nous n'allons plus
      longtemps
Nous éviter sur les chemins de la guerre. »

Le regard en dessous, il dit au divin Hector :
« Approche, tu atteindras plus vite aux frontières de la
      mort. »

430 Sans crainte aucune, Hector au panache lui dit :
« Pélide, n'espère pas en parlant, comme à un bambin,
Me faire peur. Je sais très bien, moi aussi,
Me moquer et dire des injures.
Je sais ta valeur, je suis beaucoup moins bon que toi.
435 Mais tout est sur les genoux des dieux*.
Peut-être, bien que moins fort, je vais prendre ta vie,
En lançant ma pique ; mon arme aussi est pointue. »

Il dit, visa, lança la pique. Mais Athéna
L'envoya d'un souffle loin du glorieux Achille,
440 Ayant soufflé très fort ; vers le divin Hector elle revint,
Tomba devant ses pieds. Achille alors
Fonça furieux du désir de tuer,
Hurlant affreusement. L'autre, Apollon l'enleva,
Aisément, puisqu'il est dieu, le couvrit d'un épais brouillard.

445 Alors, par trois fois, le divin Achille Pieds-Rapides fonça,
   Lance en avant. Par trois fois, il frappa le profond brouil-
      lard.
   Quand, pareil à un mauvais génie, il eut frappé un quatrième
      coup,
   Avec un terrible hurlement, il dit ces mots qui ont des
      ailes :
   « Tu as encore échappé à la mort, chien ! il était tout près,
450 Ton malheur ; Phoibos Apollon t'a encore sauvé ;
   Sans doute tu le pries quand tu vas vers le bruit des lances.
   Mais je t'achèverai, dans une autre rencontre,
   Pourvu qu'un dieu vienne à mon aide.
   Maintenant je vais massacrer tous ceux sur qui je tom-
      berai. »

455 Ce disant, il blessa Dryops d'un javelot dans la gorge.
   L'homme tomba à ses pieds. Il le laissa là.
   Dèmoukhos Phylétoride, grand et fort,
   Il l'immobilisa d'un coup de lance au genou. Ensuite,
   Le frappant de sa grande épée, il lui prit la vie.
460 Laogonos et Dardanos, les fils de Bias,
   Fonçant sur eux, il les jeta à bas de leur char,
   Frappa l'un de la lance et l'autre, plus près, de l'épée.
   Trôs Alastoride s'approcha de ses genoux.
   Il l'épargnerait peut-être, il le laisserait vivre.
465 Il aurait pitié de son âge, il ne le tuerait pas.
   Naïf, il ne savait pas qu'il ne pourrait pas le convaincre,
   Car ce n'était pas un homme au cœur doux, aux pensées
      aimables,
   Mais un furieux. L'autre, de ses mains, touchait ses genoux
   En suppliant. Le coutelas le frappa au foie.
470 Le foie arraché, un sang noir
   Inonda le ventre. L'ombre voila ses yeux,
   La vie s'enfuyait. Il frappa Moulios
   Avec sa lance sur l'oreille ; la pointe de bronze ressortit
   Par l'autre oreille. Il frappa Ekhéklos fils d'Agénor
475 Au milieu de la tête avec l'épée à belle poignée.
   L'épée fut toute chaude de sang. L'autre, ses yeux,

La mort pourpre les prit et le sort plus puissant.
Puis Deukaliôn, là où se joignent les tendons
Du coude, il le toucha, traversa le bras
480 Avec la pointe de bronze. L'autre resta là, la main lourde,
Regardant sa mort. Lui, d'un coup d'épée à la nuque,
Lança loin la tête avec le casque ; la moelle
Jaillit des vertèbres ; l'homme tomba de tout son long par
terre.
Lui, alors, il marcha contre le vaillant fils de Peirôs,
485 Rhigmos, qui venait de la Thrace plantureuse.
La lance le frappa à la ceinture, le bronze entra dans le
ventre.
Il le jeta à bas de son char. Arèithoos, le serviteur,
Qui faisait tourner les chevaux, de sa lance pointue il le
frappa
Dans le dos, le fit tomber du char ; les chevaux s'embal-
lèrent.

490 Comme un feu merveilleux ravage les vallées profondes,
D'une montagne sèche, et la forêt profonde brûle,
Partout avivant la flamme le vent tournoie ;
Ainsi partout il allait avec sa lance comme un mauvais
génie,
Poursuivant et tuant. La terre noire ruisselait de sang.
495 Comme on joint sous le joug des bœufs au large front,
Pour écraser le blé blanc sur une aire bien assise,
Bientôt les grains sont décortiqués sous les pieds des bêtes
qui mugissent ;
Ainsi sous Achille au grand cœur les chevaux au sabot
lourd
Écrasaient cadavres et boucliers ; l'essieu entier
500 Était plein de sang et les parois du char,
Le harnais des chevaux projetaient des gouttes,
Et les jantes ; il allait recueillant la gloire,
Le Pélide, et souillait de sang ses mains invincibles.

CHANT XXI

Mais quand ils arrivèrent au gué de la belle rivière,
Du Xanthe aux tourbillons, qu'a engendré Zeus immortel,
Il les divisa ; les uns, il les poursuivit dans la plaine,
Vers la ville, là où les Achéens avaient fui terrifiés,
5 Le jour d'avant, quand Hector le magnifique était en
fureur.
Ils se déversaient là, affolés, Héra devant eux
Répandait un brouillard profond, pour les arrêter. Les
autres
Se pressaient près du fleuve profond, aux tourbillons
d'argent.
Ils y tombaient à grand fracas, les eaux violentes gron-
daient,
10 Les rivages faisaient écho. Eux, avec des cris,
Nageaient çà et là, roulés par les flots.
Comme lorsque devant l'élan du feu volent les sauterelles
Qui fuient vers le fleuve ; le feu infatigable, en flamme
A soudain jailli, elles se blottissent près de l'eau.
15 Ainsi devant Achille le cours du Xanthe aux tourbillons
S'emplissait, tout bruyant, pêle-mêle de chevaux et
d'hommes.

Le fils des dieux laissa sa pique sur la rive
Appuyée à un tamaris. Il bondit, comme un mauvais génie,
N'ayant que son épée. Son esprit rêvait de méfaits.
20 Il frappait de tous les côtés. La plainte s'élevait, affreuse,

De ceux que l'épée massacrait, l'eau était rouge de sang.
Comme lorsque tous les poissons, fuyant un dauphin
    énorme,
Remplissent les profondeurs d'un port très sûr,
Apeurés, car il mange ceux qu'il attrape ;
25 Ainsi les Troyens dans les eaux du fleuve terrible
Se cachaient sous les rives creuses. Ses mains enfin lasses
    de tuer,
Il prit vivants dans le fleuve douze adolescents,
Comme offrande au fils de Ménoitios, à Patrocle mort.
Il les fit sortir, hébétés comme des faons,
30 Il leur lia les mains dans le dos avec les bonnes courroies
Qu'ils portaient eux-mêmes sur leurs tuniques souples,
Il dit à ses compagnons de les conduire aux bateaux creux,
Et il repartit, avec l'envie de tout massacrer.

Alors il rencontra le fils de Priam Dardanide,
35 Qui fuyait le fleuve, Lykaôn, que lui-même autrefois
Malgré sa résistance il avait pris dans le verger de son père,
Une nuit. Avec le bronze tranchant il coupait d'un figuier
Les jeunes branches, pour en faire une rampe de char.
Le divin Achille s'abattit sur lui comme un malheur imprévu.
40 Alors il l'avait fait passer à Lemnos au beau site
Sur un bateau, et le fils de Jason l'avait acheté.
Un hôte l'avait délivré, en payant cher,
Eétiôn d'Imbros, et l'avait envoyé à la divine Arisbè.
De là, fuyant, il avait rejoint la maison paternelle.
45 Pendant onze jours, il s'était réjoui le cœur avec ses amis,
À son retour de Lemnos. Au douzième jour, une fois encore,
Un dieu l'avait mis dans la main d'Achille, qui allait
L'envoyer chez Hadès, malgré sa résistance.
Donc il le reconnut, le divin Achille Pieds-Rapides :
50 Nu, sans casque ni bouclier, il n'avait pas de lance,
Il avait tout jeté par terre ; il était en sueur, épuisé,
Il voulait échapper au fleuve ; la fatigue domptait ses genoux.
Bouleversé, il dit à son grand cœur :
« Oh ! la ! la ! de mes yeux je vois grande merveille.
55 Les Troyens magnanimes que j'ai tués

Reviennent du brouillard obscur,
Comme celui-ci, qui a esquivé le jour cruel,
Vendu à Lemnos la divine. La haute mer grise
Ne l'a pas encore, qui en engloutit plus d'un contre son
    gré.
60 Allons, la pointe de notre lance, il va
En tâter ; je veux voir et savoir en moi-même,
S'il reviendra de là-bas ou si le retiendra
La terre qui produit la vie, mais engloutit même le plus
    fort. »

Il attendait, songeur. L'autre s'approcha, terrorisé ;
65 En touchant ses genoux, il voulait de tout son cœur
Fuir la mort vilaine et la Tueuse noire.
Le divin Achille brandit sa longue pique,
Pour le blesser ; l'autre se glissa dessous et, tout courbé,
Toucha ses genoux ; la pique, par-dessus son dos, alla se
    planter
70 Dans la terre, elle qui voulait se gaver de chair humaine.
Lui, d'une main, étreignit les genoux, suppliant ;
De l'autre il saisit la pique aiguë et ne la lâcha pas.
Et s'adressant à lui il dit ces mots qui ont des ailes :
« Je suis à tes pieds, Achille. Respecte-moi, aie pitié de moi.
75 Pour toi, filleul de Zeus, je suis un suppliant, que l'on
    respecte.
Tu es le premier chez qui j'aie mangé le blé de Déméter,
Le jour où tu m'as pris dans le verger bien planté,
Et m'as fait passer, loin de mon père et de mes amis,
Dans Lemnos la divine ; je t'ai valu cent bœufs.
80 J'ai été délivré pour trois fois plus ; cette aurore
Est déjà la douzième, depuis que je suis revenu à Ilion,
Après beaucoup de souffrances. Et maintenant un sort cruel
M'a remis dans tes mains. Il faut que je sois détesté de
    Zeus père,
Qui me donne encore à toi. Ma mère pour bien peu de
    temps
85 M'aura enfanté, Laothoè, fille du vieil Altès,
Altès qui règne sur les Lélèges amis de la guerre,

Et qui tient Pèdasos la haute près du Satniois.
Priam a eu sa fille, elle et beaucoup d'autres.
Nous étions ses deux fils, que tu auras égorgés tous les
     deux.
90 Tu as abattu, parmi les guerriers du premier rang,
Polydôros à visage de dieu, tu l'as frappé de la lance aiguë.
Pour moi, maintenant, tout ira mal. Je ne pense pas
Échapper à tes mains. C'est un mauvais génie qui m'a
     poussé.
Ce que je vais dire d'autre, mets-le-toi dans l'esprit :
95 Ne me tue pas ; je ne suis pas du même ventre qu'Hector,
Qui a tué ton compagnon si bon et si fort. »

Ainsi parla le magnifique fils de Priam,
Avec des mots suppliants. Il entendit une voix sans pitié :
« Naïf ! ne m'offre pas de rançon, ne m'en dis rien.
100 Avant que Patrocle n'arrive au jour marqué,
Je préférais en mon âme épargner
Les Troyens ; j'en ai pris beaucoup vivants, je les ai vendus.
Mais maintenant il ne peut éviter la mort, celui qu'un dieu
M'a mis dans les mains tout près d'Ilion,
105 S'il est troyen, et plus encore s'il est fils de Priam.
Donc, ami, meurs, toi aussi ; pourquoi pleures-tu ?
Patrocle est mort aussi, qui était bien meilleur que toi.
Ne vois-tu pas que, moi aussi, je suis beau et grand ?
Je suis d'un père noble ; une déesse fut ma mère.
110 Mais la mort est sur moi, et un sort puissant.
Ce sera une aurore, un soir, le milieu d'un jour,
Quelqu'un par Arès me prendra, à moi aussi, la vie,
Me frappant de la lance ou d'une flèche partie de l'arc. »

Il dit. L'autre sentit se genoux se défaire et son cœur.
115 Il lâcha la pique, et s'assit en étendant les bras,
Les deux. Achille dégaina son épée tranchante,
Frappa près du cou sur la clavicule. Tout entière en lui
Pénétra l'épée à deux tranchants. L'homme tomba face à
     terre ;
Il était là, étendu, le sang noir coulait, entrait en terre.

120 Achille le prit par un pied, l'emporta vers le fleuve.
    Triomphant, il dit ces mots qui ont des ailes.
    «Reste là avec les poissons ; de ta blessure
    Ils suceront le sang, indifférents ; jamais ta mère
    Ne te couchera sur un lit pour te pleurer, mais le Sca-
        mandre
125 T'emportera en roulant dans le large giron de la mer.
    Bondissant dans le flot noir viendra
    Un poisson, qui mangera la chair blanche de Lykaôn.
    Crevez, nous atteindrons la citadelle d'Ilion la sainte,
    Vous fuyant, moi par-derrière massacrant.
130 Le beau fleuve aux tourbillons d'argent ne vous sera
    D'aucun secours, à qui vous sacrifiez force taureaux,
    Et jetez vivants dans l'eau des chevaux aux sabots lourds.
    Vous périrez d'un sort vilain, jusqu'à ce que tous
    Vous ayez payé pour le meurtre de Patrocle et le malheur
        des Achéens,
135 Que près des bateaux légers vous avez tués quand je n'étais
        pas là.»

    Il dit ; le fleuve, en son cœur, s'irrita davantage ;
    Il méditait en son âme comment empêcher d'agir
    Le divin Achille, et des Troyens écarter le fléau.
    Cependant le fils de Pélée, tenant sa pique à l'ombre longue,
140 Sautait, avec l'envie de le tuer, sur Astéropaios,
    Fils de Pèlégôn, qu'Axios aux larges eaux abondantes
    Avait eu de Périboia, l'aînée des filles
    D'Akessaménos. Le fleuve profond s'était mêlé à elle.
    Achille sur lui s'élança, l'autre sortant du fleuve,
145 L'affronta, tenant deux lances. Son ardeur lui venait
    Du Xanthe, que mettait en colère le massacre des adoles-
        cents
    Qu'Achille avait massacrés dans son eau, sans pitié aucune.
    Quand, marchant l'un vers l'autre, ils furent tout près,
    Le premier parla le divin Achille Pieds-Rapides :
150 «Qui es-tu, d'où es-tu, toi qui oses m'affronter ?
    Ce sont les fils des malheureux qui affrontent ma fureur.»

L'illustre fils de Pélégon lui dit :
« Pélide magnanime, pourquoi veux-tu savoir mon origine ?
Je viens de la lointaine Paionie la plantureuse,
155 Je mène des Paioniens, armés de longues lances. Voilà
La onzième aurore depuis que je suis arrivé à Troie.
Mon origine est l'Axios qui coule largement,
L'Axios, qui roule la plus belle eau qui soit sur terre,
Il a engendré Pélégon Lance-Glorieuse, de qui, dit-on,
160 Je suis né. Maintenant, battons-nous, illustre Achille. »

Il dit, menaçant. Le divin Achille brandit
Le frêne du Pélion ; et lui, le héros Astéropaios,
Deux lances à la fois, car il était ambidextre.
De l'une, il toucha le bouclier, mais ne brisa pas
165 Le bouclier. L'or, cadeau du dieu, résista.
De l'autre, il égratigna le coude du bras
Droit, le sang noir coula ; l'arme, par-dessus,
Alla se ficher en terre, elle qui voulait se gaver de chair.
Achille, à son tour, lança le frêne qui vole droit
170 Sur Astéropaios ; il avait envie de le tuer.
Il le manqua, toucha la haute berge du fleuve, ·
Enfonça dans la berge, jusqu'au milieu, la lance de
    frêne.
Le Pélide tira l'épée pointue qu'il portait sur la cuisse,
Il bondit vivement. L'autre, de sa main épaisse,
175 N'arrivait pas à arracher de la terre la lance d'Achille.
Trois fois, il l'avait fait bouger, car il voulait l'arracher.
Trois fois la force lui manqua. Une fois encore, il voulait
Courber, casser la lance de frêne du fils d'Éaque.
Mais Achille, à l'épée, de tout près lui avait pris la vie,
180 Le frappant au ventre près du nombril ; tous
Les boyaux coulèrent à terre, et l'ombre voila ses yeux.
Il haletait. Achille lui sauta sur la poitrine,
Lui arracha ses armes et dit en triomphant :
« Reste là. Avec les enfants du Kronide très puissant
185 Il est dur de rivaliser, même quand on est né d'un fleuve.
Tu as dit que tu descends d'un fleuve aux grandes eaux ;
Moi, je me vante d'avoir pour origine le grand Zeus.

L'homme dont je suis né règne sur le grand peuple des
    Myrmidons,
C'est Pélée fils d'Éaque. Éaque est fils de Zeus.
190 Zeus est plus fort que les fleuves qui coulent vers la mer,
La race de Zeus est plus forte que celle des fleuves.
Il y a près de toi un grand fleuve, il pourrait te porter
Secours. Mais on ne peut pas se battre contre Zeus Kronide,
On ne lui comparera ni le puissant Akhéloos
195 Ni la force d'Océan aux courants profonds
De qui viennent tous les fleuves et toute la mer,
Et toutes les fontaines et tous les grands puits.
Mais lui-même il a peur de la foudre du grand Zeus,
Du terrible tonnerre, qui roule dans le ciel. »

200 Il dit, et de la berge il tira sa pique de bronze,
Laissa là l'homme à qui il avait enlevé la vie,
Couché sur la sable, baigné par l'eau noire.
Anguilles et poissons se pressaient,
Arrachant la chair, rongeant le bas du dos.
205 Lui, il marcha contre les Paioniens conducteurs de chars,
Qui fuyaient toujours près du fleuve aux tourbillons,
Ayant vu le meilleur d'entre eux, dans la dure bataille,
Abattu par la main d'Achille et son épée.
Il tua Thersilokhos et Mydôn et Astypylos
210 Et Mnésos et Thrasios et Ainios et Ophélestès.
Et il aurait tué beaucoup d'autres Paioniens, le rapide
    Achille,
Si, en colère, le fleuve aux profonds tourbillons,
Sous la figure d'un homme, n'avait parlé du fond de ses
    eaux :
« Ô Achille, tu dépasses tous les hommes par ta force, mais
    aussi
215 Par tes atrocités ; et les dieux te défendent toujours.
Si le fils de Kronos t'a donné de tuer tous les Troyens,
Chasse-les loin de moi, et commets tes horreurs dans la
    plaine.
Mes jolies eaux sont pleines de cadavres.
Je ne peux plus les faire rouler vers la mer divine.

220 Je suis obstrué par les cadavres, et tu ne cesses de tuer.
Allons, laisse-moi en paix ; je suis horrifié, puissant chef de
guerre. »

En réponse lui dit Achille Pieds-Rapides :
« Qu'il en soit, Scamandre filleul de dieux, comme tu le
veux.
Je ne cesserai pas de tuer les Troyens arrogants
225 Que, les ayant ramenés dans leur ville, je ne me mesure à
Hector
Face à face : va-t-il m'abattre ? est-ce moi qui l'abattrai ? »

Ce disant, il fonça sur les Troyens, pareil à un mauvais
génie.
Alors le fleuve aux tourbillons dit à Apollon :
« Oh ! la ! la ! Arc d'argent, fils de Zeus, tu n'as pas respecté
230 Les avis du Kronide, qui t'a plusieurs fois enjoint
D'assister les Troyens et de les défendre, jusqu'à ce que
vienne
Le soir tardif et qu'il jette l'ombre sur la terre plantureuse. »

Il dit. Achille Lance de Gloire sauta au milieu de l'eau,
Du haut de la berge ; le fleuve l'attaqua en se gonflant,
235 Il troubla ses eaux, les lança, repoussa tous
Les cadavres (il s'en trouvait beaucoup, de ceux qu'avait
tués Achille) ;
Il les jeta hors de lui, mugissant comme un taureau,
Sur le sec ; ceux qui vivaient, dans ses belles eaux il les
sauva,
Les cachant dans ses grands tourbillons profonds.
240 Terrible fut la vague trouble qu'il fit se lever autour d'Achille,
Le courant portait sur le bouclier, et poussait ; ses pieds
Ne trouvaient plus d'appui ; il attrapa de ses mains un
orme
Grand, bien droit ; arraché avec ses racines,
L'arbre détruisit toute la berge, retint les belles eaux
245 Avec son feuillage dense, et, tombé de toute sa masse,
Fit un pont. Le héros, sautant hors du tourbillon,

S'élança à travers la plaine, à toutes jambes,
Terrifié. Mais le grand dieu ne s'arrêta pas ; il sauta sur lui,
De toutes ses vagues aux crêtes noires, pour empêcher
d'agir
250 Le divin Achille, et sauver du fléau les Troyens.
Le Pélide s'éloigna de la longueur d'un jet de lance,
Impétueux comme l'aigle noir, le chasseur,
À la fois le plus fort et le plus rapide des oiseaux.
Pareil à lui, il fonça ; sur sa poitrine le bronze
255 Faisait un bruit terrible. À distance de l'eau
Il fuyait, mais le fleuve le poursuivait avec un énorme
grondement.
Comme lorsqu'un homme qui irrigue, à partir d'une source
noire,
Vers les plantes et les jardins montre à l'eau le chemin,
Pioche en main, il nettoie les rigoles.
260 L'eau passe, et fait rouler tous
Les cailloux ; vite, elle s'écoule en murmurant
Sur la pente, et va plus vite que son guide.
Ainsi toujours le flot rejoignait Achille,
Si rapide qu'il fût. Les dieux sont plus forts que les hommes.
265 À chaque fois que le divin Achille Pieds-Rapides
Songeait à se retourner pour savoir si c'étaient
Tous les dieux qui le poursuivaient, eux qui possèdent le
large ciel,
À chaque fois le grand flot du fleuve issu de Zeus
Déferlait sur ses épaules. Aussitôt il bondissait très haut,
270 Le cœur inquiet. Le fleuve retenait ses genoux,
Coulant avec violence, et dérobait le sol sous ses pieds.
Le Pélide gémit, les yeux vers le large ciel :
« Zeus père, il n'est pas un dieu pour avoir pitié
Et me sauver du fleuve. Je pourrais tout souffrir.
275 Je n'en fais grief à aucun des Ouraniens*,
Mais à ma mère, qui m'a séduit avec des mensonges.
Elle m'a dit que sous le mur des Troyens cuirassés
Je périrais sous les flèches rapides d'Apollon.
Ah ! si c'était Hector qui me tuait, lui qui est là-bas le meil-
leur !

280 C'est un noble qui tuerait, un noble qu'il dépouillerait.
Maintenant il m'est imposé de mourir d'une mort hideuse.
Pris dans un grand fleuve, comme un petit gardien de porcs,
Emporté par le torrent qu'il traversait pendant l'orage. »

Il dit. Bientôt Poséidon et Athéna
285 Furent tout près de lui, sous la figure d'hommes,
Le prirent par la main et le rassurèrent par leurs paroles.
Le premier à parler fut Poséidon Maître du Séisme :
« Pélide, n'aie pas trop peur, ne tremble pas.
Parmi les dieux, nous sommes tous les deux tes protec-
     teurs,
290 Avec l'accord de Zeus, moi et Pallas Athéna.
Il n'est pas fixé que tu périsses par le fleuve ;
Bientôt il va se calmer, tu le verras toi-même.
Ce que nous suggérons est sage ; laisse-toi convaincre.
Ne retire pas la main de la guerre égale pour tous,
295 Avant d'avoir repoussé dans les glorieux murs d'Ilion le
     peuple
Troyen, qui te fuit. Toi, ayant pris la vie d'Hector,
Reviens vers les bateaux ; nous te donnons cette gloire. »

Ayant ainsi parlé, ils retournèrent vers les immortels.
Lui, il alla (l'avis des dieux l'avait encouragé)
300 Vers la plaine. Elle était toute recouverte par l'inondation.
Les belles armes d'adolescents massacrés
Flottaient, et des cadavres. Il levait haut les genoux,
Marchant droit contre le courant, et le fleuve au large
     cours
Ne l'arrêtait pas. Athéna lui avait donné grande force.
305 Le Scamandre pourtant ne renonçait pas ; plus que jamais
Il était furieux contre le Pélide ; il soulevait ses vagues
Plus haut encore. D'un cri il appela le Simoïs :
« Frère, la force de cet homme, à nous deux,
Arrêtons-la ; bientôt la grande ville de Priam, il va
310 La détruire ; les Troyens dans la bataille ne tiendront plus.
Aide-moi au plus vite, remplis ton courant
Avec l'eau des sources, fais venir tous les torrents,

Dresse une grande vague, crée un grand vacarme
De troncs et de roches, pour que nous arrêtions ce sauvage,
315 Qui maintenant s'exalte et se croit égal aux dieux.
Je le dis : ni sa force ne lui servira, ni sa belle allure,
Ni ses armes superbes qui bientôt dans le marais
Vont rester, couvertes de boue. Lui,
Je le roulerai dans le sable, je répandrai sur lui
320 Force cailloux ; les Achéens ne sauront pas où ramasser
Ses os, tant j'aurai sur lui jeté de fange.
Là sera son tombeau ; il n'aura pas besoin
De tertre quand les Achéens célébreront le rite funèbre. »

Il dit, et bondit sur Achille, lançant haut ses eaux troubles,
325 Remuant à grand bruit écume, sang et cadavres.
La vague pourpre du fleuve issu du ciel
Se soulevait, allait emporter le Pélide.
Héra poussa un grand cri, craignant pour Achille :
Le fleuve aux tourbillons allait l'engloutir.
330 Tout de suite elle dit à Héphaistos, son fils qu'elle aime :
« Lève-toi, Jambes-Torses, mon fils. Contre toi
Le Xanthe aux tourbillons peut, pensons-nous, se battre.
Viens vite nous secourir, déploie une flamme nombreuse.
Moi, avec le Zéphyr et le Notos qui chasse les nuages,
335 Je ferai venir de la mer une terrible tempête
Qui brûlera les têtes et les armes des Troyens,
En portant un vilain incendie. Toi, sur les rives de Xanthe,
Enflamme les arbres ; lui, jette-le dans le feu. Qu'il n'aille
    pas
Par de douces paroles te détourner ou par des menaces.
340 Ne cesse pas de sévir, mais quand je te ferai
Signe en criant, alors retiens ton feu infatigable. »

Elle dit. Héphaistos prépara un feu prodigieux.
D'abord le feu flamba dans la plaine ; il brûla tous
Les cadavres (il s'en trouvait beaucoup, de ceux qu'Achille
    avait tués) ;
345 Toute la plaine fut asséchée ; l'eau claire cessa de couler.
Comme lorsqu'à l'automne Borée fait soudain sécher

Un verger récemment inondé, et celui qui le cultive s'en
        réjouit,
Ainsi sécha toute la plaine, et les cadavres
Furent brûlés ; vers le fleuve il tourna la flamme resplen-
        dissante.
350 Brûlaient les ormes, les saules, les tamaris,
Brûlait le lotus, le jonc, le souchet,
Qui poussaient près des belles eaux du fleuve.
Souffrirent les anguilles et les poissons dans les tourbillons,
Sautant çà et là dans les belles eaux,
355 Accablés par le souffle d'Héphaistos le subtil.
Brûlait la force du fleuve, et il dit, prononçant son nom :
« Héphaistos, aucun dieu ne peut avec toi rivaliser,
Moi-même je ne pourrais lutter avec le feu flamboyant.
Cesse cette querelle ; que le divin Achille chasse tout de suite
360 Les Troyens de leur ville. Qu'ai-je à faire de querelles et de
        secours ? »

Il dit, brûlé par le feu*. Ses belles eaux étaient en ébul-
        lition.
Comme crépite un chaudron excité par un grand feu,
Où fond la graisse d'un porc bien nourri ;
Elle saute partout ; en dessous, le bois est bien sec ;
365 Ainsi ses belles eaux flambaient dans le feu, l'eau bouillait.
Il ne pouvait plus couler, arrêté, accablé par le souffle
D'Héphaistos, le fort, le malin. C'est à Héra
Que, suppliant, il dit ces mots qui ont des ailes :
« Héra, pourquoi ton fils me fait-il souffrir, moi,
370 Plus que tous ? Je ne suis pas autant à blâmer
Que tous les autres, ceux qui défendent les Troyens.
Je vais tout arrêter, si tu le veux.
Mais qu'il arrête lui aussi. Je jure, en plus,
De ne jamais arracher au jour de la mort les Troyens,
375 Même quand Troie tout entière sera détruite, dans un feu
        violent
Brûlée, que feront brûler, pareils à Arès, les fils des
        Achéens. »

Quand elle l'eut entendu, la souveraine Héra Blanche-Main,
Elle dit tout de suite à Héphaistos, son fils bien-aimé :
« Héphaistos, arrête, mon enfant glorieux ; il n'est pas conve-
    nable
380 De maltraiter ainsi un dieu immortel pour une affaire
    d'humains. »

Elle dit. Héphaistos éteignit le feu merveilleux,
Le flot recula et reprit son beau cours.

Quand fut calmée la colère du Xanthe, tous deux
S'arrêtèrent. Héra, bien qu'irritée, les retenait.
385 C'est sur les autres dieux que tomba la Discorde pesante,
Affreuse ; en eux leurs âmes soufflaient dans deux sens.
Ils se heurtèrent à grand fracas, la vaste terre gronda,
Le ciel immense trompeta*. Zeus entendit,
Assis sur l'Olympe. Il rit en son cœur
390 De bonne gaîté, à voir les dieux opposés par la discorde.
Ils ne restèrent pas longtemps à distance. Arès commença,
Qui troue les boucliers, et le premier il marcha contre
    Athéna,
La lance de bronze en main, et lui lança cette insulte :
« Mouche à chien, pourquoi mets-tu la Discorde entre les
    dieux
395 Avec cette audace incroyable, pour peu que t'en prenne
    l'envie ?
L'as-tu oublié ce jour où tu as poussé Diomède fils de Tydée
À me blesser ; tout le monde a pu le voir : tu as tenu la
    lance,
Tu l'as dirigée droit sur moi, tu m'as ouvert la peau, que
    j'ai belle.
Maintenant, je me figure que tu vas payer pour tout ce que
    tu as fait. »

400 Ce disant, il frappa l'égide avec ses franges,
Terrifiante, que ne maîtrise pas même la foudre de Zeus.
C'est là qu'Arès meurtrier frappa de sa grande lance.
L'autre, reculant, prit dans la plaine, de sa main épaisse,

Une roche, noire, rugueuse, énorme,
405 Que des hommes autrefois avaient placée là pour borner
    un champ.
    Elle la lança à Arès le frénétique sur le cou. Ses genoux se
    défirent ;
    En tombant, il couvrit sept arpents, souilla de poussière
    ses cheveux,
    Ses armes résonnèrent. Pallas Athéna rit
    Et, triomphante, lui dit ces mots qui ont des ailes :
410 « Petit garçon, tu n'as donc pas encore compris combien
    Je puis me vanter de t'être supérieure, et tu te mesures à
    moi.
    Tu vas payer ta dette aux Erinyes de ta mère*,
    Qui, en colère, médite ton malheur, parce que tu as aban-
    donné
    Les Achéens, et protèges maintenant les Troyens arro-
    gants. »

415 Ayant dit, elle détourna ses yeux lumineux.
    Aphrodite, fille de Zeus, le prit, lui, par la main ;
    Il gémissait sans arrêt, avait peine à reprendre son souffle.
    La déesse Héra Blanche-Main le vit,
    Tout de suite à Athéna elle dit ces mots qui ont des ailes :
420 « Oh ! la ! la ! fille de Zeus à l'égide, Atrytonè,
    Voici que la mouche à chien emmène Arès peste des hommes
    Loin de la guerre cruelle, à travers la presse. Poursuis-le. »

    Elle dit. Athéna bondit, le cœur en joie ;
    Elle la rejoignit, et, de sa main épaisse, sur les seins,
425 Elle frappa. Les genoux de l'autre se défirent, et son cœur.
    Tous deux, ils restèrent couchés sur la terre qui nourrit les
    vivants.
    Elle, triomphant, elle proclama ces mots qui ont des
    ailes :
    « Si, pour ceux qui protègent les Troyens, il en allait
    De même, quand ils combattent les Argiens cuirassés,
430 Tous ces audacieux, ces impudents, comme Aphrodite
    Qui vient secourir Arès en s'opposant à ma fureur,

Il y a longtemps que nous aurions fini la guerre,
Et détruit Ilion la ville forte. »

Elle dit. La déesse Héra Blanche-Main sourit.
435 Le puissant Maître du Séisme dit alors à Apollon :
« Phoibos, pourquoi cette distance entre nous ? Est-ce conve-
nable ?
Les autres ont commencé ? Honte sur nous si, sans com-
battre,
Nous revenons sur l'Olympe, dans le palais de bronze de
Zeus.
Commence. Tu es le plus jeune. De ma part, ce ne serait pas
440 Beau, car je suis plus ancien et en sais plus long.
Petit garçon, ton cœur est sans intelligence. Est-ce que
Tu ne te rappelles pas ce que nous avons souffert près
d'Ilion,
Seuls des dieux, quand chez le noble Laomédon,
Envoyés par Zeus, nous avons servi une année,
445 Pour un salaire fixé ? Il nous donnait des ordres.
Moi, pour les Troyens, autour de la ville j'ai construit un
mur,
Large et très beau, pour que la ville soit imprenable.
Phoibos, toi, tu gardais les vaches, jambes torses, cornes
courbes,
Dans les bois, sur les pentes de l'Ida anfractueux.
450 Mais quand les saisons réjouissantes ont amené
Le moment de payer, il nous a volé notre salaire,
Laomédon le brutal, et renvoyé avec des menaces.
Il a menacé, nos pieds, puis, par-dessus, nos mains,
De les attacher, et de nous faire passer dans des îles loin-
taines.
455 Il clamait qu'à tous deux, avec le bronze, il couperait les
oreilles.
Et nous sommes repartis, le cœur plein de haine,
En rage pour ce salaire, promis pourtant, qu'il n'avait pas
donné.
C'est à ses peuples que maintenant tu accordes ta grâce,
sans faire

Avec nous que périssent les Troyens arrogants, complè-
    tement,
460 Vilainement, avec leurs enfants et la pudeur de leurs
    femmes. »

Lui dit alors le prince Apollon qui de loin protège :
« Maître du Séisme, tu ne dirais pas que je suis
Sage, si je me battais avec toi à cause d'hommes
Misérables, qui, pareils à des feuilles, tantôt
465 Vivent pleins de flamme, mangeant les fruits de la terre,
Et tantôt s'étiolent sans force. Au plus vite,
Arrêtons ce combat. Qu'ils se battent eux-mêmes ! »

Ayant dit, il se détourna. Il avait pudeur
À engager la lutte contre le frère de son père.
470 Sa sœur l'en blâma, la Maîtresse des Fauves,
Artémis des campagnes ; elle dit ce mot insultant :
« Tu fuis, Protecteur, à Poséidon tu cèdes toute
La victoire, tu lui donnes une gloire imméritée.
Petit garçon, pourquoi cet arc, s'il ne sert à rien ?
475 Que je ne t'entende plus, dans le palais de notre père,
Te vanter, comme autrefois parmi les dieux immortels,
Que tu vas te battre face à face avec Poséidon. »

Elle dit. Apollon qui de loin protège ne lui répondit pas ;
Mais, en colère, la respectable épouse de Zeus
480 Querella la Dame de l'arc, avec ces paroles insultantes :
« Comment oses-tu, chienne sans pudeur, t'opposer
À moi ? Je ne supporte pas qu'on aille contre ma fureur.
Bien que tu portes un arc, que Zeus t'ait mise comme un
    lion
Entre les femmes, et t'ait donné de tuer celle que tu veux*.
485 Mieux vaut tuer les fauves dans les montagnes,
Et les cerfs dans les landes que d'affronter plus fort que
    soi.
Mais si tu veux tenter le combat, viens ! Tu sauras
Que je suis plus forte que toi, qui t'opposes à ma fureur. »

Elle dit, lui saisit les deux mains au poignet,
490 De la gauche ; de la droite elle lui arracha l'arc des épaules
Puis l'en frappa près des oreilles, en souriant,
En la bousculant. Les flèches rapides tombaient.
La déesse, en pleurant, s'enfuit comme une colombe,
Qui pour échapper au faucon, vole vers un rocher creux,
495 Son trou ; sa mort n'est pas pour ce jour-là.
Ainsi, en pleurs, elle fuyait, abandonnant son arc.

À Lètô, le messager Argeiphontès dit :
« Lètô, avec toi je ne me battrai pas. Il est fâcheux
De frapper les épouses* de Zeus Maître des Nuages.
500 Mais va te vanter à ton aise parmi les dieux immortels
Que tu m'a vaincu par ta force et ta vigueur. »

Il dit. Lètô ramassa l'arc recourbé, et les flèches,
Qui étaient tombés en roulant çà et là dans la poussière ;
Elle s'en retourna, ayant pris l'arc de sa fille.
505 Celle-ci arriva à l'Olympe, dans le palais de bronze de Zeus,
Elle pleurait, la fille, s'assit sur les genoux de son père,
Sa robe merveilleuse tremblait autour d'elle ; il la serra
Contre lui, le père Kronide, et lui demanda en riant dou-
    cement :
« Qui t'a fait cela, mon enfant, parmi les gens du Ciel,
510 Stupidement, comme s'il t'avait surprise à mal faire ? »

Elle lui répondit, la belle couronnée, qui aime le vacarme :
« C'est ton épouse qui m'a frappée, père, Héra Blanche-
    Main,
Elle qui lance sur les immortels querelle et discorde. »

Voilà comment ils parlaient entre eux.
515 Cependant Apollon Phoibos entra dans Ilion la sainte.
Il s'inquiétait pour le mur de la ville bien bâtie :
Les Danaens, ce jour-là, pouvaient le détruire avant le temps.
Tous les autres dieux qui vivent à jamais allaient sur
    l'Olympe,
Les uns en colère, les autres fort glorieux.

520 Ils s'assirent près du père Nuage-Noir. Cependant Achille
    Tuait des Troyens, et aussi des chevaux aux sabots lourds.
    Comme lorsqu'une fumée monte vers le large ciel,
    Quand une ville brûle, touchée par la colère des dieux ;
    Tous ont de la peine, beaucoup sont dans le deuil ;
525 Ainsi Achille aux Troyens donnait peine et deuil.

    Priam le vieil homme était sur le rempart divin,
    Il reconnut l'immense Achille ; car, devant lui,
    Les Troyens fuyaient en désordre, il n'y avait plus aucun
    Remède. Se lamentant, il descendit du rempart,
530 Pour encourager près du mur les illustres gardiens des
        portes :
    « Gardez en main les battants ouverts, tant que les troupes
    Arrivent en fuyant dans la ville. Car Achille
    Est tout près et les poursuit ; le malheur est là, je crois.
    Quand, entrés dans nos murs, ils reprendront haleine,
535 Refermez tout de suite les battants bien jointifs.
    J'ai peur que cet homme néfaste ne saute dans nos murs. »

    Il dit. Eux, ils ouvrirent les portes en repoussant les barres.
    Béantes, elles offraient un salut. Apollon cependant
    Courut au-devant des Troyens, pour leur épargner le mal-
        heur.
540 Eux, de la plaine vers la ville et le haut rempart,
    Torturés par la soif, couverts de poussière, tout droit
    Ils fuyaient. Mais lui toujours les poursuivait à la lance, un
        délire
    Violent le tenait au cœur, il voulait cueillir la gloire.

    Alors les fils des Achéens auraient pris Troie aux hautes
        portes,
545 Si Phoibos Apollon n'avait suscité le divin Agénor,
    Fils d'Anténor, héros solide et sans reproche.
    Il lui insuffla l'audace au cœur, et se tint
    Près de lui pour écarter les pesantes Tueuses, servantes de
        la mort ;
    Il s'appuyait à un chêne, couvert d'un épais brouillard.

550 L'autre, quand il reconnut Achille destructeur de villes,
    S'arrêta ; mille pensées roulaient en lui à cet instant.
    Bouleversé, il dit à son cœur magnanime :
    « Malheur à moi ! si je fuis devant Achille
    Le violent, là où se pressent tous les autres, affolés,
555 Il m'atteindra tout de même, et me coupera le cou.
    Mais je pourrais les laisser là, alors qu'Achille Pélide
    Les poursuit ; loin du mur, je fuirais à toutes jambes
    Ailleurs, par la plaine d'Ilion, j'arriverais
    Aux pentes de l'Ida et me cacherais dans le taillis ;
560 Au soir, je me baignerais dans le fleuve,
    Je laverais ma sueur, et, rafraîchi, je reviendrais à Ilion.
    Mais pourquoi mon cœur me dit-il tout cela ?
    Quand je quitterai la ville pour la plaine, il me verra,
    Il courra avec ses pieds rapides, il m'attrapera.
565 Je ne pourrai pas échapper aux Tueuses et à la mort.
    Il est beaucoup plus fort que tous les hommes.
    Et si, devant la ville, j'allais à sa rencontre ?
    Il a une peau que le bronze aigu peut couper,
    Une seule vie. Les hommes disent qu'il est
570 Mortel*. Et c'est Zeus Kronide qui donne la gloire. »

    Ce disant, il se ressaisit, et attendit Achille. Son cœur
    Valeureux penchait pour la guerre et la bataille.
    Comme une panthère sort d'un fourré profond
    Pour affronter un chasseur, et son cœur
575 Ne tremble pas, elle n'a pas peur, quand elle entend aboyer.
    Si l'homme a tiré ou frappé le premier,
    Si elle est percée par la lance, elle n'oublie pas
    Sa valeur : elle attaquera ou sera abattue.
    Ainsi le fils du magnifique Anténor, le divin Agénor,
580 Ne voulait pas fuir, avant d'avoir éprouvé Achille ;
    Il tendit en avant le bouclier bien rond,
    Le visa de sa lance, et cria :
    « En toi-même, magnifique Achille, tu as espéré
    Détruire aujourd'hui la ville des fiers Troyens.
585 Petit garçon ! pour elle on souffrira encore beaucoup.
    Nous sommes nombreux, et courageux ;

Devant nos parents, nos femmes, nos fils,
Nous défendrons Ilion ; et toi, tu subiras ici ton sort,
Bien que tu sois terrifiant, et guerrier intrépide. »

590 Il dit, et de sa lourde main lança un javelot aigu ;
Il atteignit la jambe sous le genou, ne manqua pas son but.
La cnémide d'étain fraîchement travaillé
Fit un bruit affreux ; mais le bronze ricocha
Sans traverser ; les cadeaux du dieu l'arrêtèrent.
595 Le Pélide fonça sur Agénor à visage de dieu,
À son tour. Apollon ne lui permit pas de cueillir la gloire.
Il enleva l'homme, le couvrit d'un épais brouillard,
Le fit revenir tranquille de la guerre.
Par ruse il écarta le Pélide des armées.
600 Le Protecteur, pareil en tout à Agénor,
Se plaça devant ses pieds ; l'autre bondit pour le pour-
suivre.
Courut derrière lui à travers la plaine où pousse le blé,
Obliqua près du Scamandre, fleuve aux profonds tour-
billons.
Apollon avait très peu d'avance : il le trompait par une ruse,
605 Il lui faisait croire qu'avec ses pieds il allait le rattraper.
Cependant les autres Troyens, effrayés, arrivaient en foule,
Tout joyeux, à la ville, soudain pleine d'une foule dense.
Ils ne supportaient plus, hors de la ville et du mur,
De s'attendre l'un l'autre, pour savoir qui s'était sauvé,
610 Qui était mort dans la guerre ; mais, impétueux, ils se
répandaient
Dans la ville : leurs pieds et leurs genoux avaient été leur
salut.

CHANT XXII

Ainsi donc, dans la ville, ayant fui comme des faons,
Suants, ils se rafraîchissaient, buvaient et apaisaient leur
    soif,
Appuyés aux beaux créneaux. Cependant les Achéens
S'approchaient du mur, les boucliers sur les épaules.
5 Un sort pernicieux obligeait Hector à rester,
Devant Ilion et les portes Scées.
Alors Phoibos Apollon dit à Achille :
« Fils de Pélée, pourquoi me poursuis-tu de tes pieds rapides ?
Tu es mortel, et je suis dieu immortel. N'as-tu pas
10 Reconnu que je suis dieu, que tu persistes dans ta fureur ?
Tu ne penses plus aux difficultés des Troyens, que tu as fait
    fuir.
Ils s'entassent dans la ville, et toi, tu t'égares par ici.
Tu ne vas pas me tuer. Sur moi ce sort n'a pas de prise. »

Grandement irrité, Achille Pieds-Rapides lui dit :
15 « Tu m'as trompé, Protecteur, le plus pernicieux des dieux,
En m'amenant ici loin du mur ; il y en a encore beaucoup
Qui auraient mordu la poussière avant d'arriver à Troie.
Tu m'as privé d'une grande gloire ; eux, tu les as sauvés
Facilement, parce que tu n'a pas peur d'une vengeance.
20 Je me vengerais, si j'en avais la force. »

Ce disant, il marcha fièrement sur la ville,
S'ébrouant comme un cheval attelé qui gagne des prix,

Il court facilement par la plaine, en allongeant le pas.
Ainsi Achille très vite faisait mouvoir pieds et genoux.

25 C'est Priam le vieil homme qui le premier le vit de ses
   yeux,
   Bondissant dans la plaine, éblouissant comme l'astre,
   Qui monte à l'arrière-saison ; sa lumière merveilleuse
   Apparaît parmi beaucoup d'astres en pleine nuit.
   On lui donne comme nom chien d'Orion*.
30 Il est le plus lumineux, mais c'est un signe mauvais,
   Il apporte mainte fièvre aux pâles mortels.
   Ainsi le bronze brillait sur la poitrine. Il courait.
   Le vieil homme gémit, leva haut les mains,
   Se frappa la tête, et gémissant lourdement il appela,
35 En suppliant, son fils, qui en avant des portes
   Était resté, et voulait obstinément se battre avec Achille.
   Le vieil homme, étendant les mains, lui dit ces mots de
   pitié :
   « Hector, ne reste pas là, mon enfant, à attendre cet
   homme,
   Tout seul loin des autres ; tu vas subir trop vite ton sort,
40 Abattu par le Pélide, car il est plus fort que toi,
   Le cruel. Oh !, si tu étais aussi cher aux dieux
   Qu'à moi ; bientôt les chiens et les vautours le mangeraient,
   Lui, gisant au sol. Et l'affreux chagrin quitterait mes
   entrailles.
   Il a fait de moi l'homme qui a perdu tous ses enfants,
45 Il les a tués ou fait passer dans des îles lointaines.
   De ces enfants, il en est deux, Lykaôn et Polydôros,
   Que je ne vois pas parmi les Troyens qui se pressent dans
   la ville,
   Ceux qu'a enfantés Laothoè, dame noble entre toutes.
   S'ils vivent encore, au milieu de l'armée, alors
50 Je les rachèterai avec du bronze et de l'or. J'en possède
   assez.
   Le vieil Altès, au nom illustre, en a donné beaucoup à sa
   fille.
   S'ils sont déjà morts, et dans les maisons d'Hadès,

C'est une douleur pour moi et leur mère : ils sont nés de
    nous.
Pour les autres, la douleur sera moindre, pourvu
55 Que tu ne meures pas, toi aussi, abattu par Achille.
Entre dans la ville, mon enfant, pour que tu puisses sauver
Les Troyens et les Troyennes. Ne donne pas une grande
    gloire
Au Pélide. Ta vie, qu'on ne te la prenne pas.
Aie pitié aussi de moi, le malheureux inquiet,
60 Misérable, à qui le père Kronide, au seuil de la vieillesse,
Va faire subir un sort cruel : je verrai bien des malheurs,
Mes fils massacrés, mes filles traînées en esclavage,
Mes chambres dévastées, les petits enfants
Écrasés contre la terre dans un assaut terrible,
65 Mes brus maltraitées par les sinistres Achéens.
Moi, enfin, les chiens, devant les portes,
Féroces, me déchireront (avec le bronze aigu,
Pique ou flèche, on aura pris la vie à mon corps).
Je les ai nourris dans mon palais, à ma table, gardiens des
    portes,
70 Ils vont boire mon sang, pleins de rage,
Puis se coucher dans le vestibule. Un homme jeune, on
    peut,
Tué par Arès, déchiré par le bronze aigu,
L'exposer ; il est mort, mais son apparence est belle.
Mais que la tête grise, la barbe grise,
75 Le sexe d'un vieil homme tué, les chiens les souillent,
C'est plus que tout lamentable pour les pâles mortels. »

Ainsi dit le vieil homme, et il arrachait ses cheveux gris
Sur sa tête. Mais il ne persuada pas le cœur d'Hector.
La mère, de son côté, se lamentait, pleurant des larmes ;
80 Elle ouvrit sa robe, d'une main tenait son sein,
Et, pleurant des larmes, elle dit ces mots qui ont des ailes :
« Hector, mon enfant, respecte cela, aie pitié
De moi : j'ai tendu vers toi ce sein qui console.
Rappelle-toi, mon cher enfant, repousse cet homme méchant
85 En restant dans les murs, ne cherche pas le duel avec lui,

Ce cruel. S'il te tue, je ne pourrai, moi,
Pleurer, devant le lit funèbre, mon fils, que j'ai enfanté,
Ni non plus ta femme pour qui tu as tant donné. Très loin
　　de nous,
Près des bateaux des Argiens, les chiens rapides te man-
　　geront. »

90 Ainsi tous deux, en pleurant, ils parlaient à leur fils,
Le suppliaient. Mais ils ne persuadèrent pas le cœur d'Hector.
Il resta à attendre l'immense Achille qui approchait.
Comme un serpent des montagnes, sur son trou, attend
　　l'homme,
Distillant de mauvais poisons, tout plein d'une bile affreuse,
95 Le regard effroyable, il est lové autour de son trou ;
Ainsi Hector, plein d'une fureur inextinguible, ne reculait
　　pas,
Appuyant son bouclier brillant sur une saillie du mur.
Bouleversé, il dit à son cœur magnanime :
« Malheur à moi, si je passe les portes et le mur,
100 Polydamas le premier me fera des reproches,
Lui qui me disait de diriger les Troyens vers la ville,
En cette nuit pernicieuse, où le divin Achille s'est redressé.
Mais je ne l'ai pas cru ; j'aurais dû pourtant.
Maintenant que par ma folie j'ai mené mon peuple à sa
　　perte,
105 J'ai honte devant les Troyens et les Troyennes à la robe
　　traînante.
Ah ! s'il pouvait se faire que jamais un plus mauvais que
　　moi ne dise :
"Hector se fiant à sa force a mené son peuple à sa perte."
C'est ce qu'ils diront. Pour moi il vaudrait beaucoup mieux
Ou bien ne revenir qu'après avoir tué Achille,
110 Ou bien mourir moi-même avec gloire devant la ville.
Je pourrais aussi poser mon bouclier bombé,
Et mon casque lourd, appuyer au mur ma lance,
Aller moi-même à la rencontre d'Achille,
Lui promettre Hélène et le trésor avec elle,
115 Tout ce qu'Alexandre, dans ses bateaux creux,

A emporté à Troie (ce fut le début de la querelle),
Le donner aux Atrides pour qu'ils le remportent, et aux
    Achéens
Distribuer autre chose, tout ce que renferme la ville.
Je ferais ensuite jurer par les Anciens
120 Que l'on ne cachera rien, que sera partagé en deux tout
Ce que garde en sa possession notre aimable ville.
Mais pourquoi mon cœur me dit-il tout cela ?
À supposer que j'aille vers lui, il n'aura aucune pitié,
Aucun respect pour moi, il me tuera tout nu,
125 Exactement comme une femme : j'aurai retiré mes armes.
Elle n'est plus possible, comme d'un chêne ou d'un rocher*,
Cette conversation de la fille et du garçon,
Fille et garçon conversant ensemble.
Mieux vaut la querelle, le choc, au plus vite.
130 Nous verrons à qui Zeus veut donner la gloire. »

Voilà ce qu'il pensait, dans l'attente. Et Achille s'appro-
    chait,
Pareil à Enyalios, guerrier au panache menaçant,
Brandissant au-dessus de l'épaule droite le terrible
Frêne du Pélion. Le bronze brillait autour de lui comme la
    lumière
135 Du feu qui flambe ou du soleil levant.
Hector, quand il le vit, fut pris de tremblement. Il ne sup-
    porta plus
De rester, il laissa derrière lui les portes, il partit en fuyant.
Le Pélide fonça, sûr de la vitesse de ses pieds,
Comme un milan des montagnes, le plus léger des oiseaux,
140 Poursuit facilement la colombe craintive,
Elle fuit, plus bas que lui ; tout près, avec des cris aigus,
Il lance des attaques fréquentes ; son cœur lui dit de la
    prendre.
Ainsi allait-il tout droit, enivré, et Hector tremblant,
Sous le mur des Troyens, faisait mouvoir très vite ses
    genoux.
145 Ils passèrent près du belvédère et du figuier secoué par les
    vents,

Toujours près du mur ils coururent sur la grand route,
Et arrivèrent aux deux claires fontaines. Là jaillissent
Les deux sources du Scamandre aux tourbillons.
De l'une l'eau coule chaude, une fumée tout autour
150 S'élève comme d'un feu flamboyant.
De l'autre, en été, elle coule pareille à la grêle,
Ou à la neige froide ou à l'eau prise en glace.
Il y a tout près deux beaux lavoirs
De pierre où venaient pour laver leurs beaux habits
155 Les femmes des Troyens et leurs jolies filles
Jadis, en temps de paix, avant que ne viennent les fils des
    Achéens.
Ils passèrent tout près, l'un fuyant, l'autre le poursuivant,
Celui qui fuyait était noble ; meilleur, celui qui poursuivait,
Très vite ; ce n'est pas pour une victime ou une peau de
    bœuf
160 Qu'ils concouraient, pour des prix qu'on gagne avec ses
    pieds ;
Ils couraient pour la vie du chevalier Hector.
Comme lorsque des chevaux aux sabots lourds, pour gagner
    le prix,
Très vite tournent autour de la borne ; et le prix est exposé
    là :
C'est un trépied, ou une femme ; car un homme est mort*.
165 Ainsi, trois fois, autour de la ville de Priam ils tournèrent
Avec leurs pieds très rapides ; et tous les dieux regardaient.
Le premier à parler fut le père des hommes et des dieux :
« Oh ! la ! la ! il m'est cher, cet homme poursuivi autour du
    mur,
Je le vois de mes yeux ; mon cœur est dans l'affliction
170 Pour Hector, qui a pour moi fait brûler des cuisses de bœuf
Sur la cime de l'Ida anfractueux, et, d'autres fois,
Au plus haut de la ville ; maintenant le divin Achille
Autour de la ville de Priam le poursuit de ses pieds rapides.
Allons, réfléchissez, dieux, délibérez :
175 Allons-nous le sauver de la mort, ou dès maintenant
L'abattrons-nous, ce vaillant, sous les coups d'Achille
    Pélide ? »

Lui dit alors la déesse Athéna Œil de Chouette :
« Père Blanche-Foudre, Nuage-Noir, qu'as-tu dit ?
C'est un mortel, depuis longtemps marqué par le sort.
180 Tu veux l'arracher à la mort au nom sinistre ?
Fais-le. Mais nous, les autres dieux, nous ne t'approuvons
    pas. »

En réponse lui dit Zeus Maître des Nuages :
« Sois tranquille, Tritogénéia, mon enfant ; je parle
Sans avoir encore tout pesé ; je veux être bon avec toi.
185 Fais ce que tu as dans l'esprit, et ne tarde plus. »

Il dit, encourageant Athéna qui était déjà toute ardeur.
Elle quitta en bondissant les sommets de l'Olympe.

Sans relâche le rapide Achille poursuivait de tout près
    Hector.
Comme lorsqu'un chien dans la montagne court derrière
    un faon ;
190 Il l'a fait sortir du gîte, il traverse ravins et vallons.
L'autre se cache, se dissimule dans le taillis.
Mais le chien court sans arrêt sur la trace, jusqu'à ce qu'il
    le trouve.
Ainsi Hector n'échappait pas à Achille Pieds-Rapides.
Chaque fois qu'il pensait à bondir vers les portes
195 Des Dardaniens, sous les tours bien bâties
(De là-haut en lançant des flèches on le protégerait),
À chaque fois l'autre, lui coupant la route, le détournait
Vers la plaine, lui-même étant toujours du côté de la ville.
Comme dans un rêve on ne peut pas rattraper celui qui
    fuit,
200 L'un ne peut pas échapper, ni l'autre l'attraper.
Ainsi l'un ne pouvait pas en courant saisir l'autre, ni l'autre
    échapper.
Comment Hector aurait-il échappé aux servantes de la
    mort
Si une toute dernière fois Apollon ne l'avait rejoint,

Tout près, qui lui donna de l'ardeur et des genoux rapides ?
205 De la tête le divin Achille fit signe à ses troupes
De ne lancer contre Hector ni javelots ni flèches amères :
Quelqu'un tirerait gloire d'avoir touché ; et lui ne serait
    que le second.
Quand pour la quatrième fois ils arrivèrent aux fontaines,
Le Père prit sa balance d'or,
210 Y plaça deux marques de la mort qui abat les hommes,
Une pour Achille, une pour le chevalier Hector,
Souleva, en tenant l'axe ; le jour marqué pour Hector des-
    cendit,
Alla jusqu'à l'Hadès ; Phoibos Apollon l'abandonna.
Vers le Pélide s'en vint la déesse Athéna Œil de Chouette ;
215 S'arrêtant près de lui, elle dit ces mots qui ont des ailes :
« Maintenant j'espère, magnifique Achille cher à Zeus, que
    tous deux,
Nous reviendrons, couverts de gloire, près des bateaux des
    Achéens,
Ayant tué Hector, qui n'est jamais las de se battre.
Il ne lui est plus possible de nous fuir,
220 Même si Apollon Protecteur se donne beaucoup de mal
En se jetant aux pieds de Zeus père à l'égide.
Arrête-toi, reprends haleine ; lui, je vais aller
Le trouver pour le convaincre de te combattre face à face*. »

Ainsi parla Athéna ; lui, il obéit, le cœur en joie.
225 Il s'arrêta, appuyé sur le frêne à la pointe de bronze.
Elle le laissa là, alla à la rencontre du divin Hector,
S'étant donné la figure de Dèiphobos et sa voix toujours
    claire.
S'arrêtant près de lui, elle dit ces mots qui ont des ailes :
« Ami, le rapide Achille te maltraite fort,
230 Il te poursuit de ses pieds rapides autour de la ville de
    Priam.
Allons, arrêtons-nous et repoussons-le de pied ferme. »

Alors lui dit le grand Hector au panache :
« Dèiphobos, tu as toujours été pour moi le plus cher

Des mes frères, enfants d'Hécube et de Priam ;
235 Maintenant, je t'apprécie encore davantage,
Puisque, pour moi, tu as osé, me voyant de tes yeux,
Sortir de la ville, quand les autres restent en dedans. »

Alors lui dit la déesse Athéna Œil de Chouette :
« Ami, notre père et notre mère souveraine
240 M'ont prié à genoux, avec tous nos compagnons,
De rester là-bas ; telle est leur terreur à tous.
Mais mon cœur en moi souffrait d'un amer chagrin.
Allons bravement au combat, que nos lances
N'aient pas de repos, pour que nous sachions si Achille
245 Va nous tuer et emporter nos dépouilles sanglantes
Vers les bateaux creux, ou s'il sera abattu par ta lance. »

Ayant ainsi dit, Athéna, pour le tromper, se mit en route.
Quand, marchant l'un vers l'autre, ils furent tout près,
Le premier à parler fut le grand Hector au panache :
250 « Je ne fuirai plus devant toi, fils de Pélée, comme, avant,
J'ai couru trois fois autour de la grande ville de Priam, sans
  oser
Attendre ton assaut. Maintenant mon cœur m'ordonne
De te tenir tête ; je peux tuer, ou être tué.
Allons, appelons-en aux dieux ; ils seront les meilleurs
255 Témoins et observateurs de tous les accords.
Je ne te mutilerai pas affreusement, si Zeus
Me donne de résister, et si je te prends la vie.
Quand je t'aurai dépouillé de tes armes glorieuses, Achille,
Je rendrai ton cadavre aux Achéens ; fais de même. »

260 Le regard en dessous, Achille Pieds-Rapides lui dit :
« Hector, que toujours je haïrai, ne me dis rien d'un accord.
De même qu'entre lions et hommes il n'y a pas de serment,
Que loups et agneaux n'ont pas le cœur à l'unisson,
Mais qu'ils ne cessent de se détester les uns les autres,
265 De même toi et moi nous ne pouvons nous aimer. Pour
  nous pas
De serments avant que l'un de nous, en tombant,

Ne saoule de sang Arès, le guerrier au dur bouclier.
Rappelle tout ton courage. C'est maintenant qu'il te faut
Être un vrai combattant, un guerrier sûr de soi.
270 Il n'y a plus pour toi d'échappatoire, Pallas Athéna
Va t'abattre par ma lance ; maintenant tu vas payer tous
Les malheurs de mes compagnons que tu as tués avec ta
    lance. »
Il dit, visa, lança la pique à l'ombre longue ;
La voyant venir, Hector le magnifique l'esquiva.
275 Il se pencha ; la pique de bronze passa au-dessus de lui,
Et se ficha en terre. Pallas Athéna l'en arracha,
La rendit à Achille, sans que le voie Hector, berger de
    peuples.
Hector dit au Pélide sans reproche :
« Tu m'as manqué. Il n'est pas vrai, Achille à visage de
    dieu,
280 Que Zeus t'ait dit quel sera mon sort. Tu le prétendais
    pourtant.
Tu es un beau parleur, et un tisseur de mensonges,
Tu veux que j'aie peur, que j'oublie courage et force.
Non, je ne fuirai pas ; tu ne me planteras pas ta lance dans
    le dos.
Je fonce tout droit ; transperce-moi la poitrine,
285 Si un dieu te le permet. Et maintenant, évite ma pique
De bronze. Que dans ton corps elle entre tout entière.
Pour les Troyens la guerre serait plus légère
Si tu étais détruit ; tu es pour eux le fléau majeur. »
Il dit, visa, lança la pique à l'ombre longue ;
290 Et il toucha le Pélide au milieu du bouclier, et ne le manqua
    pas.

La pique rebondit loin du bouclier. Hector fut irrité :
Son arme rapide était partie en vain de sa main.
Il restait là, tête basse, il n'avait pas d'autre lance de frêne.
Il appela d'un grand cri Dèiphobos au bouclier blanc.
295 Il lui demanda une grande lance. L'autre n'était plus près
    de lui.
Hector, dans son âme, comprit et dit :

« Oh ! la ! la ! les dieux m'appellent vraiment à la mort.
Je croyais le héros Dèiphobos à côté de moi.
Mais il est sur le mur ; moi, Athéna m'a trompé.
300 Voici la mort mauvaise qui s'approche, elle n'est pas loin,
On ne peut pas la fuir. C'est ce que, depuis longtemps, ils veulent,
Zeus et le fils de Zeus, Flèche-Lointaine, qui, quelque temps,
M'ont protégé avec bienveillance. Maintenant mon sort me rejoint.
Je ne veux pas mourir sans la gloire de m'être battu ;
305 Mes hauts faits, ceux qui viendront plus tard en entendront parler. »

Ce disant, il tira son épée pointue,
Grande et solide, qui pendait sur sa cuisse ;
Il se ramassa sur lui-même, puis bondit, comme l'aigle de haut vol,
Qui fond vers la plaine à travers les nuages noirs,
310 Pour attraper un faible agneau ou un lièvre craintif.
C'est ainsi qu'Hector bondit, agitant son épée pointue.
Achille s'élança, le cœur plein de fureur
Sauvage, il couvrait sa poitrine avec son beau bouclier
Richement ouvragé ; il faisait osciller son casque brillant
315 À quatre plaques. Tout autour volaient les beaux fils
D'or qu'Héphaistos avaient mis autour du panache.
Comme un astre brille parmi les astres au noir de la nuit,
Hespéros*, le plus beau des astres qui sont dans le ciel,
Ainsi brillait la pique acérée qu'Achille
320 Brandissait de la main droite en menaçant le divin Hector.
Il regardait le beau corps, cherchant le point le plus faible.
Mais la peau était partout recouverte par le bronze
Des belles armes dont il avait dépouillé la puissance de Patrocle.
On la voyait là où les clavicules séparent le cou des épaules
325 Et de la gorge, là où la vie se perd le plus vite.
C'est là que le divin Achille poussa la pique,
La pointe ressortit de l'autre côté du cou délicat.
Le frêne alourdi de bronze ne coupa pas la trachée,

Si bien qu'il put dire quelques mots en réponse.

330 Il tomba dans la poussière. Et le divin Achille triompha :
« Hector, tu prétendais dépouiller Patrocle
Et rester sauf ; tu comptais sans moi, j'étais loin.
Naïf ! un vengeur bien plus fort, à l'écart,
Près des bateaux creux était resté en arrière : moi,
335 Qui viens de te rompre les genoux. Toi, les chiens et les oiseaux
      oiseaux
Te déchireront vilainement ; lui, les Achéens l'honoreront. »

Respirant à peine, Hector au panache lui dit :
« Je t'en prie, sur l'âme et les genoux de tes parents,
Ne me donne pas près des bateaux en pâture aux chiens
      des Achéens,
340 Accepte beaucoup de bronze et d'or,
Cadeaux que te feront mon père et ma mère souveraine,
Mon corps, rends-le aux miens, pour que, mort,
Les Troyens et les femmes des Troyens me donnent au
      feu. »

Le regard en dessous Achille Pieds-Rapides lui dit :
345 « Chien, pas un mot de parents, de genoux embrassés !
Je voudrais que mon cœur en colère m'amène
Jusqu'à te découper, à te manger tout cru. Tu m'as fait si
      mal.
Personne ne sauvera ta tête des chiens
Même si on m'apportait dix fois, vingt fois ta rançon,
350 Si on la déposait ici, en m'en promettant davantage,
Même s'il ordonnait qu'on apporte ton poids en or,
Priam Dardanide ; ta mère souveraine ne te couchera
      pas
Sur le lit funèbre, pour te pleurer, elle qui t'a enfanté,
Mais les chiens et les oiseaux te dévoreront tout entier. »

355 Mourant, il lui dit, Hector au panache :
« En te voyant, je te connais ; je ne pouvais pas
Te persuader. Tu as dans les entrailles un cœur de fer.
Réfléchis, de peur je ne sois pour toi un signe des dieux,

Le jour où Pâris et Phoibos Apollon
360 Malgré ta valeur te feront mourir près des portes Scées. »

Comme il parlait, la mort, qui est la fin, s'étendit sur lui.
L'âme vola hors du corps et partit vers l'Hadès,
Se lamentant sur son sort, n'ayant plus ni force ni jeunesse.
À celui qui venait de mourir le divin Achille dit :
365 « Meurs. J'accueillerai la Tueuse lorsque
Zeus le voudra, lui et les autres dieux immortels. »

Il dit. Du cadavre il tira sa lance de bronze,
La mit à part ; de sur les épaules il arracha les armes
Sanglantes ; les fils des Achéens accoururent
370 Pour contempler la stature et la grande beauté
D'Hector. Il n'y avait là personne qui ne lui donne un coup.
Et chacun disait, regardant son voisin :
« Oh ! la ! la ! il est plus doux au toucher,
Cet Hector, que lorsqu'il mettait le feu à nos bateaux. »

375 Ainsi parlait chacun, en s'approchant, en donnant un coup.
Quand le divin Achille Pieds-Rapides l'eut dépouillé,
Au milieu des Achéens il dit ces mots qui ont des ailes :
« Amis, chefs et capitaines des Argiens,
Puisque les dieux m'ont donné d'abattre cet homme
380 Qui nous a fait plus de mal que tous les autres ensemble,
Allons en armes faire le tour de la ville pour observer,
Pour savoir dans quel esprit sont les Troyens :
Vont-ils abandonner la haute ville, puisque celui-ci est mort ?
Vont-ils vouloir rester, bien qu'Hector ne soit plus là ?
385 Mais pourquoi mon cœur me dit-il tout cela ?
Il est toujours près des bateaux, sans pleurs, sans rites,
Patrocle. Je ne l'oublierai pas, tant que je serai
Avec les vivants et que mes genoux pourront bouger.
Et si dans l'Hadès on oublie les morts,
390 Même là je me rappellerai mon cher compagnon.
Maintenant, jeunes Achéens, en chantant l'hymne*,

Retournons aux vaisseaux creux, en emportant celui-ci.
Nous avons cueilli une grande gloire ; nous avons tué le
   divin Hector,
Celui que dans leur ville les Troyens priaient comme un
   dieu. »

395 Il dit, et forma pour Hector des projets indignes.
À l'arrière des deux pieds il perça les tendons
Du talon à la cheville, y fixa des courroies de cuir,
Les attacha à son char, en laissant la tête traîner.
Monté sur son char, il prit les rênes glorieuses ;
400 Un coup de fouet pour les lancer ; de bon cœur ils s'envo-
   lèrent.
Il le traînait, soulevant la poussière ; les cheveux
Noirs se répandaient ; dans la poussière la tête
Roulait, jadis si belle. Alors Zeus permit aux ennemis
De le maltraiter sur la terre de ses pères.

405 Ainsi sa tête était dans la poussière ; la mère
Arracha ses cheveux, rejeta son beau voile
Très loin, poussa un grand cri en voyant son enfant.
Son père gémit pitoyablement, les foules tout autour
Hurlaient et se lamentaient par la ville.
410 C'était vraiment comme si toute la ville
D'Ilion la haute brûlait depuis le sommet.
Les foules retenaient à grand peine le vieil homme en
   colère,
Qui voulait sortir hors des portes dardaniennes.
Il les suppliait tous, se roulant dans la boue,
415 Appelant par son nom chacun des hommes :
« Arrêtez, amis, vous avez du chagrin, mais laissez-moi
Sortir seul de la ville, aller aux bateaux des Achéens.,
Pour que je supplie cet homme dément, frénétique,
Peut-être va-t-il respecter mon âge, avoir pitié
420 De ma vieillesse. Il a, lui aussi, un père, comme moi,
Pélée, dont il est né, qui l'a nourri pour être le fléau
Des Troyens. C'est à moi qu'il a imposé les pires douleurs.
Combien m'a-t-il tué d'enfants en pleine fleur !

Mais tous, dans mon chagrin, je ne les pleure pas tant
425 Qu'un seul, dont le deuil aigu me conduira dans l'Hadès,
Hector. Il aurait pu mourir dans mes bras.
Nous aurions eu alors notre saoul de pleurs et de sanglots,
Sa mère qui l'a mis au monde, malheureuse, et moi. »

Voilà ce qu'il disait, en pleurant ; et les gens de la ville
gémissaient.
430 Pour les Troyennes Hécube entonna l'infinie lamentation :
« Mon enfant. Pauvre de moi. Comment vivre ? J'ai vu l'hor-
reur,
Puisque tu es mort. Au long des nuits et des jours,
Tu étais ma fierté dans la ville, et pour tous,
Troyens et Troyennes, un défenseur, ils te vénéraient
435 Comme un dieu. Car tu étais pour eux une grande gloire
Quand tu vivais. Maintenant t'ont saisi la mort et le sort. »

Ainsi disait-elle en pleurant. La femme d'Hector ne savait
Rien encore. Aucun messager sûr n'était venu
Lui dire que son mari était resté hors des portes ;
440 Elle tissait au métier, au fond de sa haute maison,
Un double manteau de pourpre, et y semait des motifs.
Elle dit à ses servantes aux belles boucles dans la maison
De mettre sur le feu un grand trépied, pour que
Hector trouve un bain chaud en revenant du combat.
445 Naïve ! elle ne comprenait pas que, loin du bain,
Par la main d'Achille Pallas Athéna l'avait abattu.
Elle entendit les hurlements, les lamentations sur le mur.
Tout son corps trembla, sa navette tomba par terre.
Tout de suite elle dit à ses servantes aux belles boucles :
450 « Venez, deux d'entre vous, avec moi, je vais voir ce qui s'est
passé.
J'ai entendu le cri de ma belle-mère que je respecte, en
moi
Mon cœur remonte vers ma gorge, mes genoux
Se crispent sous moi. Un malheur est tout près des enfants
de Priam.
Que ces mots restent loin de mes oreilles ! J'ai terriblement

455 Peur que le divin Achille n'ait isolé Hector l'audacieux
     Loin de la ville et ne le poursuive dans la plaine,
     Et ne fasse cesser cette funeste vaillance
     Qui le tenait ; car il ne restait pas dans la masse des hommes,
     Il était toujours en avant, son ardeur n'avait pas de pareille. »

460 Ce disant, elle courait dans le palais comme une ménade,
     Le cœur palpitant ; les servantes la suivaient.
     Quand elle fut sur le rempart, dans la foule des hommes,
     Les yeux écarquillés sur le mur, elle le vit,
     Traîné devant la ville. Les chevaux rapides
465 Le tiraient ignominieusement vers les bateaux creux des
         Achéens.
     Alors une nuit noire recouvrit ses yeux.
     Elle tomba en arrière, et son âme s'échappait.
     Elle rejeta loin de sa tête sa superbe coiffure,
     Diadème, bonnet et ruban tressé,
470 Et le voile donné par l'Aphrodite d'or
     Le jour où Hector au panache l'avait emmenée
     De la maison d'Eétiôn, ayant prodigué les cadeaux.
     Autour d'elle, nombreuses, les sœurs, les belles-sœurs
     La soutenaient, bouleversée jusqu'à en mourir.
475 Elle reprit haleine, la vie revint à son cœur,
     En sanglotant profondément elle dit devant les Troyennes :
     « Hector, pauvre de moi ! nous sommes nés avec même sort,
     Tous les deux ; toi à Troie dans la maison de Priam,
     Moi, à Thèbe, sous le Plakos aux forêts,
480 Dans la maison d'Eétiôn, qui m'a nourrie, toute petite,
     Lui, malheureux, moi, malheureuse. J'aurais dû ne pas
         naître.
     Toi, dans les profondeurs de la terre, vers l'Hadès
     Tu descends ; tu me laisses dans un deuil affreux,
     Veuve dans le palais. L'enfant est petit encore,
485 Que nous avons eu, malheureux. Tu ne seras pas
     Son appui, Hector, puisque tu es mort, ni lui le tien.
     S'il échappe à la guerre des Achéens qui fait pleurer,
     Toujours la peine et les soucis
     Le poursuivront. D'autres lui prendront ses domaines.

490 Le jour où il est orphelin, un enfant se trouve tout seul.
Il baisse la tête, ses joues se couvrent de larmes,
Dans sa détresse il va voir les amis de son père,
Tirant l'un par le manteau, l'autre par la tunique.
On a pitié ; on lui passe un instant la coupe ;
495 Il mouille à peine ses lèvres, son palais reste sec.
Celui qui a encore ses parents le chasse du banquet,
Il lui donne des coups, il l'injurie.
"Disparais ; ton père n'est pas de notre compagnie."
En pleurant, l'enfant va voir sa mère veuve.
500 Astyanax, autrefois, sur les genoux de son père,
Il mangeait de la moelle et de la viande de mouton gras.
Quand le sommeil le prenait, qu'il s'arrêtait de jouer,
Il dormait dans un lit, entre les bras de sa nourrice,
Sur un matelas mou, le cœur rassasié de bonnes choses.
505 Maintenant il va beaucoup souffrir, n'ayant plus de père,
Astyanax, comme l'appellent les Troyens.
Tu protégeais seul les portes et les hauts murs.
Mais près des bateaux de haut bord, loin de tes parents,
Les vers grouillants, quand les chiens seront repus, te
     mangeront,
510 Tout nu. Et tu as des habits dans le palais,
Légers, jolis, tissés par la main des femmes.
Mais je vais tout jeter dans le feu qui brûle ;
Ils ne te servent à rien ; tu ne les mettras plus.
Ce sera à ta gloire, devant les Troyens et les Troyennes. »

515 Ainsi parlait-elle, en pleurant. Et les femmes gémissaient.

CHANT XXIII

Ainsi ils gémissaient par la ville. Cependant les Achéens,
Arrivés aux bateaux et à l'Hellespont,
S'égaillèrent, chacun sur son bateau ;
Aux Myrmidons Achille interdit de s'égailler ;
5 À ses belliqueux compagnons il dit :
« Myrmidons aux poulains rapides, mes fidèles compa-
   gnons,
Ne détachons pas des chars les chevaux aux sabots lourds.
Mais approchons-nous avec nos chevaux et nos chars,
Pleurons Patrocle. C'est le droit de ceux qui sont morts.
10 Quand nous serons rassasiés de lamentations lugubres,
Nous détacherons les chevaux et nous souperons tous ici. »

Il dit, et tous se lamentèrent, Achille le premier.
Trois fois autour du cadavre, ils firent tourner les chevaux
   aux beaux crins,
Tout affligés. Thétis leur insuffla le désir de pleurer.
15 Les sables étaient mouillés, les armes des hommes étaient
   mouillées
De larmes, tant ils regrettaient celui qui inspirait la peur.
Le Pélide entonna l'infinie lamentation,
Posant ses mains tueuses d'hommes sur la poitrine du
   compagnon :
« Sois en joie, Patrocle, même dans la maison d'Hadès.
20 Je suis déjà en train de faire tout ce que je t'avais promis :
Traîner Hector jusqu'ici pour le donner tout cru aux chiens,

Égorger devant le bûcher douze
Beaux enfants troyens ; car j'enrage que tu sois tué. »

Il dit, et forma pour Hector des projets indignes :
25 Il l'étendit face au sol près du lit où gisait le fils de Ménoitios,
Dans la poussière. Tous alors retirèrent leurs armes
De bronze luisant, détachèrent les chevaux qui hennissent,
S'assirent près du bateau de Pieds-Rapides, petit-fils d'Éaque,
Par milliers. Il leur offrit un somptueux repas funèbre.
30 Des bœufs blancs, en quantité, mugirent, par le fer
Égorgés ; en quantité des moutons et des chèvres bêlantes.
En quantité des porcs aux dents aiguës, débordants de
graisse,
Grillaient, étendus au-dessus de la flamme d'Héphaistos.
Partout autour du cadavre coulait le sang à pleines coupes.

35 Cependant le prince Pélide Pieds-Rapides,
Les rois des Achéens le menèrent chez le divin Agamemnon,
L'ayant persuadé avec peine : la mort du compagnon le
mettait en fureur.
Quand ils arrivèrent à la tente d'Agamemnon,
Ils ordonnèrent aux hérauts dont la voix est sonore
40 De mettre sur le feu un grand trépied ; ils voulaient persuader
Le Pélide de se laver du sang qui le couvrait.
Il refusa fermement, et même fit un serment :
« Par Zeus, qui est le dieu le plus haut et le meilleur,
La justice* interdit que l'eau approche de ma tête
45 Avant que j'aie mis Patrocle sur le bûcher, élevé un tertre,
Rasé mes cheveux ; pareille souffrance n'atteindra pas
Une deuxième fois mon cœur, tant que je suis parmi les
vivants.
Mais à présent laissons-nous séduire par cet horrible repas.
Dès l'aurore, prince des hommes Agamemnon, ordonne
50 Qu'on apporte du bois et tout ce qu'il faut
Au mort pour qu'il aille dans le sombre brouillard,
Que le feu infatigable le fasse disparaître
Vite loin de nos yeux, et que les troupes reviennent à leurs
tâches. »

Il dit. Ils l'écoutèrent et lui obéirent.
55 Vite, ayant préparé chacun son repas,
Ils mangèrent, satisfaits, car les parts étaient égales.
Quand de boire et de manger fut apaisé le désir,
Ensommeillés, ils allèrent chacun dans sa tente.
Mais le Pélide sur le bord de la mer au ressac
60 Était étendu, soupirant profondément, au milieu des Myr-
    midons,
Dans un lieu découvert, où les vagues frappent le rivage ;
Bientôt le sommeil le prit, dissipa les soucis de son cœur,
Se répandit doucement ; son beau corps était épuisé
Après ses assauts contre Hector, sous Ilion la venteuse.
65 Alors vint le fantôme* du malheureux Patrocle ;
Il lui ressemblait par la stature et les beaux yeux,
Et la voix, et il portait les mêmes habits.
Se plaçant au-dessus de sa tête, il lui dit ces paroles :
« Tu dors, et tu m'as oublié, Achille,
70 Tu me négliges, puisque je ne suis plus vivant, mais mort.
Enterre-moi au plus vite, je passerai les portes d'Hadès ;
Les âmes me repoussent, les spectres de ceux qui ne sont
    plus,
Sans me laisser, par-dessus le fleuve, me joindre à eux ;
Seul j'erre près de la maison d'Hadès aux larges portes.
75 Donne-moi la main ; je pleure : plus jamais
Je ne sortirai de l'Hadès, quand vous m'aurez donné au
    feu.
Plus jamais, vivants, loin de nos compagnons,
Nous ne formerons ensemble des projets, mais la Tueuse
Me tient, affreuse, qui m'attendait depuis ma naissance.
80 Toi aussi, Achille à visage de dieu, ton sort
Est de mourir sous le mur des riches Troyens.
Je veux te dire encore, et te recommander : écoute-moi.
Ne mets pas tes os loin des miens, Achille.
Qu'ils restent ensemble, comme nous l'étions dans votre
    maison,
85 Quand Ménoitios d'Opoeis m'a mené, encore enfant,
Chez vous, à cause du meurtre sinistre d'un homme,

Le jour où, furieux, j'ai tué le fils d'Amphidamas,
Naïf! sans le vouloir (je m'étais fâché en jouant aux osselets).
Alors le chevalier Pélée m'a reçu dans sa maison,
90 M'a élevé avec soin et a fait de moi ton serviteur;
Que nos os à tous deux soient dans la même urne,
Celle en 'or, à deux anses, que t'a donnée ta mère souve-
raine.»

En réponse lui dit Achille Pieds-Rapides:
«Pourquoi, tête chère, es-tu venu ici
95 Et m'as-tu fait ces recommandations? Pour moi
Je ferai tout, en obéissant à tes ordres.
Viens plus près; qu'un instant, embrassés,
Nous ayons la cruelle joie de nous pleurer l'un l'autre.»

Ce disant, il tendait les bras,
100 Mais n'étreignit rien; l'âme dans la terre comme une fumée
S'envola avec un petit cri. Surpris, Achille se leva,
Frappa dans ses mains, et dit ces tristes mots:
«Oh! la! la! il y a donc, même dans les maisons d'Hadès,
Une âme et un fantôme*, mais rien de ce qui fait un corps.
105 Toute la nuit, du triste Patrocle
L'âme était là, gémissant et s'affligeant,
Et m'a donné ses ordres, et lui ressemblait étonnamment.»

Il dit, et tous eurent désir de pleurer.
Ils s'affligeaient quand parut l'Aurore aux doigts de rose
110 Près du cadavre malheureux. Le puissant Agamemnon
Fit partir de toutes les tentes des mulets et des hommes
Pour rapporter du bois; un homme noble les guidait,
Mèrionès, serviteur du vaillant Idoménée.
Ils allaient, tenant en main des cognées
115 Et des cordes bien tressées. Les mulets marchaient devant.
Longtemps, par monts et par vaux, par d'oblique détours
ils sont allés.
Arrivés aux pentes de l'Ida aux sources sans nombre,
Avec le bronze tranchant, les chênes à haut feuillage,
Ils les abattirent sans tarder. Les arbres à grand fracas

120 Tombaient. Les Achéens alors les fendirent,
Et les attachèrent aux mulets, qui, frappant du pied le sol,
À travers les taillis épais, avaient hâte d'arriver à la plaine.
Les hommes portaient tous des bûches. Ainsi l'avait ordonné
Mèrionès, serviteur du vaillant Idoménée.
125 Tout fut jeté, rangé, sur le rivage, là où Achille
Voulait élever un tertre pour Patrocle et pour lui.

Quand ils eurent déchargé tout ce bois,
Ils s'assirent tous sur place. Cependant Achille
Donna aussitôt l'ordre aux belliqueux Myrmidons
130 De se vêtir de bronze, d'atteler aux chars
Les chevaux ; ils se levèrent, endossèrent leurs armes,
Montèrent sur les chars, combattants et cochers ;
D'abord les gens de cheval ; suivait une nuée de gens de
pied,
Des milliers ; entre les deux, les compagnons portaient
Patrocle.
135 Le cadavre était recouvert de leurs cheveux, qu'ils avaient
jetés
Une fois rasés ; derrière lui le divin Achille soutenait la tête,
Accablé. Il envoyait à l'Hadès son compagnon sans reproche.

Quand ils furent à l'endroit qu'avait désigné Achille,
Ils déposèrent le corps, firent un bûcher parfait.
140 Mais le divin Achille Pieds-Rapides avait un autre souci :
À distance du bûcher, il coupa sa chevelure blonde,
Qu'il avait fait pousser, abondante, pour le fleuve Sperkhios.
Bouleversé, il dit en regardant la mer violette :
« Sperkhios, c'est en vain que mon père Pélée a juré
145 Que, quand je reviendrais dans la terre de ma patrie,
Je raserais pour toi mes cheveux et t'offrirais une hécatombe,
Cinquante moutons mâles, sur la place,
À tes sources, où tu as un enclos sacré et un autel.
Le vieil homme l'avait juré ; tu n'as pas fait ce qu'il voulait.
150 Et maintenant, je ne reviendrai plus dans la terre de ma
patrie,
Je les donne au héros Patrocle, pour qu'il les emporte. »

Ce disant, il mit dans les mains de son compagnon
Ses cheveux ; et tous eurent envie de gémir.
C'est sur des hommes en pleurs que se serait couché le
    soleil ;
155 Si Achille, s'approchant d'Agamemnon, ne lui avait dit :
« Atride, c'est à toi que d'abord obéit le peuple achéen
Et à tes paroles ; il est permis de se saouler de plaintes.
Toi, disperse-les loin du bûcher ; ordonne qu'on prépare
Le repas. Le reste, nous le ferons, nous à qui d'abord
    incombe
160 Le soin du cadavre ; que près de nous ne restent que les
    chefs. »

Quand il l'eut entendu, le prince des hommes Agamemnon,
Il dispersa l'armée dans les bateaux aux lignes justes.
Ceux qui devaient officier restèrent, amassèrent le bois,
Construisirent un bûcher de cent pieds sur cent ;
165 Sur le sommet du bûcher, le cœur en deuil, ils déposèrent
    le cadavre.
Des moutons gras, des bœufs aux pieds tors, aux cornes
    courbes,
En nombre devant le bûcher ils les égorgèrent, les parèrent ;
    prenant
La graisse Achille au grand cœur en recouvrit le cadavre,
Des pieds à la tête ; autour, il entassa les corps écorchés.
170 Il posa des jarres à deux anses, pleines de miel et d'huile,
En les appuyant au lit ; quatre chevaux à la tête fière,
Vite il les poussa sur le bûcher, en gémissant fort.
Des neuf chiens que le prince nourrissait à sa table,
Il en prit deux, leur coupa le cou, les jeta sur le bûcher,
175 Douze nobles fils de Troyens au grand cœur,
Il les tua avec le bronze ; son esprit était à la férocité.
Il jeta le feu, qui est cruel comme le fer, pour que tout
    flambe.
Puis il gémit, il cria le nom de son compagnon :
« Sois en joie, Patrocle, même dans la maison d'Hadès.
180 Je suis déjà en train de faire tout ce que je t'avais promis :

Douze nobles fils de Troyens au grand cœur,
Le feu, pour toi, va les brûler. Hector, je ne le donnerai
  pas,
Le Priamide, au feu, pour qu'il y brûle, mais aux chiens. »

Voilà ce qu'il dit, menaçant ; mais les chiens ne faisaient
  rien ;
185 Les chiens, la fille de Zeus Aphrodite les écartait ;
Jour et nuit, elle versait une huile de rose
Merveilleuse, pour qu'on ne l'écorche pas en le traînant.
Pour lui, Phoibos Apollon amena un nuage noir,
Du ciel sur la terre, et couvrit tout l'espace
190 Où était le cadavre, pour que la force du soleil
Ne sèche pas la peau autour des nerfs et des membres.

Mais le bûcher de Patrocle mort ne s'enflammait pas.
Alors le divin Achille Pieds-Rapides eut une autre idée ;
À quelque distance du bûcher il pria deux vents,
195 Borée et Zéphyr, et leur promit de beaux sacrifices.
Vidant pour eux, selon le rite, sa coupe d'or, il les supplia
De venir, pour qu'au plus vite les cadavres prennent feu,
Que le bois se mette à brûler. Bientôt Iris
Entendant sa prière alla en messagère auprès des vents.
200 Ils étaient réunis chez Zéphyr le violent
Autour d'un festin ; Iris courait ; elle s'arrêta
Sur le seuil de pierre. Quand ils la virent de leurs yeux,
Tous s'exclamèrent, chacun l'appela à lui.
Elle refusa de s'asseoir, et leur dit :
205 « Je n'ai pas le temps de m'asseoir : je vais, sur les vagues
  de l'Océan,
Dans le pays des Éthiopiens, où l'on célèbre des héca-
  tombes
Pour les immortels, et j'aurai ma part du festin.
Mais Achille prie Borée et Zéphyr le Grondeur
De venir, et il promet de beaux sacrifices,
210 Pour que vous fassiez s'enflammer le bûcher où gît
Patrocle, que pleurent tous les Achéens. »

Ayant ainsi parlé, elle partit ; eux se levèrent
Avec un bruit prodigieux, poussant devant eux les nuages.
Bientôt ils soufflèrent sur la haute mer, et le flot se dressa
215 Sous leur haleine sifflante ; arrivés à Troie la plantureuse,
Ils bondirent sur le bûcher, et un feu prodigieux soudain
     crépita.
Toute la nuit, ensemble, ils excitèrent la flamme du bûcher
Avec des sifflements aigus. Toute la nuit le rapide Achille
D'un cratère d'or, avec une coupe à deux anses,
220 Puisait du vin, le versait à terre, mouillait le sol,
En appelant l'âme du triste Patrocle.
Comme le père, en brûlant les os, pleure sur son fils,
Jeune marié, dont la mort désole ses tristes parents,
Ainsi Achille, en brûlant les os, pleurait son compagnon,
225 Rampant près du bûcher, avec des sanglots infinis.

Mais quand, annonçant à la terre la lumière, parut Héos-
     phoros*,
Lorsque, juste après, l'Aurore étendit sur la mer sa cape de
     safran,
Alors le bûcher s'apaisa, la flamme cessa.
Les vents s'en retournèrent en leur logis
230 À travers la mer de Thrace, qui gémit, gonflant son flot.
Le Pélide s'en alla assez loin du bûcher,
Se coucha, épuisé ; le doux sommeil bondit sur lui.
Tous s'étaient réunis autour de l'Atride.
Le bruit, le fracas qu'ils faisaient en arrivant le réveil-
     lèrent.
235 Il se dressa sur son séant et leur dit ces paroles :
« Atride et vous tous, seigneurs des Achéens,
D'abord, éteignez avec du vin sombre le bûcher
Partout où subsiste la force du feu. Ensuite
Recueillons les os de Patrocle fils de Ménoitios,
240 En les distinguant bien des autres : ils sont faciles à recon-
     naître.
Il était au milieu du bûcher. Les autres brûlaient
Sur le bord, mêlés, hommes et chevaux.
Les siens, dans une urne d'or, avec double couche de graisse,

Mettons-les tant que je ne suis pas moi-même parti pour
   l'Hadès.
245 Le tertre, je vous invite à ne pas le faire trop grand,
   Mais de dimensions convenables. Plus tard, Achéens,
   Vous le ferez large et haut, vous qui après moi
   Resterez sur les bateaux où rament beaucoup d'hommes. »

Il dit. Eux, ils obéirent au Pélide Pieds-Rapides.
250 D'abord, ils éteignirent avec du vin sombre le bûcher
   Partout où la flamme avait passé, où la cendre était épaisse.
   Pleurant, ils mirent les os de leur bon compagnon
   Dans une urne d'or, avec double couche de graisse,
   Les rangèrent dans la tente, couverts d'un beau tissu.
255 Ils firent le tracé du tombeau et en jetèrent les bases
   Autour du bûcher ; puis ils répandirent de la terre ;
   Quand le tombeau fut achevé, ils s'en allèrent. Achille
   Retint son peuple, fit asseoir cette assemblée,
   Fit apporter des prix : des chaudrons, des trépieds,
260 Des chevaux, des mulets, des bœufs aux belles têtes,
   Et des femmes à la taille ronde, et du fer gris.

Pour les auriges* rapides, il proposa
   Comme prix une femme parfaite, experte en ouvrages,
   Et un trépied à oreilles, de vingt-deux mesures,
265 Pour le premier. Pour le second, il proposa une jument
   De six ans, non dressée, pleine d'un mulet.
   Pour le troisième, un chaudron qui n'était pas allé au feu,
   Fort beau, contenant quatre mesures, encore tout blanc.
   Pour le quatrième deux talents d'or.
270 Pour le cinquième, une urne à deux poignées, restée loin
   du feu.
   Debout au milieu des Argiens, il leur dit :
   « Atrides et vous autres, Achéens aux cnémides,
   Voici les prix que vont disputer les auriges.
   Si ce concours entre Achéens était en l'honneur d'un autre,
275 Je prendrais le premier prix et l'emporterais dans ma tente.
   Vous savez que mes chevaux sont d'une valeur incompa-
   rable.

Ils sont immortels, Poséidon les a donnés
À mon père Pélée, qui me les a transmis.
Mais je vais rester ici, avec mes chevaux aux sabots lourds.
280 Ils ont perdu leur noble, leur glorieux conducteur,
L'homme doux qui souvent versait de l'huile fluide
Sur leurs crinières, après les avoir lavées à l'eau claire ;
Ils sont là, debout, qui mènent son deuil ; sur le sol
Leur crinière est répandue, et leur cœur est dans l'afflic-
tion.
285 Préparez-vous, vous qui, dans l'armée, Achéens,
Vous fiez à vos chevaux et à vos chars bien construits. »

Ainsi parla le Pélide. Les auriges rapides se réunirent.
Le premier fut le prince des hommes Eumèlos,
Fils d'Admète, excellent connaisseur de chevaux.
290 Après lui vint le fils de Tydée, le dur Diomède,
Il conduisait des chevaux troyens, qu'il avait pris
À Énée, lorsqu'Apollon était venu l'enlever.
Venait ensuite l'Atride, le blond Ménélas,
Sang de Zeus, il menait des chevaux rapides,
295 Podargos, le sien, et Aithès, la jument d'Agamemnon :
Ekhépôlos fils d'Anchise l'avait donnée à Agamemnon
En cadeau, pour ne pas avoir à le suivre à Ilion la ven-
teuse,
Mais pour rester chez lui en joie. Il avait reçu de Zeus
Grande richesse, il habitait Sicyone la vaste.
300 La voilà donc sous le joug, impatiente de courir.
Antilokhos, le quatrième, équipait des chevaux à belle cri-
nière,
Lui, le noble fils du prince Nestor le fougueux,
Petit-fils de Nélée. Nés à Pylos, les chevaux
Aux pieds rapides tiraient le char ; son père à côté de lui
305 Lui suggérait, à lui qui était sage, d'heureuses idées :
« Antilokhos, tu es jeune, mais ils t'aiment,
Zeus et Poséidon ; ils t'ont appris toutes les formes
De l'art des chevaux. Tu n'as plus besoin de rien apprendre.
Tu sais tourner autour des bornes. Mais tes chevaux
310 Sont très lents. Je pense que c'est fâcheux.

Les autres ont des chevaux plus rapides, mais ils ne savent
    pas
Comme toi inventer des détours subtils.
Allons, toi, mon cher, pense à des détours
Divers, pour que le prix ne t'échappe pas.
315 C'est par la subtilité plus que par la force que le bûcheron
    est meilleur.
C'est par la subtilité que le pilote sur la mer violette
Conduit son bateau léger que secouent les vents.
C'est par la subtilité que l'aurige l'emporte sur l'aurige.
Celui qui, trop sûr de ses chevaux et de son char,
320 Vire largement, témérairement, un peu au hasard,
Ses chevaux divaguent sur la piste, il ne les tient pas.
Celui qui sait bien mener des chevaux même moins bons,
Il regarde la borne, il vire au plus près, il fait attention
À tendre d'abord les rênes de cuir,
325 À les tenir sûrement, à bien regarder qui le précède.
Je vais te dire un repère très commode, qui ne t'échappera
    pas.
Il y a un tronc mort, qui dépasse le sol d'une brasse,
Un chêne ou un pin ; la pluie ne l'a pas pourri ;
De chaque côté il y a une pierre blanche,
330 À la croisée des chemins ; tout autour la piste est unie.
C'est le tombeau d'un homme mort depuis longtemps,
Ou une borne dressée par les hommes d'autrefois ;
C'est là que le divin Achille Pieds-Rapides a fixé le terme.
Pousse au plus près ton char et tes chevaux, jusqu'à frôler ;
335 Toi, penche-toi sur ton char bien solide,
Vers la gauche. Le cheval de droite,
Excite-le de la voix et rends-lui les rênes.
Que le cheval de gauche frôle la borne
Pour que semble la toucher le moyeu
340 De la roue bien faite. Évite de toucher la pierre,
Tu pourrais blesser les chevaux et casser ton char.
Ce serait un bonheur pour les autres, et pour toi
Une honte. Mais, mon ami, reste prudent.
Si tu passes bien la borne en poussant ton attelage,
345 Personne ne pourra te rattraper, te dépasser,

Même s'il menait devant lui le divin Arion,
Le prompt cheval d'Adrèstos, qui était de race divine,
Ou ceux de Laomédon, nobles bêtes, qui ont été nourries
　　ici. »

Ce disant, Nestor fils de Nélée s'assit
350 À sa place, après avoir tout expliqué à son fils.

Mèrionès, le cinquième, équipa ses chevaux aux beaux crins.
Ils montèrent sur les chars, et réunirent les sorts.
Achille les remua ; c'est le sort d'Antilokhos Nestoride
Qui sortit. Puis vint celui du puissant Eumèlos.
355 Ensuite, celui de l'Atride, Ménélas Lance de Gloire.
Puis celui de Mèrionès ; le dernier fut
Le fils de Tydée, qui était le meilleur conducteur de char.
Ils se placèrent en ligne, Achille leur montra les bornes
Au loin, dans la plaine rase. Il envoya en observateur
360 Phoinix à visage de dieu, serviteur de son père,
Qui regarderait la course et en rendrait un compte exact.

Tous ils levèrent le fouet sur leurs chevaux,
Frappèrent avec les rênes, les excitèrent de la voix
Avec force. Les bêtes se lancèrent dans la plaine,
365 Vite, loin des bateaux. Sous leur poitrail la poussière
Se soulevait comme un nuage ou une tempête,
Les crinières volaient au souffle du vent,
Les chars tantôt écrasaient la terre fertile,
Tantôt faisaient des bonds en l'air. Les conducteurs,
370 Debout dans la caisse, avaient le cœur battant :
Ils voulaient vaincre. Chacun excitait
Ses chevaux, qui volaient dans la poussière de la plaine.

Mais quand les chevaux rapides arrivèrent au bout de la
　　piste,
Revenant vers la mer grise, la valeur de chacun
375 Apparut ; la course des chevaux s'accéléra ; d'abord
Venaient les chevaux rapides du Phérétiade ;
Puis les étalons de Diomède, qui avaient appartenu

À Trôs ; ils n'étaient pas loin, mais tout près :
On aurait dit qu'ils allaient monter sur le char,
380 Leur souffle sur le dos d'Eumèlos et sur ses larges épaules
Brûlait. Leurs têtes posées sur lui, ils galopaient.
Alors, il serait passé devant, ou à sa hauteur,
Le fils de Tydée, si Phoibos Apollon, irrité contre lui,
N'avait fait tomber de ses mains le fouet luisant.
385 Lui, en colère, une larme coula de ses yeux :
Il voyait son rival aller encore plus vite,
Et ses propres chevaux, qu'il n'excitait plus, perdaient.
Mais Athéna vit bien qu'Apollon venait nuire
Au fils de Tydée ; vite elle rejoignit le berger de peuples,
390 Lui rendit son fouet, donna plus de force à ses chevaux ;
Irritée, elle s'approcha du fils d'Admète,
La déesse, et cassa le joug de l'attelage. Les chevaux
Partirent chacun de son côté, le timon tomba par terre.
Lui, il roula hors du char, près de la roue,
395 S'écorcha les coudes, la bouche et le nez,
Se heurta le front, au-dessus des sourcils. Ses yeux
Se remplirent de larmes ; sa voix forte se brisa.
Le fils de Tydée le dépassa, tenant ses chevaux aux sabots
     lourds,
Bien en avant de tous les autres. Athéna
400 Donnait de la force à ses chevaux et, à lui, la gloire.
L'Atride venait ensuite, le blond Ménélas.
Antilokhos dit aux chevaux de son père :
« Marchez, vous deux ; forcez l'allure.
Je ne vous dis pas de battre ceux-là,
405 Les chevaux de Diomède le brave, qu'Athéna
Fait accélérer pour lui donner, à lui, la gloire.
Mais rattrapez les chevaux de l'Atride, ne vous relâchez
     pas,
Vite, que ne vous couvre pas de honte
Aithè, cette femelle. Pourquoi ralentir, mes jolis ?
410 Mais je vais vous dire une chose, et qui se réalisera :
Chez Nestor, berger de peuples, on ne prendra plus
Soin de vous ; il vous tuera tout de suite avec le bronze
     aigu,

Si vous flânez et n'emportez que le dernier prix.
Secouez-vous, et galopez aussi vite que possible.
415 Je vais inventer, machiner ce qu'il faut
Pour que nous gagnions quand la route sera étroite ; je
    verrai bien.»

Il dit. Redoutant la voix grondeuse de leur prince,
Ils forcèrent le pas pendant un temps. Bientôt il aperçut
Le passage étroit du chemin creux, Antilokhos qui aime à
    se battre.
420 Il y avait là une crevasse, remplie d'eau par l'hiver ;
Elle coupait le chemin, ravinait le terrain tout autour.
Ménélas conduisait de manière à éviter que les roues ne se
    heurtent.
Mais Antilokhos mena ses chevaux aux sabots lourds
Hors du chemin, obliquement, et les poussa.
425 L'Atride eut peur et cria à Antilokhos :
«Antilokhos, tu conduis comme un fou ; tiens tes chevaux ;
Le chemin est étroit ; bientôt il sera plus large ; tu me
    dépasseras.
Ce sera mauvais pour tous les deux, si tu heurtes mon
    char.»

Il dit. Antilokhos n'en accéléra que mieux,
430 Maniant l'aiguillon, comme s'il n'avait pas entendu.
Sur la distance à laquelle un jeune homme
Lance le disque pour éprouver sa force
Ils roulèrent à même hauteur ; puis les chevaux de l'Atride
Cédèrent ; c'est lui qui préféra les ralentir,
435 Pour éviter sur le chemin le choc des chevaux aux sabots
    lourds :
Les chars tressés* se seraient renversés ; eux-mêmes
Avec leur désir de victoire ils auraient roulé dans la pous-
    sière.
Le blond Ménélas le querella et lui dit :
«Antilokhos, il n'y a pas de mortel plus pernicieux que toi.
440 Crève ! Nous autres, Achéens, nous te disons sage. C'est à
    tort.

Mais tu n'emporteras pas le prix sans avoir prêté le ser-
    ment. »
Là-dessus, il s'adressa à ses chevaux. Il leur dit :
« Vous êtes tristes, mais ne traînez pas, ne vous arrêtez
    pas.
Ceux-là, leurs pieds et leurs genoux seront fatigués
445 Avant les vôtres. Car ils ne sont pas jeunes, tous les deux. »

Il dit. Eux, redoutant la voix grondeuse du prince,
Ils forcèrent le pas ; bientôt ils furent tout près des autres.

Les Argiens, assis en assemblée, regardaient
Les chevaux, qui volaient dans la poussière de la plaine.
450 Idoménée chef des Crétois fut le premier qui vit les chevaux.
Il était assis, loin de l'assemblée, en hauteur, sur un bel-
    védère.
Il entendit à quelque distance une voix grondeuse,
La reconnut ; il regarda le cheval qui était en tête, très remar-
    quable
Car il était entièrement roux, sauf, au front,
455 Une tache blanche, ronde comme une lune pleine.
Debout au milieu des Argiens, il leur dit :
« Amis, chefs et capitaines des Argiens,
Suis-je le seul à voir des chevaux ? Et vous ?
Ce sont d'autres chevaux qui tiennent la tête,
460 Un autre conducteur. Il est arrivé quelque chose
Aux juments dans la plaine : c'étaient elles les plus fortes.
Je les ai vues tourner autour de la borne,
Et je ne les vois plus, bien que mes yeux
Aient scruté toute la plaine de Troie.
465 Le cocher a dû lâcher les rênes, il n'a pas pu
Les retenir au moment de tourner, il a manqué le virage.
Il est tombé, je crois, son char s'est cassé,
Et les bêtes se sont sauvées, emballées comme elles étaient.
Mais regardez, levez-vous ; je ne distingue
470 Pas bien. Il me semble voir un homme
D'origine étolienne, qui règne sur les Argiens,
Le fils de Tydée le chevalier, le dur Diomède. »

Le rapide Ajax d'Oileus le rudoya de manière honteuse :
« Idoménée, à quoi bon ce bavardage ? Ils sont encore loin,
475 Les chevaux aux pieds agiles qui courent dans la grande
    plaine.
Tu n'es pas le plus jeune parmi les Argiens,
Et tes yeux dans ta tête ne voient pas trop clair.
Mais il faut toujours que tu jacasses. Quel besoin as-tu
De jouer les orateurs ? Il en est ici d'autres qui te valent.
480 Les chevaux que tu vois en tête sont toujours les mêmes :
Ce sont ceux d'Eumèlos, et c'est lui qui tient les rênes. »

Le chef des Crétois, en colère, lui dit, le regardant en face :
« Ajax, le querelleur, le mal embouché, tu es
Au-dessous de tous les Achéens, avec ton caractère violent.
485 Allons, parions un trépied ou un chaudron,
Prenons comme arbitre l'Atride Agamemnon :
Quels sont les chevaux qui sont en tête ? Tu le verras, et tu
    paieras. »

Il dit. Le rapide Ajax d'Oileus se dressa sur ses pieds,
En colère, pour lui répondre par des mots durs,
490 Et une querelle se serait engagée entre eux,
Si Achille lui-même ne s'était levé et n'avait dit :
« N'allez pas échanger des mots durs,
Ajax et Idoménée, des paroles mauvaises ; ce n'est pas bien.
Si quelqu'un faisait la même chose, vous lui en voudriez
    tous les deux.
495 Asseyez-vous dans l'assemblée, et regardez
Les chevaux. Ils se hâtent vers la victoire ;
Ils seront bientôt là ; alors vous reconnaîtrez tous
Les chevaux des Argiens, qui sont les seconds, qui les pre-
    miers. »

Il dit. Le fils de Tydée était déjà tout près, poussant
500 Ses chevaux, les fouettant à l'épaule. Eux,
Ils levaient haut le pied, allaient vite au bout du chemin.
Le cocher recevait encore des éclaboussures ;

Le char orné d'or et d'étain,
Les chevaux aux pieds rapides le tiraient. Les roues
505 Ne laissaient presque aucune trace
Dans la poussière légère. Tous deux ils volaient.
Il s'arrêta au milieu de l'assemblée ; une sueur abondante
    coulait
De la crinière des chevaux et de leur poitrail jusque sur le
    sol.
Lui-même, il sauta à bas du char éblouissant.
510 Il posa le fouet contre le joug. Sans tarder,
Très vite, le vaillant Sthénélos s'empara du prix ;
Aux fiers compagnons pour qu'ils l'emmènent, il remit la
    femme
Et le trépied à anses pour qu'ils l'emportent. Lui, il détacha
    les chevaux.

Antilokhos, descendant de Nélée, arriva poussant ses che-
    vaux.
515 Par astuce, non pas grâce à sa vitesse, il avait dépassé
    Ménélas.
Mais malgré tout Ménélas était tout près, avec ses chevaux
    rapides.
Comme est la distance de la roue au cheval qui tire
Son maître avec le char au galop sur la vaste plaine,
La jante est frôlée par le bout des crins
520 De la queue ; elle tourne tout près, et il y a très peu
D'intervalle, alors qu'il court dans la vaste plaine ;
Telle était la distance de Ménélas à l'irréprochable
Antilokhos. Ç'avait été la distance d'un jet de disque.
Mais maintenant il l'avait presque rejoint ; tant le servait
    l'ardeur folle
525 De la jument d'Agamemnon, Aithè aux beaux crins.
Si la course pour eux deux avait continué,
Il l'aurait dépassé, il n'y aurait plus aucun doute.
Cependant Mèrionès, digne serviteur d'Idoménée,
Suivait le glorieux Ménélas à la distance d'un jet de
    lance.
530 Ses chevaux aux beaux crins étaient lents,

Il était lui-même inhabile à conduire un char dans une
   course.
Le fils d'Admète arriva le dernier de tous,
Traînant son beau char, poussant devant lui ses chevaux.
En le voyant, le divin Achille Pieds-Rapides eut pitié.
535 Debout au milieu des Argiens, il dit ces mots qui ont des
   ailes :
«C'est le meilleur qui vient le dernier, avec ses chevaux
   aux sabots lourds.
Allons, donnons-lui un prix, comme il convient,
Le second. Le premier, que l'emporte le fils de Tydée.»

Il dit. Et tous approuvèrent ce qu'il avait proposé.
540 Et il lui aurait donné le cheval, tous les Achéens l'approu-
   vant,
Si Antilokhos, fils du magnanime Nestor,
Ne s'était élevé, pour défendre son droit, contre Achille
   Pélide :
«Achille, je vais me fâcher contre toi, si tu fais
Ce que tu as dit. Tu vas me priver de mon prix.
545 Tu penses à la malchance de son char et de ses chevaux
   rapides ;
Lui-même est un cocher excellent. Mais il aurait dû prier
Les immortels ; il ne serait pas arrivé le dernier.
Si tu as pitié de lui, s'il est cher à ton cœur,
Tu as dans ta tente beaucoup d'or, tu as du bronze
550 Et des moutons, tu as des servantes et des chevaux aux
   sabots lourds.
Puise là-dedans, donne-lui un prix plus beau encore,
Et ce, tout de suite, pour que les Achéens te louent.
Le mien, je ne le lui céderai pas. Qu'il essaie de me le
   prendre,
L'homme qui est prêt à combattre contre moi.»

555 Il dit. Le divin Achille Pieds-Rapides sourit,
Plein de joie pour Antilokhos, compagnon qu'il aimait bien.
En réponse, il lui dit ces mots qui ont des ailes :
«Antilokhos, tu veux que, de mon bien, je donne

À Eumèlos autre chose ; et je vais le faire.
560 Je lui donnerai une cuirasse que j'ai prise à Astéropaios ;
Elle est en bronze, bordée tout autour d'une coulée
D'étain brillant. Elle aura pour lui une grande valeur. »

Il dit, et il ordonna à son compagnon Automédôn
D'aller la chercher dans sa tente. L'autre s'en alla, la rap-
porta,
565 La mit entre les mains d'Eumèlos, qui la reçut avec joie.

Mais Ménélas se leva, le cœur en détresse,
En colère violente contre Antilokhos. Le héraut
Prit en main son bâton, et ordonna aux Argiens
De se taire. Alors l'homme pareil à un dieu déclara :
570 « Antilokhos, jadis tu étais bien inspiré ; qu'as-tu fait ?
Tu as insulté ma valeur, tu as nui à mes chevaux,
En lançant les tiens en avant, alors qu'ils sont moins bons.
Allons, chefs et capitaines des Achéens,
Décidez entre nous deux, sans parti pris,
575 Que jamais on ne dise, parmi les Achéens cuirassés de
bronze :
"Ménélas par ses mensonges a écarté Antilokhos,
Il emporte le cheval, mais ils étaient bien moins bons,
Ses chevaux, même s'il est, lui, meilleur en force et en
vigueur."
Si moi-même je tranche, je dis que personne
580 Parmi les Danaens ne sera contre ; mon jugement sera droit.
Antilokhos, viens ici, filleul de Zeus, selon la juste coutume,
Place-toi devant les chevaux et le char, tiens dans ta main
Le fouet souple que tu avais pour conduire,
Touche les chevaux et par le Maître du Séisme qui étreint
la terre
585 Jure que ce n'est pas exprès, par ruse, que tu as gêné mon
char. »

Le sage Antilokhos lui dit, le regardant en face :
« Calme-toi. Je suis beaucoup plus jeune
Que toi, prince Ménélas, tu es plus ancien et meilleur.

Tu sais ce que fait un jeune homme quand il exagère.
590 Son esprit est trop prompt, sa sagesse un peu maigre.
Que ton cœur le supporte. Ce cheval, moi-même
Je te le donnerai, celui que j'ai reçu. Si, de mon bien
     propre tu veux
Autre chose de plus grand, je préférerais te le donner
Tout de suite, filleul de Zeus, plutôt que de toujours
595 Être loin de ton cœur et coupable envers les divinités. »

Il dit, et, menant le cheval, le fils du magnanime Nestor
Le remit entre les mains de Ménélas, dont le cœur
S'attiédit comme autour des épis la rosée
Quand grandit la moisson et que le champ frissonne.
600 C'est ainsi, Ménélas, que ton cœur en toi s'attiédit.
Lui parlant, il dit ces mots qui ont des ailes :
« Antilokhos, maintenant c'est moi qui vais céder ;
J'étais en colère ; jamais tu n'avais été ni étourdi ni fou
Auparavant ; tout à l'heure la jeunesse triomphait de la
     raison.
605 La prochaine fois évite de ruser avec ceux qui valent mieux
     que toi.
Un autre Achéen ne m'aurait pas vite amadoué.
Mais toi, tu as beaucoup souffert, beaucoup peiné,
Comme ton excellent père et ton frère, pour moi.
Je me laisse persuader par ta prière, et ce cheval,
610 Je te le donnerai, bien qu'il soit à moi, pour que tous sachent
Que je n'ai pas le cœur arrogant et dur. »

Il dit, et remit à Noémôn, compagnon d'Antilokhos,
Le cheval, pour qu'il l'emmène. Puis il prit le chaudron
     étincelant.
Mèrionès emporta les deux talents d'or,
615 Puisqu'il était quatrième. Restait le cinquième prix,
La coupe à deux anses. Achille la donna à Nestor,
Il la lui porta à travers l'assemblée des Achéens et il lui dit :
« Vieil homme, que ceci soit un souvenir,
Pour rappeler les funérailles de Patrocle. Tu ne le verras
     plus

620 Parmi les Argiens. Je te donne ce prix
   Tout simplement ; tu ne prendras part ni à la boxe, ni à la lutte,
   Ni au jet du javelot, ni à la course
   À pied. Car la dure vieillesse pèse sur toi. »

   Il dit, et la lui mit entre les mains ; l'autre la reçut avec joie,
625 Et lui parlant, dit ces mots qui ont des ailes :
   « Ce que tu dis, mon enfant, est bien raisonné.
   Mon corps n'est plus solide, ami, ni mes jambes, ni mes bras
   Qui ne bougent plus facilement, attachés à mes épaules.
   Si j'étais encore jeune, si j'avais encore ma force !
630 Comme lorsque les Épéens ont enterré le puisant Amarynkeus,
   À Bouprasion ; ses fils ont pour le roi organisé un concours.
   Personne ne m'égala, ni chez les Épéens,
   Ni chez les Pyliens ou les Étoliens magnanimes.
   Au pugilat, j'ai battu Klytomédès, fils d'Enops,
635 À la lutte, Ankaios de Pleurôn, qui m'affronta.
   À la course, j'ai dépassé Iphiklos, qui était bon ;
   Au javelot j'ai fait mieux que Phyleus et Polydôros.
   Mais à la course de chars les deux fils d'Aktôr m'ont dépassé,
   Profitant de leur nombre, et jaloux de mes victoires ;
640 Les plus beaux prix étaient encore à prendre.
   Ils étaient jumeaux. L'un tenait les rênes,
   Conduisant avec soin ; l'autre maniait le fouet.
   Voilà qui j'étais. Que les plus jeunes, à présent, affrontent
   Ces épreuves. À la triste vieillesse il me faut
645 Obéir ; jadis je brillais parmi les héros.
   Mais va, et par ces jeux honore ton compagnon.
   Ceci, je le reçois avec plaisir ; mon cœur se réjouit :
   Tu n'oublies pas mon zèle et tu vois bien
   De quels honneurs je dois être honoré chez les Achéens.
650 Qu'en échange les dieux te donnent toutes les grâces souhaitables. »

Il dit. Le Pélide par toute l'assemblée des Achéens
Alla, quand il eut entendu l'éloge du Nélide.
Il proposa des prix pour le triste pugilat.
L'amenant au milieu de l'assemblée il attacha une mule patiente,
655 Âgée de six ans, non dressée, très difficile à dompter.
Pour le vaincu, il mit une coupe à deux anses.
Debout au milieu des Argiens, il leur dit :
« Atrides et vous autres, Achéens aux cnémides,
Nous invitons deux hommes, les meilleurs, pour ces objets
660 À se battre le poing levé. Celui à qui Apollon
Donnera de rester vainqueur, au jugement de tous les Achéens,
Qu'il revienne à sa tente en menant cette mule patiente ;
Le vaincu emportera cette coupe à deux anses. »

Il dit. Se leva alors un homme grand et fort,
665 Expert en pugilat, Epéios, fils de Panopeus ;
Il toucha la mule patiente et dit :
« Qu'approche celui qui aura la coupe à deux anses.
La mule, je dis qu'aucun Achéen autre que moi ne l'emmènera
M'ayant battu au pugilat, car je suis le plus fort et m'en vante.
670 Sans doute, à la guerre, je suis moins bon. Il est impossible
Qu'un homme soit habile à tous les exercices.
Mais je vais dire une chose, et qui se réalisera :
Je lui fendrai la peau, je lui casserai les os.
Que restent ici beaucoup de soigneurs
675 Pour l'emporter quand mes mains l'auront dressé. »

Il dit. Tous demeuraient en silence.
Euryalos seul se leva, pareil à un dieu,
Fils du prince Mékisteus Talaionide,
Qui vint jadis à Thèbes pour les funérailles
680 D'Œdipe* mort à grand bruit ; il battit tous les Cadméens.
Le fils de Tydée, Lance-Glorieuse, prenait soin de lui,

L'encourageant par ses paroles ; il souhaitait fort sa victoire.

Il lui lança d'abord la ceinture, puis lui donna

Les courroies taillées dans le cuir d'un bœuf des champs.

685 Mettant leur ceinture, ils allèrent tous deux au centre de
l'assemblée.

Face à face, levant haut leurs fortes mains, tous deux

Tombèrent l'un sur l'autre, mêlant leurs poings lourds.

Terrible était le craquement des mâchoires ; la sueur coulait

Partout sur leurs membres. Le divin Epéios se dressa,

690 Frappa à la joue l'autre, qui pourtant prenait garde, et qui
ne tint pas

Longtemps. Ses superbes genoux se dérobaient sous lui.

Comme, sous le souffle de Borée, un poisson est projeté

Sur les algues du rivage, et le flot noir le recouvre,

Ainsi, frappé, il fut projeté au sol ; mais Epéios le magnanime

695 Le prit par le bras, le remit debout. Ses compagnons étaient
là

Qui l'emportèrent, les pieds traînant par terre, à travers
l'assemblée,

Crachant le sang, la tête ballant à droite et à gauche.

Ils l'emmenaient avec eux, l'esprit complètement ailleurs ;

En partant, ils emportèrent la coupe à deux anses.

700 Le Pélide aussitôt mit en place les prix de la troisième
épreuve,

Ceux de la lutte douloureuse. Il les montra aux Danaens :

Pour le vainqueur, un grand trépied qui va au feu ;

Les Achéens l'estimaient à douze bœufs.

Pour celui qui serait vaincu, il amena une femme

705 Habile à différents ouvrages ; elle valait quatre bœufs.

Debout au milieu des Argiens, il leur dit :

« Debout, ceux qui veulent tenter cette épreuve ! »

Il dit. Alors se leva le grand Ajax de Télamôn ;

Ulysse le subtil se mit debout ; il savait comment on gagne.

710 Mettant leur ceinture, ils allèrent tous deux au centre de
l'assemblée.

De leurs lourdes mains, ils se saisirent l'un l'autre,
Comme les poutres croisées qu'un ouvrier fameux dispose
En haut de la maison, contre la violence des vents.
Leurs dos craquaient sous leurs mains résolues,
715 Violemment étirés ; la sueur coulait à flots.
Des taches en grand nombre sur leurs flancs et leurs
   épaules
Se gonflaient, rouges de sang ; toujours
Ils cherchaient la victoire, pour le trépied d'excellente
   fabrique.
Ulysse n'arrivait pas à le faire glisser, à l'approcher du sol,
720 Ajax ne le pouvait pas non plus. La force d'Ulysse tenait
   bon.
Et comme ils ennuyaient les Achéens aux cnémides,
Le grand Ajax de Télamôn dit :
« Laertiade, sang des dieux, Ulysse plein d'astuce,
Soulève-moi, ou je te soulève ; Zeus fera le reste. »

725 Ce disant, il tenta de le soulever ; Ulysse se rappela une
   ruse :
Il le frappa derrière le genou, lui fit fléchir la jambe,
Le renversa en arrière. Et Ulysse lui tomba
Sur la poitrine. La foule admirait et frémissait.
À son tour, le divin Ulysse, qui a tant souffert, le souleva,
730 Pas très loin du sol, pas assez haut,
Et fléchit le genou. Tous deux tombèrent à terre,
Tout près l'un de l'autre, tout sales de poussière.
Et ils allaient se relever pour un troisième assaut.
Mais Achille se leva lui-même et les retint :
735 « Cessez de lutter, de vous faire du mal.
La victoire est à tous deux. Prenez des prix égaux.
Venez, pour que les autres Achéens puissent concourir. »

Il dit. Eux l'écoutèrent et se laissèrent convaincre.
Ils essuyèrent la poussière et remirent leurs tuniques.

740 Le Pélide mit en place les prix pour la vitesse :
Un cratère d'argent, ouvragé, qui contenait

Six mesures, et qui était plus beau que bien des choses
Qu'on fait sur toute la terre ; chef-d'œuvre d'habiles Sido-
niens ;
Des gens de Phénicie l'avaient apporté sur la mer bru-
meuse ;
745 Arrêtés dans un port, ils l'avaient donné à Thoas.
Pour la rançon de Lykaôn, fils de Priam, Eunèos, fils de
Jason,
L'avait donné à Patrocle le héros.
Achille en fit un prix en l'honneur de son compagnon
Pour celui qui, de ses pieds agiles, courrait le plus vite.
750 Pour le deuxième, il mit un bœuf grand et bien gras,
Et, en dernier, un demi-talent d'or.
Debout au milieu des Argiens, il leur dit :
« Debout, ceux qui veulent tenter cette épreuve ! »
Il dit. Se leva le rapide Ajax d'Oileus,
755 Et aussi Ulysse le subtil, puis le fils de Nestor
Antilokhos. Lui, il battait à la course tous les jeunes gens.
Ils se placèrent en ligne ; Achille leur montra les bornes.
La ligne franchie, leur course s'anima ; bientôt
Le fils d'Oileus fut en tête ; le divin Ulysse courait
760 Tout près, comme d'une femme à la taille ronde
Est proche le fuseau, qu'elle tient de la main
En tirant le fil de la quenouille, et qu'elle garde près
De son sein ; ainsi Ulysse courait, derrière lui, tout près,
Il mettait les pieds dans ses traces avant que la poussière
retombe.
765 Et il lui soufflait sur la tête, le divin Ulysse,
Courant toujours très vite ; tous les Achéens criaient :
Il voulait vaincre, on lui disait de faire effort.
Mais quand ils arrivèrent près de la fin, Ulysse
Pria dans son cœur Athéna Œil de Chouette :
770 « Écoute-moi, déesse ; sois bonne, viens aider mes pieds. »
Telle fut sa prière. Pallas Athéna l'entendit.
Elle fit léger ses membres, ses pieds et, en haut, ses mains,
Et comme ils allaient bondir sur le prix,
Ajax glissa en courant (Athéna lui avait fait tort)
775 Sur la bouse des bœufs mugissants tués

En l'honneur de Patrocle par Achille Pieds-Rapides.
Il eut de la bouse de bœuf plein la bouche et le nez.
Le divin Ulysse qui a tant souffert emporta le cratère,
Puisqu'il était premier ; l'illustre Ajax prit le bœuf.
780 Il était là, tenant en main la corne du bœuf des champs.
Tout en crachant de la bouse, il dit aux Argiens :
« Oh ! la ! la ! la déesse m'a fauché les jambes ; depuis tou-
    jours
Elle est comme une mère pour Ulysse et elle le protège. »

Il dit. Et tous rirent gentiment de lui.
785 Antilokhos emporta le dernier prix
En souriant et il dit aux Argiens :
« Je vous le dis, amis, mais vous le savez : encore aujourd'hui
Les immortels honorent les plus anciens.
Ajax est de peu mon aîné ;
790 L'autre est de la première génération des premiers hommes.
C'est, dit-on, un vieillard assez vert ; rivaliser avec lui est
    difficile
Pour les Achéens, Achille mis à part. »

Voilà ce qu'il dit, à la gloire du Pélide Pieds-Rapides ;
Achille lui répondit par ces paroles :
795 « Antilokhos, cet éloge n'est pas prononcé pour rien.
Je vais ajouter un demi-talent d'or. »

Il dit et le lui mit entre les mains ; l'autre le reçut avec joie,
Le Pélide cependant prit une lance à l'ombre longue
Et la plaça au centre de l'assemblée, avec un bouclier et un
    casque,
800 C'étaient les armes de Sarpédon, que Patrocle lui avait
    prises.
Debout au milieu des Argiens, il leur dit :
« Pour ceci nous invitons deux hommes, les meilleurs ;
Qu'ils revêtent ces armes, prennent le bronze qui troue la
    peau,
Et qu'ils s'éprouvent au corps à corps devant l'assemblée.
805 Celui qui le premier, en se fendant, touchera la peau,

Et atteindra les boyaux à travers les armes et le sang noir,
Je lui donnerai ce coutelas à rivets d'argent,
Bel objet thrace que j'ai pris à Astéropaios.
Qu'ils emportent tous deux ensemble ces armes
810 Et nous leur donnerons un bon repas dans la tente. »

Il dit. Alors se leva le grand Ajax de Télamôn,
Et aussi le fils de Tydée, le dur Diomède.
Lorsque loin de la foule ils se furent armés,
Ils vinrent au milieu, pleins du désir de se battre,
815 Le regard terrible. Tous les Achéens frémirent.
Quand, marchant l'un vers l'autre, ils furent tout près,
Ils bondirent trois fois, trois fois s'élancèrent ;
Alors, le bouclier bien rond, Ajax
Le perça, mais n'atteignit pas la peau. La cuirasse avait
    résisté.
820 Le fils de Tydée alors par-dessus le grand pavois
Toucha le cou de la pointe de sa lance luisante.
Craignant pour Ajax, les Achéens demandèrent
Qu'on arrête et que les prix soient également partagés.
Au fils de Tydée le héros donna le grand coutelas
825 Avec son fourreau et un baudrier bien coupé.

Alors Achille mit en place un bloc de fer brut
Que lançait autrefois la grande force d'Eétiôn.
Mais il l'avait tué, le divin Achille Pieds-Rapides.
L'objet, il l'avait rapporté avec son butin.
830 Debout au milieu des Argiens, il leur dit :
« Debout, ceux qui veulent tenter cette épreuve.
Quelqu'un qui, loin de tout, aurait de grands champs,
Pendant cinq ans entiers de ce fer il aurait
L'usage ; personne n'en manquerait, et ne devrait,
835 Berger ou laboureur, aller en chercher à la ville : tout
    serait là. »

Il dit. Alors se leva Polypoitès l'intrépide,
Et aussi la dure force de Léonteus qui est comme un dieu
Et Ajax de Télamôn et le divin Epéios.

Ils étaient debout ; le divin Epéios prit le bloc,
840 Le fit tournoyer, le lança. Tous les Achéens s'esclaffèrent*.
Le deuxième fut Léonteus, rejeton d'Arès.
Le troisième fut le grand Ajax de Télamôn ;
De sa lourde main, il dépassa les marques de tous les
    autres.
Mais quand Polypoitès l'intrépide prit le bloc,
845 Aussi loin qu'un bouvier lance son bâton,
Qui vole en tournoyant au-dessus du troupeau de vaches,
D'aussi loin il dépassa les limites du terrain ; les gens
    crièrent.
Se levant, les compagnons du violent Polypoitès
Emportèrent vers les bateaux creux le prix royal.

850 Achille pour les archers mit en place du fer bleuté,
Avec dix haches doubles et dix haches simples.
Il dressa le mât d'un bateau à la proue sombre,
Loin dans le sable, et il attacha une timide colombe
Par la patte, avec une cordelette légère. C'était elle qu'il
    fallait
855 Toucher. « Celui qui touchera la timide colombe*,
Qu'il prenne toutes les haches doubles et les emporte chez
    lui.
Celui qui touchera la corde, en manquant l'oiseau,
Celui-là est moins bon, il prendra les haches simples. »

Il dit. Se leva le fort Teukros, le prince,
860 Et aussi Mèrionès, serviteur d'Idoménée.
Ils secouèrent les sorts dans un casque de bronze.
Celui de Teukros sortit le premier. Aussitôt il lança
Une flèche avec force, mais il ne promit pas au prince
De lui offrir une belle hécatombe d'agneaux nouveau-nés.
865 Il manqua l'oiseau. Apollon le lui refusa.
Mais il toucha près du pied la corde qui attachait l'oiseau.
La flèche amère coupa la corde.
L'oiseau s'élança dans le ciel, la corde retomba
Vers la terre. Les Achéens poussèrent un grand cri.
870 En hâte Mèrionès lui prit des mains

L'arc. Il tenait déjà une flèche, pendant que l'autre visait.
Alors il promit à Apollon Flèche-Lointaine
De lui offrir une belle hécatombe d'agneaux nouveau-nés.
Très haut, au-dessus des nuages, il vit la colombe timide.
875 Comme elle tournoyait, il l'atteignit en plein sous l'aile,
La flèche traversa, et revient se ficher en terre
Devant les pieds de Mèrionès ; l'oiseau
Se posant sur le mât du bateau à la proue sombre
Laissa retomber sa tête et ses ailes aux plumes serrées.
880 Le souffle* prompt s'envola de son corps, qui tomba loin
De là ; la foule admirait et frémissait.
Alors Mèrionès prit les dix haches doubles,
Teukros emporta les autres vers les bateaux creux.

Le Pélide cependant prit une lance à l'ombre longue,
885 Un chaudron qui n'était jamais allé au feu, de la valeur
    d'un bœuf,
Il les mit au milieu de l'assemblée. Se levèrent les lanceurs
    de javelots,
L'Atride Agamemnon au large pouvoir,
Mèrionès, bon serviteur d'Idoménée.
Le divin Achille Pieds-Rapides leur dit :
890 « Atride, nous savons que tu lances plus loin que les autres ;
Ta force dans ce jeu est la plus grande.
Prends ce prix et va vers les bateaux creux,
Nous donnerons la lance à Mèrionès le héros,
Si tu y consens ; pour moi, je te le demande. »

895 Il dit ; le prince des hommes Agamemnon se laissa convaincre.
Il donna à Mèrionès la lance de bronze ; et le héros
Confia au héraut Talthybios son superbe prix.

CHANT XXIV

L'assemblée se défit. Les peuples, dispersés,
Allaient chacun vers ses bateaux. Ils pensaient au souper
Et à prendre plaisir au doux sommeil. Mais Achille
Pleurait en souvenir de son compagnon, et le sommeil
5 Ne le prenait pas, qui domine tout. Il se tournait çà et là,
Regrettant le courage de Patrocle et sa belle fureur,
Tout ce qu'avec lui il avait accompli, toutes les souffrances,
Pendant les guerres des hommes et sur l'amertume des
   flots.
À ce souvenir il versait de lourdes larmes,
10 Couché tantôt sur le côté, tantôt
Sur le dos, tantôt sur le ventre. Tantôt, debout,
Il allait errant sur le bord de la mer, et l'aurore,
Il la voyait apparaître sur la mer et sur le rivage.
Mais quand il avait attelé ses chevaux vifs,
15 Il se mettait à traîner Hector derrière son char,
Trois fois il le traînait autour du tombeau du Ménoitide
   mort
Puis se reposait dans sa tente, et le laissait
Couché dans la poussière face au sol. Apollon
Écartait de sa peau toute souillure ; il avait pitié de l'homme,
20 Même mort ; il le couvrait de son égide
D'or, pour qu'on ne le déchire pas en le traînant.

Ainsi dans sa fureur Achille maltraitait Hector.
Mais, à le voir, les dieux bienheureux eurent pitié ;

Iliade

Ils poussèrent à le voler Argeiphontès aux yeux perçants.
25 L'idée leur plaisait à tous, sauf à Héra,
À Poséidon et à la fille Œil de Chouette,
Car depuis longtemps ils détestaient la sainte Ilion
Et Priam et son peuple, à cause de la folle erreur
    d'Alexandre,
Qui avait irrité les déesses, quand elles étaient venues à sa
    cabane :
30 Il avait choisi celle qui donnait la douloureuse volupté*.
Or quand vint la douzième aurore,
Phoibos Apollon dit aux immortels :
«Vous êtes cruels, dieux, et malfaisants ; est-ce qu'Hector
N'a pas brûlé pour vous des cuisses de vache et de chèvres
    parfaites ?
35 Or vous ne voulez pas maintenant sauver son cadavre,
Le rendre à sa femme, à sa mère, à son fils,
À son père Priam, à ses peuples, qui bientôt
Le brûleraient dans le feu en célébrant le rite ?
Et vous voulez protéger, dieux, le sinistre Achille
40 Qui n'a pas de pensées justes, ni d'idée
Souple dans son cœur, mais est comme un lion sauvage
Qui par sa grande force, le cœur plein de fierté,
Attaque les troupeaux des hommes, pour prendre sa part.
Achille comme lui a tué la pitié, il n'a plus
45 Ce respect qui épargne les hommes et leur est utile.
Il arrive qu'un homme en perde un autre, un ami,
Ou un frère de même ventre, ou un fils ;
Il pleure et sanglote, puis renonce.
Car les Moires* ont donné aux hommes un cœur à tout
    supporter.
50 Mais lui, au divin Hector, il a pris la vie ;
Il l'attache à ses chevaux. Autour du tombeau de son com-
    pagnon
Il le traîne. Ce n'est ni très beau, ni très bon.
Nous pourrions nous scandaliser, si valeureux soit l'homme.
Ce que, dans sa fureur, il maltraite, n'est que terre insen-
    sible.»

55 Fâchée, Héra Blanche-Main lui dit :
« Ta parole tiendrait, Arc d'argent,
Si nous devions même honneur à Achille et à Hector.
Hector est mortel, il a sucé le sein d'une femme ;
Achille est fils d'une déesse, que j'ai moi-même
60 Nourrie, élevée et donnée comme épouse à un homme,
À Pélée, qui est cher au cœur de tous les immortels.
Vous étiez tous présents, dieux, à la noce*, et toi aussi
Avec ta cithare, ami des lâches, toujours fuyant. »

En réponse lui dit Zeus Maître des Nuages :
65 « Héra, ne te fâche pas complètement avec les dieux.
L'honneur ne sera pas le même. Hector,
De tous les mortels d'Ilion, était le plus cher aux dieux.
Pour moi, jamais il n'a oublié de me faire des cadeaux,
Jamais sur mon autel n'a manqué la juste part,
70 Vin répandu et graisse, celle qui nous convient.
Mais oublions l'idée de voler (c'est impossible)
À l'insu d'Achille le valeureux Hector. Car sans cesse
La mère veille, nuit et jour.
Un des dieux pourtant pourrait appeler Thétis près de moi
75 Pour que je lui dise en mots nets comment Achille
Devrait recevoir des cadeaux de Priam et délivrer Hector. »

Il dit. Iris aux pieds de tempête partit en messagère.
Entre Samos et Imbros la rocheuse,
Elle vola au-dessus de la mer sombre ; les eaux en gémirent.
80 Elle sauta dans l'abîme comme un plomb,
Fixé à la corne d'un bœuf des champs,
Et qui va porter la mort aux poissons voraces.
Elle trouva au profond de la grotte Thétis, et, autour d'elle,
Assises, réunies, les déesses marines ; elle, au milieu,
85 Pleurait le sort de son fils admirable, qui allait
Mourir dans Troie la plantureuse, loin du pays.
S'arrêtant près d'elle, Iris aux pieds rapides lui dit :
« Lève-toi, Thétis, Zeus t'appelle, qui sait un sûr savoir. »
Lui répondit alors Thétis aux pieds d'argent :
90 « Pourquoi cet ordre du grand dieu ? J'ai pudeur à me mêler

Aux immortels, mon cœur est plein de souffrances atroces.
J'irai cependant. Sa parole, quelle qu'elle soit, ne sera pas
    vaine. »

Ayant dit, elle prit, divine entre les déesses, un voile
Bleu, tel que rien n'est plus sombre.
95 Elle partit, et, devant elle, Iris aux pieds de vent
La guidait ; devant elles s'ouvrait le flot de la mer.
Elles arrivèrent au rivage, s'élevèrent dans le ciel,
Trouvèrent le Kronide qui voit loin ; tous les autres
Étaient assis en assemblée, les dieux bienheureux qui vivent
    à jamais.
100 Elle s'assit près du père ; Athéna lui céda sa place.
Héra lui mit en main une belle coupe d'or,
La saluant avec de douces paroles. Thétis ayant bu lui
    rendit la coupe.
Le premier à parler fut le père des hommes et des dieux :
« Tu es venue sur l'Olympe, déesse Thétis, malgré ton
    chagrin ;
105 Un deuil sans remède occupe ton âme, je le sais, moi aussi.
Je vais te dire pourquoi je t'ai fait venir.
Depuis neuf jours une querelle est entre les immortels
À propos du cadavre d'Hector et d'Achille destructeur de
    villes.
On pousse au vol Argeiphontès, aux yeux perçants.
110 Moi, je veux donner à Achille la gloire,
Tout en gardant pour toi respect et amitié.
Va vite vers l'armée, parle à ton fils.
Dis-lui que les dieux sont mécontents, que moi, plus que
    tous
Les immortels, je suis irrité, parce que dans sa folie
115 Il garde Hector près des bateaux à haute proue sans le
    rendre.
Il devrait avoir peur de moi, rendre Hector.
Moi vers Priam au grand cœur j'enverrai Iris
Pour qu'il délivre son fils, allant aux bateaux des Achéens,
Qu'il apporte à Achille des cadeaux pour apaiser son cœur. »

120 Il dit ; Thétis aux pieds d'argent se laissa convaincre.
Elle sauta du haut des cimes de l'Olympe,
Arriva à la tente de son fils. Là encore
Elle le trouva gémissant sans mesure. Ses compagnons,
    tout autour,
Avec zèle se hâtaient de préparer le repas.
125 On sacrifiait dans la tente un grand mouton laineux.
Tout près de lui s'assit sa mère souveraine ;
Elle le prit par la main et dit, prononçant son nom :
« Mon enfant, jusqu'à quand, sanglotant et souffrant,
Rongeras-tu ton cœur, sans songer à te nourrir
130 Ou à dormir ? Il est bon aussi de faire l'amour
À une femme. Tu ne vivras plus longtemps, et déjà
Sont proches la mort et le sort plus fort.
Comprends ce que je dis. Je suis messagère de Zeus.
Il dit que les dieux sont mécontents, que lui plus que tous
135 Les immortels, il est irrité, parce que dans ta folie
Tu gardes Hector près des bateaux à haute proue sans le
    rendre.
Rends-le. Accepte une rançon pour le cadavre. »

En réponse lui dit Achille Pieds-Rapides :
« Soit. Qu'on apporte la rançon, qu'on prenne le cadavre,
140 Si dans son cœur prudent l'Olympien lui-même l'ordonne. »

Ainsi, dans l'assemblée des bateaux, mère et fils
Se disaient l'un à l'autre des mots qui ont des ailes.
Le Kronide envoya Iris à Ilion la sainte :
« Va, rapide Iris, quittant le site de l'Olympe.
145 Annonce à Priam le magnanime, entre les murs d'Ilion,
Qu'il ait à délivrer son fils, en allant aux bateaux des Achéens ;
Qu'il apporte à Achille des cadeaux pour apaiser son cœur.
Seul. Que personne, aucun autre Troyen n'aille avec lui.
Un héraut le suivra, assez vieux, qui conduira
150 Les mules et le char aux bonnes roues, et plus tard
Mènera à la ville le cadavre qu'a tué le divin Achille.
Qu'il ne songe en son cœur ni à la mort ni à la peur,
Car nous lui donnerons comme guide Argeiphontès,

Qui le conduira jusqu'à ce qu'il soit près d'Achille.
155 Quand il l'aura conduit dans la tente d'Achille,
Celui-ci ne le tuera pas, et il empêchera les autres ;
Il n'est pas stupide, ou aveugle, ou sans pitié.
Avec sollicitude il épargnera l'homme qui supplie. »

Il dit. Iris aux pieds de tempête partit en messagère.
160 Elle arriva chez Priam, y trouva des pleurs et des plaintes.
Les enfants autour du père, assis dans la cour,
Mouillaient de larmes leurs habits ; au milieu, le vieil
    homme,
Étroitement enveloppé dans son manteau. Il y avait
Force boue sur sa tête et sur son cou de vieil homme.
165 En se roulant par terre, il l'avait ramassée avec ses mains.
Les filles et les brus dans la maison se lamentaient,
Se rappelant tous ceux, foule d'âmes nobles,
Qui sous les mains des Argiens avaient perdu le souffle de
    la vie.
Près de Priam s'arrêta la messagère de Zeus ; elle dit,
170 Parlant tout bas (lui, ses genoux se mirent à trembler) :
« Rassure-toi, Dardanide Priam, en ton cœur, ne t'effraie pas.
Je ne suis pas venue t'annoncer un malheur.
C'est un bien que j'ai à l'esprit. Je suis messagère de Zeus,
Qui, loin de toi, a souci de toi et pitié.
175 L'Olympien veut que tu ailles délivrer le divin Hector,
Que tu apportes à Achille des cadeaux qui apaisent son
    cœur.
Seul. Que personne, aucun autre Troyen n'aille avec toi.
Un héraut te suivra, assez vieux, qui conduira
Les mules et le char aux bonnes roues, et plus tard
180 Mènera à la ville le cadavre qu'a tué le divin Achille.
Ne songe en ton cœur ni à la mort ni à la peur,
Car te suivra comme guide Argeiphontès,
Qui te conduira jusqu'à ce que tu sois près d'Achille.
Quand il t'aura conduit dans la tente d'Achille,
185 Celui-ci ne le tuera pas, et il empêchera les autres ;
Il n'est pas stupide, ou aveugle, ou sans pitié.
Avec sollicitude il épargnera l'homme qui supplie. »

Ayant dit, Iris aux pieds rapides s'en alla.
Lui, il ordonna à ses fils de préparer un chariot
190 À bonnes roues, avec des mules, d'y attacher une corbeille.
Lui-même il descendit dans la chambre parfumée,
À haut plafond de cèdre, où étaient ses joyaux.
Il appela Hécube sa femme et lui dit :
« Toi, un mauvais génie te hante ! de Zeus est venue une messagère
195 Me dire de délivrer notre fils, en allant vers les bateaux achéens,
D'apporter à Achille des cadeaux qui apaisent son cœur.
Allons, dis-moi, qu'en penses-tu ?
Une envie terrible, brûlante, me prend
D'aller là-bas vers les bateaux, vers l'immense armée achéenne. »

200 Il dit. Elle hurla, sa femme, et lui répondit par cette parole :
« Hélas ! où s'en est allée ta sagesse qui autrefois
Te rendait célèbre chez les étrangers et chez ceux sur qui tu règnes ?
Tu veux aller vers les bateaux achéens, seul,
Sous le regard de l'homme qui a tué, foule d'âmes nobles,
205 Nos fils ? Tu as un cœur de fer.
S'il t'aperçoit, s'il te voit de ses yeux,
L'homme cruel et décevant, il n'aura pas de pitié ;
Il n'aura pas de respect ; maintenant nous pleurons
Assis dans le palais. La Moire puissante autrefois
210 A tissé un fil quand il est né, quand je l'ai mis au monde :
Des chiens aux pieds agiles le dévoreraient loin de ses parents,
Près d'un homme dur, dont, moi, je voudrais manger
Le foie en m'accrochant à lui. Alors seraient honorés les hauts faits
De mon enfant, qu'il a tué, non pas comme un lâche,
215 Mais alors que, les Troyens et les Troyennes aux seins généreux,
Il les défendait, sans penser à fuir ou à s'abriter. »

Lui dit alors le vieil homme Priam à visage de dieu :
« Je veux y aller. Ne me retiens pas. Ne sois pas
Dans mon palais l'oiseau de malheur. Je ne te croirai pas.
220 Si l'ordre venait de quelqu'un qui vit sur terre,
D'un devin qui observe les victimes, d'un prêtre,
Nous dirions que c'est mensonge, nous aurions de la
       défiance.
Mais je l'ai entendu d'un être divin, que j'ai vu en face.
J'irai. Cette parole ne sera pas vaine. Si c'est mon sort
225 De mourir près des bateaux des Achéens vêtus de bronze,
J'y consens. Et qu'Achille me tue tout soudain,
Quand je tiendrai mon fils entre mes bras, quand j'aurai
       fini de pleurer. »

Il souleva le couvercle des coffres,
Il prit douze voiles superbes,
230 Douze manteaux simples, autant de couvertures,
Autant d'écharpes blanches, autant de tuniques ;
Il emporta en tout dix talents d'or,
Deux trépieds étincelants, quatre chaudrons,
Une coupe merveilleuse que lui avaient donnée les hommes
       de Thrace,
235 Quand il avait voyagé là-bas : cadeau de prix. Il n'en eut
       pas
Regret, dans son palais, le vieil homme. Car il voulait de
       tout son cœur
Délivrer son fils. Et, tous les Troyens,
Il les chassa de son seuil, en les outrageant avec des paroles
       de honte :
« Disparaissez, malfaisants, j'ai honte pour vous. N'avez-
       vous pas
240 Chez vous de quoi pleurer, que vous veniez m'importuner ?
Pour vous, c'est peu que le Kronide m'ait donné des souf-
       frances,
Que soit mort le meilleur de mes fils ? Vous verrez, vous
       aussi.
Vous serez plus faciles à tuer pour les Achéens

Maintenant qu'il est mort, et moi,
245 Avant que mes yeux ne voient ma ville
Pillée et mise à sac, que j'aille chez Hadès ! »

Il dit. Avec son bâton il chassa les hommes ; eux, ils sor-
 tirent
Loin du vieil homme en colère. Il s'en prit à ses fils,
Maltraitant Hélénos et Pâris et le divin Agathôn,
250 Pammôn et Antiphôn et Politès Grande-Voix,
Dèiphobos et Hippothoos et le noble Dios.
Les ayant convoqué tous les neuf, le vieil homme ordonna :
« Dépêchez, méchants enfants sans fierté, c'est vous qui
 auriez dû
Mourir plutôt qu'Hector près des bateaux légers.
255 Moi, malheureux jusqu'au bout, j'ai eu des fils, les meilleurs
Dans Troie la grande ; il n'en reste plus, je le dis, aucun.
Mestôr à visage de dieu, Trôilos* qui aimait les chevaux,
Hector, qui était un dieu parmi les hommes, qui n'avait
 pas l'air
D'être le fils d'un mortel, mais celui d'un dieu,
260 Arès me les a tous tués, ce sont les ratés qui me restent,
Menteurs, baladins, bons à mener des rondes,
Voleurs, en terre étrangère, de moutons et de chèvres.
Allez-vous bien m'atteler un char
Et y charger tout cela, que je me mette en route ? »

265 Il dit ; et, craignant la semonce du père,
Ils allèrent chercher le chariot à mules, avec ses belles
 roues,
Beau, chevillé à neuf ; ils y attachèrent une corbeille.
Au clou, ils prirent le joug à mules,
En buis, avec un bouton, bien garni d'anneaux.
270 Ils prirent la courroie de neuf coudées,
Placèrent comme il faut le joug sur le timon bien poli,
Juste au bout, fixèrent la boucle à la cheville,
Et attachèrent le tout en faisant trois tours sur le bouton,
De chaque côté, puis terminèrent par un nœud.
275 De la chambre, sur le char poli, ils apportèrent

Les cadeaux de prix pour racheter la tête d'Hector.
Ils attelèrent les mules endurantes, aux sabots durs,
Que les Mysiens autrefois avaient données en cadeau à
　　Priam.
Pour Priam ils attelèrent des chevaux que le vieil homme
280 Avait nourris lui-même dans une mangeoire parfaite.

Ils s'équipaient dans la haute maison,
Le héraut et Priam, pleins de soucis.
Tout près d'eux vint Hécube, le cœur craintif,
Portant de la main droite un vin doux comme miel
285 Dans une coupe d'or, pour qu'ils ne partent qu'après le rite.
Debout devant les chevaux, elle dit, prononçant son nom :
«Verse le vin pour Zeus père ; demande-lui de revenir à la
　　maison
Loin de nos ennemis, puisque ton cœur t'envoie
Près des bateaux ; et moi, je ne le voudrais pas.
290 Fais un vœu au Kronide Nuage-Noir
De l'Ida, qui voit Troie tout entière.
Demande un présage, un messager rapide, celui des oiseaux
Qu'il aime le plus, et dont la force est la plus grande,
À droite pour que l'ayant vu de tes yeux,
295 Tu t'en ailles rassuré vers les bateaux des Danaens aux
　　chevaux vifs.
Si Zeus qui voit loin ne t'envoie pas de messager,
Je ne voudrais pas te pousser à aller
Vers les bateaux des Argiens, quelque désir que tu en
　　aies.»

En réponse lui dit Priam à visage de dieu :
300 «Femme, ce conseil que tu me donnes, je le suivrai.
Il est bon de lever les mains vers Zeus. Aura-t-il pitié ?»

Il dit, le vieil homme, et ordonna à la servante intendante
De verser sur ses mains l'eau pure ; elle était là,
La servante, tenant dans ses mains le bassin et l'aiguière.
305 S'étant lavé les mains, il reçut de sa femme la coupe,
Puis, debout au milieu de la cour, il pria, versa le vin

En regardant le ciel et dit à voix haute ces paroles :
« Zeus père, qui veilles sur l'Ida, très grand, très glorieux,
Donne-moi d'aller chez Achille et d'y trouver pitié.
310 Envoie-moi un présage, un messager rapide, celui des
    oiseaux
Que tu aimes le plus, et dont la force est la plus grande,
À droite pour que, l'ayant vu de mes yeux,
Je m'en aille rassuré vers les bateaux des Danaens aux
    chevaux vifs. »

Telle fut sa prière, et Zeus le subtil l'entendit.
315 Il lâcha soudain son aigle, l'oiseau des présages sûrs,
Chasseur sombre qu'on appelle aussi le Tacheté*.
Comme la porte d'une haute chambre
Chez un homme riche, munie de bons verrous,
Ainsi sont ses ailes de chaque côté. Il parut
320 À droite au-dessus de la ville. Le voyant,
Ils eurent joie et leur cœur à tous frémit.

Le vieil homme se hâtait ; il monta sur le char,
Sortit du portique et du porche sonore ;
Devant lui les mules tiraient le chariot à quatre roues,
325 Que conduisait Idaios le sage. Derrière venaient
Les chevaux, que le vieil homme menait au fouet,
Vitement, par la ville. Les amis le suivaient
Avec des pleurs comme s'il allait à la mort.
Quand, descendu de la ville, il arriva à la plaine,
330 Ils firent demi-tour, revinrent vers Ilion,
Tous les fils et les gendres. Zeus qui voit loin suivait du
    regard
Les deux hommes dans la plaine. Il eut pitié du vieil homme.
Et à Hermès, son fils, il dit, le regardant en face :
« Hermès, tu aimes plus que tout
335 Tenir à un homme compagnie, et tu écoutes qui te plaît.
Va. Priam, vers les bateaux creux des Achéens,
Conduis-le, pour que personne ne le voie, ni ne le recon-
    naisse
Parmi les Danaens, avant qu'il arrive chez le Pélide. »

Il dit, et le messager Argeiphontès se laissa convaincre.
340 Dès qu'il eut attaché à ses pieds ses belles sandales en or,
Merveilleuses, qui le portent sur l'humide
Et sur la terre sans limites, au gré des souffles du vent,
Il prit sa baguette, avec laquelle il charme les yeux
Des hommes quand il veut, et réveille ceux qui dorment.
345 Il la prit en main et s'envola, Argeiphontès.
Bientôt il atteignit Troie et l'Hellespont.
Il marcha, pareil à un jeune prince
Déjà un peu barbu, dont la jeunesse est gracieuse.

Quand ils eurent passé, près de Troie, le grand tombeau,
350 Ils arrêtèrent mules et chevaux pour les faire boire
Dans le fleuve ; déjà l'obscur enveloppait la terre.
Le héraut de tout près aperçut
Hermès. S'adressant à Priam, il lui dit :
« Regarde, Dardanide, voici le moment d'être prudent.
355 Je vois un homme, je crois qu'il va nous déchirer.
Fuyons sur notre char ou bien allons
Toucher ses genoux et le prier d'avoir pitié. »

Il dit. La pensée du vieil homme fléchit ; il eut grand peur ;
Les poils se dressaient sur ses membres perclus.
360 Il restait là, interdit ; mais le Bienfaisant s'approcha,
Prit la main du vieil homme et posa la question :
« Où conduis-tu, père, ces chevaux et ces mules,
À travers la nuit de merveille, quand dorment tous les
    hommes ?
N'as-tu pas peur des Achéens qui respirent la fureur,
365 Qui sont tes ennemis, et acharnés, tout proches ?
Si l'un d'eux te voyait par cette nuit noire, qui va passer si
    vite,
Poussant pareille charge, quelle serait ton idée ?
Tu n'es plus jeune ; c'est un vieil homme qui t'accompagne.
Comment te défendre de quelqu'un qui t'attaquerait d'abord ?
370 Moi, je ne vous ferai pas de mal, et même contre un autre
Je vous défendrai. Je trouve que tu ressembles à mon père. »

Lui répondit alors le vieil homme Priam à visage de dieu :
« Cher enfant, tout est exactement comme tu dis.
Il y a un dieu qui étend la main sur moi,
375 Qui a envoyé à ma rencontre un voyageur,
Celui qu'il fallait, beau comme toi de corps et de visage,
L'esprit profond : tu as des immortels pour parents. »

Le messager Argeiphontès lui dit alors :
« Ce que tu dis, vieil homme, est bien raisonné.
380 Mais allons, dis-moi, et parle clairement,
Apportes-tu tous ces nombreux objets de valeur
Chez des étrangers, pour les mettre en sûreté,
Ou quittez-vous déjà Ilion la sainte
Par peur ? C'est un homme excellent qui est mort,
385 Ton fils. Au combat, il n'était pas moins bon que les
Achéens. »

Lui répondit alors le vieil homme Priam à visage de dieu :
« Qui es-tu, mon ami, qui sont tes parents ?
Comme tu parles bien de mon malheureux fils ! »

Le messager Argeiphontès lui dit alors :
390 « Vieil homme, tu veux m'éprouver en nommant le divin
Hector.
Je l'ai vu de mes yeux, plus d'une fois,
Dans le combat qui fait les gloires, quand sur les bateaux
Il chassait les Argiens, les tuait avec le bronze aigu.
Nous, debout là, nous admirions. Achille
395 Nous interdisait de nous battre, en colère contre l'Atride.
Je suis son serviteur. Un même bateau nous a amenés ici.
Je suis un Myrmidon, mon père est Polyktôr.
Il est riche, et vieil homme comme toi.
Il a six fils, et je suis le septième.
400 Nous avons jeté les sorts, et j'ai gagné de venir ici.
Je suis venu dans la plaine, loin des bateaux ; à l'aurore
Les Achéens aux yeux vifs engageront le combat près de la
ville.

Ils sont las de rester immobiles, et les rois des Achéens
Ne peuvent plus les retenir : ils veulent la bataille. »

405 Lui répondit alors Priam le vieil homme à visage de dieu :
« Si tu es serviteur d'Achille Pélide,
Allons, dis-moi toute la vérité.
Mon fils est-il encore près des bateaux ou déjà
Achille l'a-t-il coupé en morceaux et donné aux chiens ? »

410 Le messager Argeiphontès lui dit alors :
« Vieil homme, ni les chiens ni les oiseaux ne l'ont mangé.
Il est toujours près du bateau d'Achille
Dans sa tente, comme avant ; c'est la douzième aurore ;
Il est là et sa peau ne pourrit pas, et les vers
415 Ne le rongent pas, qui dévorent les hommes victimes d'Arès.
Autour du tombeau de son compagnon,
Il le traîne sans raison, jusqu'à l'apparition du jour.
Mais il ne l'a pas défiguré. Tu verrais, en venant toi-même,
Comme il est baigné de rosée, le sang est lavé.
420 Pas de souillure. Toutes les blessures sont fermées,
Qu'il a reçues ; car beaucoup ont poussé contre lui la pique.
Les Bienheureux prennent soin de ton fils,
Même s'il est cadavre, car il est cher à leur cœur. »

Il dit. Le vieil homme eut grand joie. Il répondit :
425 « Enfant, il est bon de faire des cadeaux
Aux immortels, puisque mon fils (mais c'est si loin !)
Dans le palais n'a pas oublié les dieux qui tiennent l'Olympe.
Ils ont soin de lui, même quand la mort est venue, au
    temps marqué.
Allons, reçois de moi cette belle coupe
430 Et protège-moi, conduis-moi avec les dieux,
Jusqu'à ce que j'arrive à la tente du Pélide. »

Le messager Argeiphontès lui dit alors :
« Vieil homme, tu m'éprouves ; je suis jeune ; je ne te crois
    pas.
Tu veux que je reçoive des cadeaux à l'insu d'Achille ;

435 Je le respecte en mon cœur et crains
　　De le voler, de peur qu'un mal ne m'en advienne.
　　Je suis ton guide. J'irais jusqu'à l'illustre Argos
　　Sur un navire rapide ou à pied.
　　Et personne, méprisant ce guide, ne t'attaquerait. »

440 Il dit, le Bienfaisant, et poussant char et chevaux
　　Vitement il prit en main fouet et rênes,
　　Aux chevaux et aux mules il insuffla l'ardeur.
　　Quand ils arrivèrent au mur et au fossé, avant les bateaux,
　　Les gardiens s'affairaient autour du repas.
445 Le messager Argeiphontès versa sur eux le sommeil,
　　Sur tous ; il ouvrit les portes et retira les barres.
　　Il fit entrer Priam et les superbes cadeaux sur le chariot.
　　Quand ils furent arrivés près d'Achille, dans la tente
　　Haute, que les Myrmidons avaient montée pour le prince,
450 Avec des troncs de pin (et ils avaient mis par-dessus
　　Un toit de roseaux touffus cueillis dans la plaine,
　　Ils avaient fait une grande cour pour le prince
　　Avec des pieux rapprochés ; une seule barre
　　De sapin fermait la porte, que trois Achéens retiraient
455 Pendant que le verrou était ouvert
　　Par trois autres ; Achille manœuvrait tout cela tout seul),
　　Hermès bienfaisant l'ouvrit pour le vieil homme ;
　　Il fit entrer les cadeaux pour le Pélide Pieds-Rapides.
　　Il descendit du char et dit :
460 « Vieil homme, je suis venu, dieu immortel,
　　Hermès. Mon père m'a envoyé pour te guider.
　　Je vais m'en retourner. Je n'apparaîtrai pas
　　Aux yeux d'Achille ; on serait indigné
　　Qu'un dieu immortel soit si bon pour des mortels.
465 Toi, entre, saisis les genoux du Pélide.
　　Par son père et sa mère aux belles boucles
　　Prie-le, et par son fils, pour émouvoir son cœur. »

　　Ayant dit, il partit pour le grand Olympe,
　　Hermès. Priam sauta du char à terre,
470 Laissant là Idaios, qui resta à tenir

Chevaux et mules. Le vieil homme entra dans la maison,
Où était Achille ami des dieux ; il l'y
Trouva, ses compagnons assis à distance. Deux seulement,
Le héros Automédôn et Alkimos, rejeton d'Arès,
475 S'empressaient auprès de lui ; il avait fini depuis peu
De manger et de boire. La table était encore là.
Le grand Priam entra sans qu'on le voie. S'approchant,
De ses mains il saisit les genoux d'Achille et baisa les mains
Terribles tueuses d'hommes, qui avaient tué tant de ses
fils.
480 Comme lorsqu'un homme est pris d'un délire, qui, dans
son pays
A tué un homme ; il arrive dans un autre peuple
Chez un homme riche ; ceux qui le voient frémissent :
C'est ainsi qu'Achille frémit en voyant Priam à visage de
dieu.
Les autres frémirent aussi, se regardèrent l'un l'autre.
485 Priam suppliant dit ces paroles :
« Souviens-toi de ton père, Achille à visage de dieu.
Il a mon âge, il est sur le seuil de la vieillesse.
Et si ceux qui habitent son voisinage
Veulent le harceler, pour le défendre il n'a personne.
490 Mais, s'il entend dire que tu es en vie,
Il a joie en son cœur. Chaque jour il espère
Voir son fils revenir de Troie.
Moi, malheureux jusqu'au bout, j'ai eu des fils, les meil-
leurs,
Dans Troie la grande. Il ne m'en reste plus, je le dis.
495 Ils étaient cinquante, quand sont venus les fils des Achéens.
Dix-neuf venaient du même ventre.
Les autres sont nés pour moi de femmes du palais.
De beaucoup d'entre eux, le violent Arès a défait les genoux.
Il en était un qui défendait la ville et nous tous.
500 L'autre jour tu l'as tué. Il se battait pour son pays,
Hector. C'est pour lui que je viens vers les bateaux achéens,
Pour le délivrer. Je t'apporte une énorme rançon.
Respecte les dieux, Achille, aie pitié de moi.
Souviens-toi de ton père. Je suis plus à plaindre.

505 J'ai souffert plus que tout autre homme sur la terre.
J'ai porté à ma bouche la main qui a tué mon enfant. »

Il dit. Et lui, un désir le prit de pleurer son père.
Touchant sa main, il repoussa le vieil homme.
Tous deux se souvenaient ; l'un pleurait Hector,
510 Le tueur d'hommes, prosterné devant les pieds d'Achille.
Achille pleurait son père, et parfois aussi
Patrocle. Et leurs gémissement s'entendaient dans toute la
maison.
Mais quand il eut son content de pleurs, le divin Achille,
Et que s'éloigna de son cœur et de ses membres le désir,
515 Il se leva soudain de son siège, releva le vieil homme,
Pris de pitié pour la tête blanche et la barbe blanche.
S'adressant à lui, il dit ces mots qui ont des ailes :
« Pauvre, tu as souffert bien des maux dans ton cœur.
Comment as-tu osé jusqu'aux bateaux achéens venir seul
520 Sous les yeux d'un homme qui t'a tué, foule d'âmes nobles,
Tes fils ? Tu as un cœur de fer.
Mais allons, assieds-toi sur ce siège. Nos douleurs,
Laissons-les reposer, si lourd soit notre chagrin.
Ils ne servent de rien, ces pleurs qui donnent froid.
525 Les dieux ont tissé ce sort pour les pauvres humains :
Qu'ils vivent accablés ; eux, ils n'ont pas de soucis.
Il y a deux jarres sur le seuil de Zeus.
L'une pleine de maux, l'autre de belles chances.
Pour certains, Zeus les mêle, Foudre-Amère, et les donne ;
530 On a tantôt du mal, tantôt du bien.
Mais celui qui reçoit du mal, on le méprise.
Une faim vilaine le poursuit sur la terre divine.
Il erre, ni les dieux ni les mortels ne l'estiment.
C'est ainsi qu'à Pélée les dieux ont fait de beaux cadeaux
535 Dès sa naissance ; il était distingué entre tous les hommes
Pour son bonheur et sa richesse. Il régnait sur les Myr-
midons.
Et, tout mortel qu'il fût, il a eu pour femme une déesse.
Mais là-dessus un dieu a mis du mal, car il n'a pas
Dans son palais une famille de fils puissants.

540 Il n'a qu'un enfant, promis à mourir vite. Et moi,
Je n'accompagne pas sa vieillesse, car, loin du pays,
Je reste à Troie, te causant du souci, et à tes fils.
Et toi, vieil homme, j'ai ouï dire que jadis tu étais heureux.
Dans tout ce que renferment au nord Lesbos*, domaine de
     Makar,
545 Et la Phrygie en dessous, avec l'Hellespont infini,
Partout, dit-on, par ta richesse et tes fils, tu brillais.
Mais depuis que ceux du ciel ont mené chez toi la souf-
     france,
Ta ville est environnée toujours de combats et de tueries.
Supporte-le. Ne laisse pas pleurer sans cesse ton cœur,
550 Car tu ne feras rien, accablé par le souvenir de ton fils.
Tu ne le feras pas revenir, et tu souffriras d'autres maux. »

Lui répondit alors le vieil homme Priam à visage de dieu :
« Ne me fais pas asseoir, fils de déesse, tandis qu'Hector
Est là, dans la tente, méprisé. Au plus vite
555 Délivre-le, que je le voie de mes yeux. Reçois la grosse
     rançon
Que je t'ai apportée. Profites-en. Puisses-tu revenir
Dans la terre de ta patrie, car, tout de suite, tu m'as laissé
Vivre et voir la lumière du soleil. »

Le regard en dessous, Achille Pieds-Rapides lui dit :
560 « Ne m'énerve pas, vieil homme. Je pense moi aussi
À délivrer Hector ; une messagère est venue de Zeus :
La mère qui m'a enfanté, fille du Vieux de la Mer.
Je comprends, Priam, rien ne m'échappe :
C'est un dieu qui t'a conduit jusqu'aux bateaux des Achéens.
565 Aucun mortel n'oserait venir, même très jeune,
À l'armée. Les gardes le verraient, et son char
Ne passerait pas facilement nos portes.
Et maintenant n'accrois pas la douleur de mon âme,
Sinon, vieil homme, je ne te supporterai pas dans cette tente.
570 Tout suppliant que tu sois, j'oublierais les préceptes de
     Zeus. »

Il dit. Le vieil homme eut peur, et se soumit à sa parole.
Le Pélide comme un lion bondit vers la porte,
Non pas seul, deux serviteurs le suivaient,
Automédôn le héros et Alkimos, que plus que tous les autres
575 Achille honorait, après Patrocle mort.
Eux, ils détachèrent du joug chevaux et mules,
Firent entrer le héraut, porte-parole du vieil homme,
Et le firent asseoir sur un siège. Sur le char poli
Ils prirent l'énorme rançon, offerte pour la tête d'Hector.
580 Ils laissèrent deux voiles et une tunique bien faite
Pour envelopper le cadavre et le rapporter chez lui.
Des servantes appelées le lavèrent et l'oignirent d'huile,
À l'écart, pour que Priam ne voie pas son fils,
Pour que dans son cœur accablé ne revienne pas la colère
585 À voir son fils, que ne se hérisse pas le cœur d'Achille
Et qu'il ne le tue, oubliant les préceptes de Zeus.
Les servantes donc le lavèrent et l'oignirent d'huile,
L'enveloppèrent dans une belle étoffe et une tunique.
Achille, pour sa part, disposa un lit ;
590 Ses compagnons chargèrent le chariot poli.
Puis il gémit, et il cria le nom de son compagnon :
« Patrocle, il ne faut pas m'en vouloir, si tu apprends
Dans l'Hadès que j'ai délivré le divin Hector
Pour son père, qui m'a donné une rançon convenable.
595 À mon tour, je t'en donnerai une partie, comme il convient. »

Il dit et revint dans la tente, le divin Achille,
S'assit sur un siège tout orné, celui où il était avant,
Contre le mur. Il dit à Priam cette parole :
« Ton fils est délivré, vieil homme, comme tu l'as voulu.
600 Il est sur un lit. Quand paraîtra l'aurore,
Tu le verras en l'emportant. Songeons maintenant à manger.
Niobé aux belles boucles a songé à se nourrir,
Elle qui a vu mourir douze enfants dans son palais,
Six filles, et six fils en leur jeunesse.
605 Ceux-ci, Apollon les a tués avec son arc d'argent,
Fâché contre Niobé. Celles-là, c'est Artémis, la Dame à
l'Arc,

Parce qu'elle s'était comparée à Lètô aux belles joues,
Disant qu'elle avait deux enfants, et elle, beaucoup.
Ces deux-là, rien que deux, firent mourir les autres.
610 Ils restèrent neuf jours dans leur sang. Il n'y avait per-
    sonne
Pour les enterrer. Le Kronide avait changé les gens en
    pierre.
Au dixième jour les dieux du ciel les enterrèrent.
Et elle pensa à manger, épuisée par les larmes,
Au milieu des rochers, dans les montagnes solitaires,
615 Sur le Sipyle, où, dit-on, sont les lits des nymphes
Divines, qui dansent autour de l'Achélois.
Quoique pierre, elle plaint les maux faits par les dieux.
Allons, pensons, nous aussi, vieil homme divin,
À manger. Puis tu pourras pleurer ton fils
620 Quand tu le mèneras à Ilion ; là il sera bien pleuré. »

Il dit, se leva ; saisissant un mouton blanc, le rapide Achille
L'égorgea. Les compagnons le dépouillèrent et le traitèrent
    comme il faut.
Ils le coupèrent en petits morceaux pour les brochettes,
Le grillèrent habilement ; puis le retirèrent du feu.
625 Automédôn prenant le pain le disposa sur la table
Dans de belles corbeilles. Achille distribua la viande.
Ils tendirent les mains vers les mets préparés.
Quand de boire et de manger fut apaisé le désir,
Priam Dardanide s'émerveilla devant Achille
630 À le voir grand et beau ; il ressemblait aux dieux.
Alors Achille s'émerveilla devant Priam Dardanide,
À voir sa belle allure, à entendre sa parole.
Quand ils se furent assez contemplés l'un l'autre,
Le premier à parler fut Priam, le vieil homme à visage de
    dieu :
635 « Dis-moi vite, fils de déesse, si nous pourrons
Nous coucher et goûter au doux sommeil.
Je n'ai pas fermé les yeux sous mes paupières
Depuis que, par ta main, mon fils a perdu la vie,
Mais toujours je gémis et souffre mille soucis,

640 Dans ma cour, me roulant dans la boue.
Maintenant j'ai pris de la nourriture ; du vin clair
A coulé dans ma gorge. Avant, je ne mangeais rien. »

Il dit. Achille aux compagnons et aux servantes ordonna
De disposer un lit sous la galerie et d'y placer de belles
645 Couvertures de pourpre, d'ajouter des tapis par-dessus,
D'y mettre encore des manteaux de laine.
Elles sortirent de la salle, portant dans leurs mains des
  torches.
Bientôt elles eurent fait deux lits.
D'un air moqueur, Achille Pieds-Rapides dit :
650 « Reste dehors, cher vieil homme, qu'un Achéen
N'arrive pas, un conseiller, un de ceux qui toujours
Viennent ici pour discuter avec moi, comme c'est l'usage.
Si l'un d'eux te voyait dans la nuit noire, qui va passer si
  vite,
Il le dirait tout de suite à Agamemnon berger de peuples.
655 Et il serait plus difficile de délivrer le cadavre.
Allons, dis-moi, explique-toi sans gêne :
Combien de jours veux-tu célébrer le divin Hector
Pour que je reste ici et retienne mon peuple ? »

Lui répondit alors Priam le vieil homme à visage de dieu :
660 « Si tu me permets d'accomplir le rite pour le divin Hector,
Ce faisant, Achille, tu me feras grande grâce.
Tu sais que nous sommes enfermés dans la ville ; il y a loin
Pour apporter le bois de la montagne, et les Troyens ont
  peur.
Pendant neuf jours nous le pleurerons dans le palais.
665 Au dixième, nous le mettrons en terre et le peuple aura son
  banquet.
Au onzième, nous ferons le tombeau lui-même.
Au douzième nous reprendrons la guerre s'il le faut. »

Alors lui dit le divin Achille Pieds-Rapides :
« Il en sera, vieil homme Priam, comme tu veux.
670 J'arrêterai la guerre tout le temps que tu as dit. »

Il dit, par le poignet il prit du vieil homme la main
Droite, pour qu'il n'ait plus peur.
Ils dormaient tous les deux dans le vestibule de la maison,
Le héraut et Priam, pris par de nombreux soucis.
675 Achille dormait au fond de la tente bien montée.
Briséis Belles-Joues était près de lui couchée.

Les dieux et les hommes qui combattent sur des chars
Dormirent toute la nuit, domptés par le doux sommeil.
Mais le sommeil n'avait pas pris Hermès le Bienfaisant
680 Qui avait souci en son cœur: comment ramener le roi
         Priam
Des bateaux sans qu'il soit vu des gardiens sacrés?
Se plaçant au-dessus de sa tête, il lui dit ces paroles:
« Vieil homme, tu as oublié tous tes maux, et tu dors
Au milieu de tes ennemis. Achille te l'a permis.
685 Maintenant tu as délivré ton fils, tu as beaucoup donné.
Pour toi vivant, ils donneraient trois fois cette rançon,
Les fils que tu as laissés, si Agamemnon
Savait, l'Atride, si le savaient tous les Achéens. »

Il dit, et le vieil homme eut peur. Il fit lever le héraut.
690 Hermès attela pour eux les chevaux et les mules.
Vite il les conduisit à travers l'armée; personne ne les vit.

Quand ils arrivèrent au gué du fleuve aux belles eaux,
Du Xanthe aux tourbillons, qu'a engendré Zeus immortel,
Hermès s'en alla vers le grand Olympe.
695 L'Aurore au voile de safran s'étendit sur toute la terre.
Eux, en pleurant, en gémissant, ils poussèrent vers la ville
Les chevaux; les mules portaient le cadavre. Personne
Ne les vit, aucun homme, aucune des femmes à belle cein-
         ture,
Sauf Cassandre, pareille à l'Aphrodite d'or.
700 En montant vers Pergame, elle aperçut son père,
Debout sur le char, et le héraut qui crie par la ville.
Et lui, elle le vit, couché sur un lit, sur le chariot des mules.

Elle cria, elle hurla par toute la ville :
« Regardez, Troyens et Troyennes, venez voir Hector,
705 Si jamais quand, vivant, il revenait du combat
Vous lui avez fait fête, car c'était joie pour la ville et tout le
    peuple. »

Elle dit, et il ne resta plus dans la ville ni un homme,
Ni une femme. Tous, un deuil insupportable les frappa.
Ils vinrent à la rencontre de celui qui menait le cadavre.
710 D'abord, sa femme et sa mère souveraine
S'arrachèrent les cheveux, se jetant sur le chariot bien fait,
Touchant sa tête. La foule les entourait, en pleurant.
Et alors tout le jour jusqu'au soleil couchant,
Versant des larmes, ils auraient pleuré Hector devant les
    portes.
715 Mais le vieil homme sur le char dit à son peuple :
« Laissez passer les mules, ensuite vous pourrez
Vous saouler de pleurs, quand je l'aurai mené à la maison. »

Il dit. Ils s'écartèrent et laissèrent passer le chariot.
Lorsqu'ils l'eurent mené jusqu'à la haute maison, alors
720 Ils le placèrent sur un lit, firent entrer les chanteurs
Pour entonner le thrène ; les uns chantaient
Le chant de lamentation ; les femmes gémissaient.
C'est Andromaque Blanche-Main qui commença le rite,
Tenant entre ses mains la tête d'Hector tueur d'hommes.
725 « Homme, tu viens de partir trop tôt, et tu me laisses
Veuve dans ce palais. L'enfant est petit encore,
Que nous avons fait naître, malheureux. Je ne crois pas
Qu'il ira jusqu'à la jeunesse. La ville, d'abord, de haut en
    bas,
Sera détruite. Tu es mort, protecteur, qui la
730 Sauvais, tu gardais les femmes vertueuses et les petits
    enfants,
Qui vont bientôt partir sur les bateaux profonds,
Et moi avec elles. Toi, enfant, ou bien tu viendras
Avec moi, tu feras des tâches indignes,
Travaillant pour un maître sans douceur, ou un Achéen

735 Te prendra et te jettera du haut de la tour*, mort affreuse,
    En colère parce qu'Hector aura tué son père
    Ou son frère ou son fils. Beaucoup d'Achéens
    Sous la paume d'Hector ont pris la terre avec les dents.
    Il n'était pas doux, ton père, dans l'affreuse mêlée.
740 Les peuples le pleurent par la ville.
    C'est un cri sans nom, un deuil qu'aux parents tu imposes,
    Hector ; à moi surtout seront laissées des souffrances
      affreuses.
    En mourant tu ne m'as pas de ton lit tendu les bras ;
    Tu ne m'as pas dit une parole forte, que je pourrais
745 Me rappeler pendant les nuits et les jours, en versant des
      larmes. »

    Elle dit, pleurante, et les femmes gémissaient.
    Alors Hécube entonna la longue plainte :
    « Hector, à mon cœur de tous mes enfants le plus cher,
    Vivant tu étais cher aux dieux,
750 Ils ont soin de toi, même quand la mort est venue, au
      temps marqué.
    Mes autres fils, Achille Pieds-Rapides
    Les a vendus, quand il les a pris, au-delà de la mer stérile,
    À Samos, à Imbros, à Lemnos l'heureuse.
    Il t'a ôté la vie avec le bronze aigu.
755 Il t'a traîné longuement autour du tombeau de son com-
      pagnon,
    Patrocle, que tu as tué. Il ne l'a pas fait revivre.
    Maintenant, baigné de rosée, dans le palais,
    Tu es couché, pareil à celui qu'Apollon à l'arc d'argent
    Est venu tuer de ses douces flèches. »

760 Elle dit, pleurante, et lança un infini gémissement.
    Puis, troisième, Hélène entonna la plainte :
    « Hector, de mes beaux-frères le plus cher à mon cœur,
    Mon époux est Alexandre à visage de dieu,
    Qui m'a conduite à Troie. J'aurais dû mourir plutôt.
765 Voici maintenant la vingtième année
    Que je suis venue ici, que je suis partie de mon pays.

Jamais de toi je n'ai entendu parole vilaine ou insulte.
Si quelqu'un dans le palais m'outrageait,
Beau-frère, belle sœur, concubine au beau voile,
770 Ou belle-mère (mon beau-père a toujours été gentil),
Avec tes paroles tu venais à mon secours.
Tu étais bon ; tu avais des paroles douces.
Je pleure sur toi, et sur moi, malheureuse, accablée.
Il n'y a plus personne dans Troie la grande
775 Qui soit gentil, ami. Tous ont horreur de moi. »

Elle dit, pleurante, et le peuple innombrable gémissait.
Au peuple Priam, le vieil homme, dit ces mots :
« Apportez maintenant, Troyens, du bois dans la ville ; n'allez
      pas
Craindre une embuscade des Argiens. Achille
780 En me renvoyant loin des bateaux noirs m'a juré
Qu'il ne combattrait pas avant que vienne la douzième
      aurore. »

Il dit. Aux chariots ils attelèrent
Bœufs et mules. Tous soudain se rassemblèrent devant la
      ville ;
En neuf jours ils apportèrent force bois.
785 Quand parut la dixième aurore éclairant les mortels,
Ils emportèrent le fier Hector en versant des larmes.
Ils posèrent le cadavre au sommet du bûcher, mirent le
      feu.

Quand parut, fille du matin, l'Aurore aux doigts de rose,
Autour du bûcher du glorieux Hector le peuple s'assembla.
790 Lorsqu'ils furent assemblés et formèrent assemblée,
D'abord avec du vin sombre ils éteignirent le bûcher
Et tout ce qu'avait pris la fureur du feu. Ensuite
Ils réunirent les os blancs, frères et compagnons,
Tristes, larmes lourdes glissant sur les joues.
795 Ils les mirent dans un coffret d'or,
Enveloppé dans un doux tissu de pourpre.
Ils le placèrent dans une fosse. Par-dessus

Ils entassèrent, bien serrées, de grandes pierres.
Bientôt le tertre fut achevé, des gardes s'établirent tout
    autour.
800 Les Achéens aux cnémides pouvaient attaquer.
Le tertre achevé, ils s'en retournèrent. Puis,
Réunis, ils festoyèrent d'un superbe festin
Dans la maison de Priam, roi, filleul de Zeus.

Ainsi fut célébré le rite pour Hector le chevalier.

POSTFACE

L'*ILIADE* SANS TRAVESTI

Pour René Char

Les pèlerins du livre

En 1462, neuf ans après la prise de Constantinople, le sultan ottoman Mehmed II (Mahomet II), en route pour l'île de Lesbos qu'il comptait débarrasser des pirates catalans qui occupaient Mytilène, traversa la Troade. Le chroniqueur grec Critoboulos d'Imbros, qui s'était rallié au conquérant turc, sans doute par haine des «Latins», raconte ainsi cet épisode[1] : «Arrivé à Ilion, le sultan en contemplait les restes et la trace de l'antique cité de Troie, son étendue, sa situation et les autres avantages de la contrée, sa position favorable par rapport à la mer et au continent. Puis, le voici qui visite les tombeaux des héros (je veux parler d'Achille, d'Ajax et des autres) ; il les glorifia en les félicitant de leur renommée, de leurs exploits, et d'avoir trouvé le poète Homère pour les célébrer. Alors, à ce que l'on dit, en hochant la tête, il

---

* Pierre Vidal-Raquet a écrit «L'*Iliade* sans travesti» pour une pré-cédente édition du poème, publiée en 1975 dans la même collection. La traduction était celle de Paul Mazon ; c'est donc elle qui est ici citée.
1. Je reproduis la traduction de P. Villard, dans son excellent article «Mehmed II et la guerre de Troie (1462)», *Provence historique*, 93-94 (1974), p. 361-373.

prononça ces mots : "C'est à moi que Dieu réservait de venger cette cité et ses habitants : j'ai dompté leurs ennemis, ravagé leurs cités et fait de leurs richesses une proie mysienne[1]. En effet, c'étaient des Grecs, des Macédoniens, des Thessaliens, des Péloponnésiens qui jadis avaient ravagé cette cité, et ce sont leurs descendants qui, après tant d'années, m'ont payé la dette que leur démesure impie (hybris) avait contractée alors, et souvent par la suite, envers nous, les Asiatiques."» Épisode en vérité singulier, car il s'agit tout à la fois d'un récit qui répète d'autres récits, et d'un pèlerinage, très vraisemblablement authentique, qui répète d'autres pèlerinages. Franchissant l'Hellespont en 334 av. J.-C., près de dix-huit siècles avant Mehmed II, Alexandre avait lui aussi honoré le souvenir d'Achille, «le proclamant heureux, puisqu'il avait rencontré Homère comme héraut de ses hauts faits» (Arrien, Plutarque). César et, bien sûr, le dernier empereur païen, Julien l'Apostat, s'étaient succédé sur les lieux. Avant César, en 85 av. J.-C., le questeur romain Fimbria avait, au cours d'un épisode de guerre civile, assiégé la ville grecque d'Ilion et l'avait prise en dix jours. «En fanfaron qu'il était, il se glorifiait bien haut qu'une ville, qu'Agamemnon, avec ses mille vaisseaux et le secours de la Grèce entière confédérée, avait eu de la peine à prendre en dix ans, eût été réduite par lui en dix jours ; mais un Iliéen l'interrompant : "Hector n'était plus là pour défendre la ville[2]."» L'interlocuteur anonyme de Fimbria, un Grec, s'assimile donc aux anciens Troyens. Mehmed II en fait autant, tout en glorifiant Homère. Et le comble est qu'il ne s'agit sans doute pas d'un épisode inventé, d'après les historiens grecs, par Critoboulos. Le sultan avait une culture grecque. Les Byzantins, qu'il venait de vaincre, étaient des Grecs, même s'ils s'appelaient des «Romains». Les chroniqueurs qui, en latin, chantaient la gloire du sultan ottoman appelaient les Turcs

1. Les Mysiens étaient, dans l'Antiquité, un peuple d'Asie Mineure dont la réputation était médiocre.
2. Strabon, *Géographie*, 13, 27.

Teucri, *c'est-à-dire Troyens. Les candidats troyens n'ont pas manqué au cours des siècles : à la légende troyenne des origines de Rome ont succédé au Moyen Âge des légendes analogues pour les familles royales de France, voire, au XVIe siècle, pour les Tudor britanniques. Pour un peu, la légende troyenne aurait pu tout à la fois sceller l'alliance de François Ier et de Soliman le Magnifique, et servir de symbole à la rencontre du «Camp du Drap d'Or» entre le même François Ier et Henry III Tudor...*

Et sans doute s'agit-il de créations d'érudits plus que de mythes populaires. Mais qui donc osera dire qu'un Romain moyen, contemporain de César, se sentait descendant des compagnons d'Énée?

Un peu plus de quatre siècles après la visite de Mehmed II, c'est un autre pèlerin qui se rend sur l'emplacement présumé de Troie. Heinrich Schliemann connaît mieux Homère que ne le faisait Mehmed II ou même Critoboulos. Persuadé que Troie se trouvait à Hissarlik, là même où l'Ilion grecque avait vécu, il entreprit en 1870 de fouiller cette médiocre butte. Le 14 juillet 1873, à la veille de clore sa campagne, il découvrit un objet d'or, puis beaucoup d'objets d'or, diadème, boucles d'oreilles, bagues et bracelets. C'était le «Trésor de Priam», et dans un geste célèbre, Schliemann para sa femme, une Grecque, des bijoux d'Hécube que les conquérants danaens avaient apparemment laissés sur place. L'archéologie s'est, depuis Schliemann, singulièrement raffinée et l'on place aujourd'hui le trésor découvert par l'enthousiaste commerçant allemand dans la période dite de Troie II (2500-2200 av. J.-C.), un bon millénaire avant la «date» de la «guerre de Troie». Mais il s'agit toujours, pour nombre d'archéologues modernes, comme pour Schliemann, comme pour Critoboulos, comme pour Julien, comme pour César, comme pour Alexandre, de faire coïncider un texte avec un site. Le dernier des successeurs de Schliemann, le grand archéologue américain Carl W. Blegen, écrivait ceci, en 1963 : «Il n'est plus possible désormais, dans l'état actuel de nos connaissances, de douter qu'il y ait eu effectivement une guerre de Troie, au cours de laquelle une coalition d'Achéens, ou de Mycéniens, sous le commandement d'un roi dont la suzeraineté était reconnue, combattit contre le peuple de Troie et ses alliés[1].» Que signifie cette phrase? Entre les différentes «Troie» qui se sont succédé sur la colline d'Hissarlik (il y en a onze dont la dixième est grecque et la onzième romaine), les archéologues de Cincinnati en ont identifié une, qu'ils ont baptisée Troie VIIa, qui fut détruite par des hommes dans le dernier quart du second millénaire avant notre ère. Détruite exactement quand? Une controverse existe qui n'a pas encore été tranchée. Selon qu'on réponde: vers 1275 av. J.-C. ou vers 1190, on admettra ou on refusera la possibilité d'un siège de Troie par des Mycéniens du continent. En 1190, Mycènes et Pylos étaient tombées, et aucun Agamemnon ne pouvait plus s'embarquer à Aulis. La guerre de Troie, si elle eut lieu, ne serait plus qu'un épisode local, auquel, peut-être, auraient participé des contingents parlant le grec et installés en Asie Mineure. Mais Troie VIIa, en tout état de cause, était une cité d'importance médiocre, qui ne vécut qu'une génération et dont les remparts ne paraissent pas tels qu'ils aient pu résister dix ans. Aussi d'autres archéologues (par exemple le Turc E. Akurgal) placent-ils la «Troie de Priam» et donc la Troie d'Agamemnon, d'Achille, d'Ajax, à la fin de la période dite de Troie VI (1800-1275) dont les restes sont autrement impressionnants. Sans doute les murailles en ont été détruites «par un tremblement de terre, mais Poséidon est l'ébranleur du sol». Profitant de l'occasion qui leur était offerte, les Achéens ont pénétré dans la ville. Ils ont dû, par reconnaissance, offrir à Poséidon un ex-voto en forme de cheval (n'y avait-il pas à Athènes un Poséidon Hippios?), d'où la légende du cheval de Troie[2]...

---

1. *Troy and the Trojans*, New York, 1963, p. 20; voir M. I. Finley, J. L. Caskey, G. S. Kirk, D. L. Page, «The Trojan War», *Journal of Hellenic Studies*, 1964, p. 1-20 et M. I. Finley, «Schliemann's Troy», *Proceedings of the British Academy*, LX (1974).

2. E. Akurgal, *Ancient Civilizations and Ruins of Turkey*, Istanbul, 1970, p. 60.

Il faut pourtant le dire : l'archéologie ne prouve pas, et ne peut pas prouver, qu'une armée de coalition a assiégé Troie, et encore moins que cette armée avait un chef unique et reconnu. Autant chercher à Roncevaux le cor de Roland et le sépulcre des douze pairs de Charlemagne. Entre la Troie des archéologues et la Troie d'Homère, il n'y a pas de terrain commun. Il est aussi raisonnable d'évoquer, à Hissarlik, Hélène et ses trésors, que d'espérer trouver à Jérusalem la trace de chacun des pas du Christ. Et c'est pourtant ce que l'on fait. Les Évangiles décrivent la vie de Jésus dans un espace déjà en partie symbolisé en fonction de l'Ancien Testament. Quand Jésus quitte la Judée pour la Galilée, en passant par la Samarie, il s'assoit au bord de la fontaine de Jacob. C'est en fonction des pèlerinages du IVᵉ siècle à nos jours, que les lieux seront précisés, non sans traditions rivales, et qu'ils deviendront « sacrés ». Comme l'écrivait Maurice Halbwachs : « Les lieux sacrés commémorent... non pas des faits certifiés par des témoins contemporains, mais des croyances nées peut-être non loin de ces lieux, et qui se sont fortifiées en s'y enracinant[1].* » Que la naissance d'un dogme soit liée à un lieu n'est pas réservée au seul christianisme. On pourrait faire un raisonnement analogue à propos d'un événement beaucoup plus proche de nous : la fondation, en juillet 1921, du parti communiste chinois. Les hommes qui se réunirent alors n'eurent probablement pas une conscience plus claire de ce qu'ils faisaient que n'en avaient eu les apôtres. Leurs témoignages ne permettent pas de connaître avec une quelconque certitude les données les plus élémentaires : la date, le lieu précis, le nombre exact des participants, l'identité des fondateurs. Tout cela n'en a pas moins donné naissance à un pèlerinage bien organisé : « On montre au rez-de-chaussée, une pièce meublée sobrement d'une table entourée de douze chaises ; sur la table, une théière et douze tasses ; au mur, un portrait de Mao jeune. Le guide*

---

1. M. Halbwachs, *La Topographie légendaire des Évangiles*, Paris, PUF, 1941, p. 157.

explique que c'est ici que se réunirent le 1ᵉʳ juillet 1921 les douze participants du Premier Congrès[1].» Autant qu'il y avait d'apôtres...

Revenons maintenant au 1ᵉʳ siècle de notre ère, au temps de Strabon. Il y avait alors plusieurs siècles que les hommes politiques, les pèlerins, voire les touristes «visitaient» Troie et se faisaient montrer les lieux de la guerre et le tombeau des héros. Une partie du livre XIII de la Géographie de Strabon, le premier livre de ce genre qui nous ait été conservé, est consacré à la Troade. Les gens d'Ilion, dit Strabon, disent que leur ville n'est autre que Troie (et les archéologues leur donnent raison). Ils ont des titres d'ancienneté, en particulier cette curieuse coutume qui voulait que, en commémoration d'une agression commise par Ajax fils d'Oïlée sur la personne de Cassandre, au moment de la chute de la ville, deux jeunes filles locriennes, compatriotes d'Ajax, viennent chaque année servir d'esclaves à la grande divinité de la ville, Athéna. Strabon, qui s'appuie sur l'œuvre des érudits des autres cités de Troade, n'est pas d'accord. Il estime que la Troie dont parle Homère se situait ailleurs, à quelque cinq kilomètres de là, et, à lire Critoboulos, le débat existait encore, en 1462 de notre ère. «Mais, dira-t-on, comment ne reste-t-il plus trace de l'ancienne Ilion? Rien de plus naturel, répond Strabon, car toutes les villes environnantes n'ayant été que dévastées, sans être complètement détruites, tandis qu'Ilion avait été ruinée de fond en comble, on dut enlever de celle-ci jusqu'à la dernière pierre pour pouvoir réparer les autres.» Qui donc a créé le mythe d'Ilion-Troie, c'est Alexandre, qu'une parenté (syngeneia) unissait aux Iliéens et qui, surtout, était « ami d'Homère» (philhoméros) comme Platon était ami de la sagesse (philosophos). Voilà le mot essentiel lâché. Car toute cette énorme méditation autour du destin de Troie qui s'est exprimée à travers les tragiques grecs, Virgile, les romans du Moyen Âge, Racine et Shakespeare, Giraudoux et Sartre, les mythes troyens de Rome, de France et d'Angle-

---

1. Voir S. Leys, *Ombres chinoises*, Paris, 10/18, 1974, p. 138.

terre, les pèlerinages d'Alexandre, de César, de Julien, de
Mehmed II, les fouilles de Schliemann, de Dörpfeld, de
Blegen, tout cela se rattache, en dernière analyse, non à une
ville dont nous ignorons le nom que lui donnaient ses habitants et la langue que ceux-ci parlaient, même si nous
savons qu'elle était « admirablement située », comme toutes
les villes qui se respectent, sur les Dardanelles, c'est-à-dire,
bien sûr, sur une voie commerciale importante, mais à l'Iliade,
un poème épique datant d'environ 725 av. J.-C. et dont
l'auteur ne nous est connu que par son nom : Homère. Là est
le « scandale » dont on se refuse à prendre la mesure et qui est
effectivement énorme. L'Iliade n'est pas le départ d'une
religion, même s'il y a eu un culte d'Homère, ce n'est pas le
commencement d'un mouvement politique, même si l'on y a
cherché des leçons de politique. C'est un livre. Encore faut-il
préciser tout de suite que ce livre ne raconte pas la chute
de Troie, mais quelques journées de la dixième année du
siège de la ville, entre la colère d'Achille et les funérailles
d'Hector...

L'histoire

Laissons la géographie de côté et abordons l'histoire.
Celle-ci paraît, au premier abord, singulièrement écartelée.
Les poèmes homériques sont rédigés, sous leur forme actuelle,
vers la fin de l'époque dite « géométrique », d'après la céra-
mique alors la plus courante, au moment où les cités eubéennes
de Chalcis et d'Érétrie installent de nouvelles cités grecques
en Italie du Sud et en Sicile. L'Odyssée fait peut-être une
allusion discrète à cette colonisation occidentale, mais le
monde de l'Iliade est, plus spécifiquement, celui, asiatique,
de l'Ionie. Parmi les cités qui prétendaient à la gloire d'être
la patrie d'Homère figuraient au premier rang Chios où les
« Homérides » se disaient les descendants du poète et récitaient ses œuvres, et Smyrne où il passait pour être né. Et
Chios et Smyrne se trouvent en bordure de l'Éolide ; Smyrne
est même, à l'origine, une ville éolienne, et la langue homé-

*rique, à base ionienne, comprend de très nombreux éolismes.
Parmi les rares indications que le poète donne sur les pay-
sages d'Asie, en dehors de la Troade, figure la fameuse image
du chant II, évocatrice d'une plaine immense : « Comme on
voit, par troupes nombreuses, des oiseaux ailés, oies ou
grues ou cygnes au long cou, dans la prairie asiate, sur les
deux rives du Caÿstre, voler en tous sens, battant fièrement
des ailes, et les uns devant les autres, se poser avec des cris
dont toute la prairie bruit… » (v. 459-463). Nous connaissons
très mal l'Ionie du VIII* siècle, mais les fouilles de la « vieille
Smyrne », à Bayrakli, nous ont restitué une ville grecque
remontant au X* siècle, avec un plan géométrique et des
maisons de brique crue. Ce n'est pourtant pas ce monde-là
que* veut *évoquer Homère, mais un monde bien antérieur,
dont les centres principaux se situaient en Grèce propre,
notamment à Mycènes « riche en or », capitale d'Agamemnon
et de cette civilisation que* nous *appelons « mycénienne » et
qui s'effondra près de quatre siècles avant Homère, vers 1200
av. J.-C. Ainsi le poète de la* Chanson de Roland, *au XI* siècle,
entend-il évoquer la cour de Charlemagne.*

*La civilisation mycénienne constitue un ensemble dont
l'implantation dans l'espace se révèle chaque jour un peu
plus vaste, mais dont l'insertion dans le temps est connue
avec une exceptionnelle précision. C'est vers 1600 av. J.-C.
qu'elle surgit, avec le plus ancien des deux cercles de tombes
royales de Mycènes. Les premiers documents écrits, les
fameuses « tablettes » dont Michael Ventris a montré, en 1952,
qu'elles notaient du grec, datent de la fin du troisième palais
de Cnossos (vers 1400), les derniers, à Pylos, de la fin du
XIII* siècle. Entre ces deux séries de documents, toutes deux
conservées accidentellement par l'incendie des palais, il n'y
a, pour ainsi dire, rien.*

*La thèse qui fait d'Homère un historien du monde
mycénien est un cadavre qu'il faut régulièrement tuer. Sur
quoi repose-t-elle ? La langue est du grec, bien sûr, mais singulièrement évolué par rapport au grec des tablettes. Les
objets proprement mycéniens décrits par le poète ne dépassent
pas la demi-douzaine (au premier rang figure le fameux*

*casque en défenses de sanglier que Mérion remet à Ulysse au chant X de l'*Iliade*). Beaucoup de sites décrits par le poète ont certes été occupés à date mycénienne, mais, même la géographie du monde grec esquissée au chant II dans le «catalogue des vaisseaux» n'est pas intégralement mycénienne. Les palais qui figurent essentiellement dans l'*Odyssée ne peuvent, en dépit de multiples efforts, être identifiés avec ceux de Cnossos, de Pylos ou de Gla, ni du reste avec quelque palais grec que ce soit. Surtout, la société bureaucratique, centrée sur le palais du* wanax, *société dans laquelle les scribes notent avec précision les entrées et les sorties, a si bien disparu que les aèdes ne peuvent la concevoir. La place que tient l'écriture dans l'*Iliade *est remarquablement réduite. Elle se limite aux «signes funestes» (VI, 168) que Proetos, roi d'Argos, avait gravés sur des tablettes pour perdre Bellérophon, et, à l'extrême rigueur, aux marques que les héros mettent sur leurs «sorts» avant de tirer le nom de l'adversaire d'Hector (VII, 175, 187, 189).*

Qu'il y ait eu, plusieurs siècles avant Homère, une épopée mycénienne n'est pas impossible, mais la preuve manque, et rien, dans l'art créto-mycénien, ne paraît illustrer une quelconque légende épique du type de celles que nous connaissons.

Il faut donc renoncer à l'absurde Homère historien auquel s'accrochent certains hellénistes. Mais un Homère journaliste est-il beaucoup plus vraisemblable? Car la tentation inverse existe, et a ses adeptes, qui veut qu'Homère soit, avant tout, le témoin du monde ionien de la deuxième moitié du viiie *siècle. L'idée est certes, au premier coup d'œil, moins absurde. Au niveau le moins immédiatement conscient de son discours, tout poète est peintre de son temps. Ses valeurs doivent être comprises par son auditoire. Sous les apparences du bronze il est parfois possible de deviner le fer; entre les «formules» homériques et la peinture des vases de l'époque géométrique on a pu faire des rapprochements intéressants. Cela dit, Homère n'était «ni un disque, ni une machine Xérox» (M. I. Finley). Le fait majeur du monde contemporain d'Homère, l'émergence de la cité grecque comme centre autonome de décision, fait dont témoigne la coloni-*

sation, est, pour l'essentiel, absent des poèmes homériques
qui ne connaissent que des rois, doublés certes d'un conseil
et même d'une assemblée, mais dont l'autorité est infiniment
plus forte que celle des magistrats contemporains d'Homère.
Des villes, Homère ne décrit que le palais et les murailles.
Les quartiers résidentiels que les fouilles de Smyrne nous
ont appris à connaître sont entièrement absents. La comparaison avec d'autres poèmes épiques ne plaide pas en faveur
d'une telle thèse. Qui tenterait de voir dans la Chanson de
Roland un tableau de la société féodale de la fin du XIe siècle,
comme cela a parfois été fait, se tromperait lourdement.

Une théorie en apparence intermédiaire a été soutenue
par l'historien anglais M. I. Finley[1]. La société évoquée par
Homère ne correspond ni au monde mycénien, ni à celui de
la jeune cité grecque, mais à un temps déjà lointain pour les
aèdes, celui des « siècles obscurs » qui séparent la chute de
Mycènes du grand démarrage de l'époque archaïque. S'il
faut absolument être précis, disons, en gros, le Xe siècle. Cette
solution a l'immense avantage, par rapport à toutes celles
qui l'ont précédée, de rendre compte à la fois de la commu-
nication qui caractérise le récit épique, et dont témoignent
dans l'Odyssée les moments où entrent en scène les aèdes, et
de la distance poétique, propre à l'épos, qui sépare le monde
décrit de celui des auditeurs du poète. C'est sur ce terrain
qu'elle peut et doit être complétée et nuancée. Personne ne
peut nier, en effet, que la société épique forme un tout
cohérent, nullement fantaisiste, et dans lequel les rapports
entre les hommes sont réglés par des lois. M. I. Finley s'est
appuyé à bon droit, par exemple, sur l'essai fameux de
Marcel Mauss, « Le don, forme primitive de l'échange », pour
montrer que les mécanismes du don et du contre-don éclai-
raient tout à la fois les rapports entre eux des guerriers grecs,
ceux qu'ils ont parfois avec leurs adversaires troyens, et les

1. M. I. Finley, Le Monde d'Ulysse, trad. Cl. Vernant-Blanc, Paris,
Maspero, 1969 ; « The world of Odysseus revisited », Proceedings of the
Classical Association in the University of Newcastle-upon-Tyne, 71
(1974), p. 13-31.

règles du mariage. Cela ne signifie pas, bien entendu, et M. I. Finley n'a jamais soutenu pareille absurdité, que cette description soit «réaliste». Il est possible et légitime d'étudier la «famille homérique», parce que les poèmes en parlent suffisamment, il serait aberrant de l'étudier sur le plan démographique, et de tirer des conséquences du fait qu'Ulysse et Pénélope n'ont qu'un fils. Les poèmes ne nous renseignent ni sur le taux de la nuptialité ni sur celui de la mortalité infantile. Il n'y a aucune naissance dans l'Iliade. N'en déduisons pas qu'Achille et Briséis pratiquaient une forme de contraception. La vraie difficulté, dans l'interprétation historique de l'Iliade, consiste à faire la part de ce qui est idéologique, c'est-à-dire choix orientant la description, de ce qui va de soi et constitue, par là même, le témoignage le plus précieux, de ce qui enfin relève de la magnification poétique. «Alors le fils de Tydée dans sa main prend une pierre. L'exploit est merveilleux: deux hommes, deux hommes d'aujourd'hui ne la porteraient pas» (V, 302-304). Au chant II, dans un passage célèbre, Thersite est brutalement traité par Ulysse: «Assez! ne prétends pas tout seul prendre à parti les rois» (II, 247). Le poète donne de cet adversaire des rois une description féroce et caricaturale. Il ne parle pas, il «piaille». Il est bancroche, boiteux, chauve. Mais au chant I, c'est la voix divine de Calchas, «qui connaît le présent, le futur, le passé» (I, 70), qui dit: «Un roi a toujours l'avantage quand il s'en prend à un vilain» (I, 80). Les valeurs homériques ne sont pas toujours aisées à cerner.

Je reviendrai plus loin sur ces rapports entre monde poétique et ce monde que l'on dit «réel», rapports qui ne sont jamais ceux du simple «reflet». Peut-on dire pourtant, dès maintenant, ce à quoi l'étude d'un texte poétique oblige l'historien? À se débarrasser sans doute à jamais des tentations positivistes qu'expriment si bien, à leur manière, autant la thèse «mycénienne» que la thèse «contemporaine». John Chadwick, qui collabora de façon décisive avec Michael Ventris au déchiffrement du linéaire B et qui avait d'abord cru que le monde des tablettes pourrait éclairer celui d'Homère, est revenu de cette illusion. Homère est pour lui

un « menteur »[1]. Il écrivait récemment à l'auteur du présent
texte : « Homère n'appartient pas au royaume de l'histoire,
les tablettes mycéniennes y appartiennent. » Mais n'y a-t-il
pas là confusion entre deux au moins des sens du mot histoire : celle qui s'écrit et celle qui se déroule ? Les tablettes
mycéniennes sont des documents comptables qui n'ont été
écrits que pour leurs utilisateurs immédiats : les hommes de
l'administration royale. Dira-t-on qu'elles ne « mentent »
pas ? C'est là faire preuve de beaucoup d'optimisme. Entre
les ressources réelles et les ressources comptabilisées des
royaumes de Pylos et de Cnossos il pouvait y avoir bien des
distorsions que nous sommes évidemment incapables d'ap-
précier. Les tablettes sont un document pour l'histoire,
s'ensuit-il que les poèmes ne le soient pas ? Le dire serait
avoir une conception bien étroite et bien mesquine du travail
historique. Dira-t-on que l'œuvre d'André Breton n'appartient pas à l'histoire parce que le mouvement dont il a été le
fondateur s'appelle le « surréalisme » ? Nous devons avoir du
« monde réel » une conception assez large pour y intégrer le
discours, y compris la poésie épique, y compris la philosophie, y compris le « discours sur le peu de réalité », ce qui
ne doit pas nous empêcher d'étudier la très difficile question
du rapport entre l'Iliade et les relations sociales que vivaient
les hommes, en Grèce, au début du premier millénaire.
Question d'autant moins facile à poser que les termes de
référence ne sont pas très nombreux. L'archéologie des temps
« géométriques » est encore relativement pauvre, celle des
« siècles obscurs » l'est encore bien davantage en dépit de
méritoires efforts récents de synthèse[2], et le passage d'un type
de documents à un autre, d'un type de langage à un autre,
pose des problèmes dont l'ampleur même n'apparaît pas
encore très clairement. C'est souvent à l'intérieur d'Homère
qu'il faut tenter de se mouvoir. Mais pour cela il faut se

    1. J. Chadwick, « Homère le menteur », Diogène, 77 (1972).
    2. Voir surtout A. M. Snodgrass, The Dark Age of Greece, Edinburgh,
1971, livre dans l'ensemble admirable.

demander d'abord ce qu'est ce texte poétique que nous lisons aujourd'hui.

Le poète

*J'ai parlé tout à l'heure d'*un livre, *et cette expression exacte aujourd'hui, exacte déjà pour ceux qui faisaient le pèlerinage de Troie et pour tous ceux, innombrables, qui dans l'Antiquité ont déchiffré Homère d'abord dans les* volumina, *les rouleaux de papyrus, puis dans des* codices, *des livres, à la fin de l'époque romaine, suppose trop facilement résolue la fameuse « question homérique » soulevée au XVII* siècle par l'abbé d'Aubignac, inlassablement ressassée depuis, celle de l'unité du poème. Cette unité me paraît personnellement très réelle, en dépit des disparités de détail, mais il n'est que juste de dire que d'autres pensaient très différemment, à commencer par Paul Mazon qui a édité et traduit le poème : « Imaginer un aède composant successivement les vingt-quatre chants de notre* Iliade *dans l'ordre où nous les lisons aujourd'hui… est une rêverie qui ne résiste pas à l'examen du texte[1]. »*

Disons d'abord un mot de ce texte. Les manuscrits les plus anciens datent du X siècle de notre ère. Les papyrus, sans nous restituer, à beaucoup près, le texte tout entier, permettent de remonter jusqu'au début du III* siècle avant notre ère, c'est-à-dire avant le grand travail philologique des érudits hellénistiques que symbolisent les noms d'Aristarque de Samothrace (celui-ci meurt vers 145 av. J.-C.) et d'Aristophane de Byzance. Les scolies de nos manuscrits médiévaux permettent parfois d'atteindre un autre état du texte, et il en est de même de la tradition indirecte qui est ininterrompue depuis la littérature grecque archaïque. Toute édition est un choix et il suffit de jeter un coup d'œil sur l'apparat critique*

---

1. P. Mazon, *Introduction à l'*Iliade, Paris, Les Belles Lettres, 1942, p. 231.

d'une édition savante pour constater que les variantes ortho-
graphiques sont extrêmement nombreuses, que tel ou tel vers
a été «condamné» par tel critique ancien ou moderne et que
certaines variantes engagent le sens d'un ou plusieurs vers.
Qu'il y ait eu selon les cités et les patriotismes locaux des
éditions différentes, que les éditeurs aient proposé ici ou là
des variantes, des additions ou des suppressions est parfaitement bien établi. Cela dit aucune de ces variantes n'engage
le sens d'un épisode, aucune ne modifie l'ordre où les épisodes se succèdent, aucune n'introduit un épisode nouveau,
aucune ne modifie la figure d'un personnage. Un texte de
Cicéron affirme que l'Iliade a été mise en ordre au temps de
Pisistrate (vi^e siècle av. J.-C.). Selon d'autres informations il
faudrait remonter au temps de Solon, au début de ce même
vi^e siècle, à Athènes. La critique externe ne permet pas de
trancher.

   Comme il arrive toujours, ce qu'on appelle la «question
homérique» a été renouvelée non en agitant une fois de plus
le kaléidoscope philologique mais par un déplacement du
terrain même de l'enquête. Ce fut d'abord, à la fin des années
vingt et pendant les années trente de ce siècle, l'œuvre du
savant américain Milman Parry[1]. Parry est parti de l'étude
systématique d'un fait qui frappe toujours le lecteur d'Homère :
l'usage de formules et d'épithètes répétitives. Des vers entiers
sont répétés en introduction d'un développement ou au cours
d'un développement. Les personnages sont caractérisés par
des épithètes que chacun mémorise aisément. Tout le monde
a entendu parler du «vieux meneur de char Nestor». La
poésie homérique est donc définie comme une poésie orale.
Épithètes et formules ont notamment pour fonction de
reposer l'aède dans sa récitation et lui donnent un jeu qui lui
permette, à volonté, d'étendre ou de restreindre sa récitation.

---

   1. Ses études ont été rassemblées en volume par son fils Adam
Parry, avec une très utile introduction : *The Making of Homeric Verse*,
Oxford, 1971. Les premiers travaux importants de Parry ont été ses
thèses françaises : *L'Épithète traditionnelle dans Homère ; Les Formules
et la métrique d'Homère*, Paris, 1928.

Et de fait, dans les papyrus, la majorité des vers supplémentaires par rapport à la tradition manuscrite sont des vers qui figurent ailleurs dans le texte homérique.

Quelques années après son étude du texte, Milman Parry croyait pouvoir donner la preuve expérimentale du bienfondé de ses thèses. Car des poètes de tradition orale existaient toujours dans le monde méditerranéen. Les bardes yougoslaves qui, dans les cafés de la région de Novi Pazar, récitaient des vers par milliers, connaissaient par cœur d'immenses épopées mettant en scène la lutte des Serbes contre les Turcs. Ces poètes étaient illettrés et l'expérience a montré que dès lors qu'ils apprenaient à lire, ils perdaient leurs facultés poétiques. Entre leur diction et celle de l'Iliade, les analogies étaient frappantes. Formules et épithètes jouaient bien le rôle qu'avait défini Milman Parry.

Au centre des poèmes homériques, il y avait donc la Mémoire, la Mnemosynè divinisée par les Grecs. Les Muses sont filles de Mémoire. Le poète, comme le devin, est celui qui sait, parce qu'il se souvient et qu'il témoigne du passé parmi les hommes. Ainsi l'adresse aux Muses qui ouvre le catalogue des vaisseaux : « Et maintenant, dites-moi, Muses, habitantes de l'Olympe — car vous êtes, vous, des déesses : partout présentes, vous savez tout ; nous n'entendons qu'un bruit, nous, et ne savons rien — dites-moi quels étaient les guides, les chefs des Danaens » (II, 484).

Les comparaisons avec les bardes yougoslaves fournissaient des arguments à ceux qui estimaient que les poèmes étaient plus anciens que leurs premières formes écrites. Elles permettaient aussi de plaider tant pour l'unité que pour la diversité de l'œuvre. D'une récitation à l'autre, des variantes s'introduisaient, guère plus nombreuses après dix-sept ans qu'après quatre mois. Des épisodes apparaissaient ou disparaissaient suivant le goût du public ou celui de l'interprète. Un noyau subsistait, à peu près identique. N'était-il pas possible alors de supposer qu'un ordonnateur avait composé oralement, un siècle peut-être avant la fixation par écrit du texte, l'essentiel de l'Iliade et de l'Odyssée, quitte à ce que des épisodes adventices et peut-être postérieurs viennent s'y greffer ?

Ainsi, pour l'Iliade, le chant X, la Dolonie[1]. *Que l'auteur principal de l'Iliade ait eu beaucoup plus de «talent» que les barbes yougoslaves ne paraissait guère douteux. Mais, ceux qui n'évoquaient pas tout simplement les vertus de l'âme hellénique pouvaient toujours se dire qu'entre tant d'aèdes grecs qui avaient dû exister, on avait dû choisir de conserver, quand l'écriture fut venue, celui ou ceux qui avaient du génie.*

Mais justement, en quoi résidait ce génie? Quelques chercheurs de la génération qui a suivi Milman Parry, avec, au premier rang, le propre fils de celui-ci, Adam Parry (les généalogies offrent de ces accidents admirables), ont cherché à l'établir par une étude minutieuse du style formulaire, des limites et des variétés de son emploi, quitte à nuancer, et parfois à inverser les conclusions du chercheur américain et de ses disciples trop fidèles. Ainsi Achille, au chant IX, répondant à Ulysse et à Ajax qui viennent lui demander de reprendre le combat annonce d'emblée: «Je dois vous signifier brutalement la chose, comme j'entends la faire, comme elle se fera. De la sorte vous n'aurez pas à roucouler l'un après l'autre, assis là, à mes côtés» (IX, 309 sq). Mais comment va s'exprimer cette franchise? L'étude du texte grec montre ce qui en est. Achille utilise le langage formulaire de l'épopée, mais ce langage, il le biaise, il l'emploie à contresens. De minuscules variations font que son discours n'appartient qu'à lui[2]. Une analyse des comparaisons intervenant à propos du même personnage donnerait des résultats analogues. Tout le détail, ou presque, appartient au stock du répertoire épique mais la combinaison est unique. C'est à Achille qu'Homère fait poser la question décisive, la seule question qui ne peut pas avoir de réponse: «Pourquoi alors faut-il que les Argiens fassent, eux, la guerre aux Troyens?» (IX, 337-338). Ces analyses que l'on ne peut que mentionner ici, faute de pouvoir recourir au texte original, soulèvent en réalité ce qui est la vraie question homérique,

---

1. G. S. Kirk, *The Songs of Homer*, Cambridge, 1962.
2. A. Parry, «The Language of Achilles», dans G. S. Kirk (éd.), *Language and Background of Homer*, Cambridge, 1964, p. 48-54.

celle du rapport entre un style qui fut, indiscutablement, celui de la poésie orale, et l'œuvre que nous avons qui n'est pas seulement écrite au sens matériel du terme, mais qui porte partout la marque de l'écriture : cohérence des personnages d'un chant à l'autre, appels à très longue distance, absence totale de toute contradiction sérieuse.

Ainsi, le vers 7 du chant I oppose le « divin Achille » et Agamemnon, le « Roi (anax) des guerriers » (ce que P. Mazon traduit par « protecteur de son peuple »), c'est-à-dire un personnage et une fonction. Rien jusqu'à la fin du chant XXIV ne viendra démentir cette opposition. Or il est un fait que toute une partie de la critique s'obstine à tenir délibérément pour secondaire, c'est, tout simplement, la réapparition, dans le monde grec, de l'écriture, mais d'une écriture alphabétique, empruntée non sans modifications aux Phéniciens. Que l'usage de l'écriture et la fixation du texte homérique soient contemporains, s'agit-il vraiment d'un hasard ? Ces deux séries ont-elles simplement coïncidé ? Homère fait allusion, dans l'Odyssée, au papyrus qui sert à fabriquer les câbles des navires, ce byblinos qui vient de Byblos en Phénicie, d'où vient aussi le mot grec qui signifie « livre[1] ». Dira-t-on que l'écriture n'a pas été empruntée pour noter des poèmes ? Cette thèse n'est plus soutenable depuis qu'a été découvert, à Ischia, il y a vingt ans, un « skyphos » de la seconde moitié du VIIIe siècle, portant trois vers qui affirment que cette coupe est celle de Nestor.

Si vraiment l'Iliade a été couchée sur papyrus dès le dernier quart du VIIIe siècle, alors il n'y a aucune raison pour que le texte ait subi des modifications fondamentales, aucune objection à ce que notre Iliade soit celle d'Homère. Et le « génie » d'Homère a précisément été celui du passage d'une tradition poétique orale à l'organisation d'un texte écrit[2].

1. Voir B. Hemmerdinger, « Wolf, Homère et le papyrus », *Archiv für Papyrusforschung*, 17 (1962), p. 186-187.
2. Voir A. Parry, « Have we Homer's Iliad ? », *Yale Classical Studies*, 20 (1966), p. 177-216.

La guerre

*L'*Iliade *est le poème de la guerre. Ce n'est pas qu'elle
ignore totalement la paix. Au chant XVIII, le bouclier
d'Achille, forgé par Héphaïstos, oppose deux cités, celle de la
paix, du mariage, des danses, des débats judiciaires, celle de
la guerre, assiégée et préparant une embuscade. Vieux thème
au demeurant qui figure déjà sur l'étendard d'Ur au troisième millénaire avant notre ère. Étrange guerre en vérité
que celle de l'*Iliade*, et plus étranges encore les considérations «réalistes» qu'elle a fait naître. Quelques décennies
après Homère une forme de guerre nouvelle s'est répandue
dans l'ensemble du monde grec. Les cités s'affrontent désormais sous la forme de deux phalanges, deux lignes d'hoplites
qui courent l'une contre l'autre, au chant des flûtes. Chacun,
tenant son bouclier de la main gauche, est protégé par le
bouclier de son voisin de droite. La solidarité des combattants traduit la solidarité des citoyens et contribue peut-être
à l'imposer. On peut, si l'on veut, trouver dans l'*Iliade*
quelques anticipations de ce mode de combat. Ainsi, au
chant XI : «À cette heure, par leur vaillance, les Danaens, de
rang en rang, s'exhortant entre camarades, enfoncent brusquement les bataillons troyens» (XI, 90-91) (mot à mot, «les
phalanges troyennes»), ou encore au chant XIII, cette évo-
cation de l'élite-anonyme de guerriers autour des deux Ajax :
«La lance fait un rempart à la lance, le bouclier au bouclier,
chacun étayant l'autre ; l'écu s'appuie sur l'écu, le casque
sur le casque, le guerrier sur le guerrier» (XIII, 130-131).
Beaucoup d'historiens s'imaginent pourtant qu'avant la
phalange, une forme de combat, qui serait marquée par l'affrontement individuel des héros, est attestée par les poèmes
homériques. C'est là confondre la guerre avec le discours sur
la guerre, c'est-à-dire, en dernière analyse, avec l'idéologie
véhiculée par le poète.*

*Toute l'*Iliade *est une préparation au duel — truqué par
Athéna — entre Achille et Hector, au chant XXIII, mais les*

duels sont rares dans le poème et peu sanglants. *Parmi les chefs troyens, seul Sarpédon, en dehors d'Hector, meurt à la suite d'un affrontement en règle. Du côté grec, Patrocle est frappé dans le dos avant d'être tué par Hector. Les grands duels : Hector-Ajax, Énée-Achille, Pâris-Ménélas, constituent des épisodes spectaculaires mais inefficaces, assez impressionnants pourtant pour avoir créé la légende du duel homérique. Ils n'appartiennent pas plus au réalisme guerrier que le hurlement d'Achille qui, au chant XVIII, sème la panique parmi les Troyens vainqueurs. L'immense majorité des morts de l'*Iliade n'interviennent pas au cours d'un duel, mais pendant une *aristeia*, une série d'exploits au cours desquels le guerrier, saisi par la fureur, acquiert une force surhumaine et abat tout sur son passage. L'*aristeia *suprême est celle d'Achille, aux chants XX et XXI.*

Il ne s'agit pas là non plus d'un reportage. Personne ne s'est jamais battu comme le font les héros d'Homère. Ceux-ci sont conduits à la bataille en char. Ils en descendent pour affronter l'ennemi. Tout ce que nous savons sur le char de combat dans la Méditerranée orientale proteste contre cette vision des choses. L'aède savait que jadis le char avait été un instrument de guerre, ce qu'il n'était plus de son temps. Il a donc associé ses héros à leurs chars, mais ceux-ci ne servent plus au combat.

*Toutes les mêlées, les duels, les combats autour du cadavre d'un guerrier ont lieu de jour. La nuit est faite pour le repos. Il n'y a qu'une exception et décisive : le chant X, la Dolonie, est marqué par l'exploit de Diomède, revêtu d'une peau de lion et d'Ulysse portant le fameux casque à défenses de sanglier. Ils tuent Dolon, l'espion vêtu en loup — une guerre animale se superpose à la guerre humaine — et massacrent Rhésos et ses compagnons. Cet étonnant nocturne est souvent déclaré, sans preuve sérieuse, interpolé. Homère parle peu des formes « inférieures » de la guerre. Pandare, l'archer lycien, frappe en traître. Teucros, l'archer achéen, est le frère bâtard d'Ajax fils de Télamon. Un seul peuple, les Locriens, use normalement de l'arc. Mais s'ensuit-il que la *métis, la ruse de* *l'intelligence*[1]*, dont Antiloque, fils de Nestor, fait usage au chant XXIII, dans la course de chars, soit absente des jeux de la guerre? On le croirait au premier abord. Pourtant, Idoménée, au chant XIII, répond à Mérion, qui se vante d'être toujours au premier rang de la bataille, par ceci: «Imaginons qu'aujourd'hui, près des nefs, on nous rassemble, nous tous, les preux, pour aller à un aguet, c'est là surtout que se fait voir le courage des guerriers; c'est là que se révèlent et le lâche et le brave.» Le bouclier d'Achille porte une telle embuscade sur sa décoration. Mais, en dehors de la Dolonie, Homère ne nous montre* directement *rien de tel. Les guerriers n'affrontent que des guerriers, au grand jour. Nestor avait pourtant commencé sa carrière guerrière autrement: par un rapt de vaches dont les défenseurs n'étaient que des paysans. À quelques vers d'intervalle, il parle de cette opération comme d'une* guerre, *dit la joie de son père devant ce premier exploit, explique ensuite que, lorsqu'il s'agit pour lui d'un affrontement direct, son père s'y opposa: «Je voulais prendre les armes: Nélée s'y opposa et cacha mes chevaux. J'ignorais tout encore, disait-il, des œuvres de guerre. Je sus pourtant me distinguer entre nos bons meneurs de chars, même en demeurant fantassin*[2]*» (XI, 717-721). «Meneur de char», c'est précisément dans l'*Iliade*, sous une autre forme, l'épithète de Nestor. Ravir le bétail, rencontrer, à pied, les guerriers d'en face, combattre en char, dénotent dans le texte trois étapes de la vie guerrière, dont la première est spécifiquement juvénile. Le vieux Nestor qui «combat» sur son char, contrairement aux autres héros, est le seul Achéen qui ne tue personne.*

*Le rapt du bétail n'est donc pas l'activité normale des guerriers. Abordons pourtant le monde des comparaisons. Tout héros digne de ce nom est un lion et le lion est une des figures clés de l'*Iliade*: «Symétrique du héros, il est son double idéal, celui qui incarne en permanence le summum*

---

1. Voir M. Detienne et J.-P. Vernant, *Les Ruses de l'intelligence. La mètis des Grecs*, Paris, Flammarion, 1974.
2. XI, 684; 717-727; je résume ici des remarques de mon ami Benedetto Bravo.

des vertus guerrières auxquelles aucun homme ne peut jamais prétendre totalement[1].» Mais ce lion, dans toute l'Iliade, n'affronte qu'une seule fois, au chant XVI, son semblable, et la comparaison illustre le combat d'Hector et de Patrocle, autour du cadavre de Cébrion. Le lion normal, le lion majoritaire, si je puis dire, est un ravisseur de troupeaux dont les seuls ennemis sont les bergers et les chiens, ainsi, au chant XVII : *«Comme on voit un lion nourri dans les montagnes, et sûr de sa force, au milieu d'un troupeau qui paît, ravir la vache la plus belle, et, la prenant entre ses crocs puissants, lui broyer d'abord le col, pour la déchirer ensuite et lui humer le sang et les entrailles, tandis qu'autour de lui chiens et bergers vont poussant de grands cris, mais restent à distance et se refusent à l'affronter — une peur livide les tient.»* Parfois aussi, plus rarement, le lion est abattu par la force collective des paysans. Deux fois seulement il meurt. Pour lui, en tout cas, il n'est pas de distinction entre la nuit et le jour, pas de règles du combat, pas de défi lancé à voix haute à l'adversaire, pas d'échange de présents comme entre Glaucos et Diomède, au chant VI. La force seule compte. Dans toute une partie de l'Orient méditerranéen le lion, qui avait été l'emblème des souverains et, en même temps, l'animal que seuls ils étaient autorisés à chasser, était, il y a encore peu de temps, l'épithète de petits chefs locaux, au niveau du village ou de la tribu. Dans cet univers plus marqué par la rareté que par l'abondance, s'emparer des troupeaux du voisin est plus fréquent que d'assiéger une grande ville. Il n'est pas absurde de dire que sous les vaillants exploits des fils des Achéens, il faille lire, en filigrane, les razzias de ces «lions». Les images ouvrent sans doute la voie à plus de «réalités» que les récits.

Mais laissons très provisoirement le monde des comparaisons, et revenons au discours sur la guerre. Celle-ci oppose des Achéens et des Troyens. S'agit-il de ce qui deviendra, par

---

1. Annie Schnapp, *Monde animal et monde des hommes dans l'«Iliade» et l'«Odyssée»*, thèse inédite, Caen, 1975.

*la suite, l'opposition des Grecs et des Barbares? La réponse
ne peut être que nuancée. Les Tragiques, Hérodote, Thucydide,
et encore, nous l'avons vu, Mehmed II, verront dans le siège
de Troie la première grande manifestation du conflit entre
l'Europe et l'Asie. Il y eut toujours, pourtant, dans le monde
grec lui-même, des faits pour contester cette vision des
choses. Un roi de Chios s'est appelé Hector. Sappho chanta
les noces de l'époux d'Andromaque; il y eut un culte d'Hector
à Thèbes et une des phratries de Thasos, au Vᵉ siècle avant
notre ère, s'appelait les Priamides. Près de huit siècles plus
tard, visitant Ilion, l'empereur Julien décrivit ce qu'il vit,
sous la conduite de l'évêque local (il s'appelait Pégase): «Il
y a là un héroôn d'Hector avec sa statue de bronze dressée
dans une petite chapelle. En face, on a placé le grand Achille
à ciel ouvert… Je trouvai des autels encore allumés, je dirais
presque encore flamboyants, et la statue d'Hector brillait,
toute frottée d'huile¹.» Chez Homère, face aux Achéens, les
Troyens en guerre forment, contrairement à leurs ennemis,
une société complète. Il n'y a pas une seule épouse légitime,
pas un seul enfant, dans le camp danaen. Qui pourra jamais
oublier les adieux d'Hector et d'Andromaque?*

*Les dieux se partagent, presque équitablement, entre les
deux adversaires. Apollon est «Troyen». Zeus a de la sym-
pathie pour Ilion que combattent impitoyablement Poséidon,
Athéna et Héra. Énée est fils d'une déesse d'un rang plus
élevé que la mère d'Achille. Cet équilibre est pourtant trompeur, même s'il est admirable. Voyons le chiffre des individus tués: cent cinquante du côté troyen, dont Hector,
Sarpédon et nombre de fils de Priam, quarante-quatre du
côté achéen, dont un seul a quelque réputation: Patrocle.
Voyons le nombre de ceux que tuent les héros des deux
camps: Hector fait vingt-huit victimes, la grande majorité
de ceux qui tombent du côté grec, Énée six, Pâris trois, Sarpédon une, et aussi un cheval. En face, si Achille est un
tueur de moindre portée qu'Hector (il n'abat que vingt-*

---

1. Julien, *Lettre 79*, trad. J. Bidez.

quatre individus), *Diomède fait seize morts, Agamemnon
onze, Ajax fils de Télamon dix, Ménélas huit. Le passé d'Achille,
lors des épisodes évoqués, non racontés directement par le
poète, fait pencher plus lourdement encore un des plateaux
de la balance.*

*Mais ce sont, sans doute, les comparaisons qui four-
nissent l'argument décisif, les comparaisons collectives,
s'entend. Les Achéens sont des abeilles, quand les Troyens
sont des sauterelles*[1]. *On chercherait en vain, à propos des
Achéens, une comparaison avec des moutons bêlants,
comme celle qui est faite, au chant IV, au détriment de leurs
ennemis. Jamais les Achéens ne sont, non plus, des biches
effarées ou des faons apeurés. D'une façon générale, c'est
l'ordre et l'efficacité militaire qui caractérisent les assié-
geants, le désordre et la confusion qui sont incarnés chez les
Troyens*[2]. *Il peut y avoir,* pour nous, *une certaine ambiguïté
dans cette constatation, car les Troyens sont des civils, des
«dompteurs de cavales» et les Achéens «aux belles jambières» sont des soldats. Mais la cité grecque débutante est
trop profondément liée aux vertus militaires pour qu'il y ait
lieu d'hésiter beaucoup. Belle ambiguïté pourtant que celle
qui permit très tôt au lecteur de faire d'Hector le héros de
l'*Iliade.

Les héros

*Au chant V, Diomède, qui vient de blesser Aphrodite,
s'élance contre Énée, le seul héros troyen destiné à survivre
(ses «descendants» régneront sur un petit secteur de la
Troade). Énée est protégé par Apollon qui s'écrie: «Prends
garde à toi, fils de Tydée: arrière! et ne prétends pas égaler
tes desseins aux dieux: ce seront toujours deux races dis-*

---

1. II, 87-89; XXI, 12-14.
2. Voir A. Schnapp, *op. cit.*, et le bel article de S. Benardete,
«Achilles and the Iliad», *Hermes*, 91 (1963), p. 1-16.

tinctes que celle des dieux immortels et celle des humains qui marchent sur la terre» (V, 440-442). Par rapport aux dieux, Diomède est un anthrôpos, un humain. Par rapport aux autres hommes, il est «pareil à un dieu». C'est cette double relation qui permet de définir le statut du héros.

Le héros est un être humain, un anthrôpos dans ses rapports avec les dieux; partout ailleurs il est un anèr, un guerrier, et les deux mots hérôs et anèr sont pratiquement synonymes. Zeus est le «père des guerriers et des dieux», il est le Roi (anax) des dieux et des hommes. Ainsi est précisée la parenté des héros et des dieux, parenté qui peut s'exprimer aussi directement par des rapports de filiation: Sarpédon est le fils de Zeus, bien que celui-ci renonce à le sauver. À la troisième ou à la quatrième génération, tout héros descend d'un Olympien.

En dessous des héros, les femmes, bien sûr, auxquelles sont comparés les guerriers ordinaires, lorsque leur chef entend les insulter. Ainsi Ménélas, au chant II: «Ah! bravaches! Achéennes — je ne peux plus dire Achéens! ce serait bien là, cette fois, une honte affreuse, affreuse entre toutes, si nul Danaen à cette heure ne tenait tête à Hector.» L'espion troyen Dolon a cinq sœurs, et il est fils unique. Ce détail n'est sans doute pas le fait du hasard.

Des catégories inférieures, non guerrières, de la population, il n'est que peu fait mention, directement, dans l'Iliade, contrairement à ce qui se passe dans l'Odyssée. Mais certaines interférences sont curieuses, ainsi, au chant V, la mort, sous les coups de Mérion, du Troyen Phérècle, fils de Tectôn (le charpentier) lui-même fils d'Harmôn (l'ajusteur) «dont les mains savaient faire des chefs-d'œuvre de toute espèce», et qui était pour cela protégé d'Athéna.

La société divine est parallèle à la société humaine. Il y a deux scènes d'amour en plein jour (faire l'amour le jour est aussi anormal que combattre la nuit), l'une concerne Zeus et Héra, l'autre Pâris et Hélène. Parallèle? Le mot est peut-être employé trop rapidement. Les relations des hommes et des dieux constituent un réseau d'une très grande complication dont le «merveilleux» épique n'est qu'une des facettes.

Au chant I, Achille tire son épée puis la rengaine, il ne tuera pas Agamemnon. La succession «irrationnelle» des faits trouve son explication non dans une quelconque évolution psychologique, mais dans l'intervention d'Athéna qui lui touche les cheveux. Seul Achille la voit, seul le poète le sait. Le meurtre préparé se transforme en langage. Achille insulte Agamemnon au lieu de le tuer. Mais les dieux ne sont pas des machines qui tirent les ficelles et qui pèsent le sort de chacun. Car avant même la venue d'Athéna, Achille hésite: «Tirera-t-il le glaive aigu pendu le long de sa cuisse?... Ou calmera-t-il son dépit et domptera-t-il sa colère?» (I, 190-192). Depuis bien des siècles on s'est penché, comme on dit si laidement, sur la «psychologie» des héros d'Homère, en l'adaptant, au besoin, à ce que chaque époque croyait savoir de la psychologie ou de la psychè. *Il s'est trouvé des modernes pour nier que le problème même existe: le héros homérique serait un agrégat de «facultés» non coordonnées, un groupe de «membres» qui ne forment pas un corps, au demeurant simple jouet entre les mains des immortels*[1].

Les pièges tendus à l'analyste sont si nombreux qu'on hésite à indiquer, même sommairement, quelques directions d'enquête. Confondre un personnage épique et un homme vivant, contemporain du poète, en est un dans lequel on est souvent tombé. Lire en fonction de la suite en est un autre. Parce que la pensée grecque élaborera peu à peu le concept de psychè *et sondera jusqu'aux «frontières de l'âme», suivant le mot d'Héraclite, faut-il croire que les aèdes étaient des débutants dans l'art de la connaissance?*

*L'art de la connaissance, c'est l'*épos *lui-même. Le poète ne fait pas de «portraits», il associe, oppose, distingue ses personnages, tantôt par le jeu de l'action, tantôt par celui du discours, tantôt par le biais de la comparaison. Le poème commence par la colère d'Achille et il se termine par la douceur d'Achille, quand celui-ci rend à Priam le corps d'Hector. Osera-t-on dire que ce retournement n'est pas*

---

1. Voir B. Snell, *Die Entdeckung des Geistes*, Hambourg, 1946.

préparé ? C'est Ulysse qui, dans la scène de l'ambassade, au chant IX, rappelait à Achille les mots de son père Pélée : « C'est à toi qu'il appartient de maîtriser ton cœur superbe en ta poitrine : la douceur toujours est le bon parti » (IX, 255-256).

Ces relations entre les personnages, et chez les personnages, vont du plus simple au plus complexe : opposition des jeunes et des vieux, des rois et des non-rois, du sage conseiller et du guerrier enragé (comme dans le couple Polydamas-Hector), du courageux et du lâche (Hector et Pâris), de l'homme à métis et du guerrier sans ruse.

Certains personnages s'identifient à une fonction, militaire ou politique. Ainsi Teucros représente les valeurs positives de l'archer dont Pandare incarne les valeurs négatives. Le premier n'intervient qu'en relation avec son frère Ajax, le second est un isolé. Au chant II, il est dit que son arc est un don d'Apollon lui-même. Mais, au chant IV, une autre version est donnée. Pandare est un chasseur et l'arc vient des cornes d'un chamois (ou d'un isard), abattu au cours d'un affût. Contrairement à Teucros, Pandare ne tue aucun ennemi ; il blesse Diomède et est tué par lui. Dans l'ultime scène où il apparaît, au chant V, l'inversion des rôles se manifeste de façon saisissante. Énée, « chef des Troyens », lui propose ce qui serait sa place légitime : conducteur de son char et un objectif clair : « marcher tous deux ouvertement contre cet homme » (Diomède) (V, 220). Pandare renverse cette proposition : c'est Énée qui conduira le char. Lui-même joue les guerriers. C'est avec une javeline qu'il tente de tuer Diomède et c'est une javeline qui le tue. Il avait pourtant lié son destin à celui de son arc : « En mon arc seul, j'ai mis ma confiance. Il ne devait guère me servir, je le vois... Ah ! que seulement je rentre un jour chez moi... je veux que, ce même jour, un autre me tranche la tête, si, cet arc-là, je ne le jette pas au feu flamboyant, après l'avoir brisé de mes propres mains, puisqu'il me suit partout, sans m'être bon à rien » (V, 205-216).

La fonction d'Agamemnon est la fonction royale. Son passé est d'être un héritier. Son sceptre, œuvre d'Héphaïstos, a transité par Zeus, Hermès, Pélops, Atrée et Thyeste, Hermès jouant son rôle normal d'intermédiaire entre les dieux et les hommes. C'est cette fonction qui lui vaut, dans le partage du butin, la principale « part d'honneur », et lui permet de s'emparer de Briséis après avoir rendu Chryséis. C'est par le sceptre d'Agamemnon qu'Achille prononce le serment qui l'isole du combat.

Dans le camp des Achéens deux personnages ne se rencontrent pas. Ni dans l'action, ni au conseil, Diomède n'a d'échange avec Achille. Quand il emporte le prix de la course de chars, aux jeux funèbres donnés en l'honneur de Patrocle (chant XXIII), il ne reçoit pas son prix des mains d'Achille, son écuyer s'en empare pour son compte. Dans ce monde guerrier, Diomède est le seul qui ne soit que guerrier, le guerrier de la réussite totale, « lion » s'il en fut jamais, à la limite de la sauvagerie, à la fois le plus jeune et le plus brave des Achéens, le seul à affronter une déesse, le seul aussi à être constamment protégé par une déesse, Athéna.

Achille a un passé qu'incarne en son royaume son père Pélée. Comme Hector, il est un fils et un père tout à la fois. Seul Ulysse, dans le camp grec, est dans la même situation. Mais contrairement à Hector et à Ulysse, il connaît aussi son avenir. Il l'a choisi et le rechoisira. Hector espère tuer Achille. Achille sait qu'il ne reviendra pas vivant de Troie. Hector connaît bien l'avenir d'Achille, mais il n'est prophète qu'au moment de mourir. Achille lui-même fait des prévisions erronées, ainsi au moment de la mort d'Hector : « Quand bien même Priam le Dardanide ferait dans la balance mettre ton pesant d'or ; non, quoi qu'on fasse, ta digne mère ne te placera pas sur un lit funèbre... et les chiens, les oiseaux te dévoreront tout entier » (XXII, 351-354). Seul le devin connaît le passé, le présent et l'avenir, le devin et la Muse, dont l'aède n'est que l'auxiliaire imparfait : « La foule, je n'en puis parler, je n'y puis mettre des noms, eussé-je dix langues, eussé-je dix bouches, une voix que rien ne brise, un cœur de bronze en ma poitrine, à moins que les filles de Zeus qui tient l'égide, les Muses de l'Olympe, ne me nomment alors elles-mêmes ceux qui étaient venus sur Ilion » (II, 488-492).

L'Odyssée connaîtra deux personnages d'aèdes, chez Alcinoos et au palais d'Ulysse. L'Iliade n'en a pas, mais Achille est un aède, ce que n'est aucun autre guerrier. Les ambassadeurs du chant IX le trouvent en train de jouer de la cithare. «Son cœur se plaît à en toucher, tandis qu'il chante les exploits des héros» (IX, 189). Il n'y a qu'un autre personnage dans l'Iliade qui relaie ainsi le poète. Hélène de Lacédémone, qui est aussi de Troie, trace sur une tapisserie «les épreuves des Troyens dompteurs de cavales et des Achéens à cotte de bronze» (III, 126-127). Elle partage avec le poète, dans la scène fameuse où, au chant III, elle monte sur le rempart pendant la trêve, le privilège de nommer les chefs des Achéens : Agamemnon, Ulysse, Ajax.

La fonction suprême de l'Iliade serait-elle la poésie ?

À cette question, le poète auquel ces pages sont dédiées apporte la réponse que voici : «Homère, dieu pluriel, avait œuvré sans ratures, en amont et en aval à la fois, nous donnant à voir l'entier Pays de l'homme et des dieux.»

PIERRE VIDAL-NAQUET

DOSSIER

CHRONOLOGIE

– 1181. Chute de Troie (date donnée par saint Jérôme, dans sa
Chronique, traduite du grec d'Eusèbe de Césarée vers 380 ;
cette *Chronique* a servi de référence jusqu'à une époque
récente). D'autres auteurs anciens donnent des dates proches.
Certains archéologues d'aujourd'hui estiment ces dates
vraisemblables. Voir la Postface de Pierre Vidal-Naquet,
p. 555. Différents témoignages, recensés par saint Jérôme,
font vivre Homère dans les années qui ont suivi cette
guerre. Ils paraissent aujourd'hui inacceptables.

– 850 environ. Homère aurait vécu à cette époque, selon l'esti-
mation d'Hérodote («quatre cents ans tout au plus avant
moi». Hérodote a vécu de – 484 à – 420). Les historiens
aujourd'hui penchent pour des dates plus proches de nous.

– 527. Mort du tyran d'Athènes Pisistrate, qui, selon des témoignages tardifs, aurait fait rassembler et noter par écrit les
poèmes d'Homère.

– 143. Mort d'Aristarque de Samothrace, directeur de la bibliothèque d'Alexandrie, qui a réalisé une édition critique des
poèmes homériques. D'autres érudits, avant et après lui,
ont travaillé dans le même sens (Zénodote, Aristophane de
Byzance). — Entre le IIe et le VIe siècle de notre ère, deux
anonymes, prenant pour pseudonymes Darès le Phrygien
et Dictys de Crète, écrivent en prose de très brèves his-
toires de la guerre de Troie. À les entendre, Homère n'est
pas fiable. Leurs petits écrits seront lus et largement
appréciés pendant tout le Moyen Âge et même après.

1000 environ. Établissement du «Venetus 454», le plus ancien
manuscrit connu de l'*Iliade*.

1160 environ. Benoît de Sainte-Maure, *Le Roman de Troie*, d'après
       Darès le Phrygien et Dictys de Crète. Le prologue affirme
       qu'Homère est un menteur.

1192 environ. Mort à Thessalonique de l'évêque Eustathe, auteur
       d'un commentaire monumental des poèmes homériques
       (en grec).

1359-1362. Avec l'aide du moine calabrais Léonce Pilate, Boc-
       cace, l'auteur du *Décaméron*, apprend le grec, lit l'*Iliade* et
       en fait une traduction latine qu'il communique à son ami
       Pétrarque.

1488. Première édition des poèmes homériques, imprimée à Flo-
       rence. Le travail a été réalisé par Demetrios Calchondyles.

1504. Édition aldine, à Venise.

1555. *Les Dix Premiers Livres de l'Iliade d'Homère, prince des*
       poètes, traduictz en vers françois par M. Hugues Salel.
       Amadis Jamyn traduira les autres chants. L'ensemble est
       publié en 1577.

1611. Publication de la traduction anglaise par George Chapman,
       traduction célébrée, beaucoup plus tard, par un sonnet de
       Shelley.

1699. La traduction, en prose, d'Anne Dacier est, à Paris, l'oc-
       casion d'une querelle entre les Anciens et les Modernes.

1715. Publication posthume des *Conjectures académiques ou Dis-*
       sertation sur l'Iliade de l'abbé d'Aubignac (1604-1676).
       Homère n'aurait selon lui jamais existé.

1779. Gaspard d'Anse de Villoison découvre à Venise le manus-
       crit «Venetus 454» et publie les précieuses scolies qu'il
       contient.

1795. Friedrich August Wolf, *Prolegomena ad Homerum*. Selon
       lui, Homère ne savait pas écrire. L'*Iliade* n'est donc pas un
       livre. On ne peut faire une édition critique que de ce qui a
       été noté, et probablement fort arrangé, du temps de Pisis-
       trate. Ainsi est lancée la fameuse «question homérique».

1837. Karl Lachmann, *Betrachtungen über Homers Ilias* (*Consi-*
       *dérations sur l'*Iliade *d'Homère*): l'*Iliade* serait composée
       de dix-huit poèmes originellement indépendants, tardi-
       vement mis bout à bout, non sans diverses interpolations.
       On n'est peut-être jamais allé si loin.

1867. Traduction, en prose, de Leconte de Lisle.

1870. Schliemann commence à fouiller le site de Troie.

1928. Milman Parry, *Les Formules et la métrique d'Homère*.

Contribution décisive à l'étude de la création orale et du style formulaire.

1937. Édition critique et traduction, en prose, de Paul Mazon. Essai pour délimiter le «noyau authentique» du poème.

2011. Traduction de Philippe Brunet, en vers mesurés à l'antique.

BIBLIOGRAPHIE SÉLECTIVE

TRADUCTIONS DE L'*ILIADE*

Leconte de Lisle [1867], Paris, Pocket, 2009.

Eugène Lassèrre [1932], Paris, Flammarion, coll. «Garnier-Flammarion», 2000.

Paul Mazon [1937], Paris, Les Belles Lettres, coll. «Classiques en poche», 2002.

Mario Meunier [1943], Paris, Librairie générale française, coll. «Le Livre de Poche», 1972.

Robert Flacelière, Paris, Gallimard, coll. «Bibliothèque de la Pléiade», 1955.

Louis Bardollet, Paris, Robert Laffont, coll. «Bouquins», 1995.

Frédéric Murger, Arles, Actes Sud, 1995.

Philippe Brunet, Paris, Éditions du Seuil, 2010; coll. «Points Seuil», 2012.

TEXTES ANTIQUES

Aristote, *Poétique*, traduit du grec par Barbara Gernez, Paris, Les Belles Lettres, coll. «Classiques en poche», 1997.

Héraclite, *Les Allégories d'Homère* [1962], traduit du grec par Félix Buffière, Paris, Les Belles Lettres, coll. «Collection des universités de France», 2003.

Platon, *Ion*, traduit du grec par Louis Méridier, Paris, Gallimard, coll. «Tel», 1992.

ÉTUDES

Backès, Jean-Louis, *Iliade d'Homère*, Paris, Gallimard, coll. «Foliothèque», 2006.

Ballabriga, Alain, *Les Fictions d'Homère*, Paris, PUF, 1998.

Bespaloff, Rachel, *De l'Iliade*, Paris, Alia, 2004.

Conche, Marcel, *Essais sur Homère*, Paris, PUF, 1999.

Demont, Paul, *L'Iliade et l'Odyssée*, Paris, Éditions du Chêne, 2005.

Germain, Gabriel, *Homère*, Paris, Éditions du Seuil, 1958.

Goyet, Florence. *Penser sans concepts. Fonction de l'épopée guerrière*, Paris, Honoré Champion, 2006.

Hedelin, abbé d'Aubignac, François. *Conjectures académiques ou Dissertation sur l'Iliade* [1715], Paris, Honoré Champion, 2010.

Humbert-Mougin, Sylvie, *L'Iliade*, Paris, Nathan, 1997.

Kirk, G. S (dir.), *The Iliad. A Commentary*, Cambridge, Cambridge University Press, 1985.

Lambin, Gérard, *Homère le compagnon*, Paris, CNRS Éditions, 1995.

Lecoq, Anne-Marie, *Le Bouclier d'Achille. Un tableau qui bouge*, Gallimard, coll. «Art et artistes», 2010.

Madelénat, Daniel, *L'Epopée*, Paris, PUF, 1995.

Parry, Milman, *L'épithète traditionnelle dans Homère. Essai sur un problème de style homérique*, Paris, Les Belles Lettres, 1928.

Romilly, Jacqueline de, *Hector*, Paris, Éditions de Fallois, 1997.

— Homère, Paris, PUF, 1993.

Severyns, Albert, *Les Dieux d'Homère*, Paris, PUF, 1966.

Vidal-Naquet, Pierre, *Le Monde d'Homère*, Paris, Perrin, 2002.

Weil, Simone, *L'Iliade ou le poème de la force* [1940], dans Escobar, Enrique, Gondicas, Myrto et Vernay, Pascal, *L'Iliade. Poème du xxiᵉ siècle*, Paris, Arléa, 2006.

Wolf, Friedrich August, *Prolegomena ad Homerum* [1795], traduction (en anglais) par Anthony Grafton, Glenn W. Most et James E. G. Zetzel, Princeton, Princeton University Press, 1985.

NOTES

CHANT I

Page 33.

v. 1. *La colère* : le mot grec est «*mènis*», mot rare ; dans l'*Iliade* il désigne uniquement les colères éprouvées par des dieux (Zeus, Apollon, etc.). Achille est une exception.

v. 2. *La pernicieuse* : le même mot, en tête de vers, apparaît pour qualifier Folle-Erreur, en grec «*Atè*» (XIX, 92), cette puissance allégorique qui égare même les dieux, à commencer par Zeus. — Le mot «*Achéens*» alterne avec «Argiens» et «Danaens» pour désigner ceux que nous appelons les Grecs. La distribution semble aléatoire ; et les trois mots sont rigoureusement synonymes, bien que l'étymologie suggère des différences.

v. 5. *La décision de Zeus* : il s'agit de la promesse faite à Thétis (I, 527) de favoriser les Troyens tant qu'Achille n'aura pas obtenu satisfaction. — Certains pensent, à tort, que Zeus a voulu la guerre de Troie pour réduire le nombre des humains qui pèsent sur la terre (voir le début d'*Hélène*, tragédie d'Euripide). Ce n'est pas à cette décision-là que l'*Iliade* fait allusion.

v. 11. *Khrysès* : on écrit souvent Chrysès. Le nom de Khryséis (Chryséis), fille du prêtre, est devenu au Moyen Âge Cressida. C'est sous cette forme qu'il apparaît dans le titre de la pièce de Shakespeare, *Troilus and Cressida*. Homère connaît à peine Troïlus ; il ne souffle pas un mot de ses amours.

v. 14. *Il tenait en main les rubans d'Apollon Flèche-Lointaine* : Apollon est souvent appelé «Celui qui lance au loin» ou «Celui qui de loin protège». La distance est le trait essentiel. — Il faut noter que ce que nous appelons «épithète» peut ressembler à un surnom, et s'employer à la place du nom. Voir par exemple I, 96. — Traditionnellement on rend par «bandelettes» le mot traduit ici par «rubans».

v. 15. *Sur un bâton doré* : le mot grec est passé en français sous la forme «sceptre». En français moderne, «sceptre» fait penser à du métal précieux. Or les sceptres de l'*Iliade* sont en bois. Voir I, 234.

v. 17. *Cnémides* : jambières de bronze doublées de cuir portées par les guerriers.

Page 34.

v. 37. *Écoute-moi, Arc d'Argent* : dans son poème *L'Aveugle*, Chénier a suivi de près le texte d'Homère ; il traduit «Dieu dont l'arc est d'argent».

v. 39. *Smintheus* : épithète venue du fond des âges. On se demande si Homère en comprenait le sens, complètement obscur pour les contemporains de Platon. Diverses hypothèses ont été proposées : c'est «Tueur de rats» qui a eu le plus grand succès.

Page 35.

v. 58. *Achille Pieds-Rapides* : Achille n'a jamais eu «les pieds légers». Cette gracieuse formule relève du classicisme académique. Ronsard écrivait «viste-pieds». Grâce à ses pieds «rapides», le héros peut, comme les chevaux divins de Trôs, «poursuivre et fuir» (VIII, 107). Il poursuit beaucoup plus qu'il ne fuit. Parfois gratuite, automatique, comme, apparemment, ici, l'épithète est le plus souvent pleine de sens, ce que rappelle fréquemment l'apparition dans le texte de mots très voisins, qu'il s'agisse d'Achille lui-même, de chiens de chasse, de prédateurs divers.

v. 59. *Atride, maintenant je crois que, non sans errances* : on dirait une prophétie. Ulysse n'est pas le seul à avoir longtemps tourné en rond, dans les mers les plus étranges, avant d'arriver chez lui.

v. 65. *Une hécatombe* : étymologiquement, le mot signifie sacrifice de cent bœufs. En fait le nombre des victimes est variable, ainsi que l'espèce à laquelle elles appartiennent.

v. 70. *Il savait ce qui est, ce qui sera, ce qui fut* : hyperbole. Personne ne sait tout, pas même Zeus, pas même la Terre.

Page 37.

v. 148. *Le regard en dessous, Achille Pieds-Rapides lui dit…* :

Racine, dans son Iphigénie (acte IV, sc. vi), a composé des variations sur ce passage.

v. 155. *Dans la Phthie* : le mot désigne à la fois une ville du sud de la Thessalie et la région qui l'entoure.

Page 38.

v. 176. *De tous les rois filleuls de Zeus* : le mot grec dit littéralement : « que Zeus a nourris » ou « qu'un dieu a nourris » (ambiguïté indécidable). Le mot « nourri » fait penser à « père nourricier » ou à la pratique du « fosterage » (un jeune homme est élevé dans une autre famille que la sienne). Dans les deux cas, il serait employé par analogie. Zeus est comme un père pour la plupart des héros. « Filleul » suggère cette paternité non biologique.

Page 39.

v. 202. L'égide est un objet qui provoque la terreur. C'est Zeus qui la possède ; il la confie éventuellement à d'autres dieux. Voir II, 447 et XV, 229. D'après l'étymologie, il s'agit d'une peau de chèvre ; mais c'est une peau extraordinaire.

v. 206. *Athéna Œil de Chouette* : Athéna a les yeux bleus, comme, dit-on, les chouettes. Un Grec ne pouvait pas ne pas entendre le nom de l'oiseau dans l'épithète de la déesse. Il en va de même pour « Œil de Vache », appliqué à Héra : il s'agit sans doute de grands yeux toujours mouillés. Faut-il vraiment empêcher Homère d'avoir pour les yeux des vaches l'admiration que nous avons pour ceux des biches ou des gazelles ?

v. 220. *Convaincre* : on pourrait traduire par « obéir ». Le verbe en cause est un passif du verbe qui signifie « persuader ». Tout se passe, dans les mots, comme si le Grec n'obéissait que lorsqu'on l'avait convaincu.

Page 40.

v. 250. *Il avait vu deux générations d'hommes éphémères* : traduction traditionnelle d'une épithète inintelligible. On a essayé parfois de comprendre : dont le langage est articulé.

Page 41.

v. 263-268. *Peirithoos, Dryas, bergers de peuples…* : unique mention de Thésée, le héros d'Athènes. Son ami Peïrithoos (on transcrivait autrefois Pirithoüs) a un peu plus de chance : il est cité aussi ailleurs. Les « monstres des montagnes » sont les Centaures, qui, pour avoir trop bu, avaient fait du scandale dans un mariage chez les Lapithes, et qu'il a fallu mettre à la raison, non sans violence. — Le Polyphème ici nommé, inconnu par ailleurs, n'a rien à voir avec le Cyclope de l'*Odyssée*. Il est du bon côté, et se bat contre les sauvages.

v. 286. *Ce que tu dis, vieil homme, est bien raisonné* : le discours est, dit le texte, « conforme à l'ordre ». À l'ordre des choses, c'est-à-dire à la réalité, sans aucun doute. Mais il a aussi, en tant que discours, son ordre. Il est construit ; ce n'est pas un chaos. Par contraste, le discours de Thersite est dit « sans ordre » (II, 213).

Page 42.

v. 306. *Le Ménoitide* : Patrocle, fils de Ménoïtios.

Page 43.

v. 337. *Allons, Patrocle, sang des dieux* : littéralement né d'un dieu (ou né de Zeus). Tout héros descend d'un dieu. La métaphore « sang » pour « origine » est homérique. Voir XIX, 105.

v. 357. *Sa mère souveraine* : « *Potnia* ». Le mot se trouve en mycénien sur les tablettes de Pylos. Il qualifie Athéna. Ces tablettes sont à peu près contemporaines de la guerre de Troie et antérieures de plusieurs siècles à la composition de l'*Iliade* ; elles enregistrent un état très ancien de la langue grecque.

Page 45.

v. 399. *Quand voulaient l'attacher les autres Olympiens* : la génération des Titans, frères de Kronos, donc oncles de Zeus, n'est pas la seule à se rebeller contre lui. Voir en VIII, 19 *sq.* le défi de Zeus à ses frères et sœurs ; en XV, 18 l'allusion à la révolte d'Héra. Tout au long de l'*Iliade*, Héra et Poséidon supportent mal la domination de Zeus.

v. 402. *Le Cent-Bras* : monstre dévoué à Zeus, qu'il a aidé lors de la guerre contre les Titans. Voir Hésiode et sa *Théogonie* (vers 617 et suivants). — *Que les dieux appellent...* : on rencontre dans les poèmes homériques plusieurs allusions à l'existence d'une langue des dieux. Voir, par exemple, II, 814.

v. 417. *Tu auras vécu trop vite* : pour composer l'adjectif qui signifie littéralement « dont rapide est le sort » (*ôkumoros*), Homère emploie la même racine que pour dire « aux pieds rapides » (*podas ôkus*).

Page 46.

v. 436. *Ils jetèrent les poids* : selon toute vraisemblance, des pierres. Le fer est trop précieux pour que l'on en fasse des ancres.

Page 47.

v. 461. *En couche double, avec, par-dessus, la viande crue* : tout sacrifice est un repas et réciproquement. On partage la bête entre les hommes et les dieux. Les dieux se nourrissent de la fumée qui monte de la graisse brûlée.

v. 470. Le cratère est un grand vase où l'on fait le mélange du vin et de l'eau (les Grecs ne buvaient pas le vin pur). On puise dans le cratère avec des coupes. Avant de boire, chacun verse, rituellement, du vin sur le sol. C'est ce que les Latins appellent « libation ».

v. 473. *Un bel hymne* : le grec dit un « péan » ; voir la note du chant V, v. 401.

Page 49.

v. 538. *Vieux de la Mer* : dans la *Théogonie* d'Hésiode, ce personnage a pour nom Nérée. Il est fils de Pontos, qui est le grand large, la haute mer, frère d'Océan et fils de Terre.

Page 50.

v. 561. *Toi, un mauvais génie te hante* : « *Daïmoniè* », au vocatif. Il existe une variante masculine. On traduit parfois par « insensée, insensé ». C'est bien faible. Le mot dit la possession d'un humain par un pouvoir surnaturel anonyme. « *Daïmôn* », dans Homère, peut désigner une divinité parmi les plus hautes, Zeus par exemple. Mais quand n'est pas précisée l'identité de l'être qu'il désigne, cet être se révèle le plus souvent malfaisant. Il inspire des craintes excessives (c'est le cas d'Andromaque, VI, 486), ou une excessive témérité (c'est le cas d'Hector, VI, 402). La périphrase retenue est un peu lourde ; elle tente d'embrasser toutes les nuances prises par un mot relativement fréquent.

v. 594. *Les hommes Sintiens* : on sait peu de choses de cette tribu ; le nom pourrait signifier « pirates » ou « pillards ».

Page 51.

v. 599. *Un rire qui ne s'éteint pas s'éleva chez les dieux heureux* : ce vers est peut-être à l'origine du fameux « rire homérique ». L'autre source possible se trouve dans le chant VIII de l'*Odyssée*, lorsque les Olympiens découvrent Arès et Aphrodite pris au piège par Héphaïstos.

v. 607. *À chacun l'illustre Bétourné* : le mot employé par Homère n'est pas clair ; on admet généralement qu'il veut dire «boiteux». Il n'était probablement pas beaucoup plus intelligible que le mot français «bétourné», qui subsiste dans des noms de lieux et des noms propres, et qui signifiait «tordu», «contrefait».

CHANT II

Page 53.

v. 1. *Les hommes qui mènent des chevaux* : encore une épithète assez obscure. Il y a dans le mot grec, mot composé, du cheval et du casque. Mais quel est le rapport entre les deux éléments ? Certains pensent à un panache de crins. D'autres privilégient le char.

v. 8 *Va, Rêve pernicieux* : le Rêve est «pernicieux» comme la colère d'Achille ou comme Folle-Erreur. Les adjectifs utilisés se forment sur la même racine. On note qu'il n'est pas vexé d'être ainsi appelé ; les voyageurs à qui on demande s'ils sont des pirates ne se vexent pas non plus, dans l'*Odyssée* (III, 73).

v. 19. *Un sommeil merveilleux* : littéralement «un rêve d'ambroisie». L'ambroisie est le pain merveilleux des dieux, qui les rend immortels. L'adjectif composé sur la même racine peut caractériser toutes sortes de réalités merveilleuses, par exemple la nuit.

Page 54.

v. 22. *Ayant pris sa figure* : il arrive très souvent qu'un dieu apparaisse à un humain ; généralement il se donne l'apparence, l'allure extérieure, d'un autre humain, que le premier est censé connaître. Ici le Rêve ressemble parfaitement à Nestor. Au chant III, vers 386-388), Aphrodite viendra voir Hélène, «sous la figure d'une femme très vieille,/D'une fileuse qui, pour elle, quand elle vivait à Lacédémone,/Travaillait la laine bellement, et qu'elle aimait par-dessus tout.» Il arrive fréquemment que le dieu soit reconnu malgré son déguisement. — On note que ces apparitions divines n'ont jamais qu'un seul témoin, que le dieu soit déguisé ou non ; Achille, au chant I, est seul à voir Athéna.

v. 44. *À ses pieds luisants* : après le bain, on se frotte avec de l'huile. Les «pieds luisants» montrent que le personnage prend soin de sa personne ; ce n'est pas un rustre.

Page 55.

v. 53. *Au conseil des anciens* : le Conseil, composé des « meilleurs », s'oppose à l'Assemblée, qui réunit tout le monde. Les « meilleurs » sont les meilleurs guerriers. On est souvent amené à traduire par « les seigneurs ». C'est une aristocratie. Parfois, comme ici, l'opposition entre héros vaillants et troupiers peu soucieux de se distinguer recoupe une opposition entre vieux et jeunes. C'est que les vieux sont supposés briller dans les conseils par leur expérience et la qualité de leurs avis.

Page 56.

v. 95. *L'assemblée frémissait, la terre geignait sous le poids des hommes* : c'est peut-être en pensant à ce vers que certains aèdes plus tardifs ont imaginé, à la source de la guerre de Troie, une plainte de la Terre et une décision malthusienne de Zeus. Voir I, 5.

v. 103. *Argeiphontès* : Hermès. L'épithète-surnom *Argeïphontès* est inintelligible. On a dit qu'il fallait entendre « meurtrier d'Argos ». Argos (nous disons Argus) est ce personnage pourvu de cent yeux qu'Héra avait chargé de surveiller Iô, amante de Zeus, métamorphosée en vache. Hermès, par un habile assassinat, avait débarrassé la belle de son surveillant (le mot nous est resté : son argus). Mais il s'agirait là d'une fausse étymologie populaire, inventée après coup dans le vain espoir de dissiper une obscurité qui résiste.

v. 104. *Fouette-Chevaux* : épithète tout à fait parlante. Pélops avait conquis son royaume, et sa femme, dans une course de chars. D'aucuns disent qu'il avait triché. Pélops est le fils de Tantale et le père des frères ennemis Atrée et Thyeste, donc le grand-père des Atrides Agamemnon et Ménélas.

v. 111. *Lourde et folle erreur* : le mot grec est « *atè* ». Il se rencontre avec une certaine fréquence. Ce qu'il désigne hésite entre le concept et l'allégorie. Au chant XIX (v. 91), Atè est franchement personnifiée.

Page 57.

v. 126. *En formant des dizaines…* : Homère a manifestement du mal à manipuler de manière abstraite les très grands nombres. Il lui faut se représenter visuellement le dénombrement.

v. 147. Pour les Grecs le *zéphyr*, vent d'Ouest, est le plus souvent perçu comme violent.

Page 58.

v. 153. *Les obstacles* : de la mer au rivage et réciproquement, les
bateaux, halés, glissent dans des fossés secs. Ce sont ces fossés
que l'on nettoie pour permettre la mise à l'eau des embarcations.
On retire tout ce qui ferait obstacle, tout ce qui empêcherait les
coques de glisser.

v. 157. *Atrytonè* : encore un mot mystérieux. Il pourrait signifier
« Infatigable ».

v. 169. *Pareil à Zeus pour la subtilité* : l'épithète la plus fréquemment appliquée à Zeus et celle qui s'attache le plus souvent
à Ulysse ont la même racine, celle de « *mètis* », qui, allégorisée,
devient une déesse et même, chez Hésiode, la mère d'Athéna
(*Théogonie*, v. 358 et 886). Pour bien comprendre ce mot, il faudrait arriver à effacer la condamnation morale qui pèse sur notre
mot « ruse ». D'aucuns préfèrent traduire par « sagesse ».

v. 170. *Son solide bateau noir* : « solide » est une traduction toute
conventionnelle. Le mot grec fait allusion à la bonne qualité de
tout ce qui constitue le bateau, depuis la quille jusqu'au mât en
passant par les bancs de nage et le pont. Certains suggèrent :
« bien équipé ».

v. 173. *Ulysse plein d'astuce* : autre épithète fréquente pour
Ulysse. La forme grecque « *polymekhanos* » donne envie de penser
à des machinations multiples. Ce serait sans doute excessif. Une
fois de plus, il faudrait exclure les connotations morales négatives. C'est longtemps après l'époque d'Homère que l'on voit
apparaître en Grèce une image négative d'Ulysse, vu comme un
malin sans scrupules, roublard, malhonnête et malfaisant. Euripide,
par exemple, a tendance à s'acharner contre lui. Dans l'*Iliade*, et
plus encore dans l'*Odyssée*, Ulysse, lorsque c'est nécessaire, ment
avec virtuosité. Personne ne songe à lui en vouloir. D'ailleurs les
dieux en font autant : voir Hermès au chant XXIV, v. 390 et suivants.

Page 59.

v. 199. Ce bâton est son bâton de commandement, son « sceptre ».

Page 60.

v. 216. *À rire* : justement les Argiens ne rient pas. Thersite est
encore au-dessous du plus lâche d'entre eux. On aurait tort de
voir en lui un symbole des gens de peu. Les gens de peu ont plus
de dignité.

v. 230. *Gens de cheval* : l'adjectif composé qu'il faudrait traduire par « qui dresse les chevaux » ou par « qui dompte les chevaux » s'applique à divers personnages (on l'a vu plus haut attribué à Atrée : II, 23), mais plus qu'à tous aux Troyens. Le texte oppose souvent les Troyens dompteurs de chevaux aux Achéens pourvus de bonnes cnémides. L'archéologie a établi que Troie était effectivement un grand centre pour l'élevage des chevaux et en faisait grand commerce. Faut-il en déduire par contraste que les Grecs avaient d'excellents forgerons, et que leurs bonnes cnémides, ou jambières, les caractérisaient particulièrement ?

Page 61.

v. 276. *Son grand cœur* : nous ne saurons probablement jamais si Homère a mis une intention ironique dans cet emploi d'une formule banale, mais généralement réservée à des héros admirables.

Page 62.

v. 302. *Les Tueuses* : le grec dit les « *Kères* ». Il ne s'agit pas d'allégories, mais de figures anonymes, servantes de Thanatos.

Page 64.

v. 350. *Je dis que le Kronide très puissant* : il arrive qu'un traducteur, distrait, écrive ici « tout-puissant ». C'est une grave erreur. Zeus est le plus fort, le plus puissant. Il n'est pas tout-puissant. Le texte offre plusieurs exemples de ce qui peut limiter sa puissance : il faut toujours en revenir à Folle-Erreur (XIX, 91). Voir aussi XIV, 261 : Zeus a peur d'être désagréable à Nuit.

v. 356. *Pour venger l'enlèvement d'Hélène et ses sanglots* : vers difficile, qui revient en II, 590. On ne connaît pas vraiment le sens du mot traduit ici par « enlèvement ». Il ne se rencontre nulle part ailleurs dans Homère. Les traductions traditionnelles reflètent moins la pensée du poète que la plus ou moins grande misogynie de l'interprète. L'un d'eux suggère en note que les « sanglots » d'Hélène (le sens est indubitable) sont motivés par un profond repentir. Hélène est-elle responsable ? À cette question, il faut répondre par une autre : nos catégories juridiques ont-elles ici leur place ? Même dans l'hypothèse où Hélène a été victime d'une violence, les Grecs lui en veulent, parce qu'elle a été l'occasion d'une guerre affreuse. Cette réaction ne peut que nous étonner. De la même façon, Œdipe parricide est un objet d'horreur, parce qu'il est objectivement parricide. Nous aurions tendance à dire que son crime est involontaire, et, pour cette raison, moins grave. Les Grecs ne l'entendaient pas de cette oreille.

Page 65.

v. 381. *Arès* est un curieux personnage, très vivant, très bien caractérisé, comme on le voit dès le chant V. Mais souvent, par le biais d'une périphrase, il se trouve en voie d'allégorisation. À certains moments, on serait tenté de traduire son nom par « guerre », tout simplement.

v. 395. Le *Notos*, vent du Sud, n'est pas moins violent que le Zéphyr.

v. 400. *Chacun sacrifiait à l'un des dieux qui toujours vivent* : le polythéisme ne consiste pas seulement à révérer « les dieux ». Il y a place en lui pour une manière de monothéisme : chacun peut avoir son dieu à lui. Simplement, il se garde d'insulter les autres, et leur rend les hommages qui leur sont dus.

v. 404. *Il appela les plus nobles seigneurs de tous les Achéens* : le texte dit « les vieillards », mais nomme ensuite, à côté de Nestor, des jeunes gens comme Diomède, fils de Tydée. Voir la note du vers 53 du chant II.

v. 408. Dans le vacarme de la bataille (Homère est intarissable sur ce point), il importe que le chef se fasse entendre. On se demande pourquoi l'épithète *Voix-Sonore* (Paul Mazon traduisait très justement par « bon pour le cri de guerre ») est si souvent attribuée à *Ménélas*. Ce guerrier méritant n'est pourtant pas visiblement un chef charismatique.

Page 67.

v. 461. *Caÿstre* : le fleuve porte encore aujourd'hui ce nom vénérable. Mais, en turc, on l'appelle « Petit Méandre », en l'opposant au « Grand Méandre », qui est tout proche. — Dès l'Antiquité, on a soutenu qu'Homère faisait allusion à un paysage de lui connu ; on a même dit qu'il était né en cet endroit.

Page 68.

v. 493. *Je dirai les chefs des bateaux et tous les bateaux* : le fameux « Catalogue des vaisseaux » — c'est le terme consacré — est plein de noms propres inconnus des lecteurs modernes. Les archéologues ont identifié un certain nombre de toponymes. Mais il reste bien des incertitudes. Chateaubriand, dans *Les Martyrs*, met en scène des soldats grecs qui, éloignés de leur patrie, chantent avec émotion cette interminable liste. On pense à ce poème qu'Aragon a composé avec des noms de villages de France, «Le Conscrit des cent villages», dans *La Diane française* : «Adieu Forléans Marimbault / Vollore-Ville Volmerange [...] » — Quant aux personnages, plusieurs d'entre eux reviennent plus tard dans le texte pour se mesurer à Hector, à Diomède ou à quelque autre héros. Dans l'Antiquité, on croyait que les auditeurs d'Homère reconnaissaient avec satisfaction leurs ancêtres et les lieux de leur enfance.

v. 504. Pour les Grecs de l'époque classique, le nom de *Platées* évoque la bataille (~ 479) qui, sur terre, a contraint à la retraite l'armée perse, après que la flotte a été détruite à Salamine.

Page 69.

v. 511. *Orchomène* : deux villes portent ce nom. Toutes deux apparaissent dans le «Catalogue». L'Orchomène des Myniens est une ville très ancienne, qui n'a peut-être jamais retrouvé la splendeur qui était la sienne à l'époque mycénienne. L'autre Orchomène est nommée au vers 605.

v. 517. *Les Phocéens*, c'est-à-dire les habitants de Phocée, non de Marseille ; Marseille, colonie de Phocée, n'a été fondée que beaucoup plus tard, en 546 environ.

v. 530. Une apparition exceptionnelle du mot *Hellènes* dans l'*Iliade*. Dans les autres occurrences, relativement rares, le mot désigne les habitants d'une petite région située au sud de la Thessalie, petite région appelée «*Hellade*» (II, 683-684). Ici, le sens est visiblement plus large. Il se rapprocherait d'autant plus du sens moderne que la forme, en grec, est non pas «Hellènes», mais «*Panhellènes*».

v. 541. *Rejeton d'Arès* : l'expression est assez banale ; il est difficile de savoir s'il faut la prendre au sens propre (Arès aurait réellement engendré tous ces héros) ou si c'est un tour métaphorique.

Page 70.

v. 547. On sait que le temple placé sur l'acropole d'Athènes à côté du Parthénon, le temple où se trouve le fameux portique des Caryatides, est dédié à *Erechthée* et porte son nom.

v. 557-558. *Ajax de Salamine amenait douze bateaux...* : le vers est célèbre, parce qu'on le soupçonne d'avoir été introduit tard dans le poème, pour justifier les prétentions des Athéniens sur Salamine.

v. 561. *Trézène* : la ville joue un rôle important dans la légende de Thésée. Son nom est cité dès le deuxième vers de la tragédie de

Racine, *Phèdre*. Le poète français lui accorde une épithète tout homérique : « l'aimable Trézène ».

v. 564. *Capanée* : il sera question plus tard de ce héros, l'un des Sept contre Thèbes. Voir IV, 378.

v. 572. *Adrèstos* ou Adraste joue un rôle essentiel dans la légende thébaine, à laquelle l'*Iliade* fait nombre d'allusions. Il a marié deux de ses filles à Polynice, frère d'Etéocle, et à Tydée. Après l'échec des sept chefs contre Thèbes, il a organisé avec leurs fils la seconde expédition, celle dite des « Epigones », victorieuse cette fois.

Page 71.

v. 582. On remarque que, pour Homère, *Lacédémone* et *Sparte* sont des villes distinctes.

v. 607. *Mantinée* : longtemps après Homère, cette ville a donné son nom à une grande bataille (~ 362). La ville est toujours florissante.

Page 72.

v. 612. Au début de son livre, l'historien Thucydide estime que la puissance d'*Agamemnon* tient à l'importance de sa flotte. Thucydide, racontant la guerre de Péloponnèse, qui s'est déroulée à la fin du vᵉ siècle, entend montrer qu'il s'agit d'un conflit sans commune mesure avec la guerre de Troie. Sa pensée avait de quoi choquer ses lecteurs de l'époque, pour qui il était impossible d'imaginer une plus grande guerre que celle dont Hélène avait été l'occasion.

Page 73.

1. v. 640. Le sanglier de *Kalydôn*, ou Calydon, est assez connu. Phoinix raconte son histoire de manière allusive, donc assez obscure, au chant IX, v. 529 *sq.*

1. v. 656. *La blanche Kameiros* : dans *La Nuit de mai* (1835), Musset, qui connaît bien son Homère, oppose « la blanche Oloossone à la blanche Camyre ». Transcriptions un peu fantaisistes. Oloossone apparaît au vers 739 du chant II.

Page 74.

v. 671. *Nirée* : il ne sera plus question de ce personnage, qui est cependant devenu célèbre, grâce aux traités de rhétorique ; citer son nom, le nom du plus beau des hommes, permet d'orner efficacement la phrase. Il en va de même pour Stentor, exemple de voix suprêmement puissante, dont Homère ne cite qu'une fois le nom (V, 785).

v. 681. *L'Argos Pélasgique* : à distinguer évidemment de l'Argos d'Argolide.

v. 683. Voir la note du vers 530.

v. 699. C'est au bateau de *Protésilas* qu'Hector mettra le feu (XVI, 101 *sq.*). La coïncidence a quelque chose de troublant : le premier bateau qui soit détruit est celui du premier mort de la guerre.

Page 75.

v. 715. L'admirable et touchante *Alceste* est sans doute mieux connue par la tragédie d'Euripide et par l'opéra de Gluck que par cette brève mention.

v. 718. *Philoctète* : Sophocle a consacré à ce personnage une poignante tragédie.

Page 76.

v. 739. *La blanche Oloossôn* : voir la note du vers 656.

v. 743. *Le jour où il punit les Brutes* : voir la note aux vers 263-268 du chant I.

v. 751. Le Titarèse est, lui aussi, dans *La Nuit de Mai* de Musset.

Page 77.

v. 764. Ces *chevaux qu'Eumèlos conduisait* jouent un rôle important au chant XXIII, lors des jeux funèbres.

Page 78.

v. 804. *On entend langue et langue parmi ces hommes divers* : les alliés de Troie, venus pour la plupart d'Asie Mineure, parlent des langues diverses. Aucune allusion n'est faite à une difficulté de compréhension entre Grecs et Troyens. On a aussi noté que la plupart des Troyens portent des noms tout à fait grecs : Hector, Alexandre, Andromaque, etc. Le mystère reste entier.

Page 79.

v. 846. On retrouvera les *Kikones* dans l'*Odyssée*, au chant IX. Leur pays est la première étape du voyage d'Ulysse.

v. 851. Le personnage de *Pylaiménès* a le tort de mourir au chant V et de revenir au chant XIII comme si de rien n'était. Inconséquence inexplicable qui a fourni un argument imparable à ceux qui voulaient prouver qu'Homère n'a jamais existé et que l'*Iliade* est un patchwork mal contrôlé.

Page 80.

v. 865. Certains manuscrits portent ici Pylaiménès, au lieu de *Talaiménès*. Le mystère s'opacifie.

v. 867. Le mot *barbare* n'apparaît pas ailleurs dans l'*Iliade*. Il est tout près de son sens étymologique, qui est une onomatopée : ceux dont on ne comprend pas le langage semblent ne dire que « br, br » ; il n'émettent que des borborygmes. Homère ignore totalement la grande opposition entre Grecs et Barbares qui organise, à l'époque classique et longtemps après, la pensée géopolitique de la Grèce.

v. 868. Le nom de la ville est illustre. On sait que la prise de *Milet* par les Perses, dans les premières années du ve siècle, a marqué le début des terribles guerres dites « médiques ».

CHANT III

Page 81.

v. 6. La Terre est un disque, entouré par le fleuve Océan ; près des rives de ce fleuve, donc aux frontières du monde, on voit des merveilles de toutes sortes, par exemple cette guerre fabuleuse entre les grues et des hommes qui ne sont pas plus hauts que le poing (on les appelle, pour cette raison, *Pygmées* : « pygmè » veut dire « poing »). C'est dans ces régions lointaines qu'Ulysse a longtemps erré.

v. 17. L'*arc* est, certes, l'arme d'Apollon. Mais pour un mortel, c'est une arme de lâche : on peut tuer de loin sans danger. Pâris l'archer est un assez mauvais guerrier, quoi qu'il en dise parfois.

Page 83.

v. 54. Contrairement à l'arc, la *cithare* convient aux plus redoutables guerriers ; Achille en joue fort bien.

v. 57. *Habillé de pierres* : euphémisme pour « lapidé ».

v. 70. L'existence de ce *trésor* dont il est question dès qu'*Hélène* est nommée prouve que la belle a été enlevée dans une opération de razzia ; Pâris et ses hommes ont emporté des objets précieux : trépieds, chaudrons, coupes… Hélène était-elle complice ? Homère n'en dit rien.

v. 77. C'est bien le mot *phalanges* qui se trouve dans le texte d'Homère. Mais il ne désigne sans doute pas une formation aussi serrée, aussi rigoureuse, aussi bien disciplinée que celle qui a fait, plus tard, les succès des Macédoniens, du temps de Philippe, d'Alexandre et de leurs successeurs.

Page 85.

v. 144. *Aithrè* est le nom de la mère de Thésée ; Pittheus (ou *Pitthée*), celui de son grand-père. Pourquoi Aithré serait-elle à Troie, comme servante d'Hélène ? Une légende athénienne veut que Thésée, déjà âgé, ait enlevé Hélène encore enfant. Homère n'y fait jamais allusion. La coïncidence, qui pose d'insolubles problèmes chronologiques, reste mystérieuse.

v. 145. *Les portes Scées* : le pluriel semble indiquer que cette porte, unique, est à deux battants. Quant à son nom, Skaïaï, rendu méconnaissable par la transcription traditionnelle, il est de mauvais augure : il signifie « situé à l'ouest » ou, ce qui revient au même, « situé à gauche ». Le côté gauche passe pour défavorable.

Page 86.

v. 156. *Il n'est pas scandaleux* : le grec dit littéralement : « il n'est pas "*némésis*" que… », comme si « *némésis* » était un adjectif. Le mot, que l'on traduit souvent par « indignation » a donné lieu à personnification. La déesse Némésis avait un temple non loin d'Athènes, à Rhamnonte. Certaines traditions en font la mère d'Hélène.

v. 172. Hélène appelle Priam *beau-père*, Hector « beau-frère », et ainsi de suite. Elle est considérée comme l'épouse légitime de Pâris. Le rapt est un moyen de prendre femme. Les hommes prudents préfèrent acheter la leur, en faisant de superbes cadeaux. On note qu'à la fin du poème la plainte rituelle sur le cadavre d'Hector est prononcée par trois femmes : sa mère Hécube, son épouse Andromaque, sa belle-sœur Hélène.

Page 87.

v. 180. *Mais c'est si loin* : littéralement : « si cela a jamais été ». L'éloignement dans le temps rend douteux le souvenir, ou bien souhaite-t-on ne rien se rappeler ? Voir XI, 762, et surtout le terrible XXIV, 426.

v. 188. L'*Iliade* contient deux allusions aux *Amazones*. Mais il n'y est dit nulle part que ces guerrières sont venues au secours de Troie. L'histoire de Penthésilée n'est attestée que beaucoup plus tard, chez Quintus de Smyrne, un auteur qui, au IIIe ou au IVe siècle après J.-C., a composé une suite d'Homère.

v. 199. *Née de Zeus* : cette épithète, propre à Hélène et à Hélène seule, n'a pas un sens uniquement métaphorique. Hélène est littéralement la fille de Zeus. Il est très rare que, des amours d'un dieu et d'une mortelle, naisse une fille. Hélène est vraiment un être extraordinaire.

v. 205. *Ulysse le divin est déjà venu ici* : entre l'enlèvement d'Hélène et l'arrivée des Achéens devant Troie, dix années se sont écoulées. Des négociations ont eu lieu. Ménélas et Ulysse sont venus à Troie pour discuter. Tout a échoué.

Page 88.

v. 225. Il y a deux *Ajax*. Il est parfois difficile de déterminer de qui parle le texte. Ici, aucun doute n'est possible : le « grand » *Ajax* est le fils de Télamon.

v. 233. *Dans notre maison, quand il venait de Crète* : c'est peut-être sur ce vers que se fonde la tradition selon laquelle Pâris aurait enlevé Hélène pendant un voyage de Ménélas en Crète. Mais l'*Iliade* ne fait pas allusion à cette tradition. Le célèbre professeur Aristarque de Samothrace (mort en ~ 143), directeur de la Bibliothèque d'Alexandrie, avait fait tout un travail pour établir que les « jeunes », c'est-à-dire les poètes postérieurs à Homère, avaient inventé des détails aberrants et interprétaient de travers certains vers d'Homère. C'était, par exemple, le cas dès le début du chant I, au vers 5.

v. 238. *Mes propres frères, fils de la même mère* : la mère, Léda, femme de Tyndare, et amante de Zeus, n'est pas nommée ici. On la trouve dans l'*Odyssée*, aux Enfers (XI, 298), avec beaucoup d'autres femmes célèbres.

Page 89.

v. 244. *Là-bas, dans Lacédémone, doux pays de leurs pères* : l'*Iliade* ne fait pas allusion à la tradition selon laquelle les deux frères jouissent chacun à son tour d'une immortalité à éclipses ; ils séjournent alternativement parmi les dieux. Il serait léger d'affirmer qu'Homère ignore cette tradition. Mais on ne peut pas deviner pour quelle raison, s'il la connaît, il l'a passée sous silence.

Page 90.

v. 276. *L'Ida* est une montagne proche de Troie. C'est là, selon une tradition à laquelle l'*Iliade* fait à peine allusion (voir XXIV,

30), que Pâris rencontra les trois déesses et arbitra entre elles un concours de beauté. On pourrait croire que le Zeus qui règne sur l'Ida est particulièrement un dieu troyen. Ce serait une erreur.

v. 279. *Les hommes à bout de forces* : euphémisme pour « les morts ».

Page 91.

v. 308-309. *Zeus sait bien, lui et les autres immortels, / Sur qui des deux doit tomber la mort* : Priam semble convaincu que Zeus connaît l'avenir. Plusieurs épisodes tendent à prouver qu'Homère ne partage pas l'avis du roi : Zeus consulte le sort, à l'aide d'une balance, pour savoir qui va mourir. Voir VIII, 69, XVI, 658 ou XXII, 209.

v. 316. Le sort, « *klèros* », est un petit objet, quelque chose comme un jeton ; pour le tirage, chacun a le sien, qu'il marque éventuellement d'un signe de lui seul connu. Pour une description plus développée de la procédure, voir VII, 171 *sq.* Le traducteur est amené à utiliser aussi le mot français « sort » pour rendre d'autres mots grecs ; il fait ainsi mieux voir les liens qui rattachent le tirage au sort à ce que nous appelons le « destin ».

v. 335. Le *bouclier* est lourd. On peut le porter à bout de bras, mais il est pourvu d'une courroie qui repose sur l'épaule et le soutient.

Page 92.

v. 354. *De causer du tort à un hôte qui a offert son amitié* : ce vers semble écarter la variante selon laquelle, pour enlever Hélène, Pâris aurait profité d'une absence de Ménélas. Voir la note du vers 233.

Page 93.

v. 381. *Aisément, puisque déesse* : aux dieux tout est facile ; c'est peut-être ce qui les peint le mieux.

Page 94.

v. 406. *Va t'installer chez lui, oublie le chemin des dieux* : les dieux mâles multiplient les aventures avec les simples mortelles et tirent gloire de leurs exploits amoureux. Il n'en va pas de même pour les déesses. Celles qui seraient tentées d'imiter l'exemple de Zeus ou d'Apollon s'exposent à une sévère réprobation. Voir, au début de l'*Odyssée*, les plaintes de Calypso sur ce sujet. On sait par ailleurs que l'Aurore avait enlevé et épousé un beau prince troyen,

Tithon; Zeus parut consentir à cette union, accorda même au jeune homme l'immortalité. Mais, malignement, il oublia de lui donner aussi l'éternelle jeunesse. — Hélène estime qu'on lui fait jouer le rôle d'un substitut; Aphrodite l'a mise dans le lit de Pâris, à défaut d'oser y entrer elle-même.

CHANT IV

Page 97.

v. 8. *Alalcomènes* est en Béotie, sur le bord du lac Copaïs. Athéna y avait un temple.

v. 19. *Et Ménélas emmènerait Hélène l'Argienne*: en principe, Zeus est le protecteur des contrats. À ce titre, il veille sur les droits des hôtes. Comme, par ailleurs, il est le plus fort de tous les dieux, il peut faire régner dans le monde un certain ordre. Mais, comme il n'est pas tout-puissant, il lui faut composer avec divers fauteurs de désordre, au premier rang desquels se trouve Héra. S'il ne tenait qu'à lui, les hommes seraient en paix.

Page 98.

v. 59. *Et de Kronos Pensées-Retorses je suis la première-née*: dans sa *Théogonie* (v. 454-457), Hésiode nomme les enfants de Kronos dans l'ordre suivant: Hestia, Déméter, Héra, Hadès, Poséidon, Zeus. Est-ce l'ordre de leur naissance? Un seul point est sûr: Zeus est le plus jeune. Au chant XV de l'*Iliade* (v. 166), il prétend être plus âgé que Poséidon. Homère et Hésiode ont probablement synthétisé des traditions antérieures et hétérogènes; mais ils ne l'ont pas fait de la même façon.

Page 100.

v. 128. *Et d'abord la fille de Zeus, Dame du pillage*: c'est bien d'Athéna qu'il est question. Longtemps après Homère, l'Athéna des philosophes aura oublié qu'elle avait été un peu sauvage.

Page 101.

v. 137. *Qu'il portait, rempart de la peau, barrière contre les flèches*: le passage est difficile et l'on a du mal à se représenter cet assemblage compliqué. On peut comprendre que la cuirasse, cuirasse de cuir, se ferme comme un veston croisé; sous la cuirasse, le ventre est protégé par une plaque de cuir, ou de métal; certains traduisent par «couvre-ventre» le mot qui désigne cet accessoire. D'autres interprétations sont possibles. De toute façon, la flèche a touché à un endroit protégé par une superposition exceptionnelle de protections : quatre épaisseurs, au moins. La déesse l'a bien dirigée.

Page 105.

v. 263. La coupe est toujours *pleine* parce que quelqu'un, par respect, prend soin de la remplir dès qu'elle a été vidée.

Page 106.

v. 310. *Savait la guerre* : les commentateurs antiques disaient souvent que le poète, puisqu'il mettait en scène des experts, qu'il s'agisse de médecine ou de stratégie, devaient en savoir autant qu'eux. Socrate, dans Platon, s'élève plus d'une fois contre cette opinion, et déclare que le poète ne possède par un vrai savoir, mais imite celui qui possède ce savoir.

Page 108.

v. 378. *Ils voulaient marcher contre les murs sacrés de Thèbes* : il s'agit de la lutte entre les fils d'Œdipe, roi de Thèbes. Étéocle et Polynice devraient régner en alternance ; mais Étéocle ne veut pas céder sa place ; Polynice est prêt à la prendre par la force. Il a partout recruté des alliés, dont Tydée. Celui-ci part en ambassade à Thèbes. C'est l'épisode que rappelle ici Agamemnon. La négociation ayant échoué, l'expédition a lieu ; elle se terminera par la mort des deux frères, qui se tuent l'un l'autre, et elle échouera à prendre Thèbes. Des sept chefs qui la commandent, les «sept contre Thèbes», trois sont nommés dans l'*Iliade* : Polynice, Tydée et Capanée (voir II, 564, etc.). Sthénélos, qui répond ici à Agamemnon, est le fils de Capanée.

Page 109.

v. 406. *Nous, nous avons pris Thèbes aux sept portes* : cette fois, il est question de la seconde expédition contre Thèbes, dite «des épigones», organisée par les fils des sept chefs. Contrairement à la précédente, elle a réussi et Thèbes a été mise à sac.

Page 110.

v. 437. *Car ils n'avaient pas tous même accent, ni même langage* : voir la note du chant II, vers 804.

v. 440. *Épouvante et Déroute* : en grec les noms de ces deux personnages allégoriques sont masculins. Mais Éris, ou *Discorde*, est une femme.

Page 111.

v. 472. *L'un contre l'autre ils se jetaient, et l'homme harcelait l'homme* : ce passage est le premier exemple d'un type de récit qui se rencontre tout au long du poème un nombre presque infini de fois : celui d'un combat singulier. Les schémas narratifs sont assez variés. Les blessures, décrites avec une cruelle précision, le sont bien davantage : il est très rare que deux guerriers meurent exactement de la même façon. Ces brefs récits sont l'occasion d'utiliser des formules toutes faites, «l'ombre voila ses yeux», par exemple. On note pourtant que la fréquence d'apparition de ces formules n'est jamais très élevée. On note surtout que ces récits occupent un nombre entier de vers. Le récitant peut, à volonté, en supprimer ou en ajouter, sans que le rythme ait à souffrir. Il ne faut jamais oublier que, comme l'a avancé Wolf, l'inventeur de la fameuse «question homérique», l'*Iliade* n'est pas un livre qu'il faut lire de la première page à la dernière. L'aède y puise ce qu'il veut, chante tel ou tel épisode, ajoute ou retranche à son gré. On remarque par ailleurs que, souvent, un combat en entraîne un autre, parce que les amis du mort veulent le venger, ou récupérer son cadavre, et prendre ses armes, dont le vainqueur, comme ici, voudrait s'emparer au plus vite : les armes offensives et défensives sont des objets de prix.

Page 113.

v. 515. *La glorieuse Tritogénéia* : encore une épithète dont le sens échappe. On a évoqué divers noms de lieux, suggéré que la déesse était née le troisième jour du mois, essayé de prouver qu'il fallait comprendre : «la véritable fille de Zeus».

CHANT V

Page 117.

v. 72. *Le Phyléide* : c'est Mégès.

Page 118.

v. 84-85. *C'est ainsi qu'ils peinaient dans la dure bataille...* : il faut se représenter deux masses de chars et de fantassins, que les chefs ont mises en rang. Ces deux masses se font face et s'observent. Dans l'intervalle, s'aventurent parfois, à pied ou sur leur char, des combattants d'élite. C'est là qu'ont lieu la plupart des combats singuliers. Parfois, un combattant d'élite, un seigneur, saisi d'une fureur guerrière, pénètre dans les rangs ennemis et tue tout ce qui se présente. C'est ici le cas de Diomède ; aussi peut-on dire qu'on ne sait plus avec qui il est. Il va de soi que la belle ordonnance initiale se défait assez rapidement. On donne traditionnellement en grec le nom d'« *aristéia* » à ces épisodes où un guerrier d'excellence, pris de fureur, parcourt les rangs de l'ennemi en tuant tout ce qu'il rencontre. Le héros montre par là qu'il appartient aux « *aristoi* », aux meilleurs. Il faut noter que cette fureur n'est pas une ivresse, comme celle que décrivent les épopées celtiques ou germaniques. Le personnage ne se départ jamais de sa lucidité : on verra dans ce chant Diomède soucieux de respecter la mise en garde d'Athéna. Mais c'est peut-être le souvenir de ce grand moment de massacre qui le fait intervenir, au chant VII, pour s'opposer à de possibles négociations.

v. 105. *Le prince fils de Zeus* : c'est Sarpédon.

Page 122.

v. 222. *Trôs* : ancien roi de Troie. La généalogie des rois de Troie est exposée en XX, 215 *sq*.

v. 236. *Et prendrait nos chevaux aux sabots lourds* : formule répétitive. Littéralement, l'adjectif signifie « aux sabots d'une seule pièce », par opposition aux sabots fendus des bovins. On rencontre, mais rarement, des variantes.

v. 238. *Je le recevrai avec la lance aiguë* : il y a deux guerriers sur un char. L'un conduit les chevaux ; l'autre a le choix de sauter à terre pour se battre ou de combattre en restant sur le char. C'est la seconde solution que choisira Pandaros, pour son malheur. Voir le v. 294.

Page 124.

v. 304. *Deux hommes d'aujourd'hui* : le motif revient plusieurs fois. L'épopée est dominée par une certaine idée de la décadence : les hommes d'autrefois étaient plus forts.

v. 306. *Cotyle* : le mot grec est « *kotylè* », un terme apparemment d'allure aussi savante pour les auditeurs d'Homère que pour nous sa transcription en français. À l'époque classique on tenait le vieil aède pour expert en toutes disciplines scientifiques, comme en témoigne le dialogue de Platon intitulé *Ion*.

v. 313. *Vacher* et prince en même temps. Voir l'*Hymne homérique* à Aphrodite (dans Hésiode, *Théogonie et autres poèmes*, suivi des *Hymnes homériques*, éd. et trad. J.-L. Backès, Folio classique, 2001).

Page 125.

v. 340. *Ichor* : dans Homère, le mot désigne un liquide merveilleux. C'est plus tard qu'on lui donnera le sens de « sang corrompu ».

v. 341. *Car ils ne mangent pas de pain, ne boivent pas de vin noir* : les dieux se nourrissent d'ambroisie, de nectar, et de la fumée des sacrifices. Leur sang n'est pas un sang grossier. Tout en eux tend à se sublimer. Ils ont même, on le sait, une langue à eux.

Page 126.

v. 357. *Sur les genoux, à son frère aimé* : Homère a choisi, dans l'*Iliade*, la variante qui fait d'Aphrodite la fille de Zeus et de Dionè (cela ne signifie pas qu'il ignore l'autre variante, celle qui a intéressé, entre autres, Hésiode et Botticelli : Aphrodite serait née de l'écume de la mer). Fils de Zeus et d'Héra, Arès est un demi-frère d'Aphrodite. La légende de leurs amours n'apparaît que dans l'*Odyssée*.

Page 127.

v. 397. Ces épisodes de la légende d'Héraklès sont rarement évoqués par les poètes. La mention de *Pylos* renvoie à des récits très allusifs que fait Nestor (XI, 689 *sq.*).

v. 401. *Paièôn* : après un passage par le latin, ce nom a donné en français moderne « pæan » ou « péan », qui désigne un hymne à Apollon. On ne peut pas être sûr qu'Homère identifiait à Apollon son divin guérisseur, dont le nom apparaît sur des tablettes mycéniennes. Il est vrai que le « *paièôn* », le péan (le mot est un nom commun), l'hymne chanté au chant I (v. 473), l'est en l'honneur d'Apollon.

Page 128.

v. 408. *Que ses enfants, perchés sur ses genoux, ne lui diront jamais « papa »* : le grec dit la chose en un seul verbe : les enfants « *pappazousi* » leur père.

v. 412. Cet *Adrèstos* (francisé en « Adraste ») est le grand-père de Diomède. Celui-ci aurait-il épousé une sœur (ou une demi-sœur) de sa propre mère Dèipylè ?

v. 422-423. *Cypris a poussé une des Achéennes / À suivre les Troyens, qu'elle a pris en amitié* : faut-il voir là une allusion détournée à Hélène, qu'Aphrodite, sans doute amoureuse de Pâris, lui aurait donnée en cadeau ? Voir chant III, v. 406 et la note.

Page 129.

v. 447. *Dans le grand Saint des Saints* : plus clairement encore que le terme biblique, le mot grec « *adyton* » dit que nul ne peut pénétrer dans la chambre sacrée.

v. 453 : *Targe* : le mot, dans les anciens écrivains, semble appliqué indifféremment à tous les boucliers (Littré).

v. 464. *Filleul de Zeus* : voir chant I, v. 176 et la note.

Page 132.

v. 546. *Ortilokhos* : les manuscrits, et les éditions, confondent parfois les deux noms, celui du grand-père et celui du petit-fils.

Page 133.

v. 593. *Carnage* : encore un des personnages allégoriques qui forment la suite d'Arès.

Page 135.

v. 642. *Il a mis à sac Ilion la ville, vidé les rues* : une biographie sommaire d'Héraklès est disséminée dans le poème. La première prise de Troie est mentionnée plus d'une fois. Les allusions ne sont pas évidentes pour un lecteur moderne. Héraklès avait sauvé Hésione, fille du roi de Troie Laomédon, d'un monstre marin qui devait la dévorer (XX, 145). En échange de ce service, on lui avait promis des chevaux merveilleux ; mais le roi a négligé de tenir sa promesse, et le héros s'est vengé en détruisant la ville. Le monstre avait été envoyé par Poséidon, berné lui aussi par les Troyens (XXI, 441 *sq.*). Hésione n'est pas nommée dans l'*Iliade*. Ce n'est pas une raison pour supposer qu'Homère ignorait son existence. Par des sources beaucoup plus tardives, nous savons que, enlevée par Héraklès et donnée à Télamon, la princesse troyenne avait donné naissance à Teukros ; l'enlèvement d'Hélène aurait été perpétré en représailles. Homère ne dit rien de tout cela.

Page 137.

v. 705. *Orestès* : un homonyme du fils d'Agamemnon. Le nom, apparemment assez répandu, figure sur les tablettes de Mycènes, approximativement contemporaines, comme on sait, de l'époque à laquelle a pu se passer la guerre de Troie, et en tout cas antérieures de plusieurs siècles à la date de composition de l'*Iliade*.

v. 709. *Lac Képhisis* : lac où se jette le fleuve Képhisos.

v. 715. *Nous aurons fait à Ménélas une promesse vaine* : détail non dépourvu d'importance. Les deux déesses se sont liées par leur promesse. C'est ainsi que Zeus est prisonnier du serment fait à Thétis.

Page 138.

v. 743. *Un casque à deux cimiers, à quatre plaques* : il est difficile de se représenter l'objet. Peut-être faut-il se souvenir que les casques et cuirasses sont, la plupart du temps, en cuir, renforcé éventuellement de plaques métalliques. Le poète garderait une formule habituelle, même quand le casque est tout entier métallique, comme celui d'Athéna, qui est un objet extraordinaire.

v. 757. Faut-il rappeler qu'*Arès* est fils d'Héra ?

Page 139.

v. 761. *Qui ne sait rien des droits* : « Themista ». Le rapport est évident avec « thémis », justice, allégorisée en déesse (elle apparaît en XV, 87-93). Mais le mot est au pluriel. Ce qu'ignore Arès le brutal, plus que le concept de justice, ce sont des lois ou coutumes concrètes, les arrêts et décisions qui ont fait jurisprudence. De la même manière, nous sommes tentés, à tort, de subsumer sous un seul concept, baptisé « destin », allégorisé lui aussi (c'est-à-dire orné par nous d'une majuscule), l'ensemble des oracles et prédictions, dont beaucoup sont tenus secrets et qui ne prennent toute leur valeur que lorsqu'on les voit réalisés.

v. 785. *Stentor* : unique et discrète apparition dans le poème d'un personnage devenu fort célèbre.

Page 140.

v. 803. Voir le chant IV, v. 378 et la note.

Page 141.

v. 845. *Hadès*, nom du dieu souterrain, frère de Zeus, veut dire, ou peut vouloir dire, « invisible ».

Page 142.

v. 861. *La querelle d'Arès* : piquante rencontre de l'Arès réel et de l'Arès allégorique. Plus d'un traducteur, autrefois, a reculé devant cette prétendue faute de goût et s'est arrangé pour l'effacer.

CHANT VI

Page 146.

v. 28. *Mèkistéiade* : c'est Euryalos.

Page 147.

v. 62. *Ce qu'il dit était bien venu* : intervention exceptionnelle du narrateur, qui juge son personnage et l'approuve. Tuer celui qui veut se rendre n'est pas une attitude en désaccord avec la situation. Traduire par «juste» serait pourtant excessif.

Page 149.

v. 132. *Dionysos* : ce dieu n'est mentionné que deux fois dans l'*Iliade* (l'autre est en XIV, 325). On en a longtemps déduit que son culte était récent. La thèse de Nietzsche, dans *La Naissance de la tragédie*, repose sur cette hypothèse. Or le nom de Dionysos se lit sur certaines tablettes de Mycènes.

v. 133. *Le Nysèion sacré* : montagne mythique qui porte aussi souvent le nom de Nysa. Le rapport entre ce nom et celui de Dionysos reste assez mystérieux. Quant à l'emplacement de la montagne, les commentateurs sérieux, ceux qui ont le sens des réalités, le voient en Thrace, en face de l'île de Samothrace (Samos de Thrace). C'est en effet près de cette île que se trouve la grotte sous-marine où Thétis séjourne habituellement (voir XXIV, 78).

v. 134 : *Thyrse* : javelot ou bâton entouré de lierres, terminé par une pomme de pin ou des feuilles de vigne ; attribut de Dionysos.

Page 150.

v. 157. *Proitos* : ce personnage, roi de Tirynthe, est connu par ailleurs comme frère d'Akrisios, lui-même père de Danaé, donc grand-père de Persée. L'*Iliade* évoque Danaé, avec son père et son fils (XIV, 319-320).

v. 164-165. *Meurs, Proitos, ou fais tuer Bellérophon / Qui m'a voulu faire l'amour contre mon gré* : c'est la même histoire que celle de Phèdre et d'Hippolyte. On la trouve aussi dans la Bible (Genèse, 39) et dans le Coran (sourate 12) ; le héros en est alors Joseph, fils de Jacob.

v. 169. *Écrivant sur une tablette repliée de quoi le perdre* : ce vers laisse à penser qu'Homère pouvait savoir ce qu'est l'écriture. On a disputé là-dessus avec violence. On continue.

v. 181. *Lion par devant, serpent à l'autre bout, chèvre au milieu* : la chimère ainsi définie est le modèle du monstre tel qu'on le conçoit le plus souvent dans l'Antiquité : assemblage inhabituel d'éléments empruntés à des organismes différents, mais réels ; la sirène, le centaure sont construits selon le même principe.

Page 151.

v. 184. *Les Solymes* : peuplade de l'Asie Mineure, dont l'existence est, plus tard, attestée par plusieurs historiens. Il en va de même pour les mystérieuses Amazones.

v. 186. *Les Amazones* : l'historien Hérodote, qui a vécu au Vᵉ siècle avant notre ère, parle longuement de ces femmes guerrières ; d'après lui, les Scythes les « appellent *Oiorpata*, ce qui signifie en notre langue *Tueuses d'hommes*, car *oior* veut dire en scythe "homme", et *pata* "tuer" » (*L'Enquête*, Livre IV, § 110, trad. Andrée Barguet, Gallimard, « Folio classique », 1985, t. I, p. 407).

v. 191. *Quand le roi comprit que c'était le fils d'un dieu* : Glaukos ne serait pas le vrai père. Mais quel dieu est en cause ? Homère est discret. Certains commentateurs ont nommé Poséidon, qui, père d'Éole, est de toute façon l'ancêtre.

v. 200. *Mais quand le héros fut en détestation à tous les dieux...* : la légende à laquelle le poète fait ici allusion devait être connue de ses auditeurs. Elle a pu se perdre depuis. Quant à la plaine Alèios, elle a existé, en Asie Mineure, si l'on en croit les historiens grecs. Il reste que son nom, qui peut signifier « stérile, infertile », est bien proche d'une racine qui veut dire « errer ».

v. 205. *Elle* : Laodamie.

Page 152.

v. 236. *Armes d'or contre armes de bronze, cent vaches contre neuf* : comme on voit, il n'est pas nécessaire que la monnaie existe pour qu'on puisse établir un tarif.

Page 155.

v. 319. *Une lance de onze coudées* : cinq mètres, au moins. Arme exceptionnelle.

Page 157.

v. 403. *Astyanax* : le nom signifie « prince de la ville ».

CHANT VII

Page 164.

v. 45. *Hélénos [...] comprit dans son cœur* : Hélénos est devin.

Page 166.

v. 99. *Tous tant que vous êtes, vous devriez devenir terre et eau* : c'est-à-dire, probablement, redevenir ce que vous avez été quand le monde a commencé à se former.

Page 167.

v. 133. Les particularités de l'orthographe française ont transformé ce *Kéladôn* en Céladon. Ainsi un petit fleuve d'Élide a-t-il donné son nom au héros de *L'Astrée*. Autrefois fort répandu, aujourd'hui presque introuvable, le roman d'Honoré d'Urfé (1567-1625) commence par le suicide du héros qui se jette dans le Lignon, belle rivière du Forez. L'eau est toujours là.

Page 170.

v. 219. *Pavois* : la définition que Littré donne de ce grand bouclier utilisé au Moyen Âge correspond d'assez près au « *sakos* », au moins à celui qui caractérise le grand Ajax : « Grand bouclier carré, en usage au XIVe et au XVe siècle ; il couvrait presque entièrement le combattant, qui descendait alors de cheval. » D'autres combattants utilisent un « *sakos* », mais seul celui d'Ajax a des dimensions extraordinaires et un poids en rapport avec ces dimensions. C'est donc uniquement pour Ajax que « *sakos* » est ici traduit par « pavois ».

v. 228. *Achille Cœur de Lion* : l'Hymne homérique à Héraklès qualifie aussi ce héros de Cœur de Lion.

Page 171.

v. 279. *Cessez de vous battre, mes enfants ; plus de guerre* : au chant XXIII, lors des jeux sportifs pour les funérailles de Patrocle, le combat à armes réelles se termine de la même façon : les arbitres interviennent pour y mettre un terme.

Page 177.

v. 453. *Laomédon*, père de Priam, a plus d'une fois refusé, après coup, de tenir sa promesse. Héraklès a, comme d'autres, éprouvé les effets de son manque de foi (voir V, 640). On voit s'esquisser un discours qui transformerait les Troyens en modèles de perfidie (Pâris et Pandaros fourniraient d'autres exemples). Mais le poète ne va pas plus loin que l'esquisse; et nul ne songe à mettre en doute l'honnêteté de Priam et d'Hector.

v. 465. *Le travail des Achéens était fini*: ce mur a donné lieu à des commentaires passionnés. Pourquoi les Achéens, qui sont là depuis neuf ans, n'ont-ils pas songé plus tôt à munir leur camp de bonnes défenses? Comment ont-ils achevé ce travail en si peu de temps? On peut faire observer que, jusqu'à ce qu'Achille se retire de la lutte, les Troyens n'avaient jamais osé s'approcher du camp. Par ailleurs, ces défenses légères, presque improvisées, ne manquent pas nécessairement d'efficacité: Hérodote en décrit plusieurs, dans les récits qu'il fait de la guerre contre les Perses, et suggère qu'il n'est pas toujours facile de les prendre d'assaut.

v. 468. *Eunios fils de Jason*: c'est bien de l'Argonaute qu'il s'agit. Il est passé par Lemnos sur la route de la Toison d'or.

v. 471. *Le fils de Jason avait donné de vin mille mesures*: donné gratuitement. Marque de respect ou geste commercial?

CHANT VIII

Page 179.

v. 19. Cette *chaîne d'or*, jugée mystérieuse, a suscité des commentaires ésotériques échevelés. Les alchimistes ne sont pas les premiers à avoir cru pouvoir y lire une révélation sur la structure de l'univers. La lutte à la corde, ou «souque à la corde», est pourtant un sport connu depuis très longtemps. Mais lorsque les philosophes ont commencé à trouver qu'Homère parlait mal des dieux — voir, entre autres, Platon et sa *République* — il s'est trouvé des exégètes pour tenter de découvrir dans ses poèmes des allégories, c'est-à-dire des sens cachés. Homère aurait révélé, en termes cryptés, les secrets de la nature. Il faut distinguer ces interprétations souvent absurdes de discours qui font d'Homère un expert en médecine ou en art militaire.

Page 184.

v. 167. *Je te ferai voir ton mauvais génie:* littéralement «je te donnerai ton démon». Une fois de plus, le personnage tend à devenir allégorie. C'est un être dangereux ; il finit par représenter le danger en lui-même.

Page 185.

v. 185. *Xanthos…* : on pourrait traduire : Crins-Blonds, Pied-Vif, Brûlant, Lumière. On note que l'un des chevaux d'Achille s'appelle aussi Xanthos.

v. 203. *Hélikè* est nommée en II, 575. *Aigai* reparaît en XIII, 21, où on en trouve une brève description ; c'est un domaine de Poséidon.

Page 186.

v. 230. *Lemnos* : en route vers Troie, la flotte grecque a fait escale dans cette île. C'est là qu'elle a abandonné Philoctète (voir II, 722). — *Vous teniez* : le passage de la première à la deuxième personne ne doit pas étonner ; il est dans le grec. Homère n'avait pas appris la grammaire dans nos manuels. On a déjà noté, par ailleurs, qu'il lui arrive de faire parler un personnage, un seul, à la première personne du pluriel.

Page 190.

v. 363. *Son fils* : Héraklès.

Page 191.

v. 381. *Héra Blanche Main se laissa convaincre* : on a déjà rencontré, au chant V, un épisode très proche.

Page 192.

v. 408. *Depuis toujours, par habitude, elle est contre ce que je dis* : la notation a un côté bourgeois qui peut faire penser à un vaudeville. Les amuseurs de la Belle Époque ont beaucoup joué avec les scènes de ménage qui se déchaînent sur l'Olympe. Peut-être faudrait-il ne pas oublier que les premiers philosophes grecs, et notamment Empédocle ou Héraclite, ont longtemps médité sur le jeu de la discorde.

Page 194.

v. 479. *Iapétos et Kronos* : les plus notables des Titans qui ont tenté de se révolter contre Zeus. Iapétos (on a longtemps transcrit : Japet) est un frère de Kronos, donc un oncle de Zeus.

Page 196.

v. 543. *Ils dételèrent les chevaux, qui suaient sous le joug* : c'est la première fois depuis le début de la guerre que les Troyens osent passer la nuit hors de leurs murailles.

CHANT IX

Page 199.

v. 11. C'est bien le mot « assemblée » (*agora*) qui est employé, ici et dans les vers qui suivent, et non le mot « conseil » (*boulè*). Agamemnon réunit toute la foule des guerriers, et non pas seulement les seigneurs. Faut-il voir là une preuve de son désarroi ?

Page 200.

v. 49. *Nous sommes venus avec un dieu* : cette conviction a une allure concrète ; le héros sent, près de lui, la présence du protecteur ; il l'éprouve avec tout son corps, comme le marin éprouve le vent favorable qui le pousse, vent arrière ou grand largue. Le vent favorable est d'ailleurs le don d'un dieu.

Page 201.

v. 69. *Tu es le plus roi…* : il y a beaucoup de rois dans la Grèce homérique. En fait, on traduit habituellement par « roi » un terme qui peut désigner simplement le maître d'un domaine (voir XVIII, 556). Dans cette multitude, une hiérarchie apparaît : il y a des rois plus rois que d'autres. Homère n'hésite pas à attacher à un substantif un suffixe qui sert généralement à former le comparatif des adjectifs. Il a fait la même chose avec le mot « chien » (VIII, 483 : « il n'est pas plus chienne que toi »).

v. 70. *C'est ce qui est convenable* : cette fois, il est question d'un conseil restreint. L'assemblée ne prend pas de décisions.

Page 203.

v. 145. *Iphianassa* est sans doute Iphigénie. Il est clair qu'elle n'a pas été sacrifiée. Sophocle a utilisé pour son *Électre* le nom de Khrysothémis (Chrysothémis). Homère ne nomme pas Électre. Faut-il l'identifier à cette Laodikè (Laodice), dont le nom est aussi porté par une fille de Priam ?

v. 146. *Qu'il emmène sans compensation* : dans cette société-là, le mari achète sa femme. Ou il la vole, comme l'a fait Pâris.

Page 204.

v. 168. *Phoinix* : Racine met en scène ce personnage dans son *Andromaque*. C'est le précepteur de Pyrrhus (appelé aussi dans la tradition Néoptolème), fils d'Achille ; il a été celui d'Achille lui-même. Racine écrit : Phoenix ; les éditeurs modernes préfèrent : Phénix.

Page 211.

v. 405. *Pythô*, ou Delphes, est un lieu de culte très ancien. Il faut croire que, déjà du temps d'Homère, l'enclos sacré regorgeait de richesses.

v. 416. De ce passage, nombre de lecteurs, dont Racine (*Iphigénie*, I, II), ont conclu qu'Achille avait le choix entre deux destinées. Cette idée, typiquement platonicienne, ne cadre pas avec la pensée de l'*Iliade*.

Page 213.

v. 491. *La vie est dure aux enfants* : on comprend le plus souvent : « les enfants rendent la vie dure aux adultes ». Le texte dit seulement : « recrachant le vin dans l'enfance pénible ». Pénible pour qui ?

Page 215.

v. 537. *Il avait gravement erré* : motif d'allure folklorique, fréquemment invoqué par les aèdes soucieux d'explications. On songe à la vieille fée dans *La Belle au bois dormant*.

v. 547. *Elle* : Artémis, sans aucun doute. Ce qu'Homère ne dit pas, probablement parce que ses auditeurs connaissent déjà l'histoire, c'est que parmi les chasseurs du sanglier monstrueux figurait une certaine Atalante, que Méléagre lui donna la part d'honneur, que ses oncles furent vexés, que la querelle dégénéra, que Méléagre tua ses oncles, et que sa mère, indignée, machina pour lui une mort magique. Dans le texte de l'*Iliade*, il n'est question que d'une querelle lors du partage des dépouilles. Cette querelle provoque une guerre entre cités. Mais l'intervention de la mère demeure. Elle explique pourquoi Méléagre, indigné à son tour, refuse de défendre sa ville. Il n'est pas facile, en pareille circonstance, de faire la part entre ce qu'Homère ignorait et ce qu'il a jugé inutile de dire.

Page 218.

v. 634. *Ayant payé largement, l'un reste dans la tribu* : si la négociation n'a pas abouti, le meurtrier n'a plus qu'à s'exiler. L'*Iliade* y fait plusieurs fois allusion (par ex. XIII, 696 ; XV, 432 ; XVI, 573). De toute façon, on ne distingue pas entre droit pénal et droit civil. Un meurtre est une offense faite à un clan. Si la victime n'a personne pour la soutenir, le meurtrier n'est pas inquiété.

v. 641-642. *Nous souhaitons plus que les autres...* : il n'est pas indifférent que ces paroles soient mises dans la bouche d'un guerrier somme toute assez brutal ; Ajax exprime la sagesse du Grec moyen : il faut apaiser les tensions au sein du groupe ; le moyen auquel on a recours, la compensation financière, n'a rien d'enthousiasmant ; mais il faut s'y résigner ; personne ne peut prétendre avoir absolument raison, obtenir une justice absolue.

CHANT X

Page 221.

v. 12. *Il s'émerveillait de tous ces feux qui brûlaient en avant d'Ilion* : le chant X est celui que les commentateurs considèrent le plus volontiers comme inauthentique : il aurait été ajouté au poème ultérieurement par un aède qui ne serait pas l'auteur du texte principal. Le personnage central, Dolon, n'apparaît nulle part ailleurs, pas plus que Rhésos, roi de Thrace, dont Ulysse et Diomède prennent les chevaux. Pour tout dire, ce chant serait un épisode inutile. Et l'on tient pour négligeable cette petite circonstance : c'est la première fois depuis plus de neuf ans que les Troyens sont installés tout près du camp des Achéens ; la menace est grave (voir le vers 100). Il peut être utile d'aller observer ce qui se passe, pour prévenir toute surprise. Nestor connaît l'art de la guerre. Il préconise ce que l'on appelle aujourd'hui une « patrouille d'officiers ». Hector se contente d'envoyer un observateur.

v. 13. *Syrinx* : flûte de Pan.

v. 15-16. *Il s'arrachait depuis la racine les cheveux Pour Zeus qui est là-haut* : le geste de désespoir, apparemment intemporel, se double d'un geste rituel, pour nous étrange : on offre au dieu les cheveux qu'on s'est arrachés.

Page 222.

v. 50. *Alors qu'il n'est fils ni d'un dieu ni d'une déesse* : l'ascendance divine d'Agamemnon est, de fait, moins lointaine que celle d'Hector. Tous deux descendent de Zeus, père de Tantale et de

Dardanos. Entre Agamemnon et Zeus, on compte trois générations intermédiaires. L'*Iliade* ne nomme pas Tantale, père de
Pélops. Mais elle énumère (XX, 215 *sq.*) les six générations qui
séparent Hector de Zeus.

Page 223.

v. 56. *Au bataillon sacré* : le mot pourrait étonner. Mais si les
dieux sont des protecteurs, les gardiens qui veillent sur la sécurité
du camp participent si peu que ce soit de la divinité.

Page 224.

v. 110. *Le noble fils de Phyleus* : c'est Mégès.

Page 227.

v. 173. *Nous sommes tous sur le fil du rasoir* : traduction lit-
térale.

Page 229.

v. 253. *Deux tiers de la nuit ; il ne reste qu'un tiers* : le grec dit
littéralement : «déjà sont passées deux parties de la nuit ; il ne
reste qu'une partie». Le mot employé est «*moïra*» que, dans
d'autres contextes, on traduit par «destin». Nous pouvons avoir
du mal à comprendre le lien très fort qui unit, dans la pensée
homérique, la notion de partage ou de partition à celle de sort,
elle-même très complexe.

v. 261. Ce *casque*, ou son semblable, se trouve actuellement au
Musée national, à Athènes.

Page 231.

v. 325-327. *Maintenant je vais traverser…* : on s'est souvent
demandé pourquoi les chefs grecs tenaient conseil en dehors du
camp. Ont-ils pensé que, sur un terrain dégagé, ils verraient venir
les espions qui, au contraire, passeraient plus facilement ina-
perçus à l'ombre des bateaux ?

Page 232.

v. 335. *Un javelot pointu* : Homère emploie ici un mot rare, spé-
cifique. Il s'agit bien d'un javelot, plus léger que les lances et
autres piques.

v. 353. Certaines *charrues* sont d'un seul morceau, quand on a
trouvé un bout de bois de forme adéquate. D'autres, au contraire,

sont composées de plusieurs pièces, travaillées et assemblées avec art.

Page 235.

v. 435. La malheureuse histoire de *Rhésos* a été racontée dans une tragédie que l'on a longtemps attribuée à Euripide, qui figure dans les éditions de ses œuvres, mais dont on s'accorde à reconnaître qu'elle n'est pas de lui. Spécimen exceptionnel de ce qu'a pu être la production courante.

Page 237.

v. 513. *Vite il sauta sur les chevaux* : pour une fois, on voit en action un cavalier dans le sens que nous donnons à ce mot. Les circonstances sont exceptionnelles.

Page 238.

v. 535. *Le pas des chevaux vifs frappe mon oreille* : c'est ce vers que l'empereur Néron, poursuivi par ceux qui allaient le tuer, récita dans sa cachette, en bon cabotin qu'il était.

v. 561. *Le treizième* : calcul bizarre. Il faut croire que Rhésos ne compte pas.

CHANT XI

Page 241.

v. 24. L'*émail noir*, la matière qui forme ces bandes, est d'un bleu très sombre, et pratiquement noir. Mais de quelle matière s'agit-il ? On en discute toujours. « Émail » est une hypothèse parmi d'autres : acier bleu, pâte de verre...

Page 244.

v. 93. *Oïleus* : ce nom est aussi celui du père d'Ajax le petit. Mais les deux personnages sont bien distincts.

Page 248.

v. 226. *Il l'avait retenu chez lui, et lui avait donné sa fille* : il semble que le personnage ait épousé sa tante, qui n'est peut-être que la demi-sœur de sa mère. Ce serait aussi le cas de Diomède (V, 412).

Page 249.

v. 243. *Mal récompensé de tout ce qu'il avait donné* : voir la note du chant IX, vers 146.

v. 256. *Mais il marcha sur Koôn avec sa pique qu'a formée le vent* : le vent est supposé avoir un effet sur la croissance des arbres. Pour faire la hampe de cette pique, on a choisi une branche d'une forme particulière. C'est de la même manière que l'on se procure une charrue simple, non articulée (voir X, 253 et la note).

Page 253.

v. 369-383. *Alors Alexandre [...] tendit son arc [...] les chèvres chevrotantes* : ces vers pourraient avoir été un modèle pour un tableau de la mort d'Achille ; on trouve plusieurs éléments essentiels : l'archer caché dans un temple, derrière une colonne ; le pied traversé d'une flèche. Mais il est impossible de savoir qui aurait pu inventer cette histoire. Homère ne dit pas qu'Achille était invulnérable.

v. 385. *Toi qui fais le fier avec cet arc de corne* : une fois de plus, l'arc est vu comme une arme de lâche. À la fin du Moyen Âge, quand apparaîtront les armes à feu, elles auront la même réputation.

Page 256.

v. 475. *Des lycaons* : il y a doute sur la nature exacte des bêtes que nomme ici Homère. Il s'agit visiblement de chiens sauvages, qui chassent en bande. On comprend le plus souvent : des chacals. Mais le chacal chasse en général seul ; et il préfère se nourrir de charognes.

Page 259.

v. 558-559. *Comme un âne qui passe près d'un champ, résiste aux enfants...* : les classiques trouvaient la comparaison déplacée. Prosper Bitaubé (1732-1808), dont la traduction a fait autorité tout au long du XIXe siècle, s'efforça d'atténuer la chose. Une périphrase le servit : «Comme on voit encore l'animal lent et paresseux, mais patient et robuste, pénétrer dans un vaste guéret malgré les efforts d'une troupe d'enfants qui ont brisé sur lui un grand nombre de rameaux...» Même les «bâtons» n'ont pas trouvé grâce aux yeux de cet homme de goût.

Page 261.

v. 624. *Le kukéon* : ce breuvage dont la recette est donnée un peu plus bas jouait un rôle, mystérieux pour nous, dans les cérémonies d'Eleusis. On écrivait autrefois «cycéon», et le mot était méconnaissable.

v. 635. *Elle reposait sur deux supports* : il existe plusieurs coupes que l'on suppose avoir appartenu à Nestor. Aucune d'elles ne correspond exactement à celle que décrit Homère. Mais celle-ci a-t-elle jamais vraiment existé ?

Page 262.

v. 688. Les *Épéens* sont les habitants d'Elis. Voir au chant II (v. 615 *sq.*), dans le catalogue des vaisseaux, la notice sur l'Élide, où l'on retrouve plusieurs noms de lieux et de personnages cités ici.

Page 263.

v. 701. Il s'agit bien de l'*Augias* dont les écuries sont restées célèbres, depuis qu'Héraklès les a nettoyées. Comme le plus souvent, les récits de Nestor se rapportent à une période relativement lointaine ; Nestor, comme Pélée, comme Tydée, comme Héraklès, appartient à la génération des pères. Par ailleurs, les récits de Nestor mettent en jeu l'Élide, une région du Péloponnèse que méconnaissent les grands cycles mythiques. Tout laisse à penser qu'Homère a parcouru la Grèce entière et recueilli les traditions les plus diverses.

Page 264.

v. 751. *Le Maître du Séisme* : Poséidon est ici, par rapport à Aktôr, père supposé des Molion, ce que Zeus, père biologique d'Héraklès, est à Amphitryon. Il est à noter que, dans ce monde-là, personne ne songe à trouver ridicule le rôle joué par les pères nourriciers.

Page 266.

v. 797. *Et tu serais pour les Danaens une lumière* : faut-il gloser en ajoutant «lumière de salut» ou «lumière d'espoir» ? On se souvient que Castor et Pollux, les Dioscures, qui viennent au secours des marins en détresse, apparaissent sous la forme du feu Saint-Elme.

CHANT XII

Page 269.

v. 21. C'est sur les bords du *Granique* que, longtemps après, en 334 environ, Alexandre le Grand remporta sa première victoire sur les Perses. Il avait précédemment fait le pèlerinage de Troie, et dansé autour du tombeau d'Achille, «disant qu'il était bienheureux d'avoir eu en sa vie un loyal ami, et après sa mort un excellent héraut pour dignement chanter ses louanges» (Plutarque, *Vie d'Alexandre*, XXV; trad. Amyot). Ce «héraut» est Homère, évidemment.

Page 273.

v. 128. Le peuple des *Lapithes* est célèbre pour avoir tenu tête aux Centaures (voir I, 263 *sq.*).

Page 277.

v. 258. Ce *parapet* protège les guerriers achéens qui se trouvent en haut du mur, sur le chemin de ronde. On peut l'imaginer comme un assemblage de planches: Sarpédon sera capable de l'arracher, de le faire tomber, exposant ainsi aux flèches les Achéens.

CHANT XIII

Page 285.

v. 5-6. Les *nobles Hippèmolgues*: ces buveurs de lait, qui «traient les juments» (c'est le sens du mot «Hippèmolgues»), sont des Scythes. Les *Abies* seraient des habitants de l'extrême Nord, des Hyperboréens. Sur le bord de la terre, toutes les utopies sont possibles.

Page 287.

v. 54. *Hector, qui se dit enfant de Zeus le fort*: où Hector a-t-il émis pareille prétention? Ce qu'il dira en XIII, 825 est un peu différent: il s'agit d'un souhait assez sophistiqué, non d'une affirmation.

Page 291.

v. 207. *Son petit-fils*: Amphimakhos, fils de Ktéatos. Ktéatos a pour père officiel Aktôr ; mais son père biologique est Poséidon (voir XI, 751).

Page 294.

v. 301. *Éphyres* et *Phlégyens* sont des peuples de Thessalie.

Page 296.

v. 355. *Mais Zeus est né le premier et en sait plus long* : Poséidon rappellera que Zeus est son aîné (XV, 106). La narration ici corrobore à l'avance son dire. Voir le vers 59 du chant IV, et la note.

Page 299.

v. 451. *Deukaliôn* ou Deucalion. Ce nom est aussi celui du premier homme qui ait survécu au déluge. Il s'agit d'un autre personnage. De toute façon, Homère ne parle pas de cette légende-là.

Page 300.

v. 460-461. *Car il était toujours fâché contre le divin Priam / Qui ne l'honorait pas, bien qu'il soit noble parmi les hommes* : Priam se méfie-t-il des ambitions d'Énée ? Ce motif, très légèrement esquissé, reparaîtra plus tard, mais toujours aussi insaisissable (XX, 179-182 et 307-308).

v. 481-482. *J'ai vraiment peur / D'Énée Pieds-Rapides* : c'est de manière tout à fait exceptionnelle que l'épithète habituelle d'Achille est attribuée à quelqu'un d'autre.

Page 305.

v. 627. *Vous êtes partis en emportant tout ; elle vous avait pourtant bien reçus* : à lire ce vers, on croirait plutôt que Ménélas était absent. Voir III, 233 et 354.

Page 306.

v. 658. *Le père les suivait, pleurant des larmes* : ce seul vers a produit des volumes d'exégèse. Pylaiménès est incontestablement le chef des Paphlagoniens dont il a été question au chant II (v. 851). Comment fait-il pour accompagner ici son fils, alors qu'il est mort lui-même depuis le vers 576 du chant V ?

v. 686. L'auditeur, s'il a en mémoire le catalogue (II, 683 *sq.*), peut s'étonner. Il est dit alors que la Phthie appartient à Achille. Donc les *Phthiens* devraient avoir cessé le combat avec lui. Mais dans le catalogue, les deux chefs qui les commandent ici (v. 693),

Médôn et Podarkès, semblent ne dépendre que d'eux-mêmes : Podarkès remplace Protésilas (II, 704), et Médôn remplace Philoctète (II, 727). L'extension géographique du mot « *Phthie* » est en réalité assez variable ; le mot désigne parfois une ville (I, 155 par ex.), et parfois une région plus ou moins vaste.

Page 307.

v. 704. *D'un même cœur tirent la charrue articulée* : c'est-à-dire composée de plusieurs pièces de bois assemblées, et non d'un seul morceau ; on peut en effet avoir la chance de trouver un arbre qui, façonné par le vent (voir la note de XI, 256), offre une branche d'une forme particulière, autant dire une charrue toute faite.

Page 311.

v. 825-828. *Puissé-je être autant... Qu'il est vrai que ce jour* : la formule est déconcertante. Elle repose sur une comparaison hypothétique assez recherchée. On pourrait gloser ainsi : Le malheur des Argiens est une chose sûre. Suis-je un dieu ? Je voudrais être un dieu, fils de Zeus, etc. Je voudrais être sûr que je suis un dieu. Je voudrais être aussi sûr de ma divinité que je suis sûr du malheur des Argiens. — Une formule analogue, mais plus simple, se lit aux vers 538-541 du chant VIII. Certaines expressions sont reprises telles quelles.

CHANT XIV

Page 314.

v. 26. *Quand frappaient les épées et les piques à deux pointes* : l'expression revient avec une certaine fréquence. Il faut sans doute comprendre que la pique, outre la pointe métallique aiguë qui doit transpercer boucliers et cuirasses, présente, à l'autre bout, une pointe moins dangereuse, qui sert à la planter en terre.

Page 316.

v. 114. *Tydée, sur qui à Thèbes on a versé de la terre* : entendre qu'il y est mort et enterré. L'expression est habituelle : sur un cadavre, on « verse » un tertre.

v. 117. Déjà nommé au chant IX, dans le récit de Phoinix, *Oineus* est le père de Méléagre. Un lien s'établit ainsi entre ces épisodes que les commentateurs sont tentés de considérer comme inauthentiques, parce que trop lâchement liés à l'action principale.

Page 318.

v. 156. *Frère* : Héra et Poséidon ont même père, Kronos, et même mère, Rhéa. *Beau-frère* : Zeus, qu'Héra a épousé, est son frère et celui de Poséidon. Ces incestes n'ont paru scandaleux que bien après Homère, lorsqu'est née la philosophie.

v. 172. Dans tout ce passage, *merveilleuse*, inlassablement répété, traduit « *ambrosios* ». Dans ce mot, un Grec pouvait entendre une idée d'immortalité. C'est l'ambroisie, le pain merveilleux, qui nourrit les dieux et les maintient en vie.

Page 319.

v. 201. Les deux déesses marines, *Tèthys* et Thétis, n'appartiennent pas à la même génération. Selon Hésiode, Tèthys et son époux Océan (c'est aussi son frère) sont frère et sœur de Kronos et des autres Titans, tous fils de Terre (appelée « *Gè* » en grec). Thétis, mère d'Achille, est fille de Nérée, le « Vieux de la Mer », lui-même fils de Terre et de Pontos (Haute Mer ; il s'agit d'un dieu mâle). Le texte de l'*Iliade* n'entre pas dans toutes ces subtilités

v. 214. *L'écharpe* : le grec dit « *kestos* ». Après passage par le latin, le mot était devenu, dans le français classique, « ceste ». Il se confond ainsi avec le mot « ceste » (de « *caestus* »), purement latin, qui désigne les bracelets armés de métal qu'utilisaient les boxeurs. Ces bracelets sont évoqués, sous le nom de « courroies », en XXIII, 684.

v. 216. *Le tête-à-tête* : le mot grec est « *oaristys* », que Chénier a fait passer en français sous cette forme (c'est le titre de sa deuxième Idylle), mais qui y reste assez rare.

Page 320.

v. 225. *Héra, d'un bond, quitta le sommet de l'Olympe* : l'itinéraire suivi par Héra prouve, s'il en était besoin, que l'Olympe des dieux se confond bien avec le mont Olympe de nos atlas.

v. 231. *Sommeil, frère de Mort* : ne pas oublier que Mort, en grec « *Thanatos* », est un dieu mâle.

v. 246. *Océan, qui est l'origine de tous les êtres* : la formule revient plus tard. Elle suggère une théogonie assez différente de celle qu'a développée Hésiode. Pour Hésiode, la plus grande partie des êtres, Océan compris, vient de Terre, qui est une déesse, fait l'amour et a des enfants. Le philosophe et mathématicien Thalès (celui du fameux théorème) est plutôt du côté d'Homère ; il est d'un siècle ou deux plus jeune que lui ; dans sa pensée, tout vient de l'eau. On dirait que le vieux mythe commence à se rationaliser : le personnage disparaît au profit d'une notion ; non plus le vieil homme Océan, qui se dispute avec sa femme, mais un élément naturel, presque un corps chimique : l'eau.

v. 250. *Cet arrogant fils de Zeus* : Héraklès. D'autres allusions sont faites à la première chute de Troie, mise à sac par le demi-dieu (V, 640 ; XX, 145).

Page 322.

v. 290. *L'oiseau chanteur* : il s'agit d'un rapace nocturne, ce qui convient bien au dieu Sommeil. Mais il n'est pas facile de préciser : chouette, hibou ? Le hibou moyen-duc (*Asio Otus*) est un candidat acceptable : il se perche volontiers sur les conifères et son cri, à la saison des amours, est, dit-on, musical.

Page 323.

v. 321. *Phoinix* : il s'agit d'Europe, que d'autres poètes donnent pour fille d'Agénor, roi de Tyr.

v. 326. On se rappelle que *Déméter* est sœur de Zeus, comme Héra. Elle a donné le jour à Korè, appelée aussi Perséphone, qui fut enlevée et épousée par son oncle Hadès.

CHANT XV

Page 331.

v. 18. Cet épisode étrange a donné lieu à des interprétations extraordinaires. On en a fait une allégorie des quatre éléments. Héra, comme son nom l'indique, est l'air ; « *aèr* » en grec. Elle est suspendue à l'éther, qui est le feu, non pas le feu grossier de notre monde, mais « le feu clair qui remplit les espaces limpides », comme dit Baudelaire, la lumière qui règne au sommet des cieux. Les deux enclumes attachées aux pieds de la déesse figurent l'eau et la terre. Aussi a-t-on pu dire, dès l'Antiquité, qu'Homère possédait un profond savoir en physique : il connaissait les secrets qu'Empédocle allait proclamer en clair. — Voir chant VIII, vers 19, et la note.

Page 336.

v.161. *Ou vers la mer divine* : comprendre que Poséidon a le choix de rejoindre la compagnie des dieux, ses semblables, ou de s'enfermer dans la solitude de son palais sous-marin.

Page 338.

v. 225. *Les dieux qui maintenant sont en bas, autour de Kronos* : allusion très nette à deux événements anciens : la lutte de Zeus avec son père Kronos, qu'il précipite au-dessous des Enfers ; la révolte des Titans, frères de Kronos. Dans les deux cas, le dénouement est le même ; c'est la victoire de Zeus. Sur ces points, Homère est en parfait accord avec Hésiode.

Page 339.

v. 263. *Comme un cheval tenu debout devant sa mangeoire* : on a déjà rencontré cette comparaison au vers 506 du chant VI.

Page 341.

v. 339. On a rencontré plus haut un Mèkisteus, fils d'Ekhios. Ici, dans le même vers, on voit mourir un *Mèkisteus* et un *Ekhios*. L'aède dispose visiblement d'un stock de noms qu'il attribue, un peu au hasard, quand il met en scène, pour un seul instant, un personnage presque sans importance.

Page 343.

v. 388-389. *Tenaient de grandes perches...* : ces perches sont composées de plusieurs éléments mis bout à bout et fixés l'un à l'autre avec des manchons métalliques. On obtient ainsi une grande dimension : vingt-deux coudées, environ dix mètres, pour celle que manie Ajax (XV, 677).

Page 348.

v. 543. *Lui* : c'est de Dolops qu'il s'agit.

Page 352.

v. 684. *Pendant qu'ils galopent* : encore un exemple d'équitation au sens moderne du terme. Cette voltige acrobatique est tout à fait exceptionnelle.

CHANT XVI

Page 355.

v. 5. *En le voyant, le divin Achille Pieds-Rapides en eut pitié* : c'est ici que la narration se retourne : pour la première fois Achille a pitié. Ce vers partage le poème selon la proportion dorée. C'est le 9 699ᵉ vers d'un poème qui en compte 15 693. Il s'agit probablement d'une simple coïncidence.

Page 360.

v. 149. *Xanthos et Balios* : on pourrait traduire par « blond » (ou « bai ») et « moucheté ».

v. 150. Dans la vulgate mythologique, les *harpies* n'ont rien de chevalin. Ce sont « des démons femelles qui personnifient la violence des vents » (Chantraine, *Dictionnaire étymologique de la langue grecque*). Le nom de *Podargè* (prononcer : *podarguè*) ne se rencontre pas ailleurs que dans l'*Iliade*. Il peut signifier : « aux pieds rapides », ou « aux pieds blancs ».

Page 362.

v. 235. *Devins, pieds non lavés* : l'oracle de Zeus se situe très loin dans le nord, dans un pays considéré comme assez sauvage. La saleté des pieds des prêtres a un caractère rituel. Voir le vers 44 du chant II, et la note.

Page 367.

v. 387-388. *Eux, sur la place, rendent des sentences...* : esquisse d'une nouvelle conception : Zeus ne se contenterait pas de maintenir un équilibre dans le monde ; il punirait les manquements à la justice. Cette conception triomphe chez Hésiode, dans *Les Travaux et les Jours*.

Page 369.

v. 453. *Puis quand son âme, avec la vie, l'aura quitté* : on note, comme au début du poème (I, 3), une opposition entre l'homme et son âme. L'âme quitte l'homme, qui s'identifie non avec elle, mais avec son corps devenu cadavre.

Page 380.

v. 797. *Armet* : espèce de casque.

Page 381.

v. 808. *Euphorbos* : Pythagore avait compris qu'il était une réincarnation de ce guerrier modeste.

CHANT XVII

Page 385.

v. 9. *Le fils de Panthoos* : c'est Euphorbos.

Page 399.

v. 443-445. *Pauvres de vous, pourquoi vous avoir donnés…* : puisqu'ils sont divins, immortels, les chevaux ont droit, comme les Olympiens, au bonheur. On note que les princes ont le même droit, mais ce droit est assorti de dures conditions. Voir ce qu'en dit Sarpédon au chant XII (v. 310 *sq.*).

Page 401.

v. 514 : *Sur les genoux des dieux* : expression toute faite ; nous dirions : entre les mains des dieux.

Page 404.

v. 632. *D'un vilain ou d'un seigneur* : le grec dit littéralement : « d'un mauvais ou d'un bon ». Il est rare que soit avoué aussi brutalement ce qui organise cette société de guerriers brutaux. Nietzsche, qui n'a pas pour rien enseigné le grec et longuement pratiqué Homère, le décrit avec précision dans sa *Généalogie de la morale*. Le système oppose des « bons », des gens de qualité, qui ont du courage, à des « mauvais », qui sont réputés n'en pas avoir. Le contraire de « bon » est « mauvais » et non pas « méchant ». Il est exclu, dans Homère comme dans Nietzsche, que ceux qui s'estiment être les bons se présentent en victimes d'une persécution qui les priveraient de leur espace vital et de la pureté de leur sang. Homère met en scène des vengeances, mais il ignore le ressentiment caractéristique des réactionnaires du xixᵉ et du xxᵉ siècle.

Page 407.

v. 705 : *Mais il leur envoya* : on s'y perd un peu dans ces changements de personne ; « il » désigne sans aucun doute, à la troisième personne, Ménélas que l'aède vient d'interpeller, en lui parlant donc à la deuxième personne.

CHANT XVIII

Page 410.

v. 38. *Toutes les filles de Nérée* : on trouvera dans la *Théogonie* d'Hésiode (v. 243 *sq.*) une autre liste de Néréides. En la comparant à celle d'Homère, on observe que seuls dix-huit noms figurent sur l'une et l'autre. Le total des noms cités dépasse largement les cinquante. Combien y avait-il de versions de cette liste en circulation dans le monde des aèdes ?

v. 39-49. *Glaukè et Thaléia et Kymodokè...* : beaucoup de ces noms sont parlants. Kymothoè, par exemple, doit vouloir dire « rapide comme les flots » ; Apseudès est sans aucun doute « celle qui ne trompe pas ». D'autres noms, à commencer par celui de Thétis elle-même, demeurent énigmatiques.

Page 418.

v. 292. *Ils s'en sont allés, vendus* : c'est, sauf erreur, la seule fois qu'apparaît dans l'*Iliade* cette triste vérité : les services des « illustres alliés » n'étaient pas entièrement désintéressés.

Page 420.

v. 359. *C'est de toi, / De toi-même que sont nés les Achéens chevelus* : plusieurs commentateurs voient dans ce vers une intention ironique. Héra tiendrait aux Achéens comme à des enfants qu'elle aurait eus. De fait, il ne semble pas qu'on ait jamais ouï dire que la déesse était la mère de ce peuple. Il reste qu'elle a proclamé plus haut, au chant IV (v. 52), sa prédilection pour trois villes, trois villes grecques : Argos, Sparte et Mycènes. Quant aux raisons qu'elle peut avoir de haïr les Troyens, elles restent assez mystérieuses. Le fameux jugement de Pâris, auquel est fait plus tard une brève allusion, pourrait n'être qu'un prétexte.

Page 421.

v. 376. *Pour que d'eux-mêmes* : le grec dit « *automatoï* ».

v. 382. *Kharis* : le mot veut dire « Grâce ». L'*Iliade* ne dit rien des trois Grâces dont parle Hésiode (*Théogonie*, v. 908). Mais, au chant XIV, Héra a promis au Sommeil de lui donner en mariage « une des Grâces les plus jeunes, Pasithée » (v. 267-268).

Page 423.

v. 429-432. *Héphaistos, de toutes les déesses qui sont dans l'Olympe...* : Homère ne dit pas la raison de ce mariage humiliant : selon certain oracle, le fils de Thétis serait plus puissant que son père. Il était préférable qu'il ait pour géniteur un mortel. De fait, Achille a plus de valeur que Pélée, qui est pourtant lui-même un héros tout à fait admirable. Que se serait-il passé si le fils de Thétis avait eu Zeus pour père ?

Page 427.

v. 570. *Linos* : de ce très ancien poète, nous ne savons rien. De lui nous n'avons pas le moindre vers, pas la moindre mélodie. Aussi le tenons-nous pour légendaire.

CHANT XIX

Page 432.

v. 87. La pensée grecque a, plus tard, précisé le rôle de chacune de ces sombres divinités. Aux *Erinyes* que les modernes ont confondues avec les Furies des Latins, on réservait la punition des criminels ; aux Moires, que les modernes ont confondues avec les Parques des Latins, on attribuait la fixation des destinées. Folle-Erreur, ou, pour l'appeler par son nom grec, *Atè*, a quelque peu disparu de l'horizon, bien qu'on la rencontre encore, par exemple chez Eschyle. La présence simultanée des trois entités, dont Atè est la plus importante, donne une image un peu différente du monde surnaturel : les puissances obscures ne sont pas confinées chacune dans sa fonction ; relativement indéterminées, elles sont à l'œuvre toutes ensemble. L'homme a le sentiment que quelque chose, ailleurs, le mène et le fait agir, sans qu'il en ait vraiment conscience. S'il faut en croire Agamemnon, il en irait de même pour les dieux : Zeus n'est pas tout-puissant ; il n'est pas non plus omniscient.

v. 103. *L'Eiléithye* : déesse qui aide les femmes lors d'un accouchement. Une graphie plus simple, souvent utilisée, est : Ilithye (c'est celle que l'on trouve dans le *Dictionnaire de la mythologie grecque et romaine* de Pierre Grimal). Homère, quelques vers plus bas, emploie le mot au pluriel. Il y aurait pour lui une ou plusieurs Eiléithyes comme il y a une ou plusieurs Moires.

Page 434.

v. 177. *Légitime* : on serait tenté d'écrire «naturel». Le grec dit
«*thémis*». C'est bien la justice qui est en cause. La justice est
l'ordre des choses.

Page 436.

v. 247. *Ulysse portant dix talents d'or* : le talent est d'abord une
unité de poids ; plus tard, après l'invention de la monnaie, il a
servi d'unité de compte comme la «livre» dans l'Occident
médiéval. Dans la ville d'Athènes, au ve siècle environ, son poids
était de 25 kg. Rien n'interdit de supposer que le talent de l'époque
homérique était plus léger ; malgré tout, on voit qu'Ulysse n'est
pas un gringalet.

Page 438.

v. 302. *Prétexte* : le mot est dur ; Homère, lucide, admet que
l'émotion peut être détachée de son objet. Il faut rappeler que,
dans son monde, les pleurs ostentatoires sont un devoir pour toute
la maisonnée. Les femmes doivent pleurer Patrocle ; elles
retrouvent très vite les raisons personnelles qu'elles ont de pleurer.

Page 439.

v. 325. *L'effroyable Hélène* : il ne s'agit pas d'un jugement moral.
Hélène, comme dit Ronsard, fut «occasion» que meurent des milliers d'hommes (*Sonnets pour Hélène*, livre II, sonnet XVI). Les
horreurs commises restent attachées à son nom, même dans l'hypothèse où, parfaitement innocente, elle a été la victime d'un rapt
brutal. De la même manière, plus tard, chez Sophocle, Œdipe
sera l'occasion de la peste qui ravage Thèbes. Or qui, aujourd'hui,
lui reprocherait ce qu'il a fait sans le savoir ?

v. 327. *Néoptolème* : nous conformant à l'usage d'écrivains
tardifs, comme Plutarque, nous nommons le plus souvent Pyrrhus
ce fils d'Achille. «Pyrrhus» est probablement un surnom, qui
signifie «le Roux». Un surnom qu'Homère ignore ou veut ignorer.
Néoptolème est un fils qu'Achille a eu en secret de Déidamie, fille
de Lykomèdès, roi de l'île de Scyros. Thétis avait confié son fils à
ce monarque, qui le gardait chez lui, déguisé en fille. Néoptolème,
après la mort d'Achille, débarquera à Troie, en compagnie de Philoctète : c'est lui qui donnera le dernier assaut, coupera la tête à
Priam et emmènera Andromaque en esclavage.

Page 441.

v. 398. Dans la *Théogonie*, *Hypérion* est un Titan, père d'Hélios le soleil. Homère ne fait pas de distinction entre les deux personnages. «*Hypérion*» signifie : «qui est au-dessus».

CHANT XX

Page 445.

v. 61. *Aidoneus* est un autre nom d'Hadès, frère de Zeus et maître des enfers.

v. 66-74. *Tel fut le choc des dieux affrontés par la Discorde…* : cet affrontement des dieux a scandalisé plus tard, dès la naissance de la philosophie. On ne supportait pas que les dieux puissent ne pas vivre en harmonie. Les exégètes ont proposé diverses explications allégoriques.

Page 447.

v. 127-128. *Il souffrira pus tard ce que le sort / A filé* : l'avenir annoncé par ce fil de la destinée n'est pas déterminé avec une absolue précision : Achille va mourir jeune, mais on ne sait pas exactement quand, et différents pouvoirs divins peuvent intervenir pour retarder la réalisation de l'oracle. Si les devins, quoi qu'ils disent, ne savent pas tout, c'est parce qu'il n'est pas possible de tout savoir, de connaître des détails qui n'ont peut-être jamais été fixés.

v. 143. *Et par la nécessité* : le mot est celui que cite Victor Hugo dans *Notre-Dame de Paris*, «*Anankè*». Il suggère ici non pas un déterminisme absolu, mais une résignation devant ce qui vient de se produire. Ce qui est irréparable donne l'impression d'avoir été inévitable.

v. 147. *Pour qu'il échappe au monstre* : allusion à l'aventure d'Hésione, fille de Laomédon, donc sœur de Priam, qui avait été exposée (comme Andromède) sur le rivage de la mer pour satisfaire un monstre. Ce monstre avait été envoyé par Poséidon pour punir le roi de Troie, qui avait refusé le salaire promis pour la construction d'un mur (voir VII, 452 et XXI, 446). Héraklès avait sauvé Hésione. À lui aussi on avait refusé la récompense promise. C'est alors qu'il avait détruit la ville. Divers auteurs ajoutent que, lors de cette première guerre de Troie, il s'était assuré le concours de Télamôn, que ce prince avait reçu en cadeau Hésione et que

Teukros, son fils réputé bâtard, était né de l'union entre le Grec et
sa captive. On dit aussi que, plus tard, Pâris avait enlevé Hélène
en représailles, puisque Télamôn avait enlevé Hésione. L'*Iliade* ne
souffle mot de tout cela, ne nomme pas Hésione, mais suppose
apparemment connue au moins une bonne partie de la légende.

Page 448.

   v. 164. *Le Pélide, lui, bondit comme un lion* : c'est à ce vers que
renvoie le célèbre passage de la *Rhétorique* (1406b) où Aristote le
donne comme exemple d'une comparaison qui va devenir métaphore. «La comparaison est aussi une métaphore : elle en diffère
peu ; en effet, quand Homère dit d'Achille : "Il s'élança comme un
lion", c'est une comparaison ; mais quand on dit : "Le lion s'élança",
c'est une métaphore ; comme les deux sont courageux, le poète a
pu, par métaphore, appeler Achille un lion. » (trad. Médéric Dufour).
Repris par Quintilien, cet exemple va traîner, pendant vingt siècles,
dans tous les traités et les manuels scolaires. Il faut noter
qu'Homère ne dit jamais «ce lion» pour désigner Achille ; il en
reste à la comparaison.

   v. 173. *Il fonce, furieux, pour tuer / Un homme, ou pour mourir
lui-même au cœur de la mêlée* : cette formule et d'autres analogues
reviennent souvent dans les récits de combat. Elles semblent
signifier que le guerrier cherche l'instant décisif, celui où, toute
prudence oubliée, il jouera son va-tout : il pense qu'il faut en finir,
qu'il lui faut tuer l'adversaire ou être tué lui-même, toute autre
solution étant écartée. Le vers 129 du chant XXII sera plus
explicite encore : «Mieux vaut la querelle, le choc, au plus vite.»
Dans un monde éloigné, et cependant très semblable, la bataille
proprement dite, la grande bataille, fait contraste avec le jeu des
escarmouches quotidiennes ; on s'y lance à corps perdu. Georges
Duby a clairement analysé ce phénomène dans son livre sur la
bataille de Bouvines. Dans l'*Iliade*, ce sont des combats singuliers
qui sont ainsi perçus, et plus que tous la rencontre définitive entre
Achille et Hector.

Page 450.

   v. 237. Ce *Tithon* a été enlevé par l'Aurore, qui l'a épousé.

Page 452.

   v. 287. *Deux hommes d'aujourd'hui* : voir chant V, vers 304 et la
note.

v. 307-308. *C'est la force d'Énée qui régnera sur les Troyens...* : par ces vers, Homère ouvre la voie à Virgile et à son *Énéide*.

Page 454.

v. 359. *La gueule de cette bataille* : la métaphore s'est déjà rencontrée en X, 8 et XIX, 313. L'armée adverse serait comparée à une bête féroce que l'on affronte à la chasse.

Page 455.

v. 404. *Le prince Hélikè* : c'est Poséidon.

Page 456.

v. 413. *Javelot* : exceptionnellement, Homère emploie ici le mot qui désigne une arme relativement légère, et non les lourdes piques, si lourdes que seuls les héros peuvent les porter, et à plus forte raison les lancer.

v. 418. *Il s'abattit, tenant dans ses mains ses boyaux* : il existe plusieurs manières de raconter la mort de Polydôros, le plus jeune des enfants de Priam. Dans sa tragédie *Hécube*, Euripide raconte que, encore enfant, confié à un roi thrace allié de Troie, il avait été tué, et spolié, après la chute de la ville, par celui qui devait le protéger. Hécube, quoique prisonnière, réussissait à se venger du meurtrier.

v. 435. *Les genoux des dieux* : voir XVII, 514 et la note.

CHANT XXI

Page 467.

v. 275. *Les Ouraniens* : on pourrait traduire ; «les Célestes», ceux qui habitent le ciel. Ouranos, c'est-à-dire Ciel, est un dieu, père de Kronos, grand-père de Zeus, et les Ouraniens sont ses descendants. Laminé par le latin, devenu Uranus, il a, plus tard, donné son nom à une planète.

Page 470.

v. 361. *Il dit, brûlé par le feu* : il a semblé à certains exégètes antiques que cet épisode éclairait celui où les dieux s'affrontent. La lutte du fleuve Scamandre et d'Héphaistos est l'éternelle lutte de l'eau et du feu. L'allégorie est supposée cacher un savoir en science physique, qu'Homère possède, mais ne livre pas explicitement. Pour mieux comprendre, il nous faut nous souvenir que la définition des quatre éléments a pu passer, il y a vingt-cinq siècles, pour une découverte scientifique.

Page 471.

v. 388. *Le ciel immense trompeta* : «*Salpinxen megas ouranos.*» «*Salpinxen*» est un verbe dérivé de «*salpinx*», la trompette.

Page 472.

v. 412. *Erinyes de ta mère* : la notion d'Érinye est assez floue ; une de ses formes les plus faciles à saisir est celle du personnage surnaturel terrifiant qui assume la vengeance d'une personne particulière. Dans le cas présent, il n'est pas question de venger un mort, puisque la mère en cause est Héra, déesse et immortelle. Il reste que, une ou multiple, l'Érinye n'est pas au service de la justice en général ; elle épouse la cause d'un individu. — On connaît un autre exemple, plus célèbre : Oreste a tué sa mère Clytemnestre, dont les Érinyes le poursuivent (voir l'*Orestie* d'Eschyle) ; on dirait qu'elles sont nées du sang versé. C'est pourquoi Eschyle peut demander pourquoi les Érinyes ne poursuivent pas Clytemnestre elle-même, qui a commis le premier crime, en assassinant son mari Agamemnon.

Page 474.

v. 483-484. *Bien que tu portes un arc…* : c'est aux flèches d'Artémis qu'on attribue la mort subite d'une femme. Pour un homme, s'il meurt soudain sans raison apparente, c'est qu'Apollon l'a tué, avec ses flèches.

Page 475.

v. 499. *Les épouses* : le mot employé ici par Homère peut désigner une épouse légitime. La polygamie de Zeus semble incontestable, autant que celle de Priam.

Page 477.

v. 569-570. *Les hommes disent qu'il est / Mortel* : l'*Iliade* ne fait aucune allusion à l'invulnérabilité d'Achille, ni à son talon.

CHANT XXII

Page 480.

v. 29. *Chien d'Orion*: c'est Sirius, dont l'apparition marque le début de la canicule.

Page 483.

v. 126. *Comme d'un chêne ou d'un rocher*: l'expression est obscure. On la rencontre ailleurs (*Odyssée*, XIX. 163; *Théogonie*, 35); elle semble avoir des sens différents selon les contextes. Ici, on peut comprendre, comme Leconte de Lisle: «Il ne s'agit point maintenant de causer du chêne ou du rocher comme le jeune homme et la jeune fille qui parlent entre eux». A. Pierron (qui a donné une édition scolaire du texte, à la fin du XIXᵉ siècle) était péremptoire: «du haut d'un chêne ni du haut d'un rocher. Cette expression signifie évidemment: sans avoir rien à craindre; dans une sécurité parfaite». C'était aussi l'avis du grand romancier Samuel Butler (1835-1902), qui a donné en son temps une traduction de l'*Iliade*: «*There is no parleying with him from some rock or oak tree as young men and maidens prattle with one another*» (Il ne s'agit pas d'une conversation du haut d'un rocher ou d'un chêne, comme lorsque des jeunes gens et des jeunes filles bavardent ensemble). L'écrivain pensait peut-être à la scène du balcon, dans *Roméo et Juliette*: l'un des interlocuteurs est placé nettement plus haut que l'autre.

Page 484.

v. 162-164. *Comme lorsque des chevaux aux sabots lourds, pour gagner le prix...*: le chant XXIII montrera tout à loisir le lien nécessaire entre jeux sportifs et cérémonie funèbre.

Page 486.

v. 223. Le comportement d'Athéna nous paraît relever de la traîtrise la plus abjecte. C'était sans doute aussi l'avis de l'écrivain anonyme qui, sous le pseudonyme de Darès le Phrygien, qu'il avait pris dans l'*Iliade* (V, 9), a, au début de notre ère, composé une très brève histoire de la guerre de Troie. Dans son récit, il n'y a pas de dieux; Hector est tué dans une embuscade assez ignoble qu'a organisée Achille. Cette tradition-là courra tout au long du Moyen Âge. On la retrouve dans *Troïlus et Cressida*, la plus désespérante de toutes les pièces de Shakespeare.

Page 489.

v. 318. *Hespéros* est l'étoile du soir, la planète Vénus.

Page 491.

v. 391. *Maintenant, jeunes Achéens, en chantant l'hymne* : ici aussi, comme en I, 473, le grec dit : «*péan*». Il est difficile de supposer, eu égard aux circonstances, que ce mot renvoie à Apollon.

CHANT XXIII

Page 498.

v. 44. *Justice* : *thémis*. La *thémis*, allégorisée en déesse, apparaît en XV, 87 et 93.

Page 499.

v. 65. *Le fantôme* : le grec dit «*psykhè*»; les dictionnaires traduisent par «l'âme». Mais il faut se rappeler que, pour Homère, le mot *psychè* n'a pas le même sens que pour Platon et, après lui, pour la tradition chrétienne. Dès le troisième vers du poème, l'«âme» des héros a été logiquement opposée non pas à leurs corps mais au pronom «eux-mêmes». La réalité d'un homme, c'est son corps. Le mot «*psykhè*» désigne ce reflet presque insaisissable de son être qui a son séjour dans les enfers. Un moderne penserait : est-ce autre chose que l'image, le souvenir qui nous reste, à nous vivants, de celui qui ne vit plus ? Il serait téméraire d'attribuer à Homère cette interprétation.

Page 500.

v. 104. *Une âme et un fantôme* : «*Psykhè kai eidôlon*»; on pourrait traduire par «un souffle et une image».

Page 504.

v. 226. *Héosphoros* ou «Porte-Lumière». En latin, on transposerait «Lucifer». C'est l'étoile du matin.

Page 505.

v. 262. *Pour les auriges* : le mot est latin, mais on le connaît surtout par une statue grecque, le célèbre Aurige de Delphes.

Page 510.

v. 436. *Les chars tressés* : le devant de la caisse est en osier.

Page 518.

v. 680. Les chefs-d'œuvre de la tragédie athénienne ont fait oublier ce qu'a pu être la légende primitive. Dans l'*Odyssée* (XI, 271), *Œdipe* ne se crève pas les yeux. Ici, il meurt *à grand bruit*. L'expression demeure obscure. Il n'est pas question qu'il aille mourir en territoire athénien, à Colone, comme dans la pièce de Sophocle.

Page 524.

v. 839-840. *Ils étaient debout, le divin Epéios prit le bloc...* : nous ne comprenons pas bien la cause de cette hilarité. Fallait-il éviter de faire tournoyer le bloc ?

v. 855. *Toucher.* « *Celui qui touchera la timide colombe...* » : phénomène absolument exceptionnel, le discours d'Achille commence au milieu d'un vers. Il n'y a pas d'autre exemple dans l'*Iliade*.

Page 525.

v. 880. *Le souffle* : « *thymos* » et non « *psykhè* ». « Souffle » est peut-être le sens primitif du mot « *thymos* » ; mais la plupart du temps ce sens nous est inaccessible, et nous sommes amenés à traduire par « courage », « ardeur », ou même par « cœur ».

CHANT XXIV

Page 528.

v. 30. *Il avait choisi celle qui donnait la douloureuse volupté* : prince, mais berger, Pâris a été choisi pour arbitrer un conflit entre Héra, Athéna et Aphrodite. À laquelle des trois fallait-il donner la pomme que leur avait lancée Éris, c'est-à-dire Discorde, et qui portait inscrits ces mots : « À la plus belle » ? Le jeune homme avait préféré Aphrodite, parce qu'elle lui avait promis de lui faire avoir Hélène. Le jugement de Pâris a été représenté par d'innombrables peintres.

v.49. *Les Moires* : c'est la seule fois dans l'*Iliade* que le mot « *moïra* » est employé au pluriel dans un contexte qui laisse penser à une figure allégorique. Ce n'est pas à Homère, c'est à Hésiode que nous devons de savoir que les Moires sont au nombre de trois, qu'elles s'appellent Clotho (Klôthô, celle qui file), Lachésis (Lakhèsis, celle qui s'occupe des sorts), et Atropos (celle qui ne revient pas en arrière), et aussi que, «à ceux qui meurent», elles «donnent à la naissance d'avoir du bien et du mal» (*Théogonie*, v. 217, repris mot pour mot au v. 904). Qu'en pensait Homère lui-même? — La forme francisée «Moire» a été suggérée par Leconte de Lisle; elle a été reprise par plusieurs auteurs, dont Marcel Proust.

Page 529.

v. 62. *Vous étiez tous présents, dieux, à la noce*: c'est justement aux noces de Thétis et de Pélée que Discorde a jeté aux déesses la fameuse pomme.

Page 535.

v. 257. Ce *Trôilos* (sous la forme latinisée de Troïlus) joue un rôle important non seulement chez Darès (voir la note du v. 223, chant XXII), mais encore dans toute la littérature médiévale, en particulier chez Chaucer. Shakespeare lui consacre son drame *Troïlus et Cressida*. On le retrouve dans *La Guerre de Troie n'aura pas lieu* de Giraudoux. Dans l'*Iliade*, il n'est nommé qu'une fois.

Page 537.

v. 316. *Le Tacheté*: Buffon parle d'un aigle tacheté qu'il appelle aussi «petit aigle».

Page 544.

v. 543. Homère ne donne aucune précision sur ce premier roi de *Lesbos*, dont la généalogie est traitée de manières très diverses par les mythographes. Selon les uns, il serait fils d'Hélios; fils d'Éole, selon les autres. Son nom peut vouloir dire: «bien-heureux».

Page 550.

v. 734-735. *Un Achéen / Te prendra et te jettera du haut de la tour*: c'est effectivement ce qui se produira, quand Troie aura été prise.

INDEX DES PERSONNAGES
ET DES LIEUX

Pour les noms connus (Achille, Ulysse, etc.), on a utilisé la forme habituelle, tout en indiquant entre parenthèses la forme proposée par Leconte de Lisle. Pour les autres, on a donné la forme proposée par Leconte de Lisle, parfois légèrement modifiée ; éventuellement, quand il existe une forme francisée non tout à fait confidentielle (Adraste, Oilée, etc.), on l'a donnée entre parenthèses. On a écarté les transcriptions classiques des noms rares, qui, passées par le latin, sont des trahisons doubles.

Pour prononcer les noms donnés par Leconte de Lisle, il faut faire sonner comme des diphtongues les groupes ai, ei, oi (ai comme dans «ail» ; ei comme dans «[par]eil» ; oi comme dans «[b]oy») et traiter le g comme un g dur en toute position. «Gérénia», prononcer «Guérénia». «Aigialéia» est «Aïguialéïa» (ou, si l'on veut, «Aïlleguihaléya»). Il est bon de prononcer le s comme un s et jamais comme un z. Par ailleurs, Leconte de Lisle transcrit systématiquement par y la voyelle upsilon. On peut garder cette transcription, qui n'est pas absurde, et prononcer u.

Les chiffres romains renvoient aux chants, les chiffres arabes aux vers.

Les personnages sont notés en petites capitales.

275, 461 — IV, 266, 272, 318, 326, 350, 404 — V, 528 — VI, 64 — VII, 107, 176, 313, 322, 327, 385, — VIII, 293 — IX, 9, 32, 69, 89, 96, 163, 178, 226, 300, 315,332, 339, 369, 388, 516, 613, 648, 669, 677, 697 — X, 3, 81, 88, 103 — XI, 15, 107, 130, 158, 165, 169, 177, 180, 231, 233, 246, 262, 268, 272, 380 — XIII, 112, 378 — XIV, 22, 24, 29, 83, 137, 139, 516 — XVI, 59, 76, 273 — XIX, 56, 146, 181, 199, 241, 252, 271 — XXIII, 156, 236, 486, 887, 890 — XXIV, 688.

ATRIDE (Ménélas), III, 37, 347, 350, 361, 364, 449 — V, 50, 55, 207, 578 — VI, 44 — X, 230 — XIII, 581, 593, 605, 610, 646 — XVII, 12, 46, 60, 71, 138, 580 — XXIII, 293, 355, 401, 407, 425, 434.

ATRIDES (tous les deux à la fois), I, 16, 17, 375 — II, 249, 445, 762 — V, 552 — VI, 437 — VII, 351, 373, 470 — VIII, 261 — IX, 341 — XVII, 249 — XIX, 310 — XXII, 117 — XXIII, 272, 658.

ATRYTONÈ, épithète d'Athéna, II, 157 — V, 115, 714 — X, 286 — XXI, 420.

ATYMNIOS, père de Mydôn, V, 581.

ATYMNIOS, Troyen, frère de Maris, tué par Antilokhos, XVI, 317.

Augéia, ville de Laconie, II, 583.

Augéia, ville de Locride, II, 532.

AUGIAS (Augéias), roi d'Élide, célèbre par ses écuries, père d'Agasthénès, II, 624 — XI, 701, 739.

Aulis, ville d'Eubée, II, 303, 496.

AURORE (personnage), I, 477 — II, 48 — VIII, 1, 565 — IX, 240, 707 — XI, 1 — XIX, 1 — XXIII, 109, 227 — XXIV, 695, 788.

AUTOLYKOS, grand-père maternel d'Ulysse, X, 267.

AUTOMÉDÔN, cocher d'Achille, IX, 209 — XVI, 145, 148, 219, 472, 684, 864 — XVII, 429, 452, 459, 468, 469, 474, 483, 498, 525, 536 — XIX, 392, 397 — XXIII, 563 — XXIV, 474, 574, 625.

AUTONOOS, tué par Hector, XI, 301.

AUTONOOS, tué par Patrocle, XVI, 694.

AUTOPHONOS, père de Polyphontès, IV, 395.

Axios, fleuve, II, 849, 850 — XVI, 288 — XXI, 141, 157, 158.

AXYLOS Teuthranide, tué par Diomède, VI, 12.

AZEUS, père d'Aktôr, II, 513.

BALIOS (cheval), XVI, 149 — XIX, 400.

BATHYKLÈS, Troyen, tué par Gkaukos, XVI, 594.

BATIÉIA, II, 813.

BELLÉROPHON (Bellérophontès), VI, 155, 162, 164, 190, 196, 216, 220.

BÉOTIENS, II, 494, 510, 526 —

LÈTHOS Teutamide, roi des Pélasges, II, 843 — XVII, 288.

LÈTÔ, mère d'Apollon et d'Artémis, I, 9, 36 — V, 447 — XIV, 327 — XVI, 849 — XIX, 413 — XXI, 497, 498, 502 — XXIV, 607.

LEUKOS, compagnon d'Ulysse, IV, 491.

LIKYMNIOS, oncle d'Héraklès, II, 663.

Lilaia, ville de Phocide, II, 524.

LIMNÔRÉIA, Néréide, XVIII, 41.

Lindos, district de l'île de Rhodes, II, 656.

LOCRIENS, peuple, II, 527, 535 — XIII, 686, 712.

Lycie, contrée d'Asie mineure, au sud-ouest de l'actuelle Turquie, en face de l'île de Rhodes, II, 877 — V, 105, 173, 479, 645 — VI, 168, 171, 172, 173, 188, 210, 225 — XII, 312, 318 — XVI, 437, 455, 514, 542, 673, 683 — XVII, 172.

LYCIENS, II, 876 — IV, 197, 207 — V, 482, 633, 647, 673, 676, 679 — VI, 78, 194 — VII, 13 — VIII, 173 — X, 430 — XI, 285, 286 — XII, 315, 317, 321, 330, 346, 359, 376, 408, 409, 417, 419 — XIII, 150 — XIV, 426 — XV, 424, 425, 485, 486 — XVI, 421, 422, 490, 495, 532, 541, 564, 584, 593, 659, 685 — XVII, 140, 146, 154, 184.

LYKAÔN, fils de Priam, tué par Achille, III, 333 — XX, 81 — XXI, 35, 127 — XXII, 46 — XXIII, 746.

LYKAÔN, père de Pandaros, II, 826 — IV, 89, 93 — V, 95, 101, 169, 179, 193, 197, 229, 246, 276, 283.

Lykastos, ville de Crète, II, 647.

LYKOMÈDÈS, fils de Kréôn, Achéen, IX, 84 — XII, 366 — XVII, 345, 346 — XIX, 240.

LYKÔN, Troyen, tué par Pènéléôs, XVII, 335, 337.

LYKOORGOS (Lycurgue), fils de Dryas, persécuteur de Dionysos, VI, 130, 134.

LYKOORGOS, roi d'Arcadie, VII, 142, 144, 148.

LYKOPHONTÈS, Troyen, tué par Teukros, VIII, 275.

LYKOPHRÔN, tué par Hector, XV, 430.

Lyktos, ville de Crète, II, 646 ; XVII, 611.

Lyrnèssos, ville de Troade, II, 690, 691 — XIX, 60 — XX, 92, 191.

LYSANDROS, XI, 491.

Magnètes, peuple, II, 756.

Maiandros (Méandre), fleuve, II, 869.

MAIMALIDÈS, Myrmidon, XVI, 194.

MAIÔN, chef béotien, IV, 394, 398.

MAIRA, Néréide, XVIII, 48.

MAKAR, roi de Lesbos, XXIV, 544.

MAKHAÔN, chef thessalien, médecin, II, 732 — IV, 193, 200 — XI, 506, 512, 517, 598, 613, 651, 833 — XIV, 3.

Mantinée, ville d'Arcadie, II, 607.

MARIS, Troyen, tué par Thrasymèdès, XVI, 319.

MARPÈSSÈ Evènine, IX, 557.

Masès, ville d'Argolide, II, 562.

MASTÔR, père de Lykophrôn, XV, 430, 438.

Médéôn, ville de Béotie, II, 501.

Médésikastè, fille de Priam, XIIII, 173.

MÉDÔN, chef thessalien, II, 727 — XIII, 693, 695 — XV, 332, 334.

MÉDÔN, Troyen, XVII, 216.

MÉGAS, père de Périmos, XVI, 695.

MÉGÈS Phyléide, Achéen, II, 627 — V, 69 — XIII, 692 — XV, 302, 520, 535 — XIX, 239.

MÈKISTÈIADE (i.e. fils de Mèkisteus), VI, 28.

MÈKISTEUS Taliônide (fils de Talaos), père d'Euryalos, II, 566 — VI, 28 — XVIII, 678.

MÈKISTEUS (autre), Achéen, tué par Polydamas, XV, 339.

MÈKISTEUS, fils d'Ekhios, Achéen, VIII, 333 — XIII, 422.

MÉLANIPPOS, Achéen, XIX, 240.

MÉLANIPPOS, Troyen, fils d'Hykétaôn, tué par Antilokhos, XV, 547, 553, 576, 582.

MÉLANIPPOS, Troyen, tué par Patrocle, XVI, 695.

MÉLANIPPOS, Troyen, tué par Teukros, VIII, 276.

MÉLANTHIOS, Troyen, tué par Eurypylos, VI, 36.

MÉLAS, grand-oncle de Diomède, XIV, 117.

MÉLÉAGRE (Méléagros), II, 642 — IX, 543, 550, 553, 590.

Méliboia, ville de Thessalie, II, 717.

MÉLITÈ, Néréide, XVIII, 42.

MÉNÉLAS (Ménélaos), I, 159 — II, 408, 586 — III, 21, 27, 52, 69, 90, 96, 136, 206, 210, 213, 232, 253, 284, 307, 339, 350, 403, 430, 432, 434, 439, 452, 457 — IV, 7, 13, 19, 94, 98, 100, 115, 127, 146, 150, 169, 177, 181, 183, 189, 195, 205, 210, 220 — V, 50, 55, 552, 561, 578, 715 — VI, 37, 44, 55 — VII, 94, 104, 109, 373, 392, 470 — VIII, 261 — X, 25, 36, 43, 60 — XI, 125, 139, 463, 487 — XIII, 581, 591, 593, 601, 603, 606, 641 — XV, 540, 568 — XVI, 311 — XVII, 1, 6, 11, 12, 18, 34, 46, 60, 69, 79, 113, 124, 138, 237, 238, 246, 249, 507, 508, 554, 556, 560, 578, 580, 587, 626, 651, 652, 656, 665, 673, 679, 684, 697, 702, 716 — XXIII, 293, 355, 401, 422, 438, 515, 516, 522, 529, 566, 576, 588, 597, 600.

MÉNESTHÈS, tué par Hector, V, 609.

MÉNESTHEUS, chef athénien, II, 552 — IV, 327 — XII, 331, 373 — XIII, 195, 690 — XV, 331.

MÉNESTHIOS, tué par Pâris, VII, 9 — XVI, 173.

MÉNOITIOS, père de Patrocle, I, 307 — IX, 202, 211 — XI,

Télémaque (Tèlémakhos), II, 260 — IV, 354.

Ténédos, île proche de Troie, I, 38, 452 — XI, 625 — XIII, 33.

Tenthrèdôn, père de Protoos, II, 756.

Tèréiè, montagne de Troade, II, 829.

Tèthys, femme d'Okéanos, XIV, 201, 302.

Teukros, frère du grand Ajax, VI, 31 — VIII, 266, 273, 281, 292, 309, 322 — XII, 336, 350, 363, 371, 372, 387, 400 — XIII, 91, 170, 182, 313 — XIV, 515 — XV, 302, 437, 458, 462, 466, 484 — XVI, 511 — XXIII, 859, 862, 883.

Teutamos, père de Lèthos, II, 843.

Teuthras, père d'Axilos, V, 705 — VI, 13.

Thaléia, Néréide, XVIII, 39.

Thalpios, chef des Éléens, II, 620.

Thalysios, père d'Ekhépolos, IV, 458.

Thamyris, aède, II, 595.

Thaumakiè, ville de Thessalie, II, 716.

Théanô, épouse d'Anténor, V, 70 — VI, 298, 302 — XI, 224.

Thèbe, ville de Cilicie, I, 366 — II, 691 — VI, 397, 416 — XXII, 479.

Thèbes, ville d'Égypte, IX, 381.

Thèbes, ville de Béotie, IV, 378, 406 — V, 804 — VI, 223

— X, 286 — XIV, 114, 323 — XIX, 99 — XXIII, 679.

Thémis, déesse (son nom signifie Justice), XV, 87, 93 — XX, 4.

Thersilokhos, tué par Achille, XVII, 216 — XXI, 209.

Thersite, Achéen, laid et odieux, II, 212, 244, 246.

Thésée, fils d'Égée, I, 265.

Thespéia, ville de Béotie, II, 498.

Thessalos, fils d'Héraklès, roi, II, 679.

Thestor, fils d'Enops, Troyen, tué par Patrocle, XVI, 401.

Thestor, père d'Alkmaôn, XII, 394.

Thestor, père de Kalkhas, I, 69.

Thétis, I, 413, 495, 512, 538, 556 — IV, 512 — VI, 136 — VIII, 370 — IX, 410 — XV, 76, 598 — XVI, 34, 222, 574, 860 — XVIII, 51, 94, 127, 146, 332, 369, 381, 385, 392, 398, 405, 407, 422, 424, 428 — XIX, 28 — XX, 207 — XXIII, 14 — XXIV, 74, 83, 88, 89, 102, 104, 120.

Thisbé, ville de Béotie, II, 5 02.

Thoas Andraimonide, chef des Étoliens, II, 638 — IV, 527, 529 — VII, 168 — XIII, 92, 216, 222, 228 — XV, 281 XIX, 239.

Thoas, roi de Lemnos, père d'Hypsipyle, XIV, 230 — XXIII, 745.

Thoas, Troyen, tué par Ménélas, XVI, 311.

Thoè, Néréide, XVIII, 40.

RÉSUMÉS

Chant I. QUERELLE D'ACHILLE ET D'AGAMEMNON

Apollon provoque la peste dans le camp des Achéens.

v. 53. Le devin Calchas explique qu'il faut délivrer la captive d'Agamemnon Chryséis. Agamemnon exige une compensation.

v. 101. Querelle avec Achille. Agamemnon décide de s'emparer de Briséis, la captive d'Achille. Achille déclare qu'il va cesser de combattre.

v. 351. Il se plaint à la déesse Thétis, sa mère.

v. 428. Ulysse va rendre Chryséis à son père.

Onze jours passent.

v. 488. Thétis obtient de Zeus la promesse que les Troyens vont avoir le dessus tant qu'Achille restera sous sa tente. Héra est mécontente (v. 531).

À partir de ce moment, la narration est continue (à une exception près, au début du chant XII).

Chant II. LES TROUPES SE METTENT EN MARCHE

Première journée de la bataille.

Zeus envoie un rêve à Agamemnon pour lui annoncer, mensongèrement, sa victoire prochaine.

v. 41. Agamemnon réunit les chefs et leur dévoile ses intentions : il va d'abord annoncer mensongèrement aux troupes qu'il renonce à la guerre.

v. 101. Il convoque l'assemblée et fait sa déclaration. Les guerriers, tout heureux, se préparent à partir.

v. 155. Ulysse les retient.

v. 211. Il maltraite Thersite, qui insultait les chefs.

v. 278. Décision définitive : rester et attaquer.

v. 455. Les troupes se mettent en marche.

v. 484. Énumération des contingents (épisode traditionnellement intitulé : « Catalogue des vaisseaux »).

Chant III. COMBAT SINGULIER DE PÂRIS ET DE MÉNÉLAS

Pâris défie Ménélas en combat singulier.

v. 76. Achéens et Troyens s'engagent par traité : ce combat doit marquer la fin de la guerre. Le vainqueur aura Hélène.

v. 121. Hélène sur les remparts de Troie ; elle nomme au roi Priam les chefs achéens.

v. 245. Priam descend dans la plaine pour participer au serment qui scelle le traité.

v. 302. Le combat a lieu ; Pâris, vaincu, est sauvé par Aphrodite. Il est transporté chez lui, où il retrouve Hélène.

v. 449. Agamemnon réclame l'exécution du traité.

Chant IV. BATAILLE GÉNÉRALE

Conseil des dieux. Héra obtient de Zeus que la guerre recommence.

v. 50. Athéna va persuader l'archer troyen Pandaros de blesser Ménélas par traîtrise, ce qu'il fait. La trêve est rompue.

v. 220. Agamemnon parcourt l'armée.

v. 422. Bataille, à laquelle prennent part certains dieux (Apollon et Arès pour les Troyens ; Athéna pour les Achéens).

Chant V. EXPLOITS DE DIOMÈDE

Bataille. Les Achéens ont le dessus. Exploits de Diomède ; il tue Pandaros (v. 167) et blesse Aphrodite (v. 311) qui venait au secours de son fils Énée, blessé.

v. 352. Aphrodite va se plaindre à sa mère Dionè.

v. 432. Apollon sauve Énée et le guérit.

v. 519. Les Troyens commencent à gagner.

v. 711. Héra et Athèna descendent de l'Olympe pour se battre aux côtés des Achéens.

v. 846. Diomède blesse Arès, qui remonte sur l'Olympe.

Chant VI. HECTOR REVIENT MOMENTANÉMENT DANS LA VILLE

Les Troyens perdent l'avantage.

v. 73. Hector rentre à Troie pour prier sa mère d'organiser une cérémonie de supplication au temple d'Athéna.

v. 119. Rencontre, sur le champ de bataille, de Diomède et du Lycien Glaukos ; ils découvrent que leurs familles ont des liens d'hospitalité, et ils renoncent à se battre.

v. 237. À Troie, cérémonie dans le temple. Athéna refuse de se laisser fléchir.

v. 312. Hector passe voir Pâris chez lui et le renvoie au combat.

v. 369. Rencontre d'Hector et d'Andromaque.

Chant VII. COMBAT SINGULIER D'HECTOR ET D'AJAX

De retour sur le champ de bataille, Hector lance un défi, que relève Ajax (v. 123). Le combat singulier ne donne aucun résultat : les adversaires sont de même force.

v. 312. On décide d'une trêve pour enterrer les morts ; mais les négociations pour la paix achoppent devant l'opposition de Pâris, d'une part, et de Diomède, de l'autre.

v. 433. Sur les conseils de Nestor, les Achéens, pour mieux protéger leur camp, construisent un mur doublé d'un fossé. Les travaux ont lieu le lendemain, au cours de la *deuxième journée*.

Chant VIII. BATAILLE GÉNÉRALE. LES TROYENS DÉCIDENT DE BIVOUAQUER SUR PLACE

Troisième journée.
Zeus interdit aux dieux de prendre part à la bataille.

v. 78. Ce sont d'abord les Troyens qui l'emportent, puis les Achéens (v. 245), puis à nouveau les Troyens (v. 335).

v. 350. Mais quand les Achéens ont le dessous, Héra et Athéna entreprennent de monter sur un char pour leur porter secours. Zeus les arrête et annonce de nouveaux échecs pour les Achéens (v. 438).

v. 485. La nuit survient. Les Troyens décident de ne pas rentrer dans la ville mais de bivouaquer sur place.

Chant IX. ULYSSE ET AJAX TENTENT DE CALMER LA COLÈRE D'ACHILLE

Conseil des chefs achéens. Agamemnon se déclare prêt à se réconcilier avec Achille, à lui rendre sa captive et à lui faire de superbes cadeaux (v. 114).

v. 162. Ulysse et Ajax vont voir Achille, qui refuse tout accommodement.

v. 669. Consternation des chefs achéens.

Chant X. PENDANT LA NUIT, ULYSSE ET DIOMÈDE PARTENT EN RECONNAISSANCE

Nuit.

Inquiétude d'Agamemnon, qui réunit le conseil des chefs.

v. 194. Ulysse et Diomède partent en reconnaissance.

v. 299. Ils rencontrent le Troyen Dolon, envoyé en observateur, qui leur révèle le dispositif troyen et leur apprend l'arrivée du roi thrace Rhésos.

v. 446. Ils tuent Dolon.

v. 469. Ils vont tuer Rhésos endormi et emmènent ses chevaux.

v. 515. Ils rentrent au camp.

Chant XI. LES TROYENS ONT L'AVANTAGE

Quatrième journée.

La bataille reprend ; elle est d'abord égale.

v. 67. À midi, les Achéens prennent l'avantage. Agamemnon commence à massacrer des Troyens ; il fait reculer les autres jusqu'aux portes Scées.

v. 163. Hector, averti par Zeus, arrive à arrêter la fuite de ses troupes. Il doit attendre qu'Agamemnon soit blessé.

v. 284. Quand Agamemnon est blessé, les Troyens reprennent l'offensive. Hector massacre des Achéens. Les autres fuient.

v. 310. Mais Ulysse et Diomède résistent. Diomède blesse Hector, mais, blessé lui-même par Pâris, il doit quitter le champ de bataille (v. 399). Ulysse résiste seul, tue de nombreux Troyens.

v. 463. Ménélas et Ajax arrivent à la rescousse. Ils sont au centre de la bataille. Ajax massacre des Troyens.

v. 497. Assez loin de là, sur l'aile gauche, Hector et Pâris font reculer les Achéens, en blessant Makhaôn, que Nestor ramène au camp sur son char.

v. 521. Hector peut alors ramener ses troupes contre Ajax, qui recule lentement.

v. 596. Arrivé au camp, Nestor voit venir Patrocle, lui raconte un de ses anciens exploits et lui suggère d'aller au combat, revêtu des armes d'Achille, pour faire peur aux Troyens.

v. 804. Patrocle rencontre Eurypylos blessé, et le soigne.

Chant XII. COMBAT DEVANT LE MUR

La continuité chronologique est un instant interrompue par un coup d'œil dans le futur : après la fin de la guerre, le mur sera détruit par les dieux.

v. 34. Les Troyens sont parvenus au pied du mur et donnent l'assaut.

v. 108. Polypoitès et Léonteus, de garde près d'une porte du mur, empêchent Asios de forcer le passage.

v. 175. Combats devant les autres portes.

v. 200. Un présage inquiète les Troyens. Hector passe outre.

v. 265. Les deux Ajax dirigent la défense.

v. 290. Sarpédon attaque avec ses Lyciens la porte que garde Ménestheus. Celui-ci appelle au secours les deux Ajax. C'est le grand Ajax qui vient, avec son frère Teukros.

v. 434. Hector force le passage à un autre endroit. Il brise une porte, et les Troyens s'engouffrent.

Chant XIII. POSÉIDON AU SECOURS DES ACHÉENS

Profitant d'une distraction de Zeus, Poséidon intervient pour encourager les Achéens.

v. 136. Offensive des Troyens. Les Achéens tiennent bon.

v. 206. Poséidon va voir Idoménée, qui entre à son tour dans la bataille (v. 295) et tue divers guerriers. Combats singuliers. Intervention d'Énée (v. 455) et de Ménélas (v. 581).

v. 673. Pendant le même temps, au centre de la bataille, s'affrontent les troupes menées par Hector d'une part et par les deux Ajax de l'autre.

Chant XIV. RUSE D'HÉRA

Les Achéens reculent. Ceux de leurs chefs qui se tiennent à l'écart, parce que blessés, improvisent un conseil. Agamemnon voudrait préparer le départ des bateaux. Ulysse conseille de résister.

v. 135. Poséidon, par un grand cri, rend courage aux Achéens.

v. 153. Héra se prépare à détourner l'attention de Zeus. Elle se pare, emprunte à Aphrodite son écharpe magique (v. 188), passe par Lemnos pour s'assurer le concours du dieu Sommeil (v. 230), rejoint sur l'Ida Zeus qui, séduit (v. 297), lui fait l'amour et s'endort.

v. 352. Informé par le dieu Sommeil, Poséidon se déchaîne. Il conduit la contre-offensive des Achéens. Hector est blessé par Ajax (v. 415). Combats singuliers. Les Achéens font fuir les Troyens.

Chant XV. LES TROYENS ENVAHISSENT LE CAMP ACHÉEN

Zeus se réveille et se fâche contre Héra, qui, de retour sur l'Olympe, lui envoie Iris et Apollon (v. 145), comme il l'a demandé. Iris reçoit de Zeus l'ordre d'aller inviter Poséidon à se retirer du combat. Poséidon obéit (v. 184). Apollon doit favoriser les Troyens (v. 220). Il guérit Hector (v. 253), qui lance une nouvelle offensive. Les Achéens reculent, à la réserve d'une troupe d'élite qui tient bon (v. 301), mais peu de temps. Les Troyens arrivent tout près des bateaux (v. 379). Mêlée générale.

v. 704. Hector arrive tout près du bateau de Protésilas.

Chant XVI. INTERVENTION ET MORT DE PATROCLE

Patrocle décrit à Achille les difficultés des Achéens. Achille l'autorise à revêtir ses propres armes pour effrayer les Troyens (v. 80).

v. 112. Hector met le feu au bateau de Protésilas.

v. 130. Patrocle et les Myrmidons prennent les armes et attaquent (v. 257).

v. 284. Les Troyens s'enfuient. Les Achéens font un carnage. Patrocle encercle une partie de leur armée (v. 394), et la massacre.

v. 419. Sarpédon attaque. Patrocle le tue (v. 482). Les Troyens affligés font volte-face. Combat général autour du corps de Sarpédon.

v. 656. Finalement les Troyens s'enfuient. Patrocle commet la faute de les poursuivre (v. 684). Encouragé par Apollon, Hector revient sur ses pas. Apollon, en frappant Patrocle, lui ôte sa force (v. 791). Patrocle est blessé par Euphorbe (v. 806), puis tué par Hector (v. 818).

Chant XVII. COMBAT AUTOUR DU CADAVRE DE PATROCLE

Prennent part au combat Ménélas, qui tue Euphorbe (v. 60); Hector (v. 72), qui dépouille le cadavre (v. 125); le grand Ajax (v. 128); Glaukos (v. 140); le petit Ajax (v. 256); Idoménée (v. 258); Énée (v. 323).

v. 426. Les chevaux d'Achille pleurent. Zeus les console (v. 441).

v. 684. Ménélas envoie Antilokhos avertir Achille.

v. 702. Les Achéens réussissent enfin à emporter le cadavre de Patrocle.

Chant XVIII. LES ARMES D'ACHILLE

Achille apprend la mort de Patrocle. Thétis arrive, venue du fond de la mer (v. 35). Elle lui promet des armes nouvelles.

v. 165. À l'instigation d'Héra, Achille va jusqu'au fossé et, d'un grand cri, jette la panique chez les Troyens.

v. 243. Les Troyens décident malgré tout de passer la nuit sur le champ de bataille.

v. 315. Lamentation sur le corps de Patrocle.

v. 369. Thétis se rend chez Héphaistos, pour lui demander de faire des armes pour Achille.

v. 468. Héphaistos se met au travail. Description du bouclier (v. 478).

Chant XIX. RÉCONCILIATION D'ACHILLE ET D'AGAMEMNON

Cinquième journée.

Thétis apporte ses armes à Achille.

v. 40. Assemblée. Réconciliation d'Achille et d'Agamemnon.

v. 282. Briséis est remise à Achille. Achille refuse de manger.

v. 357. Après le repas, les Achéens s'arment.

Chant XX. ACHILLE MASSACRE DES TROYENS

Assemblée des dieux. Zeus les autorise à prendre part à la bataille des hommes.

v. 75. Apollon pousse Énée à affronter Achille. Le combat s'engage. Poséidon sauve Énée (v. 292).

v. 373. Apollon dissuade Hector d'attaquer Achille.

v. 381. Achille commence à massacrer des Troyens.

v. 422. Bref affrontement d'Achille et d'Hector. Apollon intervient et enlève Hector.

v. 455. Achille reprend le massacre.

Chant XXI. COMBAT D'ACHILLE CONTRE LE FLEUVE

Achille, sautant dans le fleuve Scamandre, continue à massacrer des Troyens.

v. 136. Le fleuve se met en colère et menace Achille (v. 214). Achille s'enfuit à travers la plaine, poursuivi par le fleuve (v. 246).

v. 327. Héra fait intervenir Héphaistos, qui menace d'assécher le fleuve.

v. 383. Le fleuve renonce à poursuivre Achille. Alors les dieux s'affrontent.

v. 514. Les Troyens s'enferment dans la ville.

v. 544. Apollon, grâce à un mirage, détourne Achille de les en empêcher et le fait courir dans la plaine.

Chant XXII. MORT D'HECTOR

Détrompé, Achille revient vers Troie.

v. 25. Du haut des remparts, Priam supplie Hector d'entrer lui aussi dans la ville, mais Hector reste au dehors (v. 90).

v. 131. Achille s'approche. Hector s'enfuit. Achille le poursuit.

v. 167. Zeus hésite, puis consulte le sort (v. 209).

v. 213. Intervention d'Athéna.

v. 246. Combat d'Achille et d'Hector.

v. 361. Mort d'Hector.

v. 395. Achille maltraite le cadavre.

v. 405. Douleur des Troyens. Priam (v. 416), puis Hécube (v. 431), puis Andromaque (v. 476) s'adressent à Hector mort.

Chant XXIII. JEUX SPORTIFS EN L'HONNEUR DE PATROCLE

Préparatifs des funérailles de Patrocle.

v. 65. Patrocle apparaît à Achille.

v. 108. *Sixième journée.*

On construit le bûcher de Patrocle. On y met le feu (v. 192), non sans difficultés.

v. 226. *Septième journée.* On éteint le bûcher. On recueille la cendre et les os.

v. 262. Jeux sportifs en l'honneur de Patrocle. Course de chars, qui donne lieu à des contestations (v. 39) et à un commentaire de Nestor (v. 624). Pugilat (v. 651), lutte (v. 700), course à pied (v. 740), escrime (v. 780), lancer du poids (v. 826), tir à l'arc (v. 850), lancer du javelot (v. 886).

Onze jours passent.

Chant **XXIV**. PRIAM CHEZ ACHILLE

Achille persiste à maltraiter, tous les matins, le cadavre d'Hector. Les dieux s'en émeuvent. On décide que Priam viendra chez Achille prendre le cadavre. Thétis prévient Achille (v. 93). Iris porte le message à Priam (v. 143).

v. 189. Préparatifs et départ de Priam (v. 322). En chemin il rencontre Hermès (v. 349). Il arrive chez Achille (v. 448).

v. 485. Dialogue entre Priam et Achille.

v. 677. Au matin, Priam repart.

v. 707. La ville de Troie accueille le cadavre d'Hector. Lamentation d'Andromaque (v. 725), d'Hécube (v. 748), d'Hélène (v. 762).

v. 777. Funérailles d'Hector.

ILIADE

DOSSIER